Walter Hönigsberger

Polly Polydeukes

Walter Hönigsberger

Polly Polydeukes

Roman

Osburg Verlag

Erste Auflage 2023

www.osburgverlag.de

Lektorat: Bernd Henninger, Heidelberg
Korrektorat: Alexander Blumtritt, Fischbachau
Umschlaggestaltung: Judith Hilgenstöhler, Hamburg
Satz: Hans-Jürgen Paasch, Oeste
Druck und Bindung: CPI books GmbH, Leck
Printed in Germany
ISBN 978-3-95510-325-5

Rio Iguazú, Südamerika, 1984

Das Seil, an dem am Nachmittag Bob hängen sollte, baumelte schwer und träge in der feuchten Luft. Es war glitschig und durchnässt, an seinem ausgefransten Ende bündelte sich das Wasser und bildete ein Rinnsal, das aussah, als ob das Seil kleinbubenhaft pisste.

Alles hier, die Luft, die Atmosphäre, die ganze Welt, war triefend nass. So weit das Auge sehen konnte, schoss Wasser herab in kaskadischen Sturzbächen. Es prasselte, wirbelte, wühlte und rauschte, nahm kein Ende und schüttete Massen flirrender Wasserfälle in vor lauter Gischt nur zu ahnende Tiefen. Myriaden von feinen Wassertröpfchen wirbelten auf, die in massiver Schwerelosigkeit in der Luft zu taumeln schienen. Sie glitzerten, sie funkelten, das Licht brach sich millionenfach in der schweren, dunstigen Luft, denn die Sonne stand hoch schon an diesem Vormittag im tropischen Regenwald der südlichen Hemisphäre. Begleitet wurde das Schauspiel von einem Soundtrack, der aus nichts als jenem Rauschen und Prasseln bestand, unaufhörlich, gleichförmig, ein ins Unendliche verlängerter Loop.

Das ist so, wenn ein Land sich in das andere ergießt. Seit 1750 markiert der Rio Iguazú die Grenze zwischen Brasilien und Argentinien und dort, wo er auf 54°26‘ westlicher Länge eine scharfe, U-förmige Schleife vollzieht, kippen die Brasilianer auf fast drei Kilometern Breite die Wassermassen über 300 Katarakte den Argentiniern auf ihre südlich gelegene Seite. Die Fälle überwinden dabei bis zu achtzig Meter und deswegen ist es in der Gegend feucht und laut. Besonders, wenn man nah dran ist. Und ich war sehr nah dran.

Das Seil, an dem Bob an diesem Tag hängen sollte mitsamt seiner Rüstung, seinen Waffen, seinem ganzen Gepäck, hing immer noch schlaff herab. Es war an einem Baumstamm befestigt, der auf einem Felsvorsprung in die Höhe ragte, unter sich stürzendes Wasser. Zum Felsen führten schmale Gleise, einige Männer waren gerade dabei, einen Wagen darauf zu setzen, auf dem ein Kran mit einem mehrere Meter langen Ausleger befestigt war. Ein paar Kommandos waren zu hören, schwer zu verstehen, aber sie schienen nur dazu zu dienen, dem Rauschen der Natur ein paar menschliche Laute entgegenzusetzen, die Handgriffe saßen ohnehin.

Das Zelt, vor dem ich saß, lag in Argentinien, mit Blick nach Brasilien. Ein guter Platz zum Beobachten, und mehr war hier auch nicht zu tun. Seit drei Tagen war ich hier und sah zu. Sah zu, wie der Iguazú das tat, was er seit Jahrtausenden jeden Tag in immer gleicher Weise tut, sah, wie Dutzende junger Männer schwere schwarze Kisten durch das Unterholz schleppten, dicke Kabel verlegten, Scheinwerfer aufstellten, riesige, mit Alufolie bespannte Hohlkehlen installierten, die das Licht der Scheinwerfer dosiert auf die Szenerie richten sollten. Beobachtete, wie sich junge Indios aus ihren Jeans und T-Shirts pellten, die blanke Haut einfetteten und sich unter heftigem Gekichere und Gegackere Lendenschurze umbanden, die Gesichter bemalten und die Haare hochstecken ließen.

Hinten im Zelt, das auf eine Plattform gestellt war, von der aus in wenigen Tagen Touristen wieder spektakuläre Bilder aufnehmen würden, saß Bob, eine Tasse Tee in den Händen, konzentriert nach vorne gebeugt, vor ihm kauerte Roland und redete gestikulierend auf ihn ein. Jeremy stand ein wenig abseits, doch nahe genug, um dem Gespräch der beiden folgen zu können. Ein paar Meter entfernt saß auf dem Boden, gegen eine Zeltstange gelehnt, mein Sohn Cas, vertieft in ein gelbes Reclam-Bändchen.

Bob war derjenige, den ich am besten kannte, ich hatte *Taxi Driver* sicherlich vier- oder fünfmal gesehen, ich hatte ihn als das tragisch kämpfende Boxmonster Jake LaMotta in *Raging Bull* bewundert und ihn in *Der Pate II* als jungen Don Corleone intensiver empfunden als Al Pacino. Hier am Rio Iguazú spielte Robert de Niro Rodrigo Mendoza, einen Sklavenhändler im Südamerika des 18. Jahrhunderts, Jeremy Irons gab einen Jesuitenpater und Roland Joffé führte Regie.

Der Film sollte *The Mission* heißen und ich war als wissenschaftlicher Berater engagiert.

Bob und Roland waren aufgestanden, ohne mich zu beachten vor das Zelt getreten und sahen hinüber zum ausgeleuchteten Wasserfall, vor den sich der Arm des Krans geschoben hatte, in dessen Spitze Chris Menges, der Kameramann, Platz genommen hatte. Er hielt den Lichtmesser in der Hand, hob und senkte ihn und war anscheinend zufrieden. Ein junger Mann maß die Entfernung zum Baum mit dem Seil, sprang zur Kamera zurück und drehte am Objektiv. Roland klatsche leise in die Hände und murmelte: »Action. Let's go.« Robert de Niro, dem die Maskenbildnerin eine Menge Dreck auf Gesicht und zerrissene Kleidung gekleistert hatte, was aber ziemlich gut aussah, folgte ihm schweren Schritts.

Die Episode, die jetzt gedreht werden sollte, ist eine der Schlüsselszenen des Films. De Niro, zu diesem Zeitpunkt nur noch ehemaliger Sklavenhändler, versucht, mit seiner Rüstung, seinem Waffenarsenal und seinem ganzen Gepäck aus eigener Kraft die gewaltigen Fälle zu überwinden. Er ist ein Schmerzensmann, es ist sein Passionsweg, er vollzieht seine selbst auferlegte Buße voller Leiden und Selbstkasteiung. Am Anfang des Films, diese Szenen sollten nächste Woche in Cartagena gedreht werden, tötet Robert de Niro in einem absurden Ehre- und Eifersuchtsdrama seinen jüngeren Bruder. Aus Reue wechselt er die Fronten und schließt sich Pater Gabriels Jesuiten an, die die eingeborenen Guarani missionieren und vor den portugiesischen Sklavenhändlern beschützen. Es war diese Kain-und-Abel-Geschichte, die Professor Heimeran, den Leiter des Historischen Seminars in Heidelberg, an dem ich wissenschaftlicher Assistent war, verächtlich das Wort »Hollywood« ausstoßen ließ, als er mir die erste Fassung des Drehbuches vor die Brust knallte. »Machen Sie das, wenn Sie Lust dazu haben. Mir ist das zu lappisch.«

Professor Maximilian Heimeran war Inhaber des Lehrstuhls für Geschichte der frühen Neuzeit an der Universität Heidelberg, gebürtig aus Graz, und dies war die wohl entscheidende

Qualifikation, warum ihm das Museum für Völkerkunde in Wien die Herausgeberschaft für den Zwettler Codex 420 anbot. Der Codex 420 ist eine 1064 Seiten umfassende Handschrift mit dem Titel »Hin und her. Hin süß und vergnügt, her bitter und betrübt« aus der Feder des Jesuitenpaters Florian Baucke. Er beschreibt darin seine Erlebnisse als Missionar von 1748 bis 1766 im heutigen Paraguay, Brasilien und Argentinien. Die Jesuiten hatten über 150 Jahre hinweg ein Geflecht aus sogenannten Reductiones aufgebaut, Missionsdörfer der indigenen Bevölkerung, die den spanischen Großgrundbesitzern Arbeitskräfte vorenthielten und den portugiesischen Sklavenjägern ihre Handelsware. In den Reductiones gehörten Boden und Vieh der Gemeinschaft, sie wurden gemeinsam im geregelten Achtstundentag bewirtschaftet, es herrschte kein Geldverkehr, sondern ein egalitäres Verteilungssystem, und im Übrigen wurde zum Lobe und zur Preisung des Herrn viel gesungen und musiziert. Im 19. Jahrhundert war der Jesuitenstaat von den Theoretikern des Sozialismus wiederentdeckt und als eine mögliche Urform protokommunistischen Wirtschaftens und Zusammenlebens diskutiert worden oder aber auch als Nachhall auf Thomas Morus' Utopia. Heimeran hatte davon noch nie etwas gehört. Aber er war der Herausgeber.

Im mit »Danksagung« betitelten Nachwort erblickte mein Name das Licht der wissenschaftlichen Öffentlichkeit: »Mein besonderer Dank gilt meinen emsigen wissenschaftlichen Hilfskräften Norbert Stadelhuber, Françoise Serat, Ernst Wipflinger sowie Dieter Brandler.« Ich hatte die Druckfahnen natürlich mehrmals Korrektur gelesen und keinen Anlass zu nennenswerten Berichtigungen gefunden. Das Nachwort hatte sich Heimeran aber offensichtlich persönlich vorbehalten, inklusive Korrektur. Jedenfalls gingen die zweite und dritte Auflage unverändert in Druck, mit einer Ausnahme. In den späteren Ausgaben stand der Vorname, den ich für wahrhaftig erachtete und der auch in meinem Pass steht, nämlich Dietrich. Heimeran hatte den verkürzten Vornamen wahrscheinlich irgendwann aufgeschnappt, ausgesprochen hat er ihn, den richtigen noch den falschen, niemals, denn für ihn waren wir Wesen ohne Vornamen, ja sogar ohne irgendwelche Anreden. Brandler, machen Sie dies, Stadelhuber, verifizieren Sie das, Wipflinger, das ist jetzt Ihre Aufgabe. Nur Françoise war Françoise. Aber das ist eine andere Geschichte. Wie gesagt, in meinem Pass steht Dietrich, in meiner Kindheit in den späten 40er- und frühen 50er-Jahren wurde daraus modernisierend ein Dieter. Es kam allerdings der Zeitpunkt, seitdem alle Welt, und dazu zähle ich insbesondere mich selber, den ordnungsgemäßen Dietrich verwendete, und das verdanke ich Gustav Schwab. Denn als der achtjährige Dieter die Deutschen Heldensagen las, kam ihm erst richtig zu Bewusstsein, wie spießig und mickrig dieser Dieter klang und wie vornehm und heldenhaft doch Dietrich von Bern.

Jener Florian Baucke, dem wir aus fernen vergangenen Tagen ans Licht der Öffentlichkeit des 20. Jahrhunderts verhalfen, stammte aus Böhmen und ich stelle mir ihn immer als einen kleinen, rundlichen Mann vor, der ausgiebig aß, viel trank und gerne sang. Damals, als Heimeran den Auftrag aus Wien bekam, wusste ich im Gegensatz zu ihm schon ein wenig über die Jesuiten in Südamerika. Mein eigenes Fachgebiet innerhalb seines Lehrstuhls war die immerwährende Unruhe in der frühen Neuzeit. Also alles, was mit Rebellion, Revolte, Aufständen und Erhebungen seit etwa 1500 zu tun hat, bevor dann 1789 endlich der ganz große Knall kommt. Die Kolonialgeschichte Südamerikas, bei der Millionen der indigenen Bevölkerung entweder den eingeschleppten Pocken zum Opfer fielen oder einfach massakriert wurden, war ein Teil davon. Eine Unterabteilung wiederum die Tätigkeit der christlichen Orden. Und so stieß ich darauf, dass die Jesuiten bei ihrer Missionsarbeit einen Plan hatten, der sich gravierend von dem ihrer Konkurrenten, den Dominikanern zumal, unterschied. Die Musik war ein wichtiger Bestandteil dieses Plans. Voll im Soll dieses Plans war der kleine, dicke Pater Baucke und das waren zweifellos die schönsten Passagen seines ausufernden Berichts.

Jeremy hingegen ist ein schlanker Brite, aber als Jesuitenpater Gabriel lässt ihn das Drehbuch wenigstens die Flöte spielen, wie das auch Baucke mit seinen Schützlingen getan hat. Das ist, mit Verlaub, eine der kleinen Anregungen, die Robert auf meinen Rat hin ins Drehbuch übernommen hat. An einem grauen Februarnachmittag saß ich in London in einem kleinen Café in der Nähe des Hyde Parks mit dem großen Robert Bolt bei einer Tasse Tee. Der Schöpfer von *Doktor Schiwago* und *Lawrence von Arabien* saß mir gegenüber, o mein Gott. Ich hatte das Drehbuch für *The Mission* schon dreimal gelesen, fand es brillant und vor allem auch die Kain-und-Abel-Geschichte am Anfang, die ja die weitere Rolle von Bob erst richtig motiviert, vollkommen schlüssig. Gleich zu Beginn unseres Gesprächs wollte ich ein bisschen insidermäßig brillieren und fragte ihn lachend, warum denn eigentlich nicht der sagenhafte Schatz der Jesuiten, den sie angeblich bei ihrer Vertreibung aus Südamerika hinterlassen hatten und der nie gefunden worden war, aber als Gerücht hartnäckig durch die Nachwelt geisterte, warum der denn nicht vorkomme, das wäre doch ein Filmsujet sondergleichen. Er sah mich über seine Brille hinweg ernst an und antwortete in diesem unnachahmlich blasierten Upper-Class-English, das jeden Zuhörer kleiner macht: »Wir sind nicht Hollywood. Wir machen hier keinen bloody Indiana Jones. Erzähl mir lieber mehr von der Musik.« Das tat ich dann auch und erzählte ein paar der rührenden Geschichten von flötenden, singenden, geigenden Jesuiten, die grimmige Indios in friedlich staunende Kinder Gottes verwandelten. Manch einer der Padres rettete so in auswegloser Lage, als die Blasrohre mit ihren vergifteten Pfeilen schon auf ihn gerichtet waren, sein Leben. Diese Geschichten tauchten nicht nur bei Florian Baucke, sondern in vielen weiteren Quellen so häufig auf, dass an ihrem wahren Kern kaum zu zweifeln war. Musik war Bestandteil des Missionsplanes der Jesuiten und in den Reduktionen, den Missionsstationen des Ordens, spielte das gemeinsame Musizieren als pädagogisches Formungselement eine tragende Rolle. Die Stationen hatten Werkstätten für den Instrumentenbau, jede der Kirchen verfügte über eine selbst gefertigte Orgel; Blaskapellen und Chöre aus dem Jesuitenstaat traten in Städten vor den neuen Herren aus Spanien auf. Mit dem Musikthema konnte ich Robert einigermaßen beeindrucken, er mich jedoch um einiges mehr, als er mir zum Abschied ein gelbes Reclam-Heftchen reichte mit dem deutschen Titel *Das heilige Experiment*. Der Autor hieß Fritz Hochwälder, und von dem hatte ich noch nie gehört.

»Ein Österreicher«, belehrte mich Robert, »musste natürlich vor den Nazis flüchten, wie jedermann, der einigermaßen etwas im Kopf hatte. Oder die falschen Gene. Bei ihm traf beides zu. Im Exil in der Schweiz schrieb er dieses Stück. War in den 50er-Jahren im Wiener Burgtheater ein großer Erfolg. Verdanke ihm viel für mein Drehbuch. Er lebt übrigens noch, hochbetagt, in einer kleinen Wohnung in Zürich.«

Das gelbe Reclam-Heft, in dem mein Sohn Cas las, der immer noch an die Zeltstange auf der argentinischen Plattform gelehnt saß, war eine Ausgabe des *Heiligen Experiments* mit einer Widmung des Autors darin. Als ich diesen kurz nach der Begegnung mit Robert Bolt in Wien traf, lernte ich einen kleinen, freundlichen alten Herrn mit listigen Augen im runden Gesicht und einem phänomenalen Gedächtnis kennen. Er war aus Zürich zu Besuch in Wien, seiner Heimatstadt, und erklärte lachend, der Unterschied zwischen Hottentotten und Finnen sei nicht annähernd so groß wie der zwischen Wienern und Zürchern: »Und es ist ganz egal, wer in diesem Vergleich der Hottentotte und wer der Finne ist.« Er sei Wiener durch und durch, aber den Schweizern unendlich dankbar für die Heimstatt, die sie ihm in der Nazizeit geboten hatten. Das Vorhaben rund um *The Mission* kannte er natürlich schon, er hatte viele Abende mit Robert Bolt verbracht und war nicht wenig stolz, dass sein fast vergessenes Stück die Vorlage für ein millionenschweres Filmprojekt werden sollte.

Im August 1938, ein Vierteljahr nachdem Hitler Österreich in sein Tausendjähriges Reich einverleibt hatte, das dann schmale 988 Jahre kürzer dauern sollte, sprang der ehemalige Tapeziergeselle aus Wien-Neubau, der linke Jude Fritz Hofwälder, kopfüber in den Alten Rhein und als er wieder auftauchte, war er in der Schweiz. Er wird anerkannt als Flüchtling, leben darf er hier, einer entlohnten Beschäftigung nachgehen aber nicht. Über Zürich gelangt er in ein Arbeitslager im Tessin, bemüht sich mit seinen Lagergenossen vergeblich, die Magadino-Ebene fruchtbar zu machen. Gegen Jahresende 1941 wird er dispensiert von dieser Art sinnlos kultivierender Tätigkeit, der Grund: schriftstellerische Betätigung. Ein wenig zitterte seine Stimme, als er erzählte: »Freunde haben mir eine Holzhütte in Ascona zur Verfügung gestellt. Dort saß ich dann mutterseelenallein, ernährte mich hauptsächlich von Suppenwürfeln, sah in den blauen Himmel des Südens und schrieb in zwei Monaten *Das heilige Experiment*, jenes Stück, von dessen Erträgnissen ich heute noch zehre.« 1943 wurde das Stück in Biel-Solothurn mit mäßigem Erfolg uraufgeführt, ab 1947 mit wachsendem am Wiener Burgtheater. »Damals, 1942, war ich nicht mehr Marxist. Oder höchstens noch ein bisschen. Das legt man ja nicht ab von heute auf morgen. 1927 beim Brand des Justizpalastes in Wien, da war ich noch Schutzbündler und bin mit ein paar Genossen vor der völlig planlos um sich schießenden Polizei ins Volkstheater geflüchtet. In der Kulisse habe ich mich versteckt, nicht schlecht für einen künftigen Bühnenautor.«

Der Stoff des *Heiligen Experiments*, der Untergang des Jesuitenstaates in Paraguay, hatte ihn schon seit Mitte der Dreißigerjahre beschäftigt: »Die Jesuiten haben sich ernsthaft mit der Frage der sozialen Gerechtigkeit beschäftigt, wenn auch im Gewand des Reiches Gottes auf Erden. Jedenfalls war das, was sie da in Paraguay auf die Beine gestellt haben, himmelweit entfernt von dem, was Spanier und Portugiesen, aber auch Dominikaner und Franziskaner an Sklavenhalterei und Kolonialgräuel in Südamerika veranstalteten. Aber es blieb eben ein Experiment. Immerhin 150 Jahre lang. Da müssen sich die Sowjets in Russland und die Kommunisten in China noch strecken. Und wenn ich ehrlich bin: So lange werden die das nicht durchhalten. Was auch nicht schade wäre.« Der Mann war hellwach, und als ich ihm davon erzählte, dass William Penn im 17. Jahrhundert seine radikaldemokratischen Quäkergemeinden, aus denen dann der US-Staat Pennsylvania hervorging, ein Heiliges Experiment genannt hatte, funkelten seine Augen: »Interessant. Wundert mich nicht. Da bin ich ja fast des Plagiats überführt. Aber im Ernst: Denken Sie an Savonarola in Florenz, an die Täuferbewegung in Münster. Oder an Oliver Cromwell. In dieser Zeit, dem 16., 17. Jahrhundert, da ging richtig die Post ab an sozialistischen Utopien unter christlichem Banner.« Das war mein Fachgebiet: Der sich langsam herausschälende Kapitalismus gebiert fortwährend seine Antipoden, die sich nicht abfinden mögen mit seiner allumfassenden, stummen Gewaltherrschaft. Der liebe Gott und der heilsbringende Messias sind immer dabei. Oder fast immer. Alle erfüllt von der Naherwartung, von der unmittelbar bevorstehenden Erfüllung des Heilsversprechens im Hier und Jetzt. Und damit naturgemäß in ketzerhafter Konfrontation mit der geistigen Allgewalt dieser Zeit, die das Heil nur in ihr, der Katholischen Kirche vorsieht, oder allenfalls im Jenseits. Wie hieß es so treffend in Hochwälders *Heiligem Experiment*: »Die Welt aber ist ungeeignet zur Verwirklichung von Gottes Reich.« Diejenigen damals und auch in neueren Zeiten, die das anders sahen, waren vor allem die Jungen, die über Jahrhunderte hinweg immer sofort und alles wollten. Das ließ sich nachweisen von den rotbemützten Jakobinern in Paris, den Kommunarden 1871 bis hin zu den Schwarzhemden Mussolinis, der SA in Deutschland, den Bolschewiki der frühen Sowjetunion und den Roten Garden Maos. »We want it all, we want it now«, sang damals eine überschätzte Rock-Gruppe, die aber ahnte, welch eruptive Wirkungen von einem jahrhundertealten, untergründig wabernder Lavastoff der Weltgeschichte erzeugt werden konnte, zumal dann, wenn er sich mit der Ungeduld der Jugend, ihrer ungestümen Glückserwartung und ihrer hormonell bedingten Umsturzwut verband, zum letzten Mal in jenem damals noch nicht so lange zurückliegenden Jahr 1968. Davon sprach ich zu Fritz Hochwälder, das war das Thema meiner Habilitationsschrift »Naherwartung. Mentalitätsbrüche als Treibstoff weltgeschichtlicher Prozesse«, und er hörte mir skeptisch zu. »Machen Sie das. Das klingt vielversprechend. Aber versprechen Sie mir eines: Der Jesuitenstaat ist kein gutes Fallbeispiel in Ihrer Reihung. Alle diese Naherwartungsexperimente, wie Sie es nennen, waren kurz, schnelllebig, überlebten ein paar Wochen, Monate, nicht viel länger, die Bolschewiki, wenn man es genau nimmt, eingeschlossen. Der Jesuitenstaat, ich sag es noch einmal, dauerte 150 Jahre. Das ist in historischen Maßstäben nicht sehr lang, aber lang. Alles, was an radikaler Freiheit, radikaler Demokratie, radikaler Gleichheit jemals ausprobiert wurde in der neueren Geschichte der Menschheit, ist binnen einer oder spätestens zwei Generationen bitter gescheitert. Der Jesuitenstaat nicht. Mal ganz abgesehen davon, ob das überhaupt geht, radikale Freiheit und radikale Gleichheit unter einen Hut zu bekommen. Die Jesuiten haben es zumindest versucht. Und gescheitert sind sie nicht an inneren Problemen, an hausgemachten Widersprüchen. Sondern an größeren Mächten, am Papst, an der katholischen Kirche, am Kaiser und ein paar Königen.«

»Weil ihr recht habt, müsst ihr vernichtet werden.« Das war auch ein Zitat aus seinem Theaterstück, und als ich ihm also mit seinen eigenen, vor langen Jahren aufgeschriebenen Worten antwortete, nickte er unmerklich und ich spürte, dass der Mann mit seinem Thema, dem menschennotwendigen Widerstand gegen das schlechte Vorhandene und der enttäuschten Hoffnung auf das bessere Neue, noch nicht fertig war.

Wir saßen im Café Hawelka in der Dorotheergasse, mitten in der Inneren Stadt der alten Stadt Wien. Es war spät geworden. Das Hawelka war damals das heimliche Zentrum des geistigen Wiens, ständig kamen und gingen Menschen, die ich vage identifizierte, der Qualtinger, der Heller, die Pluhar, der Weigel, die Hilde Spiel. Fritz Hochwälder grüßte lässig, verteilte Handküsse, verbeugte sich oder ihm wurde verbeugt. Wir hatten ein paar Achtel Rot intus, die Buchteln gegessen, die Frau Hawelka in der Nacht, frisch aus dem Ofen, durch das Lokal auf einem riesigen Tablett offerierte, und hatten uns heiß geredet: »Wussten Sie, dass Paul Lafargue, der Schwiegersohn des Karl Marx, über den Jesuitenstaat geschrieben hat?« Das wusste ich und auch, dass Karl Kautsky, der Cheftheoretiker der deutschen Sozialdemokratie, dem Marx'schen Schwiegersohn repliziert hatte. Als ich ihm von Pater Bauckes Erinnerungsbuch erzählte, bekam er leuchtende Augen: »Ich habe ja viel gelesen damals, alles mögliche Material über die Reductiones gesammelt. Dieser Baucke, der wäre natürlich eine Fundgrube gewesen.«

Wir sprachen über das Exil, dieses Zwischenleben aus geschenktem Überleben und geliehenem Weiterleben, der Existenz zwischen Scham, Hoffnung, Trauer und Angst. Hochwälder hatte damals, gegen Ende des Kriegs, das Weihnachtsgeschenk seines Lebens erhalten, wie er es nannte. Eine Mansardenwohnung im Zürcher Niederdorf, mit einer Matratze auf einem Drahtgestell, einem Kanonenofen und einer Kiste, die sich mit einem Tuch in einen Esstisch verwandeln ließ. Dort, neue Stücke schreibend, erlebte er das Ende des Krieges und Hochwälder kam auf die Gestrandeten zu sprechen, die in Zürich in den letzten Jahren des Tausendjährigen Reiches Zuflucht gefunden hatten: »Einen, den werde ich nie vergessen. Im Herbst 44 kam er an. War vor seinen eigenen Leuten geflüchtet, ein Obersturmbannführer, der die Zeichen der Zeit erkannt hatte. Wollte sich rechtzeitig absetzen. Der hatte ein picobello Visum für Argentinien mit Transit über Kuba und einen perfekt gefälschten paraguayischen Pass. Und natürlich einen Haufen Geld. Nach Paraguay wäre ich auch gerne gegangen. Zu den Schauplätzen meines Stückes. Ich habe ihm meine Adresse gegeben mit der Bitte, er solle mir schreiben aus Paraguay, die Landschaft schildern, die Menschen, die Städte, die Überreste der Reduktionen. Kam natürlich nie etwas. Sommer hieß er, der gefallene Nazi, Karl Sommer.«

»Karl Sommer! Hieß der Mann Karl Sommer? Obersturmbannführer Sommer?« Ich schrie das fast, musste mich am Stuhl festhalten, damit der Kaffeehaustisch nicht in das geistige Wien dieser Tage geschleudert worden wäre. Dann fixierte ich Hochwälder: »Ein großer, kräftiger Mann, fast kahl, dunkle Augen, schwarze Augenbrauen, einen Schmiss an der Wange?« – »Ja, er trug zwar ständig einen Hut, der Rest aber stimmt.« – »Das ist eines der größten Nazischweine überhaupt. Ich dachte, der sei tot. Und jetzt sitzt er in Paraguay und lebt und liebt sein verdammtes Leben.« – »Na ja, ich schätze, er war circa zehn Jahre älter als ich. Lange wird er es auch nicht mehr machen. Oder ist vielleicht schon abgetreten.«

Wir standen dann vor dem Hawelka, mit den Letzten waren wir mehr oder weniger hinauskomplimentiert worden. Qualtinger und Konsorten waren schon längst weitergezogen, ins Eden vielleicht oder zum Udo Proksch in den Demel-Club, das alles habe ich erst viel später realisiert. Zum Fritz, wir waren seit einer Stunde per Du, wandte ich mich noch einmal mit der Frage, mit der ich schon Robert Bolt genervt hatte: »Und der Jesuiten-Schatz? Hast du da etwas rausgefunden bei deinen Recherchen?« Lag es an der Tageszeit, spätnachts nämlich, am Rotwein oder vielleicht sogar am Thema? Jedenfalls legte mir Fritz seine Rechte wie eine Pranke auf die Schulter und verfiel ins tiefste Wienerisch seiner Tapeziererjugend: »Heast, des is an Schaß. Obgründig. Weah wüh des jemois ohssafindn. Des is a Mysdärium. I was es ned, wüß ah ned wissn. Oba da Somma, der woids wissn. Eh kloar. Oba ih hob eam niggs sogn kenna. Wah ih eh niggs wahs. Säh ma ned bes. Servas, Dietrich, hod mi gfrad, woar sehr schön, schlof guad.«

Ein halbes Jahr später, ich brach gerade zu den Filmaufnahmen nach Argentinien auf, las ich in der Zeitung, dass Fritz Hochwälder gestorben war. Karl Sommer aber, da war ich mir sicher, der Fluch meiner Familie, lebte.

Cas hatte das Reclam-Heft zur Seite gelegt. Er stand mit den Händen in den Hosentaschen am Rande der Plattform und sah ins nasse Nichts. Ich stand auf und ging zu ihm, legte ihm sogar den Arm auf die Schulter, was ich selten mache. Er war jetzt sechzehn, fast so groß und leider auch so schwer wie ich. »Und, wie hat es dir gefallen?«, fragte ich. Es dauerte eine Weile, bis er zurückfragte: »Was meint er mit ›in jeder Hinsicht‹?« Ich verstand. Hochwälders Widmung hatte den Wortlaut: »Für Dietrich Brandler mit den besten Wünschen für gutes Gelingen. In jeder Hinsicht.«

»Die eine Hinsicht, die er meint, ist sicherlich dieser Film hier. Tragisch, dass er das Ergebnis nicht mehr sehen kann. Eine andere Hinsicht, eine, die er womöglich auch gemeint haben kann, davon erzähl ich dir ein andermal. Vor allem müsste Polly dabei sein.« Polly war Cas' Zwillingsschwester, beide geboren im Mai 1968 im Sternzeichen Zwillinge, aber so verschieden, wie man es sich kaum vorstellen konnte. »Polly kannst du vergessen«, sagte Cas und es war schwer zu entscheiden, ob es unwirsch klang oder traurig oder ratlos, »die sitzt in Berlin in ihrem besetzten Haus mit ihrer Marie. Die sehen wir so bald nicht wieder.« – »Wart's ab. Sie hat einen Zwillingsbruder und eine Mutter und sogar einen Vater. Die lässt sich schon wieder blicken. Es kommt der Moment, da wette ich, an dem sie uns wieder braucht.« Cas löste sich von mir und ging mit hängenden Schultern nach hinten, dort, wo eine Hängematte zum Sinnieren aufgespannt war.

Bob hatte seine Einstellung hinter sich gebracht. Nahaufnahme: Felskletterei durch die Wassermassen hindurch. Die Maskenbildnerin wischte ihm das dreckverschmierte Gesicht sauber, er prustete Wasser aus seinem Gesicht und ließ sich erschöpft in einen Sessel fallen. An den Wasserfällen wurden die Vorbereitungen für Halbtotale und Totale getroffen. Das machte Robert de Niro nicht selbst, sondern sein Stuntman. Der war mir schon am Vormittag aufgefallen, ein schlanker, muskuloser Mann, ein paar Jahre jünger als ich, dunkles Haar und dunkler Teint. Dass er durchtrainiert war, konnte man allein an seinem elastischen Gang und der vollkommenen Körperspannung erkennen. Das Training, wie er es wohl nannte und welches er an diesem Vormittag zelebrierte, war ein einziges Aufbegehren wider die Schwerkraft, ein Dementi ihrer Gültigkeit. Zur Aufwärmung schlug er Flickflacks, sprang doppelte Salti und dreifache Schrauben. Was ihn von einem gewöhnlichen Bodenturner unterschied, waren die Lässigkeit und die entspannte Eleganz seiner Bewegungen. Er erklomm Bäume, indem er barfuß an ihrem Stamm empor lief, den Körper bogenförmig zurückgeneigt wie das Blatt einer Blüte, um sich anschließend tarzanhaft, ja affenmäßig durch die Äste zu schwingen, immer höher, bis er dann mit atemberaubender Geschwindigkeit sich nach unten fallen ließ, nein, eher stürzend flog, das Geäst geschickt als sanfte Bremse nutzend und schließlich katzenartig gerundet im Gras landete. Dann stürzte er sich in den Fluss und war sofort in der brodelnden Gischt verschwunden. Zwanzig Meter flussabwärts schnellte er plötzlich wie ein spielender Delphin heraus aus dem Wasser, die langen Arme breit ausgestreckt drehte er sich um die eigene Achse, tauchte wieder unter, und wenige Meter, bevor die Wassermassen krachend in die Tiefe rauschten, woraus kein Mensch lebend entkommen konnte, katapultierte er sich erneut aus dem keinen Widerstand bietenden Element empor, so hoch, dass er einen überhängenden Ast ergreifen konnte und mit einer aus dem Nichts zu stammen scheinenden Energie kraftvoll und anmutig, vor allem aber einhändig, ans Ufer auspendelte. Das war zirkusreif einerseits, in Wahrheit aber übersinnlich und unbegreiflich, von hoher Unwahrscheinlichkeit und von erhabener Schönheit. Die Newton'schen Gesetze, die uns Normalsterbliche zur Trägheit auf festem Boden verdammen, schienen für ihn außer Kraft zu sein. Ich spürte, für derlei Neigungen ansonsten unempfänglich, ein lebhaftes Interesse an diesem Mann, die mehr als der leiblichen Erscheinung seiner Aura galt, der nahezu spirituellen Wirkung, die seine Performance hervorrief. Hinzu kam, dass ich offensichtlich der einzige Zuschauer seines Morgentrainings war, sodass ich das Gefühl hatte, dieses spielerische Überschreiten der Grenzen des Menschenmöglichen sollte allein mir gelten. Selbstredend klatschte ich keinen Beifall. Ist es angebracht, Gott Beifall für seine Schöpfung zu zollen? Mir ging Superman durch den Kopf, Batman und andere mythologische Helden wie Siegfried, Herakles und Achilleus. In diese Schublade steckte ich ihn und ihre Aufschrift war Übermensch, Halbgott und Verwandtes. Auffallend im Übrigen war sein langer, schlanker Hals, was der ganzen Erscheinung etwas von einem stolzen, jungen Schwan verlieh.

Jetzt, Stunden später, stand er ganz in unserer Nähe, wartete darauf, die gleichen verdreckten Klamotten wie Bob anzuziehen. Ich konnte nicht anders, ich trat auf ihn zu, streckte die Hand aus und sagte: »Dietrich Brandler, historical expert, nice to meet you.« Er lächelte, er sah jetzt noch besser aus, er hatte, verdammt noch mal, etwas extrem Verführerisches an sich. Er stand da in einer knappen Badehose und einem Trägerunterhemd und man sah, ohne es zu spüren, dass diese braune Haut unglaublich weich sein musste, samtweich, und so war auch die Stimme: »Hi Dietrich. I've heard a lot of you. My name is Carlos Verano. I'm Bob's stunt-double. Nice to meet you, too.« So viel Spanisch hatte ich locker vorrätig: Carlos Verano bedeutet eingedeutscht Karl Sommer.

Heidelberg, Weihnachten 1989 (Brandler-Tapes 1)

Ich heiße Dietrich. Mein Vater hieß Friedrich, der Großvater Heinrich. Das »-rich« in den Vornamen unserer Familie stammt aus dem Althochdeutschen und bedeutet so viel wie »mächtig« oder »herrschend«. Der Heinrich herrscht mächtig über das Haus, der Friedrich bietet mächtig viel Schutz, ja sogar Friede, und der Dietrich gebietet über das Volk. Für meinen Sohn, so hatte ich mir das immer überlegt, wäre noch Roderich übrig gewesen, der Ruhmreiche also, oder Childerich, wie der Merowinger, aber das wäre dann doch ins Alberne abgeglitten. Childerich Brandler, da kann man das Gekichere der Mitschüler schon mithören. Theoretisch könnte man natürlich auch wieder von vorne anfangen: Heinrich jr. oder Friedrich II. Es kam dann anders. Das hat mit Lena, meiner Frau, zu tun und damit, dass wir Zwillinge bekamen.

Die Brandlers also. Heinrich, mein Großvater, ist 1881 geboren. Er war ein Arbeiter, einer vom Bau, und er war, wie so viele seiner Generation, ein Arbeiter, der durch Bildung weiterkommen wollte. Nicht unbedingt empor, nicht raus aus seiner Klasse der Werktätigen, sondern, indem er weiterkam, sollte die ganze Klasse weiterkommen. So ungefähr. Er wurde dann 1921 Vorsitzender der KPD. Und trat 1923 als Minister in die sozialdemokratisch/kommunistische Landesregierung von Sachsen ein. Nicht schlecht für einen Maurer. Dieses Jahr Dreiundzwanzig war der Dreh- und Angelpunkt seines Lebens. In der jüngeren deutschen Geschichte war es das in gewisser Hinsicht auch, für meinen Großvater war es entscheidend. Sein engster Mitarbeiter in jenen Jahren, neben seinem Freund und Co-Vorsitzenden August Thalheimer, war ein gewisser Karl Sommer. Die ganze Geschichte jener Zeit hat er mir in langen Nächten im Herbst 1966 in seiner kleinen Wohnung in Hamburg-Altona erzählt: »Du bist doch jetzt der Historiker. Schreib das auf. Auch für die Gören, die du mal haben wirst. Sollen mal wissen, wer ihr Urgroßvater war.«

Habe ich gemacht. Ab dem zweiten Abend hatte ich sogar ein Tonband dabei und Lena hat alles säuberlich transkribiert. Und dann wurde das Material wohlgeordnet, systematisiert und historisch eingeordnet und erschien als Dissertation mit allem Pipapo: *Heinrich Brandler. Ein deutsches Leben.* Den Dr. Dietrich Brandler verdanke ich also zu wesentlichen Teilen meinem Großvater. Gesoffen hat er in diesen Nächten immer noch wie ein Maurer. In einer spielte ich Skat mit ihm und zwei alten Genossen. Als er pausierte und kurz hinausging, reizten wir drei anderen das nächste Spiel. Als ich mit einem schlechten Blatt »dreiundzwanzig« rief, kam Heinrich zurück ins Zimmer und meinte: »Hör doch auf mit dem alten Scheiß.«

Am 22. Dezember 1989, die Mauer war seit sechs Wochen gefallen, klingelte es an der Türe unseres Hauses im Talhangweg in Heidelberg-Ziegelhausen. Cas ging an die Tür. Mein Arbeitszimmer ist Gott sei Dank im ersten Stock, ich muss nicht immer mitkriegen, wer da ein und aus geht und wer wen besucht. Diesmal aber glaubte ich, so etwas wie ein Schluchzen zu hören. Also stand ich auf, ging die Treppe hinunter und sah, eng umschlungen, meine beiden Kinder. Das fröhliche Gesicht meiner Tochter Polly ruhte auf der heftig zuckenden Schulter meines Sohnes Cas. Lena war von der anderen Seite herbeigekommen und so standen wir da: Unsere Zwillinge vereint, so wie wir sie kannten, wir beide, Lena und ich, ratlos, so wie wir uns kannten.

Wir hatten Polly seit fünf Jahren nicht mehr gesehen. Mit sechzehn war sie abgehauen nach Berlin, jetzt war sie einundzwanzig. Das macht etwas aus. Und auch wieder nicht. Drahtig war sie schon immer gewesen, aber jetzt war sie noch drahtiger, dazu auffallend muskulös. Und tätowiert. An dem einen Oberarm, sie trug im Dezember ein ärmelloses T-Shirt, las man »Marie«, am andern waren zwei aufeinanderknallende Boxhandschuhe zu sehen. Sie schob ihren Bruder von sich weg, gab ihrer Mutter einen Kuss auf die Wange und tätschelte mich am Hinterkopf: »Alles klar?«

Wir hatten sie seit fünf Jahren nicht nur nicht gesehen, wir hatten auch kaum etwas von ihr gehört. Im September 84 war sie abgehauen nach einer Auseinandersetzung mit ihrer Mutter. Lena hat mir nie genau geschildert, was da vorgefallen war, und ich akzeptierte das wie so vieles. Einmal im Jahr, an Caspars Geburtstag, kam eine Karte. Immer der gleiche Sound, mir geht's gut, kümmert euch nicht um mich, alles paletti. Wir haben auch das akzeptiert, Polly war schon immer etwas eigen. Einmal, an ihrem Geburtstag, ist Cas nach Berlin gefahren. Man muss dazu sagen, dass die beiden zwar Zwillinge sind, Cas aber ist kurz vor Mitternacht zur Welt gekommen, Polly kurz danach. Zwillinge mit unterschiedlichen Geburtstagen gibt es auch nicht so oft. Unterschiedlich waren sie auch in vielerlei anderer Hinsicht. Das, was Cas von seinem Besuch in Berlin erzählte, war einigermaßen skurril. Eine halbe Stunde habe ihm seine Schwester Audienz gewährt, genauso drückte er sich aus. Sie lebte nach wie vor in einem besetzten Haus in Kreuzberg, war mehr oder weniger fest liiert mit Marie, die zehn Jahre älter war als sie, jobbte in der Gastronomie und wollte, das war nun die eigentliche Neuigkeit und Nachricht, Profiboxerin werden. Mich hat das nicht gewundert, sie hatte schon als Kind und kleines Mädchen etwas von einer Fighterin, Lena hingegen lachte laut auf. Wir hatten uns natürlich oft über unsere Tochter unterhalten, ratlos, was wir mit der Situation anstellen sollten. Einig waren wir uns insofern, als wir beide wussten, dass die übliche elterliche Fürsorge eher kontraproduktiv sein würde. Wir schickten ab und an Geld an ihre Adresse, die hatten wir ja, Adalbertstraße 74, ohne Reaktion natürlich, und im Übrigen waren wir uns einig: »Irgendwann kommt sie zurück, allein schon wegen Cas.« Ehrlicherweise muss ich dazusagen, dass ich besetzte Häuser damals für eine gute Idee hielt, an einer Partnerschaft mit einer etwas älteren Freundin auch nichts auszusetzen hatte, und Boxen, meine Güte, ich wollte in dem Alter Fußballprofi werden, was aus begreiflichen Gründen nicht geklappt hat.

Als das Begrüßungszeremoniell mehr oder weniger beendet war, hörten wir alle von draußen, die Haustüre stand noch offen, ein eigenartiges Geräusch. Ich dachte erst an eine Katze, einen Marder, einen großen Vogel oder dergleichen. Lena, die in diesen Dingen sensibler ist als ich, rief sofort: »Da schreit ein Baby!« Polly wandte sich von uns ab, ging zur Tür hinaus und kam mit einer großen, flachen Tasche wieder herein. »Darf ich vorstellen: Euer Enkel, dein Neffe. Tom heißt er, übermorgen hat er seinen ersten Geburtstag.« Sie nahm Tom aus der Tasche, wischte ihm ein Rinnsal Schleim aus dem Mundwinkel und übergab ihn ihrer Mutter. Ein kluger Schachzug, denn dadurch waren erst mal alle naheliegenden Fragen versiegt, Lena herzte das kleine Wesen, streichelte mit einem Finger sanft seine Wangen und Cas und ich beugten uns über das kleine Gesicht, das mit einem Krähen antwortete. Polly sah sich das Ganze lächelnd an und sagte: »Ich nehme an, Babynahrung ist keine vorhanden in diesem Haushalt. Ma, kannst du ihm ein paar Karotten weichkochen? Ich nehme an, er hat Hunger. War eine lange Fahrt.«

Kurz danach also Lena mit Tom auf dem Schoß, Lätzchen um den Hals, Karottenbrei löffelweise. Ein strahlender Tom, eine glückliche Großmutter. Zweiundvierzig war Lena damals. Natürlich standen einen Menge Fragezeichen im Raum und selbstredend war es Lena, frischgebackene Oma, die vorsichtig begann, wir alle kannten ja unsere Polly: »Polly, also wirklich, du hättest doch …« – »Ist gut, Mama. Ich mach es kurz. Marie und ich, wir wollten ein Kind und hier ist das Ergebnis. Von uns beiden gewollt und sehr schön geworden, wie wir finden, und wir sind beide sehr glücklich damit. Oder waren. Diese Maueröffnung war nicht gut für uns. Marie ist irgendwie doch eigentlich eine Ossen-Tuss. Ist sofort rüber, also gegenläufig, in den Osten, und hat irgendwelche alten Freundschaften aufgefrischt. Noch von ihrem Vater her. Und dem Großvater. Geht mir auf den Sack, dieser Einheitstrara. Kann ich ein paar Wochen hierbleiben? Mit Tom?« Da war sie wieder, meine Polly. Der liebenswerteste Mensch auf der

Welt. Außer Lena und Cas natürlich. Aber Polly, Polly war schon sehr eigen.

Ein paar Wochen bleiben? Konnte sie, natürlich, keine Frage. Cas hatte noch eine Frage: »Aber sag mal, Polly, der Vater? Gibt's den auch?« – »Ja klar. Logischerweise. Marie ist es nicht, logischerweise. Aber das ist eine lange Geschichte. Erzähl ich euch ein andermal. Jetzt sind ja Feiertage, da kann man viel und lange erzählen.«

Am nächsten Tag, dem 23. Dezember also, nach dem Abendessen, bei dem mir auffiel, dass Polly dem Rindsgulasch mit Semmelknödel ausgesprochen intensiv zusprach, hakte sich Cas bei Polly ein, was er ständig machte und sie widerstandslos geschehen ließ, und dirigierte sie aufs Zweiersofa. Ich saß auf dem Dreiersofa und wusste, was kommen musste. Nämlich Cas, der Erinnerungsweltmeister: »So, jetzt ist Polly da. Was ist nun mit dem ›Erfolg in jeder Hinsicht‹ von deinem Herrn Hochwälder? Dein Auftritt, Brandler.«

Fünf Jahre war es jetzt her, als Cas mir am Rio Iguazú das Reclam-Heftchen mit dem *Heiligen Experiment* Fritz Hochwälders und dessen Widmung mit der gleichen Frage unter die Nase gehalten hatte. Fünf Jahre auch, dass ich an jenem Tag Carlos Verano, das Stunt-Double von Robert de Niro, kennengelernt hatte. Wir hatten uns für den Abend auf ein Bier verabredet und saßen dann in einer Bar mit einem groben Balken als Theke und tranken, ich Bier, er Mate. Wir redeten übers Kino und das Filmemachen, er erzählte, dass er bei ein paar 007-Filmen mitgewirkt hatte. Eigentlich träumte er davon, einmal eine richtige Rolle in einem Film zu bekommen, nicht immer nur das Stunt-Double für die großen Stars abzugeben. Es gebe ja mittlerweile ein paar passable Fußballer aus Paraguay, meinte er, aber einen Hollywoodstar habe sein Land bislang noch nicht hervorgebracht. »Maybe, Carlos Verano will be the first«, fügte er lachend hinzu. Wahrscheinlich war das für mich der Anlass, aufs Ganze zu gehen und ich fragte ihn, ob er wisse, dass Carlos Verano im Deutschen Karl Sommer bedeute. Und dass ich einen Karl Sommer kenne. Er lächelte. Und sagte dann auf Deutsch mit starkem hispanischem Akzent: »Karl Sommer war mein Vater.«

Ich weiß ja nicht, was ich für ein Gesicht gemacht habe an dieser Stelle unseres Gesprächs auf der argentinischen Seite des Rio Iguazú. Richtig überrascht war ich aber eigentlich nicht. Es gibt Zufälle, da sollte man lieber den Begriff Konstellation verwenden. Die aktuelle Konstellation aus Hochwälder, seiner Zürcher Begegnung mit Karl Sommer, der Brandler-Familie und dem Sommer-Sohn Carlos erschien mir doch ein wenig mehr als eine bloße Reihung an Zufällen, und es kam ja noch besser: »Du kommst aus Deutschland. Dann wirst du vielleicht wissen, dass Karl Sommer ein Nazi war, ein fürchterlicher und ein unverbesserlicher obendrein. Er ist übrigens tot. Gestorben vor zwölf Jahren. Autounfall, selbstverschuldet. Ich war nicht bei seinem Begräbnis. Nur meine Mutter.« Und dann erzählte er, dass seine Mutter Eliza eine Guarani sei, eine der in Paraguay lebenden Angehörigen jenes Indiostammes, der die Hauptpopulation des Jesuitenstaates gebildet hatte und dessen Schicksal das Thema des Filmes war, an dem wir gerade gemeinsam arbeiteten. »Sie ist eine Häuptlingstochter«, lachte er, »und ich insofern ein Häuptlingssohn. Oder Enkel, besser gesagt. Sie ist jetzt sechzig und sie weiß eine Menge über die Guarani und die Jesuiten. Altes Wissen, das sich über die Generationen vererbt. Karl Sommer kam kurz nach Ende des Krieges in Europa nach Paraguay und hat sie beeindruckt. Mit seinen Plänen, seinem Geld und seiner Erscheinung. War ja ein stattlicher Mann, das muss man ihm lassen.« Ich musste die Frage stellen: »Hat deine Mutter jemals etwas über den Schatz der Jesuiten erzählt? Der geistert ja seit dem Ende des Jesuitenstaates durch die Weltgeschichte und niemand weiß etwas Genaues?« – »Ich weiß. Auch mein Vater hat sie oft danach gefragt. Der war ja vieles, aber nicht blöd. Aber da war sie stur. Sie hat immer gesagt: Es gibt nur einen Schatz in meinem Leben und das ist mein Sohn.«

Wir haben noch eine Weile weitergeplaudert, der Stuntman und der Historiker, er hat zum Schluss doch noch ein paar Biere getrunken und zum Abschied lagen wir uns in den Armen. Seither habe ich von Carlos Verano nie wieder etwas gehört, das mit der Hollywood-Karriere ist wohl nichts geworden. Mir war an jenem Abend nur wichtig, dass Karl Sommer tot war. Kein Unheil mehr anrichten konnte. Vom Erdball, den er vergiftet hatte, verschwunden. Jetzt aber hatte mein Sohn jene Konstellation noch einmal heraufbeschworen, die Hochwälder-Sommer-Brandler-Verano-Konstellation. Sie war seit jenem Abend am Rio Iguazú erweitert durch das Gestirn Eliza und würde, was ich damals nicht ahnte, noch um ein paar weitere Sterne konstellativ bereichert werden.

Erfolg hatte er mir gewünscht, der Fritz Hochwälder in seiner Widmung, Erfolg »in jeder Hinsicht«. Das betraf den Karl Sommer und meine damalige Absicht, herauszubekommen, was aus ihm geworden war. Und so spielte ich Polly und Caspar die Geschichten Heinrich Brandlers vor, ihres Urgroßvaters, dem KPD-Vorsitzenden der Weimarer Republik und tragisch Gescheiterten des an Konstellationen nicht armen Jahres 1923. Nummer eins der Brandler-Tapes, die ich 1966 aufgenommen hatte.

»Dreiundzwanzig war ein einziger Murks, ich sag's dir, Enkelchen. Die Russen wollten Revolution in Deutschland, kann man ja verstehen, sie standen nach 1917 ganz allein auf weiter Flur, und wir sollten ihnen aus der Patsche helfen. Nur: das deutsche Proletariat hatte gerade andere Sorgen. Inflation. Das kannst du dir heute nicht mehr vorstellen. Wenn du morgens aus dem Haus gegangen bist, kostete die Milch zwei Stunden später statt tausend zehntausend, hunderttausend Mark. Du bist aber mit einer Mark aus dem Haus gegangen. Also gab's heißes Wasser über die schrumpeligen Kartoffeln statt Milch. Da mach mal Revolution, wenn es so aussieht im wirklichen Leben. Obwohl: Die Proletarier, die bei uns organisiert waren, hatten schon Lust auf Revolution. Und bei den Sozialdemokraten, da gab es auch nicht wenige, die gern losgeschlagen hätten. Schon immer, generell jedenfalls. Intuitiv irgendwie, ohne Plan. Das war das Problem. Eine hitzige Atmosphäre, Existenzängste überall, Arbeitslosigkeit, Unzufriedenheit, Verzweiflung. Wir Kommunisten interpretierten das als vorrevolutionäre Situation. Wir suchten nach dem Funken, der das ganze Schlamassel zum Lodern bringen sollte. Aber finde den mal, wenn der Proletarier bezahlbare Milch braucht und du als sein Führer die Weltrevolution propagierst. Schwierig. Hinzu kam: Wir waren als deutsche KPD de facto unterstellt der Kommunistischen Internationale und deren Chef war Grigorij Sinowjew. Eigentlich ein sympathischer Typ, ein bisschen weich, da kannte ich andere. Jedenfalls: Sinowjew hatte ein Problem. Sechs Jahre vorher, im Oktober 17, gehörten er und sein Freund Kamenew zum innersten Zirkel um Lenin. Als Lenin den Oktoberaufstand im Zentralkomitee der Bolschewiki zur Abstimmung brachte, stimmten Sinowjew und Kamenew dagegen. Haben die Aufstandspläne sogar verraten, öffentlich gemacht. Gut, Lenin hat sich durchgesetzt, die Sowjetmacht etabliert und nachtragend war er nicht, er wusste, was er an seinen alten Genossen hatte. Dreiundzwanzig war Lenin aber halber tot und der langsam aufstrebende Mann bei den Bolschewiki, Stalin, der war nachtragend. Und das wusste Sinowjew. Deshalb, Enkelchen, fürs Geschichtsbuch: Grigorij musste seine revolutionäre Zuverlässigkeit beweisen und da kamen ihm die Deutschen gerade recht. Brandler, mach Revolution! Dass er das ausgerechnet zu mir sagte, das ist auch so eine Geschichte. Ich bin dahin gekommen wie die Mutter zum Kind, oder besser sogar wie die Mutter zu zwei Kindern, Zwillingen praktisch. Erstens war ich Vorsitzender der Partei. Ich wollte eigentlich nicht, mir war das zu viel, aber August Thalheimer, mein Freund und Weggenosse sagte: »Heinrich, ein Prolet vorne dran, das tut uns gut.« Eigentlich hätte er das machen müssen, er war zehnmal klüger als ich und versierter in diesen ganzen Spielchen, aber gut, der Prolet tut seine Pflicht. Und dann, zweitens, war ich auch noch Minister geworden im Freistaat Sachsen. Das war zwar prinzipiell auch nicht blöd, dass wir als Kommunisten mit den Sozen die Regierung gebildet haben, aus heutiger Sicht, also in Kenntnis der ganzen Vornazizeit mit dem Hickhack zwischen SPD und KPD, klingt das ja gut, die beiden linken Parteien in einer Regierung, Bollwerk gegen rechts, gab es sonst ja nie. Ich hatte kein gutes Gefühl dabei. Meine Befürchtung war, dass die kämpferischen Teile der Arbeiter dann darauf vertrauen würden, ihre Minister in der Regierung würden schon alles regeln. Arbeitermacht durch Parlamentsbeschluss. Grundlegende Veränderungen, aber innerhalb der Spielregeln der parlamentarischen Demokratie. Das war nicht mein Ding. Aber ich war Parteisoldat. Und ich hatte meinen Sommer.«

»Der war damals was? Sekretär? Adjutant?«

»Mädchen für alles. Offiziell: Leiter des Büros des Vorsitzenden der KPD. Der war auch Prolet, kam aus der Gewerkschaftsbewegung, Schlesier, hatte im Bergbau gearbeitet. Das sah man seinen Händen an. Der wusste immer, was ich zu tun hatte: Acht Uhr Sitzung, zehn Uhr Rede halten, zwölf Uhr Kabinett, dreizehn Uhr Rotfrontkämpfer, fünfzehn Uhr Stadtteilzelle Dresden-Neustadt und so weiter. Hat meine Reden geschrieben, gar nicht schlecht, hat meine Hemden gebügelt, auch nicht schlecht, und spätnachts haben wir zusammen gesoffen. Das war fast freundschaftlich, ich war zwar die Nummer eins, aber wir waren ja den ganzen Tag zusammen, für die gemeinsame Sache, sag ich mal. Wir hatten sogar zusammen Weiber, Enkelchen, aber das erzähl nicht weiter. Um die ganze Sommer-Affäre zu verstehen, muss ich noch weiter ausholen. Wir, die Kommunisten, sind also in diese Regierung eingetreten in Sachsen. Nicht um irgendwie dieses Land besser zu regieren, das Einzige, was wir da wirklich bewirkt haben, war, dass der Goldfischteich der Residenz in Dresden zum Angeln für die Allgemeinheit freigegeben wurde. Nein, wir gingen in die Regierung, um an Waffen zu kommen. Ich sollte Innenminister werden, wegen der Waffen. Herausgekommen ist die Position eines Staatssekretärs, dem Ministerpräsidenten von der SPD direkt unterstellt, aber zuständig für die Polizei. Wegen der Waffen. Nur dass die sächsische Polizei halt ein paar Pistolen im Halfter hatte, schweres Gerät mussten die in Berlin anfordern. Und mit Pistolen machst du keinen Aufstand, keine Revolution, keinen Bürgerkrieg. Das war dieser Wahn der Russen. Die hatten ihre Revolution mit Kanonen und Gewehren vollbracht, so stellten sie sich das auch im Westen vor. Die Macht kommt aus den Gewehrläufen. Schon richtig, Revolution ist kein Teedeckchenstricken, wie Lenin mal gesagt hat. Bloß, für einen solchen Aufstand brauchst du schon ein paar Tausend, wenn nicht zehntausend kampfbereite Proletarier, die bereit sind, mit der Waffe in der Hand für ein besseres Leben zu kämpfen. Und nicht zweihundert Halbverrückte, die ein Selbstmordkommando übernehmen. Das war mein Dilemma. Zuschlagen ja, wenn die Arbeitermassen mitmachen. Abwarten, wenn das nicht so ist. Das habe ich in Moskau auch ständig so vertreten. Aber die haben mich bearbeitet und schlussendlich rumgekriegt. Wir deutschen Kommunisten hatten großen Respekt und blindes Vertrauen in die Revolutionserfahrung der russischen Bolschewiki. Die hatten das ja hingekriegt, unter ungleich schwierigeren Umständen. Auf unseren Wunsch hin haben die extra den Genossen Radek für uns abgestellt, der sollte den Aufstand leiten. Karl Radek, das genialste Arschloch, was mir je untergekommen ist. Arrogant bis auf die Knochen, aber Ahnung hatte er. Ein unglaublich hässlicher Mann, der dann die schönste Bolschewikin ganz Russlands abgegriffen hat. Unglaublich. Und erfahren, wie er war, hat er sofort begriffen, das wird nichts mit der sächsischen Revolution. Als er ankam, war seine erste Frage, wo sind die Maschinengewehre, wie viele habt ihr? Wir konnten nur mit den Achseln zucken. Die Proletarischen Hundertschaften, unser sogenannter militärischer Arm, hatten ein paar Messer und vielleicht dreizehn Pistolen, ich übertreib jetzt ein bisschen. Noch wichtiger war: Es gab keine objektive revolutionäre Situation damals mehr. Die Inflation, das große Schreckgespenst für die arbeitenden Massen, war kurz davor besiegt zu werden. Stresemann, der neue Reichskanzler, führte die Rentenmark ein und es ging ein großes Aufatmen durch das Land. Amerikaner und Engländer pumpten Kapital in die deutsche Wirtschaft. Um es kurz zu machen mit dem vermurksten deutschen Roten Oktober: Ich bin dann höchstpersönlich zu einem Betriebsrätekongress nach Chemnitz gefahren, habe dort eine Rede gehalten, die zum Generalstreik aufforderte, aber das hätte kein Schwein mehr interessiert, und dann haben wir, also Radek, August Thalheimer, Sommer und ich, den von der Komintern in Moskau schon exakt definierten Aufstand im Oktober 23 abgeblasen. Die wollten ein sechsjähriges Jubiläum ihrer eigenen Revolution feiern und deswegen waren sie doppelt beleidigt. Eine Fußnote ist noch, dass unser Beschluss, alles abzusagen, den deutschlandweiten Aufstand nämlich, in Hamburg zu spät eintraf. Dort hat dann der Thälmann losgeschlagen, ohne zu wissen, dass wir bereits in der Defensive waren. Es gab ein paar tote Proleten in Hamburg, aber für Moskau war Thälmann der revolutionäre Held. Ein Arschloch, ein ahnungsloses, war er. Und übrigens, das ist mir erst viel später aufgefallen: Zur exakt gleichen Zeit, als wir in Sachsen da rumexperimentierten mit der revolutionären Zukunft, da sind in München der Ludendorff und der Hitler zur Feldherrnhalle marschiert, die wollten auch einen Aufstand machen. Sachsen und Bayern, vereint im Wahn. Wobei: Wir hatten schon die besseren Motive, ohne Scheiß.«

»Und Sommer?«

»Ja, der Karl Sommer. Noch mal ausholen. Wir hatten damals schon Probleme innerhalb der Partei mit den Berlinern. Also der Bezirk Berlin, der angeführt wurde von Ruth Fischer und Arkadij Maslow, auch privat ein Paar. Ruth war ein Phänomen, eine kleine Wienerin, die dann später, als sie Reichstagsabgeordnete war, das ganze Parlament aufmischte. Brillante Rednerin, charismatisch ohne Ende. Und Arkadij war ihr Kopf, so wie Thalheimer meiner war. Sie waren linksradikal, alles jetzt und sofort, und das gefiel der Komintern natürlich, Grigorij Sinowjew vor allem. 1924 mussten wir antanzen in Moskau, Rechenschaft ablegen über unseren gescheiterten Murks. Die haben uns zur Schnecke gemacht, Kapitulantentum, Zurückweichen vor dem Feind, das ganze Arsenal. Was wir nicht wussten: Wir waren nur Spielfiguren im großen Nachfolgekampf um das Erbe Lenins zwischen Stalin und Trotzkij. Radek, der das besser wusste, hat sich und uns verteidigt. Und dann eines Abends, wir saßen alle im Parkett, August, Radek und ich, irgendwo auf der Empore verbarg sich Stalin. Und, wie soll ich sagen, es trat als Zeuge der Anklage Karl Sommer auf. Bezichtigte mich der Feigheit, der Unentschlossenheit, des mangelnden Vertrauens in die Kraft der proletarischen Massen und der ganze Dreck. Er wüsste das aus erster Hand. Ich war wie erschlagen. Mein Karl. Total umgeschwenkt auf das pseudoradikale Geschwätz von Ruthchen und ihrem Maslow. Ich begriff es auch nicht, ich dachte, vielleicht hat er sich in den großen Busen der Ruth Fischer verkuckt. Obwohl: Verrat, Denunziation, das war das übliche Verhalten in unseren Kreisen damals. Oft, ach was, immer auch eine Frage des Überlebens. Obwohl, ich sag schon wieder obwohl, weißt du, Enkelchen, das ist nicht immer sauber auseinanderzuhalten, das waren komplizierte Zeiten. Was ich sagen wollte: Damals in den Zwanzigerjahren ist noch niemand geköpft worden. Den Radek, den Hauptverantwortlichen, mich mal beiseitegelassen, hat es erst Jahre später erwischt. Jedenfalls, der Fisch war geputzt, ich kam, wie soll man das ausdrücken, in mehr oder weniger ehrenvolle Schutzhaft in Moskau. Ruth Fischer und Arkadij Maslow übernahmen die KPD und Karl Radek war vorerst mal weg vom Fenster. Karl Sommer ging zurück nach Berlin und machte für Ruth und Arkadij das Gleiche, was er für mich gemacht hatte. Bis er dann sechs Jahre später in die SA eintrat.«

»Von der KPD in die SA. Ehrlich?«

»Ja, das war damals gar keine Seltenheit. Vor allem bei den Jüngeren. Die waren erst mal gerne und häufig auf Krawall gebürstet. Und wollten Zusammenhalt, Kameradschaft. Bei uns bekamen sie das Internationale dazu, die Begeisterung für die Sowjetunion, Aufbau von etwas völlig Neuem, Enthusiasmus für die Zukunft. Bei den Nazis bekamen sie das Nationale, das Überhebliche, Arrogante, und das ist für junge Männer auch nicht ganz unattraktiv. Beim Sommer kam etwas relativ Schlichtes hinzu. Der meinte, die Zeichen der Zeit erkannt zu haben, und hat einfach auf das erfolgversprechendere Pferd gesetzt.

Der war schon clever, wendig, immer die Nase im Wind. Ist dann rechtzeitig von der SA zur SS gewechselt, bevor der Adolf seinen alten Kumpel Röhm um die Ecke gebracht hat und die halbe SA obendrein. Als er noch bei der SA war und die Nazis noch nicht an der Macht, da hat er sich schon einen gewissen Ruf eingehandelt: Sommer, der kalte Tod der Roten. Seine Truppe damals, das waren zehn, fünfzehn Schläger, die hat er gezielt in die Hochburgen der KPD geschickt, in den Wedding und Prenzlauer Berg, und dort haben die richtig gewüstet. Wer krankenhausreif war, hatte noch Glück gehabt. Immer feste druff auf die Roten. Mir ist damals gesteckt worden, dass Sommer vor allem einen Riesenhass auf den Arkadij Maslow gehabt hat, der Ex-Vorsitzende der KPD, mein Nachfolger praktisch, auch als Ex. Und das soll was mit der Ruth Fischer zu tun gehabt haben, auf die der Sommer zu seiner KPD-Zeit scharf gewesen ist. Der Maslow, der ja auch der Mann vom Ruthchen war, hat ihm wohl mal eine gedonnert. Vor mehreren Genossen. Das hat der nicht vergessen, da nehm' ich Wetten an. Jedenfalls, solche Typen konnten bei den Nazis natürlich viel werden und Sommer ist dann Obersturmbannführer bei der SS geworden, irgendwas Wichtiges für die Kriegsführung im Osten, nicht an der Front natürlich, immer schön in der sicheren Etappe. Und dann ist ihm dein Vater begegnet, der Friedrich, Gott hab ihn selig.«

»Sommer und mein Vater, ich fass es nicht. Woher weißt du das eigentlich alles? Du warst doch zu der Zeit in Paris, oder?«

»In Paris, ja, und dann in Havanna. Bin rumgekommen, hab was von der Welt gesehen, das muss man den Nazis lassen.

Erzählt, beziehungsweise geschrieben, hat mir das alles deine Mutter, die hat es ja hautnah mitbekommen, die Geschichte von Karl Sommer und Friedrich Brandler, meinem Sohn, deinem Vater. Im Frühjahr 44 hatte er Fronturlaub, dein Vater, er kam aus Russland zurück, war bei diesen sinnlosen Rückzugsgefechten in der Ukraine beteiligt gewesen. Und eines Tages läutet es bei den Brandlers und der Obersturmbannführer Sommer steht vor der Tür. In voller Montur mit dem Dolch und den schwarzen Klappen am Mantel und so weiter. Mein Sohn konnte mit dem Namen natürlich etwas anfangen und hat sich gehörig gewundert. Der Sommer kam dann aber auf die ganz andere Tour, er hat fast geweint, die ganze Nazi-Scheiße sei ein schrecklicher Irrtum, er habe das jetzt endlich erkannt und er wolle seinem alten Freund Heinrich Brandler, also mir, eine Nachricht zukommen lassen, wie leid ihm das alles tue, und um Verzeihung bitten und der ganze Schmonz. Friedrich hat sich das angehört, kein Wort geglaubt, und im Übrigen erklärt, er wisse nicht, wo sein Vater derzeit sei. Kühler Abschied. Der Sommer hat aber nicht lockergelassen. Alle zwei Tage ist er aufgetaucht, mal mit Blumen für Frieda, mal mit 'ner Wurstkonserve, mal mit Pralinen. Hat dann immer wieder einen draufgesetzt: dass er ja mit den Leuten konspiriere, die Hitler beseitigen wollen, dass er Kontakte zur Roten Kapelle suche, dass er also eigentlich ein Widerstandskämpfer sei. Ende Juni, Friedrich sollte an einem Dienstag wieder an die Front, kommt am Tag davor ein Brief: Der Obergefreite Friedrich Brandler solle bis auf Weiteres in Berlin verbleiben und weitere Anweisungen erwarten. Keine Front also. Am Abend kam Sommer vorbei, süffisant lächelnd: »Ein bisschen Einfluss habe ich ja noch.« Dann hat er einen Umschlag auf den Tisch gelegt und gesagt: »Das sind die Pläne für die Operation ›Wacht am Rhein‹, mit der die Heeresgruppe B den Hafen von Antwerpen zurückerobern will. Von Keitel und Jodl abgezeichnet. Ich denke, das könnte deine Freunde interessieren.« Friedrich war besonnen, er hat dem Sommer gesagt, er soll den Dreck wieder mitnehmen, das interessiere ihn nicht und welche Freunde er eigentlich meine. Also ist der Sommer abgetrottelt mit seinem Kuvert. Am nächsten Morgen macht Friedrich seinen Briefkasten auf und da liegt das Kuvert. Und da beginnt das Verhängnis. Friedrich, das musst du wissen, Enkelchen, war kein organisierter Kommunist, schon gar nicht während der Nazi-Zeit. Er war ein braver Bibliothekar und wollte kein so aufregendes Leben wie sein Vater. Aber als er das Kuvert aufmachte, sah das alles verdammt echt aus. Und dann hat ihn ein Rappel gepackt. Er ist ein paar Blöcke weiter zum Genossen Gerald gelaufen, von dem er wusste, irgendwas mit Widerstandszelle. Einmal hatte er ihn sogar durch die Wohnungstür schlüpfen lassen, als der am Flüchten war. Der Gerald aber hat sofort gesagt, als er die Dokumente ansah, Vorsicht, das ist eine Falle, da geht etwas nicht mit rechten Dingen zu. Nimm das Zeug sofort mit und dann weg damit, verbrennen am besten. Als der Friedrich unten aus der Haustür herausgeht, steht da schon die Gestapo. Den Gerald haben sie auch gleich geschnappt. Drei Tage später Volksgerichtshof, Anklage auf Volksverräter, Wehrkraftzersetzung, das ganze Arsenal. Tod durch den Strang für Friedrich und den Gerald. Vollstreckt am nächsten Morgen. So war das mit dem Karl Sommer und deinem Vater. Als Friedrich im Prozess den Sommer als Überbringer des Kuverts benannte, sagte der Richter nur lakonisch: Karl Sommer hat augenscheinlich das Vaterland mit unbekanntem Ziel verlassen. Der war verduftet und vorher hat er sich am Brandler gerächt. Wofür, da habe ich keine Ahnung. Ein Drecksack, ein Fluch, ein ich weiß nicht. Acht Monate später bist du zur Welt gekommen, Enkelchen, wenigstens etwas.«

Polly und Cas saßen stumm da. Sie hatten zum ersten Mal die Stimme ihres Urgroßvaters gehört und zum ersten Mal das Schicksal ihres Großvaters erzählt bekommen. Ich hörte mich in die Stille sprechen: »Der Fritz Hochwälder, Caspar, der hat 1944 den Karl Sommer in Zürich getroffen. Und weil ich ihm in groben Zügen von ihm erzählte, wünschte er mir Erfolg, auch in dieser Hinsicht, bei der Suche nämlich nach ihm. Und dann passierte ein paar Wochen später das Allerverrückteste. Bei den Filmaufnahmen am Rio Iguazú, du erinnerst dich, lernte ich einen Stuntman namens Carlos Verano aus Paraguay kennen, den Sohn von Karl Sommer. Er erzählte mir, dass der alte Nazi seit zwölf Jahren tot sei. Den Mörder eures Großvaters brauchen wir also nicht mehr zu suchen. Das hat sich erledigt.«

Lena, die die ganze Zeit im Lehnstuhl gesessen und alles mitbekommen hatte, fragte: »Carlos Verano aus Paraguay. Wie sah der aus?« Mich wunderte das damals, diese Frage, aber sich bei Lena zu wundern, gehört zu meiner Kernkompetenz: »Hübscher Kerl. Ein paar Jahre jünger als ich. Athletisch, die samtene Haut seiner Indio-Vorfahren. Und ein langer, schlanker Hals, der war schon auffällig.«

»Carlos, Carlos Verano, sieh mal einer an«, sagte Lena. Was das zu bedeuten hatte, das sollte ich erst sehr viel später erfahren.

Côte d'Argent 1967. Heidelberg 1968

Sand. Feiner weißer Sand. Zwischen den Zehen, an den Schultern, den Lenden, überall. Sand der Zwischenzone, wo das Meer noch nicht Meer ist und das Land nicht mehr Land. Sand im Haar, auf der Haut, zwischen den Zähnen. Weicher, warmer Sand. Feingeschmirgelt durch nichts als die Zeit. Lenas Zunge stupste ein paar Körnchen von ihrer Lippe.

Über ihr leuchtete das ewige, schimmernde Sternenfirmament. Wenn man alle bekannten Himmelskörper des Universums zusammenzählt, die unbekannten dazunimmt und sie abgleicht mit der Anzahl der Sandkörner aller Küsten dieser Welt, so kommt man auf annähernd gleiche Werte. Was ein ähnlich verblüffender Sachverhalt ist wie die bekannte Tatsache, dass die Dimension des menschlichen Körpers fast exakt den Mittelwert darstellt zwischen der derzeit angenommenen maximalen Ausdehnung des Universums und den kleinsten messbaren Teilchen, jenen also, die um ein millionenfaches kleiner sind als das ohnehin schon verschwindend winzige Atom. Womit die Naturwissenschaften nachgewiesen haben, was Theologen vermutet, geglaubt und mit ihren Methoden zu beweisen suchten: Dass die Erde der Mittelpunkt und der Mensch die Krönung der Schöpfung sei.

Lenas brillant leuchtendes Sternenfirmament war gekennzeichnet von der Tatsache, dass der Mond sich davongemacht hatte. Am weißen Strand der Côte d'Argent herrschte Neumond, was ja nur auf eigenartige Weise ausdrückt, dass er sich mal wieder für ein paar Tage verkrochen hatte. Den Sternen schien es zu gefallen, dass diese vorlaute Nachtlaterne endlich Ruhe gab, wohl wissend, dass der Mond im Gegensatz zu ihnen keine Galaxie, kein Stern, ja nicht mal ein Planet war, sondern ein kleiner, subalterner Trabant. Ein Angeber, der, wenn er sichtbar war, seine Winzigkeit durch geborgte Lichtstärke ins Riesenhafte zu kompensieren suchte. Die Sterne jedenfalls funkelten und strahlten fröhlich um die Wette und zwei von ihnen, die dort oben die Eckpunkte an der kürzeren

Seite eines fast regelmäßigen Rechtecks bildeten, der Volksmund nennt sie Castor und Pollux, schienen es besonders vergnügt zu treiben. Nicht ahnend, dass eine mächtige Wolkenbank, die aus Westen heranzog, dem ganzen Spektakel bald ein Ende bereiten sollte.

Die Senke oben auf der Düne hatte sie vor Blicken geschützt. Dietrich, oder besser: Diddy, wie sie ihn seit ein paar Monaten aus modernisierenden Gründen nannte, hatte leise ein letztes Mal gestöhnt, dann sich aus ihr gelöst, sie geküsst und war hinunter zum Strand gelaufen. Sie sah ihn in der Dunkelheit verschwinden, den großen Mann mit den Schultern und den Hüften eines Kopfarbeiters und dachte, gar nicht erschrocken, eher amüsiert daran, dass sie die Pille mal wieder vergessen hatte. Krieg ich halt ein Kind von Diddy. Sie schloss die Augen, spürte immer noch oder schon wieder die Lust in sich, mach nicht so lange, Diddy, komm schnell zurück, ich mag das Salzwasser auf deiner Haut.

Dietrich aber liebte es, nachts auf den Schaumkronen der Atlantikwellen zu gleiten, schaumgeboren, so drückte er sich aus, kam der dann zurück und auch diesmal gönnte er sich ein ausgiebiges Nacht- und Nacktbaden im atlantischen Meer, das zu diesem Zeitpunkt den Gezeitenstand der tiefsten Ebbe aufwies, wodurch der Strand um gute hundert Meter an Tiefe zunimmt. Verantwortlich dafür: natürlich der Mond, dieser Nichtsnutz. Es dauerte also eine Weile, bis Dietrich die Brandungswelle mit ihrer schäumenden Gischt gewaltig auf sich zustürzen sah. Er zögerte, sie war höher als sonst, mächtig aufwallend, und wenn sie in all den Tagen zuvor sich allenfalls auf Brusthöhe ihm entgegengeworfen hatte, so war ihm heute Nacht klar, dass sie ihn überragte. Scheißegal, dachte er, das ist alles nur Quantität, die physikalische Qualität ist die gleiche, Welle bleibt Welle. Und also machte er einen kleinen Hüpfer nach vorne, die Arme ausgestreckt, und tauchte unter dem Biest einfach durch. Als er den Kopf wieder oben hatte hinter der gewalttätigen Brandung, rollten die Wellen immer noch aufragend mit respektablen Höhen und Tälern landeinwärts, jedoch nun als gleichförmiges, wenn auch heftig schaukelndes Auf und Ab. Dietrich legte sich auf den Rücken, breitete die Arme aus und mit leichten Bewegungen von Händen, Armen und Beinen fuhr er Achterbahn. Glückselig gestimmt war er ohnehin, jetzt wurde er gehoben, gesenkt, gedreht und gleich wieder gehoben, es war, als ob er in einer riesengroßen Wiege geschaukelt würde, und einen kurzen Moment überkam ihn der Gedanke, ob dies nicht ein Zustand sein könnte, der nie aufhören sollte. Dies also seine Gefühlslage, eine sehr subjektive, muss man betonen, denn objektiv glich seine Situation eher einem Korken, der in heftigen Umtrieben sich vorläufig oben hielt.

Als er nach einer Weile, einer kurzen, einer langen, kein Mensch vermag dies zu sagen, den Kopf hob, war rings um ihn nur das kalte, schwarze Meer und überall die gleiche dunkle Nacht. Vor das Sternengefunkel hatte sich das Wolkenband geschoben. Vom nächsten Wellenberg erhoffte er Übersicht, aber alles war noch schwärzer, noch dunkler, noch gleichförmiger, eine Nacht ohne Horizont, ohne Halt, ohne Orientierung. Er fühlte, wie schlagartig ein inneres Brausen in ihm hochkroch, von unten kam es, breitete sich aus und überfiel seinen Kopf. Und in dieses kalte, heiße Sausen in seinen Organen mischte sich ein einziger kleiner, furchterregender Gedanke: die Strömungen.

Die Strömungen vor der Côte d'Argent waren Gesprächsthema unter den Touristen, sie waren Nachrichten in den lokalen Zeitungen, sie waren der Grund für Dutzende jämmerlich Ertrunkener, alljährlich vor der Küste zwischen Bordeaux und Biarritz. Jeder, der hierher kam, hatte davon gehört, jeder lästerte über die Idioten, die sich zu weit hinauswagten und keine Chance hatten, jemals zurückzukehren. Jahrzehnte später flogen Hubschrauber in der Hauptsaison regelmäßig die Küstenlinie ab, Rettungsschwimmer tasteten mit ihren Ferngläsern die Badestrände ab, die Schwimmflossen griffbereit. Tote gab es dennoch in jedem Jahr, schließlich erstreckt sich die Côte d'Argent über 150 Kilometer der Länge nach und so einförmig sie sich darbietet, so unberechenbar mäandern die

Strömungen mit ihrer unbeherrschbaren Kraft. In jener Nacht aber, als Dietrich korkenhaft die Glückseligkeit erlebte, waren weder Hubschrauber unterwegs noch Rettungsschwimmer im Einsatz. Es gab nur einen leuchtenden Stern.

Der Stern stand tief. Er stand so tief, dass er unmöglich zum Firmament gehören konnte. Er war klein, aber er strahlte und leuchtete wie keiner der vielen da oben, die nun allesamt ausgeknipst waren. Er war ein Licht am Horizont und Dietrich begann, mit – wie er fand – kräftigen Stößen zu schwimmen. Er hatte das bislang unterlassen, denn Schwimmen ist eine Bewegung und die verlangt nach einer Richtung. Jetzt hatte er sie, den Stern, der unverwandt funkelte. Gleichzeitig bemerkte er jedoch, dass das, was er jetzt tat, völlig vergebens, ja idiotisch war. Er schwamm nach vorne zum Stern hin, aber es zog ihn nach hinten ins Dunkle. Er wechselte vom Bruststil in eine Art Kraulen, aber er kam keinen Meter voran. Was zwangsläufig folgte, war eine zweite heiße Welle in seinem Inneren, diesmal war es die blanke Todesangst. Er wusste das, er hatte es oft genug gehört: Die meisten Ertrunkenen an dieser Küste waren an Erschöpfung gestorben. Mit ihrer kümmerlichen Muskelkraft hatten sie versucht, einem viel stärkeren Element zu trotzen. Einem animalischen Lebenswillen gehorchend, hatten sie sich selbst das Lebenslicht ausgeblasen. Dietrich hörte auf zu schwimmen, er thronte gerade auf einem Wellenberg, in der Ferne funkelte der rettende Stern. Die Welle schwappte, die Gischt traf seinen Nacken.

Das war die Rettung. Es dauerte eine Weile, bis er begriff. Die Flut hatte eingesetzt, dem Mond sei Dank, und die Wellen rollten kraftvoll landeinwärts. Die Strömung, nur wenig darunter, in die Gegenrichtung. Er stellte sich auf die Wellen ein. Immer, wenn eine kam, nahm er ihre Kraft mit, ruderte auf ihrem Kamm, surfend mit kontrollierten Armbewegungen, um sich dann wieder ins Wellental gleiten zu lassen. Dann blickte er zurück, wartete, sah die nächste kommen, ließ sich hochtragen und surfte. Es funktionierte, langsam zwar, aber stetig. Der Stern hatte zu leuchten aufgehört, aber nach und nach schälte sich die Küstenlinie aus dem Dunkel heraus. Die letzte, die Brandungswelle, schleuderte ihn auf den nassen Sand. Schwer keuchend blieb er liegen. Er hatte genug Bücher in seinem Leben gelesen, um seinen Stern mit dem St.-Elms-Feuer in Verbindung zu bringen, jenem mythenumrankten Licht, das in alten Zeiten Seefahrern in höchster Not Rettung geboten hatte. Aber wer hatte ihm geleuchtet, was ihn gerettet? Dann erhob er sich, ging zur Düne hinauf. Lena von diesem Abenteuer zu erzählen, verbot er sich. Was in der Zwischenzeit auf der Düne passiert war, davon hatte Dietrich keine Ahnung, die Zwischenzeit war einigermaßen ausgedehnt gewesen.

Lena hingegen hatte an das, was nun von dieser Zwischenzeit zu erzählen ist, eine nur undeutliche Erinnerung, sie hätte, wenn sie gefragt worden wäre, möglicherweise ihre Stimmung, ihre körperliche Gestimmtheit und die daraus resultierende seelische Verfassung mit vagen Worten umschreiben können, geschweige aber Details dessen, was in jener Zwischenzeit sich ereignete. Gut, sie hatten gekifft vorher am Lagerfeuer bei Sonnenuntergang, ein paar Flaschen Rotwein waren auch gekreist, aber mehr als ein paar Züge und einige wenige Schlucke waren es von ihrer Seite nicht gewesen, sie war aus gutem Hause und in dieser halblinken Hippie-Clique mit ihren knapp zwanzig Jahren ohnehin eine der jüngsten. So sind wir auf Vermutungen angewiesen, auf Erfahrungswerte, die sich aus dem Leben und der einschlägigen Literatur gewinnen lassen und dem Folgenden eine gewisse Plausibilität verleihen.

Lena also war erregt. Immer noch und auch schon wieder. Ihre Augen sind geschlossen, die eine Hand liegt im Nacken, die andere auf dem Bauch, sogar ein wenig tiefer, fast an der Scham. Den Schatten, der über ihr schwebt, sie sieht ihn nicht, sie spürt ihn nicht, sie ahnt ihn allenfalls. Was sie spürt, ist ein leiser sanfter Druck an den Innenseiten ihrer Schenkel und der kleine Schrei, fast sogar eher ein Seufzer, den sie nun ausstößt, rührt von einer eindringlichen Berührung in ihrer Mitte her, von der sie nicht sagen kann, ob sie Panik oder Hingabe auslöst. Gleichviel: Ihr Rücken krümmt sich, ihr Becken hebt sich, es senkt sich, langsam geschieht dies, mit unglaublicher Langsamkeit, im Modus der Zeitlupe sozusagen. Sie will nichts sehen, sie hält die Augen geschlossen, dafür krallen sich ihre Hände in das, was als Schatten über ihr ist, dort, wo ihre Mitte ist und darüber die Mitte des Schattens und sie fühlt das Widersprüchlichste überhaupt, nämlich Festigkeit und Sanftheit. Festes Backenfleisch, umspannt von einer weichen Haut, die ihr unwiderstehlich die Vorstellung von einem dunklen, schweren Samtstoff ins Gemüt verpflanzt. Das Heben und Senken beider Becken hat mittlerweile Ergänzung gefunden durch eine kreisförmige Bewegung, die Lena, da dies verbunden war mit einem stetigen Zuwachs an Tempo, das Gefühl vermittelt, in einer ekstatischen Lustspirale irgendwohin nach oben getrieben zu werden, in Gefilde jedenfalls, wo sie noch nie gewesen war, und als sie spürt, dass dies nun der Punkt ist, wo es nicht höher gehen kann, der Gipfel und Höhepunkt einer nie gekannten Lustempfindung, da hört sie einen Laut, einen Schrei, ein unartikuliertes Wort einer ihr fremden Sprache und sie schlägt die Augen auf.

Was sie sah, war ein nach hinten gekrümmter Männerkörper, ein in den Nacken geworfener Kopf, sodass kein Gesicht zu erkennen war, sondern nur ein erstaunlich langer, schlanker Hals, bei dem sie sofort an den eines Schwanes denken musste. An diesem Hals funkelte ein Stern, so als ob das ganze Licht des Sternenfirmaments sich in diesem einen Stern gebündelt hätte. Und dann, nach dieser unüberhörbaren und unübersehbaren Bestätigung, dass dies alles kein Traum gewesen war, entglitt der Schatten, so lautlos wie er gekommen war, in die Nacht und in die Dünen, unsichtbar geworden, was einem Schatten in der Nacht bei Neumond plus nun heraufgezogenem Wolkenband durchaus gelingen kann.

Als Dietrich kurz darauf prustend die Nässe seiner Haare über ihrem erhitzten Körper verteilte und dann sein von der Atlantikkälte verschrumpeltes Glied an ihrer Pobacke aufzurichten versuchte, legte sie ihm zwei Finger auf die Augen, zog die Decke um sie beide fest und so schliefen sie aneinandergeschmiegt einem exorbitanten Sonnenaufgang entgegen. Nur einmal wachte Lena in dieser Nacht kurz auf, etwas Hartes unter ihrer Brust hatte sie gestört und als sie schlaftrunken die Störung beheben wollte, hielt sie ein Lederband in der Hand, daran ein kleines Amulett mit einem weißen Stern in der Mitte. Sie behielt es fest in ihrer Faust und schlief sofort wieder ein.

Soweit also die Vermutungen über jene Nacht. Fakt hingegen ist, dass Lena am Vormittag des darauffolgenden Tages auf die Suche ging. Contis Plage bestand in jener Zeit aus ein paar zweistöckigen Holzhäusern aus dem vorigen Jahrhundert, die bis auf die heutige Zeit überlebt haben, ansonsten jedoch aus einer Ansammlung von durch Vorläufigkeit gekennzeichneten Buden, in denen Surfer, Biker, Studenten und richtige Aussteiger im Geiste von Love, Peace and Happiness ihre Tage verbrachten. Am späten Vormittag, wenn die Sonne schon ziemlich hochstand, pilgerte die Gemeinschaft nach und nach vom Nachtquartier am Strand zurück zu den Buden, auf einen Café au lait, ein trockenes Croissant oder ein erstes Glas Cidre, Pernod oder Weißwein. Zwei, drei Stunden später zog die Karawane wieder strandwärts, es wurde gesurft, gebadet, nackend Volleyball gespielt, der eine las im Wilhelm Reich oder im Herbert Marcuse, die andere in der Simone de Beauvoir, ein anderer den neuesten Asterix und einer im Nietzsche. Dietrich war vertieft in die Frühschriften des Karl Marx, ein paar schrieben Gedichte oder lasen welche von Brecht oder Brinkmann, trommelten auf Bongos oder klimperten auf der Gitarre. Am frühen Abend versorgte man sich in einer der besseren Buden, über deren Eingang aus angeschwemmtem Ast- und Wurzelwerk der Schriftzug »Alimentation« geformt war, mit Baguette, Wein, Wurst und Käse. Wenig später wurden Lagerfeuer entzündet, es wurde gekifft, getrunken, ein paar Trips eingeworfen, zur Gitarre »House of the rising sun«, »Eve of Destruction« und »Blowin' in the wind« gesungen und anschließend in unterschiedlichsten Konstellationen gevögelt. Es war alles in allem ein

Sommer, der in die Geschichtsbücher eingehen sollte. Er, der Sommer, wusste zu diesem Zeitpunkt natürlich noch nichts davon. Die Liebe war ein großes Thema, aber die Wut, der Zorn und der Hass ein genauso großes. Es wallten die bunten Batik-Kleidchen, ebenso wie die den Black Panthers nachempfunden Lederjacken straff saßen. Joan Baez wurde verehrt und Stokely Carmichael bewundert. Man liebte einander und man liebte den Vietcong. Beides war revolutionär, alles zusammen sowieso, zumindest irgendwie. Das war 1967, in dem der tiefe Graben zwischen Stones und Beatles längst von Bob Dylan überwunden war.

Vielleicht, da wir nun schon vom Mond sprachen, sollten wir uns diesen Sommer wie eine Sonne vorstellen. Eine Sonne, die fortwährend Protuberanzen ausstößt. Die, je weiter sie sich von ihrem Ursprung entfernen, drastisch ihre chemische Substanz verändern, sodass aus protestantischen Pastorentöchtern Killerinnen werden konnten, aus Taxifahrern Minister, aus Philosophiestudenten orangefarbene Erlösungssuchende, aus Christen Marxisten und aus Marxisten Nazis, aus so viel Hoffnung das absurdeste Quergedenke. Sie war sehr heiß, diese Sonne des Jahres 1967, so glühend und konvulsiv strahlend wie selten, und sie schleuderte eine Menge an unwägbarem Material heraus, sodass aus konfrontativer Debattierlust behagliche Gemeinsamkeit im Modus des Stuhlkreisgeplappers wurde, aus Achtung vor der Würde der harten Arbeit des Proletariers die ungefähre Sozialarbeit der verlorenen Akademikerkinder mit den Unterabteilungen Beziehungsarbeit, Trauerarbeit und Traumarbeit, aus Kindern Monster wurden, aus Schönheit Hässlichkeit, aus Befreiung biedere Konvention, aus vielem alles Mögliche, oder, um es deutlicher zu sagen, aus schlecht begriffenen Gewissheiten die Formlosigkeit unserer Zeit. In der Folgezeit gebar die Sonne Protuberanzen wie das *irgendwie*, das *sozusagen* und *gewissermaßen*, die *Betroffenheit*, die alles verblödende *Nachhaltigkeit*, später dann die *Achtsamkeit*, den *Diskurs* mit seinen Nebenwirkungen des *Zuhörens* und des *Zulassens* und der *Augenhöhe*, das unvermeidliche *Narrativ* und schließlich dann die *Alternativlosigkeit*.

Die heiße Sonne schien den lieben langen Tag, sie ging spektakulär unter und sensationell auf. Der Lebensrhythmus jenes kleinen Volkes in Contis Plage bedingte es, mehr Untergänge zu erleben als Aufgänge. Die historische Situation war eine andere, mehr Aufgang war selten. Wenn man sich überlegt, dass zwar nicht hier, im kleinen Contis Plage an der Côte d'Argent im französischen Südwesten mit seiner vergleichbar kleinen Sonne, aber im gleichen physikalisch-chemischen Sinne auf der anderen Seite des Atlantiks und sogar noch weiter drüben an der Küste des Pazifiks in jener Zeit die Wurzeln des digitalen Zeitalters gelegt und die Anfänge von weltbeherrschenden Konzernen wie Apple, Microsoft, Google, Amazon und Facebook begründet wurden, dann erscheinen die ganze Kifferei und Vögelei und die brüchigen Sangeskünste an den Strandlagerfeuern in einem anderen Licht. Im Licht einer heißen, jeden Morgen aufs Neue aufgehenden Sonne mit Protuberanzen sonderzahl. Und müssten wir dann nicht das gehäufte Vorhandensein von Bruchbuden, Baracken und Garagen in Contis Plage zu jener Zeit unbedingt neu bedenken, kritisch natürlich, sehr kritisch sogar?

Lena suchte. Sie suchte einen Schwarzen oder etwas Ähnliches, einen Araber, einen Südländer, einen großen, dunklen, muskulösen Mann mit samtener Haut. Einen Schatten mit einem Schwanenhals. Sie hatte ihren Patchwork-Minirock aus Kunstleder angezogen, ein fahlfarbenes Träger-Top darüber und um ihren Hals baumelte das Amulett. Ein Signal: Hallo, hier bin ich, erkennst du mich? So suchte sie.

Die Contis-Gemeinde muss man sich in einer frühen Septemberwoche zu jener Zeit etwa 150-köpfig vorstellen. Die deutsche Fraktion machte etwa ein Drittel bis nahezu die Hälfte dieser Population aus. Was den eigentümlichen Effekt hervorbrachte, dass eine Menge französischer Kleinwagenfabrikate, der R4 und der 2CV vornehmlich, mit deutschen Kennzeichen durch Contis herumtuckerte, der Käfer trat weit weniger häufig auf, der VW-Bus hingegen schon. Was da an Rost eingeschleppt wurde, kehrte durch ozonhaltige Seeluft hundertfach verstärkt zurück nach Berlin, Frankfurt und Heidelberg. Diese ganze deutsche Fraktion, ergänzt durch Wiener Genossen, solche aus Zürich und der deutschen Provinz, war männlicherseits durchgängig blass, langhaarig und kurzhalsig. Es gab rotbackige Engländer, kleinwüchsige Italiener, dickbäuchige Südfranzosen, einen Araber, der, als er über die Straße ging, erkennbar hinkte, jedoch keinen Black-Power-Aktivisten, keinen palästinensischen Freiheitskrieger, keinen südamerikanischen Guerillero, es gab nur das »Café Freedom«, an dessen Theke mit Blick auf die Straße Lena sich schlussendlich niederließ. Gerd aus der Heidelberger Werderstraßen-WG saß zufällig auch da, und sie murmelte, weder Gerd noch irgendwen auf dieser Welt ansprechend: »Was für eine gottverdammte Scheiße ist das eigentlich hier?« Gerd stutzte, wandte den Kopf zur Seite, sagte nichts, nahm lieber einen Schluck Weißwein. Sie gab eine vage Personenbeschreibung ab, schließlich gehörte der Gerd zum Inventar von Contis und kannte hier Hinz und Kunz, aber die Beschreibung war vage, Gerd benebelt und so hörte sie nur ein: »Nö, muss ich passen.« Sie präsentierte ihr Amulett so, als ob sie gedankenverloren damit spielen würde, und hatte das unabwendbare Gefühl, dass jedes männliche Individuum dieser vorbeiflanierenden Mischpoke ihr wissend zulächelte.

Lena stand in diesem Spätsommer kurz vor ihrem dritten Semester. Ein gutes Jahr zuvor hatte sie in Wien ihre Matura gemacht, um dann in Heidelberg Germanistik zu studieren. In Heidelberg, so hatte sie gehört, war mehr los als in Wien, bezogen auf die Ereignisse, von denen jetzt überall zu lesen war. Berlin und Frankfurt wären insofern ebenfalls Optionen gewesen, aber in Heidelberg lehrte am Germanistischen Seminar der Doyen der Goethe-Forschung und Lena wollte nicht nur Germanistik studieren, sie wollte Goethe-Spezialistin werden, die Goethe-Spezialistin überhaupt, um es genau zu sagen.

Zum Goethe war sie eher auf Umwegen gestoßen. In einer Wiener Zeitung wurde über einen spektakulären Kriminalfall berichtet. Ein Schreinermeister aus dem oberösterreichischen Attnang-Puchheim hatte seine Kreissäge zweckentfremdet, mehrere Menschen waren zu Tode gekommen, darunter einige aus dem engeren Familienkreis des ansonsten unbescholtenen Handwerkers. Der Berichterstatter ließ es sich nicht nehmen, wie Legionen seiner Berufskollegen zuvor und danach, Goethe herbeizubeschwören, der einmal bemerkt haben sollte, in seinem Leben noch von keinem Verbrechen gehört zu haben, das er nicht hätte begehen können. Das imponierte Lena. Sie las den *Werther*. Anderes, wie den *Wilhelm Meister* und die *Wahlverwandtschaften*, verschob sie erst mal, der *Faust* kam in der Schule ohnehin dran. Selbst dies tat ihrer Begeisterung keinen Abbruch.

Der Heidelberger Goethe-Doyen entpuppte sich schnell als ein seinem Studienobjekt physiognomisch immer ähnlicher werdender älterer Herr, der die Studentenbewegung mit Verachtung strafte, was auf Gegenseitigkeit beruhte. Als Lena in einer Vorlesung des Doyen, die den zweiten Teil des Faust zum Thema hatte, das Wort ergriff, was im Wintersemester 66/67 selbst im Heidelberger Germanistischen Seminar noch durchaus unüblich war, zumal von einem Erstsemester, und sie dabei Begriffe wie »Humanitätsgeschwafel«, »bürgerliche Kacke« und Sentenzen der Art »Faust ist doch der Inbegriff bourgeoiser Weltunterwerfung« verwendete, brachte ihr das im Anschluss an die Vorlesung, beim Hinausgehen, die anerkennende Bemerkung eines etwas älteren Mithörers ein: »Sag mal, hast du Lukács gelesen? Das war ja richtig stark gerade.« Anschließend ging sie mit Dietrich in die Untere Straße ins Weinloch einen trinken und dann mit ihm ins Bett. Neben vielem anderen waren sie sich darüber einig, dass man, um Goethe zu verstehen, weniger Goethe als vielmehr Marx lesen müsse. Im Laufe der kommenden Monate stellte sich, gemessen an der üblichen Dauer historischer Mentalitätswandlungen, in rasender Geschwindigkeit heraus, dass die meisten Gesinnungsgenossen der beiden nur anders leben, einige andere jedoch, eine durch Theorie elaborierte Minderheit, nicht nur das Leben, sondern die Welt selbst verändern wollten. Lena war jenen insofern innerlich zugewandt, als sie Goethes Haltung instinktiv teilte, den Torheiten der Epoche keinen alternativen Gesellschaftsentwurf entgegenzusetzen, sondern vielmehr ein in sich stimmiges Leben zu leben. Dietrich hingegen sympathisierte, zunächst jedenfalls, mit diesen, deren Weltverständnis binnen weniger Monate von Marcuse und Adorno zu Marx und Lenin und schließlich Mao Tse-tung mäanderte. Man könnte also behaupten, dass jener Flickenteppich, den diese Patchwork-Generation ideologisch bot, in Wahrheit zwischen den Polen Goethe und Marx gestrickt war. Bei Lena und Dietrich jedenfalls war es so.

Natürlich tauchte der schwanenhalsige Schatten nicht auf. Lena und Dietrich fuhren zurück nach Heidelberg. Das neue Semester, viel mehr aber noch: die politische Arbeit erwarteten sie.

Gut sechs Wochen später, an einem späten Nachmittag, kam Lena in die Sandgasse zurück. Sie hatten da in einer WG zwei Zimmer, eine kleine Kammer zum Schlafen und ein etwas größeres Zimmer zum Arbeiten. Dietrich saß am Schreibtisch, einer Pressspanplatte über zwei Holzböcken, und hämmerte auf die Schreibmaschine ein: »Sekunde! Ich hab's gleich: *Dies ist eindeutig eine falsche, weil unmarxistische Herangehensweise.* So.«

»Haben wir in Holland Genossen?«

»Holland? Keine Ahnung. Wahrscheinlich. Müsste ich rumfragen. Wieso denn?«

»Herrgott noch mal, haben wir da Genossen oder keine?«

»Ja. Nein. Keine Ahnung. Wieso denn Holland?«

»Ich bin schwanger.«

»Schwanger? Du meinst … du kriegst ein Kind?«

»Das ist üblicherweise die Folge einer Schwangerschaft.«

»Ja schon, klar, aber Lena, Mensch, liebste Lena, das ist doch wundervoll, wie soll ich sagen, das ist ja unglaublich, ich meine, wegen der Pille, ich dachte, also jetzt bin ich wirklich platt.«

»Contis. Einmal vergessen. Oder zweimal. Und schon schwuppdiwupp.«

»Einmal rein, einmal raus, fertig ist der kleine Klaus. Unglaublich.«

»Oder zweimal rein, zweimal raus. Egal. Holland. Verstehst du?«

»Na, mehr als zweimal hatten wir es schon in Contis. Was ist denn mit Holland? Obwohl, da sind die Dünen auch sehr schön.«

»Jetzt versteh doch endlich: Ich will das nicht. Wir fahren nach Holland.«

»Ach du Scheiße. Jetzt. Verstehe. Ehrlich?«

»Ja. Unbedingt. Das ist bürgerliche Kacke. Ich will das nicht. Jetzt nicht. Das belastet nur.«

»Hui! Bürgerliche Kacke. Kinder kriegen ist eher gattungsgeschichtliche Notwendigkeit. Nur mal so.«

»Ich bin aber nicht die Gattung. Ich bin ich. Im Hier und Jetzt. Ich will studieren. Ich will Politik machen. Keine Windeln wechseln. Und deswegen: Holland.«

»Ist ja gut. Ich kümmere mich drum. Und du wirst lachen, ich weiß auch schon, wie. Aber trotzdem: Ich bin für Nachkommen. Ich meine: Das könnte doch auch eine Herangehensweise sein.«

»Willst du jetzt eine spießige bourgeoise Kleinfamilie? Willst du das? Mit einem Vorgarten vor dem kleinbourgeoisen Kleinfamilienhaus? Diese Hölle, das wissen wir doch, willst du das? Ich nicht, ich will Holland.«

»Dutschke hat auch Familie. Ist der jetzt deswegen kleinbourgeois?«

»Dietrich! Diddy! Dutschke ist mir scheißegal. In dieser Hinsicht jedenfalls. Außerdem ist er der einzige. Fast. Kümmere dich.«

Dietrich kümmerte sich. Vom kürzlich verstorbenen Großvater Heinrich hatte er ein Sparbuch geerbt. Als er es auflöste und ein paar blaue Geldscheine in den Händen hielt, erinnerte er sich an ein Gespräch mit dem alten Kommunisten, kurz vor dessen Tod, genau über dieses heikle Thema. Heinrich Brandler hatte damals nachdenklich das Haupt gewogen: »Dietrich, Dietrich, ich weiß ja nicht. Warum denn sowas? Die Genossen früher, ja mein Gott, das gab's schon auch mal, ab zum Engelmacher. Aber generell: Nachschub für die Revolution. Das war unsere Einstellung. Und irgendwie durchgekriegt hat man die Brut ja doch. Durch Krieg und Faschismus, durch die Gulags und durchs Exil. Meistens jedenfalls. Dich zum Beispiel gäb's ja sonst gar nicht.«

Amsterdam. Hojivenstraad 17, das war die Adresse. Ein Fachwerkhaus am Rande der Innenstadt. Sie standen davor, musterten die Fassade, vier Stockwerke hoch, selbst hier hatte das Goldene Zeitalter sich in Stein hinterlassen. Lena griff nach Dietrichs Hand. »Ich glaube, wir sollten das jetzt durchziehen.«

»Ja, auf geht's, rein mit uns. Augen zu und durch.«

»Nein, ich mein das anders.«

»Lena! Was ist denn jetzt schon wieder?«

»Ich will das durchziehen mit dem Kind. Irgendwie geht das schon. Irgendwie.«

»Du hast Angst.«

»Ja, auch. Aber seit ein, zwei Tagen habe ich das Gefühl, da boxt jemand in meinem Bauch. Ist ja Quatsch, weiß ich doch. Aber es boxt.«

»Es boxt.«

»Boxer im zweiten Monat. Klingt doch vielversprechend. Und deswegen ziehen wir das jetzt durch. Du machst doch mit, oder?«

Mit Opa Heinrichs Geld kamen sie noch an zwei Schwarzmarktkarten für das Derby Ajax gegen Feyenoord, Amsterdam gegen Rotterdam, Adam gegen Erdam. Gutes Spiel, Fußball total. Ajax gewann 2 : 1, das Siegtor schoss ein gewisser Johan Cruyff. Für ein Hotel reichte das Geld nicht mehr, auf einem Parkplatz an der A3 in Höhe von Aachen vögelten sie im R4, das Amulett, das Lena seit Contis Plage nicht mehr abgelegt hatte, baumelte verzückt zwischen ihren sanft anschwellenden Brüsten.

Ende des sechsten Monats erfuhren sie, dass sie Zwillinge bekommen sollten. Natürlich erfuhr Lena von ihrem Frauenarzt, dass sie, Lena, Zwillinge bekommen würde, aber Dietrich empfand es so, dass sie, sie beide, Zwillinge bekommen sollten. »Sag ich doch: Zweimal rein, zweimal raus, fertig sind die beiden Klaus.« – »Der Arzt sagt, dass es ein Junge und ein Mädchen wird.« – »Ja noch besser. Ja überhaupt perfekt. Ich habe mir immer überlegt, ob ich lieber einen Jungen oder ein Mädchen hätte. Und jetzt beides. Besser geht's nicht.« Sagte Dietrich und er meinte das auch so.

Was nun begann, war die allfällige Namensfindung. Der naturgemäß eine Namenssuche vorhergeht. Dietrich, der insgeheim mit einem Stammhalter gerechnet hatte, schlug für den männlichen Halbzwilling »Roderich« vor: »Wegen du weißt ja: Heinrich der Opa und Friedrich mein Vater und ich schließlich selbst, der Dietrich. Wir sollten bei den -richs bleiben.« – »Dann nimm doch Childerich«, schlug Lena vor, »der war auch ein König. Oder Theoderich, Alarich, Geiserich. Im Ernst, Diddy. Wir haben 1967. Da heißt kein Mensch mehr so. Außerdem sind es Zwillinge. Also, streng dich an, Vorbilder!« – »Romulus und Remus.« – »Ja, so was in der Art.« – »Prometheus und Epimetheus.« – »Nicht dein Ernst.« – »Alice und Ellen. Könnte man Alice und Alan draus machen.« – »Jetzt wird's besser.« – »Castor und Pollux.« – »Oder Caspar und Polly, das klingt doch nicht schlecht.« – »Caspar Brandler und Polly Brandler. Da kann man nicht meckern.« – »Ich heiße Breitenstein. Lena Breitenstein. Schon mal gehört? Caspar Breitenstein und Polly Breitenstein. Das klingt noch besser.« – »Ach Lena, nee. Bitte. Dann lass uns lieber heiraten.«

Die standesamtliche Trauung im Heidelberger Rathaus fand im April 1968 statt, Dietrich war zum zweiten Mal hier, drei Wochen vorher hatte der Heidelberger SDS ein Go-in veranstaltet, also ein Hineingehen in den Sitzungsaal des Stadtrates, der soeben dabei war, eine Anhebung der Fahrpreise der Straßenbahn zu beschließen, was nach Meinung des SDS gegen die Volksmassen gerichtet war. Der Stadtrat, ganz erschrocken, unterließ sein Vorhaben erst mal, vorläufig. Wenige Tage später wurden die solcherart hervorgerufenen Dissonanzen etwas heftiger, Dietrich kam eines Nachmittags humpelnd nach Hause: Er war, flüchtend vor knüppelschwingenden Polizisten, über einen Pflasterstein gestolpert, den ein schmächtiger Genosse zu kurz in Richtung Staatsmacht geworfen hatte. Alles halb so schlimm, Unkraut vergeht nicht. Nun also saß Dietrich wieder hier im Rathaus und sagte »ja«. Und Lena sagte »ja«. Und die Trauzeugen, der ewig benebelte Gerd aus der Werderstraßen-WG und Ariane, eine führende Genossin und Lenas beste Freundin, bekamen einen verhaltenen, nicht enden wollenden Kicheranfall. Im Gegensatz zur landläufigen Annahme, dass 68 auch für die Doppelnamenungetüme verantwortlich sei, hieß Lena ab sofort kürzer und bündig Lena Brandler.

Danach gingen sie ins Weinloch, feiern. Außer den Trauzeugen waren noch anwesend: Dietrichs Mutter Frieda, die den ganzen Vormittag über geheult hatte aus Rührung, aus Scham (wegen Lenas Bauch), aus Veranlagung, kein Mensch weiß es, am wenigsten sie selbst, aber nach ein paar Viertel Gutedel verflüchtigte sich das. Sowie Lenas Tante Erika Breitenstein aus Wien mit ihrem zehnjährigen Sohn Karl, Lenas Neffen. Ihre Eltern waren aus Gründen der Standesehre oder der Tradition, der Konvention, des Protests gegen die Lebensweise ihrer Tochter oder einer Mischung aus all diesem der Zeremonie ferngeblieben, die Tante jedoch, die solche Dinge etwas lockerer sah und ohnehin die Lieblingstante Lenas war, sie war da und sie mochte Gutedel. Der kleine Neffe Karl war im Weinloch ein wenig deplatziert und als Dietrich dies wenigstens ansatzweise korrigieren wollte, indem er den Knaben zu einem Schluck Spätburgunder überreden wollte, rief dies eine grässliche Grimasse auf dem Gesicht des kleinen Mannes hervor. »So an Schahss«, brüllte er durch das wie immer vollbesetzte Weinloch, das augenblicklich kollektiv verstummte, »i mog a Frucade!« Lena trank zwei Achtel und rauchte zwei Zigaretten. »Zwillinge. Du verstehst«, raunte sie Dietrich zu, »der eine boxt schon wieder. Oder die eine.«

Lena hatte Dietrich nie etwas von den näheren Umständen jener Nacht in Contis Plage erzählt, von jener schattenhaften Zwischenzeit. Genauso wie Dietrich ihr nie etwas von seinem Atlantikerlebnis in eben derselben Zwischenzeit erzählt hatte. Lena empfand ihr Geheimnis, obwohl sie nicht den Vergleichsmaßstab zu Dietrichs Geheimnis hatte, als sehr groß, ja sie war geneigt zu empfinden, dass es übermenschlich groß sei. Dietrich hatte das seine im Übrigen fast schon vergessen, erst Jahre später erzählte er es lachend in einem größeren Freundeskreis (dann aber immer wieder) und belustigte sich über Lenas schreckensgeweitete Augen. »Ist doch ewig her, Lena. Und außerdem gut ausgegangen.« Lena aber dachte an das Amulett, das sie seither in einer kleinen Schatulle in ihrer Schlafzimmerkommode verborgen hatte, und der funkelnde Stern darin und Dietrichs Erzählung von dem rettenden St.-Elms-Feuer verstärkten in ihr das Gefühl, ein übermenschliches Geheimnis zu hüten. Und sie hütete es. Lange Jahre hinweg.

In jener Zeit, Ende 67, Anfang 68, in der Lenas Bauch allmählich voluminöse Formen entwickelte und die Geschichte, die Weltgeschichte, in Berkeley und Chicago, in Paris und in Mailand, in Vietnam und im kulturrevolutionären China Fahrt aufnahm, ging Dietrich die meiste Zeit ins Kino. Er sah sich Italo-Western an. Die Djangos mit Franco Nero, die Dollar-Filme mit dem jungen Clint Eastwood und dann, die Vollendung des Genres, den Schneewestern von Sergio Corbucci mit Jean-Louis Trintignant und Klaus Kinski. Der eine ein stummer, der andere ein wahnsinniger Kopfgeldjäger. Er wurde zum Italo-Western-Experten und konnte stundenlang im Weinloch oder in den Drei Mohren extemporieren, dass dieses ganze Geballere und Gefauste mit zugekniffenen Augen und wirbelnden Colts einen Vorschein, eine Metapher für die gerade stattfindende Weltrevolution vorstelle. Dass also Django, Frantz Fanon, Klaus Kinski, Ho Chi Minh, Clint Eastwood, Che und Mao Tse-tung in einer Reihe zu sehen seien. Lena hielt dies für Quatsch, aber im Weinloch war vieles akzeptabel, eigentlich alles, solange es der Weltrevolution diente, und somit auch Dietrichs Theoreme. Dietrich war zu dieser Zeit, wie alle Männer, er aber zeit seines Lebens, wie wenige, Stehpisser.

Lena, um auch dies zur Abrundung beizutragen, war eine sportliche Erscheinung. In ihrer Jugend hatte sie Schwimmwettkämpfe absolviert, gut geturnt, ab und an Tennis gespielt und mit fünfzehn einmal den dritten Platz in einer Wiener Stadtjugendmeisterschaft über 800 Meter erzielt. Sie war schmal, muskulös und sehnig, das Becken eher zierlich gebaut, sodass die Geburt der Zwillinge eine Tortur wurde. Gleichviel: Gezeugt im Spät-Summer of Love 1967, geboren im Sternzeichen der Zwillinge, Aszendent Steinbock, Mondzeichen Widder, erblickten 47 Tage nach der Ermordung Martin Luther Kings, 40 Tage nach dem Attentat auf Rudi Dutschke und 16 Tage vor der Ermordung Robert Kennedys am 21. Mai des Jahres 1968 um 23.54 Uhr bzw. am 22. Mai um 0.14 Uhr Polly und Caspar, so hier aufgezählt aus altmodischen Gründen der Höflichkeit, in Wirklichkeit aber in umgekehrter Reihenfolge, das Licht der Welt. Zur gleichen Zeit fragte in New York eine gewisse Marie Cresspahl ihre Mutter, ob sie sich das Rauchen abgewöhnen wolle. Das mit dem Licht der Welt ist nicht einfach so dahergesagt, denn anders als bei der Zeugung beherrschte den Himmel kein Neumond, sondern der satte Vollmond, diese Pflaume, der nur von der Erde aus besehen so satt und rundlich ist, von Nahem aber, was gut ein Jahr später bezeugt wurde, eher ins Zwetschgenhafte abgleitet. Er ließ sich also sehen zur Geburtsstunde, satt und rund und hell, so als wolle er seine Zustimmung geben. In gewisser Hinsicht ein Aufgang also, wenn auch die historische Situation schon wieder eine andere war. Zwillinge allenthalben, die ihre Geburtstage an zwei verschiedenen Tagen feiern konnten. Was ungewöhnlich ist, aber im Laufe ihres weiteren Lebens immer ein zwei Tage währendes Jubelfest mit allerlei Tohuwabohu erbrachte.

Kurz nach der Geburt der Zwillinge gingen Dietrich viele Gedanken durch den Kopf. Das war schließlich sein Beruf, zu denken, aber diesmal war es eher das staunende Taumeln durch unbekanntes Gelände.

Nichts ist menschengemachter als das Firmament, dachte er. Alles, was da funkelt, ist von Menschenhand und Menschenhirn geordnet, kartographiert, mit Namen versehen, in Konstellationen gebracht. Alles entspricht der kleinen, mikroskopisch verzerrten Sicht der Menschlein in die Unendlichkeit, nichts der kosmischen Wirklichkeit. Wo zweidimensional gekrümmte Scheinordnung herrscht, existiert in Wahrheit das ausgedehnt wuchernde Chaos des Universums. Der Blick der Menschlein auf den nächtlichen Himmel ist statisch, harmonisch und wohlgeordnet, das, was dort oben, dahinter, darunter, herüber und hinweg sich wirklich abspielt, ist exorbitant schnell und rasant, dynamisch und jenseits jeglicher Vorstellungskraft. Ein einziges Tohuwabohu.

Man nehme nur jene zwei fröhlich strahlenden Sterne, die er (wie auch Lena) in jener Zwischenzeit in Contis Plage als Eckpunkte an der Schmalseite eines nahezu regelmäßigen Rechtecks funkeln sah. Der Mensch, das Menschlein, benennt diese seit der glorreichen Antike als Sternbild der Zwillinge, Castor und Pollux. In Wahrheit handelt es sich um alpha Geminorum, das ist der Castor, der satte 51 Lichtjahre entfernt von der Erde im Universum dahinwabert mit einer Leuchtkraft, die diejenige der Sonne um das 24-fache übersteigt. Das ist viel, das riecht förmlich nach Sonnenbrand, dachte Dietrich. Der andere, von den Menschlein Pollux getauft, von den wissenschaftlichen Himmelserforschern beta Geminorum, ist nicht ganz so weit weg, 33 Lichtjahre bloß, dafür 14-mal größer als die Sonne und als roter Riese mit einer Leuchtkraft ausgestattet, die 32-mal größer ist als die der in diesem Vergleich doch recht blassen Sonne.

Castor und Pollux, die beiden fröhlichen Doppel- und Parallel-Sterne der Zwischenzeit, sind also gestaffelt. Das Universum ist überhaupt sehr gestaffelt, dachte Dietrich. Um es mal vorsichtig auszudrücken. Meine Doppel-Sterne sitzen da oben am Firmament aus meinem Blickwinkel (und aus dem Lenas) nebeneinander wie zwei Musterschüler in einer Schulbank und sind in Wahrheit voneinander so weit entfernt wie ein Grashalm in der Wüste Gobi und eine vergessene Cola-Dose im Mare Crisium auf dem Mond. Eher noch weiter. Und vor allem noch tiefer gestaffelt im Raum. Das Menschlein hat sie zusammengerückt, in eine Schulbank gequetscht, eine passable Konstellation konstruiert. Was ja kein Wunder ist, wenn dieses ganze multidimensionale Lichtbombardement aus dem gekrümmten All auf Rezeptoren eines verhältnismäßig eindimensionalen Flohs im Pelz des Universums trifft. Zu diesem ganzen Komplex, den Dietrich ohne Halt vor sich hindachte, hatte der Dichter Erich Kästner unter der Überschrift »Grenzen der Aufklärung« vor einiger Zeit bündige Zeilen formuliert: »Ob Sternenglanz / ob Lichtgefunkel / im Tunnel / bleibt es immer dunkel.« Um aber überhaupt so sprechen zu können, ob als Dichter oder als Denker, hat das Menschlein die Vernunft entwickelt. Also auch mich, dachte Dietrich. Der Floh ist zwar winzig, aber nicht blöd.

Winzig war Caspar, noch winziger Polly. Hell war Caspar, dunkler Polly. Zwillinge in den Augen ihrer Eltern. Diese Unwucht in der frühkindlichen Entwicklung ändert sich auch nicht, als sie zu Krabbeln anfingen. Langsam war Caspar, flink hingegen Polly. Bei den ersten Schritten wurde es noch extremer: Stolpernd und unsicher der Caspar, festen Schritts die Polly. Der Spracherwerb hingegen entwickelte sich gegenläufig. Caspar formulierte »Metterming«, als er ein gelbes, geflügeltes Wesen flattern sah, da war Polly noch bei »Adda«.

Was allen Erwachsenen, den Eltern sowieso, aber auch Freunden und Verwandten auffiel, war die Anhänglichkeit der Zwillinge zueinander. Im buchstäblichen Sinne des

Wortes, denn der zuverlässigste Auslöser für ein beiderseitiges Schmerzens- und Schreckensgebrüll war, sie zu trennen. Der entgegengesetzte Vorgang erzielte mit ebensolcher Treffsicherheit hundertprozentige Ergebnisse. Kaum wieder vereint, war das Geschrei vorbei, ein seliges Lächeln hatte es vertrieben, und sie begannen sogleich, sich mit ihren Tapshändchen zu streicheln, an die Nase zu fassen oder in den Haaren zu wuscheln. Das war drollig anzusehen, die Eltern nahmen es glücklich zur Kenntnis und vermieden, soweit es sich machen ließ, Trennungserlebnisse. All dies und noch viel mehr spielte sich im Übrigen nicht mehr in der Sandgasse ab, sondern es war ein Wunder geschehen, wie es oft passiert, wenn ältere Ehepaare plötzlich Großeltern werden.

Lenas Familie in der väterlichen Linie hatte seit Generationen Bier gebraut, was den Breitensteins über Jahrhunderte ein verlässliches und stetig wachsendes Einkommen bescherte. Anfang der Sechzigerjahre hatte Johann Breitenstein, Lenas Vater, die Zeichen der Zeit erkannt. Es waren die Erkenntnisse des Karl Marx, die den Konzentrationsprozess des Kapitals behandelten und die Johann Breitenstein, Bierbrauer, instinktiv erfasste. (Erkenntnisse, die, wie wir gesehen haben, auch für Goethe-Forschungen nutzbar zu machen sind.) Jene historisch nicht zu übersehenden, mithin unabdingbaren, ja notwendigen Bewegungsgesetze des kapitalistischen Wirtschaftens nämlich, bei denen in der Regel die Großen die Kleinen fressen. Er verkaufte die Familienbrauerei an den weitaus größeren Konkurrenten aus Wien-Ottakring und ließ sich den Handel in Anteilen der Ottakringer vergüten. Da Ottakring wuchs, wuchsen auch die zehn Prozent, die Johann gehörten. Sichtbarer Ausdruck davon waren die Stadtvilla in Döbling, dem vornehmsten Bezirk Wiens, und das Landhaus, das ebenfalls besser Villa genannt werden sollte, am Fuße des Rax-Gebirges, einem voralpinen Hügelzug im Süden Wiens Richtung Steiermark. Die objektiven Verhältnisse im Hause Breitenstein waren also wohlgeordnet, die subjektiven weniger. Lenas Um- und Auszug aus dem elterlichen Haus ins studentenbewegungsverseuchte Heidelberg hatte eine lange Vorgeschichte. Lena fing, kurz gesagt, mit dem ganzen Reichtum, dem Milieu ihrer Eltern, der ganzen steifen großbürgerlichen Pseudovornehmheit herzlich wenig an, und was ihren Vater anbelangte, so steigerte sich dieser Widerwille gegen die familiären Verhältnisse bei der Fünfzehnjährigen zu regelrechtem Hass. Der große, massige Mann mit seiner für das Biergewerbe nicht untypischen rötlichen Gesichtshaut war laut und dominant, er hätte, wenn er gekonnt hätte, die Welt nach seinem Bilde geformt, was ihm in kleineren Teilen der Welt auch gelang, er war auf eine österreichische Art katholisch, was in jenem Land immer gleich ins Politische hinüberschwappt. Und er fing seinerseits mit seiner unruhigen Tochter wenig an. Lena flüchtete nach Heidelberg, verbat sich auch Zuwendungen aus der väterlichen Schatulle und brach alle Brücken ab.

Im September 1968 jedoch stand der Vater zusammen mit seiner verhärmten, dicken Frau, die in dieser Ehe wenig zu sagen hatte, unangemeldet in der Sandgasse in Heidelberg. Seine Schwester, die Breitenstein'sche Lieblingstante Lenas, wird wohl ein wenig nachgeholfen haben. Lena gab ihrem Vater die Hand, umarmte ihre Mutter lange und fest und deutete dann in die Ecke mit dem Kinderbett: »Eure Enkel, bitte sehr.« Die wuschelten gerade.

Dietrich behauptete hinterher, er habe ganz genau die feuchten Augen des Johann Breitenstein gesehen. Lena bestritt das. Unbestreitbar ist, dass die Eltern drei Tage länger als geplant blieben. Am letzten Tag fuhr Breitenstein mit seinem dicken Mercedes in der Sandgasse vor, lud Lena und Dietrich ein, Lenas Mutter blieb bei den Zwillingen. Sie fuhren neckaraufwärts nach Ziegelhausen, was im Heidelberger Kosmos in etwa dem Wiener Villenbezirk Döbling entspricht. Es geht dort in der Mitte des Ortes nach oben an den Hang des Neckartales und im Talhangweg, einer Sackgasse, die auf halber Höhe parallel zum Neckar verläuft, hielt der frisch gebackene Großvater an.

Das Haus, dessen Baujahr Dietrich auf ca. 1920 schätzte, es entbehrte gründerzeitlicher Schnörkel, besaß zwei Stockwerke und ein bewohnbares Dachgeschoss auf einer Grundfläche von etwa 100 Quadratmetern. Hinter dem Haus, dem Neckar zu, erstreckte sich ein Garten, sanft zum Fluss hin geneigt in seinen ersten beiden Dritteln, das letzte jäh abfallend. Es standen Obstbäume hier, zwei Kastanien, eine Birke, die Längsseiten bewuchs Buschwerk. Das Gras stand hoch, eine Menge Wiesenblumen blühten dazwischen und entsprechend viel Gesummse und Gebrumme tönte dort. Die Terrasse mit weitem Blick auf die andere Talseite nach Schlierbach hinüber war gesäumt von zwei mächtigen Oleandern, die in rostrot verwitterten Terrakottatöpfen ihre Südlage sichtlich genossen. Dort standen sie zu dritt und der alte Breitenstein sprach ganz gegen seine Gewohnheit mehr zu sich als in die sich ihm zu fügende Welt hinein: »Die beiden Würmer brauchen Luft und Licht. Das bekommen sie hier. Beim Notar ist hinterlegt, dass es ihnen ab ihrem achtzehnten Lebensjahr auch gehört. Solange euch. Bedanken braucht ihr euch nicht. Ich tu's für meine Enkel.«

Lena drehte sich weg, ging ins leere Haus, setzte sich auf eine Fensterbank und zündete sich eine Zigarette an. Ihr Gesichtsausdruck verhieß nichts Gutes. Breitenstein nahm Dietrich am Arm und ging mit ihm an den Rand der Terrasse: »Im Schuppen da hinten steht ein Rasenmäher. Es ist lange nichts gemacht worden hier, steht seit letztem Herbst leer. War auch, ehrlich gesagt, einigermaßen überteuert. Egal. Ottakring zahlt.« Er machte eine Pause und sah nach rückwärts zu seiner Tochter. »Lena wird das nicht wollen, das ist mir schon klar. Wir sind schwierig miteinander. Ich zähl auf dich. Tu's für deine Zwillinge.« Dietrich hatte die Tage zuvor die eine und auch die andere Stunde mit dem Alten verbracht, er hatte ihm Heidelberg gezeigt und war sogar im Weinloch mit ihm gesessen. Überraschenderweise hatte sich herausgestellt, dass mit dem alten Mann, dem reaktionären Arsch, wie Lena sich ausdrückte, passabel zu reden war. Über Bier beispielsweise und die Konzentrationsprozesse des Kapitals. Jetzt aber wusste Dietrich nicht, was er sagen sollte. Er spürte, dass ihn die Situation überforderte. Die fußläufige Heidelberger Altstadt, die Weststadt und das flussnahe Neuenheim waren sein Operationsgebiet. Eine Handvoll Kneipen, ein paar befreundete WGs, das Historische Seminar, die Versammlungsorte der Genossen, die Mensa und die Buchhandlungen, das *Lux* für die Italo-Western und die *Kamera* für die anspruchsvolleren Filme, all dies umspannte maximal einen Kilometer in der Länge und noch weniger in der Breite. Er wusste plötzlich, dass dies keine reine Entfernungsfrage war, sondern dass dies seine Welt ausmachte, seinen kleinen Kosmos, die Szene, auf der und in der er sich bewegte. Ein Biotop, das er brauchte, ohne das er verkümmern würde. Ziegelhausen, das war eine ganz andere Welt. Er würde Nachbar von Jura-Professoren werden, von Vize-Kanzlern der Universität oder, schlimmer noch, von den leitenden Angestellten der Mannheimer Benz-Werke oder der Ludwigshafener BASF. Das waren die Anwohner der Ziegelhäuser Halbhöhenlage, seine neuen Nachbarn. Er sah sich hilfesuchend nach Lena um, aber die war verschwunden von ihrem Trotzsitz auf der Fensterbank. Dann sah er wieder in den Garten und plötzlich sah er vor sich, wie Caspar dort Fußball spielen würde, sechsjährig vielleicht, und Polly saß auf dem untersten Ast einer Kastanie und winkte. Lena unterbrach die Träumerei, kam auf die Terrasse, schnell, energisch, fast panisch. Sie zog Dietrich weg von ihrem Vater, blickte ihn herausfordernd an und zischte: »Und? Bist du dabei?« – »Lena! Das ist doch keine Entscheidung von drei Minuten. Lass uns gründlich darüber nachdenken.« – »Das hier ist gut für die beiden. Das Beste, was ihnen passieren kann. Darüber gibt es nichts nachzudenken. Wir sagen jetzt ja, sofort. Bevor er es sich noch anders überlegt. Ich kenne ihn.«

So kam die kleine Familie Brandler in den Talhangweg nach Ziegelhausen. Ihr Haus war das letzte in der Sackgasse, insofern hatten sie nur einen unmittelbaren Nachbarn.

Professor Kurt Oberländer, Dekan der Juristischen Fakultät, Hort der Reaktion an der altehrwürdigen Ruperto Carola, ein, wie sich herausstellte, trinkfester älterer Herr, der gut mit kleinen Kindern konnte.

Was ein Häuschen mit Garten nicht alles bewirken kann. Weltgeschichtlich, wenn man es genau nimmt. Aber der Reihe nach, zuerst ist Lena dran. Die internationale Goethe-Forschung musste sich mit dem Verlust eines ihrer hoffnungsvollsten Mitglieder abfinden. Das hatte schon während der Schwangerschaft angefangen, ein merkliches Herunterfahren der studierenden Aktivitäten, und nach der Geburt der Zwillinge hatte sie ohnehin anderes zu tun. In Ziegelhausen schließlich ersetzte sie Goethe endgültig durch Kinder, Haus und Garten. Besondere Freude machte ihr das Pflanzen von Blumen und Stauden, das Anlegen von Rabatten für Salat und Kräuter, das Zuschneiden des Buschwerks und die Pflege des Rasens. Auch Goethe hatte ja gerne botanisiert und insofern war sie ihm wieder nahe. Wobei zu sagen ist, dass der Mensch vielerlei in seinem Leben unternehmen mag, er in den meisten Fällen unvermeidlicherweise bei diesen Beschäftigungen einen Zipfel der Goethe'schen Lebensweise zu Gesicht bekommt, wenn nicht sogar zu fassen. Lena also war gut beschäftigt.

Bei Dietrich kam es, wie er es kommen gesehen hatte. Erschwerend war, dass er im Obergeschoss den größten und hellsten Raum als Arbeitszimmer bekommen hatte mit einer durchgehenden Fensterfront zum Tale hin und einem schmalen Balkon davor. Den Hintergrund des Zimmers bildete die Bücherwand, vor der Fensterfront stand ein neuer Schreibtisch mit einem bequemen Sessel davor und darauf eine IBM-Kugelkopf-Schreibmaschine neuesten Fabrikats. Der alte Breitenstein hatte wenige Tage nach seiner Rückkehr nach Wien einen fünfstelligen Betrag auf Dietrichs Konto deponiert, ein paar Tage später kam eine Ansichtskarte mit dem nächtlich illuminierten Stephansdom auf der Vorderseite. Hinten stand: »Was ihr mit dem Geld macht, ist eure

Sache. Mit einer Ausnahme: Im Dachgeschoss bitte ich, ein Gästezimmer zu installieren. Edith und mich werdet ihr leider nicht los. Euer Pech, eine so entzückende Brut in die Welt zu setzen.«

Daher also der neue Schreibtisch, daher auch einige andere Veränderungen in der wohnlichen Ausstattung des Brandler-Haushaltes. Nicht dass jetzt geprotzt worden wäre, das damals identifizierte Ungeheuer, der vielerlei Unheil stiftende Konsumterror, bewahrte sie davor. Aber wenigstens gab es jetzt ordentliche Ikea-Regale für die Büchermengen anstelle von durchhängenden Pressspanbrettern, die auf nächtens zusammengeklauten Backsteinen ruhten. Es gab ein paar Kommoden vom Trödler anstatt ausrangierter hölzerner Weinkisten und es gab, Inbegriff der Verspießerung, zwei cremefarbene Sofas und dazwischen einen Farbfernseher, denn die Fußball-Weltmeisterschaft in Mexiko stand vor der Tür und zwei Jahre später in München die Sommer-Olympiade, während der sich Dietrich in die Ringelsöckchen der Heide Rosendahl verlieben sollte. Den Tisch im Esszimmer ließ Dietrich bei einem ortsansässigen Schreiner anfertigen und so wurde ein stabiles, solides und massives Möbel die folgenden fünfzig Jahre der Mittelpunkt der Familie. Weltgeschichtlich, um hierauf zurückzukommen, war Dietrichs neuer Arbeitsplatz insofern von Bedeutung, als er hier nun wirklich und ernsthaft an seiner Dissertation über das Leben und Wirken seines Großvaters arbeitete. Sich daher gleichzeitig aus den Vorbereitungen zur Weltrevolution, die parallel in seinen ehemaligen Kreisen in Heidelberg vonstattengingen, weitgehend heraushielt. Ob sie deswegen ausblieb, die Weltrevolution, sei dahingestellt. Er war jedenfalls auf keiner Demonstration gegen den Cabora-Bassa-Staudamm zu sehen, er besetzte nicht das Amerika-Haus, er ging zwar zu der einen oder anderen Vietnam-Demonstration, wo er aber völlig fehlte, waren die intensiven Diskussionsrunden, in denen sich ab Sommer 1968 die operettenhafte Wiederaufführung eines radikalen, leninistisch inspirierten Parteikommunismus anbahnte. Er registrierte das, er war auch nicht gänzlich draußen aus dieser Szenerie, und wenn er, nach ein paar Stunden in der Bibliothek des Historischen Seminars, im Weinloch saß und alte Freunde und Genossen traf, dann war die Auskunft auf die Frage, was er denn eigentlich so treibe, keinesfalls so, dass sie ihm Minuskärtchen im Sittenkodex der Bewegung eingetragen hätte. Er sagte zunächst einfach »Theorie«, und das war einigermaßen akzeptabel, denn Theorie, dialektisch-materialistische Theorie, war ja schließlich Voraussetzung, wenn nicht Bedingung von korrekter Praxis, und außerdem konnte nicht jeder Pflastersteine werfen oder wenigstens Flugblätter oder Wandzeitungen schreiben. Wenn er der »Theorie« noch konkretisierend »Arbeiterbewegung der Weimarer Zeit, Sonderabteilung Geschichte der KPD« hinterherschob, war ohnehin alles gut, man klopfte ihm sozusagen auf die Schultern, sehr interessant, berichte doch mal, das könnte wichtig sein im aktuellen Parteiaufbau. Dietrich fuhr nach Hause, hörte die Tonbänder mit der Stimme seines Großvaters ab und dachte, macht mal halblang, ihr Trottel.

Für die Zwillinge, um in diesem Zusammenhang endlich auf das Wichtigste zu sprechen zu kommen, waren Haus und Garten wie eine Abschussrampe. Welche Schubkraft ein Baum hinter dem Haus, ein Bach vor dem Haus, ein Igel unter dem Herbstlaub oder ein Bienenstich in die nackte Fußsohle erzeugt, mag formlosen Zeiten wie den heutigen als nostalgische Verklärung erscheinen, im Falle der Zwillinge bewirkte vor allem der Garten einen unablässigen Drive in der Entwicklung der beiden, mit sowohl einvernehmlichen wie auch eigenständigen Zügen. Man nehme nur die Szenerie Frühjahr 70, noch nicht einmal zweijährig die beiden. Wir sehen Caspar auf der Wiese sitzen, es ist eine Wiese geblieben dank Lenas Einsatz, kein Rasen, und er pflückt Blumen. Legt sie der Größe nach geordnet in eine waagrechte Reihe, um sie dann, acht, neun Stück, farblich sortiert senkrecht anzuordnen. Polly unterdessen, aufmerksam beobachtet von ihrem Bruder, stakst über die Wiese, die Windel behindert sie, sonst wäre sie anmutiger unterwegs, krallt die kleinen Händchen in die Rinde des Kastanienbaums und sieht nach oben. Dorthin, wo in für sie unendlich unerreichbarer Höhe der erste Ast herausragt. Sie hebt den linken Arm und winkelt das rechte Bein an, aber lässt es dann lieber, denn sie fällt rücklings ins Gras, kullert einmal um die eigene Achse und lacht. Caspar lacht auch, krabbelt zu ihr hin und wuschelt. Kleinkinder sind in der Erzählung des Lebens ja immer Andeutungen, deren volle Bedeutungen sich erst noch entfalten müssen, Geduld also.

Sie waren ständig zusammen die beiden und die Rollen waren klar verteilt. Polly unternahm etwas und Caspar war ihr Publikum. Wenn man ihn wiederum, den Beobachter, beim Beobachten beobachtete, stellte man fest, dass er in gewisser Weise beteiligt war, sehr sorgfältig jeden Purzelbaum, den Polly schlug, jede brausende Fahrt mit dem Dreirad in riskanten Kurven nachvollzog, ja fast schon analysierte. Er war der Kopf ihrer Unternehmenslust, der begleitende Biograph ihres kleinen, wilden Lebens. Das ist insofern nicht zu hoch gegriffen, als er mit fünf bereits ein wenig lesen konnte und kurz danach sogar die Briefe an den Weihnachtsmann mit ihren Geschenkwünschen eigenhändig schrieb. Bei Polly ging das noch nicht, allein schon deswegen, weil ihre Hände unablässig und mehr oder weniger verletzt waren, Schnittwunden, Schürfwunden und dergleichen. Ebenso natürlich die Knie.

Im Sommer 1974, dem letzten vor ihrer Einschulung, einen Tag nachdem in Hamburg die DDR die BRD mit 1 : 0 besiegt hatte (Sparwasser, 77. Minute), kam Caspar zu Lena in die Küche gelaufen, schneller als sonst, Entsetzen im Gesicht: »Polly ist tot!« Als Lena in den Garten kam, sah sie Polly unter dem Kastanienbaum auf dem Rücken liegen, ein Bein angewinkelt, ein Arm abgespreizt, der andere auf der Brust. Die Augen waren geschlossen, das Gesicht bleich, der Mund aber deutete ein Lächeln an. Im Rettungswagen Richtung Uni-Klinik erfuhr Lena von Caspar, der natürlich neben ihr saß, aber eigentlich nahe bei Polly sein wollte, Genaueres. Polly war den Stamm der Kastanie emporgeklettert, barfuß, nur die grobe Rinde als

Halt benutzend. Auf dem ersten Ast hatte sie Rast gemacht, sich hingesetzt und ihrem Bruder unten zugewinkt. Dann war sie aufgestanden, vorsichtig die Balance haltend, hatte die Arme ausgestreckt und Caspar zugerufen: »Ich kann fliegen.« Ob sie dann die Balance verloren oder wirklich versucht hatte zu fliegen, das war den Äußerungen des Berichterstatters nicht zu entnehmen, nur noch so viel, dass sie sich bei der Landung katzenhaft abgerollt habe. In der Klinik dann ging alles schnell. Polly kam an der Hand eines jungen Oberarztes, Dr. Chariopolitis, wie das Namensschild verriet, fröhlich grinsend aus dem Behandlungszimmer. »Sie haben da eine kleine Katze, Frau Brandler. Nichts kaputt, ein harmloses Hämatom an der Hüfte, nicht einmal eine Gehirnerschütterung, was naheliegend gewesen wäre. Ein paar Tage Ruhe würde ich empfehlen, mehr nicht. Und wenn sie mitspielt.« Lena und Caspar nahmen Polly in die Mitte, der Arzt strich ihr zum Abschied über das Haar: »Du bist unverwundbar, Polly. Bleib so.«

Am nächsten Tag, als ob sie von verunglückten Formel-1-Rennfahrern oder abgestürzten Reitern gehört hätte, war Polly schon wieder auf der Kastanie. Diesmal auf dem dritten, vierten Ast. Flugversuche unterließ sie diesmal, das Hinabklettern, schwieriger als hinauf, schien ihr Herausforderung genug. So entwickelte sich das nun: Sie trieb die Grenzen immer weiter, unverwundbar, wie ihr bescheinigt worden war. Allerdings entwickelte sich auch ihr Korrektiv weiter. Ihrem wachsenden Mut, ihrer nimmermüden Verwegenheit hielt Caspar ein Stück Besonnenheit und Risikoabwägung entgegen. Einmal, sie waren vielleicht acht und es war April, der Neckar gut gefüllt, wollte sie einer Ente in der Mitte des Stromes guten Tag sagen, zog sich schon die Schuhe aus, als Caspar einen armdicken Ast in das trübe wirbelnde Wasser warf, den es rasend schnell flussabwärts trieb. Polly nahm den Kopf zwischen die Schultern, rammte ihn Caspar vor die Brust und lachend lagen beide auf der Neckarwiese.

Nach dem Kastanien-Debakel (ein solches war es aus der Sicht der Eltern und nur aus ihrer Sicht), begann Dietrich, in den mächtigen Baum ein Haus zu bauen. Zunächst eine Strickleiter, sodass auch Caspar bald auf den unteren Ästen der Kastanie saß, Polly bevorzugte nach wie vor die Direttissima den Stamm entlang. Danach entstand eine Plattform, es wurden ein paar Wände hochgezogen, nach und nach und über die Jahre wusste die alte Kastanie gar nicht mehr, wie ihr geschah, ein mehrgeschossiges Anwesen mit diversen Appartements wucherte in dem Astgewirr, ein kleines Abbild der damals sich vor allem im südostasiatischen Raum entwickelnden und allmählich den Globus erobernden Natural Architecture. Hier in Ziegelhausen war das Baumhaus lediglich die Fortsetzung der Höhlenarchitektur, welche die Zwillinge im Innern des Brandler'schen Anwesens, vornehmlich im weitläufigen Wohnzimmer etabliert hatten. Aus Umzugskartons, Stühlen und Decken war dort ein Labyrinth an Höhlen, Durchgängen, Verschlägen und Verstecken entstanden, in dem sich die beiden krabbelnd, suchend, verfolgend, gegenseitig anfauchend und mit den Vorderläufen in der Art von Welpen oder jungen Katzen neckend bewegten. Überhaupt bestand die Kommunikation der Zwillinge, zumindest in der Vorschulzeit, aber auch noch Jahre später, weniger in gesprochener Sprache als vielmehr in Blicken und Gesten und einem eigentümlichen animalischen und nur für sie verständlichen Grunz- und Fauch-Idiom, ergänzt durch Wortgebilde wie »Ogochelo«, »Träpäki«, »Halawams« und ähnlich unübersetzbare Phoneme. Die Eltern ließen dies alles geschehen, wenn das Höhlengespinst zusammenbrach, blieb es solange mikadohaft liegen, bis die beiden es wieder neu erfanden. Heimlich sahen Lena und Dietrich in ihren beiden Kindern schon weltberühmte Bauingenieure oder Star-Architekten (s. o.: Südostasien bzw. Natural Architecture), ein anderer Grund für diese eher lässige Haltung war der Geist der antiautoritären Kinderläden, der auch durch Heidelberg waberte. Sie hatten es einvernehmlich abgelehnt, die Zwillinge in einen solchen zu schicken, einerseits prinzipiell und ideologisch begründet, andererseits bestand ja auch keine Notwendigkeit, der Garten ersetzte jede Pädagogik und Lena, entgoethet, hatte Zeit. Der Geist allerdings war schwer einzufangen und schlüpfte durch die Ritzen des Hauses am Talhangweg. Baumhäuser waren zwar keine Erfindung der Kinderladen-Bewegung, dass aber die beiden Sechsjährigen tief eingemummelt in Schlafsäcken aus amerikanischen Armeebeständen und eng aneinandergeschmiegt dort die eine oder andere Nacht verbringen durften (keine Bange: Dietrich kam alle zwei Stunden mit der Taschenlampe nachschauen), das war schon eher speziell.

Dies also war kurz zusammengefasst die Situation, als die beiden im Herbst 74 eingeschult wurden. Die Neckarschule liegt in der Peterstaler Straße im Ortszentrum von Ziegelhausen, acht Minuten entfernt vom Talhangweg. Acht Minuten mit dem Bonanza-Fahrrad, zu Fuß wären es zwanzig Minuten gewesen. Polly und Caspar hatten natürlich jeweils eines, Polly ein blaues, Caspar ein rotes. Der Einschulungstag brachte neben zwei Schultüten – Polly hat sie auf dem Foto, das Dietrich mit seiner Kodak Instamatic gemacht hatte, auf dem Kopf und sieht aus wie eine chinesische Kaisertochter, Caspar hält sie brav vor der Brust, allerdings verkehrt herum nach unten – eine weitere Überraschung. Es gab zwei erste Klassen, und eine den undurchsichtigen pädagogischen Ratschlüssen der Zeit geschuldete Entscheidung hatte die Zwillinge getrennt. Als Polly sich in ihrem Klassenzimmer orientiert hatte, sie saß neben einem dicken, rothaarigen Mädchen, aber Caspar war nirgendwo zu erblicken, stand sie wortlos auf, senkte den Kopf zwischen die Schultern und ging aus dem Raum. Auf dem menschenleeren Flur war sie zunächst etwas ratlos, öffnete aber kurz entschlossen die Tür des nächsten Klassenzimmers, sah Caspar in der letzten Bank am Fenster sitzen neben einem schlaksigen Jungen, ging dorthin und setzte sich auf den Boden, die Knie angewinkelt, die Arme darum geschlungen, den Kopf dazwischen. So verbrachte sie ihren ersten Schultag, drei Stunden lang. Nicht einmal in der Pause, als sogar Caspar auf den Hof gegangen war, veränderte sie ihre Haltung. Die Lehrerinnen beider Klassen redeten auf sie ein, schmeichelnd und drohend, aber Polly signalisierte, dass ihre Ohren zwischen den Knien ohnehin nichts hören konnten. Am nächsten Tag ging sie gleich ohne Umweg in Caspars Klasse und saß dort wieder auf dem Boden, in der nämlichen Manier. Am dritten Tag befand sich ihr Platz in der Bank neben Caspar, was ohnehin schon ungewöhnlich war, Mädchen und Jungs saßen üblicherweise säuberlich getrennt, der schlaksige Junge saß eine Bank dahinter, allein. Polly war also nicht nur unverwundbar, sie war sich bald sicher, auch unbesiegbar zu sein. Zumal, zwei Tage später: Pausenhof. Polly hielt sich separat, Caspar hingegen war interessiert, was andere Jungs so treiben. Zum Beispiel dieses: Zwei kucken ein Opfer aus, einer von den beiden kauert sich möglichst klein hinter das Opfer und dann genügt schon ein kleiner Schubser vor die Brust, den besorgt der zweite von den beiden Verschwörern, dass das Opfer hinterrücks über das menschliche Hindernis stolpert und wie der bekannte Käfer hilflos auf dem Rücken liegt. Großes Gelächter, es sind eben Monster. Polly, dies beobachtend und registrierend, dass das Opfer in diesem konkreten Fall ihr Bruder ist, nimmt den Kopf zwischen die Schultern und drei schnelle Schritte Anlauf, rammt dem Schubser ihren Schädel gegen die Rippen und, obendrein, das rechte Fäustchen gegen die Schulter, sodass nun zwei kleine Jungs auf dem Schulhofboden liegen. Caspar hat sich aufgerappelt, nimmt Polly am Arm und sie verdrücken sich. Zwei Tage später kam der erste von an die zwanzig Briefen, welche die Schulleitung an das Ehepaar Brandler im Laufe der Grundschulzeit ihrer Zwillinge versandte.

Dietrich ging eigentlich gerne zu diesen Vorladungen in die Schule, Lena weniger. Er hatte ja das ganze zeitgenössische Gerede und Gebrabbel gut drauf über die Stärkung des Kinderwillens und die notwendige Infragestellung von leeren Autoritäten, wenn er auch solche Verteidigungsplädoyers für seine Kinder, in Sonderheit seine Tochter, eher repetitiv und insgeheim ironisch, also ohne wahre Überzeugung, dafür aber mit umso mehr Inbrunst und Überredungskraft vorbrachte. Die Lehrerinnen, solche waren es in der Mehrzahl, und der Schulleiter waren beeindruckt, nickten, trugen das eine oder andere »Aber« bei, waren letztendlich dann aber überzeugt oder vielleicht auch nur überredet, an einem pädagogischen Experiment mitzuwirken, das in weiterbildenden Seminaren, in pädagogischen Konferenzen oder sogar in einem kleinen Artikel einer einschlägigen Fachzeitschrift die gebührende Aufmerksamkeit erzielen würde. So profitierten eigentlich alle, Eltern, Lehrer, Caspar und nicht zuletzt die Schulpädagogik, vom pollyseitig organisierten Tohuwabohu. Um nur ein weiteres kleines Beispiel zu geben: Als die Zwillinge in der dritten Klasse waren, wurde das Schulhaus eingerüstet. Das schöne, alte, dreigeschossige Gebäude sollte einen neuen Anstrich bekommen. Das war in den 70er-Jahren, als die öffentliche Hand noch weitgehend nach den Grundsätzen des John Maynard Keynes das Geld ausgab, wie Dietrich am Mittagstisch das Ereignis kommentierte, ein durchaus üblicher, in der ganzen Republik zu beobachtender Vorgang, der den gesamtgesellschaftlichen Reichtum stabilisierte und beförderte. Nun gut, das Klassenzimmer der 3b, in dem die Zwillinge aufs Leben vorbereitet wurden, lag im dritten Stock. Polly betrat das Klassenzimmer um 7.40 Uhr wie immer pünktlich, seit der Installation des Gerüsts aber durch das Fenster. Caspar, wie immer der Diener seiner Herrin, hatte es kurz vorher geöffnet und angelehnt gelassen. Den Höhepunkt bildete eigentlich eines Morgens die Situation, als Frau Büchner, die Klassenlehrerin, und Polly zum ebengleichen Moment das Klassenzimmer betraten, die eine durch die Tür, die andere durchs Fenster. Die Sympathien waren eindeutig auf Seiten Pollys, was nicht nur durch das allgemeine Gepruste belegt ist, sondern vor allem dadurch, dass im Laufe der Zeit der Existenz des Gerüsts sich das neue Kinderspiel »Gerüstfangen« etablierte. Etwa die Hälfte der Kinderschar traute sich, was Polly vorgemacht hatte, tollte durch die Eisengestänge, treppauf, treppab, hangelnd, springend und was das Gerippe an turnerischen Möglichkeiten sonst noch bot. Die

Lehrerinnen standen unten, riefen »Herunterkommen!!!«, der Sportlehrer fand das Ganze gar nicht so schlecht, er sah darin möglicherweise eine wirkliche Vorbereitung aufs Leben, und der Schulleiter schrieb einen Brief Richtung Talhangweg.

Wir haben über die ganze Pollyitis den Caspar ein wenig aus den Augen verloren. Was nicht verwundert, ist alpha Geminorum uns doch 18 Lichtjahre entfernter als beta. Der Faktor der Leuchtkraft ist annähernd gleich, deswegen also jetzt: Caspar. Vielleicht ist aber angesichts des älteren der beiden problematischen Kinder eine Zwischenbemerkung nicht ganz unangebracht. Wenn wir ehrlich sind, haben wir keinerlei Ahnung, was in diesem Gehirngekröse der Kleinkinder, der Schulkinder, der Heranwachsenden wirklich vorgeht. Die Menschheit hat sich darauf verständigt, aus gewissen Nuancen der Mimik, Abstufungen der Gestik, Tonlagen des Sprechens, aus der Art des Verhaltens insgesamt Rückschlüsse auf die innere Gestimmtheit zu ziehen. Eine ganze Gattung der Romanliteratur lebt davon. Das Ganze ist natürlich mehr als fragil. Ein trauriger Blick kann tausend Ursachen haben, eine heftige Geste zehntausend Hintergründe und die zornige oder beleidigte Stimme, Himmel, wo kommen wir da hin? Selbstredend ist dies das unendliche Material des allgemeinen Getratsches, wie hat der wieder gekuckt, muss die so heftig reagieren, der Ton macht die Musik, derlei sind die gefühligen Einleitungsbemerkungen für küchenpsychologisches Gewäsch. Man liegt meist knapp daneben mit solcherart Einschätzungen des menschlichen Allerleis. Dem darin verborgenen Versuch, sich gegenseitig zu versichern, dass man ein und derselben Gattung entstammt, sei seine Berechtigung dabei gar nicht abgesprochen. Es hat etwas Beruhigendes, etwas Hygienisches, ja Reinigendes, über die Seelenbeschaffenheit der vielen anderen zu räsonieren. Sofern man sich bewusst bleibt, dass der einzig annähernd zuverlässige Maßstab in diesen Angelegenheiten, das, worüber man wenigstens einigermaßen Bescheid weiß, die eigenen inneren Erfahrungen sind. Möglicherweise kann man die Menschheit vor diesem Hintergrund in zwei Gruppen einteilen: Jene, die ihr Empfinden als sofort allgemein und für jedermann verständlich, wichtig und nachvollziehbar erachten, und diejenigen, die zweifelnd an der zu bewahrenden Privatheit ihres Erlebens festhalten. Sollte man sich also daran versuchen, um diese Zwischenbemerkung endlich in Richtung Caspar resp. alpha Geminorum voranzutreiben, in das Durcheinander im Kopf eines Kindes zu gelangen, bleibt nur ein Weg: das, was das Kind tut (da haben wir bei Polly ausreichend Material) aufmerksam zu registrieren und es gleichzeitig abzugleichen mit ähnlichen Aktionen und Erlebnissen, die man aus seiner eigenen Kindheit erinnert. Die Wissenschaft, die Kinder zu ihrem Objekt erwählt hat, Pädagogik genannt, geht andere Wege, deswegen nennt sie sich auch Wissenschaft, allerdings wechselt sie ihre Ansichten im Jahrzehntemodus. Wir gehen also unseren Weg, um Caspar zu begreifen. Notwendigerweise begegnen wir da immer wieder Polly.

Caspar also beobachtete (seine Schwester vor allem, aber nicht nur), er sah sich um, er roch dem Geschmack der Dinge nach, witterte Stimmungen und ließ das alles auf sich wirken. Das prägte sich langsam inwendig ein, lagerte sich ab. Er war gewissenhaft und merkte schnell, dass das, was da auf ihn einstürmte, genauer wurde, wenn er es aufschrieb. Er führte Tagebuch, schrieb Tagebücher. Von Anfang an, sobald er auch nur ein wenig schreiben konnte, und dann kontinuierlich. Erstaunlich für ein Kind. Sie liegen uns vor. »Polly spinnt« steht da, ein Datum ist nicht aufzuweisen, der Handschrift nach stammt es von dem vielleicht Siebenjährigen. »Polly traut sich was«, das könnte zwei Jahre später entstanden sein. »Polly nervt«, da ist er zwölf oder dreizehn. »Polly ist das typische Beispiel eines durchgeknallten Charakters, wie es unser Zeitalter wohl mit Notwendigkeit hervorbringen muss. Ich leide an ihr, ich bewundere sie, ich liebe sie. Aber wohin soll das alles führen? Eigentlich bin ich unglücklich. An ihr, mit ihr. Dennoch: Nie ohne sie.« Da spricht der Sechzehnjährige, kurz danach war Polly weg.

Man muss den kleinen Mann bewundern. Fünfzehn Jahre lang stand er im Schatten seiner zwanzig Minuten jüngeren Schwester und als sie ihm im sechzehnten Jahr unvermittelt abhandengekommen war, bedeutete dies objektiv eine Befreiung, subjektiv eine Katastrophe, per saldo eine Beruhigung. Wie denn soll einer sein inneres Auskommen finden, dem von Anfang an gesungen wird, er laufe nebenbei, hinterher. »Was für ein hübsches Kind«, »wie reizend sie sich entwickelt«, »apart, apart«, waren Kommentare, die Polly galten. Er selbst lief unter »ferner liefen«, er wurde in solchen Kategorien nicht wahrgenommen und gewöhnte sich an abzutauchen, lange die Luft anzuhalten, um dann wieder nach oben zu kommen, ihr nichts zu neiden und lieber, Kopf oben, zu beobachten. Nicht leicht, das Ganze, aber, psychologisch gesehen, sehr gesund. Caspar entwickelte auf diese Weise eine Persönlichkeit – soweit man von einem sechs-, zehn-, zwölf-, fünfzehnjährigen Buben einen solchen Begriff verwenden kann – die, gegenüber derjenigen Pollys, die, wie wir wissen, durch Unverwundbarkeit und Unbesiegbarkeit gekennzeichnet ist, als mittig bezeichnet werden könnte. Mittig in Relation zu Polly, die also eher randständig oder, um das besser verständliche Fremdwort zu gebrauchen, exzentrisch zu charakterisieren wäre. Zwillinge eben, wenn auch außergewöhnliche.

Es waren die Bedingungen gelegt, endlich sein eigenes Ding zu machen, aber das dauerte naturgemäß. Wie ein Tropfen, der sehr lange am Hahn hängt, bis er endlich herabfällt und im vollgefüllten Becken des Lebens seine eigenen Kreise zieht.

Um auf die Bonanza-Räder zurückzukommen: Polly beherrschte den Flieger, ein Bein auf dem Sattel, das andere waagrecht nach hinten gestreckt, die Hände am Lenker. Caspar wenigstens den Steher, also mehrere Meter nur auf dem Hinterrad, das vordere nach oben gerissen. Solcherart kurvten sie eines Nachmittags am Ende der Sommerferien, es wird das Jahr 1978 gewesen sein, die beiden also zehnjährig, auf dem Wendeplatz des Talhangweges, der, wie erwähnt, eine Sackgasse darstellt. Polly bremste heftig neben Caspar, das Hinterrad mit einem gewollten Knirschen quergestellt: »Komm, wir hauen ab.« Das kam völlig unvorbereitet, spontan gewissermaßen, ohne innere Vorwarnung. Das war ja das Eigentümliche an der Polly, dass zu ihrem Unverwundbaren und Unbesiegbaren schon früh das Unvorhersehbare und Unberechenbare hinzutrat. Sie musste nicht die Geschichten von Tom Sawyer und Huck Finn lesen, um plötzlich, in aller jähen Plötzlichkeit abhauen zu wollen, sie las sowieso eigentlich wenig, viel weniger als Caspar, sie hatte ihre eigenen Geschichten im Kopf. Caspar sah Polly entgeistert an. Gedacht hat er wahrscheinlich eine Mischung aus den oben verbrieften Tagebucheintragungen über seine Schwester. Zusammengefasst: Was soll jetzt der Scheiß schon wieder. Wieso denn abhauen? Wohin? Wie? Warum? Weshalb? Bitte, nein! Ein bisschen hilflos fragte er: »Jetzt gleich?« – »Ja, solange es noch hell ist, die blöden Karren haben ja kein Licht!« Solch zwingender Logik kann sich kein vernünftiger Junge entziehen, er fragte nur noch vorsichtig: »Und wohin?« – »Nach Neckarsteinach. Zur Burg. Da übernachten wir. Das wird gruselig.« – »Und dann?« – »Weiß ich nicht. Ist doch egal.« Das war Caspar ganz und gar nicht egal, er stellte seine existenziellste Frage: »Und essen?« – »Ich hab Geld.« – »Woher?« – »Egal.« – »Viel?« – »Frag nicht so blöd. Genug.« Caspar sah sich insgeheim in einem Burggasthof sitzen mit Schnitzel und Spätzle und Sauce, aber es wäre gemein, ihn so profaner Interessen zu verdächtigen, als er sagte: »Du nervst schon wieder, Polly«, was diese zu Recht als Zustimmung verbuchte.

Eine halbe Stunde später waren sie in Neckarsteinach. Den Neckar flach am Ufer entlang, mit dem Bonanza kein Problem. Polly wollte zur Hinterburg, in Neckarsteinach hat man die Auswahl aus vier Burgen. Die Hinterburg besteht aus einem erhaltenen Bergfried und ein paar grasbewachsenen Mauerresten mit Wiesen dazwischen, eine schöne Ruine. Sie lehnten ihre Räder an eine Mauer, Caspar setzte sich, ein wenig erschöpft war er schon, obwohl die Hinterburg nicht sehr hoch über dem Neckar liegt. Sie bewachte einst eine Schleife, die der Fluss hier macht. Polly kletterte den Bergfried hoch. Außen, am Mauerwerk entlang. Die für Besucher in unserer Zeit angebrachte Außentreppe, die ins oberste Geschoss führt, ignorierte sie. Oben, auf einer kleinen Plattform angelangt, winkte sie, wie schon so oft, ihrem Bruder zu. Unten saß Caspar, durstig, und blinzelte nach oben. Als sie zurück war und sich neben Caspar setzte, sagte der: »Ich hab Durst.« – »Und ich Hunger. Bin gleich zurück.« Zwanzig Minuten später war sie wieder da und sie aßen Chio Chips, ein Mars und ein Raider und tranken TriTop. Caspar fragte: »Und jetzt?« Es war dunkel geworden und Polly meinte: »Wir schlafen. Und morgen fahren wir weiter.« – »Ich würde gern nach Eberbach, da gibt es eine Eisdiele. Mit Softeis!« Beide konnten nicht schlafen, in kurzen Hosen und T-Shirt auf der feuchten Wiese zwischen den Mauern. Polly sagte: »Siehst du die Sterne?« Und Caspar antwortete: »Ja, das sind wir.« – »Wie weit die wohl weg sind?« – »44 Lichtjahre der eine, 32 der andere.« – »Ist das weit?« – »Weiter als nach Eberbach. Mir ist kalt.« Um elf waren sie wieder zu Hause. Es gab Hausarrest, für beide. Dietrich kam noch einmal in ihr Schlafzimmer: »Wo wolltet ihr denn hin?« Caspar murmelte müde: »Nach Eberbach, glaube ich.« Polly korrigierte: »Und dann aber noch viel weiter.«

Als Caspar vierzehn war, vielleicht vierzehneinhalb, begann er, sich für Mädchen zu interessieren. Polly auch. Die Schnittmenge hieß Steffi. Sie war aus der Parallelklasse, ein körperlich mehr oder wenig voll entwickeltes Mädchen mit langen, blonden Haaren, einem hübschen Gesicht, an das Caspar vor dem Einschlafen heftig dachte. Die Zwillinge hatten jetzt separate Zimmer im Talhangweg. Dass Polly auch an sie dachte, ahnte er nicht, wohingegen Caspars geheimste Neigungen Polly natürlich nicht verborgen geblieben waren. Das Kurssystem im KFG, dem altehrwürdigen Kurfürst-Friedrich-Gymnasium an der Heuß-Brücke in Heidelberg, ermöglichte es, dass Caspar Französisch und Kunst gemeinsam mit Steffi hatte. Polly auch. Caspar saß schräg links hinter Steffi, Polly schräg rechts hinter Caspar und zwei Bänke hinter

Steffi, sodass die drei, wenn man so will, ein gleichschenkeliges Dreieck bildeten, das Polly komplett überblickte, während Caspar nur Steffi vor Augen hatte. In einer großen Pause kam Steffi auf Caspar zu, er fühlte Blut in sich pochen, und sie sagte mit einem Gesichtsausdruck, der Caspar nichts zu hoffen gab: »Am Samstag ist Party bei Iris. Uns fehlen noch ein paar Jungs. Hast du Lust?« Caspar blieb so cool, wie er konnte, nickte weltmännisch, das heißt sparsam, stieß ein »Ja klar« zwischen den Zähnen hervor, und als Steffi sich mit einem leichten Heben des Kinns schon abgewendet hatte, rief er ihr leise nach: »Kann ich meine Schwester mitbringen?«, was eine kleine Bewegung des blonden Kopfes nach hinten hervorrief, nicht so weit, dass sie ihn angesehen hätte, sowie außerdem eine kurze Hebung der Schultern, was wohl zu heißen hatte »von mir aus« oder »egal« oder »wenn es sich nicht vermeiden lässt« oder vielleicht sogar »Idiot, blöder«.

Caspar hat an jenem Samstagabend bei dem Fest von Iris, Steffis bester Freundin, deren Eltern ein Haus in Neuenheim direkt an der Neckarwiese bewohnten, die ersten drei Flaschen Bier seines Lebens getrunken. Das war aber nicht sein Ereignis des Abends, sondern *Nights in White Satin*. Zu diesem Titel der *Moody Blues* tanzte er den ersten Stehblues seines Lebens. Natürlich mit Steffi. Die Hände auf ihre Hüften, ein klein wenig sogar weiter hinten, Richtung unterer Rücken, die Wange zwei Millimeter entfernt von ihrer Stirn, die Nase im blonden Haar, das nach Apfel roch, oder Aprikose oder Softeis, das war ihm völlig egal. Seine Hühnerbrust an ihrer Busenpracht. Sein Becken war etwas unnatürlich nach hinten verschoben, eine Berührung mit dem ihrigen hätte er angesichts anschwellender Vorkommnisse als peinlich empfunden. Er und Polly waren sich während des Abends ab und an über den Weg gelaufen, er mit einer Bierflasche in der Hand, sie mit einer Zigarette, wenig amused. Später dann lief *Georgia On My Mind* von *Ray Charles*, noch ein sehr langsames Stück, und als er Steffi erneut um den Stehblues bat, lächelte sie. Becken diesmal lockerer, Berührung anscheinend nicht unerwünscht. Bei einer Drehung sah er Polly im Hintergrund, den Kopf zwischen den Schultern, bereit zum Sprung. Er drehte sich und das, was er in den Händen hielt, von ihr weg. Als die Musik vorbei war, küsste er Steffi auf die Schläfe, das war der Körperteil, der gerade am nächsten war, und sagte: »Wir müssen.«

Im letzten Bus nach Ziegelhausen fragte Polly: »Liebst du sie?« Caspar sagte erst mal nichts, sondern griff nach Pollys Hand. Sie wehrte sich nicht, aber murmelte: »Ich hasse sie.« Was natürlich nur die halbe Wahrheit war. Die ganze: Sie war verknallt in die blonde Steffi. Was nicht auf Gegenseitigkeit beruhte. Sodass das gleichschenkelige Dreieck eine Unwucht bekam, denn zwischen Caspar und Steffi, da lief etwas.

Im Französisch-Unterricht wanderten Liebes-Zettelchen den einen Schenkel entlang, Polly bekam das natürlich mit. Als Relais-Station im Schenkel AB (Caspar/Steffi) fiel sie als Eckpunkt C aus, zu weit weg, rechts schräg hinten. Das wäre auch nicht gut gegangen. Der Schenkel AB wurde vielmehr geteilt durch Cornelia, ein kleines Mädchen mit etwas Übergewicht, die gerne als Relais, oder wollen wir nicht lieber sagen: Postillon d'Amour fungierte. Sie fühlte sich wichtig, war involviert in romantische Verhältnisse und lohnte dies mit Diskretion, sie las nie eine Zeile. Polly baute sich in einer großen Pause vor Cornelia auf: »Die Zettel von meinem Bruder. Die gehen zuerst an mich, verstanden? Sonst hau ich dir eine rein.« Cornelia war konsterniert, zu Recht, man kannte Polly in Schulhofkreisen, und konsultierte Caspar. Der wiederum bekam, liebesbefeuert, einen unerwarteten Energieanfall: »Du nervst, Polly! Halt dich da raus. Und lass die Kleine in Ruh, sonst bekommst du Stress mit mir.« Polly zog die Schultern hoch, senkte den Kopf, ballte die Fäuste und sagte: »Arschloch.« Das war, und wir sollten das Datum genau festhalten, am 16. Oktober 1982, der Tag, an dem Polly und Caspar zum ersten Mal ernsthaft stritten.

Steffi war schlecht in Mathe, Caspar leidlich und so lud er sie auf einem der Zettel ein, ihr bei den Hausaufgaben zu helfen, der brave Junge. »Komm doch heute Nachmittag zu mir nach Ziegelhausen. Wegen Mathe.« Hintergedanken? Könnte schon sein, aber bleiben wir erst mal dabei: Caspar ist ein braver Junge. Aber es stellt sich natürlich erneut die Frage, was in dem Jungen vorging, als Steffi im Talhangweg um kurz nach drei erschien. Sie trug einen weiten Pullover von rostroter Farbe und eine handelsübliche Jeans, die in jenen Zeiten zur Abwechslung mal wieder weiter geschnitten war. Hatte sich Caspar gewünscht, sie ein wenig mehr aufgebrezelt zu sehen? Immerhin, die Lippen leuchteten, ob allerdings der jugendlichen Frische geschuldet oder einem zart aufgetragenen Lipgloss, war schwer zu entscheiden. Noch unübersichtlicher wird es beim Blick in Caspars Seele, als es um den Satz des Pythagoras ging, das Thema des heutigen Nachmittags und der morgigen Mathestunde. Der behandelt bekanntlich das rechtwinkelige Dreieck, nicht das gleichschenkelige. Ob er realisiert hat, dass ihre Beine, würde man die Knie mit einer Linie verbinden, die Sonderform des spitzwinkeligen Dreiecks bildeten? Er hantierte mit Zirkel und Geodreieck, aber war er bei der Sache? Der Sache des Pythagoras oder der Sache, die auf dem Schulhof hinter vorgehaltener Hand in einschlägigen Jungenkreisen Steffis Atombusen genannt wurde? Sagen wir mal so: Die Sachlage war unentschieden. Nach einer Dreiviertelstunde war er mit seinem Curriculum am Ende. »Hast du's?«, fragte er ermattet und sie nickte mit wenig Überzeugung. Dann saßen sie an seinem Schülerschreibtisch und rätselten stumm, wie das nun weitergehen solle. Sie ahnten ja beide, dass gleich etwas passieren würde, es war nur die Frage, wer damit beginnen sollte. Insofern war das minutenlange schweigsame Rätseln den beiden auch nicht peinlich, so etwas passiert nur Erwachsenen, bei Kindern schweißt einvernehmliches Schweigen eher zusammen. (Na ja, sie waren vierzehneinhalb, aber das naheliegende Wort Jugendliche ist eine juristische Konstruktion. Wir alle bleiben sehr lange Kinder und sind dann von heute auf morgen ein junger Mensch, der sich erstaunt umsieht, und die Welt, von wenigen kleinen Ausnahmen abgesehen, bevölkert sieht von ausgesprochenen Trotteln). Caspar jedenfalls stand auf und sagte: »Ich hab die neue Depeche-Mode-LP. Soll ich?« Steffi nickte ergriffen. Als Caspar zum Plattenspieler ging, sah er unten vor dem Haus Polly. Sie kreiste auf der Straße mit dem Bonanza, was sie seit gut zwei Jahren nicht mehr gemacht hatte. Sture Kreise, manchmal das Hinterrad nach außen schleudernd. Als »See you«, der Monster-Titel aus der LP, lief, saß Caspar Steffi gegenüber, beugte sich zu ihr und flüsterte: »Darf ich dich küssen?« (Braver Junge!) Steffi schlang ihre Arme panisch um seinen Nacken, presste ihre leuchtenden Lippen auf die seinen und begann sofort, offenbar ausgestattet mit einem gewissen Vorwissen, sich in seine Mundhöhle vorzuarbeiten. Caspar, unser braver Junge, erschrak. Erkannte aber im fast selben Moment, dass dies ihm guttat und arbeitete sogleich mit. Mehr noch: Das Gewühle in den Mündern ermutigte ihn, mit der Hand unter die leicht zugänglichen Weiten der rostfarbenen Wolle zu greifen, wo sie auf frisch gewaschene Baumwolle stieß, weiß, vermutete er, um sodann ein wenig zu zupfen und zu ziehen, sodass schnell blanke, weiche Hüfthaut zu spüren war. Oben weiter züngelnd wühlend, tastete er sich weiter unten, besser gesagt von der Mitte an aufwärts, hin zu jener Sache, die in seinem Gemüt längst den Sieg über Pythagoras errungen hatte.

In dem Moment, als Caspar fast am Ziel war, ganz nah an Eberbach gewissermaßen, den gerundeten, gewölbten, hügelan nahenden Sehnsuchtsort schon beinahe ertastet hatte, krachte es fürchterlich. Glas splitterte, ein Geschoss schlug ein, Depeche Mode und ihr Number-One-Hit »See you« erstarben in einem grässlichen Kratzen, denn der Stein, den Polly durch das Fenster geworfen hatte, fand sein Ziel im Plattenspieler. Caspar stand wie eine Salzsäule im Zimmer, sah durch das geborstene Fenster hinunter auf seine Schwester, die den rechten Arm angewinkelt hatte und den Mittelfinger dem Haus, dem Fenster, dem Bruder, der Geliebten und der ganzen Welt entgegenstreckte. »Polly!!«, schrie er, es war eher ein Krächzen, und Steffi, im Schreibtischsessel entseelt, aber wolleumfangen dahindrapiert, äußerte: »Sie wollte mich gestern küssen. Nach der Schule. Sie ist so eklig.« – »WAS wollte sie?« – »Mich küssen. Hat mich an den Haaren gezogen. Und dann geboxt, als ich mich gewehrt habe. So eine Kuh, eine blöde.« Steffi weinte jetzt ein bisschen, als Lena hereinkam: »Steffi, das tut mir schrecklich leid, aber du gehst jetzt besser. Ich habe hier etwas zu klären.«

Lena war jetzt vierunddreißig und sie war immer noch auf der Suche. Aber sind wir das nicht alle? (Diese Zwischenbemerkungen sollten künftig unterbleiben, sie sind ohnehin nur lauter Gemeinheiten.) Lena suchte einen neuen Zugang zu Goethe, sie suchte ihre Mitte, sie suchte einen Job und sie suchte den Schwanenhals der Zwischenzeit. Den allerdings in erster Linie. Das Suchen an sich ist ja der menschlichen Konstitution eher förderlich, es lässt die Lebenssäfte munter fließen, die Phantasien hochschießen und das Auge verträumt ins Weite sich richten. Dem Finden hingegen, konventionellerweise der Ziel- und Endpunkt allen Suchens, eignet ein Zug der Langeweile. Alla gut, wie man in Lenas kurpfälzischer Neuheimat sagen würde, so, wir sind jetzt da, alles ist gut und endlich Schluss. Welthistorisch natürlich eine Katastrophe, man nehme nur Christoph Columbus: Als Suchender ein Held, der Suchende par excellence, immer wieder und immer mehr, und dann als Findender eine einzige brutale Barbarei. Oder die Goldsucher. Sympathische Jungs mit Schlapphüten, Lederstiefeln bis fast an die Ohren, einem Colt an der Seite, falls Apachen oder der Kollege vom Claim nebenan aufmüpfig werden. Gold suchen ist Abenteuer, hat was, ist filmreif. Gold finden dagegen gebiert Morgan Stanley, das Finanzkapital, das Grauen des globalen Kapitalismus. Noch Fragen? Apropos: Mit dem Fragen verhält es sich ebenso. Oh, du heilige Vernunft der kindlichen Frage. Oh, du herrlicher Glanz einer alles durcheinanderwirbelnden Frage, begleitet von ihrem strahlenden Vetter, dem Zweifel. Die Antwort hingegen ist das vergötterte Tier aller Schulmeister und Vorgesetzten. In

Wahrheit ist die blöde, profane Antwort der Tod aller großen Fragen. Genauso wie das banale Finden der Untergang des heroischen Suchens ist. Fragen, wenn man es zusammenrechnet, haben die Menschheit um einiges weitergebracht als all die Antworten, mit denen wir uns herumschlagen müssen. Das Suchen und das Fragen warten noch darauf, in ihren rechtmäßigen Rang erhoben zu werden, was zwangsläufig eine Degradierung des Findens und des Antwortens einschließen müsste.

Lena also war eine Suchende. Das mit dem Job ging relativ glatt vonstatten. In einer Buchhandlung am Heidelberger Universitätsplatz fand sie in der Weihnachtszeit eine Anstellung als Aushilfe. Dann mehrmals über das Jahr verteilt als Urlaubsvertretung, einmal Schwangerschaftsvertretung und letztendlich hatte sie eine regelrechte Lehre als Buchhändlerin begonnen. Seit 1981 war sie fest angestellt, halbtags, und anstatt über Goethe zu forschen, verkaufte sie ihn nun. So viel zum Suchen und Finden. Sie war rührig und engagiert, etablierte eine Lesereihe für junge Autoren aus der Region und galt bald als die Mutter der Heidelberger Poetry-Slam-Szene. Einmal, ein junger Assistent vom Germanistischen Seminar berichtete über neueste Erkenntnisse, das Liebesleben Goethes während seines Rom-Aufenthaltes betreffend, saß der Doyen der Goethe-Forschung, mittlerweile emeritiert, weißhaarig und fast taub, in der ersten Reihe. Bei der Verabschiedung deutete er einen Handkuss an und Lena errötete.

Was die Suche nach dem Schwanenhals anbelangt, so gestaltete diese sich schwieriger. Als Anhaltspunkte hatte sie ein Amulett mit einem Stern und eine vage Erinnerung, die als Personenbeschreibung kaum durchgehen konnte. Mit der Heidelberger Universitätsbibliothek stand ihr zwar eine der vorzüglichsten Wissenssammlungen weltweit zur Verfügung, das vorläufige Resultat ihrer Forschungen war jedoch, dass der Stern, auch der neunzackige ihres Amuletts, in nahezu allen Kulturen und zu allen Zeiten eine irgendwie magische, religiöse, politische oder ideologische Funktion hatte. Der

Stern an sich war symbolisch inflationär, wenn auch ihr ganz spezieller das gerade Gegenteil für sie war, einzigartig nämlich, einmalig und das nicht nur in profan dinglicher Hinsicht. Das änderte aber nichts daran, dass ihr Suchen in dieser Hinsicht eher ein Stochern war.

Als die Zwillinge zwei Jahre alt waren, überredete sie Dietrich, den Sommerurlaub erneut in Contis Plage zu verbringen. Der stimmte, romantisch veranlagt wie er war, sofort zu und daraus wurde in den nächsten Jahren ein familiäres Sommerferienritual. Sie zelteten auf dem Camping-Platz, Dietrich plantschte mit den Zwillingen am Strand, Polly vor allem stürzte sich in die Wellenberge und Lena recherchierte. Nach und nach kannte sie alle Kellner, alle Café-Besitzer, sämtliche Surfbrett-Verleiher, die Bäckerinnen und die Supermarkt-Verkäuferinnen, die Strandwächter, die Polizisten und die Rettungsschwimmer und alle diese Menschen kannten Lena, die schrullige Deutsche mit der immergleichen Frage. In ihrer Vorstellung war aus dem Schwanenhals im Laufe der Jahre ein Schwarzer geworden mit mindestens fünfundzwanzig, wenn nicht fünfzig Prozent weißen Blutes. Das hatte sich eingestellt bei ihr, herausgeschält, sie wusste selbst nicht genau wieso, aber es war allenthalben hilfreich beim Suchen und Fragen. Eine Richtung, ein innerer oder äußerer Kompass ist schon notwendig, um bei all der Sucherei und Fragerei nicht völlig orientierungslos herumzuhampeln. Das war schon bei Christoph Columbus nicht anders und ähnlich wie bei dem Entdecker-Heroen fand Lena schließlich etwas, das sie nicht gesucht hatte, und bekam eine Antwort auf eine falsch gestellte Frage. Es war im dritten oder vierten Familien-Sommer in Contis, als sie einen ganz neuen Barkeeper in der ganz neuen Strandbar Oyat löcherte. Eigentlich völlig sinnlos, der junge Mann war im Summer of Love wahrscheinlich in die Grundschule im nahen Saint-Julien-en-Born gegangen. Egal, Lena war unerbittlich und außerdem sah der junge Mann gut aus, lächelte unentwegt und konnte natürlich nicht weiterhelfen.

»Könnte sein, dass Sie Carlos suchen.« Die Stimme war eine tiefe, alte, und als Lena sich nach rechts drehte, saß da Jean Gabin. Zumindest war das ihre erste Assoziation. Ein kleiner, rundlicher Mann mit einem knarzig-freundlichen Gesicht und der Alterslosigkeit der Küstenbewohner. Er hatte ein Glas Rotwein vor sich auf dem Tresen stehen und die Gauloises hing im dermaßen lässig im Mundwinkel, dass Lena schon wieder an Jean Gabin denken musste. Gabin ergänzte: »Der war aber Südamerikaner, halber Indio sogar, wenn ich es recht weiß.« Lena korrigierte in Sekundenschnelle alle mühselig in Jahren aufgebauten Traum-Konkretisierungen und überflutete Jean Gabin mit einer Welle an Zustimmung: »Ja. Südamerikaner. Indio. So etwas. Habe ich auch schon vermutet. Aber wie kommen Sie darauf?« Gabin nahm die Zigarette aus dem Mund und deutete mit ihr auf das Amulett: »Dieses Ding da habe ich ihm verkauft. Knapp zehn Jahre her, schätze ich. Ich hatte damals einen kleinen Laden mit solchem Zeug. Von dem Amulett da vier oder fünf Stück. Carlos war der einzige Mann, der jemals eines gekauft hat. Aus Paraguay stammte der. War in Ordnung, der Junge.« – »Haben Sie einen Nachnamen? Wissen Sie, was aus ihm geworden ist? Kommt er noch nach Contis?« Jean Gabin lächelte: »Große Liebe, oder? Nein, tut mir leid, er war zwei, drei Jahre jeden Sommer hier. Warten Sie, Sommer 69, da haben wir zusammen die Mondlandung im Fernsehen angeschaut. Da habe ich ihn zum letzten Mal gesehen. Er war völlig hin und weg, sagte, da wolle er auch mal hin, in den Himmel, das sei sein wirkliches Zuhause. Na ja, die jungen Leute, mich hat das eher gelangweilt.« Er stand auf und reichte Lena die Hand: »Ich muss gehen. Viel Erfolg noch. François mein Name, François Gabin. Ich bin es gewohnt, dass die Leute mich anstarren. Jean ist mein Zwillingsbruder. Ein Star und ein Sterneverkäufer, auch eine Konstellation. Machen Sie's gut.« Lena konnte nicht anders, sie fiel dem alten Mann um den Hals und trocknete eine Träne an seiner rauen Backe. Am Abend, als die Zwillinge fest schliefen, nahm sie Dietrich bei der Hand und flüsterte ihm ins Ohr: »Lass uns in die Düne gehen.«

Ein halbes Jahr nach der Steffi-Katastrophe, wenn wir richtig rechnen, muss es der Sommer 1983 gewesen sein, saß Lena an einem Spätnachmittag auf der Terrasse. Das wiederum muss ein Mittwoch gewesen sein, mittwochs hatte sie nachmittags frei. Der Bundeskanzler hieß seit einem Vierteljahr Kohl und im Garten blühte es. Polly kam hinzu, ganz in Schwarz, schwarze Jeans, schwarzes T-Shirt, schwarz getuschte Augen. So ihre Erscheinung seit einem halben Jahr. Sie nahm sich einen Stuhl und setzte sich Lena gegenüber: »Ich muss mal mit dir reden.« – »Gut, ich auch. Fang an.« – »Sind Caspar und ich wirklich Zwillinge?«

Lena hatte auf diese Frage seit fünfzehn Jahren gewartet und dennoch war sie völlig unvorbereitet: »Natürlich. Klar. Was soll das?« – »Weil wir verschieden sind. So was von verschieden. Das sieht doch jeder.« – »Du bist ein Mädchen, Caspar ein Junge. Das ist verschieden, das gebe ich zu.« – »Hör doch auf mit diesem Scheiß, Mama. Sind wir Zwillinge? Echte? Richtige? Ich will das jetzt wissen.« – »Ich schwöre, dass ihr innerhalb einer Viertelstunde beide aus meinem Bauch gekrabbelt seid. Reicht dir das?« – »NEIN! Schon mal was von heteropaternaler Superfekundation gehört?« – »Polly! Jetzt hör du auf mit dem Scheiß! Was soll das denn sein?« – »Befruchtung zweier weiblicher Eizellen von zwei unterschiedlichen männlichen Samenspendern. Im Tierreich weit verbreitet. Geht auch beim Menschen, sagt die Bio-Fiedler, prinzipiell zumindest. Vorausgesetzt, du hast in einer Nacht mit zwei Männern gefickt.«

Das mit den Müttern und ihren Töchtern ist auch noch ein weitgehend unerforschtes Gebiet des menschlichen Durcheinanders. Unübersichtlich wird das Feld, wenn die Tochter fünfzehn und die Mutter fünfunddreißig ist. Ficken, um Pollys Ausdrucksweise aufzunehmen, ist in der Vorstellungswelt der Jüngeren, soweit es Verrichtungen der Älteren meint, einfach nur Panne. Das erstreckt sich ja auf vieles, alles eigentlich, was das Physische der Eltern anbelangt, tanzen beispielsweise, die Körperpflege oder die Klamotten. Soweit es den eigenen Kosmos der Jüngeren betrifft, wäre zumindest die Wortwahl eine andere, sie drückten sich in dieser Zeit untereinander entschieden dezenter aus. Die Sache selbst, siehe Caspar, braver Junge, wäre eher beiläufig beschrieben worden, unsicher und halbgar, irgendwie rosafarben, aber du liebe Zeit, woher sollen wir das wissen? Bei Polly kommt erschwerend hinzu, dass sie unter Ficken einen Vorgang sich imaginiert, bei dem ein großes Ding rumfuhrwerkt dort, wo es nach ihrer Auffassung nichts zu suchen hat. Sie hat eine abstrakte Ahnung davon, dass dies allgemein üblich ist, sogar bei ihren Eltern, aber es würgt sie, wenn sie Abstraktes konkret sich vorzustellen gezwungen ist. Alles kompliziert, höchst kompliziert sogar, und jetzt sogar noch verdoppelt: heteropaternale Superfekundation. Lena, unsere Suchende, fand keine Worte, schon gar nicht dieser Art.

»Polly.« Das war schon mal ein Anfang, ein Wort zumindest war gefunden. Dann kam erst mal nichts. Sekundenlang dauert so etwas, gefühlt aber sind es Minuten. »Polly«, nächster Anlauf, »du bist meine Tochter. Und Caspar ist mein Sohn. Und ihr seid Geschwister.« – »Ah. Geschwister. Wusste ich's doch.« – »Ja. Und vielleicht, möglicherweise gab es da so etwas wie dieses heteropaternale Dingsbums. Und vielleicht hörst du deiner Mutter ein Mal in deinem Leben eine halbe Stunde lang zu.«

Nach dieser halben Stunde, es waren in Wahrheit nur wenige Minuten, sagte Polly erst mal nichts. Dann, nach ein paar quälenden Minuten, die aber wahrscheinlich wiederum nur einige Sekunden waren, währenddessen Kohl immer noch Bundeskanzler war und der Garten weiter vor sich hin blühte: »Weiß Dietrich eigentlich das alles?« – »Nein. Wir haben nie darüber gesprochen.« – »Warum?« Das wusste Lena selber nicht. Sie war glücklich mit ihren Zwillingen, sie hatte dort ihre Mitte gefunden, aber auch im Goethe-Verkaufen und im Beobachten von Dietrichs wissenschaftlicher Karriere, im Gärtnern, im Sorgen, im Bemühen. François Gabins Carlos hatte dem Suchen auf diesem Feld ein wohliges Ende bereitet, sie war auf eine ganz selige Art in die samtene Erinnerung entglitten, einmal von einem paraguayischen Halbindio gevögelt worden zu sein mit dem nun doch vorzeigbarem Ergebnis Polly. Es fühlte sich gut an und warum Dietrich mit derlei Dingen belasten? Polly sah das anders: »Ich hasse dich. Du widerst mich an. Du, Dietrich, eure ganze Ficki-Ficki-Generation. Leckt mich.«

Vier Wochen später kam ein Brief aus Berlin, na ja, eher eine Karte: »Mir geht's gut. Lebe in einem besetzten Haus. Hab Marie kennengelernt. Kümmert euch nicht um mich. Caspar: Immer!«

»Nimm die Schultern hoch. Und den Kopf, verdammt noch mal!« Es war nur ein Sparringskampf, aber Charlie brüllte, als ob es um die Weltmeisterschaft ginge. Polly tat, was Charlie gefordert hatte, aber nach zehn Sekunden duckte sie sich wieder, nahm den Kopf nach unten und die Schultern nach vorne und prügelte wüst und unkontrolliert auf ihren Gegner ein. Ihr Gegner hieß Achmed, den aber alle »Fliege« nannten, was damit zusammenhing, dass er der einzige Fliegengewichtler in Charlies Stall war. Ein Hemd nach männlichen Maßstäben, auch denen der olympischen Boxregularien, ein Hänfling, gerade mal siebzehn Jahre alt, einen Meter sechsundsechzig groß und drahtige 53 Kilo schwer, aber wer weiß, da unten in den niederen Gewichtsklassen, da waren die Flinken unterwegs, die Tänzer, die Filigranen. Fliege jedenfalls träumte von der Berliner Meisterschaft in seinem, nach ihm benannten Gewicht, von der Deutschen, vom Olympiasieg. Und jetzt Polly. Du liebe Zeit.

»So richtig? Mit Körpertreffern?«, hatte er mit erstaunten Augen gefragt. Es können auch entsetzte gewesen sein. Charlie hatte nur genickt: »Was denkst du? Wir boxen. Wie immer.« Richtig wohl war ihm bei der Sache nicht. Aber Polly hatte nicht lockergelassen. Seit Wochen lag sie ihm in den Ohren: »Komm, Charlie. Einmal Sparring. Mein Spiegelbild habe ich schon zwanzigmal k.o. geschlagen. Ich will's jetzt wissen. Gib mir Fliege.« Neben Achmed trainierten ein paar Mittelgewichtler bei Charlie, drei Halbschwergewichtler und ein Schwergewichtler mit zu viel Fett um die Hüften. Alles gute Jungs, gut genug für die West-Berliner Stadtliga, kaum genug für die deutsche Olympia-Auswahl, und eine Profikarriere, du liebe Zeit, keine Rede, träum weiter, aber mach dein Ding. Und Schnauze.

Dann aber Polly. Eines Abends war sie aufgetaucht in der Tauentzien, im Gym von Charlie. »Ich bin Boxerin«, hatte sie gesagt, »schon immer.« – »Da bist du nicht die erste«, lachte

Charlie. Wenn Charlie lachte, dröhnte das ganze Gym, das nicht klein war. Ein ehemaliger Mittelgewichtler, kompakt gebaut, rund und fest, Alter unbestimmt, aber nicht mehr der Jüngste. Meistens allerdings knurrte Charlie. Oder bellte. Kurz, knapp, Widerworte zwecklos. »Komm morgen vorbei. Nachmittags, Viertel nach drei. Anständige Sportklamotten, kein Firlefanz. Und Tschüss.«

Am nächsten Tag war Polly pünktlich. Das Gym war fast leer. Charlie ließ sie mit dem Seil hüpfen, das konnte sie und ausdauernd war sie ja. Dann Dehnungen, die Beine, der Rumpf, die Hüften, Oberkörper, Arme und Hals. Charlie knurrte »o.k.«. Danach Liegestütz, Sit-ups und Klimmzüge. Charlie bellte: »Noch drei, noch zwei, quäl dich!« Dann nahm er ihr den Puls und knurrte sein o.k. Polly, unsere unbesiegbare und unbezwingbare Polly, war fix und fertig, als sie zum ersten Mal in ihrem Leben Boxhandschuhe angezogen bekam. Es fühlte sich an wie bei anderen Menschen ihres Alters, die soeben den Führerschein oder das Abiturzeugnis überreicht bekamen. Sie knallte die Fäuste aufeinander, hieb ein paar Geraden und Haken in die Luft, aber Charlie führte sie zum Sandsack: »So, jetzt mach mal.« Und Polly machte. Sie gab alles. Hieb, drosch auf das lederne Ungetüm ein. »Stell dich mal mehr seitwärts. Ein Bein nach vorne.« Polly tänzelte einen Zwischenschritt, bewegte sich automatisch in die Rechtsauslage und verdrosch den Sandsack. Wechselte mit zwei, drei Steps in die Linksauslage, aber das behagte ihr nicht. Zum Schluss, nach zehn Minuten etwa, stand sie wieder frontal vor ihrem Gegner und schickte eine letzte Kanonade an kurzen, schnellen Schlägen gegen alles, was böse war auf dieser Welt. Als Charlie ihr die Handschuhe abnahm, sagte er für seine Verhältnisse erstaunlich unknurrig: »Gut. Könnte was werden. Dreißig Mark im Monat. Kannst kommen, wann du willst. Zwischen vier und fünf habe ich Zeit für dich. Später muss ich mich um meine Jungs kümmern. Was arbeitest du?« – »Ich kellnere. Im Soho in Kreuzberg.« – »Oh, Mädel. Willste nicht was Richtiges machen?« – »Ja, klar. Boxen.« – »Geh duschen.«

Das war ein halbes Jahr, nachdem Polly in Berlin aufgetaucht war. Sieben Lifts hatte sie gebraucht als Tramperin von Heidelberg nach West-Berlin, der letzte hinter Hof, kurz vor der Grenze zur DDR, war der ergiebigste. Ein Lkw, der vierzehn nagelneue Mercedes-Modelle nach West-Berlin transportierte, nahm auch sie mit. Von Charlottenburg aus, wo der dicke Lkw-Fahrer ihr alles Gute gewünscht hatte, marschierte sie nach Kreuzberg, fragte sich nach Kneipen der Hausbesetzer durch und landete im Soho. Es war früher Abend, als sie das dunkle, rauchgeschwängerte Lokal betrat, und was ihr sofort auffiel, war, dass sie nicht auffiel. Sie stellte sich an den Tresen, die Sporttasche zwischen den Beinen, und sah sich um. Was sie sah, gefiel ihr. Viele schwarze Klamotten, bleiche Gesichter, ein paar bunte Haarschöpfe, Lederjacken, derbe Stiefel. Alle ungefähr in ihrem Alter, obwohl, es gab auch welche, die hätten ihre Eltern sein können, und sie war schon eine der Jüngsten hier. Aber, auch das fiel ihr auf, das zählte hier nicht viel. Dieses kleine Volk schien ein Stamm von Eingeborenen zu sein, alle schienen sich zu kennen, ständig wurde umarmt, begrüßt, auf die Schultern geklopft. Polly war die Einzige, die abseits stand, eingedrungen in fremdes Territorium, aber niemanden schien dies zu stören und sie selbst, sie genoss es, fühlte sich zugehörig, sogar mittendrin. Das Mädchen hinter dem Tresen war vielleicht zwei Jahre älter als sie und als Polly sie fragte, ob sie wisse, wo sie heute Nacht pennen könne, deutete das Mädchen ganz selbstverständlich auf eine junge Frau drei Tische weiter und sagte: »Frag mal Marie. Die weiß immer was.«

Polly bestellte eine Cola und sah sich Marie an. Sie war ein paar Jahre älter als Polly, aber wenn man sechzehn ist, sind alle Älteren ein paar Jahre älter, wie viele genau, entzieht sich der Wahrnehmung. Man unterscheidet maximal zwischen älter und alt. Wenn diese Sechzehnjährigen sich in die andere Richtung orientieren, also die jeweils Jüngeren unterscheiden, differenzieren sie scharf. Da können Monate über Beachtung und Verachtung entscheiden, also über Schicksale und Lebenswege, dies aber nur nebenbei. Polly entschied sich im Falle Marie für älter. Wir – auch dies nur nebenbei – können wissen, dass Marie damals 26 Jahre alt war, deren zehn also mehr zählte als Polly, die mit ihrer Einschätzung mithin nicht ganz falsch lag. Zur Sache: Marie hatte lange, wirre, kupferrote Haare, sie trug ein schwarzes Kleid, das ihre Figur betonte, ein Kleidungsstück, das irgendwie nicht in diese Umgebung passen mochte und das selbstredend kein einziges anderes weibliches Wesen in Pollys Sichtfeld trug. Es dominierten Jeans und das T-Shirt in seiner ganzen schwarzbetonten Formen- und Farbenvielfalt. Marie war darüber hinaus dezent geschminkt, die anderen Frauen entweder gar nicht oder grell. Um es abzukürzen: Marie ragte in gewisser Weise in ihrem Stamm heraus, sie war nicht die Königin, aber eine dieser weisen Frauen (mit sechsundzwanzig!), die in allen tribalistischen Gemeinschaften das Sagen haben, und so war es auch im Stamme derer von Soho.

Es gingen also Anziehungskräfte und solche des distanzierenden Respekts von dieser Frau aus. Polly, auf dem besten, nämlich ihrem ureigenen Wege, trat ein paar Schritte näher, legte eine Hand auf Maries Schulter und als diese emporblickte, sprach Polly: »Ich brauch was zum Pennen. Habe gehört, du bist da zuständig.« Marie stupste einen jungen Punker an, der sofort den Stuhl freigab, auf den sich Polly, einer einladenden Geste der Tischherrin folgend, setzte. Was folgte, war mehr oder weniger ein Verhör. Wer bist du, woher kommst, wie alt bist, was willst du hier, warum bist du hier, wie bist du drauf? Polly antwortete auf alles brav, sie redete sogar so viel, wie sie noch nie, weder ihrer Mutter noch Caspar gegenüber, gesprochen hatte. Auch das gefiel ihr. Marie sprach eher wenig. Sie rauchte mit der einen Hand sehr elegant, mit der anderen hielt sie noch eleganter ihr Glas Wein, »fuckin Fusel« nannte sie es, derweilen es beständig nachgefüllt wurde, und sah Polly unterdessen unentwegt an. Aus graublauen Augen. Irgendwann fiel Polly schon wieder etwas auf: »Du bist keine Deutsche, oder? Du hast so einen komischen Akzent.« Marie seufzte: »Ich bin aus Mecklenburg. Von der Familie her. Aber lange Zeit habe ich in New York gelebt. Mit meiner Mutter. Das hört man immer noch. Anyway.«

»Also pass auf, Kleine«, begann Marie die Finalisierung des Gesprächs. Polly hieb ihre Hand auf ihren Unterarm, der Wein in Maries Glas schwappte. »Nenn mich nicht Kleine. Ich bin Boxerin, Kämpferin. Sonst hau ich dir eine in die Schnauze.« Marie zog die Brauen hoch. »Also gut, meine Liebe. So besser? Dich kann man gebrauchen. Heute Nacht gehst du in die Oranienstraße vierunddreißig. Melde dich bei Hugo und sag, ich schick dich. Morgen um fünf wieder hier im Soho. Dann sehen wir weiter.«

Am nächsten Tag war das Soho nur spärlich besetzt, ja fast leer. Marie trug einen blauen Blazer, der sündhaft teuer gewesen sein musste, über einer schwarzen Bluse und eine graue Hose. Sie sah umwerfend aus, fand Polly. Den ganzen Tag hatte sie sich rumgetrieben in SO 36, dem Stammes-Territorium von Kreuzbergs Hausbesetzerszene. War fasziniert von den Transparenten, den Graffitis, den Wandzeitungen, den Kneipen, den Läden. Polly, das hättest du drei Jahre früher erleben sollen! Aber da bist du noch mit deinem Bonanza-Fahrrad in Ziegelhausen herumgedüst. Damals 80/81/82, da war hier der Bär los. Besetzungen jeden Tag, Freudenfeuer, Demos, brennende Barrikaden, Versammlungen, Telefonketten, Nachtwachen. Freiheit, Gleichheit, Brüderlichkeit, das ganze Programm. Liebe und Solidarität, Rabatz und Bambule. Fernsehkameras überall. Klare Frontlinien: die gegen uns. Die Faschos, die Bullen, die Spekulanten gegen die Freie Republik Neukölln-Kreuzberg. So war das, jeden Tag. Brutalität gegen Solidarität. Profitgier gegen wahres Leben. Befreiungskrieg im Großstadtdschungel, das törnt, sag ich dir.

Jetzt aber, drei Jahre später, regierte Richard von Weizsäcker von der CDU die Stadt West-Berlin und nicht mehr Hans-Jochen Vogel von der SPD. Nicht, dass das entscheidend gewesen wäre, aber ohne Bedeutung war es auch nicht. Mit Vogel hätte der Stamm derer von Soho Siedlungsgebiete bekommen, unter Weizsäcker bekamen sie Reservate. Das spaltete den Stamm. Die einen verfielen dem Feuerwasser (oder Ähnlichem), die anderen, die Legalos, schlossen Verträge. Die einen waren viele, die anderen wenige. Aber sie waren immer noch ein Stamm. Zumindest im Soho (und ähnlichen Etablissements sonderzahl). Dort saß jetzt Marie und sie hatte frohe Botschaft: »Glückwunsch, Kleine … äh, Liebes. In der Adalbert ist ein Zimmer frei, eher eine Kammer. Das kleinste Zimmer für die Kleine. O.k. für dich? Und: Du kannst hier morgen anfangen. Ein bisschen Geld verdienen. Das Soho ist doch klasse, oder?« Polly sagte: »Hhmm.« Sie war verstimmt. Nicht über die Sache, die war natürlich ein Glücksfall. Der Ton war es, dieser hierarchische Ton Maries, der sie wahnsinnig machte. Er klang nicht so, dass er Dankbarkeit forderte. Es war schlimmer: Marie forderte Unterwerfung. Klein unter groß. Ziegelhausen unter New York. Designer-Blazer schlägt T-Shirt. Eine Kammer für Polly, ein großes, hohes helles Zimmer für Marie, zwei Wände voll mit Büchern. Das erlebte sie am folgenden Tag und das wäre noch das Wenigste gewesen.

»Ich warne dich«, fuhr Marie im Soho fort, »die Adalbert 74 ist zwar ein Besetzerhaus, aber ein spezielles. Mehrheitlich Intellektuelle. Studenten, Doktoranden, Assistenten von der Uni, Künstlerinnen, Gurus. Nur Übergeschnappte. Aber du bist ja Boxerin. Du kriegst das hin.« Polly dachte nach. Sie war jetzt seit zwei Tagen in Berlin und hatte schon mehr erlebt und gesehen als in den letzten Jahren in Ziegelhausen. Und jetzt war sie sogar von ganz weit draußen mitten in das Herz dieses seltsamen Stammes gestoßen. Wo anscheinend alles war wie zu Hause mit Unmengen an Büchern und Geistesmenschen, aber doch auch ganz anders. »Ich muss überlegen«, sagte sie, stand auf, ging an die Theke und rundete den Rücken, Kopf nach unten. Nach zwei Minuten, plus minus, drehte sie sich um und presste Marie ein paar Worte entgegen, den Kopf zwischen die Schultern geklemmt: »O.k. Ich mach's. Unter einer Bedingung: Ihr lasst mich in Ruhe und ich muss nicht viel reden.« Marie lächelte. Zum ersten Mal empfand Polly dieses Lächeln als ein warmes, ein echtes, ein liebevolles, unsereiner würde sagen: ein antihierarchisches. Marie sagte zu allem Überfluss noch: »Kein Problem. Versteh ich. Das passt schon.« Polly zog noch am selben Abend in die Adalbert 74 ein.

Zurück zu Fliege und dem Sparring. Er hatte sich gerade aus dem Infight gelöst, in dem Polly klare Vorteile hatte, und ließ seine linke Führhand arbeiten. Gegen eine Rechtsauslegerin hatte er noch nie geboxt, das war alles seitenverkehrt, die rechte Schlaghand musste weitere Wege nehmen, das war schwierig. Polly hatte bislang weder gegen einen Linksausleger wie Fliege geboxt noch gegen einen Rechtsausleger, ihr war das egal. Manchmal wechselte sie sogar die Auslage, das war verwirrend unorthodox, vor allem für Fliege, aber auch Charlie schüttelte den Kopf: »Linke Schulter nach vorne, verdammt noch mal! Und den Kopf hoch!« Nach drei Runden beendete er das Ganze. »Wie war ich?«, fragte Polly atemlos. Charlie schüttelte den Kopf: »Geh duschen. Danach reden wir.«

»Für eine Schulhofprügelei war's nicht schlecht«, knurrte Charlie, als sie eine halbe Stunde später in seinem Büro saßen. Ein kleiner Raum ohne Fenster, an den Wänden gerahmte Fotos, die Polly aber nicht beachtete. »Mit Boxen hatte es wenig zu tun. Das ist kein Vorwurf, Mädel. Boxen muss man lernen, prügeln kann jeder. Also, wenn du Lust hast, ab morgen alle zwei Tage richtiges Sparring. Schritt für Schritt. Fliege hab ich gefragt, er ist einverstanden, guter Junge.« Und so lernte Polly in den nächsten Wochen das Boxen. Sie lernte, und das war das Allererste und das Allerschwierigste für sie, mit offenen Augen zu boxen. Und dabei zu atmen. Mit den Augen zu boxen, immer und in jeder Situation, und immer zu atmen, nie panisch die Luft anzuhalten oder hektisch mit geschlossenen Augen loszuprügeln. Darauf achtete Charlie: »Schau auf die Bewegungen von Fliege, als ob du auf Öffnungen schaust. Schau auf seine Augen, auf seine Schulter, seine Führhand.

Schau auf Möglichkeiten.« Sie lernte, musste zunächst lernen, das Schattenboxen. Sie standen sich gegenüber, Fliege und Polly, aber zwischen ihnen war eine imaginäre neutrale Zone, ein Luftkissen. Sie ließen die Fäuste nach vorne schießen, die Deckung hochnehmen, immer auf der Suche nach Möglichkeiten. Ohne Kontakt, ohne Berührung, es ging nur um die Bewegung, die Geschmeidigkeit, das Lernen, das Einüben von Intuition. Polly murrte, Charlie knurrte. Dann kam die Lektion mit den leichten Schlägen und der Kunst, diese abzufangen. »Keine Raketen. Ruhig, ganz ruhig.« Sie lernte, musste lernen, mit 25 Prozent zu schlagen. »Sparring ist lernen, wie man kämpft, nicht kämpfen, ohne etwas gelernt zu haben.« Dann endlich, aber immer noch bei 25 Prozent, die Fünf-Schläge-Übung. Eine Doublette und drei Schläge hinterher. Und lernen, wie man sich gegen diesen Druck verteidigt. Wie man sich aus der Ecke befreit mit einem angetäuschten Schritt nach links und einem geschmeidigen nach rechts, dabei weggeduckt. Polly lernte dies und noch viel mehr und sie erkannte, dass das ganz schön anstrengend war. Was sie nie lernte: damit aufzuhören, von der Rechts- in die Linksauslage zu wechseln. Sie hatte keine schwache und keine starke Hand, ein Phänomen wie die seltenen, wirklich beidfüßigen Fußballer. Irgendwann gab Charlie dieses Lernziel auf: »Könnte eine Waffe sein. Überraschungsmoment.« Das klang in Pollys Ohren so, als ob er sie demnächst oder wenigstens irgendwann in einen richtigen Kampf schicken wollte.

Fliege war, neben Pollys Fortschritten, die eigentliche Sensation in dieser Geschichte. Ein junger Türke, wir erinnern uns, eigentlich heißt er Achmed, sparrt jeden zweiten Tag mit einem Mädchen. Und es gefällt ihm. Er ist der erfahrenere der beiden Partner und er genießt diese Rolle. Oft unterbricht er: »Scheiße, Polly. Wenn du die Schulter so drehst, dann kommt hier« – und er zeigt es ihr, deutet es an – »meine Gerade, so, cross, und du liegst flach«. Zum Ausgleich macht Polly Druck, drängt ihn in die Ecke und deckt ihn mit einer Salve an Haken auf seine Unterarme ein. Er schiebt sie weg, lacht und ruft Charlie zu: »Den Schulhofzahn ziehen wir ihr noch!« Nach dem Sparring, wenn sie ihren Kopfschutz abgenommen haben und sich die Boxhandschuhe gegenseitig ausziehen, erklärt er die Beinarbeit: »weniger Ferse, mehr Ballen, wie tanzen«, und Charlies Ober-, Haupt- und Grund-Credo: »Ich seh mehr von dir als du von mir. Mehr Möglichkeiten. Du kämpfst zu viel mit den Fäusten, zu wenig mit dem Auge.«

Am Abend des 21. Mai 1985 klopfte Polly an der Tür von Charlies Büro. Entweder kam da nichts an Antwort von drinnen oder sie hörte es nicht, jedenfalls trat sie ein und sah Charlie in seinem Stuhl, ein Glas mit einer goldgelben Flüssigkeit in der Hand. »Ah, mein Joe Frazierin. Stehe zu Diensten. Auch einen Whisky? Nee, besser nicht. Zu jung.« – »Wieso Frazier? Eher doch Spinks, oder? Leon. Ich bin drahtig, nicht so gedrungen wie Frazier.« – »Aber du bist ein Infight-Monster. Egal, setz dich. Was gibt's?« – »Es ist so: Ich habe morgen Geburtstag. Und da wollte ich …« – »Geburtstag. Du liebe Zeit. Davon halte ich gar nichts. Was ist das schon? Häuft sich ständig an, ohne dass man etwas dafür tut. Wie Kapital, Aktien, der ganze Scheiß. Wie alt wirst du denn, Mädel?« – »Siebzehn, ab morgen. Mein Bruder heute schon, wir sind Zwillinge.« – »Interessant. Verstehe. Das hat eure Mutter sauber hingekriegt. Vor dem Gong, nach dem Gong. Ist er auch Boxer?« – »Nee. Beziehungsweise: weiß nicht. Lange nichts gehört von ihm.« – »Mädel, Mädel. Vom Zwilling lange nichts gehört? Und was willst du?« – »Mich bedanken. Dich zu irgendwas einladen morgen, an meinem Geburtstag.«

Charlie lud Polly ein. Auf vierzehn Uhr am nächsten Tag hatte er sie bestellt, auf dem Schreibtisch ruhte eine kleine Schokoladentorte mit siebzehn schief stehenden Kinderkerzen, Deko war nicht so Charlies Ding. Polly hatte sich fein gemacht, ein frisches T-Shirt angezogen, dunkelgrün, und ausnahmsweise keine Trainingshose an, sondern eine aus grauem Stoff, ausgeliehen von Marie. Sie pustete. Dann mampfte sie. Und fragte: »Trainer, wann krieg ich einen Kampf?«

»Polly, Polly, Polly! Wenn du wüsstest! Hast du schon mal mit dem Deutschen Boxsport-Verband zu tun gehabt? Eben, ich schon.« Polly mampfte weiter Schokoladentorte, aber langsamer. Die Kiefer bewegten sich sozusagen fragend. »Es gibt, um es mal so herum zu erzählen, hier in West-Berlin und drüben in der BRD einige, viele, sehr viele Mädchen wie dich. Die boxen wollen. Hunderte, das weiß ich, ich habe meine Kontakte. Und es gibt diesen Altmännerverein DBV. Arschlöcher.« Polly hatte ausgemampft, jetzt fragten nicht die Kiefer, sondern die Augen. »Für die Arschlöcher ist Boxen nicht Sport, sondern Klopperei. Also Männersache. Der wichtigste Verbündete, den sie haben, ist das Fernsehen. Klopperei gleich Quote gleich Kohle. Und dann gibt es ein paar Romantiker wie mich, und die sagen: Boxen ist Sport. Und Sport hat etwas mit Charakterbildung, mit Übung und Formung zu tun, mit Wettstreit und Fairness, mit Haltung und Achtung, mit weiß der Henker was für edlen Dingen. Das Boxen ist vielleicht sogar die Königsdisziplin unter all diesen schönen Geistes- und Körperertüchtigungen. Keine Ahnung, warum das nicht für Frauen und Männer gleichermaßen gelten sollte. Nur Arschlöcher können das nicht verstehen. Und die sitzen in den Boxverbänden. Und bei den Fußballern.« Polly hatte Charlie noch nie so lange am Stück reden hören. Sie fragte jetzt nicht mehr, sie konstatierte: »Also krieg ich keinen Kampf. Keinen offiziellen zumindest.«

»Tja, Polly. Die Welt dreht sich, wenn auch langsam. Sieh dir das mal an.« Er nahm Polly am Arm und führte sie in die hinterste Ecke seines Büros, dort, wo die gerahmten Schwarz-Weiß-Fotografien sich am dichtesten drängten. Das eine, auf das er deutete, zeigte eine junge, blonde, strahlend schöne Frau in einem weißen Trägerhemd und mit Boxhandschuhen, die sie ungelenk der Kamera entgegenhielt. Hinter ihr war ein südländischer Mann zu sehen, der ihr lachend eine Hand auf die Schulter gelegt hatte. »Das ist Marlene Dietrich, sagt dir was, oder?« Polly nickte stumm. »Der erste Hollywoodstar, den Deutschland hervorgebracht hat. Vielleicht die modernste Frau der Zwanzigerjahre. Hat hier trainiert damals, in diesem Gym. Hat Boxen gelernt, so wie du.« – »Ohne Scheiß?« – »Oder hier«, Charlie deutete auf das benachbarte Foto, »Leni Riefenstahl.« Eine dunkelhaarige Frau, schlank wie die Dietrich, ebenso gekleidet, die gleiche Boxerinnen-Pose, dahinter wieder der Südländer, ein muskulöser, breitgesichtiger Latin-Lover, nicht so richtig sympathisch, fand Polly. »Ein bisschen eine andere Karriere als die Dietrich. Nazis statt Hollywood. Parteitagsfilme statt Blauer Engel. Aber: In den Zwanzigern hier in diesem Studio, da war auch sie. Völlig fasziniert vom Boxen. Das war der Hit damals bei den emanzipierten Weibern.« – »Und wer ist der Typ da auf den Fotos? Mit deinen emanzipierten Weibern? «

Charlie ließ sich in seinen Sessel fallen. Polly nahm hinter dem Schreibtisch Platz, Charlies Geste war sanft, aber energisch. »Das ist eine lange Geschichte. Ich habe sie schon ewig nicht mehr erzählt. Also hör zu. Mein Geschenk für dich, Geburtstagsboxerin.«

Dies also ist die Geschichte von Sabri Mahir und seinem »Studio für Boxen und Leibeszucht«. »Vor sechzig Jahren saß er hier in diesem Büro und dort, wo du sitzt, da saßen das eine oder andere Mal die Marlene Dietrich und die Leni Riefenstahl, die Vicki Baum, eine Schriftstellerin, oder die Schauspielerin Carola Neher. Um nur die Bekanntesten zu erwähnen. Sabri war Türke, als das Osmanenreich zerfiel, emigrierte er nach Paris. Eigentlich wollte er Kunst studieren, hat das auch ein bisschen ausprobiert. Aber dann kam er nach Berlin und ging zum Zirkus. Als Boxer. Vier gegen einen, die Attraktion im Zirkus Busch. Der eine, das war natürlich Sabri. Er war schon eine kleine Berühmtheit in Berlin in den Jahren nach dem Ersten Weltkrieg, denn Boxen war populär, beim Boxen traf man sich, beim Boxen musste man dabei sein. Dass er dann, als er keine Lust mehr auf den Zirkus hatte, ein Box-Studio aufmachte, war nur folgerichtig. Und sofort erfolgreich. Als der kleine Charlie hier 1927 auftauchte, siebzehn war ich damals, so wie du, da brummte der Laden schon gewaltig.

Das Zugpferd und Aushängeschild war Franz Diener, zu dieser Zeit Deutscher Meister im Schwergewicht, die deutsche Eiche, wie ihn alle nannten. Da drüben hängt sein Foto und das daneben zeigt ihn vor dem Kampf gegen Max Schmeling im April 28. Den verlor er nach Punkten, höchst umstritten, da ging es nicht mit rechten Dingen zu, aber Schmeling war danach Deutscher Meister und konnte die Amis herausfordern. Wer weiß, wenn es andersherum, das heißt korrekt verlaufen wäre, dann wäre Sabri der Trainer eines deutschen Schwergewichtsweltmeisters geworden. Schmeling und Diener wurden später übrigens gute Freunde, der weltberühmte Schmeling hat Franz aus einem DDR-Gefängnis rausgepaukt, solche Freundschaften sind unter Boxern nicht unüblich, das gehört dazu zum Kämpfen. Ich habe mir viel abgeschaut vom Franz Diener, aber noch mehr habe ich von Sabri gelernt. Vor allem, dass man mit Köpfchen boxen muss. Klugheit, hat Sabri gesagt, Klugheit ist die schärfste Waffe eines Boxers. Vielleicht haben ihm ja deshalb diese ganzen Künstler und Dichter und Denker die Türe eingerannt. Friedrich Holländer, der Musiker, der Galerist Flechtheim, der hat eine Etage höher seine Kunstzeitschrift ›Querschnitt‹ herausgegeben, und natürlich der Bert Brecht. Der hatte neben dem Dichten vor allem zwei Leidenschaften: Autos und Boxen. Brecht war damals schon richtig berühmt wegen der Dreigroschenoper, die Hauptperson darin heißt übrigens Polly, fällt mir gerade ein, und er saß da mit Schiebermütze und Lederjacke, ein schmächtiges Kerlchen, aus dem hätte selbst Sabri keinen Boxer gemacht. Brecht und die anderen, auch die schon erwähnten Weiber, trafen sich zu Sabris Teestunden. Nach dem Trainingsbetrieb warf Sabri seinen Samowar an und hat Tee gebraut, kostenlos für alle. Und dann wurde diskutiert bzw. doziert: Irgendeiner der Gäste stieg in den Ring, trug etwas vor, was dann von den anderen zerpflückt wurde. Da kamen die russischen Emigranten, die liebten Sabris Samowar, das war Heimat für die. Und irgendwann kamen auch die Kommunisten. Auch so eine Geschichte. Anfang der 20er wurde in Berlin die Leuchtreklame modern, die Neonröhren. Berlin war nachts bunter als am Tag. Sabri wollte natürlich auch so etwas. Sodass dann also ›Studio für Boxen und Leibeszucht‹ in Schreibschrift und in Rosa und Grün über dem Eingang leuchtete. Einer der Teestunden-Gäste war Maler, Zeichner, irgend so etwas, Biro hieß der, ein Ungar. Der ließ nicht locker, Sabri, da fehlt was, du brauchst ein Emblem, ein Zeichen, Logo würde man heute sagen. Irgendwann gab Sabri nach und neben dem Schriftzug leuchtete, na, was wohl, eine Faust. Biro aber war ein Linker, der hatte für alle möglichen Zeitungen und Flugblätter der Kommunisten und der Sozen und was da noch so rumspukte unzählige Fäuste gezeichnet. Über Sabris Boxstudio prangte also keine Boxerfaust, sondern eine Proletarierfaust. Deshalb kamen die Kommunisten. Da, das Foto in der Ecke: die kleine Frau ist Ruth Fischer, der außen mit der Brille Arkadij Maslow, die waren damals die Chefs der Berliner KPD. Und der Große zwischen ihnen, das ist Heinrich Brandler, leibhaftiger Vorsitzender der KPD. Der hat sogar trainiert hier. Ein starker Mann, war Maurer gewesen, der konnte richtig gut zuschlagen.«

»Heinrich Brandler?« Polly war aufgestanden und an das Foto herangetreten. »Das ist mein Großvater, Charlie. Ich fass es nicht. Also eigentlich Urgroßvater, aber bei uns hieß er immer Großvater. Der war hier, den hast du gekannt?« – »Nein, das war vor meiner Zeit. Brandler, Polly Brandler, stimmt, jetzt, wo du es sagst. Verrückt, Zufälle gibt's. Sabri hat viel von ihm erzählt. Er selbst hielt sich ja raus aus der Politik, die Faust hat er auch bald abmontiert. Aber von deinem Großvater hat er gern erzählt, den akzeptierte er. Die Ruth Fischer, die nannte er Giftspritze. Aber gut, das ist alles ewig her. Warum ich dir das alles erzählt habe: Der Boxsport war schon einmal weiter als heutzutage. Und um auf deine Frage zurückzukommen: Irgendwann kriegst du deinen Kampf. Du bist jung, Geburtstagsboxerin, du hast Zeit. Und die arbeitet für dich. Ein paar Jahre noch, dann wird Frauenboxen eine Selbstverständlichkeit sein, da wette ich.«

Polly schwieg. Sie ging entlang der Fotogalerie und dann sagte sie, zu ihrer eigenen Überraschung nicht weniger als Charlies: »Was ist aus Sabri eigentlich geworden?«

Wir gestehen, dass Polly diese Frage nicht hätte stellen sollen. Obwohl sie naheliegt. Sabri Mahir, man ahnte es schon, ist eine historische Figur. Alles, oder fast alles, was Charlie Polly über ihn erzählte, ist tatsächlich geschehen, nachzulesen in dem wunderbaren Roman »Teestunden am Ring« von Güney Dal aus dem Jahr 1999, in dem sogar ein gewisser Franz Biberkopf zu Sabris Teestunde erscheint. Auch dort aber fehlen Informationen über das Schicksal Sabris ab Ende der Zwanzigerjahre. Das Menschheitsarchiv namens Internet erzählt darüber noch weniger. Also was jetzt, Polly, bitte! Charlie, du als Zeitzeuge! Quelle aus erster Hand!

Sie antworten nicht, sie lassen uns allein. Ist es zu viel gesagt, dies alles als eine einzige Gemeinheit der wirklichen Wirklichkeit zu bezeichnen? Und ist es nicht folgerichtig, das zu tun, was letztlich unsere Aufgabe ist, nämlich ein wenig herumzuschriftstellern? Sorry, Leser, excusé Leserin. Es rächt sich hier, dies sei eingestanden, wenn man vermeint, sich erdreisten zu können, historische Faktizität mit Erfundenem in einem einheitlichen Kosmos schlüssig zu verweben. Daran kann man nur scheitern. Dem Scheitern jedoch wohnt mehr Größe inne als dem Gelingen. So in etwa Goethe gesprächsweise zu Hegel 1824, cf. Weimarer Ausgabe, Bd. 22/1, pg. 204 ff. Wie war noch mal die Frage, Polly?

»Gute Frage, Polly. Sabri hat sich irgendwann verflüchtigt, in Luft aufgelöst, verdünnisiert. So jedenfalls kommt es mir vor. 1932 hab ich ihn zum letzten Mal gesehen. Hier im Studio. Ich ging damals in die USA. Mit Gründen. Erstens bin ich Halbjude von der Mutter her und war nicht blöd. Und zweitens wollte ich boxen drüben. Gegen die richtig Guten. Daraus wurde, na ja, sagen wir: nicht so richtig etwas. Hab mich mehr oder weniger durchgeschlagen in Chicago und in Boston, Box-Studios konnten immer jemanden gebrauchen. Zurück nach Europa bin ich als Sergeant der US-Army gekommen.

Im Juni 45 war ich wieder in Berlin und als Erstes bin ich hierher in die Tauentzien getigert. Das Haus war zerbombt, aber der Keller, Sabris Studio, war noch intakt. Der Ring stand noch, da kampierte eine ausgebombte Familie, die Spinde, die Pritschen, alles war noch da. Zwei Dutzend Wohnungslose hausten hier, ausgebombte, wie die Familie im Ring. Na ja, so eine amerikanische Uniform macht erst mal Eindruck und ich habe alles gründlich inspiziert. In einer Kiste hier in diesem Büro habe ich Sabris Fotosammlung gefunden. Zwei Jahre später, nach ewigem Hin und Her mit den Behörden, den amerikanischen und den deutschen, war ich dann Mieter dieses Kellers. Oben war der Schutt weg und wenig später haben sie diesen hässlichen Koloss draufgesetzt. Und seither warte ich, dass Sabri durch die Tür kommt, sich in diesen Sessel setzt und irgendwas in der Art sagt: ›Gut gemacht, Junge, aber jetzt bin ich wieder da.‹«

Charlie schenkte sich einen Whisky ein, hob fragend die Flasche Richtung Polly, aber die schüttelte den Kopf. Dann holte er einen schlanken Zigarillo aus der Schublade, rollte ihn über den Handrücken, zog in unter den Nasenflügeln durch, steckte ihn in den Mundwinkel und paffte los: »Niemand, keine Nachbarn, keine ehemaligen Kunden, niemand wusste, was aus Sabri geworden ist. Ich habe ja rumgefragt. Das Studio lief wohl bis in die ersten Kriegsjahre noch und dann war Sabri weg. Als Türke war er eigentlich nicht gefährdet unter den Nazis, die hatten bis kurz vor Kriegsende ganz gute Beziehungen zur Türkei. Das also, Gestapo, SS oder KZ, kann es nicht gewesen sein. Und Boxen war unter den Nazis ja auch nicht gerade verpönt. Also irgendetwas Tragisches, wie es in dieser Zeit an jeder Ecke jeden Tag passierte, kann ich mir eigentlich nicht vorstellen. Nein, in Luft aufgelöst, ohne Spuren im Sand, nichts, niente. Das, wenn man es sich genau überlegt, auf seine Art natürlich auch etwas Tragisches hat.«

Polly hatte die ganze Zeit nur zugehört, aufmerksam und still. »Ich weiß eigentlich gar nichts über die Nazi-Zeit.« – »Sei froh.« – »Meinen Großvater haben sie auf dem Gewissen, also den Sohn vom Heinrich Brandler. Dietrich hat das mal angedeutet. Nichts Genaues.« – »Dietrich?« – »Mein Vater. Angeblich zumindest.« – »Angeblich. Auch nicht schlecht. Bei euch geht's familiär ein bisschen kompliziert zu, habe ich den Eindruck. Wie bei Sabri. Der hatte seine Luise, ehemalige Verkäuferin in seiner Stammbäckerei. Und die? Frag mich nicht. In den Zwanzigern ging es locker zu. Auch sie, abgetreten von der Bühne. Franz Diener, sein Lieblingsschüler, selbst der wusste nichts. 1954 ist er aus der Sowjetzone geflohen. Auch wieder so eine Geschichte. Er war Chef einer Wurstfabrik in Halle geworden, oder zumindest irgendwas Leitendes. Bekam einmal zu viele Schweine geliefert, mehr als geplant. Hat dann die überzähligen Würste an Boxer aus der Umgebung verteilt, die konnten ohne solche Rationen nicht ordentlich trainieren. Dafür kam er ins Gefängnis, Volkseigentum vergeudet. Schmeling hat dann an die Behörden geschrieben, verdienter deutscher Sportskamerad, solche Dinge. Die Ostzonalen wussten wahrscheinlich gar nicht, wen sie da ins Kittchen gebracht hatten. Jedenfalls ging nach Schmelings Brief den Bonzen ein Licht auf, er kam frei und sollte Funktionär werden, Aushängeschild für den sozialistischen Sport. Das war nun gar nicht nach dem Geschmack vom Franz und im April 54 hat er rübergemacht. Gar nicht weit von hier, am Savigny-Platz, hat er eine Kneipe übernommen, das Tattersall, aber alle sagen, wir gehen zum Diener. Ich war oft dort beim Franz, über Sabri haben wir genauso oft gesprochen, aber auch hier: keine Ahnung. Sabri, der hat sich ins Nirgendwo verabschiedet. Franz hatte feuchte Augen, wenn die Rede auf seinen ehemaligen Trainer kam. Das musst du dir vorstellen, ein Mann wie ein Baum, auch als Sechzigjähriger noch, ein dröhnendes Lachen, immer gut gelaunt, ein Wirt wie aus dem Buche, und wenn der Name Sabri fiel: feuchte Augen. Auch schon tot, der Franz, aber seine Witwe führt den Laden weiter. Das Verrückte dabei: Er und heute seine Frau, die haben praktisch Sabris Teestunde wiederbelebt. Im Diener, da kannst du Harald Juhnke treffen und Paulchen Kuhn, Billy Wilder war dort, Hans Albers und Romy Schneider, die Reste der Comedian Harmonists. Der Werner Schneyder, der Box-Kommentator, ist Stammgast, Fassbinder turnte dort rum und Günter Lamprecht, sein Franz Biberkopf. Polly, pass auf, wir gehen da mal zusammen hin. Ich präsentiere meine Frazierin. Und vielleicht haben die sogar einen Job für dich. Besser als die Radikalinskikneipe in Kreuzberg. Dit is Charlottenburg, das Berlin der Einheimischen.«

Polly stand auf: »Ich muss gehen. Hab Dienst um vier. Danke, Charlie.« Beim Hinausgehen blieb sie vor einem Foto stehen, das Sabri als Boxer mit bloßem Oberkörper und Boxhandschuhen zeigte. Ein rundes Gesicht über dem massiven Körper mit kräftiger, platter Nase, schwarzen, dichten Augenbrauen und einem dunklen Haaransatz, der sich zu lichten begann. Der Mund war breit, aber ohne Lippen, fast wie ein Strich. »Einen kurzen Hals hatte er, der Sabri Mahir.« – »Wie Frazier.« – »Aber meiner ist länger. Das war ein schöner Geburtstag, Charlie. Danke nochmal.« – »Verzieh dich!« Es muss nicht betont werden, dass Charlie nun wieder knurrte.

Als Polly nach Hause kam in die Adalbert, klopfte sie an Maries Tür. Marie saß an der Schreibmaschine und hämmerte. Polly stand blöd rum, denn selbst als Marie über die Schulter »Was gibt's?« rief, klang das eher wie »lass mich in Ruhe, du nervst.« Polly gab sich einen Ruck und sagte: »Ich habe ein Problem.« Marie hörte auf zu hämmern, drehte sich zu Polly und sagte: »Ein Problem. Gut. Dann wollen wir es mal hinterfragen, das Problem. Oder sind es mehrere?« – »Nein, eigentlich nur eins. Mein Problem ist, dass ich keine Ahnung habe. Von nichts. Ich bin dumm. Ahnungslos. Oder beides.« – »Bitte konkreter.« – »Du hast doch hier so viele Bücher und du bist selbst so gescheit und weißt alles. Also: Ich würde gern mehr wissen über …«, sie hob den Kopf, sah ins Nichts und memorierte, »… Marlene Dietrich, Leni Riefenstahl, Carola Neher, Bert Brecht, Franz Biberkopf, Friedrich Hollaender, die Nazi-Zeit, emanzipierte Weiber in den 20ern, überhaupt Berlin in den 20ern, Kommunisten, Sozialdemokraten, die Amis im Zweiten Weltkrieg, das zerbombte Berlin, den Wiederaufbau, warum es die Sowjetzone gibt und die Türkei.« Marie sah sie fassungslos an. »Ach ja, und wenn Heinrich Brandler vorkäme, wäre es auch nicht schlecht.« – »Wer ist das denn?« – »Mein Großvater. Oder Urgroßvater. Nicht so wichtig. Der war mal Vorsitzender der KPD. Und Boxer. Und Maurer. Der sollte auch vorkommen.«

Marie war aufgestanden und wandelte vor ihrer Bücherwand auf und ab. »Ein Bildungsprogramm. Ein Bildungsroman. Reizvoll.« – »Nee, Marie. Ich will nur mehr wissen.« – »Ja, sag ich doch. Das mit der Riefenstahl und der Dietrich, das trifft sich. Da schreib ich gerade darüber. Wie die wurden, was sie waren. Die hatten beide einen ganz eigenartigen Traum von einer neuen Frau. Der ganze Komplex Weimarer Republik und die Folgen gehören dazu. Mehr oder weniger alles, wonach du gerade gefragt hast. Also, wir machen das so: Jeden Vormittag, zehn Uhr, eine Stunde Volkshochschulkurs. Hier bei mir. Wie Klavierstunde. Also lernen, üben, wiederholen.« – »Wie beim Boxen.« – »Von mir aus. O. k.?« – »Ja klar. Danke, Marie. Eines noch: Die Geschichte von Castor und Pollux, die sollte auch vorkommen.«

Ein gutes Jahr später, kurz nach Pollys achtzehntem Geburtstag, waren Polly und Marie ein Paar. Vielleicht hatte Marie ganz bewusst solange gewartet, die Initiative ging jedenfalls von ihr aus. Dass ausgerechnet das Lehrerin-Schülerin-Verhältnis zwischen Marie und Polly diese Entwicklung beförderte, eine der am deutlichsten ausgeprägten hierarchischen Personenbeziehungen überhaupt, das darf nicht verwundern. Wir könnten aus dem Leben und der Literatur ungezählte Beispiele anführen. Es mag damit zusammenhängen, dass in der Liebe, der Zuneigung, der Partnerschaft, der Zweisamkeit, oder wie die Spielarten derartiger Vorgänge auch immer bezeichnet werden, die Hierarchie, also ein gewisses Gefälle im sozialen Gefüge, eher den Normalfall als die Ausnahme vorstellt. Möglicherweise handelt es sich also um einen Beweger bei der Partnerwahl, ähnlich dem Geruch (wobei dieser in der Forschung bislang der heterosexuellen Sphäre zugeordnet wird; Untersuchungen über olfaktorisch bedingte homosexuelle Beziehungsanbahnungen stehen noch aus). Hierarchie als Beweger des Liebeslebens unterliegt im Übrigen den Gesetzen der Trägheit: Dank der Unzähligkeit der Felder, in die sich unser alltägliches Leben auffächert, gibt es auch immer wieder ausgleichende und nivellierende Momente, sodass das ganze Hierarchiethema oftmals in der Wüste des Lebens versickert. Andererseits ist es natürlich der unaufhörliche Quell des Verbrechens, wovon Legionen von Krimiautoren von alters her zehren. So weit sind wir bei Polly und Marie noch nicht, hier geht es vorläufig zarter zu.

Polly, Boxerin mit Bildungsambitionen, und Marie, Intellektuelle mit Street Credibility, das passt schon. Aber wie fing es an? Nun, mit immer länger werdenden Gesprächen nach der Unterrichtsstunde um zehn. Mit Tee. Mit der Verlagerung des Unterrichts auf neun Uhr abends, nach dem Box-Training. Kerzen in Maries Zimmer, Räucherstäbchen, im Hintergrund Keith Jarrett, Köln Concert. Polly eingewickelt in einen nagelneuen Schlafrock aus Frottee, rosa mit grünen Säumen. Gekauft im Hertie mit den deutlich erhöhten Bezügen, die sie seit Kurzem im Tattersall, vulgo dem Diener, bezog. Lange Gespräche, flüchtige Berührungen. Ihren achtzehnten Geburtstag feierte Polly in solcher Atmosphäre, nicht mit Charlie. Da gab es zum Abschied den ersten Kuss und eine innige Umarmung. Und ein paar Tage später blieb Polly bei Marie, ihr Bett war breit genug.

Polly war also in einer umfassenden Lernphase. Sie lernte boxen, sie lernte Wissen und sie lernte die Liebe. Nichts davon überforderte sie, auf allen drei Gebieten erzielte sie gute Fortschritte. Fliege beispielsweise beklagte sich manchmal bei Charlie: »Kannst du die mal ein bisschen bremsen? Die haut mir noch die Lunge aus dem Schädel.« Von Brecht kannte sie die Keuner-Geschichten, einige Gedichte, die Dreigroschenoper und den Galilei sowie eine Biografie. Den Blauen Engel hatte sie gesehen und Riefenstahls Olympia-Filme. Das Jahr 1923, in dem Heinrich Brandler seine Rolle gespielt hatte, konnte sie rauf und runter deklinieren und das hieß, sie war vertraut mit deutscher Geschichte des 20. Jahrhunderts. Da konnte Marie neben dem historischen Gemälde auch einige Vignetten aus ihrer Familiengeschichte beitragen und so verstand Polly, warum es ein paar Meter weiter eine DDR und eine Mauer gab. Die Türkei war bislang eher am Rande vorgekommen, Castor und Pollux noch gar nicht.

Nun also noch ein Wort zum dritten Gebiet, der Liebe. Diese teilt sich auf in die Untergebiete Intimität und Öffentlichkeit. Von Ersterem wollen wir schweigen, das Letztere beleuchten: Auftritt PollyMarie. Polly war kein Mädchen mehr, sie war eine junge Frau und sie hatte ihren Stil gefunden. Schwarzes Träger-T-Shirt, schwarze, enge Lederhose, derbe Stiefel, schwarz natürlich, eine kurze Lederjacke, ein bisschen Kajal, ein Brilli im Ohr und ein Gürtel mit einer Schnalle, o mein Gott! Marie hingegen: Kleider, Röcke, Pullover, Blusen. Gerne farbenfroh, abgestimmt auf die dunkelrot schimmernden Haare. Das ist zurückhaltend formuliert, denn wenn man weiß, dass Vivien Westwood damals ihre Triumphe feierte und dies bis West-Berlin durchsickerte, kann man sich vorstellen, was für eine schräge, exorbitante, grell inszenierte Erscheinung Marie darstellte. Außerdem: Polly rank, schlank, durchtrainiert; Marie fein gerundet, nah am Üppigen, weiblich. So traten sie auf. Immer schäkernd, mal Händchen haltend, mal knuffend, Ellbogen ausfahrend, ständig Doubletten antäuschend (pollyseits), Haare strubbelnd, Wangen tätschelnd, Küsschen verteilend (marieseits), tänzelnd, Grimassen schneidend, wiehernd lachend, eine auf dem Schoß der anderen, im Wiegeschritt eng umschlungen tanzend oder wild zappelnd. So zogen sie durch Kreuzbergs Kneipen und Wohngemeinschaften in den ehemals besetzten Häusern, ein Zweigestirn, ein Doppelstern, und wenn eine mal allein unterwegs war (was selten vorkam), wurde sogleich gefragt: Wo ist Polly? Wo ist Marie? Im Diener, wo Marie

Polly manchmal abholte, ging es gesitteter zu zwischen den beiden, Marie setzte sich zu den Stammgästen und wartete, bis Polly ihr Trinkgeld verrechnet hatte. Günter Lamprecht, Fassbinders Franz Biberkopf, war immer einer der Letzten, drei Kurze gingen noch. Polly, auf Maries Schoß sitzend, zog Günter nach seinem dritten Witz an der Krawatte zu sich her und raunte: »Günter, du bist ein Arsch.« – »Hey, seid doch mal ein bisschen nett zu mir.« Polly stand auf, täuschte ihre Doublette mit Aufwärtshaken in Richtung Günters Kopf an, zog Marie hoch und sagte: »Wir gehen. Nach Hause. Liebe machen. Ohne dich, Günter.«

Castor und Pollux standen immer noch aus. Polly wurde ungeduldig. Eines Morgens beim Frühstück sagte Marie: »Ein Freund von mir ist in Berlin. Dr. Igor Kobiaschwili aus Wien. Er hält einen Vortrag zum Thema ›Die Macht des Zufalls‹. Wir können uns mit ihm treffen. Der ist universal. Kennt sich aus mit den antiken Geschichten, da bin ich nicht so firm. Hast du Lust?«

Dr. Kobiaschwili, fand Polly, war lustig. Ein kleiner, rundlicher Mann Mitte fünfzig, mit einer altmodischen Hose fast bis unter die Achseln und Hosenträgern. Darüber trug er eine Jacke, die schon mehrere Jahrhunderte auf dem Buckel zu haben schien, was aber dennoch, oder gerade deswegen, flott aussah. Um Marie zur Begrüßung auf die Wangen zu küssen, musste er sich auf die Zehen stellen, Polly bekam einen Handkuss, das Lernen nahm kein Ende. Sie saßen im Diener, Polly hatte den besten Tisch, den runden gleich rechts vom Eingang, reserviert. Sie saß hier zum ersten Mal als Gast, wo sie sonst bediente, es war ihr ein wenig unangenehm, als Gabi, ihre Kollegin, die Bestellungen aufnahm, aber Kobiaschwili legte sofort los: »Die Dioskuren. Castor und Pollux oder besser Polydeukes, wie ihn die Griechen nannten, was übrigens Faustkämpfer bedeutet. Das griechische Äquivalent zu Castor meint Rossebändiger, auch nicht schlecht. Da haben sie sich ja ein apartes Thema ausgesucht, liebe Polly. Sie boxen, hat Marie mir erzählt. Interessant. Polly, Pollux,

Polydeukes. Schöner Zufall. Von den beiden Dioskuren redet kaum noch jemand. Prometheus ist heute der große Renner, der Gründer des Menschheitsoptimismus. Jeder mittelmäßige Erfinder, jeder Politiker, der uns beglücken möchte, sieht sich als Wiedergänger des Prometheus. Die Energiegeladenen, die Macher vergöttern ihn. Seinen kleinen Bruder Epimetheus, den Zauderer, hat man hingegen weitgehend vergessen. Die eigentlich interessantere Figur. Ein Zweifler, Grübler und Hinterfrager. Prometheus: immer forsch, auf geht's, wo brennt's; Epimetheus: hm, na ja, vielleicht zu heiß? Aber Sie sehen schon: Ständig diese Brüderpaare, Zwillinge sogar im Falle Castor/Pollux. Dazu Folgendes.« Polly hörte hingerissen zu. Es gingen ihr Lichter auf, es funkelten Sterne in der Dunkelheit. Kobiaschwili konnte gut erzählen, die alte Geschichte, die vor mehr als zweitausend Jahren bei den alten Griechen entstanden war, strahlte, leuchtete, überwältigte sie. Sie war mittendrin in dieser Geschichte, lernte, memorierte instinktiv, wollte immer mehr hören. »Wenn Sie mal in München sind, liebe Polly, dann gehen Sie in die Alte Pinakothek. Rubens. Der hat Castor und Pollux gemalt. Wie sie zwei Frauen entführen. Üppige, nackte Schönheiten. Der Wahnsinn. Wenn es um menschliche Gliedmaßen geht, die Haut, die Muskeln, die Fettpolster, da macht keiner Rubens etwas vor, unschlagbar. Wissen Sie, das ist ja ein Bild, Öl auf Leinwand. Wo naturgemäß alles still gestellt ist, unbeweglich. Aber man hat das Gefühl, als ob im nächsten Moment die Post abgeht. Die zwei Muskelprotze auf und davon mit ihren Pferden und hinten drauf die nackten Weiber, kreischend. Irre. Hingehen!«

»Und morgen sprichst du hier über die Macht des Zufalls, Kobi, oder?« Marie hatte sich untergehakt beim Professor, der das sichtlich genoss. »Ja, Marie. Der Zufall. Meine Lebensobsession. Hat sicherlich was mit Auschwitz zu tun. Der SS-Mann an der Rampe sah sich meine Hände an, prüfte meine Größe und meinte, ich gehöre in die Backstube. Also nach rechts. Nach links gingen mein Bruder und meine

Mutter. Keine Ahnung, was diesem Kerl an meinen Händen aufgefallen ist. Klein? Groß? Filigran? Fleischig? Sieh sie dir an. Normal, oder? Jedenfalls: der Zufall, oder besser der zufallsgesteuerte Blick dieses Henkers hat mich überleben lassen. Und der gleiche Blick meine Familie getötet. Da kann man dem Zufall schon eine gewisse Funktion zuweisen. Finde ich zumindest.«

Polly kam plötzlich ein Gedanke: »Das fängt ja schon bei der Geburt an. Oder noch früher, bei der Zeugung. Das mit dem Zufall.« – »Sehr gut beobachtet, Frau Polly«, lachte der Professor, »Millionen Spermien auf dem Weg zur Eizelle. Was für ein Getümmel! Ein Gewusel, ein Gewimmel sondergleichen. Das eine Spermium, das dann andockt, jubiliert, hurra, super, ich hab gewonnen – du liebe Zeit, es hätte auch ein ganz anderes sein können. Mit einer um Nuancen andersartigen genetischen Ausstattung. Dass ich, also ich, meine Damen, hier sitze und nicht jemand völlig anderes – der reine Zufall. Es gibt keinen ernsthaft zu benennenden Grund, warum nicht ein anderes Spermium ganz vorne gelandet wäre. Werfen Sie eine Handvoll Reis auf den Küchenboden. Ein Reiskorn wird ganz vorne liegen. Das markieren Sie, schwarz, von mir aus. Dann alles zusammenkehren und noch mal werfen. Das Schwarze wird irgendwo landen. Oder sogar noch einmal ganz vorne. Das wäre dann der Zufall hoch drei. Oder vier. So geht's zu beim Beginn des Lebens. Wir haben uns angewöhnt, alles Mögliche nach dem Prinzip von Ursache und Wirkung, Grund und Folge zu sortieren. Im menschlichen Leben gibt es nur eine Konstellation, auf die dies zutrifft: Die einzige Ursache, die eine zuverlässige und unabänderliche Wirkung erzielt, ist die Geburt. Sie verursacht den Tod, allerdings nur das Faktum als solches, der Zeitpunkt unterliegt schon wieder rein dem Zufall. Oder um es poetischer auszudrücken: Die Geburt ist eine Verheißung, deren Erfüllung der Tod ist. Kein Wunder, dass Neugeborene weinen, Sterbende tun dies selten.«

Polly schwieg, Marie winkte Gabi. Als drei neue volle Gläser auf dem Tisch standen, sagte Polly leise: »Sie finden, Herr

Professor, ich bin ein Zufallsprodukt? So fühle ich mich aber nicht. Ganz und gar nicht. Eher im Gegenteil. Ich glaube, da gibt es einen Plan. Keine Ahnung, von wem. Aber es gibt ihn.« Kobiaschwili legte seine Hand auf ihren Arm: »Verstehen Sie mich recht, Polly, niemand will Ihre Eigenständigkeit, ihre Individualität in Zweifel ziehen. Schon gar nicht der Zufallsforscher. Das letztliche Ergebnis des Zusammenspiels der unendlichen Zufallslinien ist immer ein Fakt, unumstößlich, unhintergehbar. Die Frage ist aber, wie es zu diesem Fakt gekommen ist. Aus Folgerichtigkeit, wie es der gesunde Menschenverstand und diverse Spielarten des wissenschaftlichen Denkens nahelegen? Allein schon das Wort, ich bitte Sie, Folgerichtigkeit, was für ein scheußliches Konstrukt. Als ob alles, was als Folge von irgendetwas auftritt, auch seine Richtigkeit hätte. Der Volksmund sagt dazu gern ›Hinterher ist man immer schlauer‹. Meine Position ist die entgegengesetzte: Hinterher ist man genauso dumm wie vorher.«

Marie schüttelte den Kopf: »Das war jetzt aber keine so richtige Antwort auf das, was Polly meinte.« Kobi sank in sich zusammen: »Ich weiß, der Plan. Oder die Fügung, das Schicksal. Vorherbestimmt, eingeschrieben in einem imaginären Buch des Lebens. Alles Versuche, dem Zufall zu Leibe zu rücken. Er ist ja allgegenwärtig, nistet sich überall ein, mischt immer mit. Ohne Sinn und Verstand. Das ruft natürlich Widerstände auf und die einfachste Art ist, ihn, den sinnlosen Zufall, in etwas umzubenennen, das wenigstens ansatzweise so etwas wie Sinn ergibt. Also nennen wir einfach Gestrickten ihn Glück oder Pech, die Philosophen haben die Folge ohne Grund beigetragen und die Religiösen das Fatum, die göttliche Fügung, das vorherbestimmte Schicksal. Kann ich ja verstehen. Der Sinnlosigkeit Sinn verleihen, dem Chaos ein bisschen Ordnung anerziehen, und wenn es eine göttliche ist. Polly, glauben Sie mir, es gibt keinen Plan. Nicht für die Welt und nicht für Sie. Es gibt nur die Demut gegenüber dem Zufall. Das ist das Beste, was wir daraus machen können.« Polly zog ihren Arm unter der Hand des Professors weg, schlug eine Links-Rechts-Kombination mit einem Cross-Haken in die Luft und knurrte: »Na, das wollen wir doch mal sehen, Kobi Kobiaschwili. Wir sprechen uns noch.«

Am nächsten Abend gingen Marie und Polly zu dem Vortrag des Professors. Marie musste Polly heftig zureden und als sie Platz genommen hatten in einem kleinen Hörsaal der Freien Universität, sah sich Polly bestätigt. Etwa vierzig Zuhörer waren erschienen, fahle, früh gealterte Gesichter, keine Körperspannung, müde Rücken, unachtsam gekleidet. Sie dachte an Marlene Dietrich, an Franz Diener und Sabri Mahir und entschuldigte sich im Geheimen bei Charlie wegen des geschwänzten Trainings. Marie hatte ein kleines Heft dabei, notierte sich ab und zu etwas, Polly hörte kaum hin. »Um es plastischer zu machen, lassen Sie mich über Fußball reden. Und über Boxen.« Polly sah sich um, sie hatte das Gefühl, aller Augen wären auf sie gerichtet, aber es waren nur diejenigen des Professors. »Im Fußball haben sie nach neunzig Minuten ein Ergebnis, ein 2 : 1 beispielsweise, und der Menschenverstand, selbst der fachkundige, sagt sich, es wird schon seine guten Gründe haben, dieses Ergebnis. Davor aber, vor diesem Ergebnis als finale Wirkung, haben wir es mit einer Ansammlung von zig Ursachen zu tun, die zufällige Wirkungen hervorbringen, die zu wirkenden Zufällen werden, also scheinbaren Ursachen. Das hat neben den allgemeinen strukturellen Zufallsbedingtheiten natürlich sehr viel damit zu tun, dass das Spielgerät kugelrund ist, der menschliche Fuß denkbar ungeeignet, es sachgemäß zu befördern, und obendrein zwei mal elf Akteure beteiligt sind, die gleiche, aber gegensätzliche Interessen haben. Ein Biotop für den Zufall. Eine Ahnung dieser Verhältnisse beschreibt der unter zufallstheoretischen Gesichtspunkten gar nicht hoch genug zu bewertende Satz ›Zum fehlenden Glück kam noch Pech dazu‹. Nur scheinbar verhält es sich beim Boxen einfacher: Lediglich zwei Akteure, deren Wettkampf aus dem Oberkörper heraus vonstattengeht, mit Armen und den zu Fäusten geballten Händen«, Polly wollte schon etwas dazwischenrufen, »unter Mitwirkung der zum aufrechten Gang entwickelten Beine. Außerdem, so habe ich mir sagen lassen, ist das Auge ganz wesentlich im Boxsport, das Organ also, das den Menschen wie kein anderes antizipieren lässt. Ein Sport also, der die Evolutionsvorteile des Menschen viel besser abbildet als der Fußball. Ein Eldorado für Trainer, die den Kampf planen, für Athleten, die wissen, was sie wollen, und wissen, was sie können. Zufälligkeiten werden nicht zugelassen, der Zufall ist nicht vorgesehen. Nun aber weiß jeder Boxer und jede Boxerin«, bei der letzten Wendung hatte Kobiaschwili Polly in der letzten Reihe fest ins Auge genommen, »dass das Blitzlicht eines Fotoapparates, wahrgenommen aus dem Augenwinkel, eine Unebenheit im Boden, die den Ausweichschritt behindert, ein Schrei aus dem Publikum, eine Muskelfaser, die im Augenblick der Belastung sich ansäuert, ein flüchtiger Gedanke an die Dusche danach, kurz: ein wahres Konvolut an Kleinigkeiten, ungewollt, ungeplant, unvorhersehbar, dazu führen kann, dass die Kombination aus doppeltem Führhand-Jab, Cross und Aufwärtshaken zu einem schrecklichen Konter des Gegners führt, der einen auf die Matte schickt, neun, zehn, aus!« Polly hatte unter dem Pult des Hörsaal-Sitzes mitgeboxt, aber der Professor war noch nicht fertig: »Die Zeitungen werden schreiben, der K.o. war Resultat einer überzeugenden Vorstellung des siegreichen Boxers und der Nachlässigkeit des unterlegenen, Ich sage, es war ein Sieg des Zufalls. Ein Sieg des plötzlichen Blitzlichts, der plötzlichen Ablenkung, der Plötzlichkeit überhaupt. Das ist sein Geheimnis und seine Kraft. Unvermutet erscheint er, unerwartet, wie aus dem Nichts. Wir siegen nicht im Leben, wir unterliegen nicht. Wir sind alle Geschöpfe unter der Macht des Zufalls. Vielen Dank.«

Später, in Maries Zimmer, saßen sie auf dem Bett und kifften. Polly trank niemals Alkohol, aber ein Joint ab und zu, der konnte nicht schaden. Marie kicherte schon: »Kobi. Kobi Kobiaschwili. Ein Halunke. Erklärt die Welt aus dem Zufall.

Manchmal, ich hab ihn ja schon öfter gehört, geht's auch total naturwissenschaftlich zu, hyperphysikalisch. Dann sitzen wir nicht hier, sondern Millionen Lichtjahre entfernt in der Andromedawolke. Wir hier, wir sind Zufall und könnten auch ganz woanders sein. Wir hier sind nur wahrscheinlich, sehr wahrscheinlich zwar, aber ein klein wenig wahrscheinlich ist auch Andromeda. Wegen der Quanten, ohne Scheiß.« – »Das mit dem Boxen, das war gar nicht blöd. Der sieht gar nicht aus, als ob er damit etwas am Hut hätte. Aber dass du zufällig niedergemäht wirst, da ist schon was dran.« – »Ich hab mir schon oft überlegt, wie man zurechtkommt mit dem Zufall. Vielleicht geht es nur, wenn man ihn an die Hand nimmt. Also, verstehst du, ihn potenziert, ihm Tür und Tor öffnet. Keine Ahnung.« Polly war müde. Sie legte ihren Kopf auf Maries Schulter und sagte schläfrig: »Sag mal, Marie, mal was ganz etwas anderes. Möchtest du Kinder?«

Marie legte den Arm um Pollys Schulter, küsste sie auf die Stirn und murmelte, schläfrig kichernd: »Weiß nicht. Vielleicht. Keine Ahnung. Schlaf gut, Liebes.«

Ein paar Tage später erläuterte Polly Charlie die Bedeutung des Zufalls im Boxsport. Sie saßen jetzt oft zusammen in Charlies Büro, wenn der Trainingsbetrieb vorbei war, und als Polly, wie sie selbst fand, ein wenig neunmalklug die Theoreme des Professors Kobiaschwili versuchte herbeizuzitieren (der eigentlich ein Doktor der Philologie war, und sich seit Jahren an den Universitäten Tiflis, Wien, Frankfurt an der Oder, Paderborn und Stuttgart-Vaihingen um einen Lehrstuhl für Zufallsforschung bewarb, leider erfolglos, sodass er sein Geld mittels Deutschstunden für Emigranten aus dem sowjetischen Machtbereich in der Wiener Himmelpfortgasse betrieb. Seine Lieblingsschülerin Irina Mugaschwili sei nicht unerwähnt. Dies alles, wie immer, nur nebenbei), knurrte Charlie nur verächtlich: »Geschwätz.« Polly war ein wenig enttäuscht, sie hatte gehofft, mit solchen Interventionen die Atmosphäre von Sabris Teestunden heraufzubeschwören, elaborierte Boxerin, die sie nun war, aber:

Fehlschlag. Charlie sagte noch: »Trainieren. Üben. Üben. Trainieren. Leck mich am Arsch mit deinem Zufallsgeschwafel. Geh duschen.«

Das tat sie, und in der Umkleide, wo Fliege gerade seine Sachen in die Sporttasche räumte, und sie selbst wie aus dem Ei gepellt, einem schwarzen allerdings, sich präsentierte, setzte sie sich so hin, dass Fliege nicht weiter räumen konnte. »Hey, was soll das?« – »Sag mal, Fliege, eine Frage: Möchtest du ein Kind von mir?«

Das ist jetzt eine Wendung, die erklärungsbedürftig ist. Also Rückblende, zwei Tage vor diesem Disput, drei Tage nach dem seligen Einschlafen unserer beiden, PollyMarie, die Zufallsseligen. Schauplatz: Schlachtensee, wenn man von der S-Bahn rechts Richtung Fischerhütte marschiert.

Frühsommer, heiter, Lufttemperatur 27°, Wasser 19°. Früher Nachmittag, reger Betrieb am Strand, Polly und Marie auf einer Decke unter einem Baum. Beide Bikini, blasse Haut.

Polly: »Soll ich dich einschmieren?«

Marie: »Wir hätten früher kommen sollen. Jetzt ist das ganze Gesocks mit ihren Kinderblagen hier, fürchterlich.«

Polly: »Dreh dich mal rum.«

Marie: »Ah. Tut das gut. Ich will ja nichts sagen, aber kuck mal. Türken-Gesocks, wohin man sieht.«

Polly: »Lass das, Marie. Fliege ist Türke. Ich mag ihn.«

Marie: »Gehen wir ins Wasser? Komm!«

Polly: »Aber ich hab dich doch grade erst eingeschmiert.«

Marie: »Dann halt nicht. Dann halt bruzzeln. – Soll ich dich einschmieren?«

Polly: »Nee, lass mal. Ich mag's natur.«

(Beide bruzzeln, Polly auf dem Rücken, Marie auf dem Bauch. Dauer: ca. 3 Minuten)

Marie (hat sich aufgerichtet, stützt sich auf die Unterarme): »Polly, das mit dem Zufall geht mir nicht aus dem Kopf.«

Polly: (schweigt, bruzzelt)

Marie: »Und deine Frage, ob ich Kinder möchte. Gute Frage.«

Polly: (bruzzelt, schweigt)

Marie: »Und seit zwei Tagen hirne ich, wie man diese beiden Fragestellungen vereinheitlichen kann. Zufall und Kinder. Darum geht's ja letztlich in der Wissenschaft. Wenn nicht sogar im Leben. Vereinheitlichung, einfache Lösungen.«

Polly: (knurrt leise, ungnädig)

Marie: »Seh schon, nicht dein Thema. Sollte es aber.«

Polly: (dreht sich zu Marie und schlägt die Augen auf. Man könnte sagen: erstaunt)

Marie: »Kuck nicht so. Das macht mich nervös. Nervös bin ich ohnehin. Ich hab nämlich eine Idee. Jetzt kuck doch nicht so.«

Polly: »Ich kuck gar nicht.«

Marie: Doch, du kuckst. Egal. Kuck halt. Wirst sowieso gleich kucken. Aber erst geh ich ins Wasser.«

(Marie springt auf, läuft Richtung Strand und lässt sich nach wenigen Schritten ins Wasser fallen. Polly hinterher, sie überholt Marie, platscht jauchzend in die trübe Brühe des Schlachtensees, der wenigstens kühl ist, im August wäre er nicht nur trüb, sondern auch bleiern warm. Die beiden haben noch Grund unter den Füßen, das Wasser steht ihnen nicht bis zum Hals, sondern hüfthoch. Sie spritzen sich gegenseitig an. Dialog im stehenden Gewässer, beziehungsweise stehend, in trüben Gewässern.)

Polly (jauchzend): »Und? Kriegen wir jetzt Kinder?« (Platsch, platsch, platsch)

Marie (hinhaltend): »Ja. Aber nur, wenn der Zufall es will!« (Spritz, spritz, spritz)

Polly (listig): »Egal. Du oder ich?« (Platsch, spritz, platsch)

Marie (kindisch): »Ich oder du?« (Spritz, platsch, spritz)

Polly (überschwänglich): »Müllers Kuh.« (Lachen, platschen, kichern, spritzen, umarmen. Dann herauswanken aus dem Nass, abtrocknen, liegen. Polly auf dem Bauch, Marie auf dem Rücken)

Marie: »Also. In Erwägung, dass wir ein ziemlich geiles Paar sind, uns gut verstehen, Frauen sind, jung sind, gebärfähig, gut in Schuss, ergeht der Beschluss: Wir machen ein Kind!«

Polly: »Uaahh. Mit Männerschwängel. Ohne mich.«

Marie: »Nee. Insemination. So heißt das. Wir besorgen uns Sperma und das wird eingepflanzt, eingespritzt. Ganz ohne männliche Penetration. Gut, oder?«

Polly: »Echt? Ohne Scheiß?«

Marie: »Ja. Funktioniert. Gibt es bereits unzählige Fälle. Erstes Problem also erst mal gelöst. Aber.«

Polly: »Aber?«

Marie: »Na ja, logisch: Erstens, von wem kriegen wir Sperma? Beziehungsweise, von wem wollen wir? Und zweitens: du oder ich?«

Polly: »Du. Ich bin noch zu jung.«

Marie: »Aber du bist, wie soll ich mich ausdrücken, du bist in unserer Beziehung, na ja, erstmal die Jüngere. Und ich die Ältere. Herrgott, ist das schwierig. Versteh mich nicht falsch. Ich will nicht irgendwelche reaktionären Rollenmodelle reaktivieren. Aber wenn wir ein heterosexuelles Paar wären, wärst du die Frau.«

Polly: »Und du der Mann. Na toll. Marie, manchmal hast du einen Schuss in der Optik.«

Marie: »Ja, ich weiß, lassen wir das erst mal. Wichtiger ist ja das Sperma. Und da komm ich auf Kobi zurück. Pass auf: Wir beide wären doch die Eltern, richtig? Also die, die aus diesem Wurm erst einen Menschen machen mit allem Drum und Dran. Der Erzeuger, blödes Wort, als ob er der liebe Gott wäre, Lieferant sollte man besser sagen, er ist doch nebensächlich, liefert halt seine Gene. Wir haben es doch in der Hand, was aus unserem Erzeugnis wird in der Welt. Der Lieferant trägt nur Unwesentliches bei, Zufälliges, wenn man so will.«

Polly: »Leuchtet ein. Wer schwebt dir vor?«

Marie: »Komm, wir gehen was trinken. Rüber in die Fischerhütte.«

(Fischerhütte. Traditionelles Ausflugslokal, Terrasse mit Seeblick. Gut besucht zu dieser Uhr- und Jahreszeit. Schnitzel auf den Tellern, Bierkrüge, Kinderwagen. Polly und Marie an einem Tisch mit Blick auf den See, eine Birke sorgt für spärlichen Schatten, halb drei nachmittags mittlerweile. Polly: Sprudelwasser. Marie: Aperol Spritz, in der Fischerhütte erstmals in dieser Saison angeboten.)

Polly: »Schön hier.«

Marie: »Findest du? Bisschen spießig, aber egal. Zum Thema: Der Lieferant ist mit seinen Millionen Spermien von Haus aus ein Zufallslieferant. Das hat Kobi doch sauber erklärt. Dem Zufall können wir nicht entgehen, der gewinnt immer.«

Polly: »Ja, habe ich verstanden. Wichtiger ist doch, wen könnten wir uns vorstellen als Lieferant, als Vater, könnte man auch sagen.«

Marie: »Komm, wir bleiben lieber beim Lieferanten. Das macht die Sache einfacher. Kobi könnte ich mir vorstellen.« Polly: »Den alten Mann? Das ist ja eklig, das meinst du doch nicht ernst!«

Marie: »Doch, natürlich. Kobi ist 56, glaube ich. Der ist noch in Schuss, spermatechnisch. Raucht nicht, trinkt wenig, das würde schon funktionieren. Und außerdem: Er ist gescheit. Ich weiß ja nicht, ob Gescheitheit in jedem seiner Millionen Spermien sitzt, aber die Wahrscheinlichkeit, dass unser Wurm nicht ganz dumm wäre, ist da.«

Polly: »Wie wär's denn mit Fliege? Da wäre Sportlichkeit wahrscheinlich.«

Marie: »Jetzt kommen wir der Sache schon näher. Wie wär's denn mit Kobi und Fliege?«

Polly: »Wie, Kobi und Fliege? Wie soll das denn gehen?«

Marie: »Mischung. Cocktail. Compositum. Nenn es, wie du willst. Aber es ist das, was ich kürzlich meinte: Wenn man dem Zufall schon nicht entgehen kann, dann sollte man sich mit ihm anfreunden. Indem man ihn potenziert, zur Spitze treibt. Man kann auch einfach sagen, mit Kobi und Fliege hätten wir zwei Lose in der Trommel. Noch besser wären natürlich drei.«

Polly: »Du spinnst doch.«

Marie: »Denk doch nur mal an Zwillinge. Könnte ja auch sein, bei deiner Vorgeschichte.«

Polly: »Schluss! Ich will nichts mehr davon hören. Das ist doch verrückt!«

An dieser Stelle klinken wir uns aus, es ist ja auch wirklich zum Verrücktwerden. Sie saßen auch nicht mehr lange, sondern fuhren bald nach Hause. Dass am Horizont Gewitterwolken aufzogen, würde zum Bild passen, war aber nicht so, sie zögerten noch. Richtig harmonisch wurde die Stimmung am Rest des Tages zwischen den beiden dennoch nicht mehr.

Am nächsten Abend saß Marie mit Dr. Kobiaschwili im Diener, Polly bediente, aber nicht an deren Tisch. Als sie fertig war mit ihrer Schicht, kam sie zu den beiden, missgelaunt und mürrisch. Das Diener war brechend voll zu dieser Zeit, was unter anderem daran lag, dass das Gewitter nun doch sich über Berlin entladen hatte. Fluchtartig hatten die Gäste sich ins Innere verzogen, die Tische auf der Terrasse waren entvölkert, das Wasser plätscherte kräftig von den Markisen herab, mäanderte schmutzig braun in Richtung Straße, wo es sich mit seinesgleichen zu einem mächtigen Strom entlang der Bordsteinkante vereinte. Das nächstgelegene Gully protestierte mit schaumigen Aufwallungen in Kniehöhe gegen diese Zumutungen. Man musste das Schlimmste befürchten, man war schließlich in Berlin. Nichtsdestotrotz sprang Kobiaschwili auf, als Polly an den Tisch trat, ergriff ihre Hände, küsste beide und rief: »Polly, das sind ja wunderbare Neuigkeiten, die mir Marie soeben erzählt hat. Ein großartiges Projekt von, ich darf so sagen, historischem Ausmaß. Setzen Sie sich. Und ich bin mit Verlaub nicht wenig stolz, einen kleinen aktiven Beitrag dazu leisten zu dürfen. Wir sollten das feiern. Bedienung, Schampus, eine Flasche!«

Polly setzte sich, schickte einen giftigen Blick Richtung Marie und knurrte: »Drei Lose in der Trommel. Und ich als Arschloch soll die Lottofee spielen. Geht's darum? Oder seid ihr jetzt bei vier oder fünf?« – »Polly, Moment. Das ist jetzt stark verkürzt.« »Polly, mal langsam, das ist jetzt ungerecht.« »Polly, überleg doch mal.« »Polly, beruhig dich. Lass uns vernünftig reden.« Auf Polly wurde entschleunigend eingeredet, es wurden Hände beschwichtigend eingesetzt, was dazu führen musste, dass unsere Kämpferin innerlich eine Doppeldeckung aufbaute. Sich in die Seile fallen lässt, schneller Ausfallschritt und dann der rechte Jab: »Wieso ich? Wieso nicht du, Marie? Oder ist das schon beschlossene Sache vom hohen Kampfgericht?« Konter von Marie, cross, vielleicht zu tief angesetzt: »Ich bin genetisch prekär. Mutter schizo, Vater Alkoholiker.« Pollys Antwort, ein Aufwärtshaken, aber eigentlich defensiv: »Und ich? Mutter lala. Vater unbekannt. Soweit mir bekannt.«

Gong. Pause. Die beiden sitzen in den Ringecken, Kobi fächert ihnen Luft zu: »Logik, meine Damen, bitte logisch vorgehen. Der Reihe nach, erstens, zweitens, drittens. Erstens: Das Projekt als solches. Polly? – »Von mir aus.« – »Marie?« – »Jederzeit.« – »Dann also zweitens: die Lieferanten.« Gong. Zweite Runde.

Marie fasste zärtlich nach Pollys Händen, sieht ihr fest in die Augen, flüstert fast: »Kobi ist doch o.k., oder? Er macht mit. Und Fliege, den kriegst du rum, da wette ich. Fliege ist eine Superidee. Überleg doch mal. Entweder kommt ein superintelligenter Sesselfurzer oder eine Olympiasiegerin dabei raus. Mal verkürzt gesagt. Und jetzt kommt der Hammer: Kobi hat mir erzählt, er hat einen Bekannten. Kürzlich kennengelernt, als er einen Vortrag über den Jesuitenstaat in Paraguay gehalten hat, irgend so ein sozialistisches Experiment im 17. Jahrhundert. Da war ein Südamerikaner unter den Zuhörern, mit dem hat er nach dem Vortrag ein wenig geplaudert. Kobi sagt: ein bildschöner Mann. Ein Halb-Guarani, also Vater Weißer, Mutter Indianerin. Und Kobi meint, der würde mitmachen. Das würde den genetischen Pool anreichern. Globalisieren. Wie findest du das?« – »Ekelhaft. Marie, bitte, das ist doch nicht euer Ernst. Wir sind doch nicht Gebärmaschinen, damit Kobi seine Zufallstheorien beweisen kann. Der zieht dann durch die Lande, präsentiert unseren Wurm: ›Meine Damen und Herren, der Zufall, auch das Kobi-Gesetz genannt, hat dieses Geschöpf hervorgebracht …‹ Willst du das?« Ringrichter Kobiaschwili ging dazwischen: »Polly, Einspruch. Was wir hier vorhaben, ist nicht eklig, sondern Evolution im Reagenzglas. Haben Sie schon mal beobachtet, dass Neugeborene eine Haarfarbe haben, die sie sehr schnell wieder verlieren? Das war vor zweihunderttausend Jahren, als die Menschwerdung begann, für die Männer das Erkennungszeichen, dass das Baby von ihnen war. Es gab noch nicht die bürgerliche Paarbeziehung. Der Steinzeitmensch vögelte querbeet. Aber er kümmerte sich um seine Brut, um seine eigene. Deshalb zeigen Neugeborene kurze Zeit die Physiognomie des Vaters. Die Kandidaten schauen ins Kindbett, einer hebt den Finger, die anderen kriegen die Faust. Wir machen das Gleiche, aber friedlicher.« – »Aber ich bin kein Reagenzglas.« – »Nein. Aber eine Frau. Mit Kinderwunsch. Was dem evolutionären Plan der Arterhaltung entspricht. Das Weibliche ist das Wesentliche, das Planvolle. Das Männliche ist akzidentiell, kommt hinzu, braucht man irgendwie, nicht immer in der Natur, bei den Säugetieren schon. Nun gut. Planmäßig geht die Natur beim Weiblichen vor, kontingent ist der männliche Part. Und genau das stellen wir nach. Wir planen ein Kind und nehmen alles, was dabei als Gegenpol wirksam ist, selbst in die Hand. Im Falle von Fliege und mir und weiteren Kandidaten wäre dies sogar wörtlich zu nehmen, wenn ich mir diesen kleinen Spaß erlauben darf. Also, Polly, es geht um das Humanum selbst. Die Geworfenheit des Menschen, das Existentielle an der menschlichen Existenzwerdung. Sind Sie dabei?« – »Puuh.«

Polly muss man sich jetzt so vorstellen: heftige Körpertreffer, in die Seile gedrängt, sie hat kein Auge mehr für den Gegner, das, was Charlie ihr immer gepredigt hatte, sie sieht keine Möglichkeiten. Das ist ein entscheidender Moment, sie weiß es aus vielen Sparrings mit Fliege, die oft in richtige Kämpfe ausarteten. Charlie ließ das geschehen, ein kaltes Auge auf das, was da im Ring passierte, er hatte alles im Griff, wusste, wann der Moment gekommen war, das Handtuch zu werfen, für den einen, für die andere. Aber jetzt? Charlie war nicht da. Charlie, wo bist du, hilf mir! Kobi ist Ringrichter, steht in der neutralen Ecke, scheinbar neutral, greift immer wieder zugunsten Maries ein, ihrer Gegnerin. Ungerecht, sie, Polly, hat doch die besseren Fäuste. Sie denkt an Franz Diener, der skandalös gegen Schmeling verloren hat, auch ungerecht. Ich muss raus aus den Seilen, bloß kein Handtuch, Marie du bist doch nicht Gegnerin, Marie, du willst mich nicht umhauen, Marie, du bist …

Marie sagte: »Lass uns schlafen gehen, Liebes. Darüber schlafen. Ich liebe dich. Komm.«

Psychologisch ist das alles schwer zu verstehen, rational schon gleich gar nicht. Wir haben gesehen, dass Polly durchaus Widerstand leistete gegen die zugegeben etwas abstrusen Gedankengänge des Dr. Kobiaschwili und die nicht minder schrägen Vorstellungen Maries. Aber Polly ist Polly. Nicht, dass sie beeinflussbar wäre, Gott bewahre. Sie ist achtzehneinhalb, das ist ein Alter zwischen ›Ich weiß, was ich will‹ und ›Ach, das ist aber auch interessant‹. Sie ist aber nicht nur achtzehneinhalb, sondern auch Polly. Boxerin. Das Herz eines Boxers kennt nur eine Liebe: Den Kampf um den Sieg ganz allein. Das war von Max Schmeling. Der hatte in den Dreißigern in einem Film mitgespielt und dort sogar gesungen. Charlie hatte ihr die alte Platte einmal vorgespielt. Das Herz eines Boxers kennt nur eine Sorge: Im Ring stets der Erste zu sein. Ja, das war ihr schon klar, aber die nächsten Zeilen, die hatten es in sich: Und schlägt einmal sein Herz für eine Frau, stürmisch und laut: Das Herz eines Boxers muss alles vergessen, sonst schlägt ihn der Nächste knock-out! K.o. geschlagen wollte sie nicht werden, vergessen wollte ihr Herz auch nicht, schon gar nicht alles, und stürmisch und laut schlug selbiges Herz sowieso. Ein einziges psychologisches Tohuwabohu, wie man sieht, Max Schmeling verstärkte das eher noch, vor allem mit der Sentenz, dass da ein Herz für eine Frau schlägt, das Herz eines Boxers, stürmisch und laut, um es noch einmal zu sagen.

Oh je, Polly. Sie schlief nicht gut in jener Nacht, trotz der liebevollen Aufforderung Maries. Sie schlief auch nicht gut in der nächsten Nacht und in der darauffolgenden auch nicht. Die Zeit dazwischen bediente sie und trainierte sie. Letzteres dosiert, Charlie wollte es so. Denn: Am 27. März 1987 fanden in der Kampfsportarena Steglitz die Berliner Box-Meisterschaften statt. Die für Männer, logischerweise. Für die Sieger winkten Kämpfe zur Deutschen Meisterschaft in Herne/Westfalen und damit die Olympia-Tickets für Seoul. Das alles war für Polly und Charlie aber völlig nebensächlich, denn zwischen dem Bantam- und dem Fliegengewichtskampf der Männer war zum ersten Mal in der Geschichte des Deutschen Boxsports ein offizieller Boxkampf zweier Frauen angesetzt. Miranda Sorbes vs. Polly Brandler.

Am Abend des 26. März hatte Polly die Spritze bekommen, besser gesagt die intrauterine Insemination. Marie hatte den Termin ausgerechnet mit Fieberthermometer und Kalender. Fliege war aufs Klo gegangen, danach Kobi und dann der Südamerikaner. Marie hatte die drei Plastikbecher in Empfang genommen, sich mit einem leichten Kopfnicken bedankt, in einem vierten Becher das Ganze mit einem elektrischen Milchaufschäumer, den sie erst kürzlich erworben hatte, verquirlt und in die Spritze aufgezogen. Polly lag währenddessen auf dem Bett, relativ entspannt. Als Marie zu ihr kam und sagte: »Nu' woll'n wa mal sehen«, spürte sie kaum etwas. Was Polly sehen wollte, war der Kampf tags darauf.

Charlie hatte ihr eingebläut: »Lass dich nicht beeinflussen von dem Geschrei. Mach dein Ding.« Das Geschrei bestand in der Kampfsporthalle Steglitz aus Männerbarbarei: »Ausziehen, ausziehen!« – »Hau ihr auf die Titten!« – »Tiefschlag, mit dem Daumen voran!« Polly und Miranda, eine Halbschwarze mit Afrolook, ignorierten das Geschrei. Sie berührten sich mit den Händen, den Boxhandschuhhänden, der Ringrichter breitete seine Arme aus und der Gong fiel. Miranda war etwas kräftiger als Polly, größer, mit mehr Reichweite, klassische Linksauslegerin. »Die will prügeln«, hatte Charlie Polly instruiert, »lass sie erst mal kommen. Deckung hoch.« So verlief die erste Runde. In der zweiten zeigte sich, dass Polly die schnelleren Beine hatte, kaum Treffer zuließ und dreimal mit kurzen Haken Körpertreffer platzierte. Runde für Polly. In der dritten, der letzten, legte Miranda los. Sie ließ eine Kanonade an Kombinationen auf Polly los, die nur noch in den Seilen hing. Polly atmete schwer, Charlie schrie aus der Ecke: »Fallen lassen. Und kontern«, aber Polly hörte ihn nicht. In dem Moment, als sie von der antrainierten Linksauslage in die gewohnte Rechtsauslage wechselte, bekam sie einen schweren Schwinger ins Gesicht, einen Haken anschließend auf die Leber. Sie torkelte, sah nichts mehr, keine Öffnungen, keine Möglichkeiten. »Schultern hoch, Kopf hoch«, schrie Charlie, den sie dumpf hörte, machte, was er gesagt hatte, konterte mit einer präzisen Links-Rechts-Kombination mit anschließendem Aufwärtshaken genau auf das Kinn von Miranda. Die Gegnerin ging zu Boden, wurde ausgezählt, Gejohle auf den Rängen. Aus der Ecke: nichts.

Am nächsten Tag eine kleine Meldung im Sportteil der Berliner Zeitung: »Charlie Schulze, Herz, Seele und Manager des Boxstalles ›Sabri Nachfolger‹, ist gestern am Ring, während eines Kampfes aus seinem Stall einem Schlaganfall erlegen. Berlin, die ganze deutsche Boxwelt trauert um einen verdienstvollen Sportsfreund.«

Genau neun Monate nach ihrem Sieg über Miranda Sabres und dem Tod von Charlie, am 24. Dezember 1988, brachte Polly Tom zur Welt. »Ein Scheißgeburtstag für ein Kind«, kommentierte Marie das Ereignis. Schloss aber Mutter und Kind in Umarmungen und entbot Küsse.

München, Dezember 1989

»Was siehst du, Cas?«

»Polly, spiel hier nicht die Obergescheite. Was soll ich schon sehen? Zwei Pferde, zwei Männer, zwei nackte Frauen, ziemlich feist.«

»Die beiden Männer sind Castor und Pollux. Die Weiber sind die Töchter des Leukippos, das war der Bruder des Königs von Sparta. Die sollten verheiratet werden mit einem anderen Brüderpaar. Während der Hochzeitsfeier kommen Castor und Pollux auf ihren Pferden und entführen die beiden Frauen. Deswegen heißt das Bild auch ›Der Raub der Töchter des Leukippos‹. Peter Paul Rubens, sechzehnhundertschlagmichtot.«

Caspar trat näher an das Gemälde heran, musterte das Schild rechts unten, trat wieder zurück, legte den Kopf schief, kniff die Augen zusammen und sagte nach einer Weile: »Das soll ein Raub sein? Hör mir doch auf. Die wehren sich doch gar nicht. Die eine ist sogar ganz verzückt. Der anderen wird unter die Achsel gegriffen, damit sie nicht vollends nach hinten kippt. Das ist eher eine Hilfeleistung. Eine Rettung. Nie im Leben ein Raub, so ein Quatsch.«

»Sehr gut, junger Mann. Sie haben ein gutes Auge.« Caspar spürte eine Hand auf seiner Schulter und als er sich umdrehte, sah er einen kleinen, älteren Herrn vor sich mit lustigen Augen und einem alten abgetragenen Anzug. »Kobi!«, rief Polly, »na endlich.« Sie umarmte den kleinen Mann und drückte ihm einen Kuss auf die Stirn. »Cas, das ist Dr. Igor Kobiaschwili. Der weiß alles auf der Welt. Und das ist Cas, lieber Kobi, mein Zwillingsbruder.«

Sie setzten sich auf eine Bank im Rubens-Saal der Alten Pinakothek zu München, den Raub in Sichtweite. Es war nicht viel los an diesem 27. Dezember und so konnten sie sich ungestört unterhalten. »Eines der Hauptwerke des Rubens«, begann der Doktor, »wie er es selbst betitelt hat, wissen wir nicht. Den heute geläufigen, der also, der einen Raub insinuiert, bekam es erst 1777. Von einem gewissen Wilhelm Heinse, der den Theokrit gelesen hatte. In dessen Idyllen wird die Szenerie beschrieben. Die Kurzfassung hat Polly eben sehr bündig geliefert. Ich habe euch belauscht.«

Am Vorabend war Polly in Dietrichs Arbeitszimmer gekommen, ohne anzuklopfen, und hatte verkündet: »Papa, wir brauchen morgen dein Auto. Ich muss Cas in München etwas zeigen. Und mit jemand bekannt machen. Das ist wichtig, wir sind abends wieder zurück. Mama kümmert sich um Tom, das ist schon abgesprochen.« Da war Nachfragen oder Widerrede zwecklos, ja nicht einmal erlaubt, und bei Cas trat Polly sowieso offene Türen ein. Ein Tagesausflug mit seiner Schwester, keine Frage, er war dabei.

Dietrichs Golf, Generation II, hatte schon ein paar Jahre auf dem Buckel. Als es auf der A8 am Aichelberg zur Schwäbischen Alb hinauf ging, zuckelten sie hinter den Lkws auf der rechten Spur. Cas hatte in den Weihnachtstagen in groben Zügen Pollys Leben in Berlin kennengelernt, von ihrem verstorbenen Boxtrainer Charlie gehört, davon, dass Freunde ihres Sparringspartners Fliege das Gym übernommen hätten und sie selbst junge Frauen trainiere. »Aber irgendwann boxe ich selber wieder. Das geht jetzt erst richtig los.« Von Marie hatte sie wenig erzählt. Kurz vor Ulm drehte sie sich abrupt zu Cas und fragte: »Und du? Was machst du eigentlich gerade?« – »Bund. Noch drei Monate.« – »Du bist beim Bund? Beim Militär? Jetzt nicht echt, oder?« Es war schwer zu entscheiden, ob der Ton Empörung, Überraschung oder verhaltene Begeisterung verriet. Cas blieb ruhig: »Instandsetzung, Polly. Maschinenschrauber. In drei Monaten bin ich ausgelernter Kfz-Mechaniker. Und den Lkw-Führerschein habe ich obendrein. Ganz friedlich.« – »Aber du hättest doch verweigern können. Was hat denn Papa dazu gesagt?« – »Der fand das cool. Pazifist ist er ja eh nicht. Und dass ich was Handfestes lerne, das hat ihm imponiert. Kommst halt nach dem Großvater, hat er gemeint. Mama war da schon aufgeregter.« Polly schwieg. Sie schwieg eine ganze Weile lang, Ulm lag hinter ihnen, Augsburg vor ihnen. »Und während der Grundausbildung, da hast du dann aber schon rumgeballert mit deinem MG auf den Feind im Manöver und so.« – »G3 heißt das Ding, Schnellfeuergewehr, nicht Maschinengewehr. Da bekam ich blaue Flecken davon. An der Schulter. Aber das lief nur kurz. Die meiste Zeit bin ich in der Werkstatt. Schrauben. Ich bin ein Schrauber, glaub mir.«

Dietrich war daran nicht ganz unschuldig. Cas hatte im Frühsommer 1988, als Polly mit Tom schwanger war, sein Abitur bestanden, ziemlich gut sogar, in Deutsch und Geschichte mit Bestnoten, er war ein Leser und Bücherfresser und zur Belohnung für den Abi-Schnitt 1,4 hatte Dietrich einen Fiat 500 vor die Tür im Talhangweg gestellt, Baujahr 1968. »Der ist genauso alt wie du«, lachte Dietrich und registrierte natürlich, dass Cas ziemlich schwankte zwischen Freude über ein eigenes Auto und der Scham, sich so vor seinen Kumpels präsentieren zu müssen. Die waren alle schon in der Golf- oder Manta-Klasse unterwegs, aber der Hades – so genannt nach dem Kennzeichen HD-ES 456 – genoss eine Art automobilen Welpenschutz und erreichte binnen Tagen Kultstatus in Caspars kleiner Clique. Satte achtzehn PS brachte Hades auf die Straße, die, wenn sie außerorts leicht abschüssig war, eine Endgeschwindigkeit von annähernd 90 km/h ermöglichte. Die Hügel des Odenwalds aufwärts ging es merklich langsamer vonstatten. Wenn alle vier im Hades unterwegs waren, und das war ja der eigentliche Kick, Caspar mit seinen knapp eins neunzig hinter das Lenkrad gequetscht, neben ihm Fred, neunzig Kilo auf eins fünfundsiebzig verteilt, und hinten auf der Notbank die beiden Schmächtigeren, Moritz und Michi, dann tuckerten sie mit fünfzehn, maximal zwanzig die Kurven hinauf. Gut konditionierte Hobbyradler überholten sie. Doch es war Sommer, das Faltdach offen, das Leben schön. Sie genossen die Zeit zwischen bestandenem Abi und mehr oder weniger offener Zukunft. Sorgenfrei, pflichtenfrei, frei. Hades mit seinem unsynchronisierten Getriebe, das beim Runterschalten selbst mit vorschriftsmäßigem Zwischengas und Zwischenkuppeln hässlich knirschende Geräusche von sich gab, war das knutschrunde Symbol ihrer Freiheit. Sonntags beispielsweise auf dem

Tengelmann-Parkplatz voll Stoff geben und dann schlug Caspar das Lenkrad scharf nach links, die vier beugten sich johlend in die nämliche Richtung und ganz sanft hob Hades seine rechte Flanke und sie kurvten auf zwei linken Rädern um die Ecke. Kein Witz. Vier Fäuste jubelnd aus dem Faltdach, als er wieder vierrädrig Grund gewann. Und dann, am 14. Juli, ausgerechnet, gab er den Geist auf. Kolbenfresser.

Von Autos hatten sie alle vier keine Ahnung, aber Fred, der kannte einen, der einen kannte, der ihnen einen gebrauchten Fünfhundertermotor verkaufte, »höchstens 40 000 drauf, eher weniger«, für 300 Mark. An einem Samstagnachmittag im August lösten sie mit dem 13er vier Muttern, klemmten die Benzinleitung ab, lösten die Kabel der zwei Zündkerzen und die des Verteilers. Da hinten im Heck des Hades sah es eigentlich nicht anders aus als in der Physikstunde Jahre zuvor, als sie den Otto-Motor durchgenommen hatten. Caspar und Fred griffen zu, hoben den toten Motor des Hades heraus und fügten ihm vorsichtig sein neues Leben ein. Kurz danach Tengelmann-Parkplatz. Vier Fäuste.

Das war der Sommer 88. Im Dezember, Caspar war mitten in seinem ersten Semester Germanistik und Geschichte an der Heidelberger Uni, hörten Dietrich und Lena von ihrem Sohn beim Abendessen dieses: »Ich habe mich freiwillig gemeldet. Z2. Die nehmen mich schon ab März. Ich will Kfz-Mechaniker werden.«

Im Rubenssaal der Alten Pinakothek auf der gut gefederten Bank mit Rückenlehne saß Kobiaschwili in der Mitte, die Beine erlangten baumelnd kaum den Boden. Zu seiner Linken Caspar, rechts von ihm Polly. »Ich fang mit Rubens nicht sehr viel an. Mir ist das alles zu pompös, zu gewollt. Mehr Volumen als Seele. Aber gut, Haut konnte er gut, nacktes Fleisch. Seht euch mal die Schattierungen an, die Wülste, die Falten, die Muskeln. Perfekt, ich geb's ja zu. Aber ist Perfektion schon große Kunst? Auch die Konstruktion, die Komposition ist außerordentlich. Die Blicke nach unten und die Kräfte nach oben. Die Frauen schweben und die Männer heben. Diagonalen überall,

Parallelogramme, Vektoren. Rubens ist eigentlich Mathematiker, er versteht viel von Geometrie und Statik.«

»Erzähl uns was von Castor und Pollux, Kobi. Erzähl das alles noch mal meinem Bruder.« Polly war hörbar ungeduldig. Kobi rückte ein wenig nach vorne, die Beine hatten nun Bodenhaftung. Er drehte sich nach links: »Ich bin dir sehr dankbar, Caspar. Seit zweihundert Jahren, seit jener Wilhelm Heinse dieses Bild *Der Raub der Töchter des Leukippos* getauft hat, vermeint man in den beiden Reitern Castor und Pollux zu sehen. Seit ein paar Jahren ist die Wissenschaft sich da nicht mehr so sicher. Aus genau den Gründen, die du genannt hast, Caspar: Was an dieser Szenerie soll ein Raub sein?«

Polly klang jetzt genervt: »Kobi, wir machen hier keine Bildbesprechung und kein kunstwissenschaftliches Colloquium. Ich möchte, dass Cas erfährt, was es mit Castor und Pollux auf sich hat.« Kobi seufzte, rückte ganz nach hinten an die Lehne, sodass seine Beine nahezu waagrecht von ihm ragten. »Na ja, Castor und Pollux, von ihnen wissen wir eigentlich nicht viel, verglichen mit Achilleus oder Herakles oder Prometheus. Wenig über ihr Leben und ihre Taten. Interessant sind eigentlich nur der Anfang und das Ende.« – »Dann fang doch einfach mal mit dem Anfang an.« Polly war jetzt nicht mehr genervt, aber ungeduldig. »Gut. Tyndareos ist der König von Sparta. Das ist wichtig, Sparta. Nicht Athen oder Theben oder sonst irgendein Kaff im antiken Griechenland. Nein, Sparta. Die Spartaner sind die Krieger schlechthin. Alles, der Staat, die Gesellschaft, die Erziehung ist auf Krieg ausgerichtet. Sogar die Sprache. Der Landstrich, in dem Sparta liegt, hieß Lakonien. Die Sprache der Spartaner ist die Lakonie. Kennt ihr die Anekdote? Der Perserkönig liegt mit Tausenden Kriegern vor Sparta, eine überwältigende Übermacht. Er schickt eine Botschaft nach Sparta: Wenn wir euch erobert haben, werden wir eure Weiber schänden, eure Kinder verspeisen, eure Männer massakrieren, euer Vieh töten und eure Stadt verwüsten. Die Spartaner antworten: Wenn. Versteht ihr? Nur: wenn. Lakonie. Wo war ich? Tyndareos, König von Sparta. Verheiratet mit

Leda. Sie bekommen Kinder, Zwillinge. Das Besondere dabei: Castor, der eine, ist wirklich von Tyndareos gezeugt, Pollux, der andere, oder Polydeukes, wie die Griechen sagten, von Zeus. Zeus kam als Schwan zu Leda und zeugte Pollux. Übrigens auch noch Helena, wegen der dann der Trojanische Krieg ausbricht. Aber das führt jetzt zu weit, fürchte ich.«

Polly beugte sich nach vorn und sah zu Cas hinüber: »Merkst du was? Zwillinge. Zwillinge mit zwei verschiedenen Vätern. Komische Zwillinge. Und jetzt soll dir Kobi noch erzählen, was Polydeukes auf Deutsch bedeutet. »Nun ja«, fuhr der Professor fort, »Polydeukes wird im Allgemeinen als der Faustkämpfer aufgefasst.« – »Und, Bruder? Noch Fragen?« Caspar sagte nichts, er dachte nach. Dann sagte er: »Also du meinst …« – »Ja, ich meine.« – »… du meinst, wir hätten zwei verschiedene Väter. Richtig?« – »Richtig.« – »Und der meinige wäre Dietrich. Der deinige aber nicht. Richtig?« – »Schon wieder richtig.« – »Und der deinige wäre dann, weil du ja eine Faustkämpferin bist …« – »Na, Zeus natürlich. Wer denn sonst. Oder, Kobi?«

Kobi gewann wieder Bodenhaftung: »Nun ja, ich bin zuständig weniger für das wirkliche Leben, mehr für die geistigen Erzeugnisse desselben. Die ja auch viel wichtiger sind. Bei den alten Griechen wimmelt es geradezu von Halbgöttern, Abkömmlingen also von Olympiern und Sterblichen. Einen Abglanz davon sehen wir noch Jahrhunderte später bei den Christen, deren Zentralfigur genau genommen auch nichts anderes ist. Vater göttlich, Mutter menschlich. Bei den Griechen war das die völlige Normalität, bei den Christen wird's komplizierte Theologie. Jesus einen Halbgott zu nennen, das wäre Blasphemie, Vierteilung, Scheiterhaufen. Aber was war noch mal die Frage, liebe Polly? Richtig, ob Zeus dein Vater ist. Hm. Schwer zu sagen. Vielleicht sollte man mal die Beteiligten befragen.« – »Genau!«, rief Caspar, »Was sagt eigentlich Mama dazu? Die müsste es doch am besten wissen.«

Polly setzte ein Lächeln auf: »Und ob. Daher weiß ich es doch. Sie hat zweimal gevögelt. Damals in Contis Plage. In einer Nacht. In einer Stunde. Mit Dietrich und mit Zeus. Hat sie mir selbst gestanden. Warum glaubst du, bin ich vor fünf Jahren abgehauen? Weil mich das angeekelt hat. Jetzt weißt du's.« – »Heteropaternale Superfekundation«, mischte sich Kobi wieder ein, »habe ich mir schon gedacht bei euch zwei. Wie echte Zwillinge kommt ihr nicht gerade daher. Wissenschaftlich gesehen kein Problem, soll vorkommen. Aber Zeus, Polly. Ich meine, ich habe von Apoll gehört, der soll in unseren Zeiten herumschwirren, hat aus Geldnöten seinen Namen an die NASA verkauft, aber Zeus himself? Ich weiß nicht, hat deine Mutter ihn näher beschrieben?«

Innerlich schickte Polly eine Doublette Richtung Kobi, zu sehen war lediglich, dass sie ihre Arme verschränkte und Kobi anfauchte: »Den Anfang von Castor und Pollux hast du vermasselt, finde ich. Dann bitte das Ende, Herr Professor. Damit Cas das auch weiß.«

»Je nun«, begann Kobi, »über die beiden, Castor und Pollux, weiß man nicht wirklich viel, sagte ich schon. Sie sind eher Randfiguren der griechischen Mythologie. Einmal nehmen sie an einer Jagd teil, sehr erfolgreich, aber das war's dann auch schon. Mager eigentlich, aber dennoch wurden sie verehrt als Ritter, Krieger, Kämpfer und geehrt von ihresgleichen. Und von den Seeleuten, seltsamerweise. Auf dem Lateransplatz in Rom stehen zwei Reiterstatuen mit Kappen auf den Häuptern der Reiter, und die ziert ein Stern. Der Stern wird mit dem St.-Elms-Feuer in Verbindung gebracht, das in alten Zeiten Schiffbrüchigen in der Nacht und bei Unwetter den Weg wies.« – »Das Ende, Kobi! Bitte, das Ende.« – »Damit sind wir wieder bei diesem Rubens-Bild und seinem angeblichen Gegenstand. Hochzeit beim Spartanerkönig Leukippos. Seine Töchter sollen mit Lynkeus und Idas verheiratet werden. Dann aber Auftritt Castor und Pollux, Raub und Entführung der beiden Bräute. Lynkeus und Idas lassen sich das natürlich nicht gefallen und hetzen den beiden, oder besser den vieren, hinterher. Irgendwo in den Ebenen Lakoniens kommt es zum Kampf: Idas erschlägt Castor, Pollux erschlägt Lynkeus, ein Unentschieden also genau genommen, zwei Überlebende, zwei Tote, 2 : 2, aber jetzt kommt die Verlängerung.

Über Lynkeus, den einen Erschlagenen, erfahren wir wenig, aber Castor, der andere Tote, er muss nun in den Hades.«

»In den Hades?«, fragte Castor verblüfft.

»Ja, logisch, in den Hades. In die Unterwelt, eine Art Hölle, aber wesentlich komfortabler als diejenige der Christenheit. Aber auch nicht schön. Eher ungemütlich. Vor allem unabänderlich. Und nun geschieht das Welthistorische. Das, weshalb Castor und Pollux nie vergessen wurden. Pollux, der Überlebende, der Halbgöttliche, wendet sich an Zeus und erbittet Folgendes: Nicht länger will er Halbgott sein, denn als solcher käme er niemals in den Hades, nein, er will fortan ein Sterblicher sein und gemeinsam mit seinem Bruder in der Unterwelt verweilen. Das ist sensationell. Die meisten Geschichten, von denen wir hören, streben nach oben, sie erzählen von Selbstvergötterung oder der Vergötterung durch die anderen. Das ist im richtigen Leben so und in den Erzählungen ebenso. Hier aber geht einer den anderen, den umgekehrten Weg, Den Weg der Selbsterniedrigung, der Selbstdegradierung. Und das mit der allerletzten Konsequenz, ab in den Hades. Nebenbemerkung: Pollux alias Polydeukes hat es nie so richtig in das kulturelle Gedächtnis der Menschheit geschafft mit dieser Selbsterniedrigung. Das blieb dem Jesus von Nazareth vorbehalten. Auch er, wie gesagt, rein technisch ein Halbgott, der sich aufopfert und einen leiblichen Tod stirbt. Was er nicht nötig gehabt hätte. Genauso wenig übrigens wie die Auferstehung, die erzähltechnisch und erzähllogisch eigentlich ein handwerklicher Fehler ist. Nimmt dem Opfer ja seinen exzeptionellen Rang, kehrt es um, denunziert und dementiert es förmlich. Sein Narrativ jedenfalls (kleine unerhebliche Nebenbemerkung der Erzählstimme, ganz außer Konkurrenz und exklusiv für Quellenforscher: An diesem Nachmittag des 27. Dezember 1989 tauchte der Begriff »Narrativ« erstmals in den Geisteswissenschaften auf. Danach ununterbrochen. Kein gesprochener oder verschriftlichter Gedanke mehr unter der Sonne ohne Narrativ. Wir verdanken Dr. Kobiaschwili viel, seit Jahren, wenn nicht Jahrzehnten. Darauf jedoch hätten wir verzichten können. Ende der Nebenbemerkung, die ein konsequenter Lektor natürlich gestrichen hätte. Wo kommen wir denn hin, wenn hier ständig besserwisserisch dazwischengequatscht wird. Also bitte!), beziehungsweise nicht seines, sondern das seiner Gefolgsleute, insbesondere des unsäglichen Paulus, ist Rettung der ganzen Menschheit von der Sünde durch selbst auferlegten Tod. Sehr anspruchsvoll. Polydeukes, unser Pollux, macht es eine Nummer kleiner und, wie ich finde, dadurch auch nachvollziehbarer und menschlicher. Denn warum entledigt er sich seines göttlichen Status? Einzig und allein aus Bruderliebe. Pollux liebt Castor, seinen Zwillingsbruder, mehr als sein eigenes halbgöttisches Wesen. Und steigt herab aus seiner privilegierten Position, nur, um seinem Bruder auch im Tode nah zu sein. Das hat was. Mir jedenfalls um einiges sympathischer als dieser selbsternannte, nein, fremdernannte Menschheitserlöser Jesus Christus. Bruderliebe ist menschengemäß, Menschheitsliebe ist anmaßend.«

Cas hatte Pollys Hand ergriffen. Alles, was Dr. Kobiaschwili äußerte, gefiel ihm. Er war zwar ein Schrauber, aber einer mit einer Eins in Deutsch und Geschichte. Von dem kann ich noch was lernen, dachte er. Und wenn ich mal Lkw fahre, dann nehme ich ihn mit. Genug Zeit, dass er mir die Welt erklärt. Kobi fuhr fort:

»Zeus war gerührt. Das war selbst ihm noch nie vorgekommen. Pollux war immerhin sein leiblicher Sohn, den konnte er gar nicht in den Hades verabschieden. Castor hingegen, ein normaler Sterblicher zwar, aber dennoch Sohn der Leda, mit der er, Zeus, auch noch die Helena gezeugt hatte und die er sowieso nicht ganz ohne fand. Puh. Zeus entschied, und er allein war es, der in solchen Situationen Entscheidungen zu treffen hatte, er war schließlich der Souverän über den ganzen Kosmos und seine Kleinigkeiten, er entschied salomonisch, wenn ihr mir diese kleine kulturhistorische Ungenauigkeit erlaubt. Sie sollten ihre beiden Eigenschaften, das Sterbliche und das Göttliche, teilen, vermischen, zu einer Einheit verbinden. De facto: Einen Tag Hades gemeinsam, den nächsten Tag Olymp zusammen. Gemeinsam unten, zusammen oben und so fort. Und als Zugabe:

Immerwährendes Dasein am Himmelszelt als zwillingshafte Sternenkonstellation. Letzteres halte ich für eine Erfindung der Renaissance, aber da müsste ich noch mal recherchieren.«

Nun erstmal herrschte Schweigen. Nach endlosen Minuten brach Caspar das Schweigen: »Ich bleib dabei. Vor allem, wenn wir beide das darstellen sollen. Wenn das Bild da vom Herrn Rubens Castor und Pollux sein soll und Polly und ich Castor und Pollux sein sollen. Wir sind keine Räuber. Wir sind Retter. Wie die auf dem Bild.«

Polly atmete hörbar ein: »Wir sind die Zwillinge. Ich bin die Faustkämpferin und du, weißt du eigentlich, wer du bist? Du bist der Rossebändiger. Stimmt's, Professor Doktor Kobiaschwili, Welterklärer?«

»Dagegen spricht etymologisch wenig.«

Auf der Rückfahrt nach Heidelberg sprachen sie wenig. Mitten auf der Schwäbischen Alb, an einer steilen kurvenreichen Abfahrt, kamen sie in einen heftigen Wolkenbruch. Sturzbäche flossen zentimeterdick über den Asphalt. Dort, wo sich am Drakensteiger Hang die Fahrbahnen teilen, erlebte Caspar zum ersten Mal das Phänomen des Aquaplanings. Es ging rasant abwärts, er war zu schnell gewesen, die Regenmassen zu plötzlich gekommen. Der Golf schwamm in zischendem Wasser. Vor ihm Kurven. Links der steile, felsige Hang, rechts nichts als trübe Dunkelheit. Er ließ das Lenkrad los, das kleine Auto driftete, schrägte, er trat nicht auf die Bremse, ließ geschehen. Ein paar Hundert Meter abwärts spürte er, dass die Reifen wieder gehorchten. Polly atmete aus: »Ey, cool. Ich hab uns schon in der Leitplanke gesehen.« – »Da ist keine. Da ist nur Abgrund. Sag mal, was wird das jetzt? Mit diesem ganzen Castor-und-Pollux-Getue.« – »Du meinst meinen Vater, den Obergott, diesen Zeus? Komm, ich bin doch nicht blöd. Was ich in meinem Leben aber wirklich herausfinden will: Wer ist mein Vater? Hilfst du mir dabei?«

»Klar«, sagte er, »Vater suchen. Gute Idee. Warum nicht. Aber ich könnte mir vorstellen, dass das schwierig wird.«

Habana, 1944 (Brandler-Tapes 2)

Die Sonne schien. Sie schien gnadenlos, brannte erbarmungslos in diesen Breiten zu jener Jahreszeit. Alle Kreatur begehrte, dass sie aufhören solle zu scheinen. Runterplumpsen ins Meer, verzischen, aus und kühl. Aber die Sonne schien, weil sie scheint. Sie scheint ja immer, irgendwo. Das Präteritum, die Form, in der man nach hinten denkt, ist eine menschliche Erfindung, brauchbar für das Menschliche. Nicht für die Sonne. Die Sonne ist immerwährende Gegenwart. Immer da, niemals weg (außer nachts). Ewig, könnte man sagen, wenn da nicht die Kosmologen wären und die Astrophysiker, die selbst der Sonne einen Anfang und ein Ende zuschreiben und uns erklären, warum es Nacht wird. Unsereinem, wie den meisten, ist das Immerwährende der Sonne näher. Sie wärmt. Das hängt bei den Menschen vermutlich damit zusammen, dass die Geburt zunächst nichts anderes ist als ein Kälteschock. Raus aus dem warmen Mutterleib, rein in die kalte Wirklichkeit. Monatelang wohlige 37° Celsius, jetzt bestenfalls die 18, 19 Grad des Kreissaales. Und dabei bleibt es nicht. Die Welt wartet, die klimatische Wirklichkeit. Es ist ein großer Unterschied, ob man im Mai (wie unsere Zwillinge) oder im November, noch drastischer im Januar geboren wird. Was heute fehlt, ist eine evaluierte Theorie des Zusammenhangs von Geburtsklima und Lebenstauglichkeit. Werden wir das, was wir sind, weniger durch Gene oder Sozialisation, sondern durch postnatalen Kälteschock? Die Astrologie bot eine Erklärung an. Unter Missachtung der Sonne allerdings, verschoben hin zu den Konstellationen der Sterne. Eine Nachtwissenschaft recht eigentlich, nicht kompatibel mit aufgeklärten Zeiten. Was wir heute wissen, ist aber auch nicht viel besser und erhellt (!) nur, dass die Kälteschockforschung in den Anfängen steckt. Ein Jammer. Wie auch immer: Der postnatale Kälteschock korrespondiert mit dem lebenslangen Wärmewunsch. Man kann sich geistig und sozial noch so sehr in Verhaltensweisen der Kälte einrichten, existenziell und essentiell sind die

Wärmespender: die Decke, die lange Unterhose, die selbstgestrickten Pulswärmer und die Sonne. Das mit den Wolken, bitte schön, das ändert gar nichts. Die Sonne scheint trotzdem, die Wolken suggerieren Nichtsonnenschein, das aber ist Schein, das ununterbrochene und unhintergehbare Scheinen der Sonne ist hingegen das wahre Sein der Sonne. Das Sein der Sonne ist ihr Scheinen. Bei der Sonne ist Schein und Sein völlig anders organisiert als bei Hegel oder sogar Heidegger. Die Sonne ist ein dunkler Fleck im Denken der Denker, wo liest man über die Sonne einen Satz bei Karl Marx oder wenigstens Wittgenstein, die doch über alles nachdenken, was der Fall ist unter der Sonne? O.k., bei Platon kommt sie vor die Sonne und bei ihm ist sie die Gute, weil alles Erhellende. Platon hat natürlich recht, was daran liegt, dass Platon immer recht hat. Außer Aristoteles widerlegt ihn. Wie auch immer: Im Leben der Menschen ist die Sonne allgegenwärtig. In Warnsdorf, einem Kaff in Böhmen, wo Heinrich Brandler herkommt, ist jetzt Nacht. Die Sonne scheint dort nicht zu dieser Uhrzeit, ist scheinbar vorübergehend untergetaucht, kommt aber wieder, keine Bange, Helios peitscht die vier Hengste voran, hoppauf, ziehen wir sie rauf über Warnsdorf und Böhmen, über Mitteleuropa, das ganze Europa. Alles erstrahlt im Sonnenschein, na also. Puuh, geschafft.

Hier, auf der Parkbank am Prado, wo Heinrich Brandler jetzt sitzt im Jahre 1944, in Habana, Hauptstadt Kubas, scheint sie, die Sonne, wie sie es immer macht. Bis vor Kurzem erbarmungslos, jetzt geht es gegen Abend zu. Er hat ein Tamales in der Hand, Mais, eingewickelt in Bananenblätter, halbgeschält, halb gegessen, sein Abendbrot. Kriegt man an jeder Ecke für ein paar Centimos. Mehr ist nicht drin für einen Flüchtling. Vom Roten Kreuz hat er eine Kammer zugewiesen bekommen im Hotel Imperial an der Ortega-Straße, dazu achtzig Centimos die Woche Flüchtlingsration, da kann man keine großen Sprünge machen, aber auch nicht meckern.

Die Parkbank ist in diesen Stunden, wenn die Sonne von erbarmungslos in erbarmend wechselt, sein Domizil. Hier kann man sitzen. Nachdenken. Über die Sonne, die Welt. Er war ein Tatmensch gewesen, der Heinrich Brandler, jetzt ist er ein Nachdenklicher. Ein paar Palmen wedeln hinter ihm, vor ihm, seitlich auch. Ab und an ein Straßenkreuzer, mein Gott, sind die leise. Wenig Passanten, meistens Schwarze, wenig Weiße, ein paar solche dazwischen, immer ein Lüftchen von der Meerseite her. Da sitzt er und denkt nach. Heinrich Brandler, ehemals Vorsitzender der Kommunistischen Partei Deutschlands. Mehr als Nachdenken ist nicht geblieben in diesen Zeiten. Er spürt, dass das auch seine Vorteile hat, zumal der Rücken weh tut, die Beine schwer sind. Der Körper des Heinrich Brandler hat jetzt an die zehn Jahre Exil hinter sich, das Gemüt noch ein paar mehr. Gestern hat er einen Witz gehört: Churchill, Roosevelt, Stalin und Hitler bei Friedensgesprächen. Churchill: Demnächst erobern wir China. Roosevelt: Wir den Rest der Welt. Stalin: Und wir den Mond. Hitler: Und wir sind auf dem Weg zur Sonne. Die anderen drei: Aber dort ist es doch viel zu heiß! Hitler: Wir landen bei Nacht! Heinrich grinst, wenn er denkt, dass in der Sowjetunion der Witz gerade genauso erzählt wird, nur mit Stalin als Sonneneroberer. Er ertappt sich, dass er leicht auflachen muss bei dem Gedanken, dass hier wie dort, in Deutschland und der Sowjetunion, seinen beiden Heimatländern, der Witzeerzähler hier wie dort im KZ oder im Gulag landen würde. Oder gleich massakriert werden würde. Er ist auf der Flucht vor Hitler, aber er ist sich fast sicher, dass er ebenso auf der Flucht vor Stalin ist. Vor wenigen Jahren hat er in der Zeitung gelesen, dass Trotzkij einen Eispickel ins Genick bekommen hat. Gar nicht weit von hier, in Mexiko. Grund genug, nachzudenken.

In Paris, der ersten Station seiner Flucht aus Nazi-Deutschland, hat er Filme gesehen. Meistens solche aus Amerika. Langweilig fand er die, in denen Böse vorkommen, die von Anfang an böse sind, böse bleiben, Böses tun und dann von den Guten bestraft werden. Spannend hingegen jene, in denen die Guten böse werden, aus Habgier manchmal, was auch bei

Guten vorkommt, aus Dummheit oder Faulheit, aus Furcht oder Verlogenheit, aus Zufall oder sonst was, dass diese Guten dann Böses tun, vielleicht sogar aus guten Absichten, und dann niemand mehr weiß, auf welcher Seite er stehen soll. Er dachte darüber nach, dass die Geschichte des Faschismus banal, die des Kommunismus, die seine, komplizierter sei. Dort waren die Bösen immer schon böse und blieben es, hier waren die einstmals Guten böse geworden und vielleicht konnten sie, so hoffte er, wieder gut werden. Ein Mann hatte sich neben Heinrich Brandler gesetzt, er schaute kurz hin und sofort wieder weg. Nein, dachte er, nein, das ist nicht wahr. Verstohlen schaute er noch einmal hin. Der Mann war groß, schwarze, kurze Haare, Nickelbrille, kräftig gebaut, er holte sich eine Zigarre aus der Hemdtasche, rollte sie zwischen den Händen, den Fingern, unter der Nase, war sehr beschäftigt. Heinrich blickte geradeaus, er nahm sich zusammen. Aufstehen, weggehen? Dem anderen gleich eine in die Schnauze hauen? Augen zu und aussitzen?

»Maslow! Du Schweinehund. Was machst du hier? Hat Stalin dich geschickt? Willst du mich umlegen?« Der Schwarzgelockte drehte sich zu ihm, nahm die Zigarre aus dem Mund, die Brille von der Nase, legte einen Arm auf die Lehne der Bank, schlug das rechte Bein über das linke und musterte Heinrich: »Brandler. Ausgerechnet Brandler.« Dann schüttelte er den Kopf, aschte die Zigarre ab und murmelte: »Die Nazis schrecken vor nichts zurück.« Und lachte. Es war eher ein Kichern, hatte eine Spur ins Wahnsinnige.

»Du musst dir das vorstellen, Enkelchen. Da sitz ich ein paar Tausend Kilometer entfernt von Berlin und Moskau, mutterseeelenallein auf Kuba, auf der Flucht vor den Nazis und wahrscheinlich auch vor der GPU, vor Stalin, und da sitzt neben mir mein Intimfeind, mein Parteifreund, mein Nachfolger an der Spitze der Partei, da sitzt Arkadij Maslow neben mir. In Habana, Kuba, 1944. Jahrelang hatte ich den nicht gesehen, wusste nichts von dem, außer dass er ebenso abgesägt worden war von den Hirnlosen in Moskau wie damals ich, und weißt du, was ich ihn als Erstes frage, also nachdem ich ihn gefragt hatte, ob sein ehemaliger Busenfreund Stalin ihn geschickt hätte, mich umzulegen, weißt du, was ich Idiot ihn als Erstes frage? Ich frage: ›Wie geht's Ruth?‹ Also Ruth Fischer, seine Lebens- und Schicksalsgefährtin, seine Ko-Vorsitzende der KPD, das Ruthchen. Und er sagt: ›New York. Sie ist in Sicherheit. In ein paar Tagen holt sie mich hier raus.‹ Da war ich dann baff, hab erst mal nichts gesagt und an meiner Tamales gekaut.

Es war dann so, dass wir uns in den nächsten Tagen regelmäßig trafen. Immer zur gleichen Zeit, immer auf dieser Bank. Keiner von uns beiden hätte zugegeben, dass das eine Verabredung gewesen wäre, wir haben immer so getan, als ob es der reine Zufall sei, eine kleinere Version gewissermaßen unserer ersten Begegnung. Er kam immer direkt vom Postamt, wo er auf Briefe vom Ruthchen aus New York wartete, Briefe, seine Angelegenheiten betreffend, Visum, Ausreise und so weiter. Man hat es ihm immer angesehen, dass da nichts war, kein Brief, oder wenn doch, dann einer mit keinen Hoffnungen. War schon bitter. Mitleid hatte ich keines. Wir waren ja nicht gut miteinander, alte Rechnungen, das vergeht nicht von heute auf morgen. Andererseits, wir hatten uns auch. Redeten über die alten Zeiten. Und die ganz aktuellen. Er war über Lissabon hierhergekommen, genau wie ich. Vorher Paris, und als die Nazis dort einmarschierten, ging es wie bei vielen unsereins nach Südfrankreich. Das war die Flüchtlingsroute. Anfang 42 wimmelte es in Marseille von Flüchtlingen. Juden, Politische, Künstler, Schriftsteller, viele auch alles zusammen. Und es wimmelte von Gestapo und französischer Polizei, die mit den Nazis kollaborierte. Viele haben es nicht geschafft, er und Ruthchen und ich, wir schon. Du brauchtest ein Visum für Übersee und dann die Transit-Visa für Spanien und Portugal. Aber selbst wenn du alles zusammenhattest, was schwer genug war, solltest du am besten zu Fuß durch die Pyrenäen von Frankreich nach Spanien, bei all den Visa der sicherste Grenzübertritt. Anstrengend war es, ich kann mir das kleine

Ruthchen da gar nicht vorstellen auf diesen Maultierwegen, steil hoch und wieder runter und das ganze Gestrüpp. Die Einheimischen, die dich da gelotst haben, das waren meistenteils ehrenwerte Leute. Antifaschisten aus Frankreich oder aus Spanien. Aber auch viele Halunken. Weiß gar nicht, wie viele Flüchtlinge da ausgeraubt worden sind, alleingelassen, verloren, abgemurkst. Trotzdem haben die meisten das so gemacht, denn an der offiziellen Grenze bei Port Bou wurden viele zurückgewiesen, trotz korrekter Papiere. Das hieß dann Lager und meistens Tod. Jedenfalls: Fischer/Maslow haben es geschafft und ich auch. Dann quer durch Spanien, das damals ja faschistisch war, das war auch nicht ganz ungefährlich, und wir drei, unabhängig voneinander, hatten gehörig publizistisch gewettert gegen die Franco-Diktatur. Da sitzt du im Zug und links und rechts siehst du die Reste des Bürgerkrieges. Ruinen, tote Tiere, Karren, die keiner mehr braucht, ein Elend ohnegleichen. In Lissabon dann hätte es schon passieren können, dass wir uns über den Weg gelaufen wären. Ich fuhr mit der »Nyssia« ab, er ein paar Tage später mit der »Ciudad de Sevilla«. Die zwölf Tage auf meinem Schiff waren die reinste Erholung, Sonne, frische Luft, passables Essen. Die Tage auf seinem fand er zum Kotzen. Buchstäblich. Das Schiff gehörte einem portugiesischen Käsehändler, der machte seinen Schnitt damit. Auf dem Oberdeck reiche Juden, dreimal am Tag feinstes Essen mit Tischdecken. Maslow logierte im Unterdeck, es gab in Maschinenöl gebackenen Fisch, Garbanos, das sind die unverdaulichen spanischen Bohnen, Salat in Salzlake und ab und zu uralte Kuh mit Wildgeruch. Alles in einem stinkenden Keller mit einer Ladeluke nach oben, wo zwei Bretter herausgenommen waren, damit eine Ahnung von Meerluft zu spüren war. Na ja, jetzt war er da und sein Ruthchen in New York. Sie war als Sozialarbeiterin durchgegangen, was sie die letzten Jahre in Berlin und dann auch in Paris wirklich gewesen war, er aber war immer noch für die Behörden kommunistischer Funktionär, was ich nie verstanden habe, weil das Ruthchen die viel Prominentere gewesen war von den beiden. In Habana war er aber gleich gut etabliert, schrieb für »El Mondo«, die größte Zeitung im Land, und bekam dort sogar eine Art Büro mit einem Rundfunkapparat, mit dem er internationale Sender verfolgte und die Ergebnisse an El Mondo verkaufte. Maslow war, das muss ich zugeben, ein richtiger Kopf. Er hatte ursprünglich Musik studiert, war immer noch ein sagenhafter Pianist. Dann sattelte er auf Physik um und hat bei Albert Einstein und Max Planck studiert. Vielleicht deswegen waren Politik und Geschichte, also politisches Handeln im Zeitverlauf der Geschichte, für ihn immer etwas Berechenbares, etwas Beeinflussbares. Wenn du mit ihm gesprochen hast, dann erschien er als der große Durchblicker, der immer hinter den vordergründigen Ereignissen die wahre Linie und die unsichtbare Spur erkannte. Es gab eigentlich nur einen bei den deutschen Kommunisten, der ihm das Wasser reichen konnte, und das war mein August. August Thalheimer. Schon seltsam: 22/23 gab es die Brandler/Thalheimer-Zentrale in der KPD, 1925 dann die Fischer/Maslow-Führung. Immer zwei hochbegabte Intellektuelle und zwei Tatmenschen. Wenn ich mir das heute überlege: Wir vier zusammen, wir wären nicht schlecht gewesen. Wir hätten Thälmann verhindert. Und damit vielleicht den Hitler. Aber was haben wir gemacht? Uns bis aufs Messer bekämpft. Du musst das verstehen, Enkelchen, heute in deiner wohlstandsverseuchten deutschen Bundesrepublik. Vor 35 Jahren, das ist noch nicht so lange her, 1933 meine ich, da hatte die SPD ungefähr eine Million Mitglieder, die KPD an die dreihunderttausend. Wenn du noch die kleinen linken Gruppen dazuzählst, also meine damals, auch die vom Ruthchen und ihrem Maslow, dann kommst du auf anderthalb Millionen. Ja, was nun? In ihrer Mehrzahl selbstbewusste, klassenbewusste, kämpferische Proletarier, die zu vielem, manche zu allem bereit waren. Eine Macht. Ein paar weitere Millionen in den Gewerkschaften. Verspielt haben diese Macht die Apparate, die Bürokratien, die Führungseliten. Und zwar hier wie dort, hier bei den Kommunisten und dort bei den Sozen. Hier Stalin, die Russen und wir, die bornierten, selbstgerechten Anhänger der reinen leninistischen Linie, die heute so lautete und morgen ganz anders. Und dort die Feigheit und die Furcht und die Zögerlichkeit der braven Sozialdemokratie und ihr blindes Urvertrauen in den Gang der Geschichte. Dass der Sozialismus kommt, meinten sie, ist historisches Gesetz. Da braucht man nichts tun, das steht so bei Marx und bei Kautsky, da kann man die Hände in den Schoß legen. Hitler, die Nazis, du liebe Zeit, das geht schnell vorbei. Also abwarten. So waren die Sozen drauf, so lullten sie ihre Anhänger ein. Und Thälmann, dieser Kretin von Stalins Gnaden, musste propagieren: Das sind die Oberarschlöcher, die von der SPD, die Sozialfaschisten, der eigentliche Feind. Thälmann. Wenn ich an den denke, weiß ich nicht, ob ich lachen oder weinen soll. Der war strohdumm. Seine Lieblingslektüre waren Westernheftchen. Aber er konnte gut brüllen. Insofern also und wenn du es genau wissen willst, dann wurde die Kraft und die Herrlichkeit der deutschen Arbeiterbewegung nicht zuletzt verspielt von denen, die Stalin, beziehungsweise seinen Lakaien Thälmann, gemeinsam in der deutschen Partei hätten verhindern können, wenn sie denn gemeinsam gehandelt hätten. Also die Herren Heinrich Brandler, August Thalheimer, Arkadij Maslow und eine gewisse Ruth Fischer. Kann gut sein, dass Maslow mich genau wegen solcher Überlegungen ›Gurke‹ nannte. Egal. Zurück nach Habana.

Wir trafen uns auch zum Essen, Arkadij und ich. In der Fonda ›La Maravilla‹ in der Calle Armargura. Billiges chinesisches Essen für ein paar Centimos, gerade richtig für uns. August war auch einmal dabei. Und das war interessant. Maslow und er waren in gemeinsamen jahrelangen KP-Zeiten immer per Sie gewesen. Die hatten immer so ein ›Habe die Ehre, Herr Kollege‹ an sich. Intellektuelle eben. Hier, nach drei Minuten waren sie per Du. Unsereiner kannte solche bürgerlichen Konventionen gar nicht. Der Proletarier, der Genosse zumal, ist per Du, Brüderlichkeit eben. Aber da kannst du mal sehen, wie die Flucht und das gemeinsame Schicksal sich einen Dreck um bürgerliche Konventionen scheren. Dachte ich zumindest. Ich habe Jahre später den Briefwechsel gelesen, den Arkadij mit Ruthchen damals geführt hat. Wurde veröffentlicht in Westdeutschland. Da wurde mir erst so richtig klar, was für ein Saftsack Maslow war. 1923, mein Schicksalsjahr, war natürlich immer wieder ein Thema in unseren Gesprächen. Davon erzählt er in seinen Briefen an das Ruthchen und nennt mich da eine Gurke, weil ich von Dreiundzwanzig gar nichts kapiert hätte. Dass die Russen uns als Spielball behandelt hätten. Als Schachfigur, Bauernopfer. Blöd bin ich ja auch nicht, aber gut, so radikal wie er habe ich das wirklich nicht gesehen. Ich hatte damals ohne Scheiß eine Hoffnung auf die Einheit der Arbeiterbewegung. Die Sozen und wir, zusammen könnten wir etwas bewirken. Erst Sachsen und Thüringen und dann die ganze Welt. So in etwa. Das war für die Russen der blanke Horror. Für die waren die Sozen irgendwie noch schlimmer als der Kapitalismus. Verstehe, wer will. Wir waren der Spielball der Russen und sollten die SPD als Spielball benutzen. Billard also. Wobei der Queue von Sinowjew geführt wird, hinter dem Stalin steht und ihm ins Ohr flüstert: Nicht direkt, lieber über die Bande. Wir waren wirklich die Doofen und ich der Oberdoofe. Oder Gurke, wie Maslow das ausdrückte. Und an sein Ruthchen schrieb. Eines Abends kam er nicht. Da wurde ich unruhig, weil das Arschloch nicht kam, obwohl er immer gekommen war. Einen Tag zuvor war uns der Karl Sommer über den Weg gelaufen.«

»Sommer? Der Karl Sommer? Das Nazischwein, dein Ex-Genosse, von dem du erzählt hast? Der, der meinen Vater auf dem Gewissen hat?«

»Ja, genau der, Enkelchen. Damals wusste ich das noch nicht, die Briefe deiner Mutter kamen erst zwei, drei Wochen später. Auch wieder so ein Ding. Zwei Wochen früher und Sommer wäre ein toter Mann gewesen. Erwürgt, zu Klump getreten, massakriert mitten in Habana. Glaub mir, ich kenn mich. Ich kann zum Tier werden und Kraft hatte ich damals noch, trotz dieser Scheiß-Tamales und meinem Rücken. Aber so war's ja nicht. Arkadij und ich sitzen auf der Parkbank am Prado und da geht vielleicht dreißig Meter entfernt ein großgewachsener Glatzkopf vorbei, den Arm um eine üppige Negerin*. Der schlendert da so wie die reichen Amis damals, als ob ihnen die ganze Insel gehörte. Bloß gut, dass Castro dann kam, Jahre später, um dieses Gesocks, die Amis, mein ich, rauszuschmeißen. Jedenfalls, wir sehen uns an, Arkadij und ich, diesmal sind wir uns einig, stehen beide unwillkürlich auf, setzten uns wieder und dann sagt Arkadij gar nicht laut, aber er hat so eine hohe Stimme, das klingt durchdringend laut, auch wenn er leise spricht, das geht dir durch Mark und Bein, das war immer schon sein Markenzeichen, sein Instrument, mit dem er einschüchtern konnte, er sagt also ganz normal, ohne erkennbare Gefühlsregung, aber das trug locker über die dreißig Meter: »Sommer! Nazis sind hier nicht erwünscht.«

Nun gut, Arkadij war am nächsten Tag tot, das muss man vielleicht jetzt wissen, als Sommer die Negerin losließ und auf uns zukam und sich aufbaute. Der Herrenmensch. Vielleicht war es auch der Fehler, dass wir saßen, mit unseren angekauten Tamales in der Hand, zerschlissenen Anzügen, vorgestern zum letzten Mal rasiert. Wir rochen möglicherweise ein wenig, der hier vor uns duftete. Wenn auch billig. Ein blank rasierter Herrenmensch im weißen Leinenanzug, hellbraune, blank gewienerte Lederschuhe, ein Strohhut, der selbstbewusst schräg auf dem kahlen Haupt thronte. »Ja, sieh mal einer an. Der ruhmreiche deutsche Kommunismus in seiner ganzen gespaltenen Herrlichkeit auf einer Parkbank im Nirgendwo vereint. Der Rechtsopportunist neben dem

---

* Der Autor bittet zu berücksichtigen, dass Heinrich Brandler Jahrgang 1881 ist, sein hier referierter mündlicher Bericht 1966 entsteht, in dem er Ereignisse des Jahres 1944 schildert. In diesem Kontext ist in seinem sprachlichen Repertoire ein anderer Begriff schwer vorstellbar.

Linksabweichler. Welch ein Bild.« Er war ja Schlesier, aber er hatte sich dieses schnarrende Hauptstadt-Berlinerische angewöhnt, was unsere Berliner Proletarier verachteten, nehme ich zumindest an. Arkadij nahm seine Brille ab, das war eine Geste, von der man wusste, jetzt wird es ernst: ›Und hier haben wir eines dieser Arischgesichter, bei denen mir das I immer überflüssig vorkam. Um nicht zu sagen: angemaßt. Sommer, wie gesagt, du bist hier unerwünscht. Eigentlich nicht nur hier. Deinesgleichen weltweit.‹ Sommer spreizte die Beine, stemmte die Hände in die Hüften, lehnte sich leicht zurück, so wie sie es in den SS-Eliteschulen gelernt hatten. Er sprach nicht eigentlich, er bellte, ständiger Spuckeregen: ›Maslow, du bist ein Verlierer. Du, Brandler, sowieso. Eure Revolution ist gescheitert, unsere hat gesiegt. Heil Hitler!‹ Arkadij schlug das eine Bein über das andere, setzte die Brille wieder auf, ich kannte das, jetzt kam der finale Stich ins Herz: ›Wenn ich mich recht erinnere, hat die Rote Armee euch in Stalingrad aufs Maul gehauen. Und seit der Invasion der Alliierten im Westen geht euch der Arsch auf Grundeis. Eure sogenannte Revolution ist bloß noch Schutt und Asche. Deswegen bist du wahrscheinlich auch hier. Clever, wie du bist. Ruth schrieb mir gestern, dass dein Schwanz die größte Lächerlichkeit sei, die sie je erlebt habe. Sie verglich ihn mit Stalingrad.‹

So ungefähr lief dieser Dialog. Du musst das verstehen, Enkelchen. Was soll man da groß rumdiskutieren, mit so einem Schwachkopf. Das bringt doch nichts. Dass Arkadij ihn auf dieser Ebene in den Senkel stellte, das hatte was. Das war hochintelligent, strategisch überlegt und taktisch gut umgesetzt. Das bewunderte ich an Arkadij, bei aller Feindschaft und aller Freundschaft. Er hat im Exil einen ganzen Roman geschrieben, das Manuskript liegt bei Ruthchen in New York, hoffentlich wird das mal veröffentlicht. Und er war ein großer Kinogänger, so wie du, Enkelchen. Einmal hat er mir auf der Parkbank seine Eindrücke erzählt. Ich habe das noch vor mir, er war so wütend und aufgebracht. Es ging um ›Vom Winde verweht‹. Drei Stunden, die ihn schon nach fünf Minuten angekotzt hätten, spießbürgerlich-süß-familientratschig. Alles, was im Buch kräftig und groß gewesen sei, werde im Film in Zuckerwasser getaucht, sei unverständlich und ekelhaft. Leslie Howard als Ashley sei ekelerregend, die Havilländische als Melanie lachhaft, die Heroine Scarlett, also Vivien Leigh, zum Speien und Clark Gable als Butler indifferent. Alles in allem ein riesiger Mist. Er konnte schon richtig beleidigen, wenn er wollte. Jetzt also Karl Sommer, dem er vor Jahren eine gedonnert hatte, weil der sich ans Ruthchen herangemacht hatte. Der Sommer jedenfalls war getroffen, schon wieder. Drehte sich weg, murmelte was von beschnittenen Judenpimmeln, Arkadij war ja Jude, und dann war er weg. Und Arkadij am nächsten Tag tot.

Ich hab das bloß mitbekommen, weil er am nächsten Abend nicht auf der Parkbank war. Und auch nicht im La Maravilla. Macht man sich ja Sorgen. Er war gerne unter Leuten, er ging gerne in Cafés oder Restaurants. Aß ordentlich und mit mir hat er auch gesoffen. Anders, als er das der Ruth Fischer erzählt hat in seinen Briefen. Mag ja sein, dass er abstinent geworden war, mit mir aber hat er gesoffen. Wir fingen immer erst mit diesem Mate-Zeugs an, das wird in diesen Gegenden ja ständig und nur getrunken. Eine Art Tee, man gewöhnt sich daran. Dann aber Rum. Und Bier. Und Wein. Gab's alles unter Batista. Und dazwischen dieses Coca-Cola. Ich mochte das nicht, war mir viel zu süß, auch heute noch, aber Arkadij fand das modern. Er hat selbst beim Mate- und beim Cola-Trinken nicht aufgehört zu theoretisieren. Mate sei der Antiimperialismus der unterdrückten Völker, Cola hingegen purer Imperialismus. Und zwar weil beide Pflanzen, die Coca-Frucht und die Mate-Blätter, Südamerika gehörten und ihren Ureinwohnern, die eine habe der Imperialismus okkupiert und daraus eine Weltmacht hervorgebracht, bei der anderen sei er gescheitert. Daraus müsse man lernen. Fand ich damals Quatsch, finde ich heute bedenkenswert. Aber an jenem Abend machte ich mir Sorgen. Parteifeind oder Flüchtlingsfreund hin oder her. Ich also in sein Hotel und da war mords was los: Polizei, Ärzte, Sanitäter. Arkadij lag aufgebahrt auf einer Couch, bleich schon, schwarze Stoppeln im Gesicht. Sie sagten mir: Herzschlag. Gefunden auf der Straße in einem Nuttenviertel. Das kam mir schon verdächtig vor, so einer war Maslow nun gar nicht. Und dann hab ich an der Rezeption mitbekommen, dass da ein Anruf war für Arkadij, die sprachen Englisch und ich bin kurzerhand hin, hab mir den Hörer geschnappt und am anderen Ende war das Ruthchen aus New York. Du liebe Zeit. Zuerst hat sie gar nicht kapiert, wer ich bin, dann doch, denn Arkadij hatte ihr ja geschrieben von unseren Parkbankgesprächen. Sie war euphorisch, denn sie hatte endlich das Visum für Arkadij in die USA, sie hatte so eine glockenhelle Stimme, hol ihn her, meinen Lieben, ich möchte es ihm selber sagen, und ich sag dir, Enkelchen, das war nicht einfach, was ich dann machen musste. Jemand von himmelhochjauchzend zu Tode betrübt bringen. Als ich ihr die Nachricht beigebracht hatte, da wurde sie völlig hysterisch: ›Stalin. Das war Stalin. Das Ungeheuer. Der Sauhund. Die sind überall. Die kriegen alle. Trotzkij, seinen Sohn, Münzenberg und jetzt Maslow. Brandler, tu etwas, aber sieh dich vor. Die lauern. Die wollen uns alle.‹ So in etwa. Als ich ihr von unserer Begegnung mit Karl Sommer berichtete, das hat sie gar nicht interessiert. Sie war besessen von ihrem Hass und ihrem Verdacht auf Stalin. Ihr ganzes Verhalten in den Nachkriegsjahren, ihre Aussage vor McCarthy gegen ihren eigenen Bruder, ihr heilloser Antikommunismus, ihre Zusammenarbeit mit der CIA, das entstand alles in jenen Minuten 1944, als ich ihr den Tod des Arkadij Maslow berichten musste. Tja, und jetzt ist natürlich die große Frage, hatte sie recht oder trifft meine Vermutung zu, dass Sommer dahintersteckte, weil sein arischer Schwanz beleidigt worden war? Natürlich traute ich der GPU und ihren Auftraggebern im Kreml alles zu, aber eigentlich hätten sie mich dann auch abservieren müssen. Stand ja exakt in der Schusslinie, wie auf dem Präsentierteller. Das war denen doch völlig egal, ob dazumal rechts oder links von der Parteilinie.

Weg damit. Alles Ungeziefer. Schädlinge. Austreten. So redeten die wirklich damals. Meine vormals Guten. Die jetzt richtig böse geworden waren. Aber. Ich glaube, es war Sommer. Dazu muss ich dir noch Folgendes erzählen.

Zwei, drei Tage nach dem Tod von Arkadij sitz ich wieder auf meiner Parkbank am Prado. Nicht wegen Maslow und dass ich ihn dort vermisst hätte, solche Sentimentalitäten lagen und liegen mir fern, nein, das war mein Abendbrot, Tescales, Bananen oder mal eine Apfelsine. Der Prado führt ja schräg durch die Altstadt von Habana direkt aufs Meer zu und ich saß immer auf der letzten Bank, dort, wo Möwengekreisch war und Seeluft und Weite. Ich bin ja Böhme, also eher ein Wald- und Wiesenmensch, deshalb mag ich alle Küsten so gern. Da hast du immer das Gefühl, deine Heimat, all das Vergangene liegt hinter dir und vor dir die Unendlichkeit. Wenn ich an einer Küste stehe, habe ich nie Lust, mich umzudrehen. Kannst du das verstehen? Im Gebirge, schon im Mittelgebirge wie in Böhmen, aber auch im Flachland, wenn du da unterwegs bist, schaust du ständig nach rechts und nach links und nach hinten und nach vorne. Lenkt ab, ist meistens interessant, aufschlussreich, vielfältig. An der Küste, ich jedenfalls, schaue nur immer in eine Richtung, dorthin, wo das Wasser den Himmel berührt. Beziehungsweise umgekehrt. Lach nicht. Wo war ich? Parkbank, Prado, drei Tage nach Maslows Tod.

Wieder setzt sich ein Typ zu mir auf die Bank. Wie damals bei meiner ersten Begegnung mit Maslow. Diesmal war es Karl Sommer. Lag auf dieser Bank ein Fluch? Ein Segen? Eine Fügung? Ein Wasweißich? Auch diesmal mein erster Reflex: Eine reindonnern oder besser abhauen, oder noch besser aussitzen? Er kam mir zuvor, er sagte, er flüsterte eigentlich: ›Heinrich. Glaube mir. Ich war's nicht.‹

Ich sah aufs Meer. Nein, ich sah auf die Linie, wo der feuerrote, ach was, glühend schimmernde, rubinrosalila Himmel soeben im Meer verzischte. Du kannst dir nicht vorstellen, welche Sonnenuntergänge es in der Karibik gibt, der totale Kitsch. Ich werde den Nazis mein Leben lang dankbar sein, dass sie mich das haben erleben lassen. Sommer flüsterte weiter: ›Es waren eure Leute. Ich kann es sogar beweisen.‹ Jetzt war ich doch interessiert und wandte mich zu ihm: ›Karl, sag mal, wieso bist du eigentlich so ein Drecksnazischwein geworden?‹ Maslow hätte das anders gemacht, subtiler, strategischer, taktischer. Dementsprechend war Sommers Reaktion: ›Leck mich.‹ So saßen wir da vor einem spektakulären Sonnenuntergang im karibischen Nirgendwo auf einer Parkbank, dort, wo sich der Prado in die Hafenmole verliert. Schweigend. Sprachlos. Bevor dir da aber die psychologischen Pferde durchgehen, Enkelchen: Das war die historische Situation, die epochale Konstellation.

Was er dann weiter dahergelabert hat, der Sommer, zu seiner Entlastung, das war alles dummes Geschwätz. Dass das Personal in Maslows Hotel allesamt Stalinisten gewesen seien, Mitglieder der KP Kubas. Dass in der Redaktion von ›El Mundo‹ gleichfalls diverse Stalinisten an diversen Stellen säßen. Dass die gewusst hätten, wer er sei, und alles weitergegeben hätten. Dass Maslow Verletzungen gehabt habe, am Kopf, und dass ein Lkw beobachtet worden sei im Nuttenviertel, wo Maslow gefunden worden war. Dass man ihn dahin gelockt habe in eine Falle und so weiter. Geschwätz. Sommer war nervös und je länger ich mir sein Gewäsch schweigend anhörte, desto nervöser wurde er. Ich glaube, er hatte Angst, dass ich ihn anzeigen würde, zur Polizei gehen würde. Was ja völliger Quatsch war, undenkbar. Hätte ich auf irgendeinem kubanischen Kommissariat auftauchen sollen und denen verklickern, ich zeige hiermit Kurt Sommer an, Mörder des Arkadij Maslow, welcher am Vorabend seines Todes ebenjenen Sommer tödlich beleidigt hat, dergestalt, dass er seinen Schwanz mit Stalingrad verglich? So etwa? Umso verdächtiger war Sommers Nervosität. Der Herrenmensch war ganz klein. Irgendwann sagte ich dann, Sommer, lass gut sein, halt einfach mal die Fresse. Hau ab und lass mich in Frieden. Da hat er sich dann wieder aufgemandelt, der Herrenmensch, hat mir seine Pranke auf die Schulter gehauen und gemeint, dass er genau das machen würde, abhauen, nämlich nach Paraguay, wofür er ein prima Visum habe, und ich hier ruhig weiter vegetieren könne in diesem beschissenen Kuba, weil der Kommunismus erledigt sei und der Nationalsozialismus ewig siegreich bleibe. Dann stand er auf und verschwand in der Nacht und ich hatte nicht einmal mehr die Kraft, diesem Arschloch irgendeinen Fluch hinterherzusenden, so benebelt war ich über den Tod meines anderen Arschlochs, meines Parteifeindes Arkadij Maslow, den ich zum Schluss fast geliebt habe. So war das, Enkelchen, so war das 1944 in Habana auf Kuba.«

Heinrich Brandlers langjähriger Freund und Kampfgenosse August Thalheimer starb 1948 auf Kuba. Heinrich Brandler kehrte 1949 nach Deutschland zurück. Ruth Fischer verdächtigte ihren Bruder Gerhard Eisler, an der Ermordung Arkadij Maslow beteiligt gewesen zu sein. Wenn dies der Wahrheit entsprechen sollte, dann war sie selbst nicht ganz unschuldig daran, denn als sie mit ihrem Bruder noch einigermaßen gut stand, berichtete sie regelmäßig aus ihrem New Yorker Exil an Gerhard über die Lebensumstände Arkadijs in Habana. Nun ja, Gerhard Eisler war Funktionär der deutschen kommunistischen Partei, er brachte es in der späteren DDR zu Amt und Würden, den Rest können wir uns denken und wollen wir uns schenken. Ruth Fischer hat dann später vor dem Ausschuss des Senators McCarthy ihren Bruder heftig angegriffen, man könnte fast sagen denunziert. Dazu ist vielleicht noch folgende Geschichte aus der Familie der Eislers bemerkenswert. Die Geschwister, also Ruth sowie Gerhard, der spätere DDR-Funktionär, und schließlich Hanns, der Komponist der DDR-Hymne und musikalische Weggenosse Bert Brechts, wuchsen in Wien im Hause ihres Vaters, des Philosophen Rudolf Eisler, auf. Die Kinder spielten die Nibelungen-Saga nach. Die Brüder stellten Gernot und Giselher dar, die Burgunder-Fürsten, die am Hofe des Hunnen-Königs Etzel ermordet werden. Ruth gab mit Inbrunst die Krimhilde.

Das alles wäre kaum erzählenswert. Oder bemerkenswert. Es ist aber so: Am 28. September 1974 hatte Hannah Arendt in New York in ihre Wohnung am Madison Square ein paar Leute eingeladen. Ruth Fischer gehörte dazu, wie so oft. Die beiden Damen hatten vieles gemeinsam, sie rauchten gern, sie tranken gerne einen Whiskey oder zwei, und sie waren sich weitgehend uneinig über die tieferen Ursachen des Faschismus und die noch tiefergehenden Abgründe des Kommunismus. Das verbindet. Zum ersten Mal an diesem Abend war Gesine da, die Erfahrenes aus ihrem Leben in der frühen DDR beisteuern konnte. Sie hatte ihre Tochter Marie mitgebracht, 16 Jahre alt, College-Schülerin. Marie und Ruthchen freundeten sich sofort an. Obwohl Maries bevorzugtes Interessengebiet die europäische Zeitgeschichte war, hatte sie von Heinrich Brandler und Arkadij Maslow noch nie etwas gehört. Sie wusste auch nicht, wer Ruth Fischer war oder einmal gewesen war, Ruthchen hielt sich da auch zunächst bedeckt. Später erzählte sie dem jungen Mädchen von Maslow und Brandler. Marie hörte interessiert zu, um nicht zu sagen fasziniert. Insofern also doch bemerkenswert. Und erzählenswert, wenn wir nur an Polly denken. (Die ja, dies als kleine Hilfestellung für die Lauschenden, qua offizieller Dokumente wie Geburtsschein etc. über ihren Vater Dietrich Brandler die Urenkelin Heinrich Brandlers ist. In Wahrheit aber, man denke an die Ereignisse in Contis Plage und die mehrfach gestreuten Hinweise der vorhergegangenen Seiten, möglicherweise auch die Enkelin Karl Sommers ist. Das ist schon ein heilloses Durcheinander hier und es wird, vorerst jedenfalls, nicht besser.)

»Ego te absolvo a peccatis tuis. In nomine Patris, et Filii, et Spiritus Sancti. Amen.« Vertraute Worte, die ich lange nicht mehr gehört hatte. Die Stimme flüsterte, warm und überzeugend. Uns, die Stimme und mein Ohr, trennte ein Gitterfenster aus dunklem Holz, kein Gesicht war auf der anderen Seite zu erkennen. Ich neigte den Kopf, faltete die Hände und stellte mir vor, dass in diesem Beichtstuhl der altehrwürdigen Kirche Il Gesù seit Jahrhunderten reumütige Sünder jenes »Ego te absolvo« durch die feinen Lücken zwischen Beichtvater und Beichtling geflüstert gehört hatten, immerzu erlösend und befreiend. Als ich jetzt dran war, von der Heiligen Römisch-Katholischen Kirche die Absolution von meinen Sünden erteilt zu bekommen, bekreuzigte ich mich, unwillkürlich, ehrfürchtig, dankbar, ganz gegen meine Gewohnheit.

Kurz danach betete ich auf Knien im Mittelschiff von Il Gesù drei »Vaterunser« und sieben »Gegrüßet seist du Maria«. Das war die vom Flüsterer auferlegte Buße für mehrfachen Ehebruch, eine maßvolle Strafe, wie ich fand. Ich gebe zu, dass ich die Gebete eher mechanisch absolvierte, denn gleichzeitig ging mir durch den Kopf, dass diese drei lateinischen Worte »Ego te absolvo« die Welt erklären.

Adam ist ungehorsam. Evas Anteil lassen wir mal beiseite. Jedenfalls: Sie widersetzen sich dem göttlichen Gesetz, und zwar beide. Essen einen Apfel, du liebe Zeit! Schon klar, der Apfel ist ein Symbol. Wofür eigentlich? Manche meinen, sie rekapitulieren damit den Urmord der Urhorde am Urvater, die kannibalistische Urgeschichte der Menschheit. Ein bisschen spekulativ. Weniger spekulativ ist, dass mit dem Apfelmahl die Urszene eines welthistorischen Verhängnisses beschrieben wird, das weitgehend von der katholischen Kirche zu verantworten ist. Der Mensch ist ein Sünder, immer schon, unausweichlich, von Geburt an. Nicht weil er mordet, stiehlt, lügt oder die Ehe bricht. Sondern weil er den Gehorsam verweigerte. Erbsünde nennt Augustinus das. Auf uns

Menschen lastet das Adam/Eva-Syndrom, es vererbt sich wie die DNA. Wir sind alle befleckt von Anfang an. Weshalb bei der Taufe Wasser eingesetzt wird. Um uns reinzuwaschen. Vorläufig jedenfalls. Denn die Taufe ist nur die Startrampe für das unabwendbare Sündenleben. Ungehorsam war die erste Sünde und wer einmal gesündigt hat, der sündigt natürlich in einem fort. Jeder und jede. Das ist die Kernbotschaft des Christentums: Die Sünde lauert immer und überall. Die Frage aber ist, ob man mit solch einer gnadenlos grausamen Botschaft die Menschen auf Dauer bei der Stange hält. Schon der Gründervater Paulus versprach daher neben Glaube und Liebe vor allem auch Hoffnung. Sünde allein wirkt zu eindimensional, folgerten ein paar katholische Theologen und hatten, wann genau weiß man nicht so recht, ausnahmsweise mal eine gute Idee. Eine, die paulinische Hoffnung verspricht. Das Jüngste Gericht wurde vorgezogen. Über die alltägliche Sündhaftigkeit wird nicht erst am Ende aller Tage verhandelt, sondern hier und heute. Die Geburtsstunde der Beichte. Eine Idee, die wie keine andere die Menschen an die Kirche band. Erst die Menschen durch den Sündenpfuhl ziehen und dann mit Ego te absolvo das Waschmittel gleich mitliefern. Erst bist du das ewige Sünderlein, deiner Lebtag gestoßen in den Sumpf des Sündendaseins, dann aber kommt der Beichtvater und holt dich wieder heraus. Mit drei klitzekleinen Worten. Die Jahrtausende währende Macht der Katholischen Kirche war nicht zuletzt die Macht ihrer Beichtväter, die Macht des Ego te absolvo. Und was in meinem Zusammenhang nicht ganz unwichtig ist: Die erfolgreichsten Beichtväter der katholischen Geschichte waren die Jesuiten. Sie haben das Prinzip der spirituellen Reinwaschung mit ihrem Einfühlungsvermögen und ihrem Pragmatismus zur Perfektion getrieben. So ungefähr hatte ich mir die Jesuiten zurechtgelegt, als ich mich im Sommer 1990 in Rom wiederfand. In erster Linie, um das Wirken der Jesuiten in Paraguay im 17. und 18. Jahrhundert zu studieren. Allerdings wurde mir an jenem Nachmittag kniend und betend im Mittelschiff von Il Gesù, der Hauptkirche der Jesuiten in Rom, auch klar, dass ich hier war, um Adam gegen Gott beizustehen.

Wer in Rom den Petersplatz nicht über die Via della Conciliazioni verlässt, was normal wäre, sondern den parallel verlaufenden Borgo Santo Spirito wählt, eine belanglose Nebenstraße, stößt nach knapp zweihundert Metern auf ein helles, gepflegtes Eckgebäude mit der Hausnummer 4. Dort residiert eine der einflussreichsten Institutionen der katholischen Kirche, die Curia Generalizia della Compagnia di Gesù, das Hauptquartier des Jesuitenordens. Keine schlechte Adresse, schließlich ist die Gesellschaft Jesu derjenige Orden, der sich von Anfang an zu bedingungslosem Gehorsam gegenüber dem Heiligen Stuhl verpflichtet hatte. Der Ordensgründer Ignatius von Loyola trägt die Loyalität gewissermaßen schon im Namen und wenn man dann als Ordensgeneral in unseren Zeiten eine Immobilie in nächster Nähe zum Vatikan angeboten bekommt, dann sollte man nicht meckern, sondern zugreifen, denn dann ist Loyalität doch unversehens höchst modern interpretiert. Und modern waren die Jesuiten immer. Modern im Sinne: Was nützt dem Orden, dem Papst, der Kirche und dem lieben Gott am meisten? In dieser Reihenfolge.

Im Juni 1990 bezog ich im vierten Stock der Generalkurie ein kleines Appartement. Ein Wohn- und Arbeitszimmer mit einer Schlafkammer, in die irgendwann eine Nasszelle mit einer tröpfelnden Dusche integriert worden war. Aber ich war ja nicht zum Duschen hier, sondern zum Arbeiten. Die Historisch-Philologische Fakultät der Universität Heidelberg hatte mir ein Forschungssemester bewilligt, Professor Heimeran hatte sich persönlich dafür eingesetzt. Ich vermute, dass ihm die Pointe des Titels meines Vorhabens entgangen war, die Fakultätskonferenz hingegen nickte wohlwollend. Ich wollte hier in Rom in den unergründlichen Archiven der Jesuiten über »Das Ende eines Staates« forschen. Und da es sich im Untertitel um »Friktionen eines Transformationsprozesses« handeln sollte, was sich auf das Jahr 1750 und die folgenden bezog, als in Paraguay der Jesuitenstaat zerschlagen wurde, im Nachwendejahr 1990 aber natürlich auch ganz anders verstanden werden konnte, blickten sich die Respektabilitäten in der Fakultätskonferenz wissend zu, murmelten etwas von »Relevanz« und »Aktualität« und »Aufwertung des Faches« und ich hatte mein Semester. Gut, der Untergang des Jesuitenstaates interessierte mich wirklich, die Wochen am Filmset in Südamerika vor sechs Jahren hatten mich angefixt. Das Ende des Missionsexperimentes in Südamerika nach 150 Jahren Bestand und mitten in seiner schönsten Blüte hatte viele Interpretationen gefunden, die näheren Umstände waren gut erforscht, die tieferen Ursachen nach wie vor umstritten. Die Jesuiten hatten mit regionalen Interessenkonflikten in Südamerika zu kämpfen, in Europa waren sie in der Mitte des 18. Jahrhunderts darüber hinaus in das Kreuzfeuer der wichtigsten Mächte geraten, den Kirchenstaat eingeschlossen, und das alles wirbelte sich zu einer geopolitischen Konstellation auf, die schwer zu entwirren war. Der Kapitalismus befand sich im Kindheitsalter und England war als erste Macht zum pubertierenden Rabauken aufgestiegen. Portugal und Spanien waren pummelige Königskinder geblieben, frech und selbstbewusst, aber tränenreich hilflos gegenüber den Konkurrenten im kapitalistischen Sandkasten, zumal Frankreich und den Niederlanden auch schon Flaum an der Backe und Haare am Sack gewachsen waren. Ganz am Rande prügelten sich die Kleinkinder aus Mittel-, Nord- und Osteuropa, ihr gütiger Vater, der Kaiser, verlor zusehends den Überblick über diese ungebärdige Rasselbande und vor allem darüber, was sonst noch im europäischen Jungspundzeitalter passierte. Der Erzieher Portugals, der Minister Pombal, verordnete seinem Zögling mehrere Stunden Nachsitzen in englischem Freihandelsdenken und frühkapitalistischem Modernisierungsschub, Frankreich hatte bereits gute Noten in diesem Fach, während Spanien und mit ihm der Jesuitenstaat, der auf Autarkie und ausschließlichen Handelsbeziehungen mit dem Mutterland beruhte, störrisch in einer verlassenen Ecke des feudalen Sandkastens flüchtige Türme, Burgen und Mauern aus grieseligem Material aufhäuften. Alles in allem also gutes Terrain für einen ambitionierten Historiker. Als einen solchen hätte ich mich in jenen Zeiten durchaus bezeichnen mögen. Aber ehrlich, da waberte immer noch mein aus Hollywoodfilmen und schlechten Romanen gespeistes Nebeninteresse. Schwere Schande für einen ernsthaften Historiker. Aber ich bin auch nur ein Mensch. Den letzten *Indiana Jones*, den dritten der Serie, derjenige mit Sean Connery, hatte ich vor ein paar Wochen im *Gloria* in Heidelberg gesehen. Ein gefundenes Fressen für einen Historiker, dem geheime Pointen und insgeheime Wendungen das Salz in der Suppe der Weltgeschichte sind. Die Nazis, der Gral, alte Gräber und verlassene Ruinen, das sind allesamt tiefe Brunnen der Vergangenheit, in denen Unbekanntes und Unentdecktes schlummern. Und bitte sehr: Jede Vergegenwärtigung der Vergangenheit ist Geschichtserzählung und damit Erzählung und damit ordnende Verfügung eines Autors über das vorhandene Material. Da unterscheiden sich Hollywood und der seriöse Historiker nicht so sehr. Beide ordnen das Material, bringen es in eine Reihenfolge von Ursachen und Folgen und präsentieren das Ergebnis als plausibel. Der Drehbuchschreiber aus Hollywood mit dem Schwergewicht auf Spannungseffekten und Überraschungsmomenten, der seriöse Historiker mit dem Anspruch auf Wahrhaftigkeit und Treffsicherheit. Der langen Rede kurzer Sinn: Ich hatte mir für meinen römischen Aufenthalt auch vorgenommen, mehr zu erfahren über den sagenumwobenen Schatz der Jesuiten, die unermesslichen Reichtümer, die die Jesuiten in Paraguay angehäuft hatten, die nie zum Vorschein gekommen waren, die aber als Legende, Schimäre, als das große Geheimnis selbst durch die seriöse Geschichtsschreibung geisterten. Und zweitens, diesem Karl Sommer näherzukommen. Was er in der Nachkriegszeit in Paraguay getrieben hatte. Ob er durch seine Heirat mit einer Guarani Einblick gewonnen hatte in die Geschichte und das Schicksal dieses Volkes, das von den Jesuiten missioniert worden war? Immerhin war Eliza, seine Frau, eine Häuptlingstochter gewesen. Und vielleicht hing ja alles mit allem zusammen. Was bekanntermaßen eine Einsicht ist, über die man als Historiker berufsbedingt ständig stolpert. (Ein kleiner Einschub einer unbeteiligten Stimme sei hier erlaubt: Der Historiker gewinnt diese Einsicht aus dem ihm vorliegenden Material, der Romanschriftsteller erzeugt das Material, das dieser Einsicht gehorcht, aus eigener Kraft.)

Mein Gastgeber war Esteban Chavez SJ, ein argentinischer Jesuit Mitte vierzig, der alles, was die Geisteswissenschaften an Fächern aufzubieten haben, ausgiebig studiert hatte. Dass daraus lediglich ein doppelter Doktor der Philosophie und der Theologie hervorgegangen waren, zeugt von jesuitischer Bescheidenheit. Neben dem obligatorischen Latein und Altgriechisch beherrschte er fließend sieben europäische Dialekte, wie er das Spanische, Italienische, Englische, Deutsche, Französische, Niederländische und Gälische leichtfüßig nannte, sowie zwei echte Weltsprachen, Arabisch und Chinesisch, sodass nur folgerichtig war, dass er seit sieben Jahren das Archiv des Jesuitenordens leitete. Schließlich war die Sociedad Jesu die erste globalisiert operierende Organisation der Weltgeschichte gewesen und dies lange Jahrhunderte vor Coca-Cola.

Esteban war ein Goldstück. Schon das erste Fax, das ich von ihm bekam, nachdem ich schüchtern um Einsicht in die Archive der Sociedad Jesu angefragt hatte, war enthusiastisch: »Es ist uns eine Ehre, Sie, Professor Brandler, den Herausgeber des Zwettler Codex, bei uns begrüßen zu bedürfen. Verfügen Sie über uns, seien Sie unserer Brüderlichkeit gewiss.« Ich war weder Professor noch Herausgeber, aber Fraternité, das klang gut, überraschend für einen Vertreter der Gegenreformation und Konterrevolution. Er lachte, als ich ihn darauf ansprach: »Die Fraternité haben die Jakobiner von uns geklaut. Liberté und Egalité, das lässt sich in Politik übersetzen, in Maßnahmen, Gesetze und diesen Kram. Aber die Brüderlichkeit? Jetzt mal ehrlich. Da sind doch eher wir zuständig. Weil dieser

Kram mit Jesus anfängt.« Ich weiß gar nicht mehr, was ich da genau geantwortet habe, wahrscheinlich, dass die Brüderlichkeit heutzutage in Gestalt der Solidarität auch eine politische Kategorie geworden sei, wenn auch eine nebulöse und zunehmend weniger belastbare, was aber weniger an Jesus, als vielmehr der Kapitallogik liege, respektive Coca-Cola und Chase Manhattan. Esteban, das wiederum weiß ich noch ganz genau, lächelte solche Ungenauigkeiten souverän hinweg: »Bruder Dietrich, an die Arbeit.«

Die Arbeit sah zunächst so aus: Jeden Abend pilgerten wir in die Trattoria De' Penitenzieri, gleich ums Eck der Generalkurie, wo dreißig, vierzig Jesuiten aus aller Herren Länder Spaghetti und Pizza verspeisten, Unmengen an Wein wegtranken und vor dem Fernseher hingen. Es war Anfang Juli 1990, die Fußball-Weltmeisterschaft bog auf die Zielgerade ein und Argentinien, Estebans Heimat, und Deutschland, das Land, dessen Staatsangehörigkeit mein Pass auswies, standen in den Halbfinalen. Argentinien gegen den Gastgeber Italien, Deutschland gegen England. Maradona besiegte Italien mehr oder weniger im Alleingang, Deutschland England im Elfmeterschießen. Esteban kommentierte Letzteres: »Gut, ihr könnt Elfmeter besser als die Engländer, was keine Kunst ist. Aber jetzt: Ihr habt Matthäus. Und diesen neuen Diego. Wie heißt der? Buchwald, richtig. Und wir haben den leibhaftigen Diego. Was meinst du, wie wird das enden? Ein solider Arbeiter und ein unbeholfener Hilfsgott gegen einen Göttlichen? Ich habe zwei Karten für das Endspiel. Kommst du mit?«

So saß ich also am 8. Juli im römischen Olympiastadion, ungefähr an der Stelle, wo dreißig Jahre zuvor Wilma Rudolph, die »schwarze Gazelle«, wie sie immer noch in meinem Gedächtnis abgespeichert war, im 200m-Finale an der blonden deutschen Jutta Heine vorbeigeschwebt war. Wilma Rudolph Gold, Jutta Heine Silber. Hundert Meter weiter rechts sah ich immer noch Armin Hary als Olympiasieger über 100 Meter durchs Ziel sprinten. Meine Mutter hatte kurz vor der Olympiade in Rom unseren ersten Fernseher gekauft und

Hary, Heine und Charly Kaufmann (Zweiter über 400 Meter nach einem Millimeterfinale gegen irgendeinen Ami) waren meine neuen Götter. Neben oder hinter Wilma Rudolph, die natürlich auch die 100 Meter gewonnen hatte, graziös, elegant, wie ein eben dem Fohlenalter entwachsenes Rennpferd oder eben doch, es hilft ja nichts, wie eine Gazelle. Das alles erzählte ich begeistert Esteban in seinem weiß-blau gestreiften Trikot der Albiceleste. An mir sah man natürlich keinerlei Zeichen der deutschen Stammesfarben, das wäre ja noch schöner gewesen, solch ein gedankenloser Nationalitätsausweis, als die halbe Welt erstaunt, wenn nicht fassungslos auf das neu erstarkte deutsche Selbstbewusstsein blickte. Esteban interessierte sich wenig für Leichtathletik aus dem Jahre 1960, sondern fuchtelte fortwährend in Richtung Diego Maradona. Er hatte schon recht. Allein die Aufwärmzeremonie war eine Augenweide. Die Kollegen dehnten sich und streckten sich, trabten und sprinteten, passten und schossen. Maradona hingegen liebkoste den Ball. Er streichelte ihn, saugte ihn an, ließ ihn tanzen mit allen Körperteilen, dem Fuß, dem Knie, der Schulter, dem Kopf, ließ ihn an sich herabgleiten und in jedem Moment gehorchte dieses unberechenbare Runde seinem Willen. Er beherrschte den Ball, er verschmolz mit ihm, und als ich Esteban zuflüsterte: »Wir müssen über Schönheit neu nachdenken«, nickte er mir zu, und die braunen Augen, nun ja, sie waren ein wenig feucht, aber nur ein ganz klein wenig. Sogar der Trainer der Deutschen, immerhin Franz Beckenbauer, der den Ball auch ordentlich behandeln konnte, blickte, ich habe es genau beobachtet, minutenlang nur in Richtung Maradona. Dann drehte er sich um, warf den Arm abfällig in Richtung Spielfeld und zitierte seine Geheimwaffe Guido Buchwald noch einmal zu sich und flüsterte ihm Geheimwissen ins Ohr. Der Rest ist bekannt. Der Hilfsgott entzauberte den Göttlichen und ein weiterer deutscher Fußballarbeiter schoss per Elfmeter (»Nie«, brüllte Esteban, »nie im Leben! Schwalbe! So ein Drecksack, dieser Völler!«) das finale 1 : 0 für die Deutschen.

Als ich ein paar Stunden später in der Trattoria De' Penitenzieri, wo wir uns von dem Spiel erholen wollten, gedankenverloren »Don't cry for me, Argentina« vor mich hinsummte, legte Esteban mir den Arm auf die Schulter, stimmte ein, verlieh der Melodie an Stärke, begann mit fester Stimme zu singen und das ganze Lokal, immer noch rappelvoll, die internationalen Jesuiten und auch die Einheimischen, obwohl von den Argentinos aus dem Wettbewerb geworfen, intonierten die Hymne der Trauer als eine Feier der Begeisterung. Hier, in der Trattoria hatte Maradona, der Göttliche, gesiegt, nicht Matthäus, der Arbeiter. Ein Chor der besiegten Sieger, der obsiegenden Verlierer. Beckenbauer, kurz zuvor noch nachdenklich und einsam am Mittelkreis unter dem römischen Vollmond, proklamierte auf der Pressekonferenz, dass die Deutschen unter Hinzuziehung der eingemeindeten ostdeutschen Talente »auf absehbare Zeit« unschlagbar wären. Am Montag nach dem Endspiel, Esteban trug mir zu Ehren das deutsche Trikot in der Trattoria, raunte der Jesuit: »Spinnt der? Zukunftsprognosen im Fußball? Das ist doch im wirklichen Leben schon aussichtslos. Ich bin Jesuit, ich weiß, wovon ich rede.« Und dann kamen wir zum ersten Mal ernsthaft auf den Jesuitenstaat zu sprechen. Nein, stimmt nicht. Zunächst erzählte mir Esteban eine ganze Menge über die Jesuiten im Allgemeinen. Jedoch nicht, bevor er einen weiteren halben Liter Rotwein geordert hatte.

Die Trattoria De' Penitenzieri war damals ein finsteres Loch, die Ausstattung bestand aus Tischen für Teller und Gläser, Stühlen zum Sitzen, nackten Wänden mit jahrzehntealter Rauchpatina, alten Lampen an der Decke. Heute heißt sie Wine Bar De' Penitenzieri und alles ist hell, an den Wänden sind dekorativ Unmengen von leeren Weinflaschen aufgereiht, wahrscheinlich diejenigen, die ich mit Esteban damals vertilgt habe. Heutzutage nehmen die Touristen dort einen Aperol oder ein Wasser zu sich, aber die Pizza kann sich nach wie vor sehen lassen. Was an Paolo liegt. Heute wie damals, als ich mit Esteban fast jeden Abend bei ihm zu Gast war. Paolo war damals an die fünfzig, ein kleiner, quadratisch gebauter Mann mit grauen Haaren, die den Eindruck vermittelten, als könne man mit ihnen Pfannen schrubben. Das Gesicht war breit mit zwei schweren Lidern, hinter denen Augen saßen, die wirkten, als ob sie im Leben schon zu viel gesehen hätten. Er hinkte. Wenn er sich schwerfällig durch sein Lokal bewegte, sah das aus wie ein wackeliges Quadrat, wie eine Raute, und als ich einmal spät nachts mit ihm den dritten Grappa versenkte und das mit »Salute Romba-Bomba!« begleitete, musste er so lachen, dass ich einen Schluckauf bekam. Wenn ich mich recht erinnere, war er einmal Ringer gewesen, sogar Olympiateilnehmer, damals 1960. Vor allem aber war er Kommunist. Nicht im Sinne der PCI, Partito Comunista Italiano, ich glaube, er sympathisierte mit Il Manifesto, einer linksradikalen Kleingruppe, die aber nicht ohne Einfluss war. Egal, Paolo und seine jesuitischen Gäste, das hatte was von Don Camillo und Peppone, nur in modern. Jesuiten eben, losgelassen auf Paolo, den Romba-Bomba.

»Früher waren die Jesuiten rechts, heute sind wir links«, lachte Esteban. »Um es mal ganz plakativ zu umschreiben. Früher waren die Jesuiten Beichtväter und Erzieher der Herrschenden und ihrer Zöglinge, heute sind wir Befreiungstheologen. Unsere Generaloberen im 17. und 18. Jahrhundert waren Ratgeber von Päpsten, Kaisern und Königen, unser letzter, Pedro Arrupe, hatte ein Che-Guevara-T-Shirt im Schrank. Nicht schlecht, oder?«

Historiker beschäftigen sich mit der Vergangenheit. Für die Gegenwart gibt es andere Berufszweige. Ich hatte mich einigermaßen schlau gemacht über das Treiben der Jesuiten im 16. Jahrhundert, im 17. und im 18. bis zu jenem Zeitpunkt, als Papst Clemens sie 1773 europaweit verboten hatte. Ihre Nähe zu Che Guevara in unseren Zeiten war mir neu. Gewöhnt hatte ich mich an Estebans Vorliebe für Pointen.

»Die Jesuiten waren die ersten Versteher der Weltgeschichte. Menschenversteher, verstehst du?« Ich verstand einerseits.

Andererseits hielt ich die Jesuiten, kommunistischer Jesuitenstaat in Paraguay hin oder her, Befreiungstheologie her oder hin, für die erzreaktionären Vertreter der katholischen Gegenreformation, und damit basta. »Die Jesuiten verstanden die menschliche Seele. In ihrer Unvollkommenheit, ihrer Verderbtheit, ihrer, geben wir es doch zu, abgründigen Sündhaftigkeit. Luther und Calvin hatten auch eine Ahnung davon. Sie installierten das Gewissen, die mahnende Stimme Gottes im Herzen des Sünders. Antworten kann der Sünder auf diese Stimme nur mit seinem Glauben, seiner Hingabe, seiner Demut. Er steht allein, wenn er seine Sünden mit Gott aushandelt. Trifft ihn der göttliche Gnadenfunke, schön für ihn. Man kann das als die Geburt der Autonomie feiern, man kann es auch unerbittlich und grausam nennen. Die Katholischen dagegen platzierten zwischen dem Sünder und seinem Gott den Beichtvater als Vermittler. Und diese Position perfektionierten die Jesuiten. Sie fragten: Was genau ist denn böse, also Sünde? Kommt ja immer darauf an. Auf die Umstände, auf den Kontext, auf die Motive, den ganzen Lebensweg eines Sünders. Klingt modern, findest du nicht?«

Klang vor allem verdammt theologisch. Das Theologische, vor allem wenn es ins Philosophische hinüberschwappt, ruft bei mir regelmäßig eine Reaktion der Nackenhaare hervor. Bitte! Reine Spekulation ist dies alles nur dann nicht, wenn die zentrale Voraussetzung akzeptiert wird: Es gibt ihn doch, den lieben Gott. Darüber lässt sich mit Esteban wie mit den meisten Menschen schlecht diskutieren. Ich schwieg also. Esteban Chavez SJ war gerade in Fahrt.

»Was man leicht übersieht in jener Zeit der Reformation und Gegenreformation, als die Jesuiten groß wurden, ist die Tatsache, dass es eigentlich ein Zweikampf war. Platon gegen Aristoteles. Mann gegen Mann. So wie Muhammed Ali gegen Frazier. Sampras gegen Agassi. Oder Maradona gegen Buchwald.« Dabei stieß er mir lachend den Ellenbogen in die Seite und bestellte bei Marina, Paolos Kellnerin, einen weiteren halben Liter Rotwein. »Platon ist der Philosoph des Sollens, Aristoteles der des Wollens. Platon ist der Philosoph der Protestanten, Aristoteles der der Katholiken. Und vor allem der der Jesuiten.« Innerlich notierte ich mir das. Das konnte man vielleicht mal anbringen bei einem geistvollen Gespräch auf einer Heidelberger Küchenparty. Kurzes, bündiges Statement, schwer zu widersprechen. Ich sah schon alle Münder offen. Marina schien ein wenig genervt, als sie uns den Wein brachte. Wir waren die letzten Gäste. »Bei Platon ist das Gute eine Idee. Der kann man sich in der Wirklichkeit annähern, man soll es sogar, erreichen wird man sie nie. Für Aristoteles entscheidet sich das Gute oder das Böse am richtigen Tun im Hier und Jetzt. Und das aus freiem Willen. Ignatius von Loyola schreibt ›Ich kann Gott jederzeit finden, wann immer ich will.‹ Die Protestanten sagen, ›Gott findet mich‹. Gegensätzlicher geht es nicht. Der freie Wille gegen Gottes Allmacht. Der Grundkonflikt jedes religiösen Denkens. Das solltest du bedenken, Bruder Dietrich, wenn du über den Jesuitenstaat forschst. Il conto, Marina!« Als Marina kassierte, streifte mich etwas. Irgendetwas hatte mich berührt, als sie sich abwandte und »a domani« hauchte. War es ihre Hand auf meiner Schulter gewesen? Wohl kaum. Dennoch spürte ich ein Vibrieren, eine Spannung, ein Zittern, als ob triebhaft aufgeladene Moleküle zuhauf in schwere Turbulenzen geraten seien. Es knisterte. Esteban wollte noch etwas loswerden: »Die Jesuiten haben aus der Beichte eine Kunstform gemacht. Weil sie den freien Willen ernst nahmen. Erst die Absicht, der Vorsatz macht aus einem Fehlverhalten eine Sünde. Und alles, was im wirklichen Leben die Entfaltung des freien Willens behindert, wird dem Sünder entlastend gutgeschrieben. Sie waren Pragmatiker der menschlichen Fehlbarkeit. Das machte sie so beliebt als Beichtväter. Und übrigens auch als Lehrer, Erzieher, Ratgeber, graue Eminenzen. Das wird heute Coach genannt, Mediator, Personal Trainer, Sozialarbeiter. Leute, die dir erzählen, wie man das Richtige tun soll im Leben. Und wer hat's erfunden? Lass uns gehen.«

Wir hatten es nicht weit. Ein deutscher Historiker und ein argentinischer Jesuit, zwei Tage nach dem WM-Endspiel ihrer

Heimatländer, wankten um die Ecke und waren zu Hause. Das war der nicht genügend hoch zu veranschlagende Vorteil der Trattoria De' Penitenzieri. Im Treppenhaus verabschiedeten wir uns. Esteban wedelte mit dem Zeigefinger, lächelte und verunsicherte mich mit den Abschiedsworten »Marina, Marina.« Der Jesuit sah die Sünde kommen und gab ihr kritisch-pragmatisch sein Einverständnis.

Im Bett versuchte ich, Estebans theologisch-philosophisch-weinseligen Exkurs historisch einzuordnen. Ich bin ein schlechter Einschläfer, die Stunde, die ich brauche, um wegzudämmern, ist aber die beste Zeit für Gedanken. Das Moraluniversum, das die Jesuiten auf dem Prinzip des freien Willens errichtet hatten, war geprägt von Milde, Nachsicht und Verständnis. Laxheit nannten das ihre Kritiker. Historischer Fakt ist aber, dass an den Höfen Spaniens, Frankreichs und dem der Habsburger in Wien nahezu dreihundert Jahre lang Jesuiten die Beichtväter der Herrschenden waren. Und damit deren einflussreichste Ratgeber. Alles, was sich zwischen 1550 und 1770 in Europa und der Welt an kriegerischen Konflikten und konfessionellen Barbareien, der Dreißigjährige Krieg in Sonderheit, abspielte, ist ohne den Einfluss der Jesuiten gar nicht erklärbar. Sie saßen als Beichtväter nah am Ohr der Könige und des Kaisers, sie hatten deren Vertrauen, weil deren Seelenheil von ihnen abhing. Was aber schert dich das Seelenheil eines Königs, wenn du an Marinas außergewöhnlich schön geformten Busen denkst, da geht dir eher dein körperliches Heil durch den Kopf, nachts unter der Bettdecke. Marina war mir die Tage zuvor gar nicht aufgefallen in der Trattoria, was nur bedeuten konnte, so versuchte ich mir diesen Umstand zu erklären, dass sie gar nicht da gewesen war. An diesem Abend dagegen war sie mir leibhaftig erschienen, wie eine jener klassischen Römerinnen aus meinem imaginären Bilderbuch, in dem seit Kindheitstagen die Lollobrigida, die Sophia Loren und die Claudia Cardinale aus *Spiel mir das Lied vom Tod* festgehalten waren. Das ist der filmhistorische Blick, den unsereins selbst unter der Bettdecke nicht loswird. Oberhalb der Bettdecke, da wo der Kopf herausragt, dachte ich daran, dass die Jesuiten ein Problem hatten und das sollte ihnen letztlich zum Verhängnis werden. Der Papst in Rom nannte sie seine ›leichte Reiterei‹, für die Minister, die Höflinge, die ganze adelige Umgebung der absolutistischen Herrscher Europas waren sie schlicht Agenten des römischen Papismus, Stachel im Fleisch ihrer nationalen Souveränität. Siehst du, Stachel im Fleisch, kaum denkst du eine solch körperbetonte Metapher, schon bist du wieder unter der Bettdecke bei Marina. Bei ihrem Fleisch, bei meinem Stachel. Zur Sache! Leicht gesagt. Was ist die Sache? Die oberhalb oder die unterhalb der Bettdecke? Reiß dich zusammen, Brandler! Das erwähnte Problem lag in der strikten Gehorsamspflicht, die der Ordensgründer Ignatius von Loyola seinem Orden gegenüber dem Heiligen Stuhl verordnet hatte. Die königlich-kaiserlichen Beichtväter der Gesellschaft Jesu waren de facto also Diener zweier Herren, Gefolgsleute ihrer weltlichen Herrschaften und berichtsverpflichtet der Kurie in Rom. So wie ich. Herr des Geistes oberhalb der Bettdecke, Knecht des Fleisches unterhalb. Mehr und mehr wurde mir deutlich, dass das Vibrieren und Knistern kurz zuvor in der Trattoria mit dem Geruch Marinas zusammenhing. Duft und Brüste, eine gefährliche Mischung, ich spürte es, nicht gut für die Gedanken oberhalb der Bettdecke kurz vor dem Einschlafen. 1760/1770, in dieser Zeit hatte das politische Establishment in ganz Europa durch die Bank jedenfalls die Schnauze voll von der Machtfülle der Jesuiten und bewirkte, dass Papst Clemens nicht anders konnte, als seine gehorsame Truppe in der Versenkung verschwinden zu lassen. Den Jesuitenstaat in Paraguay ein paar Jahre vorher gleich mit. Er soll dabei geweint haben. Ich meinerseits versank in den Schlaf. Nicht ohne unzüchtige Gedanken und Handlungen, sündhaft zwar, aber lässlich und der Absolution fähig bei einem verständigen Beichtvater? Ich weiß es nicht mehr.

Am nächsten Morgen ging ich nicht ins Archiv, sondern in die Trattoria. Paolo machte mir einen Kaffee und ich fragte ihn, ob Marina eine Aushilfe sei oder ob sie regelmäßig und schon länger bei ihm arbeite, ich hätte sie gestern Abend zum ersten Mal gesehen, ob sie verheiratet sei oder wenigstens in festen Händen, sei ja auch egal, mach mir doch noch einen Kaffee, Paolo. Romba-Bomba grinste. Deutete mit dem Kopf nach hinten und da stand sie. Räumte Gläser ein. Paolo stand auf. Marina war fertig mit Gläsereinräumen, drehte sich um, sah zu mir her ohne irgendeine Regung und verschwand in der Küche. Ich trank Paolos Kaffee und verdrückte mich.

Das Herz der Bibliothek der Jesuiten-Kurie ist wie in jeder guten Bibliothek der Lesesaal. Dieser hier war nicht besonders groß, drei Reihen mit je fünf Lesetischen, bespannt mit grünem, straffem Stoff und beleuchtet von soliden Tischlampen. Hoch war der Raum, bestückt bis unter die Decke mit dem Wissen der Jesuiten, die obersten Ränge waren nur durch Leitern erreichbar. Die eigentlichen Schätze, die Briefe, Berichte, handschriftlichen Aufzeichnungen der Ordensbrüder aus langen Jahrhunderten und allen Erdteilen, die Flugschriften und Pamphlete ihrer Gegner, die Korrespondenz des Ordensgenerals mit dem Heiligen Stuhl, die Protokolle, Erlasse, Verordnungen lagerten im Keller, wohltemperiert, perfekt klimatisiert, modern bewahrt. Lesesäle hingegen sind wohltuend altmodisch, stille Orte der Langsamkeit, geräuschlose Enklaven der Versenkung. Nichts darf die Konzentration beeinträchtigen, das Umblättern einer Seite, ein Stift, der auf Papier schreibt, ein Räuspern der Lesenden, schon allein dies ist missbilligend geduldeter Frevel in einem Lesesaal, Sünde wider die Versenkung. Ich hatte wie immer den Tisch hinten links, weiter vorne saß ein Asiate, sonst war niemand im Raum, leibhaftig gesehen. Konzentration, das hatte Ignatius, der Ordensgründer, in seinen Vorschriften für die Exerzitien der angehenden Jesuiten einsichtig geschildert, ist eine innere Angelegenheit. So still es hier war, so sehr lärmte der Blick, den Marina mir zugeworfen oder eben auch nicht zugeworfen hatte, bevor sie in der Küche verschwand. War er nun freundlich gewesen, wohlmeinend womöglich? Ich meinte schon. Vielleicht aber auch nicht. Doch eher herablassend, ablehnend, belustigt? Oder nichtssagend, neutral, desinteressiert? So ist es ja immer in dieser Gestimmtheit: Jede Nuance wird überprüft, jede Regung interpretiert, die kleinste Geste wird lebensentscheidend, alles wird Signal, wird abgeklopft auf Botschaften, auf versteckte, verschlüsselte, verrätselte. Man bangt, man hofft, man verzweifelt und wird verrückt dabei. Das Schriftstück, das vor mir lag, war die Flugschrift eines Dominikanerpaters aus dem Jahre 1753, in der er dem Jesuitenstaat vor allem seine Abgrenzungspolitik vorwarf. Die Jesuitenpadres hatten durchgesetzt, dass in ihre einunddreißig Guarani-Dörfer niemand einreisen durfte. Selbst wenn der Provincial aus Buenos Aires, der oberste Jesuit in Südamerika, zur Visitation erschien, wurde er strikt abgesondert und nach 48 Stunden wieder nach Hause geschickt. Händler, Reisende, Besucher waren unerwünscht in den Reduktionen und der dominikanische Pamphletist ereiferte sich ohne Ende, dass da ein Staat entstanden sei, der nach eigenen Gesetzen lebe, losgelöst von der Krone Spaniens und dem göttlichen Recht der Heiligen Kirche. Mir ging der Satz durch den Kopf »Niemand hat die Absicht, eine Mauer zu errichten«, dem ein realer Mauerbau folgte. Die Jesuiten bewahrten ihre Indios vor den Einflüssen des Kolonialismus, sie schützten sie vor Sklavenhandel, Leibeigenschaft und Zerstörung ihrer Lebensweise. Eine Mauer bauten sie nicht, aber sie hatten erreicht, dass die Guarani sich bewaffnen durften. Für meinen Dominikaner der Gipfel des Ungehorsams. Dabei war es von der spanischen Krone ausdrücklich sanktioniert. Die »indianischen Gesangsvereine«, wie ein Kollege die Jesuiten-Reduktionen pointiert genannt hatte, waren immer wieder Opfer der portugiesischen Mamelucken geworden, Sklavenjäger und Sklavenhändler, die aus dem Norden ohne Erbarmen die friedlichen Guarani-Dörfer überfielen. Es war nicht die reine Mordlust, die sie antrieb, sondern ein viel mächtigeres Interesse, der immense Bedarf an Arbeitskräften. Konnte man daraus eine Parallele zu der massenhaften Abwanderung gut ausgebildeter Arbeitskräfte aus der DDR in Richtung Westen in den 50er- und 60er-Jahren ziehen? Ich ließ das gedanklich erstmal offen. Auch den Spaniern waren die hunderttausend Indios der Reduktionen, die durch die Jesuiten dem Arbeitsmarkt der spanischen Großgrundbesitzer vorenthalten wurden, ein Dorn im Auge. Aus den gleichen arbeitsmarktpolitischen Gründen also wie den Portugiesen. Sie zogen nur andere Konsequenzen. Sie bewaffneten die Guarani. Bildeten sie aus. Und hatten plötzlich eine Streitmacht, die höchst erfolgreich dem portugiesischen Rivalen des Öfteren aufs Haupt schlug. Das spanische Reich der Bourbonen, kurz zuvor den Habsburgern entwunden, hatte mit dem Jesuitenstaat einen willfährigen Satelliten, der gleichzeitig ein Drohpotenzial gegenüber dem weltpolitischen Konkurrenten darstellte. Spanien wäre dann die Sowjetunion der DDR-Guarani gewesen, so ungefähr. Außenpolitisch gesehen. Völkerrechtlich wird es noch interessanter. Denn dass die DDR ebenso wie der sogenannte Jesuitenstaat im eigentlichen Sinn keine selbständigen Staaten mit vollgültiger Souveränität, eigenständiger Rechtlichkeit waren, steht außer Zweifel. Wobei dem Jesuitenstaat die angebliche Staatlichkeit noch weit mehr abgesprochen werden muss als dem »Gebilde«, wie die DDR im Westen gerne genannt wurde. Der Jesuitenstaat war eine Ansammlung selbständiger, pausenlos musizierender Kolchosen unter dem Recht und der Herrschaft der Spanischen Krone. Eine Kolonie, musischer, kultivierter und humaner als viele andere im Zeitalter des Kolonialismus, aber eben eine Kolonie. Was in gewisser Weise für die DDR im Zeitalter des Sowjetimperiums auch zutraf. Das war vielleicht alles ein wenig zu weit gegriffen, aber ein anderer, ein eher innenpolitischer und nicht weniger parallelhistorischer Aspekt begann mich immer mehr umzutreiben. Kern des Projektes der Jesuiten war keine sozialistische oder gar kommunistische Utopie, sondern das, was ihre weltweite Missionstätigkeit immer schon programmatisch geleitet hatte: die Anpassung an die vorgefundenen Verhältnisse, die berühmte jesuitische Akkommodation. Ihr Begründer, Pater Robert Nobili, ein römischer Adliger, der vornehmlich in Indien wirkte, trat in Madura als Brahmane auf. Er zeichnete seine Stirn mit Sandel, schor die Haare bis auf den brahmanischen Haarbüschel, zog das rot-gelbe Kavituch der Sannyasin mit Holzsandalen an, enthielt sich aller Fleisch-, Fisch- und Eierspeisen sowie geistiger Getränke. Er hielt Predigten in der tamilischen Volkssprache und erlaubte, die brahmanischen Gebräuche und die Kastenunterschiede in ihrem vollen Umfang aufrechtzuerhalten. Nobili erzielte große Bekehrungserfolge, Papst Gregor XV. billigte seine Methoden 1623 in einer zustimmenden Konstitution. Wenig anders gingen die Jesuiten in Paraguay vor. Sie erhielten die alten Familien- und Stammesstrukturen der Indios mit einem Kaziken an der Spitze, sie lernten die Sprache und predigten auf Guarani. In den Schulen lernten die Kinder eine verschriftlichte Guarani-Sprache, kein Spanisch, und auf diese Weise das Evangelium. Sie pflanzten mit Geduld, Überzeugungskraft und der Musik allerdings ein ganz neues Element in die Lebensweise der ehemals wilden Jäger und Sammler: die geregelte Arbeit und die geplante Vorsorge für die Zukunft. Einer meiner Kollegen aus der historischen Zunft ist der Überzeugung, dass die innere Verfassung der Guarani-Reduktionen der alten Wirtschaftsweise der Inkas nachgebildet war. Das mag sein, aber wie die Inkas wirtschafteten, war den Urwaldindianern genauso fremd wie die Vorstellungen der Jesuiten. Die Inkas zivilisierten die unterworfenen Wilden mit Gewalt, die Jesuiten mit Geduld. Die Folge, der revolutionäre Bruch in der Lebensweise der Urwaldjäger, war der gleiche. Daraus ergab sich meine Forschungshypothese: Der Jesuitenstaat, den einen Staat zu nennen ich mir künftig untersagen wollte, war in Wahrheit ein pädagogisches Experiment, kein heiliges, wie Fritz Hochwälder es genannt hatte. Ein Erziehungsprojekt, das eine Menschengruppe von einem Status der Menschheitsentwicklung in einen nächsthöheren heben sollte. Die Jesuiten wollten revolutionär vollbringen, was anderorts in Jahrtausenden sich evolutionär vollzog: den Übergang vom frei herumstreifenden Nomadenleben ohne geregelte Arbeitszeit in die ackerbau- und viehzuchtgetriebene Sesshaftigkeit des

Menschen. Mit Geduld und Spucke, das sei zugestanden, mit liebevoller Zuwendung zu ihren Schützlingen, mit Eifer, Leidenschaft und der heutzutage viel beschworenen Empathie, gleichwohl aber mit einem dünkelhaften Machbarkeitswahn behaftet, die menschlichen Grundbefindlichkeiten anbetreffend. Kein Wunder, dass die Guarani nach dem Abzug der Jesuiten massenhaft in die Urwälder zurückgingen. Ich nahm mir vor, den Begriff Erziehungsdiktatur als Leitmotiv meiner Guarani-Forschungen zu verwenden. Die Jakobiner hatten in einer kurzen Phase der Französischen Revolution Ähnliches probiert. Die DDR natürlich auch. All die indigenen Stämme der Sachsen, Thüringer, Brandenburger, Mecklenburger und Pommern mit ihren Bauern, Arbeitern und Bürgern sollten mit sanfter Überzeugungskraft (»Ich liebe euch doch alle«, Erich Mielke), aber auch strenger Durchsetzungskraft in ein höherstehendes Gesellschaftsmodell überführt werden. Als ihre Erziehungsberechtigten den Rückzug antraten, kehrten die Schutzbefohlenen in Scharen zurück in die Arme des kapitalistischen Konkurrenz- und Konsumwahns. Drei Jahre nach der Auflösung der jesuitischen Reduktionen war unter dem neuen Regime der Spanier und Dominikaner über die wenig verbliebenen Indios der Bestand an Rindern von 743 000 auf 158 000 gesunken, an Zugochsen von 44 000 auf 25 000. Bei den Pferden fiel der Bestand von 95 000 auf 52 000, bei Schafen gar von 225 000 auf 93 000. Die Yerba-Plantagen verfielen, die Obstgärten eroberte sich der Dschungel zurück. Die Treuhand lässt grüßen.

Mir war klar, dass dies einen schmalen Ertrag dieses Vormittags in der Bibliothek darstellte, ein paar Notizen hatte ich mir gemacht, flüchtig eher. Sonnenklar war mir, dass ich weit mehr als weitergehende Erkenntnisse das Mittagessen mit Esteban herbeisehnte, bei dem uns Marina aller Wahrscheinlichkeit nach bedienen würde.

So war es dann auch. Sie bediente uns, wie sie alle Gäste bediente, nichts knisterte, nichts vibrierte, kein Wunder, es war schließlich Mittagszeit. Esteban und ich unterhielten uns über die menschheitsbewegende Frage Pelé oder Maradona, kamen auf das verwandte Thema Beatles oder Stones, gefolgt von Bordeaux oder Burgund, was uns zur Idee brachte, eine Flasche Barolo zu ordern. Marina brachte sie, freundlich und beflissen, und ließ mich probieren. Ich nickte und sie zog die Brauen nach oben. Wir erweiterten unsere Thematik mit Goethe und Schiller, schweiften etwas ab, als wir Ameisen und Bienen gegeneinander in Stellung brachten, um dann mit Aristoteles und Platon wieder in uns gemäßes Fahrwasser zu geraten. Richtig heftig wurde es bei Stadt und Land (er Land, ich Stadt), steigerte sich bei West vs. Ost (ich West, er seltsamerweise Ost) und beruhigte sich erst, als wir uns einigten, Einstein sei kein Gegenspieler von Newton. Bei Pelé und Maradona, unserem Ausgangspunkt, blieben wir kontrovers. Um halb drei verabschiedete sich Esteban: »Ich muss. Zahl du«, und plötzlich saß Marina an unserem Tisch, um mit mir abzurechnen. Sie hatte, was ich erst jetzt bemerkte, grüngraue Augen, das Haar lockte dunkel in den Nacken. Vorne, in der Kuhle des Schlüsselbeins, rankte bläulich eine Ader empor, verschwand irgendwo, bevor sie den Hals erreichte. Ich war ganz sachlich, zählte auf, was wir konsumiert hatten, sie fragte: »Tutto bene?«, lächelte dabei, notierte Zahlen auf ihrem Zettel und zählte konzentriert zusammen, die Lippen bewegten sich dabei. Ich wusste sofort, dass mir das Lächeln stundenlange Interpretationskünste abverlangen würde, aber ich wurde unterbrochen. Von hinten, von einer Stimme aus den Tiefen des Lokals.

»Da ist er ja.« Ich musste mich nicht umdrehen. Das war unverkennbar Polly, unüberhörbar meine Tochter. Mein erster Gedanke, als ich mich umdrehte, war der eines Vaters und der eines Mannes. Polly war ungefähr im Alter von Marina, vielleicht ein wenig jünger. Die Frau, die neben Polly die Trattoria betreten hatte, wirkte ein wenig älter als meine Tochter, ungefähr im Alter Marinas. Junge Frauen jedenfalls aus meiner Sicht, alle selbdritt. Ich wollte aufstehen, aber Polly legte mir eine Hand auf die Schulter, küsste mich auf die Schläfe und sagte: »Hallo, Dietrich. Schön, dich zu sehen.« Dafür stand Marina auf, sie hatte jetzt zu tun, und umso mehr war ihr Blick nun entscheidend. Aussichtslos, ich konnte ihn abermals nicht entschlüsseln. Polly, naturgemäß völlig uninteressiert an Marina und allem, was mit ihr zusammenhing, deutete auf ihre Begleiterin und sagte: »Das ist Marie. Du weißt schon. Wir sind wieder gut miteinander.«

Polly und Marie waren nach Rom gekommen, um Ferien zu machen. Ihr gemeinsamer Sohn Tom war bei Lena in Heidelberg geblieben, was ganz im Sinne seiner Großmutter war. Polly war es auch nicht unrecht und Tom war ganz begeistert. Er liebte seine Großmutter. Lena, meine Lena, war jetzt dreiundvierzig und hingebungsvolle Oma. Ein Phänomen, bei dem ich mich einzugestehen weigerte, dass ich mit meinen sechsundvierzig Jahren Großvater war. So fühlt man sich nicht, wenn einem Polly und Marie gegenübersitzen und Marina im Hintergrund werkelt. ›Ferien in Rom‹ hatte ganz offensichtlich den Hintergrund, dass ich mich spendabel erweisen sollte: »Du könntest uns zum Abendessen einladen, Dietrich. Was meinst du?« Polly nannte mich seit ihrer Rückkehr aus Berlin nur noch Dietrich, das vertrauliche ›Pa‹ war verschwunden. Marie siezte mich sogar ein paar Sätze lang, aber das konnte ich mit einer Handbewegung beenden: »Marie, Schwiegertochter, ich bitte dich. Ich bin der Dietrich.«

Am Abend holte ich die beiden ab in ihrer Pension, zwei Ecken vom Campo del Fiore entfernt, und dort landeten wir dann auch in einem Ristorante zu Füßen Giordano Brunos, dem Ketzer und Märtyrer für die Sache der Wahrheit, dem die Stadtbürger Roms hier ein düsteres Denkmal gegen den Wahn der Kirche gesetzt hatten. Es gibt nicht viel Schöneres auf der Welt, als in einer römischen Sommernacht auf diesem Platz mit Tochter und Schwiegertochter zu sitzen, gut zu essen und viel zu trinken. In einer Ecke kickten ein paar Jungs, vielleicht war der neue Maradona darunter, aber Deutschland war Weltmeister sowie ein einig Vaterland. Marie sagte: »Deutschland. Wenn ich das schon höre. Das wird böse enden.« Und dann erzählte sie, die ich für eine coole Socke gehalten hatte, ganz ebenbürtig meiner Tochter, mit tränenerstickter Stimme, was sie in den wenigen Monaten nach der Wende in Mecklenburg, der Heimat ihrer Mutter, ihres geheimnisumwitterten Vaters und selbstgefühlt auch ihrer eigenen, obwohl sie in New York groß geworden war, erlebt hatte.

»Als die hundert Mark Begrüßungsgeld ausgegeben waren, begann die ganze Scheiße. Der Schreiner schreinert nicht mehr, das erledigt Ikea jetzt für ihn. Rotkäppchen und Juno liegen wie Blei im Regal, jetzt wird Mumm gesoffen und Marlboro geraucht. Und zwar von den gleichen Leuten, ich könnte heulen, die in ihren LPGs und ihren Betrieben sehen, wie finstere Männer in dunklen Anzügen herumschweifen, die Stirn runzeln und den ganzen Schrott für eine Mark aufkaufen, um anschließend alle rauszuschmeißen. Die Treuhand ist ein schlechter Witz. Ach was, sie ist eine Kettensäge, die ein Massaker anrichtet. Der Eiserne Vorhang war ein einziger Schwachsinn, aber verglichen mit dem, was sich jetzt anbahnt, bot er den Menschen wenigstens Schutz. Ich weiß schon, so haben auch Ulbricht und Honecker gesprochen von der Mauer, dem Schutzwall, dem antiimperialistischen. Ich gebe ja zu, dass da ein Staat eliminiert wird, der seine Daseinsberechtigung verloren hatte. Fakt aber ist auch, dass jetzt eine ganze Gesellschaft niedergewalzt wird, die ein eigenes Leben hatte, eine selbsterworbene Würde. Das wird denen jetzt genommen. Weil sie schutzlos sind, weil sie überrollt werden vom Kapitalismus, ach was, noch übler, von einer modernen Form des Kolonialismus. Sie sind jetzt Bimbos geworden, tumbe, wehrlose Eingeborene, die bei Laune gehalten werden mit Reisen nach Mallorca, mit überfüllten Supermärkten und Waschmaschinen von Bosch. Blühende Landschaften, dass ich nicht lache. Arbeitslosigkeit, Abwanderung, Verarmung, Mutlosigkeit und dumpfe Wut. Das werdet ihr bekommen mit euren Beitrittsländern. Und jetzt hacken sie auch noch auf Christa Wolf herum.« So sprach sie, die Marie, die Ossentuss, wie Polly sie noch vor einem halben Jahr genannt hatte.

Merkwürdigerweise dachte ich dabei die ganze Zeit an die Guarani in Paraguay, die, nachdem die Jesuitenpadres nach Europa zurückbeordert und ihre Dörfer schutzlos geworden waren, zu Tausenden in ihre alte Heimat, die Urwälder, geflohen waren. Was, um die Analogie zu vollenden, bedeuten würde, dass die Westwanderung der Werktätigen der DDR eine Rückkehr in die Heimat der kapitalistischen Ausbeutung und des neumodernen Konsumterrors zu interpretieren wäre. Huch, sagt da der marxistische inspirierte Geschichtsphilosoph, da stimmt etwas nicht.

Ihre letzte Bemerkung, Christa Wolf betreffend, gab mir die Chance einer Erwiderung. Der Suada davor gab ich intuitiv recht, der rationale Historiker in mir sträubte sich allerdings gegen solche gefühligen Bewertungen der Zeitgeschichte. Der Fall Christa Wolf jedoch, da hatte ich wiederum ein dumpfes Gefühl, war eine Wegmarke, an der sich die Geschichte Deutschlands in ein Davor und ein Danach unterscheiden lassen würde. Als ob der Engel der Geschichte abermals seinen Kopf gewendet hätte, kopfschüttelnd, wie ich es empfand. Dabei handelte es sich bloß um ein schmales Buch. In dem Christa Wolf ihre ganze Zerrissenheit offengelegt hatte. Zwischen der Loyalität zu einem Staat, der auf der Idee basiert hatte, das bessere Neue zu wagen, und der traurigen Realität. Ich musste an meinen alten Freund Fritz Hochwälder denken und sein Lebensthema vom menschennotwendigen Widerstand gegen das schlechte Vorhandene und der enttäuschten Hoffnung auf die große Veränderung. Das Draufhacken auf Christa Wolf, angeführt von den hochmotorisierten Gerätschaften des Frankfurter Feuilletons und der Feuerkraft Hamburger Magazine, hieb tiefe Furchen in das geistige Antlitz des neuen Deutschlands. Haltet das Maul, kreischten die Kettensägen, kommt uns nicht mit Moral, geiferten Presslufthämmer, die Geschichte hat gesprochen, dröhnte die Abrissbirne. Wer jemals eine Idee von Gerechtigkeit in seinem Herzen getragen hatte und nicht gleichzeitig eingesperrt, erschossen oder ausgewiesen worden war, hatte die Berechtigung verloren, die Stimme zu erheben.

Schaufelbagger, Planierraupen, Kehrmaschinen und ähnlich schweres Gerät wurden aufgefahren, um Texte zu desavouieren, eigentlich aber, um eine Epoche zu beerdigen. Aus einem Streit um Literatur erhob der Neoliberalismus sein siegreiches Haupt, die Literaten, die Geistesmenschen, die harmlosen Intellektuellen hatten einen belanglosen Stellvertreterkrieg bestritten, dessen Sieger, wie immer, das globale Kapital war. Geschichte war alternativlos geworden und über alle, die vorsichtig, tastend, nachdenklich anderes vermuteten, rasierte gnadenlos der scharf schneidende Aufsitzmäher der Berliner Republik hinweg. Das sind alles Gedanken im Nachhinein, man ist ja logischerweise hinterher immer schlauer. Ich bin noch meine Erwiderung auf Maries Christa-Wolf-Bemerkung schuldig: »Dann wird ab morgen zurückgehackt.« Das war so dahingesagt. Polly aber, meine Tochter Polly, nickte heftig. Aus den Schultern heraus folgten heftige Stöße ihrer abgewinkelten Unterarme, Rechts-links-Kombination im Infight gewissermaßen. Ich werde das nie vergessen. Auch nicht Maries Arm, der sich begütigend und aufmunternd zugleich auf Pollys Schulter senkte.

Am nächsten Morgen wachte ich vor meiner Zeit auf. Krach an meiner Tür. Poltern, Klopfen, unerträglicher Lärm, viel zu früh nach der Nacht mit Tochter und Schwiegertochter: »Ein Fax für dich, Dietrich. Wach auf! Von deiner Frau. Scheint wichtig zu sein.« Das Stichwort Frau jagte Bilder durch mein halbumnebeltes Hirn, Polly war darunter, Marie, aber vor allem Marina. Es klopfte heftiger. An der Tür und in meinem armen Kopf. Die Stimme war die von Esteban, das war beruhigend, denn das Gelärme hatte nach Polizei gelungen, nach Geheimdienst, einer Spezialeinheit. Esteban war auch noch nicht richtig tageskonform, an ihm schlabberte eine Jogginghose herab, oberhalb seines Che-Guevara-T-Shirts war er unrasiert: »Das liegt seit gestern Nacht im Empfangskorb. Sei mir nicht bös, ich habe darin gelesen. Es gibt Probleme.«

Ich hasste dieses Fax-Papier. Es war weich und schleimig, schmierig irgendwie. Lena hatte darauf geschrieben: »Cas sitzt im Gefängnis. In Rom. Untersuchungshaft. Irgendeine Drogensache. Der Untersuchungsrichter heißt di Rossi. Gefängnis Regina Coeli. Tu was!!!«

Vier Stunden später saß ich meinem Sohn gegenüber. Den hatte ich auch schon eine Weile nicht mehr gesehen. Er war voluminöser geworden, nicht dicker im banalen Sinn, sondern ausufernder in allen Richtungen. Er sah aus wie ein Lkw-Fahrer. Hoch, breit und tief. Soweit man das erkennen konnte, denn er saß ja. In der Besucherzelle des Regina Coeli in der Via della Langura in Trastevere. Ohne Esteban wäre ich so schnell hier niemals aufgetaucht. Aber Jesuiten scheinen überall ihre Finger drin zu haben, selbst in den Untiefen der italienischen Strafjustiz. Cas machte keinen guten Eindruck, trotz Höhe, Breite und Tiefe. Hochgerechnet aus der Sitzposition, die eine jämmerliche war. Und die Augenhöhlen. Dunkel und viel zu gefaltet für einen Mann seines Alters. »Pa, ich fahr seit einem halben Jahr Apfelsinen von Palermo zum Münchner Großmarkt. Jede Woche zwei Mal. Seit einem halben Jahr. Für Grinzinger & Co. Die machen das schon über fünfzig Jahre. Runter nach Palermo, rauf nach München. Immer das Gleiche. Und jetzt finden die bei mir unter der Ladefläche zwanzig Kilo Haschisch, Marihuana, keine Ahnung. Kann mir das jemand erklären? Warum ich das Arschloch bin? Jetzt?«

Nein, ich konnte ihm das nicht erklären, ich versprach ihm alles Mögliche, Rechtsanwalt, Deutsche Botschaft, die Jesuiten, den Papst, aber Cas sank immer mehr in sich zusammen. »Pa, ich weiß, ich war immer schon irgendwie nebenbei in dieser Familie. Aber diesmal, diesmal kann ich wirklich nichts dafür. Richte das bitte Polly aus. Hast du Kontakt zu Polly? Richte ihr das aus, bitte.« – »Polly ist hier in Rom. Wir waren gestern essen zusammen. Mit ihrer Marie.« – »Polly ist hier? Dann schick sie her. Sie wird das lösen. Ich muss mit ihr sprechen. Sie kriegt das hin, das weiß ich.« – »Soll sie dich hier rausboxen?« – »Red keinen Scheiß, Pa. Schick sie her. Ich brauch sie, bitte.« Aus diesen wässrigen Augen blitzte es plötzlich. Der Koloss, Herrscher über einige Hundert PS, straffte sich, er warf den Motor an. Ich versprach ihm also auch Polly. Keine Ahnung, wozu das gut sein sollte.

Als ich heraustrat aus diesem riesigen Gefängnisbau, von dem mir Esteban erzählt hatte, dass er im 17. Jahrhundert als Konvent für die Unbeschuhten Karmeliterinnen erbaut worden war (nicht für die Beschuhten, die galten als Ketzerinnen) und deswegen immer noch nach der Gottesmutter und Himmelskönigin *Regina Coeli* hieß, ein aparter Name für ein Gefängnis, wie ich fand, bemerkte ich auf der gegenüberliegenden Straßenseite einen schmächtigen Mann, der sich sogleich abwandte. Das fiel mir auf, aber es war nur eine flüchtige Wahrnehmung, schließlich saß rückwärts mein Sohn hinter Gittern und ich musste überlegen, wie ich ihn da wieder herausbrachte. Den großen, breiten Cas, meinen Sohn. Als Vater mutiert man. Ich vermute, das wirkt sich sogar auf die genetische Ausstattung aus. Man lebt zuerst in einer Welt der Möglichkeiten, einer wunderbaren, offenen, vielgestalteten Welt, und über die Jahre erlebt man dann Vorgänge der Engführung. Aus den vielen hoffnungsvollen Caspars wird der eine reale Cas. Was Höhe, Umfang, Tiefe und Breite anbelangte, kam er nach mir. Nicht nach Lena, seiner zierlichen Mutter. Der Rest war Cas selbst. Seit neuestem eher den Dingen in der Welt zugetan, die getan werden mussten, weniger denjenigen, über die man nachzudenken gezwungen war. Für mich völlig in Ordnung. Für mich als Vater und für mich als Historiker. Es gibt Theoretiker und Praktiker, muss es sogar geben. Hinzu kam: Wenig in der Geschichte der Menschheit hat sich als förderlicher erwiesen als das Anlegen von Straßen, Handelswegen, Kommunikationsbahnen. Insofern: Nichts gegen Lkw-Fahrer, Gott bewahre. Aber jetzt saß er im Gefängnis. Kein unmittelbarer, kausaler Zusammenhang, Gott bewahre. Die Lkw-Fahrer weltweit, die aktuell im Gefängnis saßen, ließen sich wahrscheinlich an einer Hand abzählen. An meinen beiden Händen. Bei der Route Palermo-München sah es vielleicht schon etwas anders aus.

Gleichwohl: Das Steuern eines Lkws, beladen mit Apfelsinen, von Süditalien nach Süddeutschland führt normalerweise nicht ins Gefängnis. Was also ging hier vor?

Polly, am nächsten Nachmittag in der Trattoria, war auch nicht schlauer. Am Vormittag war sie bei ihrem Bruder im Gefängnis gewesen. Die italienische Strafjustiz ist landestypisch organisiert, es gibt dort Unüberwindlichkeiten, Undurchsichtigkeiten, Unvorhergesehenes wie beispielsweise Lücken, und wo eine Lücke ist, ist der Jesuit nicht weit. Esteban jedenfalls, der wahrscheinlich mächtigste Jesuit diesseits des Tibers, hatte auch Polly in die *Regina Coeli* eingeschleust. Die Trattoria war wie immer am späten Nachmittag menschenleer, an unserem Tisch saßen Esteban der Mächtige, Polly, der Wirt Paolo und, ich fasste es kaum, im Hintergrund Marina. Aus Polly sprudelte es heraus: »Es geht im soweit gut, gefoltert wird er nicht. Er ist ahnungslos, wie immer. Zugenommen hat er. Egal. Interessant fand ich, dass er Besuch bekommen hat. Von einem ihm völlig unbekanntem Mann. Hat ihn ausgefragt, wie das gewesen sei mit seiner Verhaftung. Und wie die Carabinieri den Stoff gefunden hätten. War sehr interessiert an Details, der unbekannte Mann. Cas, der gute Cas, hat ihm alles detailliert erzählt, sagte er mir. Hinterher, sagte er mir, habe er sich überlegt, wer das eigentlich gewesen sei. Irgendwie habe er das Gefühl gehabt, hinterher, dass der nicht auf seiner Seite sei. Er sagte, hinterher sei ihm aufgegangen, dass der ausgesehen habe wie einer, der was mit Drogen zu tun habe. Dass der vielleicht etwas mit denen zu tun habe, die ihm die Drogen untergeschoben hatten. Hinterher, wie gesagt. Vorher hatte er alles erzählt.« Keine Frage, dass ich sofort an den Mann dachte, der sich von mir abgewandt hatte auf der anderen Straßenseite. Die flüchtige Wahrnehmung war plötzlich wieder sehr präsent. »Hat Cas einen Namen genannt von diesem Typ?«, fragte ich Polly. »Nein. Oder doch? Weiß nicht mehr, kann sein, keine Ahnung.«

Ich marterte mir das Hirn, wo ich den zierlichen Mann vor dem Gefängnis, die flüchtige Wahrnehmung, schon einmal gesehen hatte. Warum hatte er sich abgewandt? Warum war er bei Cas im Gefängnis aufgetaucht? Warum saß Marina da einen Meter hinter mir? Als Vater kreisten meine Gedanken um Cas und um Polly, als Mann saß mir Marina im Nacken. Gut, dass es Jesuiten gibt. Esteban legte mir den Arm auf die Schulter: »Dottore Ponicelli ist der Hausjurist des Jesuitenordens. Er ist, wenn ich das so sagen darf, der Maradona des italienischen Rechts. Er wird sich kümmern. Deutsche Rechtsanwälte bringen in dieser Situation rein gar nichts. Kein Matthäus, kein Brehme. Lass mich machen.«

Am nächsten Nachmittag saß Cas mit uns in der Trattoria. Marina übrigens direkt am Tisch, nicht mehr im Hintergrund. Polly und Cas hielten sich an den Händen. Dottore Ponicelli war auch da, ein Typ, der in jedem Hollywoodfilm den Staranwalt hätte geben können. Drahtig, sonnengebräunt, graumeliert, kräftige Nase, hohe Stirn und vor allem: arrogantes Dauerlächeln. Und natürlich waren Esteban da und Paolo sowie diesmal sogar Marie. »Die Höhe der Kaution«, lächelte der Dottore, »lässt darauf schließen, dass die Sache nicht zu hoch gehängt werden wird. Anklage wird es geben, das lässt sich nicht vermeiden. Aber eine Verurteilung? Eher nicht.« Von einer Kaution hatte ich nichts gehört, geschweige denn eine gezahlt, ich sah Esteban fragend an. Und natürlich Marina, das nur nebenbei. Esteban reagierte mit einer beschwichtigenden Geste, Marina mit nichts. Cas sah ein wenig zerfleddert aus, Marie beobachtete ihren Schwager aufmerksam, ja nahezu neugierig. Polly hatte aufgehört mit Händchenhalten und mir wurde klar, dass ich meine beiden Kinder seit Langem wieder gemeinsam sah. Wenn auch unter seltsamen Umständen. Esteban wandte sich an Paolo: »Unser Freund Cas sollte etwas essen. Wir auch. Und eine Flasche Wein wäre gut. Oder zwei.« Paolo sprang auf, ging in die Küche, Marina folgte ihm.

Cas langte ordentlich zu, man war schon beim zweiten Gang, einer riesigen Platte Kalbsschnitzelchen in Weißwein.

Der Tageszeit angemessen gab es Weißwein aus dem Friaul. Marina bediente. »Der Mann, Cas, der bei dir war, dieser Unbekannte, hatte der einen Namen?« Cas hatte den Mund voll, er schüttelte nur den Kopf auf meine Frage. Dann hob er ihn, dachte offensichtlich nach und sagte: »Doch, ganz am Anfang, da hat er sich vorgestellt. Carlo hieß er.« – »Und sonst? Hat er sonst noch was gesagt? Gefragt?« Cas lehnte sich zufrieden zurück, er hatte vier oder fünf von den Schnitzeln vertilgt. »Er hat nach dir gefragt. Und nach Polly. Gleich am Anfang. Deswegen habe ich ja dann überhaupt mit ihm so viel geredet. Und nach Tom hat er gefragt.«

»Nach Tom? Der Oberdealer? Warum hast du mir das nicht gleich gesagt?« Das war natürlich Polly. Sie schrie, wenn auch leise. Wenn so etwas auch schwer vorstellbar ist, Polly kriegt das mühelos hin. Sie war halb aufgesprungen, Marie zog sie am Arm zurück. »Weil du dich dann aufgeregt hättest im Gefängnis. So wie jetzt. Und zu boxen angefangen. Mit irgendwas oder irgendwem. Manchmal überlege ich mir schon, was ich sage. Und wann.« Cas hatte recht, Polly hatte recht und am meisten recht hatte natürlich Esteban, als er sagte: »Das wird schwierig werden. Was meinen Sie, Signore Ponicelli? Bekommen wir heraus, wer das war?« Polly wusste Bescheid: »Im Gefängnis muss er sich ausgewiesen haben. So etwas wird doch kopiert, oder, Dottore? Oder registriert. Bekommen Sie das heraus?« Ponicelli zog die Augenbrauen hoch, lächelte, was sonst, kramte aus seiner Brusttasche aber ein Büchlein heraus und machte sich Notizen. Ich machte mir innerlich Notizen, wie ich bei meinen Forschungen weitermachen wollte. Und wie ich endlich Marina ansprechen sollte.

Ponicelli bekam gar nichts heraus. »Raffiniert, der Mann. Oder mächtig. Oder die notorische Bestechlichkeit unserer Behörden ist verantwortlich. Jedenfalls: Dieser Carlo hat keinerlei Spuren hinterlassen. Keine Registrierung bei seinem Besuch im Gefängnis, keine Bilder der Überwachungskameras, nichts. Und da ja kein Verbrechen vorliegt, kann ich auch keine Untersuchung verlangen. Es tut mir leid.« Polly hatte mehr erwartet, aber sie hatte ein Kämpferherz: »Ich krieg ihn«, knurrte sie, »ich krieg dich, Carlo. Lass meinen Bruder in Ruhe. Und meine Familie. Pass bloß auf.«

Ich war noch weniger vorangekommen. Weder hinsichtlich der Geheimnisse des Jesuitenstaates noch bei Marina. Ich wusste, beides zusammen oder parallel zu bewältigen, überforderte mich. Denn die Abhängigkeit war offenkundig. Ich konnte nicht forschen, ohne die Marina-Sache geklärt zu haben. So einfach war das, aber ich konnte das nicht. Sie war ständig präsent. Wie sagt man dazu? Sie hatte sich in mein Gemüt gegraben, in meine Seele verpflanzt, in mein Herz gebohrt? Alles falsch, pseudopoetisches Dahergeplappere. Die Eingeweide waren es, dort saß sie. Morgens beim Aufwachen spürte ich es am heftigsten. Anhaltende Nervosität bis zum ersten Gang in die Trattoria. Am einfachsten war es, wenn sie gar nicht auftauchte. Keine Marina, kein Eingeweidetumult. Ich ging in die Trattoria mit nichts als der sehnlichen Hoffnung, sie zu sehen, gleichzeitig mit dem verzweifelten Wunsch, sie nicht zu sehen, um die absurde Erleichterung zu erleben, wenn eines von beidem eingetreten war. Ihren Rhythmus der Arbeitszeiten, von der ihre alles entscheidende Anwesenheit abhing, habe ich nie durchschaut. Wie so vieles an ihr. Ihre Abwesenheit war Beruhigung, ihre Anwesenheit Aufregung. Denn war sie da, zählte alles. Jeder Blick, jede Geste, jede seltene, flüchtige Berührung und natürlich jedes Wort und wie es mimisch begleitet wurde. Danach dann begann das Grübeln. Das Interpretieren. Stundenlang. Im Prinzip im kindlichen Modus des Zupfens von Blütenblättern der Margerite: Liebt sie mich oder liebt sie mich nicht. Mehr kam beim Grübeln nicht heraus. Zum Wahnsinnigwerden. Ich begann, auch zu Hause zu trinken. Das Grübeln bekommt dadurch Schubkraft. Es wird noch vergrübelter. Man trinkt, grübelt, trinkt mehr, grübelt noch mehr und hat am nächsten Tag den doppelten Blues: in den Eingeweiden und im verkaterten Kopf. Hinzu kam, tagsüber in der Trattoria, dass italienische Männer die Angewohnheit hatten, Kellnerinnen ihren Arm um die Hüften zu legen. Ältere italienische Männer kniffen den Kellnerinnen mit zwei Fingern in die Backe oder gaben ihnen einen Klaps auf den Po. Das alles passierte, ich sah es genau, und Marina lachte dazu und kokettierte. Manchmal sah sie mich an, wenn sie mir irgendetwas brachte, und war das nun ein Lächeln für mich oder nur ein Nachhall eines kürzlich erfolgten Klapses? Ich knuffte nicht, ich klapste nicht, ich legte schon gar nicht den Arm um ihre Hüften und ich kaufte auch keine Rosen bei den Pakistani für sie, was manche der männlichen Gäste mitunter taten. Jedes Mal ein Stich ins Herz, pardon, ein Hieb in die Eingeweide. Bitte sehr, Marina, ich bin kein x-beliebiger Gast hier, ich bin der blöd verliebte Mann deines Lebens. Aber woher sollte sie das wissen? Es war zum Verrücktwerden. Esteban war nicht blöd. Er verstand sogar von solchen Dingen etwas: »Manche Dinge muss man tun, nicht bloß über sie nachdenken.« Leicht gesagt, aber wahrscheinlich wahr. Also morgen. Morgen oder nie.

Morgen war in diesem Fall ein Dienstag, da aß ich zu Mittag allein an unserem Tisch in der Trattoria. Esteban besuchte dienstags immer seine alte Tante in Trastevere, die dort, hochbetagt, einen Antiquitätenladen mit vornehmlich südamerikanischem Kunstgewerbe betrieb. Marina brachte die Rechnung, sie setzte sich, zuckte ihren Block und zahlte zusammen. Ich raffte und straffte mich innerlich. Jetzt oder nie. Es waren 11 110 Lire. »Eine schöne Zahl«, lachte sie und dann ohne Übergang: »Sag mal, Dietrich, du kennst doch von Rom noch rein gar nichts. Sitzt immer nur hier bei uns herum. Am Samstag ist in Trastevere das Fest der L'Unità. Kommst du mit?« Was mir alles durch den Kopf schoss, wurde mir erst viel später beim Einschlafen bewusst. Hier und jetzt stammelte ich, vermutlich. Vielleicht sprach ich auch energisch. Oder leichthin, souverän, gelassen. Ich weiß es nicht mehr. Jedenfalls lauteten meine Worte: »Warum nicht? Hab eigentlich nichts Besonders vor am Samstag.« – »Dann um sieben vor dem Laden von Estebans Tante. Er wird dir erklären, wo das ist. Va bene?« Stand auf, ging zum nächsten Tisch, um zu kassieren, inklusive Knuff, Klatsch auf den Po und umarmter Hüfte. Va bene. So kann man es auch ausdrücken.

Die L'Unità war die Zeitung der PCI, der Kommunistischen Partei Italiens. 1990 war die PCI sozialdemokratisch geworden, erst kürzlich in die von Willy Brandt geleitete Sozialistische Internationale eingetreten. Was sich nicht geändert hatte, waren die Feste der L'Unità. Überall in Italien, in den Städten und in jedem Provinzkaff, waren das seit Jahrzehnten die beliebtesten Volksfeste des Sommers. Eine Bühne für die Kapelle oder neuerdings die Band, ein Platz davor zum Tanzen und Singen, ein paar Stände mit Spezialitäten und Tische und Bänke zum Diskutieren. Trastevere war natürlich das beste Viertel Roms für eine Festa de L'Unità und die Piazza di San Cosimato der beste Ort dafür in Trastevere. Ich war verständlicherweise schon um sechs da, die Eingeweide wollten es nicht anders. Signora Chavez, Estebans Tante, hatte ihren Laden an der Ecke Via Luigi Santini. Ich drehte eine Runde um den Platz, der schon gut gefüllt war. Viele Familien mit Kindern, deren Geschrei und Gekreische tapfer gegen die Musik von der Bühne standhielt. Die späte Sonne legte ein ockerfarbenes Licht auf die hohen Fassaden des Platzes, die Luft war noch unentschlossen zwischen nachmittäglicher Hitze und der feinen Sanftheit des Abends. Die Eingeweide begannen, sich zu beruhigen. Ich betrat den Antiquitätenladen. Der erste Eindruck: Gerümpel und Krimskrams. Das übliche Durcheinander an Lampen, Porzellan, Kleinmöbeln, Emailschildern und einer einsamen Schaufensterpuppe. Ein Ein-Zimmer-Flohmarkt. Es war duster hier und menschenleer. Nach einer Weile trat hinter einem Vorhang eine Frau heraus, alt, gebückt, mit vielen tiefen Falten im Gesicht, sie ging am Stock. Auffallend, weil gegensätzlich, waren ihre vollen Haare, grau-schwarz meliert, üppig und voll, die als kunstvoller Kranz ihren kleinen Kopf bekrönten. Seitlich fielen Strähnen herab, was dem Ganzen etwas Unordentliches, ja Frivoles verlieh. Sie grüßte und fragte: »Kann ich helfen?«

Um irgendetwas zu sagen, sagte ich: »Ich habe gehört, Sie sind auf Südamerika spezialisiert.« Sie sah mich an, schwer zu entscheiden ob verwundert oder belustigt, drehte sich um und sagte: »Kommen Sie.« Es gab einen zweiten Vorhang, hinter dem sich ein Raum verbarg, der weit größer als der Flohmarkt vorne war, heller auch, und aufgeräumter. Es gab Vitrinen, hinter deren Glas kleine Figuren und Masken zu erkennen waren, Regale mit bunten Textilien, ein Board mit Halsketten, Ringen, Amuletten und einen Tisch in der Mitte, auf dem Vasen, Gefäße, Geschirr präsentiert wurden. Wenn der Raum vorne ein Flohmarkt war, dann war dies hier die Miniaturausgabe der Südamerikaabteilung eines Völkerkundemuseums. »Suchen Sie etwas Bestimmtes?« Nein, ich suchte eigentlich gar nichts, ich wartete auf Marina, und dennoch hörte ich mich sagen: »Paraguay? 16., 17. Jahrhundert? Jesuitenstaat?« Und schob hinterher: »Ihr Neffe Esteban hat mir ihr Geschäft empfohlen.« Sie lächelte: »Ich weiß, Signore Brandler. Er meinte, früher oder später würden Sie bei mir landen.«

Tja, so geht das im Leben. Die anderen sind immer schlauer als du selbst. Alte Frauen sind in dieser Beziehung ganz weit vorne. Signora Chavez, die mir immer mehr vorkam wie die Grande Dame eines Indianerstammes, in dem der Häuptling rein gar nichts zu sagen hat, sondern alle auf das Kommando der alten, weisen Frau hören, trat an eine der Vitrinen und öffnete eine Schublade. »Kommen Sie. Das wird Sie interessieren.« Ich trat näher und sah: eine Flöte, zwei silberne Kelche, ein bauchiges, dunkelbraunes Gefäß mit einer schmalen Öffnung an der Oberseite, ein paar Kruzifixe, schön gearbeitet und bunt bemalt, und ein kleines Buch mit einem schweren Ledereinband. »Das Gefäß diente zum Zubereiten von Mate. Es stammt aus der Reduction St. Xavier, wahrscheinlich eines der ältesten seiner Art. Die Kelche sind weniger interessant, Massenware damals. Genauso die Kruzifixe. Obwohl, sie sind auf ihre Art einzigartig, finden Sie nicht? Die Flöte soll Pater Baucke gehört haben, Sie wissen ja, der Verfasser des Zwettler

Codex. Und das Buch? Da rätseln die Experten. Vielleicht ist es in einer Art Geheimschrift verfasst. Mit Sicherheit aber von einem Pater aus dem Jesuitenstaat.«

Was soll ich sagen? Ich war baff. Eine Flöte von meinem Pater Florian Baucke, dem Verfasser meines Zwettler Codex. Wo war ich hier? In einem Indiana-Jones-Film? Im Traum eines jeden Historikers? Dieses Buch, du liebe Güte. Ich nahm es vorsichtig in die Hand. Der Einband war dicker als der Inhalt, der höchstens zwanzig, dreißig Blätter umfasste. Sie waren einseitig beschrieben, handschriftlich mit Feder, nicht gedruckt. Mein erster Eindruck war weniger der einer Geheimschrift oder Geheimsprache, sondern der eines fremden Idioms, möglicherweise eines indianischen Dialekts.

Plötzlich, in dem Moment, als ich das Buch in die Lade zurücklegte, fiel mir Marina ein. Ich sah auf die Uhr. Zehn vor sieben. Ich konnte nicht anders, ich fasste hastig Signora Chavez an den Schultern: »Bitte verzeihen Sie. Ich komme morgen wieder. Versprochen. Sowas von versprochen. Aber jetzt, jetzt habe ich eine Verabredung. Es hängt viel davon ab. Entschuldigen Sie.« Und schon war ich draußen. Unerträglich der Gedanke, Marina könnte verfrüht gekommen sein und auf mich warten.

Vor der Tür des Ladens wartete natürlich niemand. Zuerst also mal Erleichterung. Zu spät zu kommen bei einem Rendezvous, als Mann, völlig undenkbar. Ich zündete mir eine Zigarette an und dachte kurz nicht an meine Verabredung, sondern an alte, weise Frauen. An die Aura von Signora Chavez. An ihre Krone aus silbergrauen Haaren. Ihre Lade, in der mir mein Jesuitenstaat zum ersten Mal leibhaftig begegnet war. Siehst du, dachte ich, kaum erwartet dich ein Abend mit Marina, schon ist der Forschergeist wiedererwacht. Morgen komm ich noch mal hierher. Schau mir das Buch genauer an. Kaufe es womöglich, die Flöte sowieso. Die auf alle Fälle. Wo bleibt Marina? Es war zehn nach sieben. Sie macht sich sicherlich noch schön. Bin sehr gespannt, was sie anhat. Wie ihre Haare sind. Die Haare der Signora waren sensationell. Ich muss sie morgen fragen, ob ich sie fotografieren darf. Viertel nach sieben. Eine Zigarette noch und dann. Ja, was dann? Telefonieren? Eine Nummer von ihr habe ich nicht. Vielleicht bei Paolo anrufen, in der Trattoria, vielleicht weiß der was. Ist hier irgendwo eine Telefonzelle? Haben die ja nicht in diesem gottverdammten Italien. Telefonieren geht nur in Cafés. Nur mit Jetons, auch das noch. Bloß nicht weggehen jetzt. Das wäre die Oberkatastrophe, ich im Café beim Telefonieren mit Jetons, sie hier und ich nicht da. Vielleicht kann ich die Signora fragen, die hat sicherlich Telefon. Sieben Uhr fünfundzwanzig. Schnauze, Eingeweide, lasst mich in Ruhe! Sie kommt, sie wird schon kommen. Vielleicht hat sie ein Taxi bestellt, aber es kummt net. Ich dreh gleich durch, es ist halb acht. Marina, tu mir das nicht an. War das alles ein böser Scherz? Damit du dich totlachen kannst mit deinen vielen Verehrern in der Trattoria. Der blöde Deutsche, hahaha, dem hab ich's gezeigt. Mir ständig schöne Augen machen. Das sind doch alles Nazischweine, einer wie der andere. Der soll sich die Füße in den Bauch stehen. Oder? Ja, Marina, ich habe verstanden. O.k. Ich werde einen Schlussstrich ziehen, ein für alle Mal. Es ist besser so. Da drüben, gar nicht weit, ist die Tiber-Brücke. Marina! Bitte! Wo bleibst du? Weiber, ich hasse Weiber. Junge wie alte. Fünf nach halb acht.

»Scusi.« Ein Hauch an meinem Ohr, ein zarter Druck auf meiner Schulter. »Meine Mamma. Am Telefon. Sie lebt unten in Apulien, in Vieste. Ganz allein. Wenn sie einmal zu reden anfängt, hört sie nicht mehr auf. Wartest du schon lange?« Kein Mensch hat seine Mimik unter Kontrolle in Momenten, wo die Welt aus den Fugen und das Leben in Fliehkräfte gerät, ohne Halt. Turbulenzen, die sich nicht vorteilhaft abbilden auf den Gesichtszügen. Und immer sind es die anderen, die da etwas verstehen, von dem man selber gar nichts weiß. »Oh je, ich sehe schon. Komm, lass uns tanzen, da vergeht der Ärger sofort.«

Die Band – oder war es eine Kapelle? Jedenfalls Schlagzeug, Bass, Gitarre, Flöte (!), Violine und Sänger – war gerade bei den italienischen Pop-Klassikern angelangt. Man gab *Una festa sui prati* und *Azzuro* von Adriano Celentano. Die machten das gut, die Jungs da oben. Man merkte sofort, dass noch viele deutsche Touristen in der Stadt waren. WM-Finale und anschließend ein paar Tage in der Ewigen Stadt. Sie tanzten exzessiv, extrovertiert, meine Landsleute, schlenkerten wild die Beine, schleuderten die Arme, grölten die Refrains. Marina und ich trieben es verhaltener, um nicht zu sagen anmutiger. Ein kleiner Hüftknick links und einer nach rechts. Ab und an ergriff ich ihre Hand, unsere Arme formten einen spitzen Gipfel und sie drehte sich darunter wie eine Eisprinzessin. Ach ja, sie trug eine hellblaue Jeans, weit geschnitten, der Bund hoch über dem Nabel, eine Variante, welche die Marke Diesel der jüngeren Menschheit in jenen Zeiten vorgeschrieben hatte. Darüber einen leichten schwarzen Pullover mit einem kleinen V-Ausschnitt. Geschminkt war sie gar nicht, soweit ich das beurteilen konnte. Na ja, die Mamma, die Hektik, muss man verstehen. Ich war inzwischen bereit, alles zu verstehen. Sie hatte recht gehabt, Tanzen beruhigt die Eingeweide. Und löst mimetische Verspannungen. Auf *Azzuro* folgte *Bella Ciao*, das alte Partisanenlied, die heimliche Hymne Italiens. Marina erblühte. Sie lachte, sie klatschte, sie sang. Ich ließ mich anstecken, lachte, gluckste, grölte, warf die Arme in die Höhe, war beseelt. Dann war das Lied zu Ende. Die Musik machte Pause. Wir standen da, legten uns die Arme auf die Schultern und sahen uns erschöpft an. Und, liebe Eingeweide, was kommt jetzt? Wir küssten uns. So war das. Va bene.

Später, auf einem Mäuerchen abseits des Trubels, fragte mich Marina: »Ihr seid eine seltsame Familie. So viele Probleme. Wo ist eigentlich die Mutter deiner Kinder?« Die Frage war zu erwarten gewesen, grob geschätzt die Hälfte der Weltliteratur und die erfolgreichsten Hervorbringungen Hollywoods handeln davon, und ich antwortete davon uninspiriert, aber wahrheitsgemäß: »Sie ist in Heidelberg mit Tom, Pollys Sohn, meinem Enkel.« Und flüsterte in die dunklen Locken hinter ihrem Ohr: »Lass mal gut sein.« Irgendwo und irgendwann hatte ich mal gelesen, dass der Mensch (eher wahrscheinlich der Mann) als Naturwesen polygam veranlagt sei, jedoch geformt durch Kultur zur Monogamie verpflichtet wurde. Sechstes Gebot. Ehesakrament. Wenn du auf einem Mäuerchen neben Marina sitzt, interessiert dich das weniger. Wir hielten uns bei den Händen, umfingen uns, küssten uns innig und lieb. Und dann gingen wir nach Hause, beide für sich auf getrennten Wegen, und ich empfand mich mit meinen Eingeweiden seit Langem im vortrefflichsten Einvernehmen.

Am nächsten Tag flog ich zu Signora Chavez. Nicht lachen, ich fühlte mich wirklich beflügelt. Nicht nur, weil der Morgen mild war. Die Hitze, die ihm folgen sollte, verbarg sich noch. Signora schien mich erwartet zu haben. Sie trug ihr Haar offen heute, ein majestätischer Mantel, der sich um ihre Schultern legte. Da sie, wie erwähnt, klein war, reichte er bis fast in die Kniekehlen. Sie sah mich erwartungsvoll an. »Ich möchte die Flöte kaufen.« Sie neigte den Kopf und erwiderte: »Und das Buch?« – »Ja, das Buch. Wären Sie einverstanden, wenn ich es eine Woche lang ausleihen könnte? Ich möchte es untersuchen lassen, wissenschaftlich prüfen. Die Flöte kaufe ich als Privatmann. Das Buch gehört, wenn Sie so wollen, der Menschheit. Ein Kulturgut. Wenn es ein solches ist. Das müssen wir prüfen. Und dann musste ich mit meiner Universität sprechen. Apropos: Woher haben Sie es eigentlich? Was wissen Sie darüber?« Gut gemacht, Brandler, erst mal Provenienzforschung bei unbekannten Quellen. Methodisch grundlegend. Hättest du eigentlich schon gestern fragen sollen. Wir waren mittlerweile im Südamerikaraum ihres Ladens. Es gab dort auch zwei Sessel und wir setzten uns. »Die Geschichte ist ein wenig eigenartig, aber Sie sollen sie hören. Haben Sie eine Zigarette?« Hatte ich, auch eine für mich. »Vor etwa einem halben Jahr kam ein junger Mann hier vorbei, etwa in Ihrem Alter, nein, eher jünger. Ein Südamerikaner, aus Paraguay, wie sich schnell herausstellte. Er bot mir die Flöte an. Auch das Mate-Gefäß übrigens. Ich habe ihn das Gleiche gefragt, was Sie soeben fragten, nämlich woher diese Dinge stammen. Familienbesitz, antwortete er und als ich nachfragte, warum er den loswerden wolle, gab er eine seltsame Antwort. Er wolle nichts loswerden, er wolle, dass dies gefunden werde. Und er sei sich sicher, dass ich die richtige Adresse sei.« Ich weiß nicht warum, aber ich fragte: »Wie sah der junge Mann denn aus? Können Sie sich erinnern?« – »Ja, natürlich. Nicht sehr groß, aber drahtig und geschmeidig. Und einen langen Hals hatte er, das war auffällig.« – »Und dann haben Sie ihm Flöte und Buch abgekauft.« – »Nein, das wollte er gar nicht. Er sagte, er möchte die Dinge bloß bei mir deponieren. Unter der Bedingung, dass ich ihn auf dem Laufenden halte, wer sich dafür interessiere. Beziehungsweise, wer sie sogar kaufe.« – »Dann hat er also eine Telefonnummer hinterlassen. Oder eine Adresse?« – »Nein. Er sagte, er sei immer mal wieder in Rom, einmal im Jahr, und würde sich dann persönlich erkundigen. Ich solle nur, das war wie gesagt seine Bedingung, für ihn Namen und Adressen der Interessenten aufbewahren. Was ich jetzt, falls Sie immer noch an der Flöte interessiert sind, mit Ihnen tun müsste, Herr Brandler.«

Niemand wird verwundern, dass ich bei der Erwähnung des außergewöhnlich langen Halses an Carlos Verano dachte, den Stuntman vom Filmset am Rio Iguazú. Und ebenso plötzlich wurde mir klar, dass der Mann, den ich von dem Gefängnis gesehen hatte, ebendieser Carlos gewesen sein musste. Der dann Cas besucht, sich als Carlo ausgegeben hatte und unsere Familie kannte. Carlos, Carlo? Was soll das, Carlos Verano? Wenn du mich finden willst, dann ruf in der Universität Heidelberg an. Oder im Talhangweg in Ziegelhausen, ich steh im Telefonbuch und ich stehe jederzeit zur Verfügung. Und lass Cas in Frieden, und vor allem Tom! Ist das eine alte Sommer-Geschichte, die uns verbindet? Dann komm raus damit, was soll die Geheimnistuerei, dieses Rumgeeiere unter Zuhilfenahme einer alten Dame mit silbergrauen, prächtigen Haaren? »Was wollen Sie eigentlich für die Flöte?« – »Was würden Sie investieren?« Alter Händlertrick, erst mal die

Marktlage sondieren. Mein Limit waren zweihundert Mark, also ungefähr vierhunderttausend Lire. Folgerichtig sagte ich: »Hunderttausend Lire?« Sie lächelte: »Der junge Mann meinte: Verkaufen Sie nicht unter einer Million.« – »Wenn er einen lückenlosen Nachweis erbracht hätte, dass diese Flöte wirklich die des Paters Baucke ist, dann könnten wir darüber reden. Aber das hat er ja nicht.« – »Doch.«

Signora Chavez ging an die Vitrine, in der die paraguayischen Schätze lagerten, öffnete eine weitere Schublade und kam mit einem Blatt zurück, heute würden wir sagen, ungefähr A4-groß. Oben war die Flöte gezeichnet, den Strich kannte ich, so hatte Pater Baucke vieles gezeichnet, Häuser, Tiere, Pflanzen, Gesichter. Darunter stand, gut leserlich: »Diesselbiges Flötlein, das beigetragen hat zu so allerlei Gutem, vermachte der Unterzeichner dem hochwürdigen Freund und Kaziken Chithaalin von St. Xavier. AD 1767 am Tage Mariae Lichtmess. Ad maiorem Dei gloriam. Florian Baucke SJ.« Ich roch am Papier, ich hielt es gegen das Licht, strich vorsichtig mit den Fingern über das Blatt: »Gut, Signora Chavez. Privat erhöhe ich auf einhundertfünfzigtausend. Die Million, die Sie sich erhoffen, beziehungsweise ihr geheimnisvoller Anlieferer, da müssten wir den ganzen Apparat an Quellenforschung auffahren: Chemiker, Linguisten, Restauratoren. Ich selbst bin nach dieser kleinen, dilettantischen Überprüfung sehr, sehr skeptisch.« – »Nehmen Sie die Flöte. Für Zweihunderttausend. Und Ihre Adresse, Telefonnummer hier in Rom und in Deutschland. Das Buch bringen Sie mir in einer Woche zurück. Ist das in Ordnung für Sie?« Einer alten, weisen Frau mit silbergrauem Häuptlingsschopf widerspricht man nicht. Und ich hatte jetzt die Flöte Pater Bauckes. Historisch, methodisch, quellenkritisch hin und her, scheißegal. Meine Flöte

Zurück in den Vatikanbezirk, was von Trastevere locker zu Fuß zu bewältigen ist, flog ich nicht mehr, sondern wandelte. Will heißen, ich ging und dachte nach. Carlos Verano deponiert Devotionalien des Jesuitenstaates in einem Antiquitätenladen, der der Tante eines der wichtigsten Jesuiten unserer Tage gehört. Esteban war also mit im Geschäft. Und wenn Esteban mir und Polly so umstandslos Zugang zu Cas im Gefängnis verschafft hatte, war er dann auch derjenige, der Carlos Verano dort Zutritt ermöglicht hatte? Alles sehr rätselhaft, und am undurchschaubarsten war diese indirekte, um viele Ecken gedachte Beziehung, die Carlos zu mir und meiner Familie aufnehmen wollte. Vielleicht war das aber auch alles völliges Hirngespinst. Als Fazit blieb mir, wandelnd und nachdenkend, dass Carlos mit mir und meiner Familie in Verbindung stand, stehen wollte. Auf nicht ganz nachvollziehbare Weise.

Cas musste sich einmal die Woche in der Polizeiwache Trastevere melden. Das war gut vereinbar mit seinen Apfelsinen. Montags runter nach Sizilien, donnerstags rauf, vollbeladen mit orangen Tonnen. Halt auf einem Lkw-Parkplatz in der römischen Vorstadt, Taxi nach Trastevere, hallo, guten Tag, hier bin ich, alles va bene, und dann wieder weiter zum Münchner Großmarkt. Breit sitzend in seinem 38-Tonner von Scania.

Ich zeigte Esteban das kleine Buch, das mir seine Tante überlassen hatte: »Schau da mal rein. Soll aus der Zeit des Jesuitenstaates stammen und eine Geheimsprache sein. Mein erster Eindruck: eher nicht.« Er nahm das Buch, blätterte, las ein paar Zeilen und lächelte: »Das ist Niederländisch, oder besser Flämisch, wie es Ende des 19. Jahrhunderts gesprochen wurde. Lass mir Zeit bis morgen. Dann weiß ich mehr.«

Am nächsten Vormittag wartete ich im Penitenzieri auf Esteban. Lustlos und mutlos, wenn ich ehrlich bin, denn was sollte ein Flame aus dem 19. Jahrhundert mit dem Untergang des Jesuitenstaates zu tun haben, geschweige mit diesem gottverdammten Schatz? Esteban war pünktlich, bestellte sich einen Espresso und blickte mir in die Augen: »Glückwunsch, Dietrich. Das Rätsel ist gelöst. Die Guarani haben wirklich einen Schatz hinterlassen. Und ihn gemeinsam mit den Jesuiten der Menschheit geschenkt.« Er machte eine Kunstpause, spielte mit meinen Nerven, der Saftsack. »Die kleine Schrift ist ein eindeutiger Beweis. Hieb- und stichfest, kein Zweifel möglich.« Noch eine Kunstpause. »Ihr Verfasser ist Eugen

Verpoorten aus Antwerpen. Die Guarani haben den Eierlikör erfunden.« Er lachte ein argentinisches Lachen und mir blieb nichts anders übrig, als seine Geschichte anzuhören.

Schon lange bevor die Europäer nach Südamerika kamen, hatten die Guarani-Indios, insbesondere jene, die an der Amazonas-Mündung siedelten, aus der Avocado-Frucht ein Erfrischungsgetränk hergestellt, das sie Abacate nannten. In den Reductiones der Jesuiten wurde diese Tradition weiter gepflegt. Ob den Rum bereits die Jesuiten hinzugaben oder dies erst in den Städten der Kolonialisten geschah, wohin das Getränk erfolgreich verkauft wurde, lässt sich, so Esteban, nicht mehr exakt nachvollziehen. Jedenfalls wurde der Advocaat, wie er im Südamerika der Kolonialzeit genannte wurde, schnell zu dem, was der Aperol Spritz gerade in Europa zu werden schien: ein leicht belebender Erfrischungsdrink für heiße Sommertage. In Europa blieb er unbekannt mangels seiner Grundlage, der Avocado-Frucht. Erst Eugen Verpoorten war auf die Idee gekommen, die emulgierende Wirkung der passierten Avocados durch Eidotter zu ersetzen. Auf die Spur hatte ihn sein Schulfreund Piet van Groningen gestoßen, dessen Urgroßonkel ein aus Südamerika zurückgekehrter Jesuit war und in dessen Nachlass ausführliche Beschreibungen der Rezeptur, des Geschmacks, der Wirkung und vor allem der überseeischen Erfolgsgeschichte des Advocaat zu finden waren. All dies hatte Eingang gefunden in die schmale Schrift des Eugen Verpoorten und war wohl, so Estebans Vermutung, gedacht als erstes Kapitel einer Firmengeschichte der Eierlikörfabrik, die 1876 in Heinsberg zwischen Maastrich und Aachen gegründet worden war. Knapp hundert Jahre später, in der Fernsehwerbung der 60er-Jahre, dudelte es penetrant »Ei, ei, ei Verpoorten, Verpoorten aller Orten«, und diese Melodie ging mir nicht mehr aus dem Kopf an diesem Vormittag.

»Sei nicht enttäuscht, Dietrich«, lachte Esteban, »ich habe eine andere Idee für dich.« Ich fühlte mich gar nicht enttäuscht, eher bestätigt, welch wunderbare Wendungen die Weltgeschichte manchmal anzunehmen beliebte. Der Schatz der Jesuiten – ein Likör. Warum nicht? Aber Esteban hatte eine Idee versprochen, ich war ganz Ohr. »Wo sind wir?«, fragte er mit vielsagendem Blick. Ich hatte keine Lust auf Erörterungen der Art, wer wir seien, woher wir kommen und ob wir das Richtige tun können. »Wo sind wir?«, fragte Esteban, energischer in mein Schweigen hinein. Am Nullpunkt, hätte ich am liebsten geantwortet. Esteban sagte: »In der Trattoria De' Penitenzieri. Ist dir das eigentlich schon einmal aufgefallen? Dieser Name? Was er bedeutet?« Ich schwieg weiter, eingestehend, dass ich mir darüber in der Tat noch nie Gedanken gemacht hatte. »Es gibt in der Hl. Katholischen Kirche eine Institution, die kaum einer kennt, die aber seit Jahrhunderten gewaltigen Einfluss hat: die Apostolische Pönitentiarie, auf Italienisch die Penitenzieria apostolica. Dämmert's?« Nein, nicht so richtig, außer natürlich, dass wir in Paolos Trattoria saßen mit einer gewissen Namensähnlichkeit. »Die Penitenzieria ist eine Art Gerichtshof, man könnte es übersetzen mit Bußgerichtshof oder besser noch Büßergerichtshof. Mir gefällt eigentlich am besten ihre Charakterisierung als Menschheitsarchiv des Bösen. Stell dir das ungefähr folgendermaßen vor: Die Bösen früherer Tage, gewaltige Verbrecher oder gewöhnliche, monströse, aber auch einfache Sünder waren in ihrer großen Mehrzahl überzeugt glaubende Christen. Mehr als die weltlichen Strafen fürchteten sie die ewige Verdammnis. Aus der sie zu Lebzeiten nur die lösende Kraft der Kirche befreien konnte. In der Regel in Person des Beichtvaters und in der Regel funktionierte das auch. Zumal, wenn du dich erinnerst, die Jesuiten die Institution der Beichte und die Rolle des Beichtvaters in ungeahnte kreative Höhen beförderten. Das aber nur nebenbei. Wichtiger ist: Es kam nicht wenige Male vor, dass der Beichtvater sich unzuständig oder unzulänglich vorkam. Bei den schweren Verbrechen wie Mord oder Vergewaltigung, oft aber auch bei unerlaubten Heiraten zwischen zu nahen Verwandten, was in den damaligen Adelskreisen eher die Regel als die Ausnahme war. Dann kam die Penitenzieria ins Spiel.

Der Beichtvater verfasste einen Bericht, anonymisiert, frühes Stadium des Datenschutzes, und Rom, sein spezialisierter Büßergerichtshof, sollte entscheiden. Eine höhere Instanz also, immer mit einem Kardinal an der Spitze, das Bundesmoralgericht, wenn du so willst. Oder eben das Archiv des Bösen. Im Palazzo Cancelleria lagern die Berichte über die Verbrechen und die Bösartigkeiten aus Jahrhunderten.«

Ich verstand. Und es klang interessant. Der Palazzo Cancelleria war mir schon aufgefallen. Ein großer, mächtiger, abweisender Palast in der Nähe der Piazza Navona. Aber was hatte die Penitenzieria mit meinen Forschungen zu tun? Ich muss wohl fragend geblickt haben, denn Esteban fuhr fort: »Wenn also deine Jesuiten in Paraguay – ich sag schon deine Jesuiten, es sind ja eigentlich meine –, wenn sie also um 1750 herum in irgendeiner Weise gegen die Moral, das Recht oder, schlimmer noch, das Kirchenrecht verstoßen hätten, irgendetwas unternommen hätten, das die Auflösung des Jesuitenstaates beschleunigt oder ihn sogar letztlich verursacht hätte, irgendetwas, was über die allgemeine Stimmung und die politische Atmosphäre contra Jesuiten in jener Zeit hinausgegangen wäre, etwas also, was dich auf deinen Punkt bringen würde, dann, lieber Dietrich, suche nicht länger hier in unseren offiziellen Archiven des Jesuitenordens. Dort haben schon Dutzende von Historikern die Quellen hundertmal rauf und runter erforscht. Nichts Neues unter der Sonne. Nein, auf geht's in die Penitenzieria apostolica, dorthin, wo das ewiglich Böse schlummert und das Entlastende ebenso. Und dort, da gehe ich jede Wette ein, war von deinen Historikerkollegen noch keiner.« Er schob mir einen Umschlag zu. »Der Generalvikar der Penitenzieria ist Jesuit. Hier ist ein Empfehlungsschreiben. Es öffnet dir Türen. Weiß der Henker, was dahinter auf dich wartet.«

Ich hätte Esteban am liebsten geküsst, aber in diesem Moment kam Marina zur Tür herein, um ihren Mittagsdienst anzutreten. Eine halbe Stunde später hatten wir unglaubliche Tagliatelle stufato alla romana vor uns, eine Flasche Weißwein aus dem Friaul und ich für den Bruchteil einer Sekunde eine zarte Hand auf meiner Schulter. Eine derartige Berührung spürst du noch Stunden später, sie bezaubert dich eine Ewigkeit lang, und so betrat ich am nächsten Vormittag, von der Piazza Navona kommend, wo ich einen Kaffee getrunken hatte und ein Hörnchen gegessen, gut gelaunt die Piazza Cancelleria. Der gleichnamige Palazzo, der die gesamte südliche Front des Platzes einnimmt, lag im Morgenregen, düster und grau. Er gilt als das früheste Bauwerk der Renaissance in Rom, um 1500 erbaut, und damit als das erste große, bedeutende, weltliche Bauvorhaben, das nach eintausend Jahren Verfall und Niedergang in der Ewigen Stadt einen Neubeginn markieren sollte. Nur am neuen Petersdom murksten die Römer schon ein paar Jahrzehnte länger herum. Das muss man sich mal vorstellen. Nicht um zehn, zwanzig oder auch mal hundert Jahre handelte es sich hier, in denen unter üblichen Umständen ein Stadtviertel verfällt, ein Dorf einen Krieg nicht überlebt, eine Region die Zeit verschläft. Nicht hundert Jahre Einsamkeit lagen Anno 1500 hinter Rom, sondern eintausend Jahre lang zerbröselte, zerrann, zerfiel ihre Geschichte in Staub, Trümmer und bemooste Steine. Nach den letzten Zuckungen der Spätantike, dem Kolosseum, ein paar Tempeln und Triumphbögen und den großen alten Basiliken wie St. Maria Maggiore oder der Kirche auf dem Lateran, sahen fünfzig Generationen nur Verfall, stürzende Statuen, taumelnde Mauern und herabstürzende Steine. Nicht zu vergessen jene berühmten Kühe, die jahrhundertelang auf dem Forum Romanum grasten. Eintausend Jahre lang Stillstand und Niedergang. Und das hier, der Palazzo Cancelleria, sollte der Neubeginn sein? Ein steinerner Riegel, nicht sonderlich hoch, aber unangenehm quer und daher wuchtig und massiv. Wer sich die Renaissance als heiteres Zeitalter vorstellte mit luftig proportionierten Artefakten wie Botticellis Frauengestalten oder Palladios Villen, der fiel hier vom Glauben ab. Das hier war Militärarchitektur, Machtdemonstration, eine feste Burg in einer von Blut strotzenden Stadt, in der sich die führenden Familien auf das

Messer befehdeten um jene Pfründe, die Kirchenstaat und Kurie bereitwillig ihnen zu Füßen legte. Die Strozzi, die Pitti, die Ruccelai und natürlich die Medici hatten es vorgemacht in Florenz und der Kardinal Raffaele Riario, nicht besser und nicht schlechter als all die verderbten und spendablen Borgias, Sforzas, Orsinis und Colonnas im Rom jener Zeit, die, um Kardinal oder Papst zu werden, sich wechselseitig erdolchten oder vergifteten, um anschließend Großartiges für ihre Vaterstadt zu schaffen, dieser Kardinal Riario hatte es den Florentinern als Erster nachgemacht und seinen Gegner gezeigt, dass Travertin und Marmor mächtiger sind als Arsen und Spitzdolche. Als Nebeneffekt wurde das seit einem Jahrtausend tief schlafende Rom wachgeküsst. Mit einem Massivbau aus Steinen, die er zusammenklaubte, zusammenraffte aus der versteinert dämmernden Vergangenheit seiner Stadt und neu zusammenfügen ließ als Symbol seiner bitterbösen Manneskraft. Im Goldenen Schnitt selbstredend, dessen ewig gültige Wohlproportioniertheit im aktuellen Nieselregen allerdings nicht recht zur Geltung kommen wollte.

So gestimmt betrat ich den Palazzo Cancelleria. Der Innenhof war ganz anders als das monströse Äußere. Heiter, lieblich, mit feinen Säulen gegliedert und ein paar Bäumen bestanden. Im Vestibül empfing mich eine Römerin mit Brille. Als sie mein Empfehlungsschreiben las, lächelte sie und sagte: »Womit kann ich Ihnen helfen?« Ich fragte, ob die Bestände der Penitenzieria irgendwie systematisch erfasst oder katalogisiert seien und sie lächelte wieder. Natürlich, meinte sie, allerdings nicht vollständig, dafür sei das Material doch zu umfangreich. Aber sie arbeiteten daran. Mit viel zu wenig Personal und noch weniger Mitteln. Wonach sie denn suchen solle. Ich nannte ihr die Stichworte Pater Florian Baucke, Paraguay, Guarani, Jesuitenstaat. Wir gingen durch einen langen Gang, an dessen Ende der Katalogsaal lag. An den Wänden und in der Mitte des Raumes standen Schränke mit unzähligen kleinen Schubladen, an denen kleine Schilder eingesteckt waren mit Kürzeln und Ziffern. Signora Totti, so hieß sie nämlich, war gründlich, man könnte auch sagen, sie ließ sich Zeit. Nach einer langen halben Stunde hatte sie an die zwanzig Schubladen geöffnet, die gelochten, auf einem metallenen Stab hängenden Karteikarten, Hunderte in jeder Schublade, sorgfältig durchgeblättert. Es gab, dem Himmel sei Dank, einen Stuhl in diesem Raum, auf dem ich die ganze Zeit gesessen hatte. Auf dem Weg in den Katalogsaal waren uns zwei Männer begegnet und Signora Totti raunte mir zu, dass dies Ermittler der römischen Mordkommission seien, die immer wieder, wenn sie nach besonders unergründlichen Motiven ihrer Verdächtigen suchten, sich hier in der Penitenzieria kundig machten. »Nirgendwo«, meinte sie, »ist die Psychologie des Verbrechens umfassender dokumentiert als bei uns.« Ein eigenartiger Stolz begleitete diese Bemerkung. Jetzt stand die Signora vor mir, zuckte mit den Achseln und sagte: »Nichts. Da ist nichts.« Innerlich zuckte ich auch mit den Achseln, wäre ja auch zu schön gewesen, aber dann sagte ich plötzlich: »Zwettl. Suchen Sie doch noch einmal unter dem Stichwort Zwettl. Bitte.« Sie war geduldig, meine Signora Totti, aber nicht unendlich. Ich hatte den Eindruck, in ihre Freundlichkeit und Beflissenheit mischte sich ein Ton von Ungeduld hinein. Sie ging an einen Kasten, öffnete eine weitere Schublade und blätterte. Fingerte eine Karteikarte heraus, hielt sie triumphierend in die Höhe und sprach die mir bekannten Worte: »Va bene.«

Auf der Karte war festgehalten: »Bericht an die Heilige Römische Penitenzieria, den blasphemischen Traum betreffend, den der Kazike Chithaalin und weitere Guarani-Kaziken Anno 1766 in St. Xavier ihrem Beichtvater erzählten. Gegeben Anno 1783 im Kloster Zwettl von Pater Florian Baucke SJ.« Signora Totti stampfte mit dem Fuß: »Studentische Hilfskräfte. Das ist unser Problem. Warum diese Akte nicht unter Pater Baucke oder Guarani verschlagwortet wurde, fragen Sie mich bitte nicht. Was ich hier sehe, ist aber Folgendes: Der Bericht ist Bestandteil einer umfangreichen Kladde mit dem Titel ›Zwettl‹. Meine nächste Aufgabe ist, diese Kladde zu finden.

Das ist nicht so leicht, wie Sie sich das vorstellen. Wir haben hier ungezählte Abteilungen und Unterabteilungen, verstreut auf ein Labyrinth an Gängen, Kammern und Zimmern und nach welchen Prinzipien dort über die Jahrhunderte archiviert wurde, beginnen wir erst langsam zu verstehen. Und dann muss ich aus dieser Kladde, die, wenn ich das richtig sehe, einige Tausend Blatt umfasst, die für Sie relevanten heraussuchen. Das darf nur ich, nicht etwa Sie. Und Sie dürfen dann nur exzerpieren, nichts kopieren. So sind die Vorschriften. Ich bitte also um etwas Geduld. Sie hören von mir.«

Vier Wochen später ging mein Forschungssemester zu Ende und ich musste mich von Marina verabschieden. Die Wochen davor hatten wir jeden Tag und jede Nacht ausgiebig gevögelt. Mehr ist dazu nicht zu sagen. Außer, dass es enorm war. Es fing damit an, dass sie mich nur wenige Tage nach dem L'Unita-Fest spät abends bei der Hand nahm und mich nach Hause dirigierte. Also in das Jesuiten-Heim. Und so ging das dann tagelang weiter, mittags nach dem Lunch der Jesuiten in der Trattoria, spätnachts, wenn die letzten Gäste gegangen waren. Jeden Nachmittag, jede Nacht. Es war schön. Zwei Tage bevor ich nach Deutschland zurückreisen sollte, bekam ich einen Brief, der Absender war Lena, meine Frau.

»Lieber Dietrich, Liebster.
Um mit der Tür ins Haus zu fallen: Ich bin schwanger, in der siebten Woche. Da dein Samen vieles kann, aber nicht über die Alpen schlüpfen, bin ich dir eine Erklärung schuldig.

Es fing an mit einer Lesung in der Buchhandlung. Ich hatte einen Autor eingeladen, völlig unbekannt, der seinen Erstling über meinen Neffen Karl Breitenstein geschrieben hat. Du erinnerst dich, das war der kleine Junge, der im Weinloch bei unserer Hochzeit immer Frucade verlangte. Karl hat viel erlebt und das Buch über ihn ist nicht ganz ohne, der Autor aber ein ziemlicher Quatschkopf. Jedenfalls: Wie es so ist bei Lesungen, steht man danach herum, grüßt dorthin, quatscht kurz mit jener und wird dann – in meinem Fall – von einem gutaussehenden Mann per Handkuss begrüßt: ›Frau Lena Brandler, I presume?‹ Unwillkürlich dachte ich, denn kenn ich doch, aber das hat sich schnell verflüchtigt. Wirklich sehr gutaussehend, sehr charmant, sehr liebenswürdig. Und vor allem überhaupt nicht aufdringlich. Wie man es sich wünscht. Er war sehr interessiert an der Geschichte von meinem Neffen Karl, fand das Buch über ihn, das er natürlich gelesen hatte, ganz toll und dann sind wir auf Polly und Cas gekommen, auf Tom und Marie und haben uns für den nächsten Tag auf einen Kaffee in der Max-Bar am Rathausplatz verabredet.

Zwei Stunden später sind wir im Talhangweg ins Bett gegangen. Dietrich, Liebster, ich weiß, das tut jetzt weh. Aber glaub mir, ich empfinde keine Reue, keine Scham, kein Bedürfnis nach Entschuldigung, denn es war einfach schön. Der Himmel. Sei mir nicht bös, ich weiß, dass Männer auf so etwas empfindlich reagieren, aber dieser Mann, ich weiß nicht mal, wie er hieß, war göttlich. Er verschwand dann auch sofort, ich habe seither nichts mehr von ihm gehört.

So ist es also. Ich will dir sagen, dass du mein Mann bist, der Vater meiner Kinder, mein Lebensmensch. Daran kann nichts etwas ändern. Das Kind, das ich in mir trage, möchte ich auch dir anvertrauen. Bist du dazu bereit? Ich hoffe es. Seine Entstehung ist wie ein Traum und jetzt bin ich aufgewacht und ganz die deinige. Lass es diesem Kind gut gehen. Vielleicht ist die eheliche Treue, die wir uns einstmals geschworen haben, jetzt auf einen Prüfstand gestellt, der in der bürgerlichen Welt, die wir doch so verabscheuen, nur durch Heuchelei vermieden wurde. Ich freue mich darauf, dass du bald wieder hier bist. In Liebe, Lena.«

Erschwerend zu diesem Brief kam hinzu, dass Marina mir am nächsten Morgen berichtete, dass sie schwanger sei. Den Bericht des Pater Baucke hatte ich inzwischen natürlich gelesen.

Südamerika, Februar 1766

Die Ochsen dampften. Die Holzkarren, die sie zogen, waren schwer beladen. Fässer mit Salz, Kisten mit Hämmern, Messern, Sicheln und Pflugscharen. Etliche weitere mit Nägeln und Nadeln, Krampen, Biegeeisen und Angelhaken. Unter schweren Decken waren Fässer mit Pulver versteckt sowie Kisten, die Musketen enthielten. Auf einem der Böcke saß Pater Florian Baucke SJ, auch nicht gerade leicht. Die anderen wurden von jungen Indios kutschiert. Es ging bergauf, Florian sah hinter sich, überblickte gut fünfhundert Meter und schätzte an den Stämmen der mächtigen Bäume, die den Weg säumten, die Höhenmeter ab, die sie überwunden hatten. Auf gut fünfzig Meter kam er, zehn Prozent Steigung. Kein Wunder, dass die Ochsen dampften am Ostufer des Rio Paraná im Hochsommer des Jahres 1766.

Als sie auf der Kuppe ankamen, die Ochsen, die Karren und der Pater, hörten sie Musik. Eines von Florians Lieblingsstücken erklang aus der Ferne, der Prolog aus Monteverdis Oper L'Orfeo. Eine weite Hochebene erstreckte sich vor ihnen, am Horizont war der Turm der Kirche von St. Xavier zu erkennen. Rechter Hand waren die Yerba-Pflanzungen zu sehen, vor zwanzig Jahren angelegt und in vollem Saft. Lange her, dass sie im Wald nach der wilden Yerba suchten, aus deren Blätter sie den Mate gewannen. Das Mate-Gesöff, mein Gott, was für ein Wunder. Mit dem Gebräu konnten die Indios von ihrer Chichas-Sauferei entwöhnt werden, und auf den Handelsplätzen in Santa Fe und Buenos Aires waren die Mate-Blätter begehrter als Silber. Vor allem seit sie die bessere und ertragreichere Plantagen-Ware liefern konnten. Hinter dem Yerba-Wald erstreckten sich Baumwolle- und Tabakfelder, durchsetzt mit kleinen Obstgärten. Zur Linken weideten Rinder, Hunderte, an die tausend gut genährte Stück Vieh. Die riesige Koppel war umsäumt von Kakteen, wo diese fehlten, von stämmigen Palisaden. Bewacht von wenigen Berittenen, die halb schlafend an den Hälsen ihrer Gäule hingen.

Die Musiker standen ziemlich genau in der Mitte zwischen Kuppe und Dorf auf einer kleinen Anhöhe, drei Streicher, zwei Blechbläser, drei Flöten und ein Trommler. Sie spielten mit Inbrunst den Monteverdi, nicht weniger mit Könnerschaft, sodass sie gut zu hören waren im weiten Umkreis und ihre Wirkung taten. Zwischen den Pflanzungen arbeiteten Indios, Männer und Frauen, die meisten halbnackt. Sie winkten Pater Baucke zu und er winkte zurück. Das hier waren seine Kinder, sie verrichteten ihren allfälligen Dienst auf den Gemeinschaftsäckern, drei Tage die Woche taten sie das, der Rest der Wochenzeit war Privatsache. Und er, Florian Baucke SJ, war ihr Pater familias. Er winkte zurück, wie er das immer tat, wenn er aus Santa Fé zurückkam mit den lebensnotwendigen Gütern, die sie nicht selbst erzeugen konnten in der Reduction St. Xavier. Aber er winkte nicht freudvoll, glücklich, wie sonst, wenn er zu seinen Kindern zurückkehrte aus der Stadt, diesem Sündenpfuhl der spanischen Kolonisatoren, vor dem er seine Schutzbefohlenen zu schützen suchte, seither er hier Dienst tat »ad maiorem Dei gloriam«. Er winkte mechanisch, denn er hatte Sorgen. Besser gesagt: Er war verzweifelt, ratlos, am Ende. Denn alles hier war verloren.

Seit zwanzig Jahren war Pater Baucke in Paraguay. Am 9. Juni 1748 hatte er seinen Dienst in der Reduction St. Xavier angetreten. Da war er, aus Winzig in Schlesien gebürtig, einem Städtchen, das nicht sehr weit vom Geburtsort von Heinrich Brandler zu finden ist, dreißig Jahre alt. Er hatte alle Exerzitien, das ganze komplizierte Erziehungsprogramm des Jesuitenordens durchlaufen und war voller Tatendrang, endlich die Frohe Botschaft der katholischen Christenheit unter den Indiovölkern Südamerikas verbreiten zu dürfen. Ein Tatendrang, der seit gut zweihundertfünfzig Jahren, seitdem die Europäer über die Weltmeere segelten, nichts als Verderben, Völkermord, Versklavung, Zerstörung, Mord und Totschlag über den Rest der Welt gebracht hatten. Europa, eintausend Jahre lang ein unbedeutender, unzivilisierter Wurmfortsatz im Weltgeschehen der eurasischen Landmasse, hatte plötzlich die Botschaft ihres Religionsgründers Paulus ernst genommen, die nichts weniger besagte als: alle Welt ist unser. Mit Feuer und Schwert, mit Pulver und Musketen, mit muskulösen Pferden und geharnischten Kriegern sollte durchgesetzt werden, was der sogenannte Völkerapostel gefordert hatte: Ein einig heilig Reich der Christenheit. Legionen an Missionaren, vornehmlich aus den Orden der Franziskaner und Dominikaner, begleiteten die Welteroberer, um dem kolonialistischen Welteroberungsprojekt die christliche Legitimation zu verleihen. Gesegnet wurden Sklavenhalter, Messen für Menschenmetzler gehalten, Bittgesänge für Massenmörder. Ihren Opfern wurde das Menschsein vorenthalten und damit die in jenen Zeiten gebräuchlichste Form der Würde verweigert, die Heilserwartung des ewigen Lebens nach einem jämmerlichen Tod durch Kugel, Schwert oder Parasit. Außer man wurde vorher getauft. Sodass für einen Indio im Südamerika des 16. und 17. Jahrhunderts der Gipfel des Menschseins bedeutete: Leibeigener im Schoße der Kirche, Sklave zum Ruhme Gottes.

Als Pater Baucke mit seinen Ochsenkarren den Dorfplatz erreicht hatte, war das Dorf versammelt. Zwischen der Kirche und dem Arbeitshaus für die Frauen erwarteten ihn die drei Kaziken, die zwei getauften und der eine ungetaufte, Nevedagnac, Aletin und Chithaalin. Aletin und Nevedagnac, die beiden Getauften, trugen, wie es seit einiger Zeit gestattet war, den Degen an ihrer Seite, schließlich führten sie den Titel eines Don und waren beide Alkalden, Bürgermeister also oder Amtsrichter oder beides. Chithaalin hatte eine Lanze geschultert, sein nackter Oberkörper glänzte in der Sonne. Hinter den dreien standen gut eintausend Indios, das ganze Dorf, die ganze menschliche Masse der Reduktion. Florian stieg ab, winkte ein paar Jungen heran, die die Ochsenkarren zum Vorratshaus führten. Er segnete seine Gemeinde mit betont langsamer Gebärde, das »in nomine Patris, et Filii, et Spiritus Sancti« murmelte er eher, als dass er es der Gemeinde anbot. Chithaalin ergriff als Erster das Wort: »Und, Vater?

Was sagen die Spanier?« Florian senkte den Kopf, sagte aber mit fester Stimme: »Nicht die Spanier haben gesprochen. Der Heilige Vater in Rom hat es getan. Er hat uns Jesuiten befohlen, in die Alte Welt nach Europa zurückzukehren. So wie ihr mir gehorsam seid im Namen Jesu Christi, so bin ich es und alle meine Mitbrüder ebenso dem Heiligen Vater. Gehorsam ist Christenpflicht. Meine Mitbrüder aus den Kollegien in Santa Fe und Buenos Aires sind schon auf dem Weg. Uns Padres in den Reduktionen ist ein Aufschub von drei Monaten gewährt. Danach werden wir uns nicht wiedersehen.«

Was nun folgte, ist mit dem Begriff Durcheinander nur blass beschrieben. Chithaalin riss sich die Lanze vom Rücken und rammte sie vor sich in den Boden, die beiden getauften Kaziken zückten ihre Degen und schwangen sie, sich ihrem Volk zuwendend, drohend in die Luft. Dort aber, in der tausendköpfigen Menschenmenge der Guarani, erhob sich ein Wehklagen, ein Geschrei und ein Gekreische, dass es zum Gotterbarmen war. Einige trommelten sich mit den Fäusten auf die Brust, andere taten das Nämliche mit ihrem Nachbar, Frauen rauften sich die Haare, viele weinten oder wälzten sich auf dem Boden, andere standen stumm und erbleicht. Chithaalin hob seine Lanze hoch über seinen Kopf, wendete sich der tumultuösen Masse zu und rief: »Nicht mit uns! Nicht mit St. Xavier!« Das beruhigte die Menge. Chithaalin ließ die Lanze fallen, legte einen Arm um Pater Baucke, lud die beiden getauften Kaziken mit einer Geste des anderen Arms ein und sagte: »Wir müssen reden.« Sie gingen in Richtung Vorratshaus, in dessen Erdgeschoss die Wohnung Florian Bauckes lag. Eintausend Indios blieben bange zurück.

Florians Stube war klein, die drei Häuptlinge setzten sich im Schneidersitz auf den Boden, Florian auf den einzigen Stuhl im Raum. Hier waren sie also versammelt, vielleicht zum letzten Mal in dieser Konstellation. Seine drei Häuptlinge und er, ihr Vater und Erzieher. Mit jedem von ihnen verband sich eine eigene lange Geschichte und wenn sie auch alle Guarani-Kaziken waren, so hätten sie unterschiedlicher nicht sein können. Aletin war der älteste, ein kleiner, runder Mann mit einem weichen Gesicht, in dem nur noch ein Auge sah. Vor zwanzig Jahren war Florian allein, von Santa Fe kommend, in die Wildnis geritten, um Aletin zu suchen. Dessen Stamm hatte kurz zuvor die Außenbezirke von Santa Fe überfallen, Häuser niedergebrannt, etliche Spanier getötet, viel Vieh und noch mehr Pferde in seine Gewalt gebracht sowie sieben Kinder, drei Buben und vier Mädchen, entführt. Der Comandante in Santa Fe, ein besonnener Vertreter der Krone Spaniens, der die friedensstiftende Expedition des jungen Jesuiten mit Wohlwollen sah, wollte ihm Bewaffnete und Berittene mitgeben, aber Florian lehnte ab. Allein ein Dolmetscher begleitete ihn.

Auf einer hellen Lichtung empfingen ihn die Indios, kriegerisch bemalt, bewaffnet und mit wilden Blicken. Als sie sahen, dass ein Pater gekommen war, legten sie die Lanzen, die Bögen und die Pfeile zu Boden. Florian stieg ab, Aletin kam auf ihn zu und bereitete eine Decke auf dem Boden. Florian sprach von dem Angebot des Comandante, Frieden zu schließen, die Gefangenen auszutauschen, den Indios freien Zugang in die Stadt zu gewähren, ihnen mit Vieh und Gerätschaft zu Hilfe zu kommen und dass, wenn gewünscht, auch Patres unter ihnen wohnen könnten. Aletin hörte sich all dies an und antwortete: »Es ist wohl gut, was der Pater mir beibringt, und ich habe kein Misstrauen, was er von seiner Seite vorträgt. Aber die Spanier sind falsche Menschen, sie haben gute Worte, aber ihre Gesinnungen sind uns nachteilig. Ich weiß wohl, dass die Patres sich unser annehmen und als unsere Väter versorgen wollen. Ich habe schon von anderen meiner Landsleute erfahren, dass sie uns als Kinder betrachten und lieben möchten und wir von ihnen nichts zu befürchten haben. Aber die Spanier haben unsere Voreltern gar zu stark betrogen. Ihre Freundlichkeit war eine Verräterei und verstellte Freundschaft. Denn sie suchten uns nur zu Leibeigenen zu machen und zu Tode zu prügeln. Als wenn wir keine Menschen wären und keinen Verstand hätten, gebrauchen sie uns als Lasttier.

Ihre Kinder, welche wir mit uns gefangen führen, fragt sie, ob sie etwa Mangel bei uns leiden. Wir haben sie gern und halten sie als unsere eigenen Kinder, beladen sie mit keiner Arbeit, als einmal zu schauen auf dem Feld nach dem Pferd. Aber die Spanier verfahren mit unseren Kindern, welche sie gefangen haben, als wären sie Hunde. Ihr Väter, ich weiß es wohl, seid andere Leute als die Spanier. Mit euch könnten wir leben, nicht aber mit den Spaniern. Ich werde dies weiter bedenken und mit den meinigen beratschlagen.«

Als Pater Baucke in Santa Fe von dieser Unterredung mit Aletin berichtete, frohlockten die Spanier. Sie beschlossen, Bauckes kleiner, im Entstehen begriffenen Reduktion St. Xavier sechs Quadratmeilen zusätzliches Land, 5000 Stück Vieh, darunter meistenteils trächtige Kühe, 100 Zugochsen, einige hundert Pferde sowie allerlei Gerät zu schenken, um Aletin und seinen Indios den Übertritt schmackhaft zu gestalten. Und siehe da: Zwei Wochen später stand Aletin mit etwa 100 Guarani vor Pater Baucke und sprach: »Wir brauchen Ruhe. Wir trauen dir. Wir bleiben.«

Um sesshaft zu werden, brauchten die Jäger und Sammler Eurasiens Jahrtausende. Es war dies ein Zickzackprozess über ungezählte Generationen, mit vielem Auf und Ab, ständigem Hin und Her und immer, was die Regionen und Zeitalter betraf, mehr oder weniger Teilnehmern. Die Sesshaftigkeit brachte die Stadt und den Staat hervor, die Schrift, die Steuer und die Seuchen. Kein Wunder, dass Stämme und ganze Völkerschaften vom Glauben an die Sesshaftigkeit abfielen und erneut ihr Heil in der Freiheit des Wildbeuterdaseins suchten. Der sogenannte zivilisatorische Fortschritt war ein mühseliger, langwieriger und krummer Weg und auch in St. Xavier ging es nicht von heute auf morgen. Chithaalin, der zweite Guarani-Kazike, der mit seinem Stamm Jahre später in die Reduktion eintrat, hatte es Pater Baucke gesprächsweise verdeutlicht: »Als wir noch in der Wildnis lebten, war es so: Bei schönem Wetter haben wir gejagt und es gab genug Getier, Vögel und Fische, um immer satt zu werden. Bei schlechtem

Wetter haben wir geschlafen oder gesoffen. Jetzt müssen wir jeden Tag außer am Sonntag von morgens bis abends pflügen oder ernten, hüten oder melken, die Ziegel brennen, das Holz drechseln und dazwischen beten und singen. Bei jedem Wetter. Ein Leben, das nur einen Vorteil hat, dass nämlich wir und unsere Kinder Ruhe haben vor Nachstellung, Verfolgung und Totschlag für alle die unseren. Wir kommen nicht wegen der Nahrung, wir kommen wegen Frieden und Schutz. Vor den Spaniern und vor allem den Portugiesen.« Dass Florian Baucke, bibelfest wie er war, bei diesen Worten an Genesis 3.17–19 dachte, was ihn zum Grübeln brachte, mag nicht verwundern.

Dieser Chithaalin saß jetzt mit seinen beiden Mit-Kaziken in Pater Bauckes Stube und Florian wunderte es nicht, dass ausgerechnet ihm, dem wildesten, zornigsten, kriegerischsten von den dreien, dem einzigen ungetauften zumal, Tränen über die Wangen liefen. Nur wenige Monate nachdem Aletin in die Reduktion eingetreten war, überfiel Chithaalin mit seinen Männern Santa Fe. Und er wütete richtig. Er brandschatzte, mordete, verwüstete, was das Zeug hielt. Sein Bruder fiel in diesem Gemetzel und das stachelte seine Kriegslust noch mehr an. Jahre später gestand er Florian lachend: »Die Spanier kamen uns hinterhergelaufen in die Wildnis. Aber wir fürchten sie nicht und ihre Feuergewehre. Wir springen und laufen, lassen uns fallen und wenden uns hin und her, sodass wir wenig oder selten getroffen werden. Schlimm für die Spanier, wenn sie ihre Gewehre ausgeschossen haben, und wir mit unseren Lanzen und Pfeilen auf sie losgehen, bevor sie zum Laden kommen. Unsere Lanzen sind viel länger als die ihrigen. Und wenn sie uns verfolgen mochten, haben wir in unserem Land so viel an geheimen Winkeln, wo wir uns verstecken und sie überfallen können, auch bei der Nacht. Angst haben wir keine vor den Spaniern, aber unsere Ruhe wollen wir doch.«

Auch zu ihm also schickten die Bürger von Santa Fe nach der Verheerung ihrer Stadt Pater Baucke und es war nicht viel anders als im Falle des Aletin. Bei beiden war es so, das sollte gesagt werden, dass die Indios sich finden ließen, ohne ihr absichtliches Zutun hätte Florian in der Wildnis ihre Spur niemals entdeckt. Wieder war es eine Lichtung, diesmal mit dem Unterschied, dass Chithaalin aufrecht stehen blieb, die Arme vor der Brust überkreuzt, und seine Krieger die Waffen in der Hand behielten. Seine Rede war dementsprechend. Noch misstrauischer als Aletin, noch zorniger gegenüber den Spaniern und gar nicht überzeugt von den guten Absichten der Jesuiten. »Ihr möchtet aus mir und meinem Volk ein Getier machen wie der Ochse auf dem Feld, willfährig und arbeitsam, gehorsam und fleißig. Wenn ich nicht gehört hätte von Aletin, in dessen Haus meine Schwester wohnt, und von vielen anderen Landsleuten, dass vielleicht, möglicherweise, unter Umständen ihr Väter in den schwarzen Kutten anders seid als die übrigen Spanier, dann würde ich dir sofort eine Schlinge um den Hals legen und dich mitführen in meinen Wald. So aber will ich beratschlagen und überdenken das alles mit den meinigen.« Und weil Pater Baucke dies wenige Wochen zuvor von Chithaalins Schwager Aletin ähnlich gehört hatte, ritt er frohgemut zurück in die Reduktion.

Auch Chithaalin kam zwei Wochen später nach St. Xavier. Mitsamt seinem Stamm von annähernd 100 Leuten. Aber anders als Aletin nicht auf Dauer, sondern auf Probe. Und damit fingen die Schwierigkeiten an, beziehungsweise die vorhandenen steigerten sich ins Absurde. Und das hängt mit der Fleischfresserei der Guarani zusammen. Chithaalin verlangte fünf Ochsen für sich und seine Leute. Pater Baucke, der Gott schon mehrfach gedankt hatte für diese neue Hundertschaft bekehrungswilliger Wilden, zögerte nicht und ließ die fünf Ochsen heranschaffen, als Begrüßungsgeschenk gewissermaßen und als ein Zeichen seines guten Willens. In der Annahme, dass diese Gabe für die nächsten drei oder vier Tage die Chithaalin'schen versorgen möge, so wie sich das in den letzten Monaten bei den Aletin'schen nach und nach mit sanftem Zwang eingebürgert hatte. Am nächsten Tag kam

Chithaalin erneut in die Stube des Paters und begehrte aufs Neue, man möge ihm und seinem Volk weitere fünf Ochsen schlachten. Der Pater wunderte sich, aber was tut man nicht, um Seelen für die Sache Christi zu gewinnen. Wiederum wurden fünf Ochsen zur Schlachtbank geführt. Am Nachmittag kam Aletin in die Stube des Paters: Ob denn nun alle Tage für die Neuankömmlinge geschlachtet werden würde und ob seine Leute, die von Anbeginn an in der Reduktion seien, sich damit zufriedengeben sollten, so, wie es vereinbart worden war, alle drei Tage zu schlachten. Ob er, Pater Florian, die Neuankömmlinge denn lieber habe als die seinen, die Alteingesessenen. »Nein«, antwortete Florian, »so ist es natürlich nicht. Ihr seid alle meine Kinder, aber wie du weißt und wenn du dich erinnerst, gebraucht es viel Zeit, um euch eure Angewohnheit auszutreiben, alles Fleisch, das nur vorhanden ist, sofort und gänzlich aufzuzehren. Wobei ihr gewohnheitsgemäß, wenn ich das sagen darf, nur die besten der Vierteile des Rindes verspeiset, noch dazu am liebsten das der trächtigen Kühe, und den Rest euren Hunden gebt, die demzufolge besser genährt sind als viele Mühseligen und Beladenen in meiner Heimat. Ich weiß wohl, dass eure Vielfresserei und eure Fleischfresserei noch aus der Wildnis stammen, woher ihr kommt. Ich danke Gott, dass du, Aletin, und deine Leute es nach und nach erlernt habt, wie man mit einer Rinderherde zu verfahren hat, damit sie euch nicht nur heute, sondern über die Jahre mit Nahrung versorgt. Und auch mit dem Chithaalin werde ich Geduld haben müssen. So wie bei dir, Aletin, und deinen Leuten.«

Der Aletin aber antwortete, dass Chithaalin nicht so sei wie er. Dass er ein Hitzkopf sei, ein Raufbold und Haudrauf, der sich selten seines Verstandes bediene. Eine seiner eigenen Frauen, die Cuealtin, immerhin die Schwester des Chithaalin, konne das bestätigen. Wenn Pater Florian dem Chithaalin jeden Tag die fünf Ochsen genehmige, wäre erstens die Herde bald in einem Zustand, in dem sie das Volk der Reduktion nicht mehr ernähren könne. Das sage und predige er ja selbst.

Was dann aber hinzukäme, wären Unruhe und Widerborstigkeit unter seinen Leuten wegen dieser Ungleichheit. Vor allem aber würde Chithaalin annehmen, er könne immerfort so weitermachen und sich einbilden, der Pater wäre unter seiner Fuchtel. Wenn andererseits der Pater dem Begehr des Chithaalin widerstehen würde, dann seien Zorn und Wut zu erwarten. Das aber vergehe mit der Zeit und Chithaalin würde sich wieder davonmachen in die Wälder. Und damit wäre allen gedient.

Am nächsten Tag forderte Chithaalin wiederum seine fünf Ochsen. Mehr noch: Er brauche Kühe, sagte er, seine Frauen würden das Ochsenfleisch nicht mögen und nicht vertragen. Dieses Mal blieb Pater Baucke standhaft. Setzte dem Chithaalin geduldig auseinander, dass das Leben in der Reduktion auf Arbeit beruhe und nur, wer arbeite, Anrecht auf Verköstigung habe. Das Gastrecht gelte nicht unbegrenzt, wenn Chithaalin und seine Leute Anteil am Rind haben wollten, müssten sie dafür das tun, was ihre Landsleute auch täten. Ad maiorem Dei gloriam, fügte Pater Baucke hinzu. Chithaalin lachte. Ob der Pater nicht wüsste, dass in den Wäldern allzeit Wildbret und Fische und Vögel genug seien, um ihn und seine Leute immerfort zu ernähren. Das Ochsenfleisch hingegen sei zäh und wenig geschmackvoll. Er habe gedacht, der Pater sei ein wirklicher Vater, der für ihn sorgen wolle. Darin habe er sich wohl getäuscht. Sprachs und verschwand mit seiner Hundertschaft in die Wildnis.

Ein Jahr lang ging das so. Chithaalin kam und verschwand. Wenn er kam, blieb er jedes Mal länger, wenn er verschwand, kam er in kürzerem Abstand zurück. Oft saß er, wenn Pater Baucke die Messe las, ganz hinten in der Kirche. Florian hatte aus Rinderhäuten und Holz einen Altar gefertigt, an seinen Ecken standen gedrechselte Kandelaber, im Chor der Kirche waren Statuen von Heiligen aufgestellt, grob geschnitzt und bunt bemalt. Die Kinder sangen im Chor, die etwas Älteren musizierten auf der Viola, der Flöte. Ein paar Posaunen hatte Florian in Santa Fé erstanden. Einmal, an einem Sonntag, trat

Chithaalin auf Florian zu: »Das, was du zum Ruhme deines Gottes unternimmst, das gefällt mir. Ich höre es gern und ich sehe es gern. Meine Söhne sollen dies alles lernen. Darf ich dir meine beiden Ältesten zur Ausbildung überlassen?« Florian musste seine Rührung und seinen Stolz überspielen. Er nickte nur beiläufig und sagte: »Das will ich gerne tun. Allein damit sie der Nass-Gesellschaft entkommen.« Je öfter Chithaalin in die Reduktion kam und je länger er blieb und sich immer mehr heimisch fühlte, desto häufiger ergoss sich über das Dorf die Nass-Gesellschaft. Pater Baucke stand für diesen Vorgang durchaus auch ein anderer Begriff zur Verfügung, den er aus seiner Heimat kannte und den er in seinen schriftlich niedergelegten Erinnerungen an seine paraguayischen Erlebnisse auch synonym verwendete. Die Nass-Gesellschaft des Chithaalin, das ist die Sauferei.

Es ist ein Gebräu aus gebranntem Mais oder Bocksklee, das sie mit dem Speichel fermentieren. Der Alkoholgrad gerät auf das Niveau europäischen Bieres. Jede Hütte ist ein Gebräuhaus, wo die alten Weiber das Gesöff mit großem Fleiß hervorbringen. Die Anlässe oder die Gelegenheiten, zu denen sie sich besaufen, sind nicht regelmäßig. Es passiert und dann wird es fürchterlich. Es werden Trommeln und Schellen geschlagen, die Glieder umeinander geworfen, die ganze Horde grölt und kreischt und geifert, sie gehen aufeinander los, hauen sich die Nasen blutig und die Augen blau und Chithaalin ist der heftigste. Mit den Lanzen wird um sich gehauen, dem einen dringt das Gedärm aus dem Bauch, dem anderen sprudelt das Blut aus dem Leib. Das sind die Männer. Die Weiber hauen sich die scharfen Backenknochen der Fische ins Gesicht, wo klaffende, blutende Wunden entstehen. Und dann, plötzlich, wie auf ein Kommando, kehrt Ruhe ein und sie fallen sich in die Arme, umhalsen sich und fangen leise an zu singen. Das ist die Zeit, wenn der Morgen graut und die Vögel aus ihrem Schlaf erwachen. Ein seltsam tönendes Gemisch, das Plärren der aufgewachten Vogelwelt und der jammervolle Singsang der sturzbesoffenen Wilden. Dem Indio mit dem herausquellenden Gedärm stopfte Pater Baucke, der das alles regungslos verfolgt hatte, das Zeug inwärts und nähte den Bauch zu. Er überlebte.

So viel zu Chithaalin, der mit seinen beiden Mit-Kaziken in Pater Bauckes Stube saß und Antworten erwartete, warum St. Xavier vernichtet werden sollte. So empfanden es die Indios, nicht nur ihre Kaziken, aber die vor allem. Ohne Pater Florian kein St. Xavier. Chithaalin war im Gegensatz zu seinen Frauen, seinen Söhnen, zu seinem ganzen Stamm immer noch nicht getauft. Erst vor kurzer Zeit hatte Pater Florian ein langes Gespräch mit ihm geführt über die Taufe und die Aufnahme in die Gemeinschaft der Christen und die Obhut der Heiligen Katholischen Kirche. Chithaalin hatte vorgebracht, dass er betrübt sei in seinem Gemüt, weil er, wie der Pater sorgfältigst ihm auseinandergesetzt hatte, nach seinem absehbaren Ableben die Qualen der Hölle zu erwarten habe aufgrund seines vorvergangenen Lebenswandels. Das wolle er nicht und wenn die Taufe da Abhilfe verschaffen könne, so wäre sie ihm lieb. Der Pater entgegnete ihm, dass dies, seine Angst vor der Hölle, nicht hinreichend sei für die Gewährung der Gnade der Taufe, dass dazu schon auch die aufrichtige Liebe zu Gott Vater und seinem Sohn Jesu Christi gehöre und vor allem ein gottgefälliger Lebenswandel. Und damit sei es, wenn man nur an die Nass-Gesellschaften denke, noch nicht weit her. Chithaalin antwortete: »Vater, ich habe der Vielweiberei abgeschworen, ich habe meine Söhne in eure Obhut begeben, ich will meine Leute und mich selbst zu einem gottgefälligen, arbeitsamen Leben anleiten. Aber was ich nicht will, was ich auf keinen Fall will: die Sauferei aufgeben. Erstens, weil ich zu alt bin, um eine Angewohnheit aufzugeben, die mir lieb ist. Zweitens aber, weil die Spanier auch saufen, und das wie die Löcher. Und ihnen ist es erlaubt, getauft und somit unter Christi Wohlgefallen zu saufen. Diejenigen unter den Spaniern, die unter Strohdächern leben, gehen sich im Suff oftmals an die Gurgel mit Messern und hauen sich die Knüttel über die Schädel, sind hinterhältig und verdorben und sterben ohne Sakrament. Die anderen Spanier, die vornehmen, die unter Ziegeln schlafen, sind auch nicht besser, sie saufen ebenso wie die Bürstenbinder und peitschen dann und striemen meine Landsleute und schlagen sie schlussendlich tot. Wenn ich also getauft bin, werde ich nur gleichgestellt mit derlei zweierlei Gesindel, und das ist auch gut so, denn ich bin nicht besser als sie. Drittens aber frage ich dich: Wenn der Liebe Gott alles erschaffen hat, was auf Erden kreucht und fleucht, und alles in seinem Sinne ist, dann ist es wohl auch der Chichas, der mich besoffen macht. Dann darfst du von mir nicht verlangen, dass ich dem Chichas entsage. Das will Gott nicht, oder er sollte es wenigstens nicht wollen. Also sage ich: Ich will getauft werden und ich will weiter saufen. Jetzt du, Pater Florian.«

So also der Häuptling Chithaalin vor gar nicht langer Zeit. Derselbe Chithaalin, dem jetzt in der Stube des Paters die Tränen nicht aufhören wollten, über seine Backen zu fließen. Am liebsten hätte Pater Baucke ihn sofort getauft. Chithaalin war sein Lieblingsindio, widerborstig und klug, abwägend und aufbrausend, kindisch und herrisch zugleich. Er war derjenige, der Pater Baucke oftmals zum Grübeln brachte, derjenige, der ihn zum Nachdenken über sein ganzes Tun hier in der südamerikanischen Fremdheit veranlasste. Pater Baucke wusste wohl, dass der lateinische Begriff für die Arbeit, die er den Indios hier zu vermitteln suchte, *labor* lautete, was im ursprünglichen Sinn Mühsal, Plackerei, Ungemach bedeutete. Und ihm war klar, dass für seine Guarani der geregelte Arbeitstag, der hier wie in allen Reduktionen etabliert war, nichts anderes war als eine einzige Mühsal, eine unendliche Plackerei und ein fortwährendes Ungemach. Ad maiorem Dei gloriam, das gestand er zu. Und immerhin besser als die Sklaverei in den Latifundien der Spanier. Aber ins Grübeln konnte man schon geraten in diesen Zeiten in diesen Gegenden. Und Florian Baucke grübelte heftig. Schließlich war ihm befohlen worden, und das nicht von irgendwem, sondern vom Heiligen Vater in Rom, dem er wie alle Jesuiten unbedingten

Gehorsam geschworen hatte, dies alles hier, sein Lebenswerk mit an die tausend bekehrten und friedlichen Guarani, die ihn wie einen Vater verehrten, aufzugeben. Vielleicht war es ja, dachte er grübelnd, auch gut so. Gottes Wille war es ganz augenscheinlich, denn wenn der Heilige Vater etwas verkündete, dann sprach er im Namen Gottes, daran konnte kein Zweifel sein. Und da saß noch ein dritter Kazike in seiner Stube und auch dieser wartete auf Erklärungen und auf Antworten des Paters, wie es nun weitergehen solle im Leben so vieler ihm anbefohlener Seelen.

Wenn Aletin der Gute war unter diesen drei Häuptlingen und Chithaalin der Wilde, dann war Nevedagnac der Edle. Er war als Letzter in die Reduktion gekommen, freiwillig, stolz, mit seinem vor Kraft strotzenden Stamm, ein großer, muskulöser Indio, den, anders als seine Stammesbrüder, die allesamt glattes, langes, schwarzes Haar trugen, ein wild gekrauster Haarschopf kennzeichnete. Eine seiner Schwestern war eine von Chithaalins Frauen und weil diese von ihrem Mann schlecht behandelt worden war, hatte Nevedagnac dem Chithaalin einst einen Faustschlag mitten ins Gesicht versetzt, woraufhin dieser ohnmächtig zu Boden gesunken war. Das, aber nicht nur das, stiftete eine Rangfolge in der Häuptlingshierarchie. Nevedagnac war ein primus inter pares, das war nicht verrechtlicht oder institutionalisiert, dafür genügten Blicke und ein paar Gesten. Nevedagnac machte nicht viel Federlesens mit seinem Übertritt zum Christentum, er nahm Unterricht mit seinen Söhnen bei Pater Baucke und nach vier Wochen sollte die Taufe sein. Florian wollte, wie schon bei Aletin, daraus ein großes Fest machen, mit Abordnungen aus Santa Fe und dem Comandante als Taufpaten, aber Nevedagnac, der nach seiner Taufe Domingo heißen sollte, nahm Florian zur Seite und sagte: »Ich und meine Leute haben uns mit der Kirche Jesu Christi vermählt. Nicht mit den Spaniern, diesen Schandflecken auf dem weißen Fell der Christenheit. Wir bleiben unter uns. Du, Pater, bist der Zeuge Jesu Christi und Aletin soll mein Pate sein. Mehr brauchen wir nicht.«

Auf Nevedagnac würde es ankommen, dachte Pater Baucke, als er seine drei Kaziken vor sich sitzen sah. Sein Wort hatte Gewicht. Ihm war es zu verdanken, dass die Handwerke in der Reduktion vorangekommen waren. Das hatte sich in den Anfängen zäh angelassen, zäher noch als die Gewöhnung der Guarani an die Arbeit auf dem Feld. Pater Baucke betete lange Nächte zu seinem Gott aus Verzweiflung über die Trägheit und Faulenzerei seiner Indios. Ihm standen Bitten, Ermahnungen, Versprechungen und Belohnungen zu Gebote, nicht zuletzt sein eigenes Beispiel unermüdlicher Tätigkeit. Freundlich sagten die Indios »Ja, Pater« zu allem, was er auftrug, um im nächsten Moment, wenn die Aufgabe mit Anstrengung verbunden war, den Auftrag zu vergessen oder zumindest auf die lange Bank zu schieben. Dabei waren sie wahre Meister in der Kunst der Nachahmung. Eine Pflugschar zu schärfen, ein Tischbein zu drechseln, einen Dachziegel zu brennen, lernten sie im Nu, ebenso wie sie die europäischen Musikinstrumente binnen kürzester Zeit beherrschten. Eine der wirkungsvollsten Erziehungsmethoden Pater Bauckes war, in eine Tätigkeit, die die Guarani schon oft beobachtet hatten, einen bewussten Fehler einzuflechten, was zur Folge hatte, dass die Indios lachend Florian korrigierten, ihm seinen Fehler nachwiesen und zur Schau stellten, dass sie es längst besser gelernt hatten. Alles in allem aber dauerte jeder Arbeitsvorgang Stunden, Tage, Wochen länger, als Florian geplant hatte, und das nicht deswegen, weil die Indios es nicht konnten, im Gegenteil, sondern weil sie oftmals nicht wollten. Weil sie keine Lust hatten und noch weniger Laune.

Mit Nevedagnacs Ankunft änderte sich dies. Nicht sofort, nicht von heute auf morgen, aber stetig. Seine geknurrten Befehle, seine Blicke und seine sparsamen Gesten verliehen den Anweisungen Florians das nötige Gewicht und so entstand in St. Xavier binnen weniger Jahre, neben dem bereits etablierten Ackerbau und der Viehzucht, ein florierendes Handwerk. Es gab Ziegelbrenner und Steinmetze, Bäcker und Schlachter, Gerber, Töpfer und Drechsler, Zimmerleute, Küfer und Wagenbauer, Hut- und Rosenkranzmacher, Bildhauer und Maler, Maurer und Anstreicher und nicht zuletzt Uhrmacher, deren Erzeugnisse den anderen Arbeiten den Takt vorgaben. Kurzum: St. Xavier stand in seiner Blüte, als Pater Florian Baucke zu seinen Kaziken zu sprechen begann.

»Meine Brüder. Vor zwanzig Jahren kam ich hierher, süß und vergnügt, und in ein paar Wochen werde ich euch verlassen müssen, bitter und betrübt. Alles, was geschieht, ist Gottes Wille, wenn auch in diesem Fall allerlei Liederliches und menschliche Schlechtigkeiten Gottes Ratschluss vernebelt zu haben scheinen. Der Minister Pombal in Portugal hat vor Jahren schon ein Pamphlet aufgesetzt, das vor Lügen strotzt wider den Jesuiten-Orden, das aber in vielen Tausend Exemplaren verteilt worden ist und gehörig Einfluss genommen hat an den Höfen Europas und beim Heiligen Stuhl in Rom. Er vermeint zu wissen, dass die Jesuiten in der spanischen Provinz Paraguay einen eigenen Staat errichtet haben, der abtrünnig sei von der Krone Spaniens, sich wider die Gesetze stelle, der über unermessliche Reichtümer verfüge, eine eigene Armee aufgestellt habe und den christlichen Königen feindselig gesinnt sei. In Europa kursieren Gold- und Silbermünzen mit einem Porträt eines vermeintlichen Königs Nikolaus I. von Paraguay, sie seien hier bei uns in den Reduktionen geprägt worden und der letzte Beweis für Reichtum und Abtrünnigkeit der Reduktionen. Es steht zu vermuten, dass Pombal sie höchstselbst in Umlauf gebracht hat, denn, so frage ich euch, meine Brüder, verfügen wir über Gold oder Silber? Haben wir Reichtümer oder Schätze außer unserem eigenen Hab und Gut? Haben wir nicht allzeit und treulich unsere Abgaben geleistet an die spanische Krone, ja sogar oftmals den Kriegsdienst geleistet und die Spanier aus so mancher Patsche befreit? Es ist dies ein Komplott wider die Wahrheit und es sind die Neidhammel in Europa, aber auch hier in der Neuen Welt, denen unser blühendes Gemeinwesen ein Dorn in ihren ohnehin blinden Augen ist.

Verzagt bin ich nun, da nicht nur die Könige von Frankreich, England und Spanien und sogar der deutsche Kaiser diesem wahrheitswidrigen Komplott ihr Ohr neigen, sondern weil letztlich auch der Heilige Vater in Rom deren Drängen nachgegeben hat. Der Jesuiten-Orden soll vernichtet werden und unser kleines heiliges Experimentum hier in West-America ist nur ein kleiner Dominostein im großen Spiel der Mächte. Ein Bauernopfer, Aletin, du kennst Derartiges aus unseren Schachpartien. Kurzum: In wenigen Wochen werden ich und alle meine Mitbrüder in die Verbannung geschickt und ein Pater, sehr wahrscheinlich aus dem Orden der Franziskaner, und ein spanischer Alkalde werden eure neuen Väter werden. Zu treuen Händen, eine Art Treuhand.«

Chithaalins Tränen waren getrocknet. Er blickte Pater Baucke mit seinen großen, dunklen Augen fest an. Es war ein Blick, der Florian ob seiner Festigkeit und Traurigkeit durch Mark und Bein ging. Chithaalin sagte: »Nein. Niemals. Lieber gehe ich zurück in die Wälder.« Aletin, von dem Florian das am wenigsten erwartet hatte, blitzte ihn aus seinem runden Gesicht mit dem einen verbliebenen Auge an: »Wir werden kämpfen. Wir sind zusammen in allen Reduktionen hunderttausend Guarani. Kriegserfahren und gut bewaffnet. Du, Vater, und deine Mitbrüder, ihr müsst euch an die Spitze des Kampfes stellen. Es geht um Tod oder Vaterland. Wir werden siegen.« Florian seufzte. Er liebte diese Männer, sie waren ihm ans Herz gewachsen wie Söhne, deren langsames Erwachsenwerden er miterlebt hatte. Seine Seele wollte ihm entzweispringen, aber er war ein Jesuit und daher sagte er: »Ich darf nicht kämpfen. Wir dürfen nicht kämpfen. Ihr dürft nicht kämpfen. Wir haben uns als Christenmenschen zu Gehorsam verpflichtet. Und wir Jesuiten haben einen Gehorsamseid auf den Heiligen Vater geschworen. Was du vorschlägst, Aletin, ist Sünde. Ihr werdet dafür büßen müssen. Nicht allein mit dem Tod durch die Spanier. Auch nicht durch die Sklaverei, die euch droht. Nein, mit ewiger Höllenstrafe für ungesühnte Sünden. Ich flehe euch an, im

Namen Jesu Christi, leistet Gehorsam. Ich kann euch nicht anders helfen.« Er ersparte sich das Argument, dass bewaffneter Widerstand, noch dazu unter der Führung der Jesuiten, Wasser auf die Mühlen der antijesuitischen Kampagne in Europa bedeuten musste. Aus solcherlei Händel der Alten Welt wollte er seine Kinder heraushalten.

Nevedagnac stand auf. Er sprach leise und fest, wie es seine Art war: »Es gibt keinen dritten Weg. Entweder wir kämpfen, wie Aletin gesagt hat, oder wir ziehen uns zurück, wie Chithaalin es sagt. Unter den Spaniern werden wir nicht leben. Das ist ausgeschlossen. Wenn also die Jesuiten sich nicht an die Spitze unseres Kampfes stellen können, dann bleibt nur der Rückzug in die Wälder. Chithaalin, erzähl dem Vater deinen Traum.«

Chithaalin blickte erstaunt zu Nevedagnac empor, der aber nickte ihm zu und also erzählte Chithaalin seinen Traum, der damit begann, dass die Bäume weinten. Sie beugten ihre Stämme, senkten ihre Kronen und umstanden trauernd eine große Lichtung, auf die langsam die Tiere des Waldes traten. Der Leopard, das Stachelschwein, der Hirsch, Leguane, Affen, Streifenhörnchen, Schlangen, Ameisen. Auch Vögel erschienen, aber sie flogen nicht, sondern kamen zu Fuß auf die Lichtung. Fische hatten sich darunter gemengt, die auf ungewohntem Terrain erst mühsam mit den anderen mithielten, dann aber sich in die Lüfte erhoben und dort mit ihren Flossen schwebten, als sei es das Selbstverständlichste auf der Welt. Sie alle bewegten sich zu Luft und zu Land auf die Mitte der Lichtung zu, umkreisten den träumenden Chithaalin, der fortlaufen wollte, denn die Tiere waren nicht angenehm anzusehen, sie alle trugen einen Menschenkopf oder wenigstens, wie die Fische, ein Menschenantlitz. Aus all diesen Menschenaugen flossen Tränen, eine Trauergemeinde, die lautlos weinend bedrohlich näherkam. Die gebeugten Bäume, aus deren Blattwerk dicke Tränen tropften, folgten den Tiermenschen, der Kreis zog sich immer enger zusammen. Chithaalin erkannte viele der Gesichter, seine Brüder und Schwestern waren darunter, die Eltern und Voreltern und natürlich Pater Baucke, dessen Kopf die Ameise trug. Chithaalin kam nicht vorwärts, er floh hügelauf, daran lag es ab er nicht, dass er so zäh vorankam, es war die schwere Montur, die ihn hinderte. Ein silbernes Kettenhemd, eine steife Hose aus dickem Leder, dazu derbe Stiefel. Ein Schießgewehr auf dem Rücken, ein Säbel und Pistolen im Gürtel. Er versuchte, sich der Sachen zu entledigen, er wollte nackt sein, flink und beweglich, aber nichts gelang. Vor sich sah er eine Öffnung, er kroch hinein und befand sich augenblicklich in einem niedrigen, dunklen Erdschlauch, der aufwärts führte. Er kroch, er robbte, er arbeitete sich auf allen vieren nach vorne, nach oben. Er war jetzt allein in der Dunkelheit, aber die Bedrohung und die Bedrückung hörten nicht auf. Eng war es hier, finster, und er fühlte, dass er jetzt nackt war, er spürte die feuchte Erde an den Schultern, den Flanken, den Sohlen der Füße. Der Stollen nahm kein Ende, er drehte und wand sich und nun kam auch noch Wasser von oben, umspülte Chithaalin, umflutete ihn, der jetzt mehr schwamm als kroch, verzweifelt mit der letzten Kraft der Todeserwartung seine Arme und Beine um sich schlug. Plötzlich waren die Enge und die Dunkelheit verschwunden und er stand auf einer weiten, hellen Ebene aus trockenem, festem Lehm, auf der ein großes, hohes Haus aus Holz und Stein stand, vor dem Dutzende Kinder herumtollten. Sie hatten alle helle Haut und blonde Haare und als Chithaalin näherkam, begannen sie, im grellen Licht der Ebene zu flimmern und lösten sich auf in flirrendes Licht. Das Haus, vor dem die weißen Kinder gespielt hatten, brannte lichterloh, die Balken stürzten herab, das Dach sank in sich zusammen und aus dem Haus kam eine Gestalt heraus. Sie war groß, ihre Haut glänzte wie Bronze und auf dem Kopf trug sie einen mächtigen Federbusch. Sie lief ein paar Schritte auf Chithaalin zu, breitete die Arme aus und begann zu fliegen. Als sie über Chithaalin war und dieser den Lufthauch des Federbusches spürte, folgte er nach. Sie flogen über die Bäume, die sich wieder aufgerichtet hatten, sie schwebten hoch über endlosen Urwäldern, segelten zu Flussläufen hinab, so nah, dass Chithaalin die Fische mit der Hand greifen konnte, sie glitten über Graswiesen hinweg mit wilden Rindern und Pferden bis zum Horizont, sie stiegen empor, ließen sich fallen, es war das reine Glück, Freiheit enthoben aller Schwerkraft, Seligkeit jenseits der Naturgesetze, und Chithaalin wünschte sich im Traum, dass es nie aufhören solle. Ihr Flug führte sie, so schien es, um die halbe Welt, vielleicht auch die ganze, bis sie endlich über einer Stadt kreisten, die wie Santa Fe aussah und in Flammen stand. Chithaalin war immer dicht hinter dem Federbuschigen geflogen, dieser bestimmte über Tempo, Richtung und Höhe. Jetzt ging es hoch hinaus, es wurde immer heller und heißer, kleine Flammen züngelten an den Spitzen des Federbusches, sie waren der Sonne schon nahe. Der Federbuschige drehte im Flug sich um, stellte sich auf, seine Augen sind aufgerissen, sein Mund steht offen, seine Arme sind ausgespannt und er bewegt die Lippen. Dann verschwand er im gleißenden Licht der Sonne, als ob ein Sturm wehte, der sich in seinen Armen und dem Federbusch verfangen hatte und so stark war, dass er die Arme nicht mehr schließen konnte. Chithaalin wachte auf. An die Worte des Federbuschigen konnte er sich genau erinnern. »Pater«, so endete Chithaalins Traumbericht, »der Federbuschige sagte: ›Ich bin der neue Gott deines Volkes. Euer Erlöser und der der Welt.‹«

Als Chithaalin geendet hatte, war es eine ganze Weile ruhig in Pater Bauckes Stube. Florian brach das Schweigen: »Hat er wirklich Erlöser gesagt, dein Federbuschmann? Oder vielleicht Retter? Oder Erneuerer? Oder Umwälzer? Wirklich Erlöser? Weißt du das ganz genau? Das ist wichtig.« Chithaalin sah ihn ausdruckslos an: »Er hat nicht in unserer Sprache gesprochen. Auch nicht in deiner. Es war einfach Sprache. Ich konnte es verstehen. Und das Wort, das ich hörte, war das, welches du uns gelehrt hast: Erlöser. Er sprach es nicht auf Guarani. Aber es hatte die Bedeutung.« Nevedagnac schaltete sich ein: »Du musst Folgendes wissen, Pater: Wir sind Christen geworden, aber Guarani geblieben. Unsere Vorväter haben uns gelehrt, dass der Traum eines Kaziken einem Tor gleicht, durch das man erkennen kann, was vor uns liegt. Du selbst, Vater, hast mir oft von dem Buch aus der Bibel erzählt, das ihr Apokalypse nennt. Und ich dachte bei mir: Vielleicht war dieser Johannes, der die Apokalypse aufgeschrieben hat, in Wahrheit ein Kazike unseres Volkes. Denn er denkt wie wir. Dass nämlich alles, was kommen wird, schon festgelegt ist. Solange wir wach sind, ist das unbegreiflich für uns. Solange wir wach sind, sind wir Unwissende. Im Traum aber öffnet sich die Tür. Deshalb ist der Traum eines Kaziken heilig für uns. Auch wenn wir an die Heiligkeit Gottes glauben mittlerweile und an die von Jesu Christi und die der Heiligen Katholischen Kirche, heilig ist für uns auch der Traum des Kaziken. Und es kommt etwas hinzu: Seit Chithaalin uns von seinem Traum erzählt hat, habe auch ich ihn geträumt, fast genau in derselben Form. Und auch Aletin.« Der Angesprochene senkte den Kopf und sagte leise: »Amen.«

Nevedagnac setzte sich wieder: »Wir werden nicht kämpfen, ehrwürdiger Vater. Ohne dich und ohne die Hilfe deiner Mitbrüder wäre das der Selbstmord eines ganzen Volkes. Deine Beweggründe und die des Jesuiten-Ordens teile ich nicht, aber ich respektiere sie. Nein, wir ziehen uns zurück. Dorthin, wo wir herkamen. In die Wälder, in die Wildnis, die wir besser kennen als irgendwer. Aber anders als Chithaalin das vielleicht gemeint hat. Wir nehmen alles mit. Alles Hab und Gut aus dieser Reduktion, vor allem aber alles, was du uns gelehrt hast. Alles, was in unseren Köpfen an Kenntnissen verwurzelt ist, alles, was unsere Hände hervorzubringen wissen. Wir werden St. Xavier neu gründen. Eine selbständige Guarani-Reduktion, wie sie die Welt noch nicht gesehen hat und auch nie wieder sehen wird. Dort, wo uns kein Spanier jemals finden wird. Und dort werden wir und unsere Kindeskinder unseren Erlöser erwarten. Er wird aus unserer

Mitte stammen. So wie es der Traum der Kaziken prophezeit. Der Federbusch aus dem Traum ist das Zeichen eines Guarani-Kaziken. Eine unserer Frauen wird dereinst in ihrem Schoß diesen Traum wahr machen. Wir Guarani haben ein gutes Gedächtnis. Es wird nie versiegen. Der Traum der Kaziken wird unser Volk am Leben erhalten. Gute Christen, das versichere ich dir, werden wir dennoch bleiben.«

Am nächsten Tag, Florian beobachtete überall ein Hämmern und Zimmern, neue Karren wurden gefertigt, Seile für Lassos gedreht, das Ackergerät geschärft, die ganze Reduktion befand sich im Aufbruch, betrat Chithaalin die Stube des Paters: »Ich möchte die Taufe empfangen, Vater. Sofort.« Florian hatte ihn und dies erwartet und sagte: »Ja, mein Freund. Sehr gerne sogar. Mein letzter Dienst an dir.« Chithaalin ließ Nevedagnac und Aletin holen, sie sollten Paten sein. Dann ging alles sehr schnell. Florian sprach das Glaubensbekenntnis, bekreuzigte die Stirn Chithaalins, sprach die vorgeschriebenen Worte und salbte seine Stirn. Dann sagte er: »Und jetzt beichte! Und ihr beiden auch.« Die drei sahen Pater Baucke gleichermaßen erstaunt an. Nevedagnac fragte: »Warum so eilig, Vater? Was sollten wir Verderbliches getan haben?« Pater Baucke war erregt: »Euer Traum. Dieser Traum ist blanke Blasphemie. Er leugnet den einzigen allmächtigen Gott. Er zweifelt an Jesus Christus, unserem Erlöser. Ich müsste mich beraten, gegen welche Gebote der Heiligen Mutter Kirche er noch verstößt. So viel aber steht fest: Er ist blasphemisch. Eine schwere Sünde. Ihr müsst beichten. Und vorher aufrichtig bereuen.«

Chithaalin fasste sich als Erster: »Ein Traum soll eine Sünde sein?« – »Nicht der Traum an sich«, antwortete Florian, »sondern, dass ihr an ihn glaubt. Das ist die Sünde. Es gibt keinen anderen Erlöser als Jesus Christus. Das ist euer Glaube, zu dem ihr euch bekannt habt. Alles andere ist Rückfall, Heidentum. Euer Federbuschmann ist ein Heidengott. Ich weiß nicht einmal, ob ich befugt bin, euch von einer solchen Sünde freizusprechen. Ich werde es tun, ihr seid meine Kinder. Aber es gibt einen Vorbehalt. Bereuen müsst ihr und zwar aus ehrlichem Herzen.« Sie taten Pater Baucke diesen letzten Gefallen, gaben vor zu bereuen, empfingen jeder für sich ihr »Ego te absolvo« und beteten zur Buße zusammen in einer Ecke der Stube drei Vaterunser.

Es kam der Tag als vier Deputierte ohne Waffen in die Reduktion kamen mit einem Brief des Comandante in Santa Fe des Inhalts, dass Pater Baucke sich binnen drei Tagen dorthin zu begeben habe, damit er nach Buenos Aires verbracht werde, um von dort zurück in die Heimat verschifft zu werden. Als Baucke den Brief las, waren die drei Häuptlinge zugegen und wussten sofort, was anstand. Chithaalin weinte, Aletin schluchzte und Nevedagnac sagte: »Pack dein Kirchengerät und komm mit uns in die Wildnis. An Nahrung und Kleidung soll dir nichts abgehen. Du bist schon gewohnt zu essen, was wir essen. Bleibe bei uns und gehe, wo wir hingehen werden.« Der Pater sah Nevedagnac lange an und fragte: »Warum, mein Freund, wollt ihr so sehr, dass ich bei euch bleibe?« – »Wir brauchen dich. Wer sonst soll unsere Kinder taufen und uns in der Sterbestunde beistehen?« Baucke schüttelte den Kopf: »Ich werde nicht ewig leben. Und wenn ich sterbe, wie soll ein anderer Priester zu euch kommen, der eure Kinder tauft und euch beisteht in der Sterbestunde? Es käme also, dass ihr ohne Priester leben und sterben müsstet. Und gewiss ist, dass ihr aus Mangel an einem Priester wieder in eure alten Gewohnheiten fallen würdet, das Rauben, Stehlen, Morden und Saufen. Ist es dann nicht besser, bei einem neuen Priester hierzubleiben in der Reduktion? Auch er wird eure Sprache lernen, so wie ich es getan habe. Ich für meinen Teil kann nicht mit euch in die Wildnis wandern. Das schlagt euch aus dem Kopf.«

Am nächsten Morgen kam Chithaalin schon früh in die Stube des Paters. Er war bemalt auf Gesicht und Brust, aber unter den Augen zerfloss die Farbe, denn sie war mit Tränen durchtränkt. Sei es, dass er die Nacht durchsoffen oder durchweint hatte, jedenfalls fasste er Florian an den Armen, drückte die Stirn auf seine Schulter und sagte: »Loqui ealagam neopata gdapili.« Was bedeutet: »Geh, aber kehre bald zurück.« Dann schwang er sich auf sein Pferd und an die vierhundert Leute folgten ihm in die Wildnis. Am Nachmittag kamen vier Deputierte aus Santa Fe, in ihrer Begleitung der neue Pater für St. Xavier, ein Franziskaner, der eine Köchin und zwei Bedienstete mitbrachte. Aletin, der in den letzten Wochen gealtert war und für sich beschlossen hatte, mit hundert Leuten seines Stammes in der Reduktion zu verbleiben, beäugte den Neuankömmling, ging in seine Hütte und griff sich einen Krug Chichas.

Am nächsten Tag trat Florian Baucke seine Reise an. Er wurde begleitet von Nevedagnac und fünfundzwanzig schwer bewaffneten Indios. Auf halbem Weg nach Santa Fe trafen sie auf eine Kutsche, in der vier Jesuiten-Missionare aus den Reduktionen St. Christobal und St. Sebastian saßen, auch sie verbannt, und die von zehn bewaffneten Spaniern begleitet wurde. Nevedagnac und seine Leute verhielten sich ruhig. Kurz vor der Stadt Santa Fe kam ihnen der Comandante entgegen, begleitet von zehn Berittenen. Er bat Pater Baucke, dem Nevedagnac zu übersetzen, dass er sich zurückziehen solle, sein Geleit sei hiermit zu Ende und er werde nicht mehr gebraucht. Nevedagnac hörte sich dies an, richtete sich sodann auf und sprach zu den Spaniern, »so förchterlich und schimpflich«, wie Pater Baucke später in seinen Erinnerungen notieren sollte, »so keck und eindringlich, so gewaltig und erbittert, dass ihnen, den Spaniern, die indianische Predigt gar nicht schmecken wollte.« Zusammengefasst erinnerte Nevedagnac die Spanier daran, dass nicht das Schwert ihrer Soldaten, sondern das Kreuz der jesuitischen Väter sie, die Guaranis, zu Christen gemacht hätten. Und ob die Wunden schon verheilt wären, die sie, die Guarani, den Spaniern zugefügt hätten. Wollten sie, die Spanier, die Guarani weiter bekriegen, dann sollten sie, die Spanier, sich nicht einbilden, die Guarani würden davonlaufen. Er, der Comandante, solle in seiner Stadt befehlen, aber nicht über die Guarani. Und deswegen werde er die Patres solange begleiten, wie diese es wünschten.

Der Comandante war beeindruckt und lud Nevedagnac und seine Leute in die Stadt ein. Sie nächtigten im Freien auf dem Platz vor dem Jesuiten-Kollegium, wo Pater Baucke und seine Mitbrüder untergebracht waren. Am nächsten Morgen wurden an die dreißig Jesuiten-Missionare in Kutschen verfrachtet. Nevedagnac trat vor Pater Baucke, senkte die Knie und sprach: »Naatic e padri zolentetapeco gdiogdenatagan gaigui tomalot jovidae mjalamac m Dieleb.« In unserer Sprache lauteten Nevedagnacs letzte Worte: »Ich bedanke mich, Pater, für das Mitleiden und die Barmherzigkeit, die du mir gezeigt hast, und werde derselben eingedenk sein, bis es kommen wird zu meinem Tod.«

*

Am 15. Mai 1767 stach die Fregatte »Esmeralda« von Buenos Aires aus in See und erreichte nach vier Wochen Cadiz. An Bord waren 172 gefangene Jesuiten, unter ihnen Pater Florian Baucke. Über Brügge und Oostende gelangte Baucke nach Norddeutschland, wanderte von dort nach Böhmen und wurde schließlich, nach Aufhebung der Gesellschaft Jesu in Österreich 1773, Gast im Zisterzienserkloster Zwettl. Dort verfasste er seine Erinnerungen, die Jahrhunderte später als »Zwettler Codex 420« herausgegeben und gedruckt wurden.

Über den Traum der Kaziken schwieg er in diesen Aufzeichnungen. Darüber und seinen seelsorgerischen Versuch, durch Reue, Beichte und Buße von dieser schweren Sünde zu absolvieren, verfasste er eine Eingabe an die Penitenzieria apostolica in Rom, das letztinstanzliche Gericht der katholischen Kirche. Er schilderte den Fall ausführlich, rapportierte den Traum der Kaziken getreulich und meldete seine Zweifel an, ob er dazu befugt gewesen sei, Dispens zu erteilen. Wenn nicht, so frage er an, ob der Heilige Stuhl als Stellvertreter Gottes und höchstrichterliche Instanz sozusagen in absentia den drei Kaziken die letztendliche Absolution erteilen könne. Das Seelenheil seiner Kinder im fernen West-Amerika lag ihm immer noch am Herzen.

Die in den unergründlichen Wäldern des Gran Chacos neu gegründete, unabhängige und priesterlose Reduktion überlebte unter dem neuen Namen St. Florian als einzige unentdeckt, autonom und autark. Das Kaziken-Geschlecht des Chithaalin blieb im Mannesstamm über die Zeiten erhalten. 1925 bekamen der damalige Kazike Chithaalin der Zwölfte und seine Frau Cuella eine Tochter. Sie nannten sie Eliza.

Heidelberg, Silvester 1999

»Der Max gibt nie ab. Der nervt. So kann man doch nicht kicken.« Der, der da so sprach, war Tom. Geantwortet hatte er auf eine Frage seines Großvaters Dietrich Brandler, wie denn das Training gewesen sei. Tom saß hinten im Fonds des Passat, dreckverschmiert, die Sportklamotten klebten an seinem kleinen Körper, aber es war nicht weit vom Trainingsgelände des FC Bammental nach Ziegelhausen in den Talhangweg. Schnell duschen. Dietrich fuhr seinen Enkel dreimal die Woche hin und holte ihn wieder ab, das Zuschauen beim Training hatte er sich verboten. Er fand die anderen Eltern, die schon beim Training ununterbrochen kommentierten und dann erst recht bei den Spielen der F-Jugend in Neckargemünd oder Waldwimmersbach wie die Verrückten am Spielfeldrand tobten, gelinde gesagt daneben. Aus vor allem sportlichen Gründen, denn der fußballerischen Entwicklung der Knirpse war das Getobe der überehrgeizigen Väter und Mütter eher hinderlich. »Dem Max sein Vater«, antwortete Dietrich, »ist irgendein hohes Tier bei der BASF. Da lernt man, nicht abzugeben. Und du? Hat der Hansi was zu dir gesagt?« Hansi Flick sah damals immer mal wieder bei seinem Heimatverein FC Bammental vorbei und mischte sich in die Trainingseinheiten der ganz Kleinen ein. »Er hat gemeint, ich soll mal weiter hinten spielen. Dabei will ich doch Tore schießen. Der blöde Max hat dann zwei Vorlagen von mir bekommen. Und zum Schluss hat der Hansi zu mir gesagt, aus dir wird mal einer. Zum Max hat er nichts gesagt, trotz seiner zwei Tore. Glaub ich.« Das war es, was Dietrich hören wollte. Nicht das über Max, sondern das über Tom.

Durch den erdigen Sportklamottengestank arbeiteten sich aus dem Kofferraum die Düfte des Silvesteressens hervor. Dort lagen die Würste. Sieben Tüten, vollgefüllt aus der Metzgerei Heißler in Bammental. Das Silvesteressen bei Brandlers bestand seit Jahrzehnten, der böhmischen Tradition des Großvaters geschuldet, vornehmlich aus Würsten. Das Sauerkraut und der Kartoffelbrei waren geduldet, die Würste jedoch, gekocht oder gebraten, das Hauptereignis. Geschmackliche Vielfalt war natürlich gefragt im Hause Brandler, aber vor allem Menge. Vor zwei Jahren hatte Cas angesichts dreier Schüsseln mit circa dreißig Würsten kritisiert: »Ist das alles, Pa?«, und selbst Polly konnte sich nicht enthalten: »Du lässt nach, Dietrich, was ist los?« Das sollte nicht noch einmal vorkommen. Dietrich hatte beim Bammentaler Metzger, der für solche Unternehmungen bestens sortiert war, an die hundert Würste erstanden, aus allen deutschen Landen, vorwiegend den nördlicheren Regionen wie Mecklenburg, Friesland, der Lüneburger Heide, aber auch aus Westfalen, Thüringen und dem Frankenland sowie angrenzenden Regionen wie Böhmen, Schlesien, Polen und Rest-Jugoslawien, allesamt ja mehr oder weniger Bestandteile des kaiserlichen Kulturkreises, wie Dietrich sich innerlich vergewisserte. Der französischen Merguez und der italienischen Salsiccia verweigerte er sich beim Metzger Heißler, der solche Exotika im Angebot hatte und ausgiebig anpries. Dietrich schwebte hingegen eine umfassende Anthologie der zentraleuropäischen Wurstfabrikation vor und die war auch nötig, denn es galt, eine ganze Menge hungriger Mäuler zu stopfen.

Das Weihnachtsfest zuvor war bei Brandlers eher beschaulich und in überschaubarem Rahmen absolviert worden. Jetzt aber zum Übertritt in ein neues Jahrtausend waren alle da. Die ganze Sippe wollte gemeinsam das zwanzigste Jahrhundert hinter sich lassen. Dietrich hatte im Frühjahr mit der Ausarbeitung eines Essays begonnen, der davon handeln sollte und von dem er sich eine Veröffentlichung im Feuilleton der FAZ erhoffte, wie es eintausend Jahre zuvor gewesen war, ebenfalls beim Übertritt in ein neues Millennium. Kurz davor herrschte Otto der Große in den noch nicht nach Würsten kategorisierten deutschen Landen, er hatte ein paar Jahre vor dem ersten Millennium die Ungarn am Lech geschlagen, was Dietrich aber als welthistorische Marginalie interpretieren wollte. Nicht Europa, dieser kleine, zergliederte, zerfaserte

Wurmfortsatz am Rande der eurasischen Landmasse, war in jenen Zeiten eigentlicher Schauplatz der Weltgeschichte gewesen, sondern vielmehr das Islamische Reich, China, die aufwachenden Mongolen und überhaupt der riesige Raum östlich des Wurmfortsatzes. Das von einem Hohepriester in der heruntergekommenen Kleinstadt Rom ausgerufene Millenniumsereignis, begründet auf der wackeligen Zählung ab der ungesicherten Geburt des Religionsstifters, war damals nur einem Bruchteil der Welt bekannt und interessierte ein paar Provinzfürsten und angemaßte Könige im Wurmfortsatz. Die globale Geschichte spielte woanders. Seit Salamis 480 vor Christus und Marathon zehn Jahre zuvor, wo Athen Europa gegen die Perser verteidigte, seit den Niederlagen der Hunnen Alarichs, seit Tours und Poitiers 732, als die Araber von Zentraleuropa ferngehalten wurden, seit nämlicher Schlacht am Lechfeld 955 gegen die Ungarn und jener gegen die Türken vor Wien 1529 und 1689 war die Geschichte des Wurmfortsatzes immer als abgewehrte Bedrohung aus dem Osten erzählt worden. Jeder europäische Schüler hatte dies gelernt, dass das Verderben aus dem Orient kam, und dass irgendwelche heroischen Ahnen in blutigen Schlachten dies verhindert hatten. Von wegen ex oriente lux. Ex oriente Tod, Untergang, Chaos und Barbarei. So war das Selbstverständnis Europas seit jeher und jetzt, beim Übertritt in ein neues Millennium sah es nicht besser aus. Der legendäre Satz des Fürsten Metternich, dass Asien hinter dem Rennweg beginne, einer Straße, die aus dem Zentrum Wiens behaglich ein paar Kilometer Richtung Osten sich schlängelt, hatte in den letzten Jahren angesichts der Balkankriege, in denen sich der Südosten des Wurmfortsatzes zerlegte, neue Aktualität gefunden. Ganz abgesehen davon, dass kurz zuvor ein paar Jahrzehnte lang dem Russen als solchem, in Sonderheit aber seiner damaligen Erscheinungsform als Bolschewik und Sowjet, die Rolle des Unholds aus dem Osten zugewachsen war. Dietrich wollte diese Erzählung in seinem Aufsatz vom Kopf auf die Füße stellen. Dass nämlich die asiatischen Hochzivilisationen lange

Jahrhunderte daran gescheitert seien, den dumpfbackigen Bauernvölkern Europas ein wenig Kultur zu implementieren. Dass eine Revidierung der angstvollen Orient-Hysterie dem europäischen Selbstverständnis eine neue Orientierung geben könne. Dass der Orient, um es auch dem letzten Ahnungslosen deutlich zu machen, einer neu zu definierenden welthistorischen und geopolitischen Orientierung zugrunde liege. Diese Gedankengänge waren komplex und Dietrich ließ das Projekt erstmal ruhen und die FAZ musste warten. Hier und jetzt ging es für ihn um die hungrigen Mäuler am Silvesterabend, und denen sollten wir uns der Reihe nach widmen und dass wir ja nicht irgendwen vergessen.

Marie war aus Mecklenburg gekommen, wo sie Bürgermeisterin geworden war in Güstrow, der Heimatstadt ihres Vaters. Ihre Partei, die SED-Nachfolgerin PDS, hatte dort einen stabilen Wählerstamm, der knapp die Hälfte der Bevölkerung ausmachte, sie hingegen war mit 89,3 Prozent gewählt worden. Das war nicht unbemerkt geblieben in den Führungsetagen ihrer Partei. Familiäre Wurzeln an der Seenplatte, hochgebildet zurückgekehrt aus New York in die Heimat und somit unbelastet von irgendeiner DDR-Vergangenheit, zugewandt den Menschen, ausgestattet mit einer scharfen Zunge und einer Lebendigkeit, die Mann und Maus beeindruckte, sowie eines Kleidungsstils, der von Vivienne Westwood zu Yves St. Laurent gedriftet war – all dies führte dazu, dass sie insgeheim, meistens aber nichts weniger als insgeheim gehandelt wurde als mögliche Herausforderin des Ministerpräsidenten des Landes, eines Politikers namens Ringsdorff von der SPD. Marie war in der grauen, biederen Linkspartei PDS ein strahlender Pfau, den die eine Hälfte ihrer Genossen verachtete, die andere Hälfte, meist waren es die Genossinnen, bewunderte. Sie und Polly waren ein Paar, nach wie vor, eines allerdings, das in unterschiedlichen Territorien beheimatet war. Immer, wenn die beiden alle vier oder sechs Wochen ein paar Tage gemeinsam verbrachten, entweder in dem einen Territorium oder dem anderen, ging es los: »Lauter Dumpfbacken hier.«

Im Talhangweg am Silvesternachmittag hackte die charismatische Bürgermeisterin Zwiebeln, die Tränen rannen und Marina reichte ihr ein Taschentuch.

Marina nämlich war auch da, natürlich war sie da, und Gabriella, ihre Tochter, aus den Lenden Dietrichs hervorgegangen, selbstverständlich auch. Warum auch nicht. Die beiden waren die Einzigen, die nicht im Talhangweg die Nacht verbringen würden. Wie all die Jahre zuvor waren sie in der Pension Neckarblick unten in Ziegelhausen untergebracht. Das war seit Jahren der Brauch und da sie jedes Jahr zwei, drei oder sogar vier Mal von Rom über die Alpen nach Deutschland heraufzogen, konnte man sie mit Fug und Recht Stammgäste nennen bei Frau Berlicka, der Pensionswirtin des Neckarblicks, auch schon jenseits der siebzig, die nichtsdestotrotz Gabriella all die Jahre jeden Morgen zu deren heftig beklatschter Freude ein Spiegelei briet. Gabriella konnte besser Deutsch als ihre Mutter, was einerseits daran lag, dass sie dies in der Schule lernte, andererseits aber an ihrer Busenfreundin Helen, jenem fast gleichalten Mädchen, das aus Lenden entsprungen war, an die sich Lena nur undeutlich, manchmal aber umso intensiver erinnerte. Ebenso undeutlich wie intensiv waren die Parallelen, die sie von jenem weit zurückliegenden Lenden-Erlebnis in Contis Plage, aus dem allem Anschein nach Polly hervorgegangen war, mit demjenigen vor ziemlich genau zehn Jahren zog, als Dietrich weit entfernt jenseits der Alpen in Rom den Jesuiten nachspürte. Und dabei Marina fand. Die soeben einen Korb frisch gewaschener Wäsche von Lena in die Hand gedrückt bekam mit der unausgesprochenen Bitte, diese doch aufzuhängen. Ein bisschen Hierarchie sollte schon sein in Lenas Haushalt im Talhangweg.

Aber eben nur ein bisschen. Alles in allem hatte es sich gut gefügt in den letzten Jahren mit der komplizierten Familienkonstellation im Hause Brandler. Es war eine Art Patt entstanden, ein Waffenstillstand zwischen Lena und Dietrich. Der jeweilige Seitensprung, ein Begriff, den sie nie gebrauchten, nicht einmal dachten, hatte in seinen Ergebnissen, Helen und Gabriella, eher zu einem friedlichen Wettstreit geführt, so als ob ein Gestüt zwei Pferde ins gleiche Rennen bringen würde. Schwer zu sagen, wer vorne lag. Hübsch waren sie beide, jede auf ihre Art. Helen mit blonden Haaren, dunklem Teint und grazilem Körper drohte, vor allem, was das fast schon klassisch gestaltete Gesicht anbelangte, ein wenig in die Makellosigkeit abzudriften, während Gabriella eher der wuchtige, wilde Typ war mit breiten Wangenknochen, dunklem Wuschelkopf und einer kräftigen Nase. Wenn Helen lächelte, lachte Gabriella. Das deutsche Mädchen lernte Ballett, das italienische trainierte im Jugend-Camp des Fußballvereins Lazio Rom. Klug, dementsprechend selbstbewusst waren sie beide, während Helen die engeren Jeans trug, Gabriella dafür die bunteren T-Shirts. Momentan jedenfalls lachten sie sich halbertot an der Playstation oben im ersten Stock in dem Zimmer, wo vor Jahren Cas Depeche Mode aufgelegt hatte. Tom, frisch geduscht, ist auch dabei. Mit den beiden Mädchen, die im Grunde genommen ja seine Tanten sind, versteht er sich gut, besonders, wenn Gabriella aus Italien aus seiner und Helens stiller Zweisamkeit eine ausgelassene Dreiecksbeziehung herbeizaubert. Sie gefallen einander, die drei Kinder, sie suchen sogar einander zu gefallen, besonders natürlich die beiden Mädchen dem Buben und umgekehrt, und das funktioniert am besten überdreht und überkandidelt, mithin ballaballa. Tom wirft zwei Kissen in Richtung Playstation, die Mädchen sind verdattert, er aber baut sich auf und verkündet: Ich zeig euch mal was. Kramt ein Feuerzeug aus seiner Hosentasche, entzündet es, hält es an seinen Hintern, pupst kaum hörbar, sodass eine kleine, aber wahrnehmbare Stichflamme seinem Rektum entweicht. Er sammelt sich, man spürt, wie er die Eingeweide massiert, entflammt das Feuerzeug erneut, ein knallend langer Furz ist zu hören und ein Flammenwerfer zu sehen, gut dreißig Zentimeter lang. Jetzt sind die Mädchen dran und kreischend und kichernd wird endlos gefurzt und geflammt. Dann wieder Playstation, diesmal selbdritt.

Apropos Depeche Mode. Wo ist eigentlich Cas? Und wo Polly? Jedenfalls nicht im Wohnzimmer, wo der alte Breitenstein auf dem Sofa sitzt. Er hat eine DVD aus Wien mitgebracht und glotzt seit zwei Stunden auf den Fernsehbildschirm, wo Julie Christie soeben Omar Sharif anherrscht: »Schweigen Sie, Schiwago!« Jedes Jahr an Weihnachten oder an den Tagen drumherum schaut der alte Breitenstein *Dr. Schiwago*, jedes Mal muss er weinen, jedes Mal flüstert er an der einen oder anderen Stelle, vor allem dann, wenn alles im Schnee versinkt: »Da Russ. Ea hods schoh schwer.« Vielleicht weint er auch, weil das bis vor zwei Jahren das Ritual mit seiner Frau gewesen war, Schiwago kucken in der Weihnachtszeit. Aber Frau Breitenstein ist nicht mehr, sie hat es vorgezogen, still und heimlich ohne große Worte davonzufliegen in andere, bessere Welten, dafür sitzt ein kleiner, älterer Herr neben Opa Breitenstein auf dem Brandler'schen Sofa im Wohnzimmer, die kurzen Beine baumeln an der Sofakante. Als Omar Sharif zum letzten Mal in seinem Leben Julie Christie sieht, er totenbleich in der Moskauer Straßenbahn, sie lebensdurstig auf dem Bürgersteig, Breitenstein weint schon wieder, ruft der kleine Mann Richtung Küche: »Kann ich was helfen?« Und Lena ruft zurück: »Lieber nicht, Dr. Kobi.« Draußen dämmert es. Nebel zieht auf. Grauer Dunst, nicht gut für das Gemüt des Menschen. Die schlechteste Witterung überhaupt, nass, kühl, undurchsichtig und unheimlich.

Cas und Polly, Polly und Cas sind derweilen auf der Wendeplatte vor dem Haus, eine Straßenlaterne kämpft gegen Kälte, Nebel und Dunkelheit, ganz warm macht sie das mit ihrem neuerdings orangefarbenen Licht. Illuminiert die Szenerie mit Kitsch der Jahrtausendwende, wo sie früher mit ihren Bonanza-Rädern geturnt haben. Die gibt es übrigens noch, aber Tom, Helen und sogar Gabriella rollen nur mit den Augen, wenn Lena sie fragt, ob sie nicht eine Runde drehen wollen. Cas hat vorhin seine zwei Zentner auf das blaue gehievt und den Steiger versucht, aber Polly meinte: »Lass das, Herr Brandler, das schaut scheiße aus.« Sie reden sich seit einiger Zeit mit *Herr Brandler* und *Frau Polly* an, keine Ahnung, wann das anfing und wer das aufgebracht hat. Vielleicht, um die Distanz zu markieren, die sie zumindest rein optisch gesehen, also zwillingsmäßig vorstellen. Ungefähr zwei gegen einen Zentner.

Gut, Cas übt eine sitzende Tätigkeit aus, seit Jahren schon. Die Lkws, die er in dieser Zeit von München nach Sizilien und zurückgefahren hat, sind in dieser Zeit moderner und komfortabler geworden, vor allem was das Leben im Cockpit anbelangt, am Grundprinzip hat sich wenig geändert. Man trottelt mit 100 km/h auf der rechten Spur entlang, außer ein bulgarischer oder rumänischer Volltrottel hat mal wieder viel zu viel geladen, dann kann es schon sein, dass sogar der gutmütige Cas auf die Überholspur gerät und gemächlich am Vollpfosten aus dem Osten vorbeizieht. Ansonsten aber ist für Cas das Lkw-Fahrer-Dasein die Entdeckung der Gelassenheit. Man brettert nicht, man rollt. Wenn der Vordermann und die Vordermänner (wenn wir uns an dieser Stelle, vorlaut wie immer, wieder einmischen dürfen: eine Genderisierung der Verkehrsteilnehmer, die dem Cas vorausfahren, ist hier rein sachlich leider nicht möglich. In den 80er-, 90er-Jahren, von denen hier die Rede ist, ist dem vorlauten Kommentator keine, keine einzige Lkw-FahrerIN im Fernverkehr bekannt geworden. »Vordermann« sowie »Vordermänner« sind also kein generisches Maskulinum, sondern ein faktisches. Und selbst wenn mit »Vordermann« metaphorisch die physische Gestalt des vorausfahrenden Gefährts bezeichnet wäre, also ein 38-Tonner, wäre die womöglich sprachlich woke Alternative »Vorderfrau« bzw. »Vorderfrauen« stilistisch, im Sinne des hier geforderten Realismus, nicht wünschenswert. Ich hoffe, ich sehe das richtig), wenn also Vordermann und Vordermänner einigermaßen bei Troste waren, und das waren sie in der Regel, ihre fünf oder sechs Meter Abstand hielten bei konstanter Geschwindigkeit, dann war das Gleiten im Lkw-Konvoi wie die Schnüssel-Schwanz-Verhakung wandernder Elefanten in der Savanne. Es war ruhig, entspannt, frei von Konkurrenz und Stress. Gemächlich und sachte fuhr Cas seine Touren und wir wollen vorerst nicht wissen, was er da außer den sonnigen Orangen und Mandarinen geladen hat. In den ersten Monaten saß unüberhörbar Bruce Springsteen auf seinem Beifahrersitz. Dessen raukehlige Stimme und der mächtig rollende Sound der E-Street-Band dröhnte stundenlang durch sein Cockpit, ein angemessener Rhythmus für ein rollendes Tonnengefährt. Die Titel der LPs *Born in the USA* und *Darkness in the edge of town* grölte Cas lauthals mit, wenn zwischen Bologna und Florenz diese verfuckte Kurven-Autobahn zu bewältigen war. Zu seinem achtundzwanzigsten Geburtstag dann schenkte Dietrich ihm eine höchstselbst zusammengestellte CD mit dem Titel »Father? Yes, son«. Darauf waren Titel wie *I'm a man* von Chicago, *Papa was a rollin' stone* von den Temptations, *The End* von den Doors, *I'm goin home* von Ten Years After oder *White Rabbit* von Jefferson Airplane. Hendrix war darauf zu hören und Eric Burdons Earthband. Musik aus einer Zeit, als Dietrich so alt gewesen war wie Lkw-Driver Cas nun. Ein Höhepunkt waren die zwanzig Minuten *In-a-Gadda-da-Vida* von Iron Butterfly mit dem Schlagzeugsolo, das auf dem Lenkrad mitzutrommeln Cas manchmal in schiere Ekstase versetzte, egal ob er kurz hinter Salerno war oder den Brenner hinaufschlich. Jahre später, als Cas in seinem Cockpit sich auch Filme reinziehen konnte, überraschte ihn, dass der Musikgeschmack seines Vaters nahezu kongruent zu dem des Quentin Tarantino war, vor allem, wenn man den Soundtrack von *Pulp Fiction* und den von *Jackie Brown* genau verfolgte: *Across the 110th street* von Bobby Womack aus *Jackie Brown* war auch auf der Father-CD vertreten gewesen, dazu trommelte Cas und wippte und tanzte in seinem Cockpit wie ein verrückter Berserker, und gleich danach auf der Father-CD kam *Girl, you'll be a woman soon* von Neil Diamond, zu hören in *Pulp Fiction*, wenn Uma Thurman lasziv und zugedröhnt ihre Kreise dreht, und bei der Zeile *Girl, you need a man* wurde es Cas immer ganz anders und er sank zurück in den Sessel, der das Zentrum seines Lebens war. Dietrich hatte ihm erzählt, dass dieses Lied 1972 während der Münchner Olympiade der Trailer-Song für die Miss-Olympia-Wahl in der ARD gewesen war, bei der er, Dietrich, natürlich Heide Rosendahl mit ihren Ringelsocken gewählt hatte, die aber letztlich dann doch erwartungsgemäß von Olga Korbut gewonnen wurde, einer russischen Turnerin von nicht mal 16 Jahren, kindlich-schön und unschuldig wie das Girl, das Neil Diamond in seinem Lied besungen hatte.

Später dann kam Dr. Kobiaschwili ins Spiel. Sie kannten sich ja seit der Rubens-Session in der Münchner Pinakothek. Erst drehte Kobi die musikalischen Interessen unseres Cas über den Blues und ein bisschen Funk in die jazzigen Gefilde, also Coltrane und Miles Davies und Thelonius Monk und solche Sachen, um ihn dann in die Welt der Klassik einzuführen. Von *Born to run* bis zur 9. Klaviersonate von Beethoven benötigte Kobi ungefähr 28 CDs und Cas vier Monate. Dann kam Kobi auf die Idee mit den Hörbüchern: »Cas, ich bitte dich, niemand hat mehr Zeit, sich das kulturelle Erbe des Abendlandes im Schnelldurchlauf anzueignen, als du.« Dass er mit Doderers *Strudlhofstiege* anfing, war noch Kobis Vorlieben geschuldet, aber nach und nach entwickelte Cas eigene Präferenzen, die Heiligen Drei Thomasse vor allem, nämlich den Thomas Mann, den Thomas Pynchon und den Thomas Bernhard, dazu den Uwe Johnson und den A. F. Th. van der Heijden und natürlich den Dostojewski. Sie schritten dann fort zum Nietzsche, zum Hegel, dem Marx, dem Habermas, dem Sloterdijk und dem Aristoteles, die allesamt als Hörbücher nicht verfügbar waren, sodass Dr. Kobiaschwili diese selbst einsprechen musste, nicht ohne ausufernde Kommentare seinerseits: »Das musst du dir jetzt so vorstellen, Cas, wenn Politiker ihre Stimmberechtigten mitnehmen wollen oder Kindergärtnerinnen im Stuhlkreis sitzen, dass das auf Habermas aufbaut. Oder wenn es kaum noch jemanden gibt, der sich nicht als Opfer und dementsprechend diskriminiert fühlt, dann ist das der Foucault, nur weitergedacht. Und wenn der Sloterdijk ›Menschenpark‹ sagt, dann wandelt er auf

Nietzsches Spuren. Oder besser gesagt: er wankt und taumelt. Und sie stehen alle auf den Schultern des Aristoteles. Alle, sogar ich.«

(Unabdingbar: eine sofortige Einmischung mit einem zweifachen Doppelpunkt: Hat irgendjemand jemals gezählt, wie oft fiktionale Autoren, vulgo: Romanhersteller, also auch der hier Schreibende in ihren Hervorbringungen Philosophen herbeizitieren? Ja doch: Hendrik Krosovantis, Doktorand an der Universität Vilna, hat das gemacht. Und zwar in globaler Sicht in seiner Arbeit »Philosophical Namedropping in Global Literature«. Die Rankings sind die folgenden: Die Top Drei bei Afrikanern sind Nietzsche, Sartre und Frantz Fanon. In Asien Kant, Konfuzius und Aristoteles. In Südamerika Marx, Hegel und Benedikt XVI. In Nordamerika Foucault, Habermas und Butler. In Europa Popper, Arendt und Heidegger. Das ist evaluiert. Gezählt also. Um auf den Anlass dieser Einlassung zurückzukommen: Cas' Bildungsprogramm ist kein Produkt eines Namedroppings, sondern die schlichte Wahrheit.) Cas hat dann Jahre später diese sehr privaten Aufzeichnungen in seinem zweiten Leben, nachdem er schon tot gewesen war, unter dem Titel »Dr. Kobis Erklärung der Welt« als aufwendig inszenierte Hörbücher herausgegeben, mit Musikuntermalung von Springsteen über Coltrane zu Schönberg, was kommerziell nicht besonders erfolgreich wurde, aber in gewissen Kreisen Kreise zog. Jedenfalls und um darauf zurückzukommen: Caspars Lkw-Cockpit wurde damals über Jahre hinweg zu einem Universum des Wissens und erst letzte Woche auf einem Parkplatz in der Nähe von Bologna, während seine Kollegen in den anderen Cockpits sich Pornos reinzogen, hatte ihn Kobi in Einsteins spezielle Relativitätstheorie eingeführt. Die allgemeine wartete auf der Rückfahrt. Danach dann Heisenberg.

Polly hatte davon keine Ahnung. Manchmal, wenn sie mit ihrem Bruder stritt und er ihr zuraunte: *Wer etwas zu sagen hat, der trete vor und schweige*, dann stutzte sie und sah ihn von der Seite an. Hat der sie noch alle? Wobei, das muss man betonen, dies ihre Grundeinstellung dem Leben und den Menschen gegenüber war. Ein falsch gesetzter Blinker des Vordermanns (sic!) im Straßenverkehr, der falsch platzierte Aufwärtshaken eines ihrer Schüler im Gym in Mannheim-Neckarstadt, Toms Frisur, Dietrich sowieso – haben die sie noch alle? Polly war ständig gereizt, ungnädig könnte man auch sagen, unzufrieden, um es ganz banal auszudrücken. Was in letzter Zeit sicherlich damit zusammenhing, dass der WM-Kampf nicht zustande kommen wollte. In Europa hatte sie alle besiegt, die Engländerin Clara Durban beispielsweise in der siebten Runde durch Technischen K. o., die Französin Nicole Delacroix klar nach Punkten. Sie war seit Monaten die konstante Nummer zwei der Weltrangliste im Mittelgewicht, aber Swetlana Tabadse, die Weltmeisterin aus Georgien, die in den USA lebte und von ihrem schwarzen Vater, einem ehemaligen Halbschwergewichtsboxer, trainiert wurde, schlug sich lieber mit zweitrangigen Russinnen oder Südamerikanerinnen herum, als endlich zum finalen Duell mit Polly Brandler anzutreten. Der Weltverband WBO hatte zwar Regularien, die zwingend einen Kampf zwischen der Nummer zwei und der Nummer eins vorsah, aber die TV-Anstalten, die Derartiges finanzierten, wiegten skeptisch die Häupter. Sie hätten lieber die Französin oder die Engländerin, beide schwarz und mit Street Credibility, gegen die strohblond gefärbte Swetlana Tabadse gesehen. Hingegen eine Deutsche, noch dazu jenseits der Dreißig, gegen eine Georgierin? Nicht so richtig prickelnd. Aber: Polly kannte einen, der war damals in Berlin in der Adalbertstraße einer der Militantesten gewesen und jetzt Redakteur bei RTL. Beim Fernsehen. Den rief sie an. Und der war dabei, als sie drei Wochen vor dem Millenniumsereignis im Trainingscamp der Swetlana Tabadse in Milwaukee auftauchten. Mit Kamera und RTL-Equipment und allem Pipapo. Die regionalen Fernsehsender waren auch verständigt. Polly also legte los, die arme Swetlana hatte gerade ihr Training beendet und sie standen in einem Flur, der zu den Duschen führte: »Du gottverlassene Bitch, du feiges Luder, was ist? Traust du dich nicht? Soll ich dir gleich die Nase brechen, du jämmerliche georgische Dumpfbacke?« So ging das ein paar Minuten weiter, wir kennen ja unsere Polly, und es wurde gesendet in Deutschland bei RTL, in den USA erst in Wisconsin und dann nationwide, und dann hatten die großen TV-Sponsoren ihr Thema und Polly ihren Kampf: 23. Mai 2000 in Tiflis. Das also der Stand unter orangefarbenem Licht auf der Wendeplatte im Talhangweg. Weswegen an diesem Abend, in dieser Nacht, in der ein Jahrtausend ins andere wechseln sollte, Polly ein wenig weniger gereizt oder ungnädig war als sonst. Sie war an diesem Abend eine Weltmeisterin in Erwartungshaltung. In spe sozusagen. Sie tänzelte gewissermaßen dem entgegen, was hier begonnen hatte.

Helen kam aus dem Gartentor auf die Wendeplatte, in ihrem Schlepptau Gabriella. Sie trauten sich nicht so richtig heran an die beiden erwachsenen Zwillinge, die da Unsinn trieben auf komischen Fahrrädern. Polly hatte sich auf dem breiten Rücken von Cas festgekrallt, hielt ihm von hinten die Augen zu und beide kreisten kreischend in schnellen, engen Kurven durch den orangen Nebel. Helen nahm allen Mut zusammen: »Polly!«, rief sie, »Polly«, noch einmal, schon merklich leiser. Cas bremste abrupt, Polly rappelte sich und sah das Mädchen fragend an. »Tom weint«, sagte sie mit Augen, die wässrig anliefen, »er heult sogar richtig. Tu doch was.«

Also, es war so, dass Tom sich wieder einmal ohne Vater fühlte. Das geschah ihm oft, aber diesmal war es besonders heftig. Winter-Dunkelheit, Dezember-Nebel, Silvester-Gestimmtheit, Millennium noch dazu. Das ging auch an einem Jungen wie Tom nicht spurlos vorbei. Er lag auf seinem Bett, bäuchlings, und der kleine Körper hob und senkte sich im Rhythmus des Schluchzens und Schniefens. Polly setzte sich auf die Bettkante, schmiegte ihre Wange in seinen Nacken und flüsterte: »Hey, Muttersöhnchen, alles klar?« Sie spürte, wie sich die Muskeln ihres Sohnes gegen sie strafften, aber sie blieb fest, Wange an Nacken: »Hör mal, Tom, mein Großer. Hier ist deine Mama Polly. Unten sitzen deine Tante Marie und deine Oma Lena. Und Cas, dein dicker Onkel. Wir alle haben dich lieb. Von Opa Dietrich ganz zu schweigen.« Der Rücken des Jungen hob sich, eine Faust hieb in die Kissen. Er drehte sein verheultes Gesicht zu Polly: »Alle haben einen Vater. Alle. Die im Verein, die in meiner Klasse. Und ich? Ich hab Opas und Tanten. Aber keinen Vater. Wo ist der denn, verdammt noch mal?« Polly setzte sich aufrecht auf die Bettkante, zog ihren Sohn zu sich. Sie hatte das kommen sehen. Vor drei Jahren, als Toms Vatersuche zum ersten Mal deutlich wurde (er hatte einem Mitschüler, der ihn Muttersöhnchen genannt hatte, eine gedonnert), konnte sie Dr. Kobiaschwili zu einem Vaterschaftstest überreden. Der fiel negativ aus. Fliege, den zweiten Samenspender, hatte sie völlig aus den Augen verloren. Und der dritte war ihr ohnehin unbekannt, ein Geist, von dem auch Dr. Kobi, der ihn damals für das Zufallsexperiment im Reagenzglas rekrutiert hatte, nie wieder etwas gehört hatte. Tom war ein kluger Junge, ein sportlicher sowieso und ein hübscher obendrein mit dunklem, seidigem Haar und großen braunen Augen. Das alles sprach, nachdem Kobi ausgefallen war, sowohl für Fliege als auch den Geist. Aber wie sollte sie das ihrem Sohn erklären? Ihr selbst war die Vaterschaft nach wie vor völlig gleichgültig. Sie und Marie, auch wenn sie mittlerweile, geografisch gesehen, weit auseinander lebten, verstanden sich als Eltern, aber sie verstand auch, dass sie die Rechnung ohne Tom gemacht hatten. Marie war kein Vaterersatz und Dietrich war Opa Dietrich. Polly legte den Arm um ihren Sohn: »Das mit deinem Vater, das kriegen wir geregelt. Genauso wie das mit meinem Vater. Den kenn ich nämlich auch nicht. Wir haben das gleiche Problem, mein Kleiner, mein Großer. Ja klar, immer Vater, Vater, Vater, versteh ich doch. Scheiß Väter. Deiner heißt Zufall, meiner ist ein Geist. Wir sind Verbündete, größter Muttersohn aller Zeiten. Jetzt hör auf zu heulen.«

Und er hörte auf. Hörte auf seine Mutter. Hatte auch zugehört, entspannte sich, wischte sich Tränen ab und fragte klug und schlussfolgernd: »Dann ist Opa Dietrich nicht dein

Vater. Oder wie?« Und Polly, unsere Kampfmaschine Polly, zu diesem Zeitpunkt noch präsumtive Weltmeisterin im Mittelgewichtsboxen, sackte zusammen, buckelte den Rücken und sagte: »Ja. Höchstwahrscheinlich jedenfalls. Das ist alles ein heilloses Kuddelmuddel in unserer Familie. Aber ich verspreche dir eins. Wir kriegen raus, wer dein Vater ist. Irgendeinen muss es ja geben. Und wir suchen nach meinem Vater. Große Verschwörung, bist du dabei?« Tom nickte nur, die letzte Träne wurde mit dem Handrücken entfernt. Er war eben doch schon ein großer Tom. Und sollte ein noch größerer werden. Wir werden das erleben und uns vielleicht wundern. Nicht jedoch Dietrich Brandler und am wenigsten Polly. Schließlich war das ihr Sohn, von welchem Vater auch immer.

So, jetzt sitzen sie alle am Tisch und Dietrichs Würste werden aufgetragen. Mit dabei, jetzt hätten wir beinahe doch noch ein paar vergessen, ist der Gerd aus der Werderstraße, wen wundert es, Lenas Busenfreundin Ariane, jene führende Genossin, die ihre Trauzeugin gewesen war und mittlerweile eine etablierte Dame der Heidelberger Kulturwelt, sowie die Nachbarn, das Ehepaar Oberländer, beide jenseits der achtzig, er trinkfest wie eh und je, sie ein bisschen verträumt. Es ist 20.32 Uhr. Er selbst, Dietrich also, steht am Fenster und schaut auf den Neckar, der nicht zu sehen ist wegen Nebel. Nebel, denkt er, ist eine natürliche Tatsache im Dezember im Neckartal. Nebel ist in Flusslagen im Spätherbst und im Frühwinter das Normalste von der Welt. Kondensierter Wasserdampf, dem die Wärme fehlt, um ins Nichts zu entweichen. Als Metapher ist der Nebel ein Klischee, oder sagen wir es doch, wie es ist: ein aufgeladenes, überinterpretiertes Gewese.

Vorgestern, als er in der Max-Bar am Heidelberger Rathausplatz am Tresen gestanden hatte, ganz allein, das eine Bier nach dem nächsten, war ein Fremder zu ihm getreten, ein älterer Herr mit einer Plastiktüte in der Hand und der Frage, ob er, Dietrich, etwas mit Kunst am Hut habe. Dietrich verneinte, lächelnd und verbindlich. Worauf der Herr bemerkte, dann müsse man sich ja nicht weiter unterhalten.

Das wiederum, so Dietrich, fände er schade. Woraufhin der Herr eine Zigarette schnorrte, ein Bier bestellte und sich als Plakatmaler vorstellte. Mit der besonderen Fähigkeit und auch der Realisation von Filmplakaten. Als sich auf näheres Befragen seitens Dietrichs herausstellte, dass der Herr der Gestalter der Plakate von *Spiel mir das Lied vom Tod* und Bertoluccis *1900* war, als sein Meisterwerk allerdings das Plakat für *Lawrence von Arabien* von David Lean bezeichnete, war Dietrichs Reaktion eine Dietrich'sche: »Echt?« Der Herr erläuterte, dass die besondere Aufgabe die gewesen sei, beim Gewand des Peter O'Toole, dem Darsteller des Lawrence von Arabien, keine Falte des arabisch anmutenden Überhangs doppelt zu gestalten. Jede Falte müsse Einmaligkeit haben, kein Fallen des Stoffes dürfe sich wiederholen, jede Falte immer eine andere sein. Was, wie der Herr betonte, nicht leicht zu bewerkstelligen sei. Die Grundsätzlichkeit des Problems war Dietrich aus der Kunst der antiken Griechen und den darauf aufbauenden Erzeugnissen der italienischen Renaissance bekannt, was er auch äußerte, vage, naturgemäß, denn das Buch eines Kunsthistorikers der Dreißigerjahre, der aus dem Faltenwurf marmorner Statuen ganze Zeitdiagnosen ableiten konnte, war ihm nur noch in Rudimenten erinnerlich. Jedenfalls hörte der Herr unserem Dietrich bei seinen kulturhypothetischen Exkursen zu Recht überhaupt nicht zu und beharrte auf der Eigenständigkeit seines Faltenwurfes des Gewandes von Lawrence von Arabien, von ihm hervorgebracht. Gegen alle Widerstände. Nach zwei Bier und vier Zigaretten, allesamt geschnorrt, verabschiedete sich der Plakatmaler mit den Worten, dass es ihm eine Freude gewesen sei, einem völlig Kunstfremden die Prinzipien der Ästhetik nahegebracht zu haben. Auf dem Rathausplatz, wohin der Herr mit seiner Plastiktüte entschwand, lag dichter Nebel, erhellt von den orangefarbenen Straßenlaternen, weswegen Dietrich sich überhaupt erinnert hatte an diese Begegnung zwei Tage zuvor.

Bei Tom, Gabriella und Helen waren der Nebel und seine mystischen Weiterungen keine Frage, sie kicherten. Dietrich musste notgedrungen seine Gedankengänge abbrechen. Keine Zeit mehr für dunkeldunstige Gefühligkeiten. Lena und Marina brachten die Würste herein.

Um es noch einmal zu rekapitulieren, wer hier alles zusammensitzt, millenniumserwartungsfroh: Dietrich und Lena und Marina, Polly, Cas und Marie, die Kinder Tom, Helen und Gabriella, Opa Breitenstein und Dr. Kobiaschwili sowie das Ehepaar Oberländer, Ariane und der Gerd aus der Werderstraße. Und noch einer. Einer im Nebel, der herumstreicht um das Haus am Neckarhangweg, einer, der das orange Licht meidet und keine der Würste begehrt. Sondern anderes. Fünfzehn Menschen (oder sechzehn) also, von denen einer, Dietrich nämlich, ständig besorgt auf die Uhr schaut. Jahrtausendwechsel, das heißt für ihn: Y2K, Zusammenbruch sämtlicher digitaler Systeme. Börsencrash, Flugzeugabstürze, Totalausfall. Datenapokalypse. Versehentliche Auslösung eines Atomkrieges. Untergang. Die Würste dampften.

Das sieht gut aus, Dietrich, wie bei Breughel. Bauernschmaus – Alles hat ein Ende, nur die Wurst hat zwei – Der Lafer macht in seinen Kartoffelbrei die gleiche Menge Butter. Geht's noch? – Ich lass das Grau jetzt rauswachsen ohne Färbung – Die Polnische ist mir zu fettig, gib mir mal von den Thüringern, eine halbe aber bloß – Auf der Neckarwiese – Tom wird mal einer, hat der Flick gesagt – In Frankreich hab ich mal Champagner-Sauerkraut gegessen. Schmeckt auch nicht anders – Helen, Süße, iss doch mal ein Würstchen – Dr. Schiwago hat dem Bolschewismus mehr geschadet als die Pershing II – Das wird böse enden heute Nacht, ich sag's euch. Kein Chip kann was mit einer Doppelnull anfangen – Gib mir mal den Fens. Den Snef. Du weißt schon – Ich mag das nicht, dieses Lesen am Bildschirm. Ich brauche den Geruch der Bücher – Vorzüglich, das Sauerkraut, meine Liebe, vorzüglich – Dürfen wir schon schießen, Opa? – Auf der Neckarwiese – Italien fängt erst hinter Rom an. Das hat schon Pasolini gesagt – Eine geht noch, eine fette, du hast Schnaps da, Dietrich, oder? – Grau ist aber nicht gleich grau – Dieses Internet. Ich weiß nicht. Das kostet doch. Jeden Monat – Bei Harald Schmidt schlafe ich ein. Regelmäßig – Kennst du den? – Italien geht in Ordnung. Wenn bloß nicht die Alpen wären – Nachhaltigkeit ist ein Begriff aus der Förstersprache. Das weiß bloß keiner – Der neue T. C. Boyle ist Schwachsinn. Geht aber wie geschnitten Brot – Auf der Neckarwiese – Ich finde Fischer um einiges attraktiver als Schröder. Nur mal als Beispiel – Der Ball ist das letztgültige Medium des Zufalls. Und Heisenberg ist sein Prophet – Wie spricht man den eigentlich aus, diesen Houellebecq – Darf ich dich mal was fragen, ohne Scheiß jetzt – Alles hat ein Ende, nur die Wurst hat zwei. Das hat was von Hegel – Das macht doch was mit dir, seelisch – Das mit diesen kleinen Mobil-Telefonen, das hört bald auf. Der Markt ist gesättigt – Ich sag's noch mal: Schiwago – Noch eine Stunde Dietrich – Das Bild hat den Gedanken abgelöst. Der Bauch das Gehirn. Meine Meinung – Und dann hab ich einfach gesagt: Tschüssikoffsky – Österreich ist das einzige Land, das aus Erfahrung dümmer wird. Meine Erfahrung – Morgen ist das Gestern von heute. Da wird es einem schwindelig – Tom ist ein Stinker, igitt – Und wie geht es dir sonst so, ich meine sexuell vor allem? – Hier liegt noch eine Wurst, wer will noch mal, wer hat noch nicht? – Auf der Neckarwiese, da – Komm mir nicht so, komm mir bloß nicht mit diesen Klischees – Opa! – In Wien, da gibt es einen Friedhof der Namenlosen. Stell dir das mal vor – 68 hat mich dumm gemacht. Und hässlich – Immer über den Brenner, wie der Hannibal – Er hat damit ein völlig neues Narrativ entwickelt, sozusagen – Opa! – Auf der Neckarwiese, da vögeln sie jetzt – Ich kann mich da nicht wiederfinden, bei aller Liebe – Der hat sie doch nicht alle, der mit dem Flaschenpfand, wie heißt der noch mal – Krachend gescheitert – Du wiederholst dich – Der Mensch, ich sag's dir, der Mensch, die größte Fehlentwicklung ever – Komisch, sehr komisch. Aber auch interessant – Was die Weltwirtschaft anbelangt, so ist sie verflochten. Tucholsky 1930. Da kannste mal sehen – Wein auf Bier, das rat ich dir. Bier auf Wein, das ist fein – Die DDR war scheiße, aber irgendwie auch sympathisch – Geht's dir manchmal auch so, dass du das Gefühl hast – Meine Meinung – Unfassbar. Einfach unfassbar – Wo ist eigentlich Helen? – Da krieg ich heute noch Gänsehaut – Ihr habt sie doch nicht alle. Kuckt euch doch an – Man muss zuhören. Sich einfühlen in das Gegenüber. Sonst – Was ist das für ein Wein, Dietrich? Excellent. Ich höre Barrique-Töne, verhaltene – Jetzt komm. Easy-peasy. Mach hier nicht den Larry – Alles gut – Evolution. Du verstehst nichts, wenn du nicht die Evolution verstanden hast. Arterhaltung. Alles was du tust, dient der Arterhaltung. Sozusagen – Ich hab ja nichts gegen Weiber. Im Gegenteil. Aber – Die DDR war sympathisch, aber irgendwie auch scheiße – Ah nee. Jetzt rülpst du da einfach. Da sind Kinder hier – Hat jemand Helen gesehen? – Noch mal: alles auf Anfang – Wieso eigentlich nicht wieder eine Mauer – Guter Schnaps, echt guter Schnaps, wo hast du den her, Dietrich? – Auf der Neckarwiese, da vögeln sie jetzt schon im Morgengrauen – Du hörst mir doch überhaupt nicht zu – Opa! – Die DDR war scheiße und obendrein unästhetisch. Ach was, hässlich. So was muss untergehen – Dietrich! Zwanzig vor zwölf. Bist du bereit? – Der Zentralfriedhof in Wien ist halb so groß wie Zürich, aber doppelt so lustig – Nee, nee, nee. Niemals. Da hätte ich was dagegen – Am Zufall beißt sich der Verstand die Zähne aus. Einstein war, gewissermaßen, sozusagen der Zahnarzt Newtons – Opa! Tom pupst! – Ich weiß nicht, was Liebe ist. Liebe wird überschätzt – Einer geht noch, einer geht noch rein – Das ist mir zu komplex – Auf der Neckarwiese, da vögeln sie jetzt schon im Morgengrauen, diese Drecksnilgänse – Hinterher ist man immer schlauer. Das hat schon Kierkegaard gesagt – Weißt du, es fehlt an Aufmerksamkeit, nee, an Achtsamkeit irgendwie, überall – Geht in Ordnung. Sowieso – Schnaps, Dietrich! Mehr Schnaps bitte! – Ogottogott – Grau, grau ist alle Theorie – Früher, da war die Neckarwiese – Der Diskurs ist das Narrativ der Gegenwart – Hoppla – Jetzt hör mir doch endlich einmal zu – Du, ich, wir, wohin soll das führen? – Du hast die schönsten Brüste, die ich jemals gesehen habe, meine inbegriffen – Dietrich, es ist fünf vor zwölf! Armageddon naht! – Jetzt kuck doch endlich jemand nach Helen, verdammt noch mal! Wo ist sie denn?

Helen war weg. Verschwunden im Nebel, entführt, oder sagen wir besser, begleitet von einem Geist. Er war über die Bäume gekommen, über Laternenpfähle und Lattenzäune, lautlos und schwerelos, war katzengewandt durch die Terrassentür geschlichen, kauerte unter dem Tisch, nahm sie im richtigen Moment federleicht in seine Arme, verschwand, wie er gekommen war, ließ sich den Hang hinabfallen, nichts als die Schwerkraft und seine Geschicklichkeit nutzend, das Kind im Arm. Und dann fuhren sie in einem Kahn im dichten Nebel neckarabwärts. An den Ufern bejubelten die Menschen krachend das neue Jahrtausend. Helen, das Kind, war entzückt. Die Würste waren ohnehin nicht ihr Ding gewesen.

Die Wurstgemeinschaft im Talhangweg hingegen war in Panik. Während überall geschossen und geböllert wurde, sodass der Nebel mit einer diffusen und bunten Dunstigkeit wetteifern musste, irrten elf mehr oder weniger betrunkene Erwachsene und zwei Kinder (aufmerksam Lauschende bemerken: zwei weniger als ursprünglich vorhanden; dazu später) durch das Haus, den Garten, die Straße, die Hänge, die Nachbargrundstücke: »Helen« riefen sie, »Helen, wo bist du« schrien sie, aber Helen war nicht da. Der Kahn mit dem Geist und ihr an Bord passierte in diesen Minuten die Alte Brücke in Heidelberg, wo der Nebel sich gelichtet hatte und ein fulminantes Feuerwerk die Altstadt illuminierte. Helen, nach wie vor und mehr denn je entzückt, fand zum ersten Mal Worte: »Boh, kuck mal.«

Um zwei rief Dietrich die Polizei an. Um vier kam ein Streifenwagen. Die beiden Beamten, ein bärtiger Mann und eine junge Frau, nahmen Fotos von Helen entgegen, bekamen geschildert, was sie an diesem Abend an Kleidung getragen hatte, und dass sie sicherlich keine Ausreißerin sei. Lena war dies besonders wichtig: »Helen ist keine Polly!« Die beiden Polizisten, die zuvor mehrmals Haus und Garten, diesen sogar mit Taschenlampen, nach sogenannten Spuren durchsucht hatten, in einer Weise, wie man das in der Neujahrsnacht eines neuen Jahrtausends eben so macht, sie hatten sogar einen Schäferhund dabei, der an einem getragenen Unterhemd Helens schnüffeln durfte und sodann im Haus und um das Haus herum weiter schnüffelte. Auch seine Fähigkeiten ergaben keine brauchbaren Ergebnisse, schließlich war Helen ja mehr oder weniger durch die Lüfte entschwunden. Die Polizei versprach also, Helen zur Fahndung auszuschreiben, demnächst mit mehr Personal die Suche in der näheren Umgebung aufzunehmen, und verabschiedete sich. Zurück blieben verheulte Augen, müde Gesichter und eine allgemeine Schlaflosigkeit. Von der Ratlosigkeit ganz zu schweigen.

Helen, der Kahn und der Geist befanden sich zu diesem Zeitpunkt längst flussabwärts auf dem Rhein. Der Kahn schaukelte sanft, der Geist hatte den Arm um sie gelegt und sie blickte, den Kopf in seiner Achsel, zu einem sternenklaren Himmel empor. Ahnte sie, dass sie etwas gefunden hatte, beziehungsweise von etwas gefunden worden war, von dem Polly und Tom noch sternenweit entfernt waren? Auf den kräuselnden Wellen von Vater Rhein blinkte vergnügt der Widerschein des Sterngefunkels.

*

Als das funkelnagelneue Jahrtausend drei Tage alt war, läutete es am frühen Nachmittag an der Haustüre im Talhangweg. Tom war als Erster an der Tür, er erwartete einen Freund, um an der Playstation *FIFA Soccer* zu spielen. Das Weihnachtsgeschenk von Dietrich. Als er öffnete, erblickte er einen kleinen Menschen, der in einen knallroten, flauschigen Kapuzenmantel gehüllt war, aus dem unten zwei kleine, schwarze

Stiefel ragten. Das sah sensationell aus, denn über Nacht hatte es heftig geschneit und nun leuchtete vor dem gleißend weißen Hintergrund aus schneeüberladenen Büschen und Bäumen, Wiesen und Wegen sowie einem strahlend blauen Himmel darüber ein kleiner, in seiner Wirkung umso größerer roter Farbklecks. Das Menschlein hob langsam den Kopf, sodass unter der voluminösen Kapuze das Gesicht hervorkroch. »Helen?« Das hatte Tom mehr geflüstert, aber dann brüllte er, denn plötzliches Erkennen ist ja ein innerlich lautstarker Vorgang, der nach einer äquivoken Entäußerung verlangt (cf.: heureka), ins Haus hinein: «Helen ist wieder da!«

Da saß sie nun im Wohnzimmer, die ganze Familie Brandler, und Helen erzählte, was alles losgewesen war während ihrer dreitägigen Abwesenheit. Das war ihr wichtig, man merkte es an der aufgeregten Stimme: »Die erste Nacht haben wir auf dem Kahn übernachtet, am Ufer. Da hat er ein kleines Feuer gemacht und wir haben Würste gebraten und so und hatten jede Menge Decken. Das war richtig kuschelig. Am nächsten Tag waren wir erst einkaufen. Klamotten und so, in Köln, glaube ich, und dann sind wir mit dem Zug ins Disney Land, voll schnell, und am Abend waren wir oben auf dem Eiffelturm, mit einer super Aussicht. Dann, dann irgendwie sind wir nach Kairo geflogen und ich bin geritten auf einem richtigen Kamel, da wurd's mir voll schwindelig. Und die Pyramiden hab ich gesehen. Ja, schon gut, aber irgendwie langweilig. Und dann er: Möchtest du in der Wüste übernachten? Und ich: Klar. War supertoll. Sterne überall. Dann, mal überlegen, was war dann? Ach ja, das hat am längsten gedauert, nach Buenos Aires und dann mit einem so riesigen Jeep zu so riesigen Wasserfällen, das war toll. Dann kam Rio, da hab ich sogar gebadet im Meer und so und ein bisschen gekickt mit ein paar Jungs am Strand. Voll gut. Die irgendwas auf Brasilianisch. Und ich: Claro. Und wegen den Wasserfällen, weil die mir so gefallen haben, sind wir dann nach New York und von dort zu den Niagara-Fällen. Boh, voll geil. Und dann noch mal nach Disney Land, aber das richtige. Und er:

Was war besser? Und ich dann: Beide. Und dann waren wir noch in Rom, in Istanbul, glaube ich, in Wien durch die ganze Stadt in so 'ner Kutsche, voll süß, und dann noch, ach ja, im Schloss Neuschwanstein. Und da sagt er dann: So, jetzt ab nach Hause. Und ich: Das ist jetzt echt blöd. Was ist mit Japan? Und er: Das nächste Mal. Die meiste Zeit sind wir eigentlich geflogen. Manchmal, das war ganz komisch, da dachte ich, sogar ganz ohne Flugzeug. Das war voll schön. Und jetzt bin ich wieder hier.«

Lang anhaltendes Schweigen im Wohnzimmer der Familie Brandler. Sehr lang anhaltend, nur unterbrochen durch Helen, die Tom zuraunte: »In Rio hättest du dabei sein sollen. Die können vielleicht kicken dort. Mein lieber Mann.« Tom nickte versonnen, Dietrich sprach mehr zu sich: »Was willst du denn in Japan?«, und Lena fragte leise: »Hast du denn keine Angst gehabt, Kind?« – »Wie Angst? Nö, wieso denn. Ich hab euch doch aus Paris schon eine Karte geschrieben, dass es mir gut geht und so. Habt ihr die nicht bekommen?« Hatten sie nicht. »Und wie war er so, der Typ, der Mann, mein ich? Hat er dich angefasst?« – »Wie angefasst? Der ist supernett, der Carlos. Voll witzig. Er kann ganz gut Deutsch, und ich kann ja schon ein bisschen Englisch, das war perfekt. Er hat immer erzählt, dass er euch gut kennt, dich, Mama vor allem und dich, Dietrich. Das war bei den Wasserfällen in Südamerika, da hat er das erwähnt. Und auch von Polly und Cas hat er immer gesprochen, dass er ja eigentlich zur Familie gehört. Supernett. Die Leute dachten ja immer, Vater und Tochter und so. Da musste ich manchmal richtig lachen. Er auch.«

Lena und Dietrich sahen sich an, Polly sah ihre Mutter an und Cas sah Dietrich und Polly an. Alle sahen sich an. Die einen wussten etwas, die anderen ahnten so einiges. Nur Tom sah niemanden an. Er träumte von einem Fallrückzieher an der Copacabana.

Dietrich rief in Heidelberg die Polizei an. Wurde durchgestellt zu dem zuständigen Kommissar, dem er die ganze Geschichte erst mal von vorne, also vom Silvesterabend an,

berichten musste. Die Sache sei nun glücklich ausgegangen, ein reicher Onkel der Familie habe Helen auf eine Weltreise mitgenommen, ohne den Eltern davon etwas zu sagen. Er, Dietrich, entschuldige sich vielmals für die Unannehmlichkeiten, danke der Heidelberger Polizei auf das Herzlichste für ihren Einsatz und versichere, soviel ironisch verbrämte Bildungshuberei musste sein, dass das Haus Brandler hiermit ausnahmsweise und ausdrücklich darauf verzichte, wegen der Entführung ihrer Tochter Helena einen Krieg zu beginnen.
»Verarschen kann ich mich selber«, knurrte der Kommissar und legte auf.

Es war im November 1959, an einem Sommerabend an der Bar des Hotels Viena in der Kolonie Nueva Germania, als Alban Krug dem Neuankömmling den Arm um die Schultern legte: »Schade, dass Martin das nicht mehr erleben konnte. Das hätte ihn gefreut, einen so berühmten Arzt persönlich kennenzulernen. Darf ich dir vorstellen: Bruno Fricke, Reichssicherheitshauptamt, Abteilung Vier B Vier, du weißt schon. Edgar Ynsfran, der Innenminister dieses schönen Landes Paraguay. Und das ist Karl Sommer, früher mal Obersturmbannführer, mittlerweile einer der reichsten Männer in diesem Land. Und Hans-Uli kennst du ja schon. Wir alle stehen dir zu Diensten.«

»Martin«, fragte der so Geehrte, ein etwa vierzigjähriger unscheinbarer Mann mit hoher Stirn und einem leichten Hinken, das von allen Anwesenden kaum bemerkt worden war (zwanzig Jahre später stellten brasilianischen Behörden unter Anwesenheit von Vertretern des FBI, des Mossad und bundesrepublikanischer Fachleute bei der Untersuchung des exhumierten Skeletts fest, dass das linke Bein 15 Millimeter kürzer war als das rechte), »doch nicht Martin Bormann?« – »Na wer denn sonst«, antwortete Krug fröhlich, »unser aller Meister und Gebieter. Gott hab ihn selig, vor sechs Monaten friedlich entschlafen. Heimlicher Führer des 4. Reiches hier in Südamerika und, wenn es nach ihm gegangen wäre, und daran arbeiten wir, bald auf der ganzen Welt. Ich behaupte und tue das mit guten Gründen: Bormann war der einzige richtig politisch denkende Kopf in dieser Wilhelmstraßen-Mischpoke. Unabhängig, eigenständig, querdenkend. Himmler, eine Null und zum Schluss ein Verhandler und Versöhnler. Ich habe diese Brille immer gehasst. Goebbels, ein willfähriger Schmieranski vor dem Herrn. Göring, ein Fatzke. Keitel, Jodl, der ganze Stab: lauter Schleimscheißer. Heydrich hätte uns helfen können. Leider zu früh gegangen. Aber Martin, das Schlachtross. Kämpfer der ersten Stunde. Und noch der letzten. Hätte er nur rechtzeitig geputscht gegen den größten Weihnachtsmann aller Zeiten, wie Goebbels ihn einmal genannt hat, diesen Wahnsinnigen, dann säßen wir alle nicht hier. Aber Martin war nun mal loyal, der Sekretär des Führers. Loyalität, das haben wir von ihm gelernt. Wir hier haben ihn gut abgeschirmt. Nicht dass ihm das Gleiche passiert wäre wie kürzlich Eichmann, diesem Einfaltspinsel. Frau und Kinder unter dem Echtnamen in Buenos Aires anmelden zu lassen. Was für ein Wahnsinn.« Der Neuankömmling zuckte kurz zusammen. Seine Frau Martha und der Stiefsohn Karl-Heinz lebten unter seinem Namen in Buenos Aires. Mit wechselnden Adressen, aber seit Jahren. War das eine Anspielung auf eigene Unvorsichtigkeiten? Eine Verwechslung zwischen ihm und Adolf Eichmann? Konnte er den hier Anwesenden trauen? Oder warteten draußen schon Agenten des Mossad, um ihn, wie Eichmann, in eine schwarze Limousine zu zerren? Nach Israel zu entführen? Vor Gericht und die Weltöffentlichkeit zu stellen? Er straffte sich, hob das Kinn und hörte weiter zu. Aufmerksam, denn Krug sprach weiter: »Bei solchen Dummheiten brauchst du nicht den Mossad, das hätte der BND auch rausbekommen. Gehlen, dieses Verräterschwein. Und Fritz Bauer, dieser Jude, den wir leider nicht erwischt haben. Aber das kommt noch. Aktuell jedenfalls macht er Schwierigkeiten. Aber wem sag ich das. Bei dir, Josef, ist die Kacke ja auch schön am Dampfen. Deshalb haben wir Señor Ynsfran heute Abend eingeladen. Er kann dir helfen. Und Karl natürlich auch.«

Der angesprochene Innenminister des seit 1811 souveränen Staates Paraguay, ein kleiner, rundlicher Mann mit Tränensäcken unter den hängenden Augenlidern sowie einer glänzenden Glatze, erhob sich förmlich, verbeugte sich und sagte: »Ich soll Sie herzlich grüßen, Señor Dr. Mengele, von unserem Präsidenten Alfredo Stroessner, der sich freut, Sie in unserem Land willkommen zu heißen. Seit eine liberal-kommunistische Junta den rechtmäßigen Präsidenten Argentiniens, unseren Freund Juan Perón, vor vier Jahren aus seinem Land vertrieben hat, und wir ihn großzügig in unser Land aufgenommen haben, ist es uns eine Ehre, allen Menschen, die von den internationalen sozialistischen, kommunistischen, kapitalistischen Mächten verfolgt werden, in unserem kleinen souveränen Land eine Heimstatt zu bieten. Als Beweis unserer Freundschaft darf ich Ihnen dieses Dokument überreichen. Hans-Ulrich Rudel, der persönliche Freund unseres Staatspräsidenten …« Ynsfran verbeugte sich in Richtung Hans-Uli, der bislang ganz schweigsam, unnahbar und betont lässig am Tresen der Bar gelehnt hatte, einen Humpen deutschen Bieres vor sich. Man muss einem aufgeklärten Publikum den ehemaligen Fliegerhelden Hitlers, der in 2530 Feindflügen unter anderem drei sowjetische Schiffe, etwa 70 Landungsfahrzeuge und 519 Panzer zerstört hatte, nicht eigens vorstellen. Zu seiner Bilanz zählten 800 zerstörte Landfahrzeuge, mehr als 150 vernichtete Flak- und Pak-Stellungen, vier eliminierte Panzerzüge, zahlreiche zerbombte Bunker, Brücken und Nachschubverbindungen. Von Hitler wurde er mit dem Ritterkreuz des Eisernen Kreuzes mit goldenem Eichenlaub, Schwertern und Brillanten ausgezeichnet, dem höchsten Orden, den der größte Weihnachtsmann der Geschichte jemals verliehen hatte. Er war jetzt, nach Bormanns Tod, der wichtigste Mann im selbsternannten 4. Reich in Südamerika und so sah er auch aus. Braungebrannt, ein Siegerlächeln auf den Lippen, ganz der Held aus der Wochenschau. Hier hielt er sich im Hintergrund. Ynsfran fuhr fort: »… hat sich bei unserem Präsidenten sehr für Sie eingesetzt. Ab sofort sind Sie, Señor Mengele, Staatsbürger der Republik Paraguay und vorerst sicher vor allen Nachstellungen des internationalen Kommunismus. Willkommen in der Freiheit, José Mengele, willkommen in Paraguay!«

Bruno Fricke, in Eichmanns Abteilung IV B 4 des Reichssicherhauptamtes Abteilungsleiter des Gebietes West, also Abtransport der Juden aus Frankreich, Belgien, Holland in Richtung Vernichtungsöfen Ost, der im Jahr 1948 wie viele Nazi-Funktionäre mittleren und höheren Status die Jahre zuvor und viele Jahre danach über die sogenannte Rattenlinie via Italien und Argentinien unter tätiger Mithilfe des

Vatikans und des Roten Kreuzes nach Paraguay gelangt war, klatschte. Karl Sommer schwieg. Als die Gesellschaft sich auflöste, trat Sommer an Mengele heran: »Wenn du Lust hast, Volksgenosse Mengele, zeige ich dir morgen, wie wir hier arbeiten. Auf die deutsche Art. Könnte dich interessieren, oder?« Josef Mengele, eines der unbegreiflichsten Monster, das die Menschheitsgeschichte je hervorgebracht hat, nickte zuvorkommend.

Nueva Germania, wo sich diese kleine Episode der verschlungenen Weltgeschichte des 20. Jahrhunderts zutrug, war eine der vielen deutschen Kolonien in den weiten Breiten des großen Landes Paraguay. 1886 war sie gegründet worden von Bernhard Förster, einem der durchgeknalltesten Antisemiten, selbst in den Maßstäben seiner Zeit. Förster wollte das Ariertum noch einmal ganz neu und rein erfinden, ungetrübt von Übervolkung, sauber und desinfiziert. Er sammelte Geld, er versuchte, Geld zu sammeln für seine Rettung des Deutschtums, aber viel kam nicht zusammen, selbst Richard Wagner hielt ihn für einen Spinner, und das heißt etwas. Nicht einmal zu einer Fußnote der eben erwähnten Weltgeschichte, so verschlungen sie auch sein mag, hätte es diese Gründung gebracht, aus Sachsen betrieben und im fernen Paraguay vollendet, wenn nicht Bernhard, der Unglückselige, verheiratet gewesen wäre mit Elisabeth, die sein Projekt enthusiastisch begleitete, förderte und entsagungsvoll unterstützte. Auch selbige Elisabeth wäre ein Fußnötchen geblieben, sogar der ganze Schlamassel in Paraguay mit zu wenig Geld, zu wenig Siedlern, zu wenig Kenntnissen, zu wenig Erfolg und letztlich der wohlverdienten Selbstentleibung ihres Bernhards hätte keine noch so wohlwollende Seele erschüttert, wenn Lisbethchen nicht die Schwester von ausgerechnet Friedrich Nietzsche gewesen wäre. Elisabeth Förster-Nietzsche hat dann ihren Bruder, der 1889 in Turin vor Mitleid weinend einem Droschkengaul um den Hals gefallen war, in seinem Wahn bis zu seinem Tode gepflegt, was wir schwesterlich verbuchen, währenddessen sie das Werk ihres Bruders verfälscht, umgeschrieben und den Nazis angenähert hat. Sie und ihre Schwester im Geiste, Winifred Wagner, die Enkelin des Komponisten, haben das ganze Wagner/Nietzsche-Syndrom, das deutschigste Phänomen überhaupt, den Nazis zum Fraße vorgeworfen, heftigen Schluckauf inbegriffen. Seinen Wagner hat er gerne gehört, der größte Weihnachtsmann aller Zeiten, eine Zeile von Friedrich Nietzsche, dem Bruder, wahrscheinlich nie gelesen. Aber seine Sympathien waren Signale: Wagner! Nietzsche! Mythos! Deutschtum! Übermensch! Und deswegen war Nueva Germania im fernen Paraguay eine mythische Insel, ein arischer Ankerplatz im Meer des jüdischen Kommunismus und des israelitischen Kapitalismus geworden. Das hätte Bernhard Förster, den spinnerten Gründer, sicherlich gefreut. Und warum war das so gekommen, dass in den 50ern und den 60ern des 20. Jahrhunderts alle möglichen Nazis, die aktuellen, die immer schon ansässigen, die abgehalfterten, die auferstanden dort sich herumtummelten? Wegen zweier Spermien, deren eine Elisabeth und deren andere ihren Bruder Friedrich erzeugt hatten. Was auch im weitesten Sinn das Forschungsgebiet des Dr. Josef Mengele in Auschwitz gewesen war.

Am nächsten Morgen holte Karl Sommer ihn in seinem Jeep ab. Mengele trug den grauen Leinenanzug mit Weste und weißem Hemd, ein Ensemble, das wir aus *Marathon-Man* mit Dustin Hoffman und Laurence Olivier als brutaler KZ-Arzt kennen. Sommer lehnte am verbeulten Kotflügel seines Autos, eine dicke Zigarre im Mundwinkel. »Söhnchen«, rief er, »komm mal her!« Ein Zwölfjähriger kam angetrabt, man kann es nicht anders ausdrücken, leicht- und barfüßig, grazil und elegant, das pure Gegenteil seines Vaters. »Das ist der Onkel Mengele, mein Lieber, und der hier ist mein Sohn Carlos. Auf die Rückbank. Wir fahren zu den Viechern.« Der Sohn verschwand im Fonds des Jeeps und Mengele, ganz Herr in seinem schönen Anzug, blickte Sommer sehr fest an: »So richtig arisch scheint mir der Junge aber nicht zu sein, Kamerad Sommer.« Karl Sommer richtete sich auf, lächelte, tupfte die Zigarre vor die gewienerten Schuhe des Auschwitz-Arztes und sagte: »Richtig, Volksgenosse. Gut beobachtet. Und ich sag dir etwas: Wir brauchen Blutauffrischung. Nicht Deutschland hat den Krieg verloren, sondern das inzestiöse Ariertum. Meine Meinung jedenfalls. Die Mutter von Carlos ist eine Guarani. Eine Häuptlingstochter sogar. Eine Edle Wilde.« Mengele schwankte zwischen ideologischem Entsetzen und wissenschaftlichem Interesse: »Eine Indianerin? Spricht der Junge Deutsch? Turnt er? Liest er Karl May? Oder wenigstens Goethe?« Sommer lachte: »Turnen ist gut. Das mein ich ja mit Blutauffrischung. Was der Junge macht und tut, ist mit dem, was wir unter Turnen verstehen, nicht vergleichbar. Er ist wie ein Luftgeist, ein Schweber, die Schwerkraft ignoriert er. Ein Luftikus ohne Bodenhaftung, was ich nicht charakterlich meine, sondern rein physikalisch. Die Vorfahren von Eliza, seiner Mutter, waren alles Häuptlinge der Guarani, sie lassen sich bis ins 17. Jahrhundert zurückverfolgen. Nicht durch Urkunden oder Ahnenpässe. Nur durch Erzählungen. Mein Schwiegervater, der Vater von Eliza, Kazike Chithaalin der Zwölfte, hat mir versichert, aus Elizas und meinem Kind würde einmal etwas Besonderes werden.« Mengele, jetzt ganz Wissenschaftler, sagte: »Ich würde gerne von ihm eine Blutprobe entnehmen.«

Die Blutproben seiner Opfer vor fünfzehn Jahren, aus seiner großen Zeit im Vernichtungslager Auschwitz, schleppte Josef Mengele, wo auch immer er sich verbarg, wohin er flüchtete, wieder aufstieg, sich verstecken musste, in einem seltsamen Koffer mit sich herum. Wie eine Klette. Warum aber Blutproben? Warum nicht die Augen? Augen beanspruchten in Auschwitz das besondere wissenschaftliche Interesse, oder sollte man besser sagen: waren das spezielle Hobby des Dr. Mengele. Der Hintergrund, soweit er sich rekonstruieren lässt: Ein ordentlicher Arier, um dessen Züchtung es Mengele ging, weist bekanntlich stahlblaue Augen auf, oder wenigstens solche mit damit verwandten Farbtönen. Also injizierte Mengele Proben von blauen Augen in die Augen von braun- oder grünäugigen Kindern oder auch Frauen, sehr gerne in diejenigen aus Block V5B, wo die Zigeuner dahinvegetierten. Obwohl: Meistens soll er auch einfach Farben verwendet haben. In vielen Fällen führte die Injektion zum unmittelbaren Tod, bestenfalls zu schweren Infektionen, Entzündungen, Geschwulsten. Probleme, derer sich Mengele pragmatisch entledigte, wahlweise durch Todesspritze, Genickschuss oder ab in den Ofen. Das hing ganz von seiner Laune ab. Darüber hinaus aber, da melden wir wissenschaftliche Kritik an, wie bitte schön soll die arische Rasse durch Blauäugigkeit auf ein höheres Niveau gehoben werden? Noch dazu mittels der Injektion der Farbe Blau, in welcher Form auch immer. Entlastend könnte man zugute halten, dass es sich um Vorstufen eines weitergehend gedachten Projektes handelte, selbst dies aber in Rechnung stellend, muss festgehalten werden, dass, unter strengen wissenschaftlichen Kriterien, Mengeles Vorgehen fragwürdig war, zweifelhafte und kaum evaluierbare Ergebnisse hervorgebracht hat, mithin, wissenschaftlich gesehen, völliger Quatsch war. Die Augen jedenfalls, das berichten viele Zeitzeugen, hingen fein säuberlich extrahiert und mit Stecknadeln befestigt, wie Schmetterlinge eines Naturkundemuseums des 19. Jahrhunderts, an der Wand im Behandlungszimmer des Dr. Mengele, und, anders als die Tausend Augen des Dr. Mabuse, blickten sie leblos auf ihren Schlächter.

Er war ja ein Augenmensch, der Dr. Mengele. Musste es sein, wenn er an der Rampe des Endbahnhofes stand, wo aus den Viehwaggons die Juden Europas zu Tausenden herausgespült wurden. Links oder rechts, das musste er mit seinen Augen entscheiden. Links ging es in den Tod, rechts in die Hölle. Links wartete Zyklon B, rechts die Arbeitslager der IG Farben oder von Siemens und damit Hunger, Typhus, Entkräftung, der langsame Tod. Links die Unbrauchbaren, rechts die Verwendbaren. Ein Meister aus Deutschland, der im Minutentakt selektiert, was sonst die Evolution in Jahrmillionen vollbringt. Und der sich dieser göttlich-diabolischen Rolle, wer will das entscheiden, völlig bewusst ist. Er war immer fein geschniegelt, der Dr. Mengele, mit enganliegender

SS-Uniform, sauber gewichsten Stiefeln und einer zierlichen Reitpeitsche, die nach links oder rechts deutete. Seine Kollegen besoffen sich wenigstens regelmäßig, wenn sie dieser ärztlichen Pflicht an der Rampe nachkommen mussten. Er aber pfiff stocknüchtern eine unserer klassischen Arien aus dem Rigoletto, dem Don Giovanni oder der Aida vor sich hin. Oft rief er: Zwillinge! Zwillinge zu mir! Wo sind meine Zwillinge?

Die Zwillinge hatten es gut bei ihm im Block 14 des Lagers F in Auschwitz-Birkenau. Bekamen Schokolade, saubere Kleidchen, wurden gut genährt und hygienisch untergebracht in einem eigenen Wohntrakt. Dies war natürlich nicht dem guten Herz des Dr. Mengele geschuldet. Vielmehr wollte Mengele herausfinden, wie Zwillinge auf Krankheiten reagieren – gleich oder unterschiedlich. Er vollzog Amputationen, oft ohne Anästhesie, Lumbalpunktionen, Typhusinjektionen und absichtlich affizierte Wunden, um die unterschiedlichen Reaktionsweisen der Zwillingspaare zu vergleichen. Anschließend ließ er die Leichen, denn solche waren sie alsbald, unter dem selbigen Erkenntnisinteresse obduzieren. Im wirklichen Leben sind Zwillinge, die zum gleichen Zeitpunkt sterben, eine Seltenheit. Mengeles Methoden machten daraus eine Häufigkeit, wie zum Beispiel in jener Nacht im Spätsommer 44, als 12 Zwillingspaare aus dem Zigeuner-Trakt von Auschwitz durch eigenhändige Injektion von Chloroform seitens Mengeles zu Tode kamen. Auch hier wieder der medizinisch-wissenschaftliche Hintergrund: Bei all diesen Mordtaten an gut 250 Zwillingspaaren mit unterschiedlichsten Behandlungsmethoden ging es im Prinzip um die Anhebung der Fortpflanzungsfähigkeit der arischen Rasse. Durch Produktion von Zwillingen mit widerständigem, hochwertigem Erbmaterial. Wie kann es gelingen, pro Schwangerschaft einer deutschen Frau den doppelten Zuchtertrag zu erzielen, der notwendig gewesen wäre für die arische Besiedelung des neu gewonnenen Lebensraums im Osten? Besonders erfolgversprechend schien Mengele die Methode zu sein, weibliche Zwillinge mit männlichen zwangszukopulieren. Eine naheliegende Annahme: Zwillinge zeugen Zwillinge und sorgen für eine exponentielle Fortpflanzungsrate. Komplementär dazu forschte Mengele an der Reduzierung der Fertilitätsrate von Juden, Zigeunern und ähnlichem unwerten Leben. Sprich: Sterilisation. Er setzte hoch dosierte Röntgenstrahlen und Elektroschocks ein, entfernte Eierstöcke und säbelte an Hoden bei lebendigem Leib, sprang auch schon mal einer schwangeren Jüdin mit sauber gewichsten Stiefeln auf den Bauch, um den Fötus herauszuzwingen, oder setzte ganz unwissenschaftlich höchstpersönlich einen Genickschuss an.

Warum aber der geheimnisvolle Koffer mit den Blutproben, seine Klette? Kurz nach dem Krieg hatte er ihn in einem hochriskanten Unternehmen von seiner Sekretärin, die auch seine Geliebte gewesen war und die den Koffer nach seiner Flucht aufbewahrt hatte, aus der Sowjetisch Besetzten Zone herausgeholt. Er hatte ihn mitgeführt, als er 1949 nach Argentinien einreiste, auf der Rattenlinie, und als er der Einreisebehörde als Beruf »Ingenieur« angab, war niemand erstaunt, dass ein Ingenieur Blutproben in einem Koffer mit sich führte. Versuchen wir eine Koffer-Erklärung. Eigentlich, das bezeugen Wegbegleiter, verstand sich Mengele als Wissenschaftler und sein ganzer Ehrgeiz für die Nachkriegszeit richtete sich auf die Anerkennung als führender Forscher in Sachen Genetik, Rassenerforschung und Rassenentwicklung. Die Blutproben, entnommen von ermordeten Juden aus aller Herren Länder Europas, von Zigeunern und Zwergwüchsigen, von Polen und Russen, sollten das Fundament seiner wissenschaftlichen Reputation bilden, samt Professorentitel, akademischer Inauguration, Nobelpreis womöglich. Mengele als eines der unbegreiflichsten Monster zu titulieren, das die Menschheit je hervorgebracht hat, erscheint uns angebracht, wenn auch nicht neu. In der einschlägigen Biografie von Gerald L. Posner und John Ware nehmen die Grausamkeiten Mengeles in Auschwitz, für die wir oben wenige magere Seiten verschwendeten, knapp dreißig Seiten ein, alle angefüllt mit Sadismen, Mordlust und Barbarei. Heinrich Brandler, wir kommen darauf zurück, nannte ihn den *deutschen Fickarsch schlechthin*. Esteban Chavez, der argentinische Jesuiten-Pater aus Rom, bezeichnete ihn in einer jener ausufernden Diskussionen mit seinem Freund Dietrich Brandler in der Trattoria De' Penitenzieri als die Inkarnation dessen, was Horkheimer/Adorno in ihrer *Dialektik der Aufklärung* analysiert hatten: die monströse Menschenfeindlichkeit der technokratisch beherrschten Welt. »Mengele wollte messen, zählen, vergleichen. Menschen wurden zu Material, Körper zu Versuchsanordnungen. Er macht Tierversuche am Menschen. Der Tod eines Menschen ist für ihn wie der Tod einer Ratte, der zerschmetterte Kopf eines Säuglings wie das quiekende Ende einer Labormaus. Gesteuert vom Wunsch nach Erkenntnis, geleitet von modernster naturwissenschaftlicher Methodik. Das alles pervertiert, schon klar, aber grundiert von der messenden, zählenden, vergleichenden Vernunft. Er ist mit uns verwandt, der Dr. Mengele, da sollten wir uns nichts vormachen.« So Esteban Chavez, dem allerdings entgegengehalten werden sollte ein Vorgang, den mehrere Zeugen in der Anklageschrift der deutschen Bundesanwaltschaft gegen Mengele hervorbrachten (zu einer gerichtlichen Verhandlung darüber kam es vor deutschen Gerichten nicht). Er lässt sich so zusammenfassen: Auf einem Appellplatz in Auschwitz lodert ein mächtiges Holzfeuer. Eine Gruppe SS-Chargen, darunter Mengele, erscheint auf Motorrädern. Von der anderen Seite kommen Kipplastwagen angefahren, etwa zehn Stück, mit Kindern darauf. Auf Befehl eines Offiziers fahren die Lastwagen rückwärts an die Feuer heran, bringen die Kippen hydraulisch bewirkt in Schräglage und kippen die Kinder wie Schüttgut ins Feuer. Logischerweise verenden die meisten der Kinder, langsam und qualvoll unter grausamen Schmerzen. Einige wenige versuchen der Hölle zu entkommen. SS-Leute stoßen sie in das Inferno zurück. Mengele steht dabei und gibt die Befehle. Ist das noch, Esteban Chavez, Dialektik der Aufklärung?

Man kann es auch eine Nummer kleiner beschreiben: Ein vom Ehrgeiz betriebener Wissenschaftler, der für seinen Aufstieg ganz pragmatisch und funktionell über Leichen geht. Während das heutzutage im akademischen Milieu ein augenzwinkernder Insiderjoke ist, das Phänomen nämlich, der Karriere halber metaphorisch über Leichen zu gehen, war es in Mengeles Fall blutige und tödliche Realität. In seiner neuen Realität, in Paraguay im Jahre 1959, stieg Dr. Josef Mengele, ausgestattet mit der paraguayischen Staatsbürgerschaft, in den Jeep, der Karl Sommer gehörte. Der, betrachtet man alles in allem, auch nicht viel besser abschneidet als der Todesengel von Auschwitz.

Sie fuhren los. Sommer und Mengele auf der Vorderbank, der Junge lümmelte auf den Rücksitzen. Es ging stetig hügelan auf staubiger Lehmpiste, links und rechts waren kleine Wälder zu sehen, dazwischen Grasland und der eine oder andere kleine Bauernhof. Nach einer halben Stunde, sie waren zwanzig oder dreißig Kilometer gefahren, fragte Mengele: »Stimmt mit dem Motor etwas nicht? Da ist so ein Geräusch?« Sommer lachte: »Wart's ab, wir sind gleich da.« Die Straße wurde etwas steiler und als sie die Kuppe überwunden hatten, hielt Sommer an und Mengele traute nicht seinen Augen. Vor ihnen lag eine weite Ebene, flach und endlos, satt und grün, und darauf brüllten und rohrten Tausende, Abertausende Exemplare gut genährter Rindviecher und erzeugten einen Sound, den Mengele Kilometer zuvor für einen Kolbenfresser gehalten hatte. »Nicht schlecht, Herr Doktor, oder?« Sommer ließ seinen Arm schweifen, der Junge stand ein paar Meter abseits, hörte aber aufmerksam zu: »Vor drei Jahren war das alles hier Wald, nutzloser Urwald, mit ein paar Hundert ebenso nutzloser Indios darin, die noch wie die Wilden lebten. Hier Land zu kaufen ist einfach, zumal wenn man deutschstämmig ist wie unser Präsident Stroessner. Und«, er zog mit dem Zeigefinger das untere Augenlid herab, »unsere neuen Machthaber in Bonn sind ausnahmsweise sogar hilfreich. Es gibt ein Investitionsschutzabkommen zwischen Asunción und

Bonn, das deutsche Investitionen hier in Paraguay sichert und natürlich paraguayische in Westdeutschland.« Abermals wurde verständnisheischend das Lid zum Zwinkern gebracht. »Das sind gut 50 000 Hektar, was du hier vor dir hast, und darauf weiden zirka 20 000 Stück Vieh. Wir haben das alles hier brandgerodet und die Indios kamen wie panisches Vieh aus ihrem Urwald gehetzt zu Hunderten, meistens mit buchstäblich nichts, denn selbst bekleidet waren sie ja nur spärlich. Wir haben sie natürlich versorgt, ernährt, eingekleidet, ihnen Unterkünfte gewährt, man ist ja kein Unmensch, aber zwei Drittel sind im ersten halben Jahr sofort verreckt. Männer, Frauen, Kinder, Alte und Junge, durch die Bank. Das alte Problem hier in Südamerika, das muss ich dir als Arzt nicht erzählen. So einen Wilden, kaum trifft er auf ein höherwertiges Menschentum, rafft ja der erstbeste Schnupfen oder ein harmloser Durchfall dahin. Was auch seine Vorteile hat. Diejenigen, die überlebten, sind die Widerstandsfähigsten, eine Auslese könnte man sagen, Evolution im Schnelldurchlauf. Überzählige Kinder haben wir verkauft, bringen 15 Dollar, je nachdem. Die Frauen sträuben sich, aber wir haben schon gut gemischt und gute Ergebnisse in Sachen Blutauffrischung erzielt. Meine Wenigkeit immer vorne weg.« Und wieder das per Fingerzeig erzeugte Augenzwinkern, eine Verbrüderungsgeste, die Mengele, der ansonsten beeindruckt war, zunehmend lästig wurde. Aber sei's drum, er sprach tonlos in die Weite hinein: »Ich würde dritteln. So, wie sich das hier darstellt, ruinierst du dich langfristig.« Sommer kramte eine Zigarre aus der Hemdtasche und fragte: »Ah? Wieso? Bist du Bauer?« Mengele lächelte: »Nein. Aber Naturwissenschaftler. Derzeit hat ungefähr jedes Stück Vieh fast drei Hektar an Nahrung für sich. Klingt gut, sogar sehr gut. Aber nach fünf, zehn Jahren hat dieses Stück Vieh den Boden ausgelaugt und seine Nachkommen werden noch lauter brüllen als diese hier. Diesmal allerdings vor Hunger. Ich würde dritteln. Das Weideland in drei Teile aufteilen, ein Jahr wird jeweils geweidet, zwei Jahre kann sich das Land erholen. Ungefähr 18 000

Hektar für 20 000 Rinder, da hat jedes Rind immer noch fast einen Hektar. Das reicht vollkommen, das ist ein Viehbesatz vergleichbar mit Europa. Und jedes Jahr weiden diese Viecher auf einem wunderbar erholten Boden. Noch besser, du fährst auf den ungenutzten Flächen im Frühjahr mit einer leichten Egge drüber. Lockert den Boden, verteilt die Fladen. Kann ich dir besorgen, falls du keine hast.« Sommer zog an der Zigarre: »Die gute alte Dreifelderwirtschaft. Versteh ich das richtig? Hat was, geb ich zu, hat was Deutsches, muss ich mir überlegen, Herr Doktor.« – »Und«, fügte Mengele an, »du kannst deine Gauchos oder Cowboys, oder wie das bei euch heißt, besser überwachen. Das sind alles ehemalige Wilde, Indios, nehme ich an?« – »Genau. Die, die übrig geblieben sind. Sie bekommen Kost und Logis und sind zufrieden. Ein paar lernen Spanisch und einige wollen, dass ihre Kinder zur Schule gehen. Sollen sie haben. Ein bisschen Erziehung kann nie schaden. Vor allem sind sie ja billig. Verursachen kaum Kosten. Deshalb, ich sag's dir, Dr. Mengele, ist das hier eine Goldgrube. Wenn du was brauchst, immer Karl Sommer fragen. Keine Frage.« – »Noch etwas, Kamerad Sommer. Ich könnte dir helfen, dass deine Kühe vermehrt Zwillingskälber hervorbringen. Ist unter Rinderzüchtern umstritten, ich weiß. Aber ich habe da ein bisschen Erfahrung. Die Herde wächst dann schneller. Dafür brauchst du dann allerdings mehr Land. Kein Problem für dich, nehme ich an.«

Josef Mengele, das sollte hier nicht unerwähnt bleiben, war der Sohn von Karl Mengele, der in Günzburg im bayerischen Schwaben ein gut gehendes Unternehmen für Landmaschinen betrieb. Schon 1932 durfte Adolf Hitler auf dem Werksgelände eine Rede halten, da war Josef einundzwanzig. Kurz nach dem Krieg stellte die Günzburger Mengele-Fabrik ein Produkt her, das in jenen unmittelbaren Nachkriegszeiten eines der allernotwendigsten war, was wiederum eine indirekte Folge, ach was, eine unmittelbare Folge des Wirkens jenes Redners Anno 1932 gewesen ist. Die Rede ist von der Schubkarre. Mengele-Schubkarren räumten ab 1945 im ganzen Land den Schutt und die Trümmer weg, die der größte Weihnachtsmann aller Zeiten hinterlassen hatte. (Um dies kurz aufzuklären, es ist ja nun oft genug aufgetaucht: Irgendwann und irgendwo während seiner tausendjährigen Regentschaft tauchte AH zur Weihnachtszeit bei Kindern auf, was er gerne machte, nicht nur zur Weihnachtszeit. Goebbels war auch dabei. AH sagte irgendwas, die Kinder waren naturgemäß begeistert und Goebbels, der Reichspropagandaminister, sprach mit ehrfürchtigem Blick auf seinen Führer die schönen Worte: Für diese Kinder sei AH zweifellos der größte Weihnachtsmann aller Zeiten. Quelle: Markus Gasser. Der soll sich bitte darum kümmern, woher er das hat. Aber die Geschichte ist nicht nur zu schön, um wahr zu sein, sie ist so schön, dass sie wahr sein muss.) Nach den handbetriebenen Schubkarren kamen dann bald die großformatigeren Pflug-, Sä- und Erntemaschinen der Firma Mengele auf den mittlerweile Weltmarkt, die, ohne Frage, auch in Südamerika sinnvoll zu nutzen waren. Der Firma Mengele war es insofern nicht unwillkommen, dass der Sohn des Hauses, zwar Mediziner von der Profession her, aber mit landwirtschaftlichen Fragen nicht unvertraut (s. o.) sich dort unten aufhielt. Heute würde man sagen: win-win. Der sündhaft teure Leinenanzug Josef Mengeles samt Weste, den er würdevoll auch in der paraguayischen Pampa zur Schau stellte, war dem Umstand verdankt, dass er als quasi Hauptbevollmächtigter der Günzburger Firma in Argentinien und den anliegenden Ländern fungierte. Ganz im Gegensatz zu seinem hinsichtlich der Monstrosität eineiigen Zwillingsbruder Adolf Eichmann, der zu jener Zeit, kurz vor der Entführung durch den Mossad nach Israel, als Aufseher von Hühnern und Karnickeln in der argentinischen Provinz beschäftigt war. Karl Mengele, der Firmengründer, um auf ihn zurückzukommen, war kurz vor José Mengeles Flucht aus Argentinien ins sichere Paraguay verstorben. Ausgerechnet Petra Kelly, aufgewachsen in Günzburg und zu jener Zeit ein zwölfjähriges Mädchen, nachmals eine der Gründungspersönlichkeiten der Grünen in Westdeutschland, erzählte

Jahre später, dass ganz Günzburg davon überzeugt war, dass ihr berühmtester Sohn Josef Mengele inkognito zum Begräbnis seines Vaters höchstpersönlich angereist gewesen sei. Ein Kranz habe da gelegen auf dem Grab mit der Inschrift »Ein Gruß aus der Ferne«.

Karl Sommer, der wieder in den Jeep eingestiegen war, sah Mengele direkt ins Gesicht: »Warst du eigentlich kürzlich in der Heimat? Beim Begräbnis deines Vaters? Komm, mir kannst du es sagen. Wenn ja: Respekt. Sehr mutig. Treue bis in den Tod. Das zählt.« Mengele sagte: »Nein. Bin ich wahnsinnig?« Sommer lachte: »Nö. Machst mir nicht den Eindruck. Zumindest nicht nach unseren Maßstäben. Wir fahren die paar Kilometer hinüber zur Hazienda. Da können wir reden und trinken. Und Carlos macht uns ein paar Kunststücke.«

»Das hier ist mein Rinder-Reich, Doktor. Oben im Nordwesten, im Chaco, da beherrsche ich das Zehnfache, fünfzig, fast sechzig Quadratkilometer. Dort habe ich begonnen vor vierzehn Jahren. Das Sommer'sche Reich des Floralen. Noch ergiebiger. Das hier mache ich nur, weil man als Rinderbaron mehr zählt in diesem Land. Dort oben aber liegt die Zukunft. Wird alles mal der kleine Carlos erben, jetzt schau dir einmal an, wie der die Bäume raufkraxelt. Siehst du das? Das ist doch nicht normal! Wo bleibt denn da die Schwerkraft! Und jetzt, pass auf, jetzt kommt seine Spezialität. Von Baum zu Baum. Kolossal, oder? Als ob er fliegen würde. Mein Blut, ich sag's ja. Wo war ich? Bei der Zukunft. Und jetzt komm mir nicht mit Weizen, Soja, Mais oder Mate, diesem verfluchten Gewächs der Einheimischen. Nein, dort oben pflanzen wir an, im großen Stil, wo hinterher die Menschheit jetzt schon ist und in zehn, zwanzig Jahren noch viel mehr sein wird. Na, dämmert's dir, Doktor? Der Stoff, aus dem die Träume sind. Kommt niemand daran vorbei.«

»Coca?«, fragte Mengele. Sie saßen auf der Terrasse von Karl Sommers Hacienda. Ein weiß getünchter Prunkbau aus Holz, einer toskanischen Villa nachempfunden, auf einem Hügel mit Blick über die blökenden Rinderherden. »Ja«, antwortete

Sommer, »wäre auch eine Idee gewesen, wächst aber schlecht hier östlich der Anden. Was dort oben im Chaco gedeiht wie Unkraut, ist Marihuana. Das Kraut der Zukunft. Stroessner, der irgendwo auch ein Visionär ist, will Paraguay zum größten Marihuana-Produzenten der Welt machen. Und ich bin sein Agent. Die Rinder hier, schön und gut, aber da oben im Chaco, da schreibe ich Weltgeschichte, Herr Doktor.«

Wenn es um Weltgeschichte geht, ist es immer nützlich, Heinrich Brandler zuzuhören, unserem Gewährsmann für jenen Teil der Weltgeschichte, der in die vorliegenden Zusammenhänge hineinlappt. Er war ja mal Praktiker der Weltgeschichte gewesen, der Heinrich Brandler, später dann Beobachter der Weltgeschichte, jedoch immer in praktischer Absicht, und es ist immer besser, dem Praktiker zu vertrauen als dem Theoretiker. Lauschen wir noch einmal hinein in die Brandler-Tapes, aufgenommen, wie hoffentlich erinnerlich, von Dietrich Brandler im Jahr 1966, kurz vor Heinrich Brandlers Tod:

»Die Rattenlinie, Enkelchen, das ist eine der größten Sauereien der Nachkriegszeit. Ich hab davon lange Zeit auch nichts gewusst, aber dann lernte ich vor ein paar Jahren den Doktor Langbein kennen. Ein jüdischer Arzt, der in Auschwitz unter Mengele arbeiten musste und es sich zur Lebensaufgabe gemacht hat, diesen größten Fickarsch aus der ganzen Nazi-Bande dingfest zu machen. Langbein ist bei seinen Recherchen auf Dinge gestoßen, du glaubst es nicht. Vieles davon hat der Fritz Bauer in den Auschwitz-Prozessen verwenden können. Auch der Simon Wiesenthal in Wien hat von Langbein profitiert. Mir hat er alles an langen Abenden erzählt. Wo soll ich anfangen? Vielleicht so: Ab Mitte 44, lange nach Stalingrad und kurz nach der Invasion der Alliierten in der Normandie, gab es bei der ganzen oberen Nazi-Mischpoke eigentlich nur noch zwei Figuren, die einigermaßen klar denken konnten, die anderen waren in Panik. Die zwei waren Himmler und Bormann, der Reichsführer-SS und der Sekretär des Führers. Ziemlich weit oben die beiden in der Hierarchie, aber mit völlig unterschiedlichen Vorstellungen. Himmler wollte den Separatfrieden. Er schickte seine Geheimagenten aus, vor allem in die Schweiz, um die westlichen Alliierten dazu zu bewegen, gemeinsam gegen die Sowjetunion zu marschieren. War strategisch gar nicht so blöd, der Kalte Krieg nur wenig später hat Himmler gewissermaßen recht gegeben. Bormanns Idee war eine völlig andere. Er ging von der totalen Niederlage Deutschlands aus und wollte retten, was zu retten war. Und das waren erstens Menschen, Leute, zuverlässige Nazis und zweitens Geld, Kapital. Oder besser andersherum: Knete und Kader. Am 10. August 44 trafen sich im Hotel »Maison Rouge« in Straßburg Spitzenkräfte aus Großindustrie, Wehrmacht, NSDAP und SS. Da waren Krupp und Bosch vertreten, Thyssen und VW, Rheinmetall, Saar-Röchling oder Messerschmidt. Zweck der Veranstaltung war, die Nazi-Vermögen ins Ausland zu retten. Das gelang auch. Die Amis haben später festgestellt, dass rund 750 Unternehmen in aller Welt in den Jahren 44/45 mit deutschem Geld aufgekauft wurden. Rund 100 davon lagen in Argentinien. Womit wir bei Juan Peron wären. Seit 1946 Präsident in diesem Land. Dort gab es schon vor dem Krieg und dann vor allem im Krieg eine einflussreiche, weil reiche deutsche Kolonie. Ihr Oberhaupt war Ludwig Freude, ein Bankier, der praktisch der Finanzier Juan Peróns wurde. Und da gibt es eine interessante Geschichte, die hab ich mir aufgeschrieben, als Freund Langbein sie erzählte. Pass auf: Nach Unterlagen der Reichsbank wurden damals 3500 Unzen Platin, 550 000 Unzen Gold, 4638 Karat Diamanten sowie Millionen Goldmark, englische Pfund, Dollars und Schweizer Franken in Spezialsäcke gepackt und von deutschen U-Booten in der »Aktion Feuerland« nach Argentinien gebracht. Vier deutschstämmige Finanzmenschen, darunter besagter Ludwig Freude, nehmen die Fracht entgegen, waschen alles in ordentliches Geld und Gold und deponieren es auf diversen Konten. Kontoinhaberin ist Evita, zu diesem Zeitpunkt noch die Geliebte Peróns, später seine Gemahlin und der Liebling des argentinischen Volkes. Zu der erzähl ich gleich noch was.

Jedenfalls: Nach und nach verlieren die vier Deutschen den Zugriff auf den Schatz und dann wird es finster: Heinrich Dorge, der erste Deutschstämmige, wird 1949 auf einer Straße in Buenos Aires tot aufgefunden. Ricardo von Leute, der zweite, wird im Dezember 1950 auf offener Straße ermordet, Ricardo Staudt, der dritte, stirbt bei einem Autounfall mit Fahrerflucht. Und Ludwig Freude, dem Perón vieles an seinem Aufstieg verdankt, frühstückt 1952 vergifteten Kaffee. Auch sofort tot. Du siehst: Perón macht schon sein eigenes Ding und wie die Millionen, Milliarden aus Deutschland verwendet werden, das will er in seinem eigenen Land schon selbst bestimmen. Zurück in die unmittelbare Nachkriegszeit. Den Sohn Ludwig Freudes, Rudolf Freude, ernennt Perón zum Chef seines Geheimdienstes. Der wiederum schickte seinen Agenten Carlos Fuldner, einen ehemaligen SSler, nach Italien, um geflüchtete Nazis zu unterstützen. Man könnte auch sagen: anzuwerben. Perón ging es vordergründig um Militärs, Ingenieure, Raketentechniker, Waffenspezialisten, solche Leute, deutsches Nazi-Know-how, mit dem er seine Position stärken wollte. Eigentlich aber ging es bei ihm gegen den Kommunismus. Die Furcht vor dem Kommunismus, die schmiedete damals Allianzen zusammen, du glaubst es nicht. Perón wurde wenige Jahre später vom Vatikan exkommuniziert, weil er Priester in Argentinien drangsaliert hatte, in den späten 40er-Jahren aber kooperierte sein Agent Carlos Fuldner mit der katholischen Kirche, dass es nur so krachte. Es gab da den Bischof Alois Hudal, der Hunderten von Nazis in einem römischen Kloster Asyl anbot, mithilfe des Roten Kreuzes Pässe ausstellte und von Fuldner die Einreisepapiere nach Argentinien bekam. Nach allem, was man weiß, mit Duldung und Billigung durch Papst Pius XII. Alle zusammen stramme Anti-Kommunisten, der einzige Kitt, der sie zusammenhielt. Wie viele Nazis über diese Rattenlinie nach Argentinien, aber auch nach Chile oder Paraguay, entkamen, da war sich Langbein unsicher. 300 war seine Untergrenze, er vermutete aber, dass es eher in die Tausende ging. Und da waren ja richtige

Nazi-Berühmtheiten darunter: Eichmann und Mengele, Barbie und Priebke, Rudel, Hitlers Oberfliegerkampfsau, und Skorzeny, der James Bond der SS, der Mussolini befreite. Bormann? Da bin ich mir nicht sicher, das weiß ich nicht, das wusste auch Langbein nicht. Vieles spricht dagegen. Und ob die versucht haben, das 4. Reich zu installieren? Ach du liebe Zeit, sieh dir die Ergebnisse an. Eher ist doch der Sozialismus im Vormarsch. Gereinigt von Stalin, domestiziert von der Sozialdemokratie. Wo war ich? Viertes Reich. Diese legendäre ODESSA, die hat es wohl wirklich gegeben. Abkürzung für Organisation der ehemaligen SS-Angehörigen. Halte ich aber eher für eine Schutz- und Trutzvereinigung. Defensiv, den eigenen Laden zusammenhalten, ein Hilfswerk für Gestrandete. Bei Peron, als er kurzzeitig mal wieder gestürzt war, fanden sich 10 000 argentinische Blanko-Pässe, vorgehalten für Fluchtunternehmen auf der Rattenlinie. Angekommen in Argentinien, fielen die Nazi-Flüchtlinge ins gemachte Bett. Die Ausnahme war eigentlich Eichmann. Der war schon vorher exkommuniziert worden. Selbst Kaltenbrunner, sein Chef, der in Nürnberg immerhin zum Tode verurteilt wurde, wollte mit ihm nichts mehr zu tun haben. Mit Eichmann in einem Boot, das bedeutete Nachforschungen, Verfolgung, schlimmstenfalls Mossad. Deshalb war Eichmann in Argentinien auch ein Verhuschter. Wenig Bekannte, kaum Kontakte, ohne Einfluss. Ganz unten auf der sozialen Leiter. Die vielen anderen bekamen gutdotierte Anstellungen in den deutschen Firmen, konnten sich Existenzen aufbauen, manche wurden richtig reich. Geld aus der ehemaligen Heimat war ja da, Perón war da nicht knausrig. Er war ja überhaupt eine eigenartige Figur. Hat Arbeiterrechte durchgesetzt, die Rentner bessergestellt, die Eisenbahn verstaatlicht, generell sich als Vertreter der unteren Klassen verstanden. Damit hat er die Massen mobilisiert, Wahlen gewonnen. Damit und mit seiner Evita. Meine Güte, eine Schauspielerin, ein Mordsweib, attraktiv, mit viel Ausstrahlung. Die hat ihm die Leute zugetrieben. Und starb dann jung, davon hat er sich nie erholt. Stoff für ein Theaterstück oder besser noch eine Oper. (Heinrich Brandler ein Visionär! Zur Erinnerung: die Brandler-Tapes entstehen 1966. Zwölf Jahre später, 1978, macht das Musical *Evita* von Andrew Lloyd Webber Furore und dann vor allem 1996 die Verfilmung mit Madonna in der Titelrolle. Dass Enkel Dietrich Brandler den Smash-Hit aus diesem Film *Don't cry for me, Argentina* bereits im Sommer 1990 in der Trattoria De' Penitenzieri nach dem Weltmeisterschaftsendspiel singt, grenzt an ein Wunder. War er möglicherweise vorher im Original-Musical gewesen? Nach unserer Kenntnis eher nicht. Aber so sind sie, die Romanhersteller, notorisch schlampig, aber manchmal auch wundersam.) Aber der Juan Perón, der ist schon seltsam: Ein Sozialist und gleichzeitig ein Nationalist. Ein Nationalsozialist also und eine besondere Pointe ist, dass er seine Anhänger *Ohnehemden* nannte. Das hat fast schon was Witziges in Abgrenzung zu den Schwarzhemden Mussolinis und den Braunhemden Hitlers, die doch seine großen Vorbilder waren. Aber ich sag's dir, Enkelchen, das ist ein Typ von Politiker, eine Art von politischer Bewegung, die wirst du noch öfter erleben. Das ist populär, was so einer macht, das kommt an, das lieben die Leute, so einen, wie soll ich sagen, Populisten. Aber wenn du mich fragst, ein faschistisches Arschloch war er letztendlich doch, der Juan Perón.«

Weltgeschichte also. Diejenige, die Karl Sommer 1959 im Chaco mit Marihuana schreiben wollte, hatte November 1944 in Paraguay begonnen. Als er in jenem Frühsommer Südamerikas nach Asunción kam, der Hauptstadt des neben Bolivien einzigen Staates Südamerikas, der keinen Zugang zum Meer hat, waren die Ereignisse in Habana einige Wochen zuvor, die ihn mit Heinrich Brandler und Arkadij Maslow zusammengeführt hatten, nicht spurlos an ihm vorbeigegangen. Er hatte versucht, diese Begegnung als lästige Episode abzuschütteln, aber ganz war ihm das nicht gelungen. Vor allem die Stimmen der beiden verfolgten ihn, hallten nach in seinem Obersturmbannführerkopf. Das Ereignis als solches war ja schon ungewöhnlich genug. In einem eher abgelegenen Winkel des

Weltgeschehens inmitten eines mehr als tumultuösen Weltgeschehens trifft er auf zwei Männer, die seinen Lebensweg Jahre zuvor entscheidend beeinflusst hatten. Zwei ehemalige KPD-Vorsitzende, denen er als Sekretär in seinen jungen Jahren eng verbunden gewesen war. Es schien fast, als ob das auf Entropie ausgerichtete Weltgeschehen kurz den Atem angehalten hätte, um sich einen seltsamen Moment der Stille zu gönnen. Das unerwartete Wiedersehen dreier Männer, verbunden in je unterschiedlicher brüderlicher Feindschaft. Macht die entropische Weltgeschichte solche Sperenzien? Offensichtlich. Es kommt nicht darauf an, dass man das konstatiert, sondern wie man es interpretiert. Zufall? Schicksal? Fügung? Sternenkonstellation? Sommer rief sich zur Ordnung, was bedeutete, dass er die Stimmen in seinem Kopf abdimmte und die Überlegenheit des Nationalsozialismus über den Kommunismus sich energisch ins Bewusstsein zu holen versuchte. Ordnung, genau, das war es. Ordnung, Disziplin, Hingabe, Treue, das waren die Ideale, die ihn zu den Nazis gebracht hatten. Aber wenn er an Heinrich Brandlers gutmütiges Gesicht auf der Hafenbank in Habana dachte, an Arkadij Maslows kluge Augen, dann musste er zugeben, dass Ordnung, Disziplin, Hingabe, Treue den Kommunisten auch nicht fremd waren. Aber Maslow war Jude, das war der Unterschied. Der Kommunismus ist jüdisch, das ist der Unterschied. Die Kommunisten sind gegen das Kapital und für die proletarischen Massen. Wir sind gegen das Judentum, gegen die verjudete Demokratie, das jüdische Geld und für das arische Volkstum. Ein gewaltiger Unterschied. Er beruhigte sich.

Karl Sommer konnte auch beruhigt sein, denn als er in jenem November 44 im Café Libertad in der Avenida Santissima Trinidad in einem der besseren Viertel von Asunción auf seinen Vertrauensmann wartete, verfügte er über ein paar Tausend Dollar, die er nie anderswo als in seiner Brieftasche aufbewahrte, sowie fast ein Kilo jüdischen Zahngoldes und Diamanten nämlicher Provenienz, die er in einem

Leibgürtel um den Bauch verstaut hatte. Sicher ist sicher. Der Mann war nicht nur schwer, sondern schwerreich, und dies deshalb, weil er rechtzeitig, als aus Auschwitz und den anderen Vernichtungslagern des Ostens die sachlichen Vermögen der Juden, Zahngold war darunter nicht das Wenigste, in die Kanäle des Reichssicherheitshauptamtes geflossen waren, er gewisse Ableitungskanäle genutzt, wenn nicht sogar angelegt hatte, sodass sich der Leibgürtel bald mächtig spannte über dem ohnehin gut genährten Bauch. Das machten im Übrigen damals fast alle der auf Ordnung, Disziplin, Hingabe und Treue verpflichteten Ober-, Unter-, Haupt und Nebensturmbannführer der SS, sofern die ganze Kohle nicht über die Rattenlinie Juan Peróns in großem Stil nach Südamerika transferiert wurde, und auf nicht so subalternen Wegen wie denen des Karl Sommer.

Der Vertrauensmann hieß Esposito Schröder, deutschstämmig, wie sich unschwer vermuten lässt, lebte seit 34 Jahren in Paraguay und war mit den ortsüblichen Verhältnissen, was Landkauf beziehungsweise Landraub anbelangte, bestens vertraut. Er war kein richtiger Nazi, aber fast ein solcher. Eben ein Deutscher in Südamerika. Die Alteingesessenen waren allesamt mehr oder weniger keine richtigen Nazis, aber mehr oder weniger doch fast. Hier galt es, einem deutschen Neuankömmling zu helfen, noch dazu einem, der offensichtlich hinreichend Geld hatte. »Ich kenn einen, der kennt einen, der im Sekretariat des Präsidenten arbeitet. Das sind also drei, die du schmieren musst. Von mir mal abgesehen. Ein relativ gesehen kurzer Weg, normal wären sechs oder sieben Stationen. Wir bauen alle auf Stroessner, dass er demnächst die Macht übernimmt. Dann wird es für unsereins einfacher. Aber derzeit: fünfhundert Dollar für den, den ich kenne, sechshundert für den, der den kennt, und siebenhundert für den, der im Sekretariat arbeitet. Für mich achthundert. Kein Problem, denke ich, für dich. Dafür bekommst du, schau mal«, er breitete eine vergilbte Landkarte des Landes Paraguay aus, »hier, fünfhunderttausend Hektar Chaco. Das ist zwar meistenteils

Urwald mit ein paar Wilden darin, die dort herrenlos herumstromern. Mit denen wirst du fertig. Aber eigentlich ein Schnäppchen. Du bist dann unumschränkter Herrscher in einem Fürstentum von der Größe Sachsen-Weimars. Oder Hohenlohe-Öhringens. Inklusive einheimischer Untertanen. So in etwa. Nicht schlecht. Oder?«

Drei Wochen später war Karl Sommer unterwegs in Richtung Chaco. Er führte eine Menge mit staatlichen Stempeln versehene Urkunden mit sich, beglaubigte Papiere, detaillierte Karten und vor allem vier vollbeladene Lkws. Im ersten waren Waffen gelagert, Pistolen, Gewehre, ein Dutzend MGs und Munition für einen dreißigjährigen Krieg. Im zweiten Benzin, Brandbeschleuniger und was man sonst noch für Brandrodung benötigte. Im dritten das ganze Arsenal an Werkzeugen, die man für den Bau von Häusern braucht. Im vierten Saatgut für Mate, Soja und Weizen. In einer Ecke lagerte ein kleines Säckchen Marihuana. Auf jedem der Lkws bewachten zehn, fünfzehn in den Armenvierteln Asuncións rekrutierte Indios Sommers Schätze. Die Brieftasche war um zweitausend Dollar erleichtert (er hatte Esteban Schröder herunterhandeln können), die Bauchbinde merklich schmaler. So fiel er ins Chaco ein. Ein Eroberer, ein verspäteter Conquistador aus einem unseligen Land, ein Möchtegern-Zivilisator, eine eigentlich ahnungslose Ausgeburt eines angemaßten Herrenmenschentums, der Obersturmbannführer a. D. Karl Sommer.

Der Chaco ist weniger ein Urwald als eine Wildnis. In Paraguay bedeckt er im Norden und Westen des Landes eine Fläche, die etwa so groß ist wie das eben nicht kleine Deutschland. Damals, in der Mitte des 20. Jahrhunderts, siedelten dort ein paar Mennoniten-Gemeinden, radikal protestantische Exzentriker, die heute einen nicht unerheblichen Anteil am Bruttosozialprodukt Paraguays erwirtschaften. Tüchtige Leute, aber halt ein wenig schräg. Den Chaco darf man sich nicht als tropisch wogende grüne Hölle vorstellen. Er ist eher grau, trocken, stachelig und dornig. Was vor allem am Dornbusch liegt, der nicht sonderlich hoch, dafür aber umso dichter wächst. Oder am Flaschenbaum, dessen Stamm übersät ist von kurzen, festen Spitzdornen. Das alles ergibt ein abweisend undurchdringliches Gestrüpp, in dem sich der Puma, der Tapir und das Wildschwein wohlfühlen. Als Karl Sommer zur Jahreswende 1944/45 in sengender Sommerhitze sich auf einer rumpeligen Lehmpiste seinem neuen Reich näherte und rechts und links nur staubiges Dornengestrüpp sah, dachte er wehmütig an den guten, alten deutschen Wald. Dunkel, grün und schattig, angenehm feucht und kühl, genau richtig, damit eine echte deutsche Seele darin baden konnte. Was für ein Gegensatz zum Chaco, insbesondere dem Chaco Alto, wohin er sich nun begab, einer der unwirtlichsten Gegenden dieser Erde. Sommer musste sein deutsches Waldgemüt wieder herunterfahren und es ausrichten auf seine neue Rolle als Eroberer und Kultivator. Was ein paar Schweißperlen auf seiner Glatze hervorrief, insgesamt aber erfolgreich vonstattenging. Die Piste, auf der sich sein Konvoi mehr schlecht als recht vorankämpfte, war auf der dürftigen Karte, die auf seinem Beifahrersitz lag, sogar eingezeichnet und seltsamerweise sollte sie, wenn man der Karte Glauben schenken wollte, in eine Art Lichtung münden, die ziemlich genau im Herzen von Karl Sommers neuem Reich ihren Platz hatte. Sie hatte sogar einen Namen. *St. Florian* hieß die Lichtung, und wenn irgendwo in diesem großen Land Paraguay, ja sogar in ganz Südamerika, das Kürzel *St.* voranstand, war davon auszugehen, dass dort zumindest eine Kirche und ein paar Häuser zu erwarten und obendrein Menschen zu vermuten waren. Sommer stoppte den Konvoi.

Er beriet sich mit seinen Indios, tippte fragend auf das *St. Florian* in der Karte und erntete ratloses Schulterzucken. Selber innerlich schulterzuckend holte er zwei geladene Pistolen aus der Ladefläche seines Lkws, legte sie auf den Beifahrersitz und fuhr weiter. Nach einer halben Stunde oder auch fünf Kilometern hatten sie die Lichtung erreicht. Sie war weitaus größer, als die Karte vermuten ließ. Sommer sah zur Rechten und zur Linken Gärten mit Obstbäumen, kleine Felder, auf denen Kraut oder Salat oder Ähnliches wuchs. Es gab einen Corral, in dem ein paar Schweine grunzten, einen weiteren mit Hühnern. Vor allem aber gab es in der Tat eine Kirche, einschiffig, mit einem mittigen Glockenturm, daneben ein zweistöckiges Haus und im Rund um den Hauptplatz etwa zehn weitere niedrige Häuser, allesamt aus festem Holz gebaut. Das Portal der Kirche war reich verziert, anders als in Hildesheim, wo er Ähnliches schon einmal gesehen hatte, nicht aus Stein, sondern kunstfertig aus Holz geschnitzt. Kein Mensch war zu sehen, dafür fing plötzlich die Kirchturmglocke an zu läuten. Laut und wohltönend. Sommer stieg aus, in jeder Hand eine Pistole. Er sah sich um auf dem Platz, noch immer kein Mensch zu sehen. »Ist hier jemand?«, brüllte er auf Deutsch, »ich bin Karl Sommer und ich bin euer neuer Herr.« Dann, nach einer kleinen Kunstpause, in der sich nichts regte, schoss er die eine Pistole in die Luft ab, oder besser gesagt in Richtung Kirchturmglocke, was diese aber wenig behelligte, sie war ohnehin lauter. Dann schoss er noch mal, und noch mal und ein viertes Mal und dann gab er für ein paar Minuten Ruhe, lehnte an seinem Lkw und tat so, als ob er nachdenke. Als die Glocke ebenso plötzlich, wie sie angefangen hatte zu lärmen, den Platz in lautlose Stille verwandelte, passierte Folgendes: Aus dem zweistöckigen Haus trat ein Indio, ein kräftiger, muskulöser Mann, den Sommer augenblicklich um die fünfzig schätzte. Er trug eine Lederhose und das Gesicht wie der blanke Oberkörper, vor dem ein Kruzifix baumelte, waren bemalt. Das schwarze Haar, zu einem Dutt gebunden, krönte eine imposante Feder. Sommer konnte nicht anders, als an seinen Karl May zu denken, er sah aber weniger Winnetou vor sich als vielmehr einen Häuptling der feigen Komantschen. Der Häuptling, denn ein solcher war er unbedingt, ging bis auf zehn Meter auf Sommer zu, der schon seine Pistolen gehoben hatte, wobei bei einem derartigen Herrenmenschen-Typus sogleich das Allerfürchterlichste zu befürchten steht, als sich alle Häuser öffneten und nach und nach an die Hundert Menschen langsam und ruhig auf den Platz strömten, Männer und Frauen, Kinder und Alte. Anders als ihr Häuptling waren sie recht zivil gekleidet: einfache Hosen und Röcke, Hemden und Blusen, vielleicht etwas bunter als in Asunción.

Sommer senkte die Pistolen, der Häuptling sprach. In flüssigem Spanisch übrigens, worauf Sommer, der selbst 15 Jahre später bis zu seinem unerwarteten Tod diesen europäischen Dialekt nie richtig beherrschen sollte, sogleich einen seiner mitgeführten Indios herbeiwinkte, der bis vor Kurzem bei einem deutschen Siedler als Gärtner gearbeitet hatte und somit leidlich Deutsch sprach, sodass also zwei Guarani, deren Muttersprache von den Varianten des Indoeuropäischen, zu denen auch das Spanische zählt, ungefähr so weit entfernt ist wie das Japanische vom Kisuaheli, dem indogermanischen Arischgesicht sprachlich auf die Sprünge helfen mussten. Wie auch immer, folgendermaßen eröffnete der Häuptling seine Verhandlungen: »Warum schießt du mit der Pistole in die Luft, mein Freund? Der Krach stört die Vögel auf den Bäumen und die Tiere im Walde. Das ist nicht gut. Und warum kommst du mit diesen großen Landschiffen auf vier Rädern, anstatt zu Fuß? Auch das ist nicht gut. Und überhaupt: Was willst du hier? Das ist nämlich auch nicht gut. Wir haben unsere Erfahrungen. Immer, wenn Bleichgesichter hier auftauchen, endet es böse. Also nicht gut. Und jetzt du.«

Sommer, Herrenmensch durch und durch, war verdutzt. So diplomatisch und hart hatte noch nie jemand mit ihm gesprochen. Er ging zum Lkw, kramte Verträge, Urkunden mit Wappen und Siegel, Karten und alles Mögliche heraus, breitete es vor dem Häuptling auf dem Boden aus und sagte: »Hier. Das gehört alles mir. Alles. Das ganze Land im Umkreis von dreißig Meilen. Auch euer Dorf. Gekauft für gutes Geld vom Staate Paraguay. Hier: beglaubigt mit Brief und Siegel. Und jetzt du.« Der Häuptling sagte nur: »Dann komm mal mit.«

Chithaalin, denn um den handelte es sich, was aufmerksame Leser längst bemerkt haben werden, ging ins zweistöckige Haus zurück und Sommer folgte ihm. Chithaalin war der zwölfte dieses Namens und *St. Florian* war natürlich benannt nach Florian Baucke SJ, dem großen Beschützer und Freund seines Vorfahren Chithaalin des Ersten. Dessen Stamm hatte sich nach dem erzwungenen Abgang der Jesuiten Anno 1766 in die Wildnis zurückgezogen und dort unbehelligt von dem, was wir euphemistisch die Zivilisation nennen, als Wildbeuter über einhundert Jahre lang in Frieden als letzte der Jesuiten-Reduktionen überlebt. Ohne Jesuiten, aber durchaus ein paar der, nun ja, Errungenschaften aus ihrer Jesuiten-Zeit nutzend: siehe Schweine und Hühner, Obstbäume und Gemüsegärten, Kirche und hölzerne Häuser. In Wahrheit lebten sie also eine Art Mischform zwischen Jägern und Sammlern und ansässigen Bauern. Mitte des 19. Jahrhunderts, als ausnahmsweise in Paraguay eine einigermaßen ordnungsgemäße Regierung die Macht hatte, wurde *St. Florian* gewissermaßen entdeckt, man lud Chithaalin den Sechsten nach Asunción, verlieh dem ganzen Stamm höchst offiziell die paraguayische Staatsbürgerschaft, gewährte ihm das Nutzungsrecht zur Jagd im Chaco und *St. Florian* so etwas wie den Status einer offiziellen Gemeinde in der Republik Paraguay.

All dies erzählte Chithaalin der Zwölfte Karl Sommer im großen Gemeinderaum des Erdgeschosses des zweistöckigen Hauses. Sie saßen auf Hockern, genauso wie Florian Baucke vor seinen drei Häuptlingen, gut zweihundert Jahre zuvor. Der Häuptling konnte dies alles gut belegen. Auch er hatte Urkunden mit Wappen, auch er hatte Briefe mit Unterschriften und Wachssiegeln samt Kordel. Sommer war verwirrt. Das hatte ihm niemand gesagt bei seinen Kaufverhandlungen. Worauf er überhaupt keine Lust hatte, war, hier jetzt einen richtiggehenden Krieg anzufangen, dafür war er selbst als Herrenmensch nach all dem vergangenen Weltkuddelmuddel einfach zu müde. Er sagte: »O. k. Du hast deine Dokumente. Ich habe meine. Machen wir fifty-fifty. Ich krieg den halben Wald für meine Pflanzungen, ihr die andere Hälfte für das, was ihr draus machen wollt. Oder schon immer daraus gemacht habt.« Chithaalin neigte sanft den Kopf, das schien Zustimmung zu verheißen, aber Sommer schob noch etwas nach: »Deine Dokumente sind uralt, meine ganz frisch. Da ist eine Unwucht drin. (Es entstand eine kleine Pause, denn mit diesem Wort hatte der ehemalige Gärtner seine Übersetzungsprobleme.) Aber kein Problem, wir können das schnell klären. Du gibst mir zum Ausgleich für die Unwucht diese eine Frau da draußen. Diejenige, die etwas größer ist als die anderen. Die mit den grünen Augen und den glatten Haaren, du weißt schon, wen ich meine.«

Chithaalins Augen weiteten sich. Er sackte erst zusammen, um sich dann zu strecken: »Darüber muss ich schlafen. Du sprichst von meiner Tochter Eliza. Das ist nicht gut. Und anders als bei euch, entscheidet sie das selbst. Ich bin nur ihr Vater, ein Berater, der sie gut kennt. Und außerdem.« Er blickte plötzlich ins Weite, so als ob er träumte. Dann fasste er sich: »Morgen, mein Freund, bis morgen. Und schieß nicht mehr blöd durch die Gegend. Ich bitte dich.«

Eliza dachte nach. Ihr Vater hatte ihr soeben von dem seltsamen Angebot des Fremden berichtet. Geendet hatte er mit den Worten: »Ich bin dafür. Die sind stärker als wir. Und wir brauchen Ruhe. Das war schon immer so. Aber du entscheidest, nur du.« Eliza war neunzehn und, das hatte Sommer richtig festgestellt, die mit Abstand schönste Frau des Stammes. Brüder hatte sie keine und deswegen liebäugelte sie seit einiger Zeit damit, nach ihrem Vater die erste Häuptlingin des Stammes zu werden. (Es gibt in der Sprache der Guarani dafür eine elegantere Version. Im Deutschen weiß man lediglich, was gemeint ist.) Das wäre neu gewesen für ihre Leute, das wusste sie, aber neu war vieles in den letzten Jahren geworden. Dass sie beispielsweise einmal im Vierteljahr in die Stadt zogen, eine kleine Abordnung mit drei, vier Ochsenwagen, vier Tage dauerte das, und dort ihre Hühner, das Schweinefleisch und das Gemüse anboten, das war überhaupt die Ursache, warum ihre Leute diese praktischen Hosen und die bunten Hemden und Blusen anhatten. Oder, als vor zwei Jahren der kleine Rital, zwei Jahre alt, nicht mehr aufhörte, vor Schmerz zu schreien und zu wimmern, und alle Salben und Kräuter nichts geholfen hatten, war sein Vater in die Stadt gelaufen, zweieinhalb Tage am Stück, und zurückgekehrt war er mit einem Automobil und einem Arzt und der hatte eine spitze Nadel in den Bauch des kleinen Rital gestochen und jetzt hüpfte dieser Junge, als ob nichts gewesen wäre, durch die Gegend, die dornenstruppige. Das waren Beispiele für Neues und Eliza wusste, dass das kein Wunder war in ihrem Stamm. Denn der lebte von der Erwartung. Von der Hoffnung, dass der Traum der Kaziken, der zweihundert Jahre alt war und von Generation zu Generation weitererzählt worden war, endlich in Erfüllung gehen möge. Dass also einer käme, der ihren Stamm, aber vielleicht sogar alle Guarani, in ein besseres Leben führen könne. Der Traum der Kaziken, ein uralter Mythos aus einer längst vergangenen Zeit, war also ein Vehikel, das diesen Guarani-Stamm neugierig auf Neues machte. Hoffnungen erzeugen Erwartungen und bei diesem Guarani-Stamm richteten sie den kollektiv empfundenen Zeitpfeil nach vorne. Jener Traum der Kaziken hatte Elizas Stamm, für den eine auf Tradition beruhende Lebensweise der kreislaufenden Wiederkehr überlebensnotwenig war, eine ganz revolutionäre Vorstellung von Zukunft eingepflanzt und machte sie auf diese Weise empfänglich für neue Erfahrungen. Auch wenn es nur eine bunte Bluse war. Oder ein Piks in den Bauch eines Jungen.

Bei Eliza war es aber noch einmal besonders. Denn vor drei Tagen hatte auch sie einen Traum gehabt. Einen dieser letzten kurz vor dem Aufwachen im Halbschlaf, der einen den ganzen Tag begleitet. Deswegen war er so gegenwärtig und deswegen dachte sie gerade nach. Was war da gewesen? Eine Gestalt. Hell strahlend, flirrend, wabernd. War das ein Engel? Hier in *St. Florian* hatten sie eine eigenständige Überlieferung des christlichen Glaubens gepflegt, nicht im Sinne des aktuell herrschenden Papstes Pius XII., aber was ein Engel war, das wusste Eliza. Er hatte sie sogar geküsst, dieser Engel in ihrem Traum, oder was und wer das auch immer gewesen sein mochte. Sie selbst sah sich in ihrer Traum-Erinnerung auf einem Bett liegen und das flirrende Wesen beugte sich über sie. Küsste sie und flüsterte unverständliche Worte. Sie überlegte, ob in Träumen, ihren Träumen, jemals gesprochen worden war. Eher doch nicht, war das Fazit ihres Nachdenkens, denn im Nachdenken war sie gut. Sie hatte sich aufgerichtet in ihrem Traum, hatte ein weißes, leinenes Übergewand an und das Wesen war ganz nah an ihrem Ohr und sprach eine Botschaft, die nicht in Sprache verfasst war, aber die sie umso intensiver verstand: Du, du, du, nur du. Du, du, du, nur du. Das klang. Das war Rhythmus, Musik. Sie tanzte. Das Wesen tanzte mit. Wild, ausgelassen, ekstatisch. Du, du du, nur du. Das Wesen, der Engel wurde zu einem anderen Wesen, undeutlich, unentschieden. War es ein Mann oder ein Tier, ein schneeweißes mit einem langen Hals? Mann oder Schwan oder beides? Das sich an sie drängte, in sie drängte. Dann wachte sie auf. Was nachhallte, war das *Du*. Am nächsten Tag war es immer noch da. Wurde am nächsten Tag intensiver. Und so wurde dieser Tag, der dritte Tag nach ihrem Traum, der dritte Tag intensiven Nachdenkens der Tag, an dem sie Chithaalin zusagte, die Frau dieses komischen Gringos zu werden.

Formalitäten brauchte Sommer keine. Die konnten warten. Er nahm sich seine neue Frau bei der erstbesten Gelegenheit und die kam bald. Sie hatte das erwartet, das war gewissermaßen der Deal gewesen, sodass sie sich nicht wehrte, aber sich ihm auch nicht hingab. Sommer hingegen war äußerst aktiv, bis hin zu extravaganten Unternehmungen, die heftiges Keuchen verursachten. Was ihm also nicht attestiert werden kann, dem ausrangierten arischen Obersturmbannführer, ist die *impotentia coeundi*, dies ist dem SS-Mann in der Blüte seiner Jahre keinesfalls zu unterstellen. Festzuhalten jedoch, zu seinem Pech, dem sich Ahnungslosigkeit hinzugesellte, und hervorgerufen durch unsoliden Lebenswandel, Alter, vielleicht sogar einen genetischen Defekt im arischen Erbmaterial, ist die *impotentia generandi*. Einfacher ausgedrückt: Was da aus seinem hoch aufgestellten germanischen Glied an Saft herausquoll, war unter Züchtungsgesichtspunkten belanglos. Keinerlei verwertbares Material, das eine neue, blutaufgefrischte, semi-arische Neurasse hervorbringen würde. Vergebliche Liebesmüh, um eine sehr deutsche Wendung zu bemühen für Bemühungen eines Deutschen, eine rassische Wende herbeizuführen. Eliza hatte bei dem ganzen Vorgang die Augen geschlossen gehalten, so war das alles einigermaßen zu ertragen und auf diese Weise stellten sich auch wieder die Traumbilder von vor drei Tagen ein. Ihr Seufzen, das der Obersturmbannführer missverstand, galt dem unsichtbar schwebenden Wesen, das nur für sie wahrnehmbar war, und über ihr weißglänzend, mit langem, anmutigem Hals, sie liebkosend begehrte und dem sie sich hingab, sie konnte gar nicht anders und sei es nun ein Wesen, ein Engel, ein Schwan oder irgendwas. Obersturmbannführer a. D. Karl Sommer lag derweilen schon schnarchend zu ihrer Seite.

Am 7. August 1945, einen Tag nach der Vernichtung Hiroshimas durch eine amerikanische Atombombe und zwei Tage vor dem nämlichen Schicksal Nagasakis, kam Eliza mit einem gesunden Jungen nieder und der vermeintliche Vater ließ ihn auf den Namen Carlos Sommer in dem Chaco-Städtchen Santa Fe ins Geburtenregister der Republik Paraguay eintragen. Achtzehn Jahre später, kurz nachdem er seinen vermeintlichen Vater umgebracht hatte, beantragte Carlos eine Namensänderung bei den paraguayischen Behörden, bekam sie auch umstandslos zugestanden und hieß fortan Carlos Verano. Der Anlass dafür, das Umbringen nämlich, ereignete sich folgendermaßen.

Die Ehe zwischen Eliza und Karl Sommer, wen wird es verwundern, war keine harmonische. Eliza verweigerte sich hartnäckig weiteren Versuchen, die arische Rasse aufzufrischen. Sommers Reaktion waren erwartungsgemäß Tobsuchtsanfälle, die in Prügeleien endeten. Selten genug konnte Eliza mit Hämatomen am ganzen Körper in das knapp zwanzig Kilometer entfernte *St. Florian* entfliehen und sich bei ihrem Vater ausweinen. Chithaalin aber war unerbittlich: »Ich habe einen Vertrag mit diesem Mann. Auch wenn er ein Arschloch ist und ein Nazi obendrein. Und dieser Vertrag garantiert uns Ruhe, wenn nicht sogar das Überleben. Du bist der Preis dafür, Eliza. Aber vergiss nicht Carlos. Das ist dein Schatz, aber er ist vor allem unser Schatz. Das spüre ich.« Sprach der Großvater und sah stolz, wie sein Enkel mal wieder freihändig Bäume emporkraxelte.

Sommer liebte seinen Sohn abgöttisch. So oft er konnte, nahm er ihn die Marihuana-Plantagen mit und erklärte ihm: »Das alles, mein Sohn, wird einst dir gehören.« Am späten Nachmittag gab es eine Stunde Deutschunterricht. Sommer gab ihm den *Lederstrumpf* zu lesen, Karl May und *Mein Kampf*, das er in der einzigen Buchhandlung von Santa Fe erstanden hatte. Der Unterricht war notwendig, denn Carlos' erster Spracherwerb war Guarani gewesen, die Sprache seiner Mutter, mit der er naturgemäß viel mehr Zeit verbrachte als mit seinem Vater, dem vermeintlichen. Notgedrungen hatte sich Sommer im Laufe der Jahre ein paar Brocken der Indianersprache angeeignet, aber wenn Mutter und Sohn sich vertraut in ihrer Sprache verständigten, war genau dies einer der Anlässe für die gewohnten Anfälle: »Sprecht Deutsch!« (Wobei Eliza das überhaupt nicht beherrschte.) »Oder wenigstens Spanisch, ihr verdammten Indios!« Rechte Hand klatschend auf Elizas linke Wange, reziprok linke Hand auf Carlos' rechte Backe. Die beiden murmelten etwas auf Guarani, was, wenn wir es recht verstanden haben, mit ihrem Erstaunen zu tun hatte, dass Halbblut Carlos plötzlich als Indio tituliert worden war.

Jedenfalls, um das alles abzukürzen. Einige Zeit, nachdem Karl Sommer dem Josef Mengele seine Rinderzucht gezeigt hatte, verdrosch er mal wieder seine Ehefrau. Es ist ziemlich unerheblich, warum, wichtiger ist, dass Carlos hinzukam, er war da ungefähr fünfzehn, und Sommer anbrüllte: »Lass die

Finger von meiner Mutter, du Nazischwein!« Sommer ließ ab, drehte sich zu seinem Sohn, packte ihn und heiser war die Stimme: »Was redest du da? Wie sprichst du mit mir?« Und holte schon aus mit der arischen Faust. Carlos aber machte etwas, das er noch nie gemacht hatte, auch nicht geübt oder trainiert. Er entwand sich dem Griff des Vaters, beugte den Rücken von ihm weg tief nach unten, um Schwung zu holen für sein rechtes Bein, das wie ein archaischer Axthieb nach oben schnellte und mit der Ferse gegen das Kinn des Obersturmbannführers krachte, der sogleich zusammensackte. Dass Eliza leise klatschte, können wir nur vermuten.

Eine halbe Stunde später sehen wir Vater und Sohn im Kaminzimmer Karl Sommers. Carlos hat ihm erklärt, dass er alles, was Karl Sommer und Josef Mengele seinerzeit besprochen hatten, belauscht und verstanden hatte. Dass er deswegen Mengele sowieso, aber auch seinen Vater für einen unverbesserlichen Nazi und Kriegsverbrecher halte. Sommer hat sich das alles angehört, die Hand an der Backe, welche schmerzt. Dann legt er los: Dass das nicht schön gewesen sei mit den Juden, nein, nicht schön, aber notwendig. Nicht schön übrigens auch für die, die diese Massaker hatten exekutieren müssen. Er kenne viele davon, die litten immer noch darunter. »Auch der Krieg gegen die Russen, nicht schön. Aber was sollten wir machen? Einer Horde von Untermenschen, regiert von Juden, dieses weite, schöne Land überlassen? Wo doch der Arier Lebensraum brauchte? Der deutsche Soldat war anständig, er hat sich gewehrt, wenn der Untermensch aus dem Hinterhalt kam. Hitler, ja, nicht alles war durchdacht, manches übertrieben, aber im Prinzip, strategisch. Überleg doch mal. Er hat die Arbeitslosigkeit besiegt in Deutschland. Gegen den Widerstand der Sozialisten und Kommunisten und der Juden. Ich weiß, wovon ich spreche. Zuletzt, am Ende, da waren die Kräfte zu schwach. Aber es ist noch nicht vorbei. Wir werden auferstehen. Und du, mein Junge, du wirst der Keim dafür sein. Ariertum gepaart mit dem edlen Wilden. Lies das noch mal nach beim Karl May. Deine Mutter, ich versteh das ja.

Aber sie ist uninteressant, welthistorisch gesehen. Eine Indiofrau, war mal hübsch anzusehen, du liebe Zeit, geschenkt. Die Blutauffrischung hat sie gut hinbekommen. Denn du, mein Junge, du bist die Zukunft. Du wirst einmal einer der größten Marihuana-Produzenten der Welt sein. Und ein mittelgroßer Rinderpatron in Paraguay. Und was weiß ich noch alles. Aber lass bitte künftig deine Beine am Boden. Mir tut die Backe weh.«

Carlos stand wortlos auf und ging in das Schlafzimmer seiner Mutter. Sie lag da, ramponiert, aber nicht ruiniert. Sie war das gewohnt, diese Prügeleien, aber sie war auch eine Häuptlingstochter. Carlos setzte sich zu ihr und sagte: »Ich könnte ihn umbringen, dieses Schwein. Aber darf ich das? Er ist schließlich mein Vater.« Eliza richtete sich auf: »Er ist nicht dein Vater. Du hast einen anderen Vater. Oder gar keinen Vater, ich weiß das nicht so genau. Was ich genau weiß, er jedenfalls ist nicht dein Vater.«

Als Carlos an diesem Abend in seinem Bett lag, wollte Schlaf sich nicht einstellen. Dafür dachte er zu intensiv nach. Das dauerte über zwei Jahre lang, dieses Grübeln. Erst am 27. Oktober im Jahr 1962, einem Samstag, an dem die Welt den Atem anhielt, war Carlos ans Ende seines Nachdenkens gelangt. Er wusste, dass Obersturmbannführer Sommer immer samstags die Küstenstraße entlang des Rio Paraná Richtung Asunción fuhr, um dort in der Stadt Manuela Sanchez aufzusuchen, was dann meist mehrere Stunden währte. Viel wichtiger aber war, dass Carlos wusste, dass Sommer diese teilweise kurvige und an steilen Abhängen vorbeiführende Straße samstags immer in vollem Karacho fuhr, was seiner testosteronbedingten Vorfreude geschuldet war. Ungefähr zur gleichen Stunde, als Präsident John F. Kennedy gemeinsam mit seinem Bruder Robert verzweifelt versuchten, in letzter Minute den Konflikt über die Stationierung sowjetischer Raketen auf Kuba diplomatisch und nicht nuklear zu lösen, lockerte Carlos mit einem 13er-Schlüssel die Muttern an Vorder- und Hinterrädern des

Jeeps seines vermeintlichen Vaters. Der fuhr dann los, als in der karibischen See amerikanische Zerstörer und russische U-Boote bedrohlich aufeinander zusteuerten. In einer Linkskurve, Sommer wollte sich gerade eine Zigarette anzünden, stellte sich der von Carlos erwünschte Effekt ein. Das rechte Vorderrad löste sich, Sommers Zigarette entzündete sich gerade noch, sodass er rauchend erlebte, wie er vergebens versuchte, durch heftiges Kurbeln am Lenkrad zu verhindern, dass das vorderradlose Fahrzeug über die Kante des Abhangs schlidderte, sich mehrmals und spektakulär überschlug und schlussendlich lodernd brennend am Fuße des Abhangs in einem Dornbusch steckenblieb. Dies ereignete sich vermutlich zum genau gleichen Zeitpunkt, als Robert Kennedy und der sowjetische Botschafter Anatoli Dobrynin in einem New Yorker Hotel händeschüttelnd den Abzug russischer Raketen aus Kuba und amerikanischer aus der Türkei vereinbarten und somit die Apokalypse verhinderten. Das mag jetzt ein bisschen übertrieben wirken, aber man kann mit Fug und Recht behaupten, dass an diesem Samstag zwei Probleme gelöst wurden.

Das letzte, das Problem Mengele, erledigte sich leider erst 1979, siebzehn Jahre später. Anders als Dietrich Brandler 1967 in den Strömungen vor Contis Plage leuchtete dem Auschwitz-Arzt kein rettendes Elmsfeuer vom Strande her. Er ersoff auf der anderen Seite des Atlantischen Ozeans vor der Küste Brasiliens. Nicht nur alle Zwillinge dieses Erdballs atmeten auf.

Tiflis, September 2001

Mit der Linken ergriff Amykos die Hand des Polydeukes, stürzte schräg aus der Verteidigung vor und schwang die volle Rechte von unten. Polydeukes aber duckte den Kopf und schlug ihm mit der Wucht seiner gewaltigen Faust die linke Schläfe ein. Sofort schoss das schwarze Blut aus der klaffenden Wunde, während die andere Faust in den Mund fuhr, dass sämtliche Zähne klirrten, und mit immer schärferem Tempo zerfleischte er ihm das Angesicht, bis die Wangen ein einziger Brei waren. Da lag nun Amykos hilflos am Boden und streckte zum Zeichen der Aufgabe beide Hände empor, denn er war dem Tode nahe.

Theokrit von Syrakus, 3. Jahrhundert v. Chr.

Pollys Weltmeisterschaftskampf war verschoben worden. Zeitlich. Vom Mai 2000 auf September 2001. Swetlana Tabadse, die georgische Bitch, hatte sich im Training die Rippe gebrochen. Anderthalb Jahre wegen einer gebrochenen Rippe? Pollys Lager vermutete, man wolle Polly altern lassen. September 2001 würde sie dreiunddreißigeinhalb sein. Und nicht zweiunddreißig, wie im Mai 2000. Polly lachte. Jeden Morgen, wirklich jeden Morgen um sechs Uhr, bei welchem Dreckswetter auch immer, lief sie die paar Meter von der Werderstraße hinunter zur Neckarwiese und dann rechts neckarabwärts, Richtung Neuenheimer Feld. Erst lockerer Trab, dann die Schultern bewegen, laufen und schattenboxen, laufen und alle Muskeln aktivieren. Nach fünf Kilometern am Neckar entlang wieder zurück und die letzten zwei Kilometer schön langsam steigern. Die finalen tausend Meter alles geben, was in diesem kampfeslustigen Körper steckt.

Wer das als harmloses Programm einer ambitionierten Hobby-Sportlerin abtut, sollte wissen, dass Polly bei diesem Programm eine zehn Kilo schwere Bleiweste trug. Dann viel Vergnügen. Bei ihr naturgemäß am Ende vollkommene Erschöpfung unter den Pappeln der Neckarwiese, Kapuze abstreifen, Morgenluft einsaugen, die scheißenden Nilgänse verfluchen. Anschließend Frühstück für Tom.

Tom war seit einem Jahr Gymnasiast. In jenem Heidelberger KFG, auf dem vor Jahren schon seiner Mutter und seinem Onkel Cas mehr oder weniger erfolgreich deutsche Bürgerbildung nahegebracht worden war. In der Werderstraße war ein Zimmer frei geworden, denn der immerwährende Gerd hatte sich verliebt und war nach Paraguay entschwunden. Sein Zimmer, das nach über dreißig Jahren ausuferndem Drogenkonsum vor sich hin moderte, stand somit leer und Tom war, nicht ohne heftige Besorgnisse von Lena, dort eingezogen; Mutter und Sohn also wohngemeinschaftlich vereinigt. Sein Schulweg war komfortabel: die Werderstraße runter zur Neckarwiese, dann die Treppe hinauf zur Brücke, diese überqueren und schon war der Prunkbau des Kurfürst-Friedrich-Gymnasiums an der Ecke des Bismarckplatzes in Sichtweite. Da selbst im 21. Jahrhundert Schulbeginn aberwitzigerweise um 7.40 Uhr war, bedeutete dies: Frühstück um sieben, Abmarsch spätestens um halb acht. Polly, verschwitzt und schwer keuchend schmierte ihm ein Marmeladenbrot und wärmte einen Kakao. Sie sah ihn erst am Abend wieder, was er in der Zwischenzeit, vor allem nach Schulschluss trieb, davon hatte sie eine grobe Vorstellung, eigentlich aber war es ihr egal. Er hatte ja einen Schlüssel. Und seinen Großvater Dietrich. Der holte ihn mittlerweile viermal die Woche ab, immer pünktlich um halb vier, und fuhr mit ihm ins Trainingscamp der TSG Hoffenheim nach Zuzenhausen. Eine halbe Stunde hin und eine halbe Stunde zurück. Das Ganze war ein Tipp von Hansi Flick gewesen: »Da entsteht was. Vor allem für junge Talente. Aber sag ihm das nicht. Das Schlimmste ist, wenn sie frühzeitig durchdrehen. Bin sehr gespannt, was aus dem wird. Das Talent hat er. Aber in dem Alter ist noch alles offen zwischen Bezirksliga und Weltmeister. Deshalb: Ball flach halten.« Dietrich ertappte sich bei dem Gedanken, dass der Ururenkel des Kommunistenführers Heinrich Brandler, der Deutschland 1923 in eine bessere Zukunft führen wollte, dereinst die deutsche Nationalmannschaft zum Weltmeistertitel führen könnte. Die Brandlers, dachte er nicht ohne Stolz, eine Weltmeisterfamilie, um sogleich sich selbst davon auszunehmen. Ein Weltmeister Dietrich Brandler, in welcher Kategorie auch immer, war außerhalb seiner Vorstellungskraft. Du liebe Zeit. Weltmeister des Scheiterns vielleicht, Weltmeister im Versagen. Mit sechsundfünfzig Jahren immer noch Akademischer Rat. Ohne Habilitation. Geduldet an der Hochschule, belächelt in der Fachwelt. Dagegen die Hoffnung Tom Brandler. Und Polly. Polly vor allem. Weltmeisterin in spe. Demnächst in Tiflis. Dietrich Brandler wurde plötzlich bewusst, dass er in ein Weltmeisterschaftsgefüge geraten war. Tom noch Jahre davon entfernt, Polly nur Wochen, er eine Unendlichkeit.

Polly, nachdem sie Tom das Frühstück gemacht hatte, fuhr in ihr Gym nach Mannheim Neckarstadt. Dort warteten, zeitlich sauber gestaffelt, wie sie es von Charlie in der Tauentzien gelernt hatte, im Laufe des Tages siebzehn junge Männer sowie drei Mädchen, allesamt türkischer, rest-jugoslawischer oder arabischer Herkunft, die auch Weltmeister werden wollten. Jetzt, am Vormittag, wartete nur ihr Trainer, ein zierlicher Mann, Anfang vierzig. »Morgen Fliege«, sagte sie und begann ihr gymnastisches Aufwärmprogramm.

Von den dreiundzwanzig Kämpfen der letzten elf Jahre hatte sie zweiundzwanzig durch technischen K. o. gewonnen, einen einzigen durch einen richtigen Knock-out, aber das war eher ein Versehen gewesen: Eine junge Philippina lief blind und kopflos in eine linke Gerade, sodass das schöne Gesicht entzweiging. Technischer Knock-out bei all den anderen bedeutete, dass ihre Gegnerinnen einfach aufgegeben hatten, erschöpft gewesen waren, genervt, geplättet, chancenlos. Eine, die Argentinierin Roberta Duran, hatte in der vierten Runde sich plötzlich weggedreht, »no mas, no mas« gemurmelt und den an sich mehr oder weniger ausgeglichenen Kampf, sogar zum Erstaunen des Ringrichters, einfach weggeworfen wie ein zugeschneuztes Taschentuch. Die ganze Boxwelt staunte, woher diese mit einem Meter zweiundsiebzig nicht sonderlich große Athletin die für das Mittelgewicht erforderlichen 75 Kilogramm hervorbrachte. Es schien, dass ihre Muskeln schwerer wogen als die ihrer Konkurrentinnen. In all diesen Kämpfen hatten ihre Schüler aus dem Mannheimer Gym in Pollys Ecke gestanden, ihr in den Pausen Luft zugefächelt, Wasser gereicht, Vaseline auf die Augenbrauen gesalbt. Einen richtigen Trainer, für die Vorbereitung und für das Coaching in der Ecke, brauchte sie nicht, hatte sie nie gewollt, denn einen wie Charlie würde es ohnehin nie wieder geben. Bis dann zwölf Wochen vor dem neuen Termin des WM-Kampfes wie aus dem Nichts Fliege aufgetaucht war, ihr erster Sparringspartner aus Charlies Boxschule in Berlin, Tauentzienstraße. Sie arbeitete mit dem Sprungseil, was für sie immer der meditative Teil der ganzen Trainingsquälerei war, als von hinten eine helle Männerstimme raunte: »Mehr Körperspannung im Becken.« Polly ließ das Seil fallen, drehte sich um, stutzte einen langen Moment, um dann eine linke Gerade anzudeuten und einen rechten Aufwärtshaken. Der Mann pendelte nach hinten, hob die Arme zur vorschriftsmäßigen Deckung und schon lagen sie sich lachend in den Armen: »Mensch, Fliege, lange nicht gesehen.«

Ein bisschen, aber nicht viel, hatte er zugelegt in den USA, gewichtsmäßig, der Fliegengewichtler Fliege. Hatte sich die Jahre als Sparringspartner durchgeschlagen, sogar ein paar eigene Kämpfe bekommen, war dann aber als Hospitant ins Camp von Angelo Dundee eingestiegen, dem Trainer von Muhammad Ali und Sugar Ray Leonhard. »Ohne Angelo in der Ecke wären die beiden nie Weltmeister geworden, glaub mir.« Polly glaubte sofort und ab dann war Fliege ihr Trainer. Zwölf Wochen vor dem Kampf.

Was das rein Physische anbelangte, begriff Polly schnell, worauf Fliege es ankam. Er wollte sie schneller, beweglicher, wendiger machen. »Die Georgierin ist größer, sie hat mehr Reichweite, ist schnell auf den Beinen und sie ist eine Tänzerin. Ganz die Ali-Schule. Du bist die mit dem Punch, das Kampfschwein. Das gab's schon oft genug: LaMotta gegen

Sugar Ray Robinson, Rocky Marciano gegen Joe Louis, Hagler gegen Hearns oder Frazier gegen Ali. Deshalb umso wichtiger: Du musst ihr entgleiten, durchtauchen, ihr entwischen. Wie ein glitschiger Fisch.« Aber Fliege ging es um mehr als das rein Körperliche, an dem sie hart arbeiteten. Das, was Fliege Polly jenseits des Physischen nahebringen wollte, war eine Dimension des Mythischen und Archaischen: Klein gegen groß, David gegen Goliath, Außenseiter gegen Favoriten, die verborgene Kraft der Schwächeren gegen die Arroganz der Überlegenen. Möglichkeiten gegen die schale Realität. Die Buchmacher zahlten zehn Wochen vor dem Kampf für einen Dollar Einsatz anderthalb Dollar bei einem Sieg der Georgierin, achtundzwanzig Dollar für einen Sieg unserer Polly. Eine solch vernichtende Quote für einen Herausforderer hatte es vor einem Kampf um eine Weltmeisterschaft noch nie gegeben, in keiner Gewichtsklasse, ob bei Männern oder Frauen. »Sie wird dich unterschätzen und in den ersten zwei, drei Runden tun wir ihr den Gefallen. Du lässt dich verprügeln. Das wird sie sorglos machen. Spätestens ab Runde vier explodierst du. Die Runde gewinnst du, die fünfte auch. Und dann sehen wir weiter.«

Der 11. September 2001 war in Tiflis ein regnerischer Tag, für den Abend waren Wolkengüsse angesagt, Gewitterwolken zogen vom Kaukasus herab. An der Ostküste der USA war zur selben Zeit früher Morgen. Eine herbstlich milde Sonne strahlte, als kurz nacheinander in Boston American Airlines 11 und United Airlines 175 Richtung Los Angeles starteten. Irgendeine lautstarke Rockhymne röhrte durch die Sportarena von Tiflis, als Polly in einem schwarzen Satin-Umhang den Innenraum betrat. Sie nahm das nicht wahr, auch nicht das Geschrei des Publikums, die Scheinwerfer, die wild kreisten, die Fahnen, die über dem Ring in den georgischen und deutschen Farben wehten. Dietrich, der mit der ganzen Familie eine halbe Stunde zuvor in der zehnten Reihe Platz genommen hatte, dort, wo die Tribüne anfing anzusteigen, hatte der Boxring in seiner erhöhten Position unwillkürlich an ein Schafott erinnert. Kein Galgen war zu sehen über dem Ringgeviert, keine Guillotine und auch keine Falltür am Boden des Rings, in dem die Toten schnell entsorgt werden konnten. Gleichwohl war ihm unheimlich zumute und Dietrich wäre nicht Dietrich gewesen, der empfindliche Dietrich und der historisch informierte, wenn ihm nicht sogleich die Geschichte des Schafotts durch den Kopf gegangen wäre. Die Hexenverbrennungen und die Köpfung Dantons. Der Eispickel im Schädel Trotzkijs und die Gewehrmündung vor dem Herz Stauffenbergs. Thomas Morus, Montezuma, die Romanows und Ludwig der Sechzehnte mitsamt seiner Frau, der unglückseligen Marie Antoinette. Jan Hus, Thomas Müntzer, Giordano Bruno, Anne Frank. Die Schwerter, in die sich die Römer stießen, die Halsschnüre der Osmanen, die Massaker der Kolonialisten in Afrika, der Amerikaner an den Indianern, der Türken an den Armeniern, der Conquistadoren in Südamerika. Das Grauen von Auschwitz. Alles, was der Mensch dem Menschen antun kann, ging ihm angesichts des Schafottes da oben im Scheinwerferlicht der Arena von Tiflis durch den Kopf. Lena, Tom, Helen, Marie und Cas, die allesamt von Polly zu ihrem Kampf nach Tiflis eingeladen worden waren, ging es ähnlich, nämlich unheimlich. Sie waren zum ersten Mal bei einem Boxkampf und sie waren zum ersten Mal bei einem Kampf ihrer Polly. Nur Doktor Kobiaschwili klatschte vergnügt in die Hände, er war seit Jahren zum ersten Mal wieder in seiner Heimat, dem geschundenen Georgien. Mit Boxen kannte er sich aus, Boxen war eines seiner bevorzugten Beispiele, wenn es um sein Lieblingsthema, den Zufall ging. Vor Jahren hatte er damit Polly beeindruckt und diese zelebrierte nun ihren Einzug in die Arena, gemessen, mit sparsamen Trippelschritten, kleinen Ausfallbewegungen des Oberkörpers nach links und rechts, die Arme ließ sie lässig hängen. Als sie an Reihe zehn vorbeikam, hob sie die Linke, ließ die Rechte dagegen knallen und nickte der Familie zu. Was dort nicht unbedingt zur Beruhigung der Nerven beitrug. Sie alle, die ganze Familie Brandler, inklusive Marie, exklusive

Dr. Kobi, hatten mit Boxen nichts am Hut. Dietrich in gewissen Maßen ausgenommen. Er war natürlich ein Weckersteller für die Ali-Kämpfe, er hatte »Rumble in the Jungle« gesehen, den »Thrilla of Manila« und sogar die frühen Kämpfe, als Muhammad Ali noch Cassius Clay war, der Sonny Liston in zwei Kämpfen der Lächerlichkeit preisgegeben hatte. Einmal, in seiner Volleyballgruppe in einer Turnhalle in Neuenheim, hatte er in einer Ecke Matten entdeckt und Boxhandschuhe. Einer der Mitvolleyballer, ein kleinerer als er, hatte auch Lust zu boxen und Dietrich tänzelte und shuffelte, mit den Fäusten natürlich weit unten, ganz Ali-haft, wie er es im Fernsehen gesehen hatte, um den Kleinen herum. Bis der ihm aus dem Nichts heraus eine banale linke Gerade ins ungedeckte Gesicht versetzte, welche Dietrich waagrecht auf die Matten beförderte und eine blutende Nase einbrachte. Der Kleine war in einem früheren Leben Polizeianwärter gewesen und hatte einige Stunden Training und einige Ringminuten im Polizeisportverein hinter sich. Das entlastete Dietrich innerlich, bestärkte ihn jedoch, dem Boxsport hinfort als Zuschauer zugetan zu bleiben, und zwar am Fernsehschirm. Diese Gerade auf seine Nase war so schnell gekommen, dass er später Robert Musil nur zustimmen konnte. Der hatte irgendwo notiert, dass die Schnelligkeit des Boxens, die Plötzlichkeit des Schlages die Steuerungsfähigkeiten des Bewusstseins überfordere. Boxen sei daher, so Musil, insofern es bewusstes Handeln überhole, unterlaufe und außer Kraft setze, nur mit der Erfahrung der Mystik vergleichbar. Dietrich nahm das interessiert zur Kenntnis in seinem Fernsehsessel, während Fliege Musil energisch und mit der Unwiderlegbarkeit des Praktikers widersprochen hätte. Boxen, so Fliege, ist nur in der allerletzten Finalität des Schlagabtausches dem Bewusstsein entzogen. Selbst da sollte es nicht so sein, dazu gleich mehr, vor allem aber ist der Schlagabtausch im Boxkampf nur ein Teil des Krieges. Der besteht in großen Teilen aus Finten, Lügen und Täuschungen, aus Ducken und Pendeln, aus Sidesteps, schnellen Beinen und der Nutzung der Seile im Infight. Mit einem Wort: aus Vermeidung. »Und wenn du schlägst, Polly, wenn die Fäuste fliegen, dann denk an das, was unser Sport an effektiven Methoden bereithält. Schalte dein Boxerhirn ein. Lass Hass beiseite, Wut, Schmerz oder irgendeine andere Scheiß-Emotion. Emotionen verkrampfen die Muskulatur. Sie machen dich langsamer, schwerfälliger und ausrechenbarer. Immer bei dem bleiben, was Charlie dir gesagt hat: eins, eins, zwei. Oder eins, zwei, eins. Oder eins, eins, zwei, eins, zwei. Je nachdem. Aber nie wild prügeln. Das hier ist Weltmeisterschaft, nicht Schulhof.« Was soll man sagen: Polly hörte zu, hörte gewissenhaft zu, aber sie war keine Anfängerin mehr. Sie hatte alle ihre Gegnerinnen nach Hause geschickt, gedemütigt, zur Verzweiflung gebracht. Nicht mit Vermeidung, sondern mit Prügel. Mit ihrem Willen, ihrem Mut, ihrem Selbstbewusstsein, das aus ganz tiefen Erinnerungen sich speiste. Ich, Polly, bin unbesiegbar. Jetzt aber war Weltmeisterschaft und die Gegnerin lief in die Arena ein. Von ihrem schwarzen Vater hatte sie das krause Haar, das hochaufgetürmt in wilden Zacken loderte und weiß blondiert war. Unter dem blutroten Mantel mit weißen Pelzsäumen ein weißes Trikot, auf dem das rote Kreuz der georgischen Landesinsignien wie mit Fingerfarben gemalt gefährlich Furcht erregen sollte. An den roten Shorts war seitlich ein halber, weißer, dreieckiger Stoff geheftet, der der ganzen Erscheinung den Eindruck einer mittelalterlichen Turnierfigur verleihen sollte. »Was für ein Scheiß«, raunte Polly in ihrer Ecke Fliege zu, sie, die nur eine schwarze Sporthose und ein schlichtes schwarzes Trikot trug, während die Zehntausend in der Tifliser Sportarena völlig aus dem Häuschen waren.

Es dauert immer ein bisschen, bis so ein Kampf beginnt. Ehrengäste werden begrüßt, die Hymnen gespielt, die Kämpferinnen vorgestellt. Was sie alles schon erreicht haben in ihrem Boxerleben, wieviel sie wiegen, wie alt sie sind, und an dieser Stelle suchte Polly im Zuschauerraum die Reihe ihrer Familie. Das ist nicht leicht, denn der Ring ist hell erleuchtet, die Ränge liegen in Finsternis. Reihe zehn lag in einem

Zwischenlicht, gerade noch zu erkennen, und Polly konnte Tom sehen, wie er Helen etwas zuflüsterte und Marie, die sich bei Lena untergehakt hatte. Das ist gut, dachte Polly, ich sehe sie und sie sehen mich. Hoffentlich fließt kein Blut heute Abend, wegen der Kinder. Einen Augenblick lang dachte sie, sie habe Augenkontakt mit Tom. Jedenfalls lächelte der. Notfalls schlag ich sie tot heute Abend, die Bitch, die georgische, dachte Polly in diesem Moment. Oder sie mich. Nicht vor den Kindern. Sie sah auf den Stern, den sie in ihren Gürtel auf Nabelhöhe eingenäht hatte, rieb dreimal mit dem lederumspannten Daumen daran und war bereit.

AA 11 und UA 175 korrigierten zu diesem Zeitpunkt ihren Kurs Richtung Los Angeles und steuerten New York an.

Gong. Polly defensiv, so wie von Fliege geplant. Polly aber auch unkonzentriert. Steckt mehr Schläge ein, als von Fliege beabsichtigt. Das liegt daran, dass Polly ausgerechnet jetzt an den Stern denken muss, dem sie Sekunden vorher an ihrem Gürtel die gebührende Aufmerksamkeit erteilt hat. Der Stern ist von ihrer Mutter. Seit Jahren ist sie auf der Suche nach ihrem Vater, die Mutter aber ist präsent, sie ist da, anwesend und leibhaftig, auch wenn sie ihr fremd geworden ist. Du kannst deine Mutter für eine dumme Kuh halten, sie bleibt deine Mutter. Polly hielt ihre Mutter für eine besonders dumme Kuh, aber Polly war auch Polly insofern, als für sie Lena vor allem Toms Oma war und das tarierte ihre Tochtergefühle ins Gleichgewichtige aus. Zwei Wochen vor dem Kampf hatte Lena in der Werderstraße geklingelt, morgens um halb zehn, da ist Polly noch zu Hause und nicht im Mannheimer Gym. Sie tranken Tee, die beiden Frauen, dreiunddreißig die Tochter, einundfünfzig die Mutter, das ist mentalitätsmäßig nicht so weit auseinander Anfang der Nullerjahre, möchte man meinen, da waren Mütter und Töchter oft wie Schwestern zueinander. Nicht Polly, nicht Lena. Es wird ein bisschen viel geschwiegen zwischen den beiden. Lena meint, Polly könne sich ihr Zimmer doch ein wenig hübscher gestalten, wozu Polly gar nichts sagt. Lena fragt, ob Tom auch gut und ausreichend zu essen bekomme, und Polly brummt, im Jugendcamp der TSG bekämen sie auf den Sport abgestimmte Mahlzeiten und abends mache er sich seine Wurstbrote und manchmal ein Spiegelei. Schließlich seufzt Lena tief, kramt aus ihrer Handtasche ein kleines, in Seidenpapier gewickeltes Päckchen heraus. »Das ist für dich«, sagt sie und schiebt es über den Küchentisch zu Polly, »ein Talisman. Für deinen Kampf.« Polly wickelt das Päckchen aus und zum Vorschein kommt ein kleines Amulett mit einem weißen Stern in der Mitte. »Das ist von deinem Vater, Polly, das Einzige, was ich von ihm habe. Außer der Erinnerung. Du weißt schon, damals 1967 in Contis Plage. Ich hab es versteckt über die Jahre in einer Kommode, Dietrich hat es nie zu sehen bekommen. Nimm es mit nach Tiflis, vielleicht beschützt es dich. Vielleicht beschützt dich dein Vater.« Polly sieht ihre Mutter lange an. »Das ist lieb von dir, Ma. Das ist gut. Das ist richtig gut, das wird mir helfen, ich spüre es.« Sie verabschieden sich mit einer Umarmung, was sie lange nicht mehr gemacht hatten, und am gleichen Abend näht Polly den Stern mit seiner ledernen Umfassung auf den Gürtel ihrer Kampfhose. Genau in die Mitte, dort, wo darunter ihr Nabel ist.

Der Stern ihres vermutlichen Vaters, die leisen Worte ihrer Mutter, das Lächeln ihres Sohnes vorhin in der zehnten Reihe und seine Tränen vor mehr als einem Jahr, als er nach seinem Vater fragte, das alles ging ihr in der dritten Runde durch den Kopf. Sie war nicht richtig bei der Sache, weil sie nicht boxen sollte, wie sie es wollte, sondern so, wie Fliege es sich zurechtgelegt hatte. Sie riskierte einen Blick in die zehnte Reihe, sie wollte Blickkontakt mit Tom aufnehmen, warum auch immer, und bekam sofort, in diesem kleinen Moment, in dem zur gleichen Zeit Flug AA17 feuerspeiend in den Nordturm der New Yorker Twin Towers krachte, eine fürchterliche linke Gerade auf die rechte Schläfe und dann sah sie erstmal nichts, nicht den entsetzten Blick ihres Sohnes Tom, nicht die geweiteten Augen Lenas und auch nicht die Bewegung Dietrichs, mit der er stellvertretend seinen Kopf zur Seite drehte. Sie sah den Ringboden und hörte »vier«. Sie hörte »fünf« und dann »sechs«. Bei acht war sie auf den Beinen, bei zehn schüttelte der Ringrichter ihre Fäuste, gab den Kampf wieder frei und zehn Sekunden später erklang der Gong. Gerettet, vorerst.

Fliege war auch ein guter Cutman. Den kleinen Riss über ihrer rechten Augenbraue hatte er schnell geflickt, sein Mund war nah an ihrem Ohr: »Den Gegenangriff verschieben wir. Erhol dich in der nächsten Runde. Tu so, als ob du angeschlagen wärst, taumle ein bisschen, wiege sie in Sicherheit. Und ein bisschen mehr Konzentration, wenn ich bitten darf. Wo waren denn deine Augen bei diesem Schlag? Augen auf, Polly, man kämpft mit den Augen.« Polly konnte gar nicht anders, als Fliege zu gehorchen. Sie musste sich erholen. Wich aus in dieser vierten Runde, die Fäuste vor dem Gesicht, die Unterarme vor dem Körper. Klammerte, schob die Gegnerin immer wieder weg, flüchtete an die Seile, in die Ecken, wo sie ein Trommelwirbel an Schlägen erwartete, die weh taten, ihr aber nicht die Luft nahmen. Als der Gong ertönte, warf Swetlana Tabadse die Arme in die Luft und tänzelte in ihre Ecke. Polly schlich gebeugt in die ihre. Fliege war sofort neben ihr: »Gut gemacht. Genau so. Und jetzt Attacke. Bist du bereit?« Polly senkte den Kopf, um ein Nicken anzudeuten. Ihr Blick fiel auf den Stern. Hilf mir, Papa, dachte sie. Der schien zu leuchten und sie hob den Kopf, sah in die zehnte Reihe, die im Dunkeln lag. »O.k., Fliege. Ich hau sie um.« – »Boxen, Polly, boxen, wie du es bei Charlie gelernt hast. Nicht prügeln.« – »Ich bemühe mich.«

Ihr war warm um den Bauchnabel, als sie rausging zur fünften Runde und Swetlana Tabadse mit einem Hagel an Kombinationen eindeckte. Wenn deren lange Führhand die Verteidigung aufbaute, pendelte sie kurz nach hinten und ging sofort wieder nach vorne. EinsEinsZwei und dann EinsEinsZweiEins. Und noch einmal. Und noch einmal. Nach zwei Minuten wechselte sie in die Rechtsauslage. Die Tabadse wusste nicht, wie ihr geschah. Jetzt kamen die Schläge seitenverkehrt. ZweiZweiEins. ZweiZweiEinsZwei. Aus den

Haarwurzeln floss platinblonder Schweiß über die Augen der Georgierin. Die Backenknochen glühten rot-blau, sie hing in den Seilen, brachte die Arme und Fäuste kaum noch nach oben. Dann kam der Gong. »Die hält was aus«, keuchte Polly, »noch so eine Runde krieg ich nicht hin.«

In der sechsten Runde zeigte sich, dass Svetlana Tabadse nicht umsonst amtierende Weltmeisterin war. Sie hatte gelernt aus der Runde zuvor. Schon als die Tabadse aus der Ecke kam, der Gong hallte noch durch die Arena, spürte Polly, was auf sie zukam. Die Augen ihrer Gegnerin waren anders. Weit offen, voller Wut und Todeslust. Bevor Polly sich stellen konnte, traf sie ein Schlag oberhalb des Gürtels, da wo die Leber sitzt, dann einer am Hals, der nächste auf ihr rechtes Auge. Sie torkelte, Blut floss ihr ins Gesicht, sie sah die Schläge kaum noch kommen. Tabadse folgte der alten Boxerlehre: Schlägst du zehnmal, triffst du einmal, schlägst du zwanzigmal, triffst du zweimal. Sie schlug in dieser Runde hundertmal und je länger sie dauerte, übertraf sie diese Quote um ein Vielfaches. Polly spürte die Schläge nicht mehr als Schmerz, sondern als Fließen ihres Lebenssaftes, der ihren Körper entleerte, den Überlebenswillen herausspülte. So, dachte sie kurz, muss sich jemand fühlen, der sich die Pulsadern aufgeschnitten hat und langsam in die Nacht entgleitet. Sie versuchte in einer letzten Aufbäumung, sich das Blut mit dem Handschuh aus den Augen zu wischen, aber da kam schon die nächste Kombination an ihren Kopf und sie war nur noch müde, matt und erledigt. Den Gong hörte sie, als ob er in Watte gehüllt sei. Kein K. o., aber Blut, Blut, Blut.

Fliege sprach nichts. Er war genug damit beschäftigt, die Blutung zu stillen. Und er war gut darin. Der Ringarzt beugte sich über Polly und gab sein Einverständnis. Es konnte weitergehen. Polly sah Fliege fragend an. »Die hält das nicht durch. Erhol dich. Deine Zeit kommt noch.« Die erste Minute der siebten Runde strafte Fliege Lügen. Swetlana Tabadse drosch auf Polly ein wie in der Runde zuvor. Aber jetzt hatte Polly klare Augen und vermied das Schlimmste. Mitte der Runde spürte sie, dass die Schläge langsamer wurden, weniger hart, verzweifelt fast. Sie ließ sich nichts anmerken, ging sogar einmal zu Boden, weniger, weil der Schlag tödlich gewesen war, als vielmehr, weil sechs Sekunden liegend ihr Erholung gewährten. Die Halle, ausgenommen Reihe zehn, tobte. Sie ließ die Runde austrudeln, sie hatte gelernt, wie man Vermeidung organisiert. In der Pause zur achten Runde fragte Polly: »Was soll ich machen, Fliege? Nach Punkten bin ich hoffnungslos hinten, oder?« – »Versuch mal den Sugar-Schwinger. Kurz nachdem du in die Rechtsauslage gewechselt bist. Kostet wenig Kraft, ist aber überraschend. Nicht gleich, erst gegen Ende.« Polly nickte und durch diese Kopfbewegung sah sie den Stern auf ihrem Gürtel leuchten, er strahlte, als ob in seinem Inneren ein Kraftwerk angelaufen wäre. Je länger sie hinsah, desto mehr empfand sie, als ob der Stern pulsierte. Sie ließ ihren Blick schweifen und erspähte im Dunkel der Tribünen, ganz oben unter dem Dach, einen zweiten Stern, der genauso leuchtete wie der ihre. Das gleiche Weiß, das gleiche Pulsieren. Sie sah auf ihren am Nabel, sah den oben und meinte, eine feine Lichtspur zu erkennen, die die beiden Sterne verband.

Der Sugar-Schwinger. Erfunden von Sugar Ray Leonhard, mehrfacher Mittelgewichtsweltmeister in den Achtzigerjahren. Für viele der damals beste Boxer der Welt, sicherlich der eleganteste. Trainiert von Angelo Dundee, dem Lehrmeister Muhammad Alis. Und weil dieser Bauern-Trick von dem Stilisten Leonhard erfunden und ein paar Mal eingesetzt worden war, zum Beispiel in dem legendären Kampf gegen den nicht minder begabten Tommy Hearns, galt er als, nun, was denn? Frevelhaft, schlitzohrig, genial, primitiv? Von allem ein bisschen. Die Ringuhr zeigte 2:13 an, als Polly in die Rechtsauslage wechselte. Ihre nun rechte Führhand schnappte immer wieder gemein nach vorne, während sie plötzlich die Linke aus der Schulter heraus in mächtigen Schwüngen kreisen ließ. Ähnlich einem Clown im Zirkus, der einem imaginären Gegner ganz fürchterlich aufs Haupt schlagen will, oder einem

Kirmesboxer, der mit derartigen Schwingern vor seiner Bude das Publikum zum Eintritt animieren möchte. Polly jedenfalls, Leonhard zitierend, praktizierte etwas, das in einem professionellen Boxring rein gar nichts verloren hat. So sah das auch Swetlana Tabadse, die für einen kurzen Moment erstaunt ihre Augen auf dieses clowneske Zwischenspiel richtete. Genau aus diesem Grund und in diesem Moment, in dem auch Flug UA 175 in den Südturm der Twin Towers donnerte, bekam sie Pollys Rechte ungedeckt an die Schläfe, sodass der Schädel nach links wegknickte, wo ihn, wiederum ungedeckt, die Linke Pollys erwartete, die aus der Zirkusbewegung heraus mit brachialer Wucht resp. hochgradiger Bewegungsenergie den schon hilflos geneigten Kopf der Georgierin in die entgegengesetzte Richtung schleuderte. Genauso wenig wie stahl- und betonbewehrte Hochhäuser in New York City den Einschuss tonnenschwerer, kerosinbeladener Flugkörper überstehen können, vermag es der menschliche Körper, zwei Schläge auszuhalten, die seine Befehlszentrale wehrlos einer Destruktionskraft von einigen Dutzend Kilopond aussetzen. Swetlana Tabadse sank ohnmächtig zu Boden. Wenig später stürzten die angeknockten Twin Towers in sich und in Schutt und Asche zusammen und die Welt war eine andere. Pollys Stern hingegen leuchtete, sie war Weltmeisterin im Mittelgewicht.

*

Am nächsten Tag, nach Pressekonferenz, endlosen Interviews, Schulterklopfen und Umarmungen, saß Polly am späten Nachmittag auf dem Friedensplatz im Zentrum von Tiflis in einem Straßencafé. Sie hatte ein Glas Rotwein vor sich, ein einheimisches Gewächs aus dem Weingut Mugaschwili in Nisi, und war entspannt wie seit Monaten nicht mehr. Sie dachte nicht mehr an den Kampf, nicht mehr an den ganzen Rummel danach. Höchstens an eine kleine Episode auf dem Weg vom Ring in die Kabine. Plötzlich spürte sie eine schwere Hand auf ihrer Schulter. »Entschuldigung, darf ich kurz«, hörte sie und als sie sich umdrehte, passte die raue, tiefe Stimme zu dem großen, kräftigen, alten Mann, der sie aus dunklen Augen freundlich anblickte. Er war sicherlich über achtzig, wenn nicht neunzig, was man ihm nicht ansah oder eben doch. Dichte, dunkle Augenbrauen, ein breites Gesicht, das eines Boxers. Er beugte sich zu ihr: »Glückwunsch. Großartiger Kampf. Sie sind ein echter Champ.« Polly neigte leicht den Kopf, unwillkürlich hatte sie ein wenig Ehrfurcht vor dem Alter gepackt, und als sie sich schon abwenden wollte, sagte der große Mann ganz schüchtern und leise: »Gestatten. Schmeling mein Name, Max Schmeling. Ich hab früher auch mal geboxt.« Sofort raste Polly so vieles durch den Kopf, der verschobene Kampf von Franz Diener gegen Max Schmeling, Sabri Mahir und sein Studio in der Tauentzien, Charlie und seine Erzählungen von der Dietrich, der Vicky Baum und dem Bert Brecht, das Tattersall, wo sie bedient hatte, welches Franz Diener ja irgendwie dem Max Schmeling zu verdanken hatte. Sie nahm den jüngeren Mann neben Schmeling gar nicht richtig wahr, ein athletischer Vierzigjähriger mit jugendlich offenem Gesicht, der ihr auch die Hand drückte und »Glückwunsch« zuraunte. Sie glaubte, ihn irgendwann oder irgendwo schon mal gesehen zu haben. Der Alte packte ihn bei der Schulter und im Weggehen hörte sie, wie Schmeling dem Jüngeren lachend zuflüsterte: »Komm, Henry, hier kennt man keine Weltmeister mehr.« All ihren Mut zusammenraffend brachte Polly noch ein hinterhergerufenes »Danke, Herr Schmeling« heraus, was dieser, ohne sich umzudrehen, mit einer gehobenen und Grüße winkenden Hand beantwortete. Und so waren Max Schmeling und Henry Maske in das neue Leben der Weltmeisterin kurz eingetreten, aber ebenso schnell wieder ausgetreten. Das amüsierte Polly im Nachhinein und deswegen bestellte sie ein zweites Glas Mugaschwili, während am Nebentisch ein Herr Platz nahm.

Sie hatte das in ihrer entspannten Versunkenheit gar nicht mitbekommen und auch als sie zum ersten Mal registrierte, dass da jemand Neues saß, erblickte sie nicht den Mann, sondern die *New York Times*, die der neue Gast breit aufgeschlagen vor sich hielt. Die Titelseite zeigte einen der brennenden Türme und darüber stand in fetten Buchstaben »U.S. ATTACKED – HIJACKED JETS DESTROY TWIN TOWERS«. Polly versuchte, mehr zu entziffern, rückte ihren Sessel näher an die Zeitung. Der Mann faltete die Zeitung zusammen, sah sie an und sagte mit einer warmen, dunklen Stimme: »Ich nehme an, Sie haben von der Geschichte gar nichts mitbekommen bei dem ganzen Rummel gestern Abend. Kann ich verstehen. Sie waren übrigens großartig. Meine Hochachtung.« Polly nahm das Kompliment nicht wahr, sie fragte entgeistert: »Was ist denn da passiert?« In groben Zügen schilderte der Mann, was am Tag zuvor geschehen war. Vier gekaperte Flugzeuge, wahrscheinlich mehrere Tausend Tote, zwei eingestürzte Wolkenkratzer und ein demoliertes Pentagon. »Wissen Sie, was das Erstaunlichste ist? Das erste Flugzeug schlägt im Nordturm ein, als Swetlana Tabadse Sie zu Boden schlägt, in der dritten Runde. Fast genau in der gleichen Sekunde, ich habe das nachgerechnet. Und in der achten Runde, in der Sie den Spieß herumdrehen und Swetlana k.o. schlagen, genau zum gleichen Zeitpunkt rammt das zweite Flugzeug den Südturm. Wahnsinn, oder? Haben Sie sich abgestimmt mit denen? Wenn ja: Respekt. Unglaubliches Timing. Oder glauben Sie an Zufälle, so absurd sie auch sein mögen?« Dabei lächelte er Polly an, was sie noch mehr verwirrte als seine Worte. Der Mann, soweit man das bei einem Sitzenden beurteilen konnte, war nicht sehr viel größer als sie, eher zierlich gebaut, um die fünfzig, schätzte sie, sehr gut erhalten. Ein südländischer Typ, elegant gekleidet mit hellgrauem Anzug, schwarzem T-Shirt darunter und einem dunkelroten Halstuch, wahrscheinlich der dunkelroten Sneakers wegen. Er hatte die Zeitung beiseitegelegt, sich eine Zigarette angezündet und sah ihr offen in die Augen. »Sind Sie von der Polizei«, fragte sie, »vom Geheimdienst?« – »Gott bewahre, nein, was denken Sie bloß. Ich bin Sportreporter, schreibe für ein paar Blätter in Nordamerika. Vor allem aber bin ich Box-Fan und Statistik-Freak. Wenn man genügend Boxkämpfe gesehen hat und ausreichend Statistiken gelesen hat, dann landet man automatisch beim Glauben an den Zufall. Aber das, was gestern passiert ist, hier in Tiflis und drüben in New York, das übersteigt meinen Glauben.« Meinen auch, dachte Polly. Der spinnt, dachte sie weiter, der will mich in irgendwas reindrängen, in so eine Zufallskacke, das stimmt doch alles gar nicht, der hat sich verrechnet, soll mich mal. Ich bin Weltmeisterin und das ist kein Zufall. Plötzlich aber, ganz gegenläufig zu ihren Überlegungen, schoss es aus ihr heraus: »Sagt Ihnen ein Professor Kobiaschwili etwas?« Wieder dieses überlegene Lächeln, das sie ganz verrückt machte. »Natürlich, Dr. Kobi. Wer sich mit dem Zufall beschäftigt, kommt an ihm nicht vorbei. Der Papst der Zufallsforschung. Ich bin ihm sogar einmal persönlich begegnet, in Deutschland. Schon lange her, mehr als zehn Jahre, denke ich. Beeindruckend, der Mann.« Sieh mal einer an, dachte Polly, der Dr. Kobi. Wer den alles kennt. Der Fremde sprach weiter in einem Deutsch, das einen Akzent aufwies, den Polly nicht identifizieren konnte: »Wenn ich Sie nun mal schon so dicht vor mir habe, Frau Brandler, eine Frage. Was ist gestern passiert vor der achten Runde? Sie waren doch so gut wie tot, völlig fertig, fast nicht mehr von dieser Welt. Was ist da passiert? Woher kam auf einmal diese Kraft? Ich habe eine solche Wendung eines Kampfes noch nie erlebt. Und ich habe viele Kämpfe gesehen, glauben Sie mir.«

Polly war froh, dass es wieder ums Boxen ging. Aber ging es darum? Sie wusste es selbst nicht mehr. Wusste schon, dass es der Trick mit dem Sugar-Schwinger allein nicht gewesen sein konnte. Ahnte dunkel, dass es etwas mit dem Stern zu tun hatte, mit ihrem und mit dem unter dem Hallendach. Sie antwortete schüchtern: »Ich weiß es nicht. Es gab da eine Kraft, die hat mir geholfen. Keine Ahnung, woher die kam.« Diesmal lachte der Mann, nicht verächtlich, sondern offen und freundlich. »Kann ich gut verstehen. Boxen hat etwas Mystisches, Boxen ist ein Geheimnis. Wie das Leben. Deshalb liebe ich es so. Seien Sie mir nicht böse, ich muss los. Mein Flieger geht in zwei Stunden. Hat mich sehr gefreut.« Er stand auf und reichte Polly die Hand. »Darf ich fragen, wer Sie sind, ich meine, wie Sie heißen?« Jetzt lächelte er wieder und sagte: »Ach, das tut doch nichts zur Sache. Sie sind die Weltmeisterin und ich nur ein kleines Licht. Aber wir laufen uns sicherlich wieder über den Weg. Der Zufall, Sie verstehen? Hier meine Karte.« Und dann ordnete er das dunkelrote Halstuch und Polly glaubte kurz, darunter den Zacken eines weißen Sterns an seinem schmalen Hals aufblinken zu sehen. Oder wollte sie das glauben? Oder war sie schon angetrunken? Sie winkte dem Kellner, sah dem Mann mit seinem federleichten Gang hinterher und vertiefte sich danach in ein weiteres Glas aus dem Hause Mugaschwili. Auf der Visitenkarte stand »Charlie Summer – Sports reporter«.

Eine Woche später, zu Hause in Heidelberg, bat sie Fliege um einen Vaterschaftstest. Der war sofort begeistert. »Mensch, Polly, wenn ich der Vater von Tom wäre. Das fände ich super. Ist ja auch wahrscheinlich, bei seinen Fähigkeiten, seinem Körperbau. Und klug ist er, ein cleveres Bürschchen. Von wem sonst soll er das haben?« Zwei Tage später musste Fliege seine Hoffnungen begraben, der Test war negativ.

Heidelberg 2003

An dem Tag, als die Briefe mit den Tickets kamen, war Lena im Garten beschäftigt. Zum ersten Mal in diesem Jahr ließ die Märzsonne ihre Kraft aus einem wolkenlosen Himmel spüren und nichts konnte Lena besser, als zu dieser Jahreszeit eine üppige Decke an Farben und Düften aus dem Garten hervorzuzaubern. Jetzt in der ersten warmen Frühlingssonne erstrahlte alles, brachte seine ganze Pracht erst richtig zur Geltung. Oben auf der Terrasse saß Dietrich beim Frühstück. Es war später Vormittag und so wie Lena ihren Dietrich kannte, nahm er gerade einen Schluck Kaffee und stellte sich vor, wie es wäre, den ganzen Tag sich nicht mehr von der Stelle zu bewegen. Regungslos in die Sonne zu blinzeln, die Wärme aufzusaugen, allenfalls nach rechts und links zu schnuppern, wo ihre Gewächse erblühten, die Blumen seiner Frühlingsfürstin, wie er sie ab dem ersten März jeden Jahres abgöttisch nannte. Sie mochte das, Frühlingsfürstin zu sein, sie liebte es auch, von Dietrich Königin des Sommers, Herrscherin des Herbstes und zu guter Letzt Haus- und Hofbewahrerin des Winters tituliert zu werden. Sie fühlte sich geadelt und bitte, wer jemals einen Spaten in feuchte Erde versenkt hat, einen Busch beschnitten oder eine Blumenzwiebel hat aufgehen sehen, wird darüber nicht lächeln. Auf eben einen solchen Spaten stützte sich Lena, ein wenig erschöpft, und sah nach oben: Dietrich saß da, krempelte die Hemdsärmel hoch, öffnete den obersten Knopf und wartete offenbar darauf, braun zu werden. Sie sah, wie er ein wenig tiefer in den Korbsessel rutschte und sie wusste, viele Ehejahre machen hellsichtig, dass Dietrich gerade versuchte, völlig willenlos zu werden und an nichts zu denken, was erfahrungsgemäß eine der schwersten Anstrengungen ist. Sie setzte sich ins Gras und gestand sich ein, dass es derzeit viel zu bedenken gab.

Am Abend zuvor hatte Lena ihrer beider Leben verändert. Genauer gesagt das von Dietrich. Sie wusste nicht, warum sie sich diesen Abend ausgesucht hatte. Ob sie es von langer

Hand geplant oder spontan aus einer Laune heraus beschlossen hatte. So wie Dietrich Lena kannte, eher das Letztere, so wie Lena sich kannte, möglicherweise doch das Erstere. Doch selbst wenn es so gewesen sein sollte, dass sie nach sechsunddreißig Jahren plötzlich und nach seinem Empfinden aus einem Nichts heraus sich zu einer Art Geständnis verleiten ließ, bleibt es doch ihr Geheimnis, warum ausgerechnet an diesem Abend. Schließlich hatte sie sechsunddreißig Jahre lang Zeit dafür gehabt, das sind über den Daumen gepeilt dreizehntausend Abende, die sie mit Dietrich verbracht hatte. Nicht eingerechnet die dreizehntausend Tage und Nächte, die doch, wenn man die Größe dieser Zahl und die Länge ihrer Dauer bedenkt, einigermaßen harmonisch, mitunter tumultuös, alles in allem aber nicht sonderlich abweichend von allgemeinen Weltläufen sich vollzogen hatten. Es mag sein, dass wir hier die Sicht Lenas verlassen und eher diejenige Dietrichs wiedergeben, der immerfort dazu neigte, das eigene Dasein mit Überpersönlichem in Relation zu setzen, während wir den Blick Lenas vernachlässigen, der auf Familie, Haus und Garten gerichtet war, was ebenfalls etwas Überpersönliches vorstellt. Die dreizehntausend Tage, Nächte und Abende stammen eher aus der Gedankenwelt Dietrichs, der sich brennend dafür interessierte, was vor dreizehntausend Jahren, dreitausend, dreihundert oder dreißig Jahren die Welt in ihrem Inneren bewegte, während Lena sich mit den Jahreszeiten beschäftigte.

Vielleicht hatte es an dem Film gelegen, den sie gemeinsam im Fernsehen angeschaut hatten, in Decken eingewickelt, denn die letzten Märznächte waren bitterkalt, weil sternenklar, und die Terrassentür blieb offen wegen der Düfte. Es war irgendeine französische Romanze auf ARTE mit Juliette Binoche gewesen, aber sie hatten schon viele französische Romanzen gemeinsam angesehen, auch solche mit der Isabelle Huppert (Lenas absolute Favoritin) oder der Fanny Ardant (die Dietrich am liebsten mochte), und nie hatten diese Romanzen oder auch solche aus England, Italien, Amerika oder sogar dem Iran Lena jemals zu einem Geständnis überwältigt. Es blieb also rätselhaft. Vielleicht hing es damit zusammen, dass Lena in den letzten Monaten sich wieder mehr an Polly angenähert hatte und diese an ihre Mutter. Was wiederum dem Umstand geschuldet sein könnte, dass Polly eine Woche nach ihrem Weltmeistertitel vom Profiboxen zurückgetreten war, zum Erstaunen der Fachwelt, zur tiefen inneren Befriedigung ihrer Mutter, die an diesem Entschluss nicht ganz unbeteiligt gewesen war. Lena, die gute Seele, konnte, wenn es sein musste, auch ihre Gefechtshörner ausfahren und zu Polly hatte sie am ersten Abend nach dem Kampf in Tiflis gezischt, so muss man es wirklich nennen, sie hatte zwischen ihren schönen Zähnen herausgezischt, dass sie ihr eigen Fleisch und Blut, also Polly, niemals noch einmal so etwas wie diesem Gemetzel hier in Tiflis ausgesetzt sehen möchte, und dass schon gar nicht Tom, Pollys eigen Fleisch und Blut, sowie Helen, Pollys kleine Schwester, also ebenfalls eigen Fleisch und Blut, jemals Derartiges noch einmal durchleiden dürften. Von Marie ganz zu schweigen, die sei genau der gleichen Auffassung. Obwohl nicht mal dasselbe Fleisch und Blut, und das hieße doch einiges. Dietrich, der damals dabei war, als Lena zischte, wunderte sich, dass er in der Aufreihung von Kronzeugen aus eigen Fleisch und Blut eigenartigerweise nicht vorkam. Jedenfalls: Niemals, zischte Lena weiter, niemals wolle sie oder Tom oder Helen oder Marie oder auch Dietrich (!) jemals wieder eine solche barbarische Aufführung wie jenen sogenannten Boxkampf erleben. Niemals leibhaftig anwesend und auch niemals sich vorstellend, dass es wieder passiere. Niemals. Und dass aus ihrer, Lenas Sicht, nur eine Konsequenz denkbar wäre, die nämlich, dass sie mit diesem Grauen sofort und unwiderruflich aufhöre. Andernfalls würde ihre gesamte Familie, ihr eigen Fleisch und Blut sowie Marie, nie wieder ein Wort mit ihr reden.

Polly blickte ihre Mutter aus einem gesunden und einem blaugeränderten Auge wortlos an, nickte gedankenverloren und trat wenige Tage später, ungeschlagen, vom Boxsport zurück. Man muss dazu sagen, dass Lenas Tirade nicht allein ausschlaggebend für diesen Entschluss war. Allenfalls ein Mosaiksteinchen im allgemeinen Stimmungsbild der frischgebackenen Boxweltmeisterin. Es war vielmehr so, dass Polly, wenn sie ehrlich zu sich war, ihre Ruhe haben wollte, dass sie keine Kraft mehr für all diese Trainingsquälereien hatte. Hinzu kam, ehrlich, wie sie zu sich selbst war, dass sie erreicht hatte, was sie ihr Leben lang angestrebt hatte, und es auf diesem Gebiet kaum noch eine Steigerung geben konnte. Weltmeisterin, du liebe Güte, der Gipfel, danach kann es nur abwärts gehen. Vor allem aber erkannte sie, dass sie Zeit brauchen würde und Energie für die Aufgabe, die vor ihr lag: endlich und ernsthaft nach ihrem Vater zu suchen. Nach ihrem und nach dem von Tom. Sie hatte es dem Jungen versprochen und sich selbst nicht weniger. Und dafür brauchte sie ihre Mutter. Schließlich war diese die Einzige, die mit Pollys Vater jemals – unleugbar, wenn nicht sogar unübersehbar – in näheren Kontakt gekommen war und über einige wenige, wenn auch nicht sonderlich brauchbare Hinweise über ihn verfügte, wie etwa eine vage Erinnerung an seine Haut (»wie Samt«, betonte Lena immer wieder), ein Amulett, das er getragen hatte und jetzt Pollys Weltmeistergürtel zierte, eine vermutlich südamerikanische Herkunft und einen Vornamen, Carlos nämlich, der dort mutmaßlich so häufig war wie die Zahl der Rindviecher.

Sie sahen sich jetzt also öfter, Mutter und Tochter, meistens in der Werderstraße, meistens vormittags, denn ab Nachmittag war Polly in ihrem Mannheimer Gym, das sie natürlich weiter zusammen mit Fliege betrieb. Und da es das Gym einer vormaligen Weltmeisterin war, konnte sie sich vor Anfragen junger Mädchen kaum retten.

An einem dieser Vormittage wurde Lena von einer strahlenden Polly empfangen: »Ich bin drin. Endlich bin ich drin!« Lena wurde in die Küche geführt und dort stand auf dem Tisch ein kleiner Fernseher. Die Seitenwände schimmerten in einem geheimnisvollen Blau, sie waren durchsichtig, boten

Einsicht in geheimnisvolles Innenleben, verjüngten sich nach hinten und bildeten mit der Deckplatte am Ende einen kleinen, rundlichen Po. Das Ding sah knuffig aus, wie Lena meinte, es ähnelte in seiner Form einem amerikanischen Feuerwehrhelm, war aber dank seiner bläulichen Durchsichtigkeit augenscheinlich Materie gewordene Science-Fiction. »Das ist ein iMac, Lena, der neueste Schrei unter den Computern, ich sag's dir. Damit bin ich jetzt im WorldWideWeb. Da gibt es eine Suchmaschine, die findet alles. Und da kriegen wir ihn, den Carlos aus Contis. Das geb ich doch gleich mal ein bei Google, pass auf. ›Carlos‹ und ›Contis Plage‹. So. Kommt gleich. Dauert ein bisschen. Aber kommt gleich.« Auf dem Bildschirm drehte sich anmutig eine bunte Windrose und dann ploppte eine Liste auf, die 124 087 Suchergebnisse für »Carlos« und »Contis Plage« versprach. Nummer eins war das Inserat eines Surferladens in Contis Plage, der einem Carlos Vibaun gehörte. Vibaun hatte ein Foto von sich in das WorldWideWeb gestellt, es zeigte einen blonden, pickeligen Jüngling von vielleicht zweiundzwanzig Jahren. Ergebnis Nummer zwei war die Suchanzeige von Madame Caullet aus Contis Plage, die nach ihrem entlaufenen Labrador Carlos fahndete. Nummer drei war schon wieder Carlos Vibaun, der in seinem Surferladen auch Postkarten verkaufte. Ab Nummer vier war unter dem kurzen Google-Eintrag das »Carlos« durchgestrichen, es waren also nur Einträge, die auf »Contis Plage« verwiesen. Ab Nummer 167, soweit hatten sie sich durchgearbeitet, war es umgekehrt, jetzt war »Contis Plage« ausgestrichen und Lena und Polly stellten fest, dass Abertausende Carlose dieser Welt, nach denen bis vor kurzem im wirklichen Leben kein Hahn gekräht hätte (außer natürlich Carlos Santana, Carlos der Terrorist und Juan Carlos der König), nun im Frühjahr 2003 das WorldWideWeb bevölkerten und damit plötzlich sichtbar geworden waren. Vielleicht war der Carlos, den sie suchten, darunter, aber in Wahrheit waren sie natürlich so klug als wie zuvor. Polly gab dem blaustichigen Feuerwehrhelm eine Ohrfeige, bevor sie ihn ausschaltete. Lena war erschöpft. »Weißt du, Polly, was die ganze Angelegenheit womöglich noch schlimmer macht. Noch undurchsichtiger. Seit Monaten, seit Jahren geht mir das durch den Kopf und ich werde noch ganz verrückt damit.« Pollys Augen weiteten sich: »Oh, oh, oh. Jetzt kommt wieder irgendein verfickter 68er-Scheiß. Ich kenn das, wenn du so sprichst.« Lena nahm noch einmal Anlauf, ganz ruhig, dachte sie: »Also, es geht darum: Helen ist nicht von Dietrich, das ist dir doch klar, oder?« – »WAS!!?« – »Aber das wisst ihr doch, du und Cas, beruhige dich bitte, dass Helen nicht von Dietrich sein kann. Der war ja damals in Rom.« – »Nein, Ma, das weiß ich nicht. Und Cas auch nicht. Wir haben doch deine Schwangerschaftsmonate nicht rückwärts gezählt. Und mit Dietrichs Terminkalender abgeglichen. Heilige Scheiße. Cas und ich, wir waren so froh, so stolz, dass ihr noch mal sowas zustande gebracht habt. Meine Güte. Die kleine Helen, mein Schwesterlein. Früher hätte ich dir dafür eine gedonnert. Und wer ist der Vater? Jetzt sag bloß nicht …« – »Das ist es ja eben. Ich weiß es nicht sicher, aber ich glaube immer fester daran, dass du und Helen, dass ihr beide den gleichen Vater habt. Ihr wärt dann mehr Schwestern, als du glaubst. « Polly gab einen Laut von sich, von dem schwer zu entscheiden war, ob es Heulen, Kreischen oder Schluchzen war. Aber Polly war auch eine, die sich schnell fassen konnte. Buckel krumm machen, Fäuste ballen, so in etwa. Also fragte sie ihre Mutter: »Dann lass mal raus, Ma. Wieso glaubst du das? Zweimal gevögelt mit dem gleichen Mann. Ich kenn mich da ja nicht aus, aber ich stell mir vor, dass man da doch ein gewisses Maß an Gewissheit haben sollte. Wenn man den Schwengel fühlt oder die Zunge oder was ihr da sonst noch so alles treibt.« – »Werd nicht zynisch, Polly. Es ist ein bisschen komplizierter. Beim ersten Mal in den Dünen, das war unwirklich, nicht von dieser Welt. Es war dunkel, ich habe ihn nicht gesehen, nur gespürt und gefühlt. Beim zweiten Mal, das war nach einer Lesung in der Buchhandlung, da habe ich ihn zwar gesehen, aber ich war benebelt von Alkohol und, ja, auch von seiner Ausstrahlung und dann habe ich wieder nur gespürt und gefühlt und dann war er auch schon weg. Und jetzt, lange Zeit danach, da merke ich, was ich bei beiden Malen gefühlt und gespürt habe, neben vielem anderen, und das war seine Haut. Unglaublich weich, wie Samt oder Seide. Ich habe ihn nicht nach seinem Namen gefragt, er nach meinem übrigens auch nicht, aber ich bin mir heute sicher, dass es der Carlos aus den Dünen war. Wegen der Haut.«

Diesmal schwieg Polly eine Weile. Ergriff sogar die Hand ihrer Mutter, der ein paar Tränen über die Wange liefen. Dann sagte sie: »Und Dietrich weiß das alles. Das mit Helen und das mit mir.« Lena lachte leise in ihre Tränen hinein. »Nun ja, dass Helen nicht von ihm sein kann, das war doch sonnenklar. Er war ja fast ein Jahr in Rom. Und hat dort, reziprok gewissermaßen, die kleine reizende Gabriella gezeugt. Das hat uns eigentlich nicht geschadet, im Gegenteil. Ich weiß noch, als er zurückkam aus Rom und wir uns in die Arme fielen, ich schon hochschwanger, und er in mein Ohr flüsterte ›Du kleine Sau‹, und ich erwiderte, auch in sein Ohr, ›Du großer Drecksack‹, und dann liebten wir uns, mein Gott, war das schön und entspannt. Danach haben wir nie mehr darüber gesprochen, es war wie ein Patt oder ein Pakt, eine ausgleichende Gerechtigkeit oder so etwas in der Art. So sind wir nun mal, diese nervöse, überspannte, subversive Generation, das hat auch seine Vorteile. Aber, um den anderen Teil deiner Frage zu beantworten: Nein, von dem Carlos in den Dünen weiß er nichts. Bis heute nicht. Für ihn bist du seine Tochter. Und ich will das eigentlich auch nicht ändern. Ich möchte, dass wir eine ganz normale Familie bleiben.«

»Ma«, sagte Polly und man merkte, dass es ihr Ernst war, »zu einer normalen Familie gehört aber auch Ehrlichkeit. Man muss sich nicht jeden Scheiß erzählen, man kann auch mal drumherum lügeln«, (sie sagte wirklich »lügeln«), »oder einfach das Maul halten. Aber in diesem Fall? Das ist zu fundamental. Das ist rabiat, das geht nicht. Du musst es ihm sagen. Und wenn du es nicht tust, dann mach ich es. Sorry.

Irgendwie ist Dietrich ja doch mein Vater und deswegen sollte er wissen, dass er nicht mein Vater ist. Habe ich halt zwei Väter, scheiß drauf. Du musst es tun, ich bestehe darauf.«

Lenas Augen strahlten wieder trocken und blau und sie nickte. »Wahrscheinlich hast du recht. Aber apropos Ehrlichkeit in Familienangelegenheiten. Tom ist alt genug, dass du ihm diesen Zufallsquark mit eurem Reagenzglas mal erzählst. Schließlich sind wir bei der Suche nach seinem Vater keinen Deut weiter als bei der nach deinem. Trotz iMac und Google und WorldWideWeb. Das nur mal als Anregung. Aber ich rede mit Dietrich, versprochen.«

Beim Hinausgehen, nachdem sie sich so innig wie schon lange nicht mehr umarmt hatten, meinte Polly noch, und sie konnte sich ein Lachen nicht verkneifen: »Bei deiner Suada nach meinem Kampf, als du alles, was mein Fleisch und Blut ist, aufgeboten hast, um mich vom Boxen abzuhalten, da hast du Dietrich ausgelassen. Er ist ja vieles, aber blöd ist er nicht. Bin gespannt. O Gott, Mama, ich liebe euch alle so sehr, dich und Dietrich, und Tom und Helen. Und Marie natürlich, Marie auch.« Und diesmal liefen Polly ein paar Tränen die Wange herab und Lena war bestürzt. Das hatte sie bei Polly seit sechsunddreißig Jahren nicht gesehen.

So also endete das Projekt Vatersuche unter den neuen Bedingungen des Internets in der Werderstraße im Frühjahr 2003. Polly rief danach sofort Marie und Dr. Kobiaschwili an zwecks Eruierung näherer Umstände damals beim Spermienmix. Lena ließ sich Zeit. Eine Woche. Es wurde Frühling und auf ARTE lief eine französische Romanze mit Juliette Binoche.

*

Es war ein kalter Frühlingsabend, unsere Terrassentür stand offen, weil Lena meinte, man könne auch in der Nacht und im Inneren des Hauses die ganzen Blumendüfte riechen, die sie tagsüber in ihrem Pflanzentrainingslager bearbeitet. Weshalb

Lena und ich in dicke Decken gewickelt uns auf ARTE eine dieser sogenannten französischen Liebesromanzen ansahen, die weitgehend ohne Handlung auskommen, aber dafür viel Gemüt und Seele, Schicksal und sexuelle Verwirrung präsentieren und die ich nur ertrage, wenn wenigstens die zweitschönste Frau Frankreichs mitspielt, nämlich Juliette Binoche, oder noch besser natürlich Fanny Ardant, die Allerschönste von allen, da gibt es kein Vertun. Isabelle Huppert geht auch noch. An diesem Abend, nachdem der Film zu Ende war, eröffnete mir meine Frau, dass Polly, meine geliebte Tochter, nicht mein eigen Fleisch und Blut sei. Aber der Reihe nach.

Lena sagte: »Dietrich, ich muss dir etwas gestehen. Wenn nicht heute Abend, wann denn sonst.« Ich bin im Hauptfach, nur zur Erinnerung, Historiker, im Nebenfach aber Philologe, geübt also darin, sprachliche Äußerungen kritisch zu bewerten. Sie sagte nicht: »Dietrich, ich möchte dir nach sechsunddreißig Jahren etwas gestehen.« Und sie sagte mir auch nicht, warum an diesem Abend, außer diese erklärungsarme Floskel »wann denn sonst« – Es klang also eher nach einem mitteldramatischen Ende eines ARTE-Fernsehabends und ich war zudem noch etwas benommen von Juliette Binoche, weshalb ich nur teilnahmslos murmelte: »Ja, was denn? Kriegen wir wieder ein Kind?« Lena lächelte diesen Blödsinn weg und sagte nur: »Nein. Aber du verlierst gerade eins. Polly ist nicht deine Tochter.« Und dann erzählte sie mir, was vor sechsunddreißig Jahren in den Dünen von Contis Plage ihr widerfahren war. Der Geist, der sie begattet hatte. Eine halbe Stunde nach mir. Für meine Begriffe erzählte sie es etwas zu ausführlich, all diese Details hätte sie mir auch ersparen können. Möglicherweise lag es genau daran, dass ich plötzlich eine Kraft in mir spürte, die ich mir nur als archaische Kombination aus Evolution, Genetik und Arterhaltung vorstellen konnte. Denn wie sonst hätte ich reagieren können als mit einer Feststellung, die felsenfester nicht sein konnte: »Aber das sind doch Zwillinge! Ich war doch dabei! Wie soll das denn gehen? Mit einem Geist, einem Gespenst, einem

Wasweißich? Du hattest eine Vision, Lena, verstehst du, eine Erscheinung. Nichts Reales. Real sind die Zwillinge.« – »Ich hatte einen Orgasmus, Dietrich. Sehr real. Und der Rest ist heteropaternale Superfekundation. Das habe ich von Polly. Zwillinge von zwei Vätern. Kommt vor. Im Tierreich sowieso und ab und zu auch bei Menschen. Tut mir leid. Und dass sie verschieden sind, Cas und Polly, das kannst du wohl nicht bestreiten. Sehr verschieden sogar.«

Gut. Verschieden bin ich auch. Ich bin sowas von verschieden, dass ich locker verschiedene Zwillinge erzeugen kann. Als Kind habe ich mich im Fasching nicht wie die anderen Jungs als Cowboy verkleidet, sondern als Mädchen. Ich habe mal in einem Bundesligaspiel in der Halbzeitpause Adornos *Minima Moralia* gelesen. Ich mag weder die Beach Boys noch Brahms, ich kann schon sehr verschieden sein, wenn ich will. Natürlich weiß ich, dass Cas und Polly verschieden sind. Rein optisch. Niemand würde sie als Zwillinge identifizieren. Aber zählt das? Sie lieben sich, das weiß ich. Sie lieben sich mehr, als Geschwister sich normalerweise lieben. Sie hatten (und haben) ganz unterschiedliche Haare, Cas weiche, blonde und Polly dunkle, störrische. Aber es sind Zwillingshaare, da bin ich mir sicher. Und sie haben Zwillingscharaktere, sich ergänzende, wenn man so will. Der sanftmütige Cas und die bockige Polly. Wie Yin und Yang. Solche und ähnliche Gedanken schwirrten an diesem Abend durch meinen Kopf und ich spürte, dass sie mir nicht helfen würden. Ich fühlte, wie Polly mir entglitt, ganz langsam, als ob sie nach und nach in tiefes Wasser versinken würde. Meine geliebte Tochter Polly. Mir liefen die Tränen über die Wangen. Gleichzeitig war mir, als ob Polly aus dem Dunkel der Tiefe mir eine Hand entgegenstreckte und in ihrem kaum noch wahrzunehmenden Gesicht der Mund das so vertraute Wort »Pa« flüsterte.

Lena nahm meine Hand: »Polly weiß es, seit sie 15 ist. Deswegen ist sie damals nach Berlin abgehauen. Und trotzdem sind wir eine Familie geblieben. Eine halbwegs normale, wie ich finde.« Ich nickte. Ich war nicht wütend auf Lena, nur traurig und leer. »Wir sollten einen Vaterschaftstest machen«, sagte ich, »nur um sicher zu sein.« – »Ja, das sollten wir. Um sicher zu sein. Und dabei können wir gleich eine weitere Unsicherheit ausräumen. Ich glaube nämlich, dass Helens Vater derselbe ist wie Pollys. Damals in Contis Plage war Dunkelheit und Stille. Bei Helens Vater, dem einem Mal, war es diffus, wie im Nebel. Aber was gleich war, das war die Haut. So eine Haut hab ich nur zweimal gespürt in meinem Leben. Der reine Samt. Verzeih mir, Dietrich, dass ich von so etwas spreche. Aber die Haut ist das Verbindungsstück zwischen dem Dunkelmann aus Contis Plage und Helens Vater.«

Ich bin ja nicht nur verschieden, sondern auch eindeutig. Nämlich ein Mann der Wissenschaft und damit der Rationalität: »Das würde aber bedeuten, Lena, dass der Geist aus Contis, den du jahrelang vergeblich gesucht hast, dass der dich gefunden hat. Dass der, ohne dich zu kennen, ohne deinen Namen zu wissen, ohne von deinem Leben zu wissen, ohne alles also, plötzlich hier in Heidelberg auftaucht und dir ein zweites Kind verpasst. Das beunruhigt mich, um es mal vorsichtig auszudrücken. Der stellt uns nach, verfolgt dich. Er weiß alles über uns und wir nichts über ihn. Fast nichts.« Als ich das sagte, ging mir sofort durch den Kopf, dass damals in Rom, als Cas im Gefängnis gesessen war, jener Carlo aufgetaucht war. Der mich an Carlos Verano erinnerte, den Stuntman am Rio Iguazú, und der, wenn man es genau nimmt, sich dort so verhalten hatte, dass ich gar nicht anders konnte, als ihn anzusprechen. Das alles sagte ich Lena nicht, das Durcheinander war schon groß genug.

Lena zuckte nicht mit den Achseln, aber sie sah mich an, als ob sie mit den Achseln zuckte. Und dann weitete sich ihre Augen und ich wusste genau, warum. »Dann war Helens Entführer also ihr Vater«, sagte sie tonlos und ich schob hinterher: »Aber Polly, seine andere Tochter, hat er in Ruhe gelassen.« Lena nickte und ich schöpfte Hoffnung, dass Lenas Vision doch nur ein Hirngespinst war. »Ich fahr morgen in die Werderstraße. Ich muss mit Polly reden.« Lena schluckte.

»Tu das«, sagte sie, »mir zuliebe, ihr zuliebe. Dir zuliebe, dir vor allem, mein Guter.«

Als ich am nächsten Vormittag in Pollys Küche stand, sagte Polly leise: »Schön, dass du da bist, Pa.« So hatte sie mich seit über zwanzig Jahren nicht mehr genannt. Ich umarmte sie und dann sagten wir beide eine ganze Weile gar nichts, bis sie den Rücken krümmte, den Kopf in die geballten Fäuste legte und leise und schüchtern wie ein kleines Mädchen sprach: »Weißt du, Pa, eigentlich bist du mein Vater. Als ich klein war, weißt du noch, da war ich doch deine Pollybolly. Und Cas war dein Casalla. Meine Güte, wie hat uns das gefallen. Und es kommt etwas hinzu.« Sie atmete tief und ich nahm ihre Hände in die meinen. »In den letzten Tagen, ich weiß nicht wieso, geht mir dieses Gespenst aus Contis, diese Erscheinung, die Lena dort hatte und die angeblich mein Vater sein soll, immer mehr auf den Zeiger.« Sie war jetzt wieder Polly, wie ich sie kannte, frech, rotzig und kampfeslustig. »Was bildet der sich ein? Macht sich ständig an Lena ran, fabriziert erst mich, dann Helen. Ich könnte dem ehrlich gesagt eine reindonnern. Und wenn er zehnmal mein eigen Fleisch und Blut ist, wie Lena sagen würde. Mich kotzt der an. Was soll das, was will der? Und vor allem«, sie ließ sich zurückfallen, streckte die Arme in einer Geste der Verzweiflung nach oben, ließ sie fallen, faltete die Hände und blickte mich an: »Es wird alles noch komplizierter. Wenn es stimmt, was ich vermute, gebe ich mir die Kugel, ich schwör's dir.« Sie stand auf, ging zum Kühlschrank und holte zwei Flaschen Bier. Es war elf Uhr am Vormittag. »Du erinnerst dich, Pa. Der Spermienmix, unser Zufallsexperiment, aus dem Tom hervorgegangen ist.« – »Die größte Schnapsidee aller Zeiten.« – »So seh' ich das mittlerweile auch. Ich habe vor ein paar Tagen mit Dr. Kobi telefoniert. Er fällt ja aus als Vater, Fliege auch. Der Dritte im Bunde war ein Südamerikaner. Das wussten Marie und ich schon damals, das fanden wir auch spannend, Genpoolerweiterung, so waren wir damals drauf. Aber was Kobi mir jetzt erzählt hat, das war neu für mich und ich musste auch kräftig bohren bei ihm. Der Südamerikaner hieß Carlos. Und Kobi kann sich an seine Haut erinnern. Es war Sommer und er trug so ein Muscle-Shirt. Sie sah weich aus, die Haut, sagt Kobi, fast wie Samt.«

»Ach, du heilige Scheiße.« Ich wusste sofort, was das bedeutet, aber Polly wollte es unbedingt aussprechen: »Genau, eine riesenhafte, grauenvolle, heilige Scheiße. Eine Ungeheuerlichkeit. Höchstwahrscheinlich ist mein Sohn Tom auch mein Bruder, denn der Vater meines Sohnes ist auch mein Vater. Ich hasse diesen Drecksack. Denn das ist alles kein Zufall, wie Kobi sich das mal ausgedacht hat. Das ist alles von langer Hand geplant. Warum, weshalb, keine Ahnung. Dieser Carlos, mein Vater, Helens Vater, Toms Vater, was soll ich mit ihm machen, Pa? Sag's mir.«

Ich wusste nicht, was ich sagen sollte. Mein Hirn, das ja zu großen Teilen das eines Historikers ist, ratterte fieberhaft durch die griechische und römische Antike, nicht unbedingt mein Fachgebiet, um vergleichbare Fälle aufzuspüren. Ödipus entfiel, der heiratet seine Mutter und tötet seinen Vater, soweit waren Tom und Polly und jener Carlos noch nicht. Von Thomas Mann gibt es einen kleinen Roman, *Der Erwählte*, da zeugt ein Zwillingspaar einen Sohn, der Jahre später den Schoß besucht, der ihn gebar, wie der Dichter das unnachahmlich ausdrückte. Das war auch nicht unsere Situation, der Zwillingsgezeugte wird am Ende sogar Papst, was ich mir von Tom nur schwer vorstellen konnte. Mehr fiel mir auf die Schnelle nicht ein, deswegen versuchte ich, beruhigend auf meine Tochter einzuwirken, wozu war ich ihr Vater: »Polly, das sind erst mal Hypothesen. Ich verstehe, was du meinst, und ich verstehe, dass du das bei deinem gegenwärtigen Gemütszustand auch so sehen willst. Aber erst mal halblang. Lena und ich haben beschlossen, dass ich mit dir und Helen einen Vaterschaftsabgleich mache. Da können wir Tom einfach mitnehmen. Dann hat das Hand und Fuß, dieses ganze Durcheinander, wissenschaftlich verifiziert. Wäre doch noch schöner.« – »Von mir aus, Herr Professor. Glaub mir, ich weiß jetzt schon, was dabei herauskommt. Und wenn es stimmt, was ich vermute, dann ist es Inzest. Und das ist strafbar.« Da hatte sie recht, bis auf die Tatsache, dass ich immer noch kein Professor war, sondern nur Privatdozent, noch dazu in meinem Fachgebiet mehr oder weniger geächtet, seit ich den Untergang des Jesuitenstaates mit dem der DDR in einem umfangreichen Manuskript, das eigentlich meine Habilitationsschrift werden sollte, parallelisiert hatte. Trotzdem hatte ich plötzlich eine Idee: »Schalt mal dieses Ding an«, sagte ich zu Polly und deutete auf den iMac. Es dauerte und Polly stand hinter mir und hatte ihre Hände auf meine Schultern gelegt. Als das Suchfenster von Google endlich erschien, gab ich »Carlos« ein. »Lass es, habe ich längst probiert.« Dann fügte ich »Verano« hinzu, der Druck ihrer Hände wurde spürbarer. Und schließlich, nach kurzem Überlegen, fügte ich noch »Stuntman« hinzu und drückte auf »Suchen«. Die Maschine dachte nach, sie arbeitete und zeigte es uns auch. Dann, wir waren ja geduldig, baute sich die Seite mit den Ergebnissen auf und ich klickte auf »Bilder«. Dann ging es relativ schnell, denn nur ein einziges Foto war zu sehen, ich erkannte ihn sofort, aber bevor ich Polly fragen konnte, hast du den schon mal gesehen, krallten sich ihre Hände wild und schmerzhaft in meine Schultern und ich hörte nur ein markerschütterndes »NEIN!!!!«.

*

Zwei Tage zuvor saß Polly auf der kleinen Tribüne des Trainingsgeländes der TSG Hoffenheim in Zuzenhausen und sah sich die letzten Minuten eines Übungsspiels der U15 an mit Tom im Mittelfeld. Sie machte das selten, ihren Sohn beim Fußballspielen zuzusehen, aber Dietrich, der Tom in der Regel vom Training abholte, hatte sie darum gebeten. Rasen vertikutieren, Büsche schneiden – Lena forderte, dass er auch ab und an etwas beitragen sollte zu ihrem Gartenparadies am Talhangweg. Polly döste eigentlich, Fußball war nicht ihr Ding und dass Tom begabt war, das wusste sie längst. »Der Sechser ist richtig gut. Sehr gut sogar. Das ist doch Ihr Sohn, Frau Brandler, wenn ich mich nicht irre.« Die Stimme zwei Sitze links von ihr kam ihr bekannt vor aber als sie hinübersah, war sie dennoch überrascht: Charlie Summer, der Boxreporter aus Tiflis. Sie lachte ihn an: »Was machen Sie denn hier? Da unten wird doch nicht geboxt!« – »Boxen ist ein wenig langweilig geworden. Das Männerschwergewicht beherrschen die Klitschkos, aber wer interessiert sich schon für die Ukraine. Und bei den Frauen haben Sie eine Lücke hinterlassen, liebe Frau Brandler. Jedenfalls: Fußball geht immer in den Medien fast aller Länder dieser Erde und jetzt schreibe ich eben über Fußball, genauer gesagt an einer Artikelserie über die begabtesten Jugendspieler dieser Welt. Da kommt man herum. Liverpool, Mailand, Amsterdam, Monaco, Rio oder Buenos Aires. Kürzlich war ich in Barcelona. Das fällt mir gerade ein, wenn ich Tom da unten spielen sehe. Dort in Barcelona haben sie einen, einen jungen Argentinier, gerade mal zwei Jahre älter als Ihr Sohn. Was soll ich sagen: So etwas habe ich noch nie gesehen. Ein ganz Kleiner, den sie mit Hormonspritzen wenigstens ein bisschen zum Wachsen gebracht haben. Der ist kurz davor, in der Liga-Mannschaft des FC Barcelona zu spielen. Mit sechzehn. Und dann wird die Welt etwas sehen, was sie seit Pelé und Maradona noch nicht gesehen hat. Aber, und das dürfen Sie Tom natürlich niemals erzählen, talentmäßig nicht weit hinter diesem Lionel Messi, so heißt der kleine Mann aus Barcelona, kommt Ihr Tom. Woher hat er das? Von Ihnen? Oder seinem Vater?«

Polly hatte sich das alles angehört und sich daran erfreut. Dass Tom gut kicken konnte, das hatte Dietrich schon des Öfteren erwähnt, er hatte von den Trainern erzählt, die ganz begeistert waren von Tom, von Hansi Flick, der schon vor Jahren das Talent erkannt hatte, und immerhin war Tom einmal in die badische U15 berufen und bei einem Spiel gegen die bayerische U15 sogar in der 67. Minute eingewechselt worden. Sein Debut als Auswahlspieler. Er selbst war mächtig stolz gewesen, Dietrich sowieso und Polly hatte zur Feier des Tages eine Pizza spendiert. Die letzten Bemerkungen des Charlie Summer brachten sie jedoch ins Stolpern: »Von mir? Keine Ahnung. Sein Vater, den gibt es gar nicht, doch, natürlich gibt es ihn, aber ich kenne ihn nicht. Was geht das eigentlich Sie an?« Charlie Summer lächelte. Scheiße, dachte Polly, was ist das nur für ein verdammt gutaussehender Mann. »Egal, Frau Brandler. Ich will das gar nicht wissen. Fakt ist: Tom ist ein Jahrhunderttalent. Glauben Sie mir, ich erkenne so etwas. Und wenn Sie sich umschauen: Hier sitzen Dutzende von Scouts und Spielerberatern und die sind auch nicht ganz blind. Aber ich verspreche Ihnen, bei mir wäre er besser aufgehoben.« – »Dann sind Sie jetzt auch eine dieser Fußball-Hyänen, die überall das große Geld wittern?« – »Eben nicht. Genau das will ich verhindern. Dass Tom in diese Mühlsteine gerät. Alle ein, zwei Jahre transferiert wird, damit die Geldmaschine fortwährend druckt. Nein, ich wäre ihm lieber, wenn ich das so sagen darf, ein väterlicher Freund. Der ihm ab und an einen gut gemeinten Ratschlag gibt. Ganz ohne Entgelt. Aus reinem Enthusiasmus. Oder weniger selbstlos formuliert: Tom wird Geschichte schreiben, Fußball-Geschichte. Da bin ich mir sicher. Und ich würde daran gerne mitschreiben. Das ist mein Beruf, ich bin Journalist.« – »Tom hat einen großväterlichen Freund, meinen Vater Dietrich. Und er hat mich. Vielen Dank, Mister Summer. Es hat mich gefreut.« – »Keine Ursache. Sie hören von mir.« Und weil er Pollys regungsloses Gesicht wahrnahm, ergänzte er: »Das ist keine Drohung, ich bitte Sie. Es geht um Tom, nicht um mich.«

*

Das »NEIN!!« war verklungen und Polly hatte mir ihre Begegnung mit Charlie Summer zwei Tage zuvor in Zuzenhausen erzählt. Und jene in Tiflis am Morgen nach dem Kampf. Und die Geschichte mit dem Stern, den ihr Lena überlassen hatte, und der ihr, so empfand sie es im Nachhinein, den Sieg im Weltmeisterschaftskampf eingebracht hatte. Und sie war sich sicher, dass Charlie Summer identisch war mit meinem Stuntman Carlos Verano aus den Filmtagen 1984 am Rio Iguazú. Natürlich sah Carlos auf dem Foto jünger aus, aber Polly meinte, sonderlich verändert habe er sich nicht. »Und der ist jetzt hinter Tom her. Meinem Sohn, seinem Sohn.« Ich versuchte, das Foto von Carlos Verano auf meinen Rechner im Talhangweg zu transferieren, denn ich dachte, das könnte Lena weiterhelfen in diesem allgemeinen Durcheinander. Ob mein Carlos Verano identisch sei mit ihrem Carlos, dem atlantischen Wunderwesen, beziehungsweise mit dem Partner ihrer benebelten Affäre, deren Resultat Helen gewesen war. Ich hatte aber ehrlicherweise keine Ahnung, wie man so etwas bewerkstelligte. Fotos von einem Computer zum anderen zu verschicken. Generell war ich einer der wenigen meiner Generation, die das Internet begrüßten. Ich empfand E-Mail, Google, Wikipedia, E-Bay und all diese frühen Errungenschaften der digitalen Welt als echten Fortschritt, nur mit der Handhabung tat ich mich schwer. Glücklicherweise war mittlerweile Tom nach Hause gekommen und begrüßte uns mit der Bemerkung: »Trinkt ihr jetzt schon um diese Uhrzeit Bier?« Als er einen Blick auf den Bildschirm warf, fragte er, »wer ist das denn«, worauf er keine Antwort bekam (hätten wir sagen sollen, jetzt mal ganz ruhig, lieber Tom, das ist dein Vater, vermutlich), sondern ich bat ihn, das Bild in den Talhangweg zu schicken. Derlei Kunstfertigkeit wird mir immer ein Rätsel bleiben. Tom klimperte rasend schnell auf der Tastatur, bewegte die Maus mal hierhin, mal dorthin und im Nullkommanix begleitete ein feiner Sauseton die Reise des Carlos Verano zu meiner Lena in den Talhangweg. Wo sie sich ein paar Stunden später angesichts ihres doppelten Lovers auf dem Bildschirm folgendermaßen äußerte: »Ich weiß nicht. Vielleicht. Eine gewisse Ähnlichkeit ist schon da.« Dann plötzlich, sie richtete sich auf: »Dietrich! Er ist es. Hundertprozentig. Ich bin mir sicher. Ich spür es, ich fühle es. Das ist der Vater deiner Tochter Polly. Und der Vater Helens. Und sieh mal, wie schön er ist. Anmutig, findest du nicht?«

Zurück in die Küche der Werderstraße, wo ich immer noch mit Polly saß, mittlerweile beim zweiten Bier, das wir uns verdient hatten, und sie sanft darauf hingewiesen hatte, dass Charlie Summer und Carlos Verano identischerweise Karl Sommer bedeuteten. Sie klatschte sie sich mit der Hand an die Stirn: »Ich muss Marie anrufen. Die kannte mal einen Charles l'Été. Den französischen Sommer. Ich werd noch verrückt.« Das konnte ich nachvollziehen, mir war jetzt schon alles egal. Ich holte mir ein drittes Bier aus dem Kühlschrank, es war kurz nach zwölf, du liebe Zeit. Eine halbe Stunde später kam Polly vom Telefon zurück und erzählte mir Folgendes.

»Sorry, Dietrich, wenn Marie ins Schwafeln gerät, ist sie nicht mehr aufzuhalten. Und es ist immer das Gleiche. Wie beim Hund und seinem Knochen. Kaum erwähnt man nur andeutungsweise das Jahr 1990 oder irgendetwas, was mit der Treuhand auch nur ansatzweise zu tun hat, dann beißt sie zu. Und hört nicht mehr auf. Das geht dann so. Ich: ›Marie, du kanntest doch mal einen Charles l'Été, 1990 oder 1991 muss das gewesen sein.‹ Sie sofort: ›Ja, dunkel. 1990 oder war es 1991, da hat Lothar Späth die bedingungslose Kapitulation der DDR gefordert. Stell dir das mal vor.‹ Ich dann: ›Ja. Weiß ich, aber was war mit Charles l'Été?‹ Sie: ›Es gab in der DDR ungefähr 8000 VEBs. Volkseigene Betriebe. Das letzte Ministerium der DDR für Wirtschaft und Finanzen prognostizierte 31 Prozent davon rentabel, 42 Prozent sanierungsfähig und 27 Prozent konkursgefährdet. Also roundabout drei Viertel der ostdeutschen Wirtschaft waren gesund oder hatte eine leichte Erkältung. Von sowas kann man genesen. Wenn man sie in Ruhe gelassen hätte. Aber dann kam Birgit Breuel, die Henkerin. Mit ihrem Vorgänger Rohwedder hat die RAF den völlig Falschen erwischt. Nicht dass ich das der Breuel gewünscht haben würde.‹ Ich dann wieder: ›Und was hat Charles l'Été damit zu tun?‹ Sie natürlich genervt: ›Sag ich dir gleich. Die Treuhand hat dieses Land dem internationalen Kapitalismus zum Fraß hingeworfen. Die bittere Ironie bei der Geschichte. Die Treuhand war ursprünglich eine Idee des

Runden Tisches, als die ostdeutschen Revolutionäre mit der letzten DDR-Mafia zusammensaßen. Das Konzept hieß, das Volksvermögen der DDR in einen Status zu verwandeln, der rechtskompatibel mit den Eigentumsvorstellungen des Westens war. Eigentum ist alles, Eigentum regiert die Welt. Das erste Gesetz der antiken Römer dreht sich nur ums Eigentum. Und wie es vererbt wird. Was ist das nur für eine Scheiße. Was wolltest du wissen? Charles l'Été. Schöner Mann. Aber das war nicht mehr 1990, als alles anfing, den Bach runterzugehen, sondern Jahre später. 95, so um den Dreh, schätze ich mal.‹ Ich dann natürlich: ›Und?‹ Sie dann aufbrausend: ›Polly, was soll das. Eine kleine Affäre mit einem schönen Mann, was soll's. Werden wir jetzt kleinbourgeois? Hör mal, da war ich schon Bürgermeisterin in diesem verfickten Kaff und das Kalisalzwerk sollte stillgelegt werden, es war auf der berüchtigten Todesliste der Treuhand. 306 VEBs standen darauf, alle abmurksen, jetzt und sofort. Und dann kam dieser Charles l'Été, bot eine Mark für den ganzen Kram und garantierte alle siebenhundert Arbeitsplätze. Da habe ich natürlich gefickt mit dem schönen Mann, was tut man nicht für die Arbeiterklasse. Hast du ein Problem damit, Polly Brandler?‹ Nein, sagte ich, aber am liebsten hätte ich ihr eine gedonnert, aber man weiß sich ja zu beherrschen, vor allem am Telefon, und deswegen fragte ich bloß noch: ›Hast du noch Kontakt zu diesem Charles l'Été seither?‹ Ja, sagte sie, erst gestern, und dass es sie sehr gefreut habe und ein Flugticket nach Buenos Aires dabei gewesen sei, denn er lebe jetzt in Paraguay und ich nicht sauer sein solle. Ich sagte dann bloß noch ›Flugticket? Buenos Aires? Ein Date mit diesem Typ?‹ Und sie: ›Ja klar, warum nicht.‹ Marie ist schon manchmal sehr speziell.«

Dies alles also war geschehen, als ich an jenem wundervollen sonnendurchfluteten Märzvormittag auf der Terrasse saß, und jetzt soll mir mal jemand erklären, wie man nach alldem sich in den Stand versetzen soll, an nichts zu denken. Das ist normalerweise schon schwierig genug und mir eigentlich noch nie gelungen. Der Mensch kann wahrscheinlich gar nicht nichts denken. Es soll welche geben, die nicht denken können, aber selbst die können nicht nichts denken. Das waren die Gedanken, die mir durch den Kopf gingen, als ich versuchte, braun zu werden und an nichts zu denken. Ich war erschöpft, ehrlich, und da wusste ich noch nicht einmal, dass dies der Tag war, an dem die Briefe und die Tickets kommen würden. Ich war sogar eingeschlummert, vermute ich, denn die Haustürklingel hatte ich nicht gehört. Erst als Lena vom Hang, ihrer Blumenpflegestation, heraufrief: »Dietrich, machst du mal auf«, war ich wieder bei mir. Der Postbote, der sich immer erst am frühen Nachmittag einstellt, wir wohnen eben ein wenig abgeschieden, übergab mir drei Einschreibebriefe, einen an mich, einen an Lena und einen für Helen. Die Anschriften waren in einer gut leserlichen, fast anmutig zu nennenden Handschrift auf wattierten, in blassem Beige gehaltenen Umschlägen notiert und jeder Brief hatte eine andere bunte Marke. Absender war keiner zu sehen. Ich legte den Brief für Helen auf dem Telefontischchen ab, ging in den Garten und wedelte mit den Briefen: »Lena, wir haben Post bekommen, richtige Post. Schau mal, mit Briefmarke sogar.«

Der Inhalt meines Kuverts bestand aus drei Elementen: einem Flugticket, einer Auftragsbestätigung der Autoverleihfirma Hertz und einer Karte in dem gleichen vornehm blassen Beige wie der Umschlag, auf der in der gleichen makellosen Handschrift wie auf dem Umschlag Folgendes geschrieben stand: »Lieber Dietrich, seit unserer Begegnung am Set von ›The Mission‹ im Jahre 1984 ist viel Zeit vergangen. Unsere Wege haben sich seither, ohne dass du davon etwas bemerkt hast, mehrfach gekreuzt. Ich möchte das aufklären. Der beste Ort dafür ist die Plattform über den Wasserfällen des Rio Iguazú, wo seinerzeit das Zelt für den Regisseur und die Hauptdarsteller aufgeschlagen war. Die beste Zeit ist der 25. August dieses Jahres um 14 Uhr. Das Flugticket nach Buenos Aires liegt bei. Ebenso die Reservierung für einen Van, mit dem du und deine Mitreisenden an den Rio Iguazú gelangen könnt. Anschließend seid ihr eine Woche lang meine Gäste im paraguayischen Chaco. Beste Grüße, Carlos Verano.«

In Lenas Brief waren natürlich auch ein Flugticket und eine Karte. »Liebe Lena, seit wir uns das letzte Mal gesehen haben, ist viel Zeit vergangen. Unsere Wege haben sich seither, ohne dass du davon etwas bemerkt hast, mehrfach gekreuzt. Ich möchte das aufklären. Wo und wann dies passieren soll, darüber weiß Dietrich Bescheid. Ich freue mich darauf, dich wiederzusehen. In Liebe, Carlos.« Dahinter war unbeholfen ein Stern gemalt.

»In Liebe? Hat sie der noch alle?« Ich wollte mich schon wieder aufregen, aber im Haus klingelte das Telefon. Polly war dran. »Ich hab Post bekommen.« – »Lass mich raten, von Carlos Verano.« – »Fast. Von Charlie Summer. Er lädt mich und Tom nach Südamerika ein. Wegen irgendeinem Fußball-Scheiß. Und angeblich weißt du mehr.« – »Weiß ich. Weiß ich in der Tat. Komm heute Abend zu uns. Wir müssen Kriegsrat halten.« – »In Ordnung. Sehe ich auch so. Du erinnerst dich: Marie hat diese Einladung auch erhalten. Von ihrem Charles l'Été. Einen Tag vor uns. Was immer das zu bedeuten hat. Ich glaube, wir sollten uns bewaffnen.« Unschwer zu erraten, dass in Helens Brief auch ein Ticket steckte und ein Kärtchen: »Liebe Helen, hast du Lust, dass wir wieder mal etwas zusammen unternehmen? Ich schon. Deine Eltern wissen Bescheid. Vielleicht kannst du sie ja überreden mitzukommen. Ich freu mich schon. Dein Carlos.« Dahinter ein gekringeltes Herzchen und ein Gekrakel, mit dem der Verfasser wohl ein Feuerwerk andeuten wollte. Er arbeitete wirklich mit allen Mitteln.

Der Kriegsrat im Hause Brandler verlief kontrovers. Helen war natürlich dafür, ach was, sie war völlig aus dem Häuschen. Sie tanzte Pirouetten und kreischte ständig: »Ja, ja, ja, wir fahren nach Amerika«, bis Polly schneidend sagte: »Helen, halt die Schnauze und setz dich hin. Das entscheiden die Erwachsenen.« Da hatte sie zwar recht, aber man kann ja manchmal wenigstens so tun als ob. Tom, bevor wir zu den

Erwachsenen kommen, war dagegen. Er hatte Trainingslager in Südtirol zu dieser Zeit. »Dann bin ich doch raus«, meinte er. Polly war, wenig überraschend, dafür zu fahren, jedoch aus völlig anderen Gründen als ihre Schwester Helen. »Wenn schon Kriegsrat, Dietrich, dann auch Krieg. Mal sehen, was er draufhat, dieser Schweinepriester. Wie redet der überhaupt mit uns? Sind wir seine Vasallen, seine Leibeigenen? Der Herr befiehlt und der Knecht gehorcht? Ich denke, ich muss da was klarstellen. Nicht mit mir, mein Herr. Nicht mit mir und nicht mit meiner Familie.«

Ich war auch dafür, zu fahren, aber Lena war dagegen. Bei mir waren es, wenn ich es mit Pollys kriegstreiberischen Beweggründen vergleiche, eher diplomatische Motive. Ich wollte dieses komplette Durcheinander im Hause Brandler begradigen, das Chaos beenden, die Lage aufklären, wie Carlos Verano selbst geschrieben hatte. Ich stellte mir das als tragfähige Verhandlungsgrundlage vor. Nur mit diplomatischem Geschick, das dämmerte mir, würde ich auch dem Verdacht nachspüren können, dass dieses ganze brandlerische Kuddelmuddel womöglich darin begründet war, dass Carlos Verano der Sohn von Karl Sommer war, der wiederum meinen Vater Friedrich Brandler auf dem Gewissen hatte. Und dass die ehemals Freund- und dann abgrundtiefe Feindschaft dieses Karl Sommer mit meinem Großvater Heinrich Brandler der Auslöser, die Keimzelle des brandlerischen Tohuwabohus sei. Also auf an den Rio Iguazú! Ich stellte mir vor, ein kleines weißes Fähnchen in der Hand zu halten, diplomatischer geht's ja nicht. Lena aber war dagegen. Es war schwer herauszubekommen, warum. Sie schmiegte sich an mich und murmelte nur: »Ach nee« oder »was soll ich da« oder »ich will den nicht sehen«. Was völlig konträr zu dem stand, was ich erwartet hatte. Aber allmählich begriff ich, dass ihr die Erinnerung an eine Erscheinung wichtiger war als die profane Realität. Sie wollte eine Vision nicht eintauschen gegen die Wirklichkeit und das fand ich verständlich und nachvollziehbar, denn es war ja Lena. Polly sah das ganz anders: »Entweder wir fahren alle oder gar nicht. Der hat die Brandlers herausgefordert. Nicht mich oder dich oder dich. Uns alle. Die ganze Familie. Wo ist eigentlich Cas? Hat der kein Ticket bekommen?«

Gute Frage, Polly, etwas spät zwar, aber immerhin. Am Abend des Tages, als die Briefe mit den Tickets gekommen waren, hatte ich Cas in München angerufen. Ob er auch einen Brief erhalten habe. Nein, sagte er, und ich meinte etwas hastig: »Wir alle, Lena, Polly, Tom, Marie und ich haben eine obskure Einladung nach Südamerika bekommen. Warum und weshalb und von wem, das ist ein bisschen kompliziert, das erklär ich dir ein andermal. Aber seltsam ist, dass du keine Einladung bekommen hast. Du gehörst doch auch zur Familie.« Es gab eine kleine Pause. »Das ist witzig«, aber er klang gar nicht so. »Ende August bin ich in Paraguay, geschäftlich. Muss ein paar Verträge ins Trockene bringen. Dann könnten wir uns ja dort unten treffen. Die ganze Familie.« – »Cas«, sagte ich ehrlich verdutzt, »seit wann schließen Lkw-Fahrer Verträge in Südamerika ab?« – »Ja, das ist jetzt alles ein wenig anders. Ich bin aufgestiegen, verstehst du. Partner in meiner Firma. Und einer unserer wichtigsten Kunden sitzt in Paraguay. Und da muss ich eben hin. Wichtig. Aber find ich gut, dass ihr da kommt. Lass uns zeitnah über die Details reden. Grüß Polly. Und Lena und die anderen. See you.« Seltsam fand ich das damals, aber als ich es dem Kriegsrat erzählte, meinte Polly sofort: »Super. Dann ist Cas ja auch dabei. Marie hat mir übrigens ihre Stimme übertragen, sie will auch fahren, sie ist ganz versessen darauf, diesen Charles L'Été wiederzusehen. Wusste gar nicht, dass sie so sehr bi ist. Egal, ich verkünde: bei den Erwachsenen drei plus Cas zu eins, bei den Kindern eins zu eins. Wir fahren. Und zwar alle.« Lena schmiegte sich noch enger an mich und flüsterte mir ins Ohr: »Sie ist doch deine Tochter.« Das machte mich, ich gestehe es, in diesem Augenblich sehr stolz.

Ein halbes Jahr später stand die gesamte Familie Brandler, ohne Cas, aber inklusive der angeheirateten Marie, im Flughafen Frankfurt am Main am Lufthansa-Terminal mit

Ziel Buenos Aires. Polly entdeckte in der Schlange vor uns einen kleinen Herrn mit Hut. Sie rief: »Kobi, Professore, was machen Sie denn hier?« Prof. Dr. Igor Kobiaschwili drehte sich um, lüftete den Hut, winkte fröhlich mit ihm, lachte und antwortete: »Zufälle gibt's! Ich habe eine Einladung. An den Rio Iguazú. Hab ich mir schon immer gewünscht.« Uns, die Brandlers, wunderte gar nichts mehr.

Rio Iguazú, August 2003

– Ich mag nicht, was nun folgt: sagt Marie: Kannst du es nicht ändern?

Uwe Johnson, Jahrestage

Am Nachmittag des 24. August 2003 saß Carlos Verano auf der Veranda seiner Hazienda im paraguayischen Chaco, die noch Karl Sommer erbaut hatte, und rauchte einen Joint. Vor ihm erstreckten sich, so weit das Auge sehen konnte, Marihuana-Plantagen. Seine Marihuana-Plantagen, die größten und ergiebigsten in ganz Paraguay. Das Zeug, das er rauchte, war weder Marihuana noch Haschisch, sondern Paragua, ein Stoff, der nach der Energie, die der Staudamm des Rio Paraná liefert, der wichtigste Exportartikel Paraguays war. Paragua, auch bekannt als Ladrillo, das ist der Ziegelstein, oder Cannabis prensado, wird wie Marihuana aus den getrockneten Blüten und blütennahen Blättern der Cannabis-Pflanze gewonnen, dann aber noch einem weiteren Verarbeitungsprozess unterzogen. Um daraus transportfähige Platten, die erwähnten Ladrillos, erzeugen zu können, was Händler und Konsumenten am Haschisch so schätzen, benötigt man ein Bindemittel. Die meisten Erzeuger Paraguays, man muss ehrlicherweise sagen, alle außer einem, verwenden dafür Neopren, Teer, Bitumen, Tierfutter oder auch tierische sowie menschliche Exkremente. Das macht den Stoff preiswert und erklärt, zusammen mit der konsumentenfreundlichen Verfügbarkeit, seinen Siegeszug in den Favelas Südamerikas und den Ghettos des nordamerikanischen Kontinents. Dass schwere gesundheitliche Schäden oftmals die Folgen, ja Todesopfer zu beklagen sind, ist im Drogengeschäft noch nie ein Geschäftshindernis gewesen. So waren es auch weniger moralische Erwägungen, die Carlos Verano Mitte der Neunziger dazu übergehen ließen, etwas Neues zu erproben. Seine Vision war es, wie er Geschäftspartnern gegenüber gerne betonte, den Mercedes unter den Paraguas zu produzieren.

Als Bindemittel wählte er, nach jahrelangen Experimenten mit zu einer klebrigen Sauce reduziertem Coca-Cola, Wildhonig oder Olivenpaste, einen Sirup, der aus Zuckerrohr und Mate, also lokal, regional und nachhaltig gewonnen wurde, und der dem »Varagua«, seinem Markenprodukt, einen bittersüßen Beigeschmack verlieh, der beim Rauchen, aber auch als Tee oder Keks dem Rauschempfinden ein extravagantes Geschmackserlebnis hinzufügte. Die Basis des Varaguas, die noch von Karl Sommer angelegten Marihuana-Pflanzungen, mittlerweile flächenmäßig mehr als verdoppelt, waren ohnehin die qualitativ besten in ganz Paraguay. Der Varagua erzielte binnen Kurzem Marktpreise, die sechs-, manchmal siebenfach über ordinärem Paragua lagen. Die Mittelschichtkids der südamerikanischen Metropolen und ihre noch zahlungskräftigeren Artgenossen in Nordamerika liebten das Zeug. Im Westen Europas lief es auch nicht schlecht, aber jetzt galt es, den nächsten Schritt zu tun: der aufstrebende Osten Europas, seit einigen Jahren frei und einer funktionierenden Marktwirtschaft aufgeschlossen, wartete darauf, mit verantwortungsvoll produzierten Drogen versorgt zu werden.

Carlos nahm einen tiefen Zug und ließ seinen Blick schweifen. Die Hazienda lag auf einer sanften Anhöhe, die eine herrschaftliche Sicht auf seine Besitztümer ermöglichte. Zwischen ihm und den Cannabis-Feldern gruppierten sich etwa zwanzig schmuck zu nennende, ganz in strahlendem Weiß gehaltene Einfamilienhäuser, stilistisch die Miniaturausgaben der Hazienda. Darin lebten seine Guarani. Sesshaft gewordene Nachkommen des halbwilden Stammes von Chithaalin dem Zwölften, die jetzt, zu Beginn des 21. Jahrhunderts, die Plantagen seines Enkels Carlos Verano bewirtschafteten. Jener Chithaalin war der Letzte seines Namens gewesen, er hatte keine männlichen Nachkommen; über Eliza, seine Tochter, wäre ihr Sohn Carlos berechtigt gewesen, den Häuptlingsnamen als der Dreizehnte zu tragen, aber dies lehnte er ab. Damit endete nicht nur diese Dynastie, die den Stamm seit der Vertreibung der Jesuiten aus Paraguay geleitet hatte, sondern auch die Siedlung *St. Florian*. Einige wenige Guarani zogen sich in die Wildnis zurück, die meisten lebten jetzt hier unter der Obhut von Carlos Verano. Jedes ihrer Häuser hatte einen großen Garten, in dem freilaufende Schweine, Hühner und Schafe zu erkennen waren. Die meisten verfügten über ein schlauchartiges Gewächshaus, von dem nur zu erraten war, welche Schätze der verwertbaren Pflanzenwelt dort vortrefflich gediehen. Im Zentrum der kleinen Siedlung stand ein größerer Zweckbau mit einer kunstvoll gefertigten Fassade aus Holz, die dem barocken Schmuck der mittlerweile verfallenen Kirchen der weiter südlich gelegenen Jesuiten-Reduktionen nachempfunden war und von einem riesigen Kreuz auf dem Giebel gekrönt wurde. Das war das Versammlungshaus der Guarani-Gemeinde, das auch als Gotteshaus, als Schule und vor allem als Konzerthalle diente. Carlos hatte aus Paris einen jungen Absolventen der École de la Musique engagiert, der die Guarani-Kinder an Instrumenten des dorfeigenen Orchesters und im Chorgesang unterrichtete. Klangfetzen drangen nach oben zur Veranda und Carlos freute sich auf die Aufführung am kommenden Sonntag. Die Rockoper *Tommy* von The Who sollte erstmals in Paraguay aufgeführt werden.

Aus dem Hause war Eliza getreten, Carlos' Mutter, die Häuptlingstochter. Sie kam aufrecht daher, ohne das Schlurfen der Alten, hielt die Schultern straff und das Kreuz gerade. Ihr Haar war weiß geworden, sie trug es lang zu einem kunstvollen Zopf geflochten. Mutter und Sohn hatten das gleiche schmal geschnittene Gesicht, ganz ungewöhnlich für die Guarani, mit einer vollen Oberlippe, die sich über die schmale untere wölbte. Dort, wo sich bei Eliza um die Augen und um den Mund zahlreiche feine Falten verästelten, begannen bei Carlos ebenfalls sachte Kerbungen zu mäandern. Er war jetzt, legt man menschliches Zahlenwerk zugrunde, und welches denn bitte sonst, achtundfünfzig Jahre alt. Eliza legte die Hände auf die Schultern ihres Sohnes, massierte sie sanft, fühlte dankbar, dass er mit seiner

Rechten überkreuz ihre linke Hand bedeckte und beide sahen in der Ferne auf der Straße, die zur Hazienda führte, eine Staubwolke. Pünktlich, dachte Carlos, so sind sie, die Deutschen. Wir hingegen denken: Staubwolke am Horizont, das ist Kino, das macht auch Hollywood gerne, wenn das Ende der Geschichte naht.

Der ehemalige Stuntman Carlos Verano kannte sich in solchen Dingen naturgemäß aus. Wie identisch aber müssen wir uns diesen Carlos mit jenem aus Lenas Dünenkuhle von 1967 vorstellen oder mit demjenigen von Helens Entführung. Mit Charlie Summer oder Charles D'Été. Ist er Versender von Briefen mit Tickets nach Heidelberg und gleichzeitig ein paraguayischer Drogenbaron? Von einer weiteren Identität ganz zu schweigen? Es umgibt ja ein Mysterium die Identität des Menschen und von einer solchen reden wir hier, hoffentlich. Um den Dichter zu zitieren: *Ein Mann, der Herrn K. lange nicht gesehen hatte, begrüßte ihn mit den Worten: ›Sie haben sich gar nicht verändert.‹ ›Oh!‹ sagte Herr K. und erbleichte.* Und der Philosoph ergänzt: *Wer mit neunzehn kein Revolutionär ist, hat kein Herz. Wer es mit vierzig immer noch ist, hat keinen Verstand.* Und so weiter und so fort. Verstehen wir damit Carlos Verano besser? Sagen wir mal so: Seine Identität ist eine fluide. Dadurch wird er sehr menschlich. Alles fließt. Was Heraklit eher ontologisch meinte, ist gute Menschenbeobachtung. Wer war in seinem Leben nur und ausschließlich alter weißer Mann oder lesbische schwarze Frau? Carlos Verano jedenfalls, um ihn versuchsweise näher kennenzulernen und einzukreisen, ist ein Luftgeist, wie schon sein vermeintlicher Vater Karl Sommer bemerkte. Er ist mal hier, mal dort, er ist mal dieses und mal jenes, schwer zu greifen in seiner luftigen Existenzweise, was dem Fluiden nicht widerspricht. Im Gegenteil, enge Verwandtschaft herrscht zwischen dem fließenden und dem luftigen Element. Vor allem ist er der Sohn von Eliza, der Häuptlingstochter, ihr Schatz, und so müssen wir uns ihn vorstellen: als die endliche und lang ersehnte Manifestation eines Traums, den drei Kaziken vor mehr als zweihundert Jahren ihrem Jesuitenmissionar Pater Baucke erzählten, dessen Bericht darüber im letztendlichen Gerichtshof der katholischen Kirche, der Penitenzieria, landete. Und was wir auch verstehen müssen: Dass der Stuntman Carlos Verano 1984 Dietrich Brandler begegnete, war kein Zufall. Schon die Düne, siebzehn Jahre zuvor, als Carlos, oder eine seiner Inkarnationen, Lena schattenhaft begattete, war kein Zufall in jenem höheren Sinn des Dr. Kobiaschwili gewesen. Davor, vor Düne 1967 und Stuntman 1984, lag eine Lektüre. Carlos Verano, der Erbe und vermeintliche Nachfahre Karl Sommers (wir wissen es besser), hatte Tagebücher seines vermeintlichen Vaters entdeckt. In einer verstaubten Kiste voller Nazi-Devotionalien auf dem Speicher der Chaco-Hazienda. (Entdeckungen in verstaubten Kisten sind in Romanen das Äquivalent zu Staubwolken am Horizont im Kino. Anders ausgedrückt: Klischees, ohne die wir nicht weiterkommen.)

Unter vielem anderen las Carlos Verano dieses:

»18. September 1936: Schon komisch, wie einer wie ich, der Sturmbannführer Sommer, einer der treuesten Recken unseres Führers, ausgerechnet mit den beiden ehemaligen Ober-Bolschewiken Brandler und Maslow verbandelt ist. Ich meine nicht die Tatsache, dass ich für beide mal gearbeitet habe. Das ist Schnee von gestern. Beides Mal waren es vor allem Frauengeschichten. Der Maslow donnerte mir eine, in aller Öffentlichkeit, als er meine Avancen herausbekam für die Fischer, das Ruthchen mit den Riesentitten, die mich eigentlich ausschließlich interessierten. Beim Brandler war es anders. Von meinem Techtelmechtel mit Erna, die dann später seine Frau wurde, wusste er nichts. Ausgespannt hat er mir sie trotzdem, der Drecksack. Nur gut, dass ich jetzt die Mittel habe, es beiden heimzuzahlen. Schon allein deswegen: Heil Hitler.«

»20. September 1936: Noch mal zu Brandler und seiner Frieda. Ich hätte sie damals gern zum Weibe gehabt. Heute weiß ich, sie ist eine Schlampe. Schon allein wegen Brandler.

Was hatte der, was ich nicht hatte? Gut, er war bei den Kommunisten rangmäßig zwei Etagen über mir. Aber eigentlich ein Schlappschwanz, wahrscheinlich im eigentlichen Sinn, nicht nur wegen 1923. Den Schlappschwanz, den politischen, den habe ich ihm reingedrückt, damals in Moskau, als wir antanzen mussten wegen dieser vermasselten Operetten-Revolution in Sachsen. Da hat er dumm aus der Wäsche geguckt, der große Arbeiterführer Heinrich Brandler, als ihn der kleine Karl Sommer in den Senkel stellte vor dem versammelten jüdischen Bolschewiken-Gesocks. Aber eigentlich meinte ich den anderen, den wirklichen Schlappschwanz zwischen seinen Beinen.«

»21. September 1936: Seltsam, bekomme den Brandler nicht aus dem Hirn. War gerade im Hurenhaus und Erna ging mir nicht aus dem Sinn. Wieso Brandler? Ich hab einen Schwengel, hab es gerade erlebt, der kann es mit jedem aufnehmen. Mit dem vom Brandler sowieso, ich habe ihn leibhaftig gesehen, damals bei den Flittchen, die sich die Kommunisten hielten. Lächerlich. Hat er mit Gewalt erreicht, was ich mit liebevoller Zuneigung erreichen wollte? Hat er ihr etwas in den Tee gegeben? Oder sich? Außerdem habe ich mehr Humor als Brandler. Und auf Humor stehen die Weiber. Danach entscheidet alles der Schwengel. Wieso also Brandler, das Dreckschwein? Ich bin ein guter deutscher Mann und Brandler eine Kreatur. Sowjetisch, slawisch, jüdisch, eine Ratte. Erna, das solltest du mal erklären. Kein Cognac mehr im Haus.«

»22. September 1936: Wir bauen hier das neue Deutschland auf und Brandler hetzt aus Moskau. Ich sitz ja an der Quelle, Feindaufklärung Ost. Keine Gnade mehr mit Volksverrätern, ausrotten das Pack mit Stumpf und Stiel. Alle, Maslow das Schwein, seine Konkubine Ruth Fischer, Brandler und die Schlampe Erna. Mein Führerauftrag, Heil mein Führer.«

»17. März 1943: Der Hurensohn Heinrich Brandler ist aus Paris geflüchtet. Das darf der Gestapo nicht passieren. Immer noch entschlüpfen uns viel zu viele der deutschen Bolschewiken. Und jetzt ausgerechnet der. Der Ober-Schlappschwanz,

Ernas Vergewaltiger. Werde mich wohl endlich selbst der Sache annehmen müssen.«

»4. Mai 1944: Sieh mal an. Bin durch Zufall auf den Obergefreiten Friedrich Brandler gestoßen, Heinrichs und seiner Schlampe Sohn. Dient in einer Versorgungskompanie. Ganz der Schlappschwanz wie der Vater. Könnte ihn an die Front versetzen lassen im Osten. Obwohl: Der sollte schon sein ganz persönliches Armageddon erleben, nicht so ein massenhaftes wie in Russland. Mal sehen, was sich da machen lässt. Mein Gedanke: Wenn schon nicht der Vater, dann eben Sippenhaft.«

»14. Mai 1944: Friedrich Brandler ist nicht mehr. Elegant gelöst. Muss ich mich wirklich loben. Tod durch den Strang, der eigentlich seinem Vater gebührte. Verspüre eine kleine Genugtuung. Erna heult wahrscheinlich.«

»27. August 1944: Heute Maslow und Brandler getroffen. Hier in Habana. Ich souverän, die beiden vom Lauf der Geschichte demoliert. Aber was für ein Zufall. Leider hier keine Mittel, Geschichte zu vollstrecken. Vor allem an Brandler. Aber unsere, meine Zeit wird kommen.«

»30. August 1944: Maslow ist tot. Darüber mit Brandler gesprochen. Wahrscheinlich waren es die eigenen Leute. Stalin ist auch einer, der keine Gnade kennt. Und dessen Arm weit reicht. Ruthchen sitzt in New York und weint. Mit wogendem Busen, da bin ich mir sicher. Egal. Brandler soll mich für alle Ewigkeit am Arsch lecken. Meine Rache habe ich gehabt. Sein Spross ist verwelkt. Auf nach Paraguay! Nueva Germania, das Vierte Reich! Venceremos, wie sie hier sagen.«

Soweit Karl Sommer. Es ist gut möglich, dass Carlos Verano, als er dies alles und noch viel mehr zu lesen bekam, sich gewiss war, noch sicherer als ohnehin, gut daran getan zu haben, seinen Vater (wir wissen es besser) von diesem Erdenball eliminiert zu haben. Gleichzeitig erwachte in ihm eine seltsame, besser gesagt: für uns seltsame, für ihn völlig einleuchtende und interessierte Hinwendung zu dieser Familie Brandler im fernen Deutschland. Nicht, dass er vermeinte, seines Vaters (wir wissen es besser) Schuld und Verbrechen sühnen zu müssen. Das lag ihm fern, denn er wusste (wie wir es wissen), dass Karl Sommers Samen ihn nicht erzeugt hatte, sodass eine Abgeltung an Sohnes statt für die Gräuel des Vaters völlig unangebracht gewesen wäre. Nein, die Brandlers, von denen er sehr bald wusste, dass der Spross nicht zum Erliegen gekommen war, sondern Friedrich kurz vor dem Strang noch Dietrich gezeugt hatte, diese Brandlers wurden seine Obsession, eine Art von Ersatzfamilie, deren einer Zweig nach Europa ragte, wohingegen der andere in Südamerika Marihuana anbaute mithilfe seiner stammesverwandten Guarani. Den europäischen Anteil seiner tief gespaltenen Identität, den wir im Verlauf der ins Durcheinander geratenen Geschichte der Familie Brandler zur Genüge verfolgen konnten, können wir nur verstehen, wenn wir bedenken, dass er für seine Mutter Eliza in ihrem Herzen Chithaalin der Dreizehnte war. Erklären können wir ihn nicht.

Zurück zur Staubwolke. Aus ihr schälte sich, wie es sich gehört, ein Jeep heraus, der vorschriftsmäßig vor der Veranda zum Stehen kam. Aus dem Wagen stieg ein Mann, korpulent, füllig, mit weichem Haar, physiognomisch das gerade Gegenteil von Carlos Verano. Der kam dem Gast entgegen, schüttelte ihm kräftig die Hand, bat ihn nach oben und offerierte landesübliche Erfrischungsgetränke. Es ging dann schnell zur Sache, nämlich Liefermengen, Handelswege, Zwischenhändler, Akquirierung osteuropäischer Kleindealer, die ganze Palette eines veritablen Drogengeschäftes. Wir wollen das interessierte Publikum nicht mit den kriminellen und halbkriminellen Details dieses Deals langweilen; hier wird ja nicht ein Drogenkrimi erzählt, den Hollywood, HBO oder neuerdings Netflix viel authentischer und so vielgestaltig darbieten, dass unser Mantel des Schweigens nur angebracht demütig ist, zumal da das ganze Genre seit *Breaking Bad* ohnehin auserzählt ist. Das untergründige und überwölbende Thema auch dieser kleinen Szenerie ist vielmehr das allgemeine Durcheinander der Familie Brandler, und so ist die Frage, die uns bewegt, recht eigentlich die, wer denn nun dieser korpulente Partner des Carlos Verano, hervorgetreten aus einer Staubwolke, in Wahrheit ist.

Es ist Cas, Caspar Brandler, unser Cas. Die Überraschung hält sich womöglich in Grenzen, wenn man Carlos Veranos Obsession bedenkt. Die Brandler-Obsession. Seit Jahren, Jahrzehnten befördert Cas Orangen und Apfelsinen von Sizilien nach München auf den Großmarkt in seinem 38-Tonner, der Gute. Was da alles im 38-Tonner sich über die Jahre zusätzlich entwickelte, wurde erzählt. 1990, im Jahr Maradona vs. Buchwald, wurde er erwischt und inhaftiert wegen Haschisch zwischen Orangen. Als ein Ahnungsloser, was er in vielerlei Hinsicht war. Im römischen Gefängnis besuchte ihn einer, der sich als Carlo vorstellte und den er jetzt nach Jahrzehnten wiedertrifft. Der ihm damals einen Pakt anbot, raus aus der Ahnungslosigkeit, rein ins Geschäft. So wurde Cas zum achtunddreißigtonnenbeschwerten Drogenkurier; gegen gutes Geld, und wer will da einen Stein werfen: der Mindestlohn für Lkw-Fahrer war noch nicht erfunden. Hinter dem Fahrerhaus gab es einen doppelten Boden. Eine doppelte Wand, sollte man besser sagen. Gut gemacht, perfekt imitiert. Schmale dreißig Zentimeter tief. Groß genug, um einige Kilo Stoff zu verstecken, Woche für Woche. Immer, wenn er von Palermo losfuhr, rieb er sie mit einem Benzinlappen ein, die blinde Wand. Das fällt in einem Laster nicht auf und die Spürhunde riechen bloß Diesel. So ging das jahrelang und der Handschlag, mit dem Cas und Carlos soeben ihren Pakt auf eine neue Stufe hoben, beinhaltete die Ausweitung des Vertriebsnetzes von Varagua, dem Super-Premium-Paragua aus dem Hause Varano, nach Osteuropa. Cas sollte das bewerkstelligen, Zwischenhändler organisieren, eine funktionsfähige Vertriebsmannschaft aufbauen, östlich der Oder-Neiße-Linie. Cas war ein wenig schwankend gewesen, ob er diesen nächsten Schritt in der Hierarchie des Varagua-Consortiums unternehmen sollte. Die Andeutung Carlos', dass er doch sicherlich sich nicht wünsche, seiner Familie könne bekannt werden, womit er den Hauptanteil seines Geldes verdiene, mag den Ausschlag gegeben haben für den paktschließenden Händedruck. Insbesondere die Vorstellung, Polly erführe, dass ihr Zwillingsbruder im Drogengeschäft sei. Er griff sich unwillkürlich an die Nase, denn dort hätte er den Donnerschlag seiner Schwester erwartet. Aber das war eine Andeutung von Carlos gewesen und ob sie ausschlaggebend für Cas' Entscheidung war, wir wissen es nicht.

Was Cas seiner Schwester Polly gerne erklärt hätte, aber dazu kam es nicht mehr, war im Grunde ein Schrei um Verständnis. Er wollte und wünschte so sehr, dass sie ihn verstehe, und so etwa hätte dies sich angehört: »Polly! Die rauscherzeugenden Verwertungen der Cannabis-Pflanze, Marihuana, Haschisch und Peruado oder auch Veruado, sind weiche Drogen, weicher womöglich als Alkohol und Nikotin. Kein hartes Zeug mit lebenslang Abhängigen oder Toten. Klar, nach den geltenden Gesetzen in Europa, nehmen wir Holland mal aus, sind Handel und Konsum verboten, illegal, kriminell. Aber da tut sich was. Das wird nicht so bleiben. Erstens. Zweitens sind wir doch keine bewaffnete Drogenmafia mit Pumpguns und Revolvern und so einem Scheiß, sondern ein ganz normales Unternehmen, mit einem Premium-Produkt obendrein. Drittens solltest du mal Walter Benjamin oder Ernst Jünger lesen. Erweiterung des Bewusstseins, neue Dimensionen der Wirklichkeitserfahrung, gesteigerte Sinnlichkeit, erhöhte Wahrnehmungsfähigkeit. Das ist jahrhundertealtes Menschheitswissen, ich bitte dich. Und viertens: Dietrich und Lena haben gekifft in ihrer Jugend, da gehe ich jede Wette ein. Und du wahrscheinlich auch.« Bei seinem allerletzten Argument war sich Cas nicht sicher und ebenso unsicher war er, ob er trotz all seiner guten Gründe nicht doch von Polly eine gedonnert bekommen hätte. Voll auf die Zehn.

Und auch Carlos Verano sollten wir in diesem Zusammenhang in Schutz nehmen. Das hässliche Wort Drogenbaron ist gefallen, er war nichts weniger als ein solcher. Von dem langanhaltenden Krieg, der einige Tausend Kilometer nordwestlich in Kolumbien und Mexiko rund um die Verwertungen der Coca-Pflanze und neuerdings chemische Hervorbringungen tobte, war Carlos Verano, entfernungsmäßig umgerechnet, aber auch strategisch, motivisch und psychologisch, meilenweit entfernt. Er hatte seine Plantagen geerbt, er pflegte, verbesserte und vergrößerte sie, er sorgte für die Guarani seines Stammes und er zahlte nicht zu knapp Steuern in seinem Land Paraguay. Nicht nur das, er vergab Stipendien an die Universität in Asunción, er war Mäzen des Nationalmuseums und Geldgeber einer Stiftung, welche die Ruinen der Jesuiten-Reduktionen vor dem völligen Verfall bewahren sollte. Aus Elizas Sohn war ein höchst angesehener Bürger Paraguays geworden. Seine Geschäfte florierten am Rande oder knapp jenseits der Legalität, was in diesem Land normal war und für Carlos ein besonderer Kitzel. So wie der bittersüße Beigeschmack seiner sanften, markengeschützten Droge Veruado.

»Morgen fahren wir zum Rio Iguazú, zu den Wasserfällen. Erinnerst du dich? Dort habe ich 1984 deinen Vater kennengelernt. Du hast in einer Ecke gesessen und geschmökert.« Cas fühlte sich plötzlich unbehaglich. »Du kennst meinen Vater? Schon so lange?« Carlos lachte: »Ja, klar. Für dich bin ich seit Jahren nur Carlos. Mein vollständiger Name ist Carlos Verano. Dämmert's?« Es dämmerte nicht bei Cas, es wurde schlagartig hell. Alles, was Dietrich ihm und Polly an Weihnachten des Jahres 1989 über den seltsamen Stuntman, das Double von Robert de Niro, erzählt hatte, schoss ihm in aller Deutlichkeit durch den Kopf: »Dann bist du der Sohn von Karl Sommer, der meinen Großvater auf dem Gewissen hat. Und morgen treffen wir dort auf meine Familie. Richtig? Die Tickets sind von dir.« – »Korrekt. Ein Wiedersehen, ganz familiär. Du glaubst gar nicht, wie ich mich darauf freue. Auf Lena, auf Polly und Dietrich und Marie. Auf Helen und Tom, auf die beiden ganz besonders.« – »Du kennst uns alle?« – »Na, klar. Seit langer Zeit. Sehr langer Zeit.«

Cas war verwirrt. Er wusste nicht, was er davon halten sollte. Das Treffen mit seiner Familie in Südamerika hatte er sich anders vorgestellt. Ein undeutliches Gefühl stieg in ihm auf, er fürchtete sich vor der Begegnung des nächsten Tages. »Eines muss klar sein, Carlos. Kein Wort von unserem Deal und unseren Geschäften zu meiner Familie. Kein Wort.« Carlos lächelte: »Für wen hältst du mich? Wir wollen doch nicht, dass Polly dir eine donnert. Oder mir. Keine Sorge.«

*

Polly und ich hatten Tom in die Mitte genommen. Hinter uns im Lufthansa-Flug von Frankfurt nach Buenos Aires saß Dr. Kobiaschwili. Wir waren noch am Boden, als er sich zu Polly nach vorne beugte und ihr ins Ohr raunte: »Und schon hat er wieder zugeschlagen, der unbesiegbare Zufall. Ich sitze genau hinter Ihnen, liebe Polly. Was soll man dazu sagen.« Polly löste den Sicherheitsgurt, stand auf und kauerte sich vor den Professor: »Nie wieder, Dr. Kobi, nie wieder aus Ihrem Munde ein Wort über den Zufall. Es reicht. Sie wissen gar nicht, was Sie angerichtet haben. Ich will mich und meinen Anteil gar nicht herausreden. Aber Schnauze mit Zufall. Einfach Schnauze halten. Sonst.« Dann setzte sie sich wieder und wir flogen nach Südamerika.

Nach gut einer Stunde, wir hatten die ersten Snacks hinter uns, Tom hatte sich einen Tomatensaft bestellt, Polly und ich uns ein Bier, kramte Tom einen Comic aus seinem Rucksack. Polly legte ihm ihre Hand auf den Arm und sagte: »Tom, wir müssen mit dir reden. Etwas sehr Wichtiges. Es geht um deinen Vater.« Tom holte Luft, verschränkte die Arme und hörte zu. Polly erzählte ihm von ihrer Liebe zu Marie in den 80er-Jahren in Berlin, von ihrem gemeinsamen Kinderwunsch und von der Insemination mit dem Spermienmix. Ich bekam davon kaum etwas mit, denn Polly flüsterte in Toms Ohr, wohl auch, damit Dr. Kobi davon nichts mitbekam. Ich merkte nur, dass der Junge seine Arme immer fester verschränkte und unter den Achseln die Fäuste ballte. Dann übergab Polly mir das Wort und nun war also ich an der Reihe. »Oje, Tom, ich weiß gar nicht, wo ich anfangen soll. Also, Helen ist für dich wie eine Schwester, das weiß ich. Obwohl sie, strenggenommen, ja deine Tante ist, denn sie ist Pollys Schwester. Schwestern der Mutter sind Tanten.« Tom hatte zwar sein Gesicht ein wenig in meine Richtung gewandt, aber er sah mich nicht an. Wo er hinsah und was in ihm vorging, das wollte ich vorerst gar nicht wissen, ich machte erst einmal weiter mit dieser heillosen Geschichte. »Zwischen Lena und mir war es noch nie ein Problem, dass Helen von einem anderen Mann ist, nicht von mir.« – »Du hast ja auch Gabriella mit Marina. Das gleicht sich aus.« Tom sagte das mehr als beiläufig. »Richtig. Exakt so ist es. Nun kommt aber hinzu, dass ich vor ein paar Tagen erfahren habe, dass Polly, deine Mutter, auch von einem anderen Mann ist.« – »Das weiß ich schon lang. Wo ist das Problem, Dietrich?« Tom hatte eine Art, über solche Dinge zu reden, woher hat er das? »Kein Problem eigentlich, keines zwischen Lena und mir jedenfalls. Zur Sicherheit haben wir einen Vaterschaftstest machen lassen. Dabei hat sich herausgestellt, was Lena die ganze Zeit schon vermutet hatte, dass Polly und Helen den gleichen Vater haben. Sie sind also richtige Schwestern. Bis vor Kurzem nur über die Mutter, Lena nämlich, jetzt auch noch über den Vater. Mehr Schwester geht nicht.« Aus Toms Mund kam so etwas wie »pfff« oder »phhh«, aus meinem: »Wir wissen mittlerweile auch, wer das ist, der Vater von beiden, Polly und Helen. Der Mann heißt Carlos Verano.« Zum ersten Mal blickte mich Tom an: »Oder Charlie Summer. Der Fußball-Mann, von dem ich die Karte bekommen habe.« Naturgemäß war ich zunächst verblüfft, aber dann war mir schnell bewusst, dass Tom im KFG nach Englisch auch Spanisch als zweite Fremdsprache hatte. »Korrekt«, sagte ich, weil mir nichts Besseres einfiel, »der will übrigens dein Berater werden, hält viel von dir, aber das ist gerade nicht das Problem.« – »Noch ein Problem?« – »Ja, Tom, das größte von allen. Bei diesem Vaterschaftstest haben wir auch ein Haarbüschel von dir mit ins Spiel gebracht. Polly hatte da einen Verdacht und Dr. Kobi, der dort hinten sitzt, hat sie mehr oder weniger darin bestätigt.« Tom hatte sich wieder von mir abgewandt, die Arme verschränkt, den Kopf eingezogen und den Rücken gekrümmt. Der Kampfmodus seiner Mutter. »Es hat sich herausgestellt, wie soll ich sagen, es gibt daran keinen Zweifel, das ist wissenschaftlich absolut abgesichert, diese Methoden heutzutage sind sowas von genau, unwiderlegbar. Du hast den gleichen Vater wie deine Mutter. Diesen Carlos Verano.« – »Diesen Drecksack«, was unverkennbar von Polly stammte.

Wir hatten den europäischen Kontinent längst verlassen, aus meinem Fenster sah ich weit unten nur glitzerndes Wasser, den Atlantischen Ozean, *so great an area of land,* geht mir da immer durch den Kopf, das ist von Donovan. Was ging Tom, diesem 15-jährigen Jungen, durch den Kopf? Ich vermag es nicht zu sagen. Ich wusste ja nicht einmal, was Polly durch den Kopf ging, geschweige denn mir. Als das Ergebnis des Vaterschaftstests eintraf vor ein paar Tagen, Polly war bei uns im Talhangweg, biss sie sich auf die Lippen, ihre Schultern erschlafften und sie schlurfte wie eine alte Frau hinauf in ihr altes Mädchenzimmer. Wir störten sie nicht, Lena und ich, wir warteten, und nach mehr als einer Stunde kam sie herunter, rotumränderte Augen, aber wenigstens aufrecht. »Was soll ich machen? Pa? Ma? Ich kann das alles nicht denken, das ist das Ende allen Denkens, das Ende der Welt.« Und dann legte die ehemalige Boxweltmeisterin sich zu ihren Eltern aufs Sofa, den Kopf im Schoß ihrer Mutter, eine Hand auf dem Knie ihres Vaters, und weinte leise und bitterlich. »Wir müssen es Tom sagen«, sagte ich nach langen Minuten. Manchmal ist ein Schluchzen auch als Zustimmung zu deuten.

Flugzeuge hoch über endlosem Wasser scheinen stillzustehen. Keine Bewegung ist wahrnehmbar und komplementär dazu schläft die Zeit ein. Ich dachte, nein, ich empfand, dass ohne Bewegung im Raum und ohne Gespür für die Zeit einen die Unendlichkeit und die Ewigkeit am Wickel haben.

Wie lange Tom geschwiegen hatte, war deshalb schwer zu beurteilen, unendlich lange, eine Ewigkeit. Plötzlich griff er mit seiner Rechten die Hand Pollys und mit seiner Linken die meine. Er sagte: »Mir ist das egal. Du bist meine Mutter und du bleibst mein Großvater, eigentlich so eine Art Vater. Der Spermienlieferant kann mir gestohlen bleiben.« Glaubt es mir, Leute, ich fühlte, wie Polly auf der gegenüberliegenden Seite die Hand ihres Sohnes drückte, denn ich machte auf der diesseitigen dasselbe. Und ich wusste, dass Polly mindestens eine Träne über die Backe lief, denn bei mir waren es sechs oder sieben. In diese tränenverhangene Stimmung hinein krähte Tom frohgemut: »Aber ansehen sollten wir uns ihn doch. Interessieren tut es mich schon.« Polly blickte ihn fragend an. Er boxte sie in die Seite: »Na ja, wieso ich angeblich ein Fußball-Talent bin. Von dir hab ich es nicht.« Und dann drehte er sich zu mir: »Und von dir schon gleich gar nicht.« Wo er recht hat, da hat er recht, der Tom Brandler.

Der Rest ist schnell erzählt. Am Flughafen Buenos Aires, als wir endlos auf unser Gepäck warteten, nahm ich Polly beiseite: »Und, wie geht es dir?« Sie sah auf den Boden und sagte: »Tom hat mich gerettet.« Dann lehnte sie sich an mich und ergänzte: »Und du und Lena. Danke.« Ich war natürlich fast schon wieder zu Tränen gerührt, ließ mir aber nichts anmerken und erwiderte nur: »Weißt du, Polly, du und Tom, ihr seid zwei lebendige Wesen, die auf seltsame Art und Weise in diese Welt geraten seid. Aber nun seid ihr einmal da. Lebendig, ganz menschlich und liebenswert. Die Zeiten sind vorbei, dass der seltsamen Umstände wegen du oder dein völlig unschuldiger Sohn siebzehn Jahre Buße tun müsstet in einer Einöde oder einem Kloster, oder dass ihr geächtet werden würdet und in Sack und Asche dahinvegetieren solltet außerhalb des Menschenkreises.« Polly sah mich verwundert von der Seite an, klopfte mir auf die Schulter und meinte: »Alles klar, Pa. Kein Problem. Tom ist ein Guter. Und jetzt auf in den Kampf.« Sie hatte ja recht, ich auch ein wenig, würde ich behaupten, aber sie kann es halt bündiger ausdrücken als ich.

Zwei, drei Kilometer vor den Wasserfällen kannte ich mich wieder aus. Vertrautes Gelände. Vor allem vertrauter Sound. Der Van, den uns die Firma Hertz zur Verfügung gestellt hatte, war ebenso geräumig wie spritzig, ein japanisches Fabrikat. Durch die offenen Fenster stellte sich nach und nach das gewaltige Brausen und Zischeln der entfernten Wassermassen ein. Dr. Kobi hatten wir in Buenos Aires zurückgelassen, es war also ein richtiger Familienausflug. Zu meiner Beruhigung hatte sich herausgestellt, dass der Professor keine Karte von Carlos Verano bekommen hatte, seine Einladung an den Rio Iguazú hatte andere Gründe. Am Fuße der Wasserfälle sollte einen Tag später eine Tagung der internationalen Zufallsforscher stattfinden. Der Tagungsort war gewählt worden, weil man anhand der Bewegungsrichtungen, der Verstreuungen und Verästelungen der Wasserfälle der Wirkweise des Zufallsprinzips nachspüren wollte. Dr. Kobi fand das eine ganz großartige Idee und konnte sich nicht verkneifen, sein Zusammentreffen mit der Familie Brandler am Rio Iguazú, wenn auch um einen Tag versetzt, als schlagenden Beweis seiner Theorie zu verbuchen. Polly lachte, als sie das hörte, schlug dem kleinen Mann robust auf die Schulter und meinte: »Was hab ich gesagt, Dr. Kobi? Schnauze. Nie wieder ein Wort über den Zufall in meiner Gegenwart.«

Der große Besucherparkplatz auf der argentinischen Seite der Wasserfälle war menschenleer, beziehungsweise war er autoleer, was noch viel mehr auffiel, aber er war erfüllt vom Getöse des unsichtbaren Wassergeprassels. Ein Plakat erklärte den Grund der Menschenleere, auf Spanisch, sodass der Fächerkanon des Heidelberger KFGs ins Spiel kam. Tom übersetzte »Vorübergehend geschlossen wegen dringend notwendiger Renovierungsarbeiten an der Aussichtsplattform. Durchgang verboten. Eltern haften für ihre Kinder.« Bei der letzten Anweisung, tausendmal in Deutschland gelesen, durchzuckte mich der Gedanke, ja wer jetzt für wen, aber da war schon Polly zu hören: »Ne, oder. Wir haben hier eine Verabredung. Scheiß drauf.« Und schon hob sie das weiß-rote

Band empor, das überall auf dieser Welt das Gefährliche vom Sicheren abgrenzt, und rief im Stile eines Commanders in Chief: »Mir nach!« Alles klar, Polly, wir folgen dir.

Man muss dort einige Stufen und Stiegen nach oben kraxeln, vor neunzehn Jahren war ich da hoch und runter geturnt wie ein junges Fohlen, bei diesem Mal blieb ich keuchend zurück. Ich bin ein dicker Mann, ich gebe es zu. Was in erster Linie daran liegt, dass Lena eine göttliche Köchin ist. Und ein Eheweib, das ihren Gatten befeuert »jetzt lass das doch nicht liegen« oder »soll ich das etwa wegwerfen«, beziehungsweise mit der letztendlichen Drohung »hat es dir nicht geschmeckt?«. So kommt man im Laufe der Jahre auf einhundert Kilo und noch ein paar mehr, verteilt auf knappe eins achtzig. Hinzu kommen die Biere zur Mittagszeit und der Wein am Abend, wo sich dann alles rundet, wortwörtlich genommen. Über Lenas Kochkünste könnte ich endlos schwadronieren, selbst banalste Gerichte wie ihre Schinkenfleckerln sind eine Köstlichkeit, aber der aufmerksam Lauschende wird bemerken, dass ich mich nur scheue, die Stufen und Stiegen empor zur Plattform unverzüglich zu nehmen, lieber verzögere ich, lasse meine Familie, mein Fleisch und Blut, voraneilen, ich komm ja schon.

Kurz bevor man ganz oben ist auf der Plattform, gibt es einen Zwischenhalt mit Bänken und Abfalleimern, keine Ahnung, wofür man den hier einbaute. Eine Art Purgatorium. Dort wartete meine Mannschaft, diese unordentliche Großfamilie unterschiedlicher Herkunft. Sie sagten nichts, aber sie erwarteten ganz offensichtlich, dass ich voranginge. Nun gut. Als ich schlussendlich oben war, am Treffpunkt, den uns Carlos Verano bestimmt hatte, keuchend und schweißgebadet, war mir sofort wieder alles präsent: Dort hinten stand damals das Zelt, wo Robert de Niro saß, eine Tasse Tee in den Händen, konzentriert nach vorne gebeugt, als vor ihm Roland Joffe kauerte und gestikulierend auf ihn einredete. Jeremy Irons stand damals ein wenig abseits, das wusste ich noch. Ein paar Meter entfernt, dort, wo jetzt zwei Männer an der Brüstung standen, die mit diesen rot-weißen Plastikbändern umwickelt war, saß damals gegen eine Zeltstange gelehnt mein Sohn Cas und schmökerte in einem gelben Reclam-Bändchen. Zuerst dachte ich, der eine der beiden Männer sei Robert de Niro, derjenige aus den finalen Sequenzen von *Raging Bull*, also übergewichtig und angefressen, aber dann gingen mir die Augen auf und ich rief, nein, ich schrie: »Cas, was machst du denn hier?« Hinter mir quoll die Großfamilie empor. Polly hatte die Situation wohl noch schneller erfasst und ging lachend auf ihren Bruder zu: »Herr Brandler. Du hier?« Aber dann sprang Helen aus der Kleinmenge heraus, rannte auf den Begleiter von Cas zu und kreischte: »Carlos, Carlos«, und der Begleiter nahm sie in die Arme, drückte sie und ließ sie gar nicht mehr los. Polly stutzte, trat ein paar Schritte zurück und fasste Tom bei der Hand. Dann entwickelte sich ein kleines Defilee: Marie trat hervor und küsste Carlos Verano links und rechts an die Wange und noch einmal links: »Schön, dich zu sehen, schöner Mann.« Dann trat Lena hervor, schüchtern, berührte mit ihrer rechten Hand die Halskuhle des Dünengeistes, verweilte ganz kurz darauf, nickte und trat ab wie eine Erlöste am Hofe des Gottseibeiuns. Nun war offensichtlich die Reihe an mir, und obwohl ich ursprünglich in diplomatischer Mission unterwegs sein wollte, entfuhr mir die harsche Frage: »Carlos! Cas! Was ist hier los?« Helen tänzelte derweil immer noch an den Hosenbeinen von Carlos herum.

Carlos hob die Hand, theatralisch, wie ich fand. »Die Brandlers. Schön, dass ihr da seid. In den vergangenen Jahren haben sich unsere Wege des Öfteren gekreuzt.«

»Das wissen wir. Erklär mir mal lieber, was mein Bruder Cas neben dir macht. Oder erklär du mir es, Herr Brandler.« Unschwer zu erraten, wer dergestalt intervenierte. Polly war vorläufig nur laut, nicht buckelgekrümmt. Verano hob erneut die Hand zu einer Art Friedensgeste: »Polly, liebe Polly, Cas ist ein Bruder im Geiste, ein Partner, ein Freund. Lass uns Frieden schließen, ich bitte dich.« – »Schnauze, Charlie Summer oder wie immer du gerade heißt! Herr Brandler, was heißt

Partner? Was machst du mit dem? Geschäfte?« Polly rief das über die Plattform hinweg, sie war zu diesem Zeitpunkt die am weitesten entfernte Person von Cas und Carlos, Tom immer noch an ihrer Hand. Cas sah bedröppelt aus. Der Kopf war geneigt, der Rücken gekrümmt. »Lass gut sein, Polly, das geht dich nichts an.« – »Was heißt, das geht mich nichts an? Du bist mein Bruder, du bist mein Zwilling. Mich geht alles an, was du treibst. Alles. Also was?« – »Polly! – »Ja genau. Sprich es aus. Polly. So heiße ich. Und ich bin deine Schwester. Schon vergessen? Du solltest noch etwas wissen. Der da, der neben dir steht, ist mein biologischer Vater. Hat er dir das gesagt, dein Geschäftsfreund? Hat er dir gesagt, dass er auch Helens Vater ist? Dein sauberer Partner? Und hat er dir vor allem gesagt …« Pollys Stimme brach entzwei, Cas starrte sie an, er flehte aus entsetzten Augen, dass dies alles endlich zu Ende gehe, aber Polly ließ Toms Hand los, Tränen standen in ihren Augen, sie zeigte mit einer Hand auf Carlos Verano und mit der anderen auf Tom. »… dass er auch der Vater dieses Kindes ist? Weißt du das alles, Caspar Brandler?« Cas sah Carlos an. Fragend, verwirrt, ungläubig. Es war der Blick eines Kindes, das gestraft wird, obwohl es unschuldig ist. Carlos legte eine Hand auf die Schulter von Cas und lächelte.

»Fass meinen Bruder nicht an!«

Das waren die letzten Worte, die ich von meiner Tochter Polly hörte. Sie krümmte den Rücken und stürmte boxweltmeistermäßig auf die beiden Männer am Rande des grauslichen Brausens zu. Hinter dem Geländer der Plattform, dessen Zustand in der Tat einer dringenden Renovierung unterzogen werden sollte, brodelten die Wasserfälle des Rio Iguazú wie nie, erst kürzlich hatte es heftige Regenfälle gegeben. Die Wassermassen schossen rasend in die Tiefe, es prasselte, wirbelte, wühlte und rauschte von weit oben nach tief unten, ein gnadenloses Inferno. Pollys Ziel war Carlos Verano, das Unglück ihres Daseins, sie wollte ihn rammen, hinabstürzen in die brüllende Gischt, sie war schnell, energiegeladen, rammböckig, zielstrebig, so wie wir sie kennen, sie hatte den

Rücken gekrümmt, die Fäuste vor dem Kinn, sie war eine Gewaltmaschine, die da auf Carlos Verano zustürmte, sieben Meter waren es, die sie als Anlauf benötigte, genug, um Bewegungsenergie aufzuladen, um das Verhasste, das, was das Denken und das Leben unterband und die Welt obendrein, also alles, zu vernichten.

Der Attacke entging Carlos Verano in der Manier eines versierten Toreros. Eine ungemein anmutige und elegante Bewegung, das muss man ihm lassen. Was folgte, war der nun ebenso unvermeidliche wie verheerende Aufprall von Polly auf ihrem geliebten Bruder Cas (der ja schräg neben oder hinter Carlos stand). Es trafen aufeinander hohe Energie (Polly) und große Masse (Cas). Physikalisch eine gefährliche Gemengelage. Dahinter renovierungsbedürftiges Geländer. Cas strauchelte, er taumelte, torkelte. Er staunte. Hielt hintüberstürzend, hilfesuchend eine Hand nach oben, die Carlos, noch eben ausgewichen, sofort ergriff. Hielt sie ganz fest. Doch Bewegungsenergie unserer Polly, Masse des Cas und ein Lächeln von Carlos fügten sich zu einer Konstellation, in der letztere, Cas und Carlos, sich den von Newton nachgewiesenen Bewegungsgesetzen fallender Körper nicht widersetzen können, demzufolge abstürzen durch die krachende Brüstung hinein in das Grauen der Wasserfälle. Erst scheinen sie zu schweben, der eine hinterrucks, der andere, immer noch lächelnd, kopfüber und mit einem Stern auf der Brust, beide Hand in Hand, aber dann verschlingt sie die Gischt, das ins Extreme gesteigerte fluide Element. Aus dem Hintergrund sind Schreie zu hören, von Erwachsenen, von Kindern. Polly, die ihrem Bruder, ihrem Vater (dem biologischen!) und dem Vater ihres Kindes hinterhersieht, geht zwei Schritte zurück und nimmt Anlauf. Und springt hinterher ins tödlich brodelnde Wasser.

Los Angeles, 2026

Zwei Tage nach dem Endspiel der Fußballweltmeisterschaft bekam ich eine WhatsApp: »Besorgt euch die Samstagsausgabe der New York Times. Die bringen ein langes Interview mit mir. Vielleicht habe ich ein bisschen zu viel geplaudert. Sei's drum. Irgendwann soll die Welt das alles ruhig erfahren. Kann ich ab nächsten Montag ein paar Wochen in den Talhangweg kommen? Ich brauche Ruhe. Liebe Grüße, Tom.«

Ich Idiot fuhr nach Heidelberg zum Bahnhof, aber dort, in der an sich gut sortierten Buch- und Zeitschriftenhandlung, führte man die *New York Times* natürlich nicht. Nach Frankfurt ist es nicht weit, auf dem Weg liegt der Frankfurter Flughafen, das Internationalste, was Deutschland zu bieten hat, aber eine *New York Times* gibt es dort nirgendwo. Auch nicht am Frankfurter Bahnhof und nicht einmal im Frankfurter Universitätsviertel, wo die *New York Times* doch eigentlich Pflichtlektüre sein sollte. Dort, in einer kleinen, sympathischen Buchhandlung mit umfangreichem internationalem Zeitschriften- und Zeitungsangebot, wies mich ein freundlicher Buchhändler, dem ich mein Problem schilderte, darauf hin, dass es seit zwei Jahren keine Print-Ausgabe der *New York Times* mehr gebe, mein Enkel Tom mithin nur die digitale Ausgabe der *New York Times* gemeint haben könne. Danke, sagte ich zu dem freundlichen Buchhändler und schlug mir die Hand an die Stirn. Seit fünfunddreißig Jahren bewege ich mich durch die digitale Welt wie ein Fisch im Wasser, aber wenn ich mit meinen zweiundachtzig Jahren das erhabene Wort *New York Times* höre oder lese, dann rieche ich Papier und Druckerschwärze. Kurz und gut: An jenem Julisonntag, acht Tage nach dem WM-Endspiel, saßen Lena und ich nach dem Abendessen vor meinem Tablet auf der Terrasse im Talhangweg, wir hatten per Paypal drei Euro nach New York transferiert, und lasen dieses hier.

Los Angeles, 7/10/2026.

Tom Brandler, der Held dieser Fußball-Weltmeisterschaft, wirkt noch zierlicher und schmächtiger als auf den Fernsehbildern, aus denen ihn die Welt kennt. Er ist jetzt siebenunddreißig Jahre alt, dem immer noch jungen Gesicht sieht man die Strapazen des vierwöchigen Turniers allerdings an. Er sitzt uns im Frühstücksraum des Mannschaftsquartiers gegenüber in Shorts, T-Shirt und Badelatschen und wirkt erschöpft. Gestern hat er mit einem Tor, das die Fußball-Welt so noch nicht gesehen hat, sein Land zum Weltmeister geschossen, in vier Stunden wird er in den Flieger steigen, den Weltpokal im Gepäck, und in die Heimat zurückkehren. Zu einem triumphalen Empfang. Wir haben zwei Stunden, um mit ihm zu reden. Nicht nur über Fußball.

NYT: Tom, Sie sind Weltmeister, Sie sind Spieler des Turniers, Sie haben das entscheidende Tor im Endspiel geschossen, in der zweiten Minute der Nachspielzeit der Verlängerung. Wie fühlen Sie sich?

TB: Müde.

NYT: Auch glücklich? Oder sogar als eine historische Persönlichkeit?

TB: Weiß ich nicht, wie gesagt. Im Moment bin ich müde. War eine lange Nacht.

NYT: In ein paar Stunden werden Sie den Weltpokal in Ihrer Heimat den Anhängern präsentieren. Was erwarten Sie?

TB: Da wird die Post abgehen. Das ist ja immer so. Wissen Sie, mein erstes Erlebnis bei einer Weltmeisterschaft, das war in Stuttgart, 2006. Da war ich Balljunge mit siebzehn. Spiel um den dritten Platz zwischen Portugal und Deutschland. Es ging um nichts mehr, aber die Leute waren total aus dem Häuschen. Das war eigentlich der Moment, da dachte ich, das will ich selber auch mal erleben. Als Fußballer.

NYT: Und jetzt haben Sie Paraguay mit Ihrem Tor, ausgerechnet gegen Deutschland, zum Weltmeister gemacht. Gibt es da auch gemischte Gefühle? Sie sind in Deutschland aufgewachsen, haben jahrelang dort gespielt, alle deutschen Jugendnationalmannschaften mit vielen Ihrer gestrigen Gegner durchlaufen.

TB: Nee, eigentlich nicht. Wenn du auf dem Platz stehst, dann gibt es keine Vergangenheit. Da willst du nur gewinnen. Egal gegen wen. Gut, dass es im Endspiel die Deutschen waren, das war schon speziell. Zumal deren Trainer Hansi Flick war, dem ich viel verdanke. Und wenn wir verloren hätten, die waren ja nicht schlecht, dann hätte ich mir in den Arsch gebissen.

NYT: Wegen Ihres Wechsels 2010 vom deutschen zum paraguayischen Verband.

TB: So ungefähr.

NYT: Das war damals ein großes Mysterium für die internationale Sportwelt. Sie haben darüber bis heute beharrlich geschwiegen. Dürfen wir Sie heute dazu befragen?

TB: Von mir aus. Und wissen Sie auch, warum? Weil ich müde bin.

NYT: Also, warum Paraguay?

TB: Weil mein Vater aus Paraguay stammt. Ich dachte, es ist gut, für sein Vaterland zu spielen.

NYT: Wir wissen, alle Welt weiß, dass Ihre Mutter die ehemalige Box-Weltmeisterin Polly Brandler ist. Wer ist Ihr Vater? Keine Datenbank weiß darüber etwas.

TB: Echt? Na, Gott sei Dank. Dann geben wir den Datenbanken doch mal neues Material. Mein Vater heißt Carlos Verano.

NYT: Carlos Verano? Der Carlos Verano?

TB: Carlos Verano, der aktuelle Präsident der Republik Paraguay. Genau der.

NYT: Entschuldigung, Herr Brandler, das klingt jetzt, wie sollen wir uns ausdrücken, etwas gewagt.

TB: Ist aber so. Kann ich mit einem Vaterschaftstest des Gesundheitsamtes Heidelberg in Deutschland beweisen. Schriftlich also, ordnungsgemäß dokumentiert. Abgesehen davon, dass Carlos Verano mich längst anerkannt hat. Ich bin nicht nur Weltmeister, ich bin ein Präsidentensohn (lacht).

NYT: Dann war Ihre Mutter mit Carlos Verano verheiratet, liiert, befreundet? Ein Seitensprung, ein One-Night-Stand? Erzählen Sie.

TB: Das will die Welt nicht wissen, das sollte sie auch nicht so genau wissen wollen. Gehört die New York Times jetzt zur Yellow Press?

NYT: Aber warum haben Sie sich darüber nie öffentlich geäußert?

TB: Das ist kompliziert. Meine, die Geschichte der ganzen Familie Brandler ist kompliziert. Wenn ich oder ein anderes Mitglied der Familie darüber in der Öffentlichkeit gesprochen hätte, ich weiß nicht, ob ich dann halbwegs erfolgreich hätte Fußball spielen können.

NYT: Und jetzt können Sie es? Hängt das damit zusammen, dass Sie gestern das Ende Ihrer Karriere verkündet haben?

TB: Kann man so sagen. Der Druck ist weg, ich fühle mich frei. Mein Onkel Cas hat mir mal in einer langen Nacht erklärt, dass der Mensch nur dort frei sei, wo und wenn er spielt. So habe ich mein Spiel immer verstanden. Natürlich will man, wenn man spielt, das Spiel auch gewinnen. Aber die Reihenfolge ist entscheidend. Oder die Logik des Spiels. Nicht spielen, um zu gewinnen. Sondern gewinnen, weil man befreit gespielt hat. Als mein Vater noch nicht Präsident von Paraguay war, sondern der Sportreporter Charlie Summer, hat er mir einmal erzählt, dass er nur einen Fußballspieler in der neueren Geschichte kenne, der ähnlich wie ich spielte.

NYT: Da sind wir gespannt: Maradona? Pelé? Cruyff? Messi?

TB: Nein. Garrincha, der Rechtsaußen der Brasilianer bei den Weltmeisterschaften 58 und 62. Ich habe mir auf YouTube ein paar Szenen von ihm angesehen. Es ist was dran. Er hatte einfach Lust zu kicken, die pure Lust am Spielen. Und dann schießt er ein paar der fulminantesten Tore der Fußballgeschichte, aber eher aus einer Haltung heraus: Na gut, warum nicht, macht ja auch Spaß.

NYT: Sie sprachen vorhin von dem Druck, der von Ihnen abgefallen ist. Wenn wir Sie richtig verstehen: Der fußballerische Druck kann es nicht sein.

TB: Ja, stimmt. Genau. Der Druck, das war das Familiäre, das Rätsel der Familie Brandler. Rätsel ist vielleicht der falsche Ausdruck. Durcheinander wäre besser. Oder Tohuwabohu, noch besser. Das ist natürlich alles nicht vorbei. Aber es kann mir jetzt ein wenig mehr egal sein.

NYT: Das müssen Sie unseren Leser*innen nun aber genauer erklären. Wer A sagt, muss auch B sagen. Oder wie es bei euch in Deutschland heißt: Wer gackert, muss auch legen.

TB: (lacht) Also gut. Kennen Sie die Wasserfälle des Rio Iguazú?

NYT: Wer kennt die nicht?

TB: Ich war fünfzehn, als ich zum ersten Mal dort war. Mit meiner ganzen Familie. Und dann die Katastrophe. Vor meinen Augen.

NYT: Was ist passiert?

TB: Meine Mutter Polly, ihr Bruder Cas, also mein Onkel, und mein Vater Carlos Verano stürzten ab. Die Brüstung einer Plattform hoch über den Wasserfällen war baufällig. Wir hätten dort eigentlich nicht sein dürfen, alles war abgesperrt wegen der Renovierungsmaßnahmen. Es war ein Unfall, alles ging wahnsinnig schnell, und plötzlich stürzten sie da hinunter in diese brodelnden Untiefen, alle drei. Ich habe heute noch die Schreie meiner Großeltern im Kopf, das Schluchzen meiner Tante Marie und meiner Schwester Helen. Sekunden davor hatte mich meine Mutter noch bei der Hand gehalten. Es war schrecklich. Ich sah das. Ein Absturz. Die Welt verschwand, meine Welt. Drei Menschenleben verzischten in der rasenden Gischt. Aus und vorbei. Seltsamerweise wie in Zeitlupe.

NYT: Ein Unfall. Niemand hatte Schuld?

TB: Nein, es war ein Unfall, ein gottverdammtes Unglück.

NYT: Und dann? Carlos Verano hat offensichtlich überlebt.

TB: Er hat es mir später erzählt. Man muss wissen, er ist nicht nur der Präsident Paraguays, er verfügt über Fähigkeiten, da bin ich selbst als Fußball-Weltmeister nur ein Nichts dagegen. Die Hand meines Onkels Cas hatte er schon beim Sturz ergriffen, die meiner Mutter, die Sekundenbruchteile später abstürzte, kurz bevor sie in der Gischt verschwanden. Er ließ sie nicht mehr los, zog beide an sich und steuerte sie durch die fallenden Wasser. Eigentlich unglaublich. Er wich Felsen aus, er spielte mit den Gewalten, er glitt durch das Getöse, als ob es sein Element sei, und schlussendlich schwammen sie in ruhigen Wassern an Land. Nach drei Stunden haben wir anderen die drei wiedergesehen. Es war wie eine Auferstehung. Carlos Verano hatte seine Tochterfrau und den Zwillingsbruder seiner Tochterfrau gerettet. Und sich selbst natürlich.

NYT: Das Letzte haben wir nicht verstanden.

TB: Ist auch egal. Es ist kompliziert genug. Lassen wir es so stehen.

NYT: Was ist aus Ihrem Onkel geworden?

TB: Er ist Verkehrsminister der Republik Paraguay und im Nebenberuf die rechte Hand des Präsidenten. Ab und zu besucht er seine Schwester in Europa.

NYT: Und wie geht es Ihrer Mutter?

TB: Sie ist verstummt. Sie hat seit diesem Ereignis vor dreiundzwanzig Jahren kein Wort mehr gesprochen. Sonst geht es ihr gut. Sie lebt bei meinen Großeltern in Heidelberg.

NYT: Herr Brandler, alles, was Sie soeben erzählt haben, klingt wie ein Roman.

TB: Ja, vielleicht, aber das Leben ist doch immer ein Roman. Man weiß nie, wie es ausgeht.

NYT: Vielen Dank für das Gespräch.

Eine knappe Woche zuvor war Cas aus Paraguay gekommen, wir holten ihn am Frankfurter Flughafen ab. Wir, das waren Lena und ich und unsere verstummte Tochter Polly. (Ich muss diese Schreib- und Sprechweise vielleicht erläutern: Polly ist *meine* Tochter, *unsere* Tochter, Tom ist *mein* Enkel, *unser* Enkel. Der biologische Anteil des Carlos Verano hatte nie eine Chance bekommen, sich in unserem Familienkosmos etablieren zu können, wir waren die Brandlers und blieben sie in Reinkultur. Selbst Tom, der nun seit einigen Jahren für sein Vaterland kickte, sagte zu seinem leiblichen Vater Carlos Verano nie Dad oder Pa oder dergleichen, sondern meistens Señor Presidente.) Cas hatte sich sofort nach dem Halbfinale zwischen Brasilien und Paraguay (1 : 4, zwei Tore durch Tom Brandler) bei uns angekündigt. Er meinte, ein Finale zwischen Deutschland und Paraguay könne er sich nicht ansehen, das sei ihm zu stressig, da sitze er lieber im Flieger und lese ein gutes Buch. Kurz gestört bei seiner Lektüre über dem Atlantik (*Unendlicher Spaß* von David Foster Wallace) wurde er von der Durchsage des Lufthansa-Kapitäns, der die Niederlage der Deutschen im Endspiel verkündete. Nicht ohne eine Spitze gegen den abtrünnigen Tom Brandler.

Als Polly ihren Bruder durch die Tür des Arrival-Gates kommen sah, riss sie sich von uns los, stürmte auf ihn zu, fiel ihm um den Hals und hielt ihn lange fest. Cas wusste gar nicht, wie ihm geschah, er hatte zwei große Rollkoffer zu bändigen, hinter ihm drängten weitere Ankommende durch die Schiebetür, aber irgendwie schaffte er es, seine Schwester zu umfangen und an seinen dicken Bauch zu drücken. Oberhalb davon baumelte das Amulett mit dem Stern, das Carlos Verano ihm schon vor Jahren geschenkt hatte, und Polly drückte einen flüchtigen Kuss darauf. Dann standen sie vor uns, unsere beiden Kinder, und Polly präsentierte ihren Eltern ihren Bruder Cas, als ob sie ihn persönlich aus dem fernen Paraguay hierher eskortiert hätte. Man darf sich das Verstummen meiner Tochter Polly nicht vorstellen als ein Versinken oder Verhärmen. Nein, sie nahm teil am Leben, sie teilte sich uns mit durch Mimik und Gestik, Letzteres vor allem entlehnt aus dem Boxsport, also abwehrende Hände beispielsweise, wenn ihr etwas nicht in den Kram passte, kleiner Infight-Ansatz, wenn ihr absolut und komplett etwas nicht in den Kram passte. Dazu lächelte sie, lachte manchmal, aber sprach kein einziges Wort. Wir, Lena und ich, hatten uns in all den Jahren daran gewöhnt. Sie wohnte wieder bei uns im Talhangweg, unsere geliebte Tochter Polly, in dem Zimmer, das sich einst der Braumeister Breitenstein für sich und seine Frau reserviert hatte. Ihr altes Mädchenzimmer wurde jetzt von Helen bewohnt, die aber nur selten im Talhangweg war. Helen lebte in Rom, zusammen mit Marina und Gabriella, mit der sie eine angesagte Mode-Boutique in Trastevere betrieb, gar nicht weit weg von dem Antiquitätenladen der Tante von Esteban Chavez. Mit dem ich fast täglich E-Mails austauschte über den Zustand der Welt. Wo waren wir? Bei Cas, dem Verkehrsminister des schönen Staates Paraguay, mit dem ich am Abend vor jener Nachricht seines Neffen Tom und dem Link zu dem Interview in der *New York Times* auf der Terrasse im Talhangweg saß und ein wenig dahin und daher plauderte.

– Wie sieht's aus? In Paraguay und überhaupt?

– Warst du schon mal Minister? In Südamerika? Frag mich was Leichteres.

– Ach, komm. Ich bin Vater von Zwillingen. Auch nicht leicht.

– Carlos Verano ruft mich am Tag siebzehn Mal an: Wie siehst du das, was soll ich machen, findest du das richtig, du bist doch der Alleswisser.

– Bist du doch. Alte Kobi-Schule. Gibt's den eigentlich noch, den Professor Kobiaschwili?

– Oh ja. Der geht auf die Hundert zu. Aber quicklebendig, geistig rege, du glaubst es nicht. Liegt, wie er sagt, an einem Wein, den er regelmäßig trinkt, extrem exklusiv, da kommen nur wenige dran. Lenas Neffe Karl Breitenstein mischt da irgendwie mit. Aber das Allerverrückteste: Vor einiger Zeit hat er angeblich einen Briefwechsel entdeckt. Zwischen Nietzsche und Marx. Damit will er jetzt groß herauskommen.

– Echt? Interessant. Sehr interessant sogar. Sag ihm mal, er soll sich bei mir melden. So etwas interessiert mich. Sehr sogar.

– Mach ich. Aber kannst du dir vorstellen, dass Carlos Verano aus Paraguay das Athen des 21. Jahrhunderts machen will?

– Das antike Athen hoffentlich.

– Genau. Eine neue Wiege der Menschheit.

– Ambitioniert. Aber du wirst lachen: Ich habe das kommen sehen.

– Du siehst immer alles kommen.

– Das ist mein Beruf. Ich bin Historiker. Aber im Ernst: Es gibt ein uraltes Dokument. Aufbewahrt im Archiv des Bösen, der Penitenzieria in Rom. Es handelt von einem Traum der Kaziken, das waren die Häuptlinge der Guarani. Einer von ihnen hieß Chithaalin, sein zwölfter Nachfolger ist Veranos Großvater. Der Traum der drei Kaziken schildert die Geburt eines Erlösers. Ob nur der Guarani oder der ganzen Menschheit, das wird nicht so richtig deutlich. Aber ich bin mir sicher, dass Carlos Verano eine Emanation dieses Traumes ist. Und dass der geheimnisvolle, nie verifizierte, nie gefundene Schatz des Jesuitenstaates nichts anderes ist als der Traum der Kaziken, der in unserer Zeit Realität geworden ist. Schließlich nennt Eliza ihren Sohn Carlos den einzigen Schatz, den sie habe.

– Das klingt jetzt aber doch ein wenig, wie soll ich sagen, zurechtgelegt. Konstruiert. Überkonstruiert.

– Sag ich doch, das Geschäft des Historikers. Und bei Carlos Verano habe ich schon seit Langem das Gefühl, dass neben der Historiografie ihr Vorfahre, die Mythologie, ins Spiel gebracht werden muss. Denn die konstruiert die Zusammenhänge, die Konstellationen, den Sinn letztendlich im ganzen Kosmos um einiges radikaler als unsereins. Bitte, hältst du Carlos Verano komplett von dieser Welt?

– Du fragst Sachen. Er ist Präsident des Staates, in dem ich angestellt bin und der von den Russen den Platz im Sicherheitsrat der UN übernommen hat. Also sehr von dieser Welt.

– Aber wie er euch, deine Schwester und dich, aus dem Wasserfall-Inferno am Rio Iguazú gefischt hat, das war auch von dieser Welt? Ihr wart doch praktisch tot, du und Polly.

– Einerseits. Andererseits auch wieder nicht. Wie geht es eigentlich Polly?

– Moment mal, Sekunde. Wie stellt er sich denn das genau vor, der Señor Presidente, mit dem neuen Athen?

– Die Maschinen machen die Arbeit und die Menschen bekommen mehr Muße. Verkürzt gesagt und langfristig gedacht. Die Menschen werden heute dies tun, morgen jenes, morgens jagen sie, nachmittags fischen sie, abends treiben sie Viehzucht, nach dem Essen denken sie nach, philosophieren und verbessern die Welt. Kennst du wahrscheinlich. Erstmal aber hat er den gesamten Grund und Boden verstaatlicht und die Guarani haben endlich Ruhe vor Landraub, Vertreibung, Entrechtung. Der nächste Schritt ist die Umwandlung des ganzen Landes in eine einzige große Schule mit Hauptfach Musik.

– Oha. Noch eine Wiedergeburt. Die des Jesuitenstaates. Hätte ich nicht gedacht vom ehemaligen Stuntman. Lauter Chor- und Orchesterkolchosen also. Das müsste man Florian Baucke erzählen. Und der Klassenkampf? Die ehemals Herrschenden, in Sonderheit unsere deutschen Landsleute mit ihrem Grundbesitz dort unten, werden sich das doch nicht einfach gefallen lassen?

– Wir schaffen das. Mit Geduld und Spucke, mit Überzeugung, das Kommunizieren guter Gründe, manchmal auch sanftem Druck. Wir haben da unsere Methoden.

– Das sagen sie immer, alle. Genau in dieser Reihenfolge. Noch spannender als Kobis ominöser Briefwechsel zwischen Marx und Nietzsche wäre einer zwischen Robespierre und Schiller. Tugend und Terror gegen Freiheit und Spiel, guter Kampf. Ach, Cas, auf den Dachböden dieser Welt warten noch so viele alte Koffer. Und wenn man sie nicht findet, müsste man sie einfach erfinden. So sieht's aus.

– Apropos Kampf, und jetzt bitte eine Antwort: Wie geht es Polly?

– Gut. An das Schweigen kann man sich gewöhnen. Sie ist friedlich geworden, deine kämpferische Schwester. Und sie liebt dich sehr, mein Sohn. Schau mal da oben, die kleine Kamera. Sie ist auf das Sofa gerichtet, auf dem wir zusammen Fernsehen kucken. Polly weiß davon, sie hat die vermeintliche Überwachung lässig mit einer zustimmenden Geste weggewischt. Sie mag das sogar. Ich schalte die Kamera ein, wenn die Tagesschau läuft. Seit fast zwanzig Jahren. Zig Stunden Material. Das Weltgeschehen, wie es sich in Polly spiegelt. Ein Stummfilm. Nur Mimik und ihre typischen Gesten, die boxgeleiteten. Merkel löst Schröder ab, Griechenlandkrise, Trump, Brexit, Bankenkrise, Migrationswelle, Fridays für Future, Corona, Ukraine – das wären ein paar der Untertitel. Und ein flüsternder Off-Sprecher, ich stell mir da immer Helen vor, die hat eine schöne Stimme, würde mit sparsamen Worten das Ende des Fortschritts und damit das Ende der Geschichtsphilosophie und schlussendlich das Ende von allem herbeiraunen. Nachdem Gott uns verlassen hat, hat uns auch seine Nachfolgerin, die Vernunft, alleingelassen. Und zu sehen ist, natürlich in Schwarz-Weiß, nur Polly, die stumme Kassandra. Denn wie ihre Augen, ihre Mundwinkel, ihre Fäuste das Weltgeschehen kommentieren, übertrifft jeden Leitartikel und die klügsten Essays. Nach der *oral history* kommt die *mimetic history*.

– Pa, wir beide wissen, dass du Weltmeister im Projekteentwickeln und im Pläneschmieden bist. Und je älter du wirst, desto mehr.

– Der Pläneschmied, mein Sohn, ist, wenn man es genau nimmt, die höchste Stufe der menschlichen Evolution. Er macht nämlich etwas, was sonst niemand kann. Er setzt den konventionellen Zeitpfeil außer Kraft, der üblicherweise immer im Hier und Jetzt sein Ende findet. Wer Pläne schmiedet, erfindet Zukunft. Philosophisch oder von mir aus anthropologisch gesehen ist doch scheißegal, ob der Plan Realität wird. Hauptsache, man plant. Phantasiert. Denkt. Spintisiert.

– Ein Plan ohne die Kenntnis der Bedingungen der Möglichkeiten seiner Realisierung ist Firlefanz. Schwundstufe der menschlichen Evolution.

– Du bist jetzt fünfundfünfzig. Als ich in diesem Alter war, lass mich überlegen, ungefähr der Jahrtausendwechsel, wollte ich auch noch an den Fortschritt glauben. In diesem Alter muss man es ja. Aber dann kommt der Stummfilm, mein Stummfilm. Mit der verstummten Polly. Lauter geht's nicht. Verstehst du? Das ganze Grauen, die Entsetzlichkeiten, der Niedergang dieser Jahrzehnte, die Verwahrlosung von allem. Es gibt nur einen einzigen adäquaten Kommentar zu dieser ganzen Scheiße und das ist Pollys Verstummen und ihr gleichzeitiges lautloses Aufschreien.

– Du klingst allmählich wie ein alter, weißer, verbitterter Mann, Dietrich Brandler. Lass dir mal die Haare schneiden, du siehst schon aus wie so ein abgefuckter Alt-68er.

– Da macht Lena nicht mit, die mag das. Sie sagt, das hätte etwas Löwenmäßiges, Goethehaftes.

– Ich find's lächerlich, unerfreulich.

– Ach ja? Aber von mir aus, wenn wir gerade dabei sind, bei so unerfreulichen Dingen wie der Zukunft und dem Fortschritt, was ja immer mit Kindern zu tun hat, ohne Kinder kannst du über solche Themen überhaupt nicht verlässlich debattieren, und Kinder hast du ja nicht, mein Sohn. Sag mal, Cas, hast du eigentlich jemals mit einer Frau etwas gehabt, so richtig, ich meine gevögelt?

– Pa?!

– Entschuldige. Aber ein Vater möchte so etwas wissen. Das gehört dazu zum Vatersein. Wenn du willst, erzähle ich dir alle meine Weibergeschichten. Offen und ehrlich. Vom Anfang bis zum Ende. Und jetzt du. Bitte.

– Ja. Eine.

– Oha. Hat sie einen Namen? Eine Adresse? Ein Narrativ, wie Dr. Kobi sagen würde?

– Ja. Aber eines, das dir nicht gefallen wird.

– Ich bin erwachsen. Manchmal jedenfalls. Nur zu.

– Marina.

– Marina?

– Deine Marina.

– Meine Marina?
– Ja. Seit zwanzig Jahren. Mehr sogar.
– Das ist jetzt nicht dein Ernst. Kannst du mal deinem alten Vater diese Flasche da aufmachen? Und nachschenken. Danke. Marina, ich fass es nicht. Es gibt Millionen attraktiver Frauen auf diesem Erdball und du greifst mir meine römische Geliebte ab. Wann war das?
– Neujahr 2000. Oder Silvester 1999. Je nachdem. Als Helen entführt wurde. Erst haben wir gefüßelt, ich wusste erst gar nicht, wer das war, dann geknutscht, dann gevögelt, dreimal hintereinander. Das mit Helen haben wir gar nicht mitbekommen, wir waren in der Garage und danach war ich immer bei ihr, wenn ich meine Tour nach Sizilien und zurück machte. Mit Gabriella verstehe ich mich prima. Die beiden nennen mich Brandlerino, finde ich witzig.
– Cas Brandler, die normale Reaktion eines Mannes meiner Generation wäre eine Ohrfeige oder, da ich der Vater einer Boxweltmeisterin bin, ein Kinnhaken. Aber ich bin zu alt für solche Dinge. Und ich habe mich an tumultuöse Umstände in meiner Familie allmählich gewöhnt. Also leck mich am Arsch, vorläufig, und schenk mir noch mal ein. Ich muss das erst mal setzen lassen. Liebst du sie?
– O Gott, Liebe. Keine Ahnung. Was ist das? Immer, wenn man es definieren will, muss man anderes bemühen. Hingabe. Zuneigung. Aufopferung. Fällt dir noch etwas ein? Toleranz. Dauer. Vertrautheit. Wir hatten guten Sex miteinander, alle zwei Wochen. Ist das Liebe?
– Spricht sie manchmal von mir?
– Eigentlich ununterbrochen.
– Und das hältst du aus?
– Warum denn nicht? Sie gibt mir das Porträt meines Vaters als junger Mann. Ich genieße das. Aber seit sieben Jahren sehen wir uns logischerweise selten. Sie besucht mich zwei, drei Mal im Jahr in Asunción, Helen ist meistens dabei, da dreht Carlos jedes Mal regelrecht durch.
– Alles hinter meinem Rücken.

– Du sagst es doch selbst. Bei uns Brandlers herrscht Kuddelmuddel.

– Durcheinander. Tohuwabohu.

– Unübersichtlichkeit. Chaos. Wusstest du eigentlich, dass Carlos Verano seinen Vater Karl Sommer umgebracht hat? Kein Autounfall also, kühl kalkulierter Vatermord.

– Ach ja? Hätte ich mir denken können. Als er damals davon sprach, der Stuntman Carlos Verano am Rio Iguazú, da war etwas Unwahrhaftiges in seinen Augen. Ich habe es deutlich vor mir.

– Mir ist er manchmal unheimlich. Und Polly auch. Wenn sie bloß mit mir wieder sprechen würde. Oder mit dir, mit Lena.

– Das ist eine Art Gelübde, wenn ich es recht verstehe. Sie will ihre Schuld abtragen. Die Schuld, gleichzeitig Mutter und Schwester von Tom zu sein. Deshalb ist sie damals euch in den Wasserfall hinterhergesprungen. Schuldabtragung. Und sie akzeptiert die Rettung nicht. Schon gar nicht, weil es Carlos Verano war, der sie gerettet hat. Ihr Vater, dem sie gleichzeitig ihren Sohn zu verdanken hat.

– Der Einzige, der es schaffen würde, Polly wieder zum Sprechen zu bringen, ist Tom. Da gehe ich jede Wette ein. Aber Tom ist jetzt Weltmeister. Ist dir eigentlich bewusst, Pa, dass du Vater einer Weltmeisterin bist und Großvater eines Weltmeisters?

– Hast du etwas anderes erwartet?

Lena kam zu uns auf die Terrasse. »Ihr quatscht hier endlos herum, dabei ist es viel zu kalt geworden. Cas, zieh dir die Jacke an und gib deinem Vater die Decke, damit er sich einwickeln kann. Ich fass es nicht. Männer. Die Unvernunft. Wie soll das alles enden?«

Am Tag darauf bekamen wir die Nachricht der *New York Times*, die Botschaft unseres Enkels. Nachdem wir sie gelesen hatten, nahmen Lena und ich uns bei der Hand und sie, die Fruchtbare, lehnte den Kopf gegen meine Schulter. Ich rief ins Haus hinein: »Polly, Cas, kommt ihr mal!« Und da kamen sie, meine Zwillinge, geboren im Sternzeichen der Zwillinge, Aszendent Steinbock, Mondzeichen Widder, auf die Terrasse im Talhangweg. Eng umschlungen, liebevoll zugetan. Cas stützte seine Schwester, aber so, dass sie es gar nicht merkte. Polly war grau geworden und zierlicher, ohne Muskelpakete. Cas hingegen, das fiel mir jetzt erst auf, noch dicker. Ich schob ihnen das Tablet zu und sagte: »Lest das mal. Es ist von Tom. Und über Tom. Und über uns.« Lena und ich sahen zu, wie Cas und Polly das Interview lasen. Es war eine laue, ach was: wundervolle Sommernacht. Das nachtdunkle Firmament war übersät mit Sternengefunkel. Auf der gegenüberliegenden Seite des Neckars waren zwei heftig leuchtende Gestirne zu sehen, an der Stirnseite eines Rechteckes, und ich bildete mir ein, dass es sich um die Zwillingssterne handeln müsse. Nach einer Weile, Lena atmete tief an meiner Seite, hob Polly den Kopf und ein kleines Wunder geschah. Sie sprach, seit dreiundzwanzig Jahren, zum ersten Mal wieder zu uns: »Scheiß-Wasserfall.«

Der letzte Gedanke, der mir kurz vor dem Einschlafen durch den Kopf ging, nachdem ich die ganze Brandler-Geschichte in all ihren Verästelungen versucht hatte zu rekapitulieren, war seltsamerweise dieser: Und wenn sie nicht gestorben sind, so leben sie noch heute.

Nachwort

»Es rächt sich hier, dies sei eingestanden, wenn man vermeint, sich erdreisten zu können, historische Faktizität mit Erfundenem in einem einheitlichen Kosmos schlüssig zu verweben.«

So äußert sich der Erzähler auf Seite 98 dieses Buches und so geht es auch dem Autor. Dazu ein paar wenige Anmerkungen.

Die Begegnung der ehemaligen und verfeindeten KPD-Vorsitzenden Heinrich Brandler und Arkadij Maslow auf einer Parkbank im Exil in Habana hat wirklich stattgefunden. Eine Konstellation, die nahezu unglaublich ist, der das vorliegende Buch jedoch eine seiner Inspirationsquellen verdankt. Nachzulesen ist diese Begegnung, die realiter 1941 stattfand und für die Konstruktion dieses Buches auf 1944 verlegt wurde, im Briefwechsel zwischen Maslow und seiner Lebensgefährtin Ruth Fischer, der im Übrigen die ganze Szenerie des Habana-Kapitels dieses Buches grundiert. Alles, was über den politischen Heinrich Brandler erzählt wird, ist weitgehend historisch, seine Familiengeschichte hingegen naturgemäß erfunden. Die Figur Karl Sommer ebenso, auch wenn es, wie mir eine Leserin des Manuskriptes kurz vor Drucklegung nachwies, einen wirklichen Obersturmbannführer Karl Sommer gegeben hat, der in Nürnberg angeklagt und verurteilt wurde, der aber dem in diesem Buch geschilderten Karl Sommer keineswegs als Vorbild diente. Eine Begegnung Ruth Fischers mit Hannah Arendt, noch dazu unter Anwesenheit von Gesine und Marie Cresspahl, ist reine dichterische Freiheit. Ob damit auch die Unverfrorenheit entschuldigt ist, eine der beeindruckendsten Romanfiguren des 20. Jahrhunderts, das Kind Marie aus Uwe Johnsons *Jahrestage*, als erwachsene Frau wiederzuerwecken, mögen andere entscheiden. Der Autor sieht sich durch seine Bewunderung von Johnsons Werk hinreichend legitimiert.

Der Zwettler Codex 420 des Florian Baucke ist antiquarisch zu erwerben und in jeder einigermaßen gut sortierten Bibliothek einsehbar. Wer *Lederstrumpf* und Karl May geliebt hat, wird dort eine der spannendsten und authentischsten »Indianer«-Geschichten erleben, die die Kindheitslektüre meilenweit überragt. Der Wahrhaftigkeit halber sei angefügt, dass Pater Baucke den Stamm der Macobi missionierte, die gegenüber den sanftmütigen Guarani weitaus kriegerischer waren. Für den Zweck und die Geradlinigkeit der vorliegenden Erzählung wurde aus Bauckes Macobi die Hauptpopulation des Jesuitenstaates, eben die Guarani. Das Kapitel »Paraguay 1766« jedenfalls paraphrasiert weitgehend Pater Bauckes Bericht.

Sabri Mahirs Boxschule in den 20er-Jahren Berlins ist historisch. Sekundärquelle ist der im Text erwähnte Roman *Teestunden am Ring* von Güney Dal. In Vicky Baums autobiografischem Buch *Es war alles ganz anders* taucht Mahir auf, auch in Zeugnissen Leni Riefenstahls oder Marlene Dietrichs. Der Autor ermuntert alle Leser, ihm Hinweise zu übermitteln, die über das Schicksal von Sabri Mahir in der Nazi-Zeit und danach Aufschluss geben könnten. Er, Polly und Charlie wären dankbar.

Dank ist abzustatten den Leserinnen und Lesern des Manuskriptes, deren Zuspruch und Kritik, im Allgemeinen und im Detail, dieses Buch erst möglich gemacht haben: Christoph Albrecht-Heider, Fred Brand, Ariane Braunbehrens, Bernd Faller, Niklaus Hablützel, Petra Pfänder, Iris Schröder, Peter Sehringer, Karin Uhl, Karin Wieland, Michael Zimmermann und natürlich die Geduldigste von allen, meine Frau Daniela Hestner.

Ein besonderer Dank gilt Harald Loft, der das Buch von seinen Anfängen an wohlwollend und hyperkritisch begleitet hat. Unvergessen der 24. Februar 2022, als in einer Stuttgarter Gastwirtschaft der Autor den Fortgang des Schicksals seiner Polly ratlos und hilfesuchend beklagte und Loft lakonisch das Stichwort »Abgrund« ins Spiel brachte. Es war der Tag, an dem Putin die Ukraine überfiel.